DIE ZEHNTE GABE

JANE
JOHNSON

DIE ZEHNTE GABE

Roman

Aus dem Englischen von Pociao

Weltbild

Die englische Originalausgabe erschien 2008 unter dem Titel
»Crossed Bones« bei Viking, London, und zeitgleich unter dem Titel
»The Tenth Gift« bei Crown, New York.

Besuchen Sie uns im Internet:
www.weltbild.de

Genehmigte Lizenzausgabe für Verlagsgruppe Weltbild GmbH,
Steinerne Furt, 86167 Augsburg

Übersetzung: Pociao
Umschlaggestaltung: ZERO Werbeagentur, München
Umschlagmotiv: Bridgeman Art Library, Berlin
Gesamtherstellung: GGP Media GmbH, Pößneck
Printed in the EU
ISBN 978-3-8289-9514-7

2012 2011 2010 2009
Die letzte Jahreszahl gibt die aktuelle Lizenzausgabe an.

FÜR ABDEL

An die Ehrenwerten Lords des Höchst
Ehrenwerten Kronrats Seiner Majestät.
Dringend, dringend, eilig.
Plymouth, am achtzehnten April, acht Uhr abends
– Thomas Ceely, Bürgermeister

Möge es den Ehrenwerten Lords gefallen, Aufklärung darüber zu erhalten, daß ich am heutigen Tage von gewissen Türken, Morisken & Holländern aus der Barbareskenstadt Sallee erfahren habe, die unsere Küsten unsicher machen, wo immer sie es vermögen, was fürderhin durch die Aussage eines gewißen William Knight bestätigt wurde, dessen Bericht ich Glauben zu schenken geneigt bin, nachdem zwo Fischerboote, die er in seiner Aussage erwähnt, kürzlich auf See treibend gefunden wurden und weder Männer noch Gerät an Bord hatten …

Zugleich wurde mir aus verläßlicher Quelle zugetragen, daß etwa dreißig Segelschiffe aus Sallee sich derzeit darauf vorbereiten, zu Beginn des Sommers Kurs auf die Küsten von England zu nehmen, und wenn nicht schnellstens Vorkehrungen getroffen werden, um dies zu verhindern, könnten sie großes Unheil anrichten.

Die Ehrenwerten Lords hiervon zu unterrichten, hielt ich für meine Pflicht und Schuldigkeit.

Und so verbleibe ich, mit untertänigster Hochachtung
Thos. Ceely, Bürgermeister

Plymouth, am 18. April 1625

EINS

Es gibt nur zwei oder drei Geschichten der Menschheit, und diese wiederholen sich ein ums andere Mal, so leidenschaftlich, als hätte es sie nie zuvor gegeben, wie Lerchen, die seit Tausenden von Jahren immer wieder dieselben fünf Noten singen.«

Diese Zeilen hatte ich in mein Notizbuch gekritzelt, als ich am Abend vor meinem Treffen mit Michael in einem Roman darauf gestoßen war. Ich hatte vor, sie beim Essen beiläufig fallenzulassen, obwohl mir klar war, wie er darauf reagieren würde (negativ, abschätzig – er war schon immer skeptisch gegenüber allem gewesen, was sich auch nur ansatzweise als »romantisch« bezeichnen ließ). Michael war Dozent für Europäische Literatur und vertrat eine kompromisslose, poststrukturalistische Haltung, als wären Bücher nichts weiter als Fleisch für das Hackbrett des Metzgers mit Sehnen und Muskeln, Knochen und Knorpel, die man sorgfältig aus ihrer Umgebung herauslösen und säubern muss. Michael hielt meine Ansichten zum Thema Literatur für gefühlsduselig und verschwommen, weshalb wir zu Beginn unserer Beziehung die heftigsten Auseinandersetzungen führten. Sie waren persönlich so verletzend gewesen, dass ich den Tränen nahe gewesen war, doch nun, nach sieben Jahren, konnten wir uns wenigstens gegenseitig damit aufziehen. Jedenfalls ließen sich damit das Thema Anna oder die Zukunft entweder umschiffen oder ganz vermeiden.

Es war ohnehin schwer genug, so zu leben, in gestohlenen Augenblicken, mit einer auf Eis gelegten Zukunft, aber nach und nach hatte ich mich daran gewöhnt, sodass mein Leben inzwischen ein erkennbares Muster aufwies. Es war ein bisschen reduziert und hatte nichts von dem, was andere für wichtig hielten, aber mir gefiel es. Zumindest redete ich mir das ein.

Zu dieser Verabredung zog ich mich besonders sorgfältig an: ausgeschnittene Seidenbluse, schmaler schwarzer knielanger Rock, Seidenstrümpfe (Michael hatte, wie nicht anders zu erwarten, durchaus männliche Vorlieben) und Wildlederpumps mit Riemchen, in denen ich die halbe Meile bis zum Restaurant und zurück so gerade eben schaffte. Dazu meinen selbst gemachten Lieblingsschal: feiner schwarzer Kaschmir, der mit einer Unmenge von bunten Stiefmütterchen bestickt war.

Ich habe immer gesagt, dass man Optimist sein muss, um sticken zu können. Bei einem großen Stück (wie diesem Schal) kann es sechs bis zwölf Monate Inspiration und Hingabe bedeuten. Und Entschlossenheit obendrein, ein zäher Wille, vergleichbar mit dem eines Bergsteigers, der bedächtig einen Schritt nach dem anderen macht, statt bei dem Gedanken an die gewaltige Aufgabe, an Gletscherspalten und vereiste Wandfüße in Panik zu geraten. Vielleicht glauben Sie, dass ich die Schwierigkeiten übertreibe – ein Stück Stoff, Nadel und Faden: Wie schwer kann das schon sein? Doch wenn man erst einmal ein kleines Vermögen für Kaschmir und noch eines für die Seide ausgegeben hat und nicht viel Zeit bleibt bis zur Hochzeit einer nervösen Kundin oder einer Ausstellung, wenn man obendrein nicht nur entwerfen und planen, sondern auch eine Million Stiche machen muss, ist der Druck enorm, glauben Sie mir.

Wir waren in einem eleganten toskanischen Restaurant namens *Enoteca Turi* am südlichen Ende von Putney Bridge verabredet, wo wir normalerweise nur hingingen, wenn es etwas zu feiern gab. Diesmal stand, soweit ich wusste, weder ein Geburtstag noch eine Publikation oder Beförderung an. Letzteres wäre für mich ohnehin so gut wie ausgeschlossen gewesen, da ich mein eigenes Geschäft hatte und schon das Wort »Geschäft« eine gewisse Übertreibung für mein Ein-Frau-Unternehmen darstellte: ein winziger Kunsthandwerksladen in Seven Dials. Es war mehr Liebhaberei als eine verlässliche Einnahmequelle. Fünf Jahre zuvor war eine meiner Tanten gestorben und hatte mir eine nicht unerhebliche Erbschaft hinterlassen; meine Mutter war ihr zwei Jahre später gefolgt, und ich war das einzige Kind gewesen. Der Pachtvertrag für den Laden war mir in den Schoß gefallen; in weniger als einem Jahr würde er auslaufen, und was ich anschließend damit anstellen wollte, hatte ich noch nicht entschieden. Ich verdiente mehr Geld mit Aufträgen als mit meinem Geschäft, und selbst die waren eher eine willkommene Gelegenheit, die Zeit totzuschlagen. Ich verstickte mein Leben und wartete auf das nächste Rendezvous mit Michael.

Ich kam zu früh. Es heißt, in Beziehungen herrsche normalerweise ein Ungleichgewicht, und ich hatte den Verdacht, dass bei uns siebzig Prozent der Lasten auf meinen Schultern ruhten. Dies lag teilweise an den Umständen und teilweise am Temperament, meinem ebenso wie Michaels. Er zog sich die meiste Zeit von der Welt zurück, ich hingegen ging mit meinen Gefühlen verschwenderisch um.

Ich setzte mich mit dem Rücken zur Wand und beobachtete die anderen Gäste wie ein Besucher die Tiere im Zoo. Die meisten Paare waren in den Dreißigern, so wie wir: wohlhabend, gut gekleidet, höflich, wenn auch ein wenig laut. Fetzen ihrer Unterhaltung drangen bis zu mir.

»Was sind *fagioli occhiata di colfiorito*, weißt du das?«

»… schlimm, das mit Justin und Alice … reizendes Paar … was sie wohl mit dem Haus machen?«

»Was hältst du von Marrakesch nächsten Monat, oder möchtest du lieber wieder nach Florenz?«

Nette, normale, glückliche Menschen mit vernünftigen Jobs, einer Menge Geld und stabilen Ehen, die in geordneten, bequemen und angepassten Verhältnissen lebten. Ganz anders als ich. Ich betrachtete sie, wie sie im goldenen Licht saßen, und fragte mich, was sie wohl über mich dachten, eine Frau, die ihre beste Unterwäsche, neue Strümpfe und Stöckelschuhe trug und darauf wartete, dass der Mann ihrer ehemals besten Freundin auftauchte.

Vermutlich sind sie neidisch wie sonst was, flüsterte eine gehässige Stimme in meinem Kopf.

Wohl kaum.

Wo blieb Michael nur? Es war zwanzig nach acht, und um elf musste er zuhause sein, wie er nicht müde wurde zu betonen. Ein schnelles Abendessen, eine schnelle Nummer: Auf mehr konnte ich nicht hoffen und vielleicht nicht einmal darauf. Als ich spürte, wie die kostbaren Augenblicke verstrichen, wurde ich nervös. Bisher hatte ich mir noch nicht gestattet, darüber nachzudenken, warum er ausgerechnet das *Enoteca* vorgeschlagen hatte. Es war ein teures Restaurant, nicht eins, das einem spontan eingefallen wäre, jedenfalls nicht mit dem Gehalt eines Teilzeit-Dozenten, das er mit einem halbherzig betriebenen Bücherhandel aufstockte, nicht wenn man – wie Michael – auf sein Geld achtete. Ich lenkte mich von diesem Rätsel ab, indem ich beim Sommelier eine Flasche Rocca Rubia bestellte. Dann saß ich da, umklammerte mit beiden Händen den großen Kelch des Glases, als wäre es der Gral selbst, und wartete auf meinen lüsternen Sir Lancelot. Die Flüssigkeit schimmerte im Kerzenlicht wie frisches Blut.

Schließlich stürzte er mit zerzaustem Haar und roten Wangen durch die Drehtür, als wäre er den ganzen Weg von Putney Station gerannt. Ungeduldig knöpfte er den Mantel auf und transferierte Aktentasche und schwarze Plastiktüte von einer Hand in die andere, während er sich aus den Ärmeln schälte. Dann endlich kam er manisch grinsend, doch ohne mir richtig in die Augen zu sehen, an meinen Tisch, küsste mich rasch auf die Wange und setzte sich auf den Stuhl, den der Kellner ihm zurechtrückte.

»Tut mir leid, dass ich spät dran bin. Lass uns gleich bestellen, ja? Ich muss um –«

» – elf zuhause sein. Ja, ich weiß.« Ich unterdrückte einen Seufzer. »Anstrengender Tag?«

Es wäre schön gewesen, zu erfahren, warum wir hier waren, dann hätte ich wenigstens gewusst, worum es an diesem Abend eigentlich ging, doch Michael konzentrierte sich bereits auf die Speisekarte und studierte die Angebote, während er überlegte, bei welchem er wohl am meisten für sein Geld bekam.

»Nicht wirklich«, antwortete er schließlich. »Die üblichen blöden Studenten. Sie hocken wie hirnlose Schafe vor einem und warten darauf, dass man sie mit Wissen füttert. Und der übliche Klugscheißer, der sich vor seinen Kommilitoninnen aufspielt, indem er einen Streit mit dem Dozenten vom Zaun bricht. Aber den habe ich schnell zurechtgestutzt.«

Ich konnte mir lebhaft vorstellen, wie Michael einen zwanzigjährigen Schlaumeier erst mit seinem Blick durchbohrte und dann auf eine Art, die ihm garantiert das Gelächter der weiblichen Studenten einbrachte, gnadenlos zusammenstauchte. Wir Frauen liebten Michael nun mal. Wir konnten nicht anders. Ob es seine düsteren Züge (und auch Angewohnheiten) waren, die zweideutige Art oder der Ausdruck in seinen funkelnden schwarzen Augen, der grausam geschnittene Mund oder die rastlosen Hände – ich weiß es nicht. In dieser Hinsicht hatte ich längst die richtige Perspektive verloren.

Der Kellner nahm unsere Bestellung entgegen, und es gab keinen Grund mehr für weitere Ausflüchte. Michael streckte die Hand aus und legte sie auf meine, als hielte er sie auf dem weißen Leinen fest. Sofort lief die vertraute sexuelle Spannung durch meinen Arm und durchfuhr meinen ganzen Körper. Sein Blick war ernst: so ernst, dass ich am liebsten losgeprustet hätte. Er sah aus wie ein frecher Kobold, der im nächsten Augenblick ein abscheuliches Verbrechen beichten würde.

»Ich glaube, wir sollten uns nicht mehr sehen«, sagte er, und sein Blick ruhte auf irgendeinem Punkt etwa fünf Zentimeter links von mir. »Jedenfalls für eine Weile.«

So viel zum Thema Lerchen. Das Lachen, das sich aufgestaut hatte, brach aus mir heraus, schrill, als käme es von einer Wahnsinnigen. Mir war bewusst, dass die Leute uns anstarrten.

»Wie bitte?«

»Du bist noch jung«, fuhr er fort. »Wenn wir unsere Beziehung jetzt abbrechen, könntest du noch einen anderen Mann kennen lernen. Ein neues Leben anfangen. Eine Familie gründen.«

Allein der Gedanke an Kinder war Michael zuwider: Dass er mir welche wünschte, zeigte deutlich, welche Distanz er zwischen uns aufbauen wollte.

»Wir sind alle nicht mehr jung«, entgegnete ich. »Und am wenigsten du.« Ohne dass es ihm bewusst wurde, fuhr er mit der Hand zur Stirn, wo sich sein Haar lichtete. Er war eitel genug, sich darüber Gedanken zu machen. In den letzten Jahren hatte ich ihm versichert, dass es nicht auffiel, und als die Lüge allzu offensichtlich wurde, hatte ich gesagt, dass es ihn distinguiert und sexy machte.

Der Kellner brachte die Teller. Wir aßen schweigend. Besser gesagt, Michael aß schweigend. Ich war hauptsächlich damit beschäftigt, in meinen Linguini mit Krebsfleisch herumzustochern und eine Menge Wein zu trinken.

Schließlich wurden die Teller wieder abgeräumt und offenbarten die vage erkennbare Leere zwischen uns. Michael starrte auf die Tischdecke, als wäre dieses Vakuum eine Bedrohung, und dann wurde er plötzlich seltsam lebendig. »Ach übrigens, ich habe dir was mitgebracht«, sagte er, griff nach der Plastiktüte und warf einen Blick hinein. Ich erkannte zwei in Packpapier eingewickelte Objekte von fast gleicher Größe, als hätte er dasselbe Abschiedsgeschenk zweimal gekauft, für zwei verschiedene Frauen. Wer weiß.

»Es ist nicht besonders schön eingepackt, fürchte ich. Ich hatte keine Zeit, es war ein bisschen chaotisch heute.« Er schob eins der beiden Objekte über den Tisch auf mich zu. »Aber es kommt auf die Geste an. Es ist eine Art Memento mori und zugleich eine Entschuldigung«, sagte er mit seinem schrägen, sinnlichen Lächeln, mit dem er sich ganz zu Anfang in mein Herz gestohlen hatte. »Es tut mir leid, weißt du. All das tut mir leid.«

Es gab vieles, was ihm leidtun müsste, aber ich war nicht stark genug, um es ihm zu sagen. Memento mori, eine Erinnerung an den Tod. Der Ausdruck wirbelte in meinem Kopf herum. Ich packte das Geschenk vorsichtig aus und spürte, wie mir die Krebsfleisch-und-Chili-Sauce hochkam.

Es war ein Buch. Ein uraltes Buch mit einem Einband aus hellbraunem Kalbsleder, schlichten dekorativen Linien auf beiden Umschlagdeckeln und vier erhabenen, abgerundeten Bünden in gleichmäßigen Abständen auf dem Buchrücken. Meine Finger strichen ehrfürchtig über die Oberfläche, als wäre es die Haut eines anderen. Ich blendete alles Verletzende aus, was Michael sagte, und konzentrierte mich nur darauf, das Buch zu öffnen, vorsichtig, damit der spröde Rücken nicht brach. Das Titelblatt im Innern war fleckig und verblasst.

Der Stolz der Stickerin stand da in fetten Lettern und dann, in zarter Kursivschrift:

Es folgen gewiße feine Muster, angemeßen in Gold,
Seide oder Wolle zu wirken, wie es Euch gefällt.
Hier zum ersten Mal in einem Band veröffentlicht
von Henry Ward, Cathedral Square, Exeter 1624.

Und darunter, in runder, unsicherer Handschrift:

Für meine Base Cat, am 27. Mai 1625

»Oh«, rief ich, hingerissen von Alter und Schönheit des Buches. Ein kompliziertes Muster zog sich über die Rückseite. Ich hielt es schräg ins Licht, in dem vergeblichen Versuch, es besser erkennen zu können.

Michael hatte gerade etwas gesagt, doch was immer es gewesen war, es schwebte einfach über meinen Kopf hinweg.

»Oh«, rief ich noch einmal. »Wie wunderschön.«

Michael hatte aufgehört zu reden. Plötzlich wurde mir die Last seines Schweigens bewusst, ein Schweigen, das auf eine Reaktion wartete.

»Hörst du mir überhaupt zu?«

Ich blickte ihn wortlos an; ich wollte nicht antworten.

Seine schwarzen Augen waren mit einem Mal beinahe braun. Mitleid stieg in ihnen auf. »Es tut mir so leid, Julia«, sagte er erneut. »Anna und ich stehen an einem entscheidenden Punkt unseres gemeinsamen Lebens und haben uns offen ausgesprochen. Wir wollen unserer Ehe noch eine Chance geben, noch einmal ganz von vorn anfangen. Ich kann mich nicht mehr mit dir treffen. Es ist vorbei.«

In dieser Nacht lag ich zusammengerollt allein in meinem Bett, klammerte mich an das Buch, als wäre es die letzte Verbindung zwischen Michael und mir, und weinte mir die Augen aus. Am Ende übermannte mich die Erschöpfung, doch der Schlaf war beinahe noch schlimmer als das Wachsein. Ich hatte fürchterliche Träume. Um halb drei schreckte ich auf, um drei, um vier, mit Fetzen von Bildern im Kopf – Blut und verstreute Knochen, jemand, der vor Schmerzen schrie, Rufe in einer Sprache, die ich nicht verstand. Am intensivsten war eine Sequenz, in der ich nackt ausgezogen und vor lauter Fremden auf und ab geführt wurde. Sie lachten und wiesen sich gegenseitig auf meine zahlreichen Makel hin. Einer dieser Zuschauer war Michael. Er trug ein langes Gewand mit Kapuze, aber ich erkannte seine Stimme wieder, als er sagte: »Die hier hat keine Brüste. Warum habt ihr mir eine Frau ohne Brüste gebracht?« Schwitzend und beschämt wachte ich auf, ein

Geschöpf ohne jede Bedeutung, das selbst schuld an seinem Schicksal war.

Doch während ich mich hasste, empfand ich zugleich eine verwirrende Distanz, als wäre nicht ich diejenige, die diese Erniedrigungen über sich ergehen lassen musste, sondern eine andere Julia Lovat, eine in weiter Ferne. Ich schlief wieder ein, und falls ich weiterhin träumte, so erinnerte ich mich nicht daran. Als ich schließlich endgültig aufwachte, lag ich auf dem Buch. Es hatte einen deutlichen Eindruck hinterlassen – vier Rillen, wie Narben, auf meinem Rücken.

ZWEI

Es klingelte. Michael ging zum Fenster und spähte hinab. Auf der Straße unten stand ein Mann und trat unbehaglich von einem Fuß auf den anderen, als müsste er mal. Er trug einen alten Wollmantel von Crombie und eine Kordhose – viel zu warm für das Wetter. Aus seiner Vogelperspektive erkannte Michael zum ersten Mal, dass Stephens Kopf fast kahl war, bis auf ein paar dünne Strähnen, die er quer über den Kopf gekämmt hatte und die aussahen, als wären sie angeklatscht. In diesem Teil von Soho, wo junge Männer mit einem wissenden Lächeln in hautengen T-Shirts, zerrissenen Jeans oder Lederhosen auf und ab stolzierten und Touristen sich daran aufgeilten, ein, zwei Stunden in die Schwulenszene einzutauchen, wirkte er lächerlich fehl am Platz.

Die Old Compton Street war nicht ganz so extravagant und lebendig gewesen, als Michael hier eingezogen war. Wenn er heute das junge Leben beobachtete, das draußen vorbeizog, kam er sich vor, als betrachtete er durch ein Fenster die Party eines Fremden und wäre zu alt und zu spießig, um eingeladen zu werden. Besonders jetzt, da er wieder auf den schmalen Pfad der Tugend zurückgekehrt war und den braven Ehemann spielte.

»Stephen!«, rief er nach unten, und der Mann mit dem schütteren Haar hob den Kopf und schützte seine Augen vor der Sonne. »Hier!« Er warf seine Schlüssel aus dem Fenster. »Oberster Stock!«

Nicht nur seine Schlüssel, dachte er mit schlechtem Gewissen, sondern auch Julias. Wahrscheinlich sollte er sie jetzt, da alles vorbei war, zurückgeben. Aber das kam ihm so … endgültig vor.

Die Ankunft von Stephen Bywater unterbrach seine Gedanken.

»Du hättest auch runter in den Laden kommen können«, sagte er vorwurfsvoll und wischte sich den Schweiß von der Stirn. Vier wacklige Treppen, und er war nicht mehr der Jüngste. »Schließlich ist Bloomsbury keine zehn Minuten entfernt.« Er kämpfte sich aus seinem Mantel, wie um sein Unbehagen zu unterstreichen.

»Ich wollte nicht, dass irgendwer uns unterbricht«, sagte Michael rasch. »Du wirst gleich sehen, warum. Setz dich.«

Er schob einen Stapel Zeitungen und Lehrbücher von dem fadenscheinigen Sofa, um Platz für seinen Gast zu schaffen. Stephen Bywater warf einen zweifelnden Blick auf den fleckigen Leinenbezug, als wollte er ihn seinem Hosenboden nicht zumuten, und nahm dann missmutig auf der Kante Platz. Seine knochigen Knie und Ellbogen standen nach allen Seiten ab wie bei einer Gottesanbeterin.

»Es wird sich lohnen«, fuhr Michael aufgeregt fort. »Warte nur, bis du das siehst. Es ist ziemlich außergewöhnlich, ein echtes Juwel, einmalig. Aber genug der Worte. Hier, sieh es dir selbst an.«

Aus einer schwarzen Plastiktüte auf dem Couchtisch nahm er ein in Packpapier eingewickeltes Päckchen und reichte es Bywater. Der wickelte es behutsam aus und fand ein kleines, in blasses Kalbsleder gebundenes Buch, auf dessen Rücken noch Spuren der ehemaligen Goldprägung zu sehen waren. Anerkennend murmelnd drehte er es hin und her und untersuchte auch die Rückseite, die rauen Papierkanten und die Bindung.

»Sehr schön. Sechzehntes, vielleicht auch siebzehntes Jahrhundert.« Er schlug es mit unendlicher Vorsicht auf und studierte das Titelblatt. »Sechzehnhundertvierundzwanzig. Beachtlich. *Der Stolz der Stickerin*. Hab natürlich davon gehört, aber noch nie ein Exemplar in der Hand gehabt. Sehr hübsch. Ein bisschen stockfleckig und mit leichten Gebrauchsspuren, aber insgesamt in sehr gutem Zustand.« Grinsend blickte er zu Michael auf. Seine Zähne waren gelb wie die einer Ratte. »Müsste einiges wert sein. Mindestens einen Riesen. Wo, sagtest du, hast du es her?«

Michael hatte gar nichts gesagt. »Oh, von einem Freund. Ich verkaufe es für einen Freund.« Das war nicht ganz die Wahrheit, doch auch nicht ganz falsch. »Schau mal rein, sieh es dir genau an«, drängte er ungeduldig. »Es ist viel ungewöhnlicher, als man auf den ersten Blick glaubt.«

Er sah eifrig zu, wie der Buchhändler auf die Seiten blies und sie behutsam voneinander löste, wobei er das Gesicht verzog. »Tja, es ist alles da«, sagte er schließlich. »Die Muster, die Entwürfe, alles.«

Michael wirkte enttäuscht. »Ist das alles, was du dazu sagen kannst? Na hör mal, mein Lieber, das ist einmalig, das ist ein … ein Palimpsest! Siehst du nicht den geheimen Text an den Rändern und zwischen den Mustern? Er ist nicht leicht zu erkennen, das gebe ich zu, aber du kannst ihn doch nicht übersehen haben!«

Bywater runzelte die Stirn und wandte sich wieder dem Buch zu. Schließlich klappte er es zu und sah seinen Freund merkwürdig an. »Nun, von einem Palimpsest kann hier sicher keine Rede sein, mein Freund. Es handelt sich um Papier, nicht Pergament. Es finden sich keine Anzeichen von Kratzern, keine *scriptio inferior*, nichts, was ich erkennen kann. Marginalien – tja, aber das ist ganz was anderes, wie du wissen müsstest. Marginalien in der Handschrift des Autors, nun ja, die würden seinen Wert steigern, wahrscheinlich sogar verdoppeln.«

»Es ist nicht die Handschrift des Autors, du Idiot! Es ist die eines Mädchens. Es ist ein einmaliges historisches Dokument und damit vermutlich unbezahlbar! Du brauchst eine Brille …«

Grob riss Michael dem Buchhändler das Büchlein aus der Hand, schlug es aufs Geratewohl auf und blätterte hastig vor und zurück, als könnte er die Schrift, die er erst gestern noch gesehen hatte, auf magische Weise zurückholen.

Einen Augenblick später legte er es wie vom Donner gerührt wieder hin.

Dann rannte er zum Telefon.

DREI

Ich kannte Anna, Michaels Frau, von der Uni. Dort waren wir die »Tres Amigas« gewesen, Anna, meine Cousine Alison und ich, so unterschiedlich, wie man sich nur vorstellen kann. Anna war zierlich und puppenhaft, Alison und ich dagegen kamen aus einer kräftigen kornischen Familie, die uns mit gesunden Milchprodukten und Pasteten durchgebracht hatte. Wenn ich mein blondes Haar offen trug, konnte ich darauf sitzen, Annas war schwarz und kurz, sie sah aus wie ein Model. Alisons schulterlanges Haar war kastanienbraun, dann rot, dann schwarz, dann violett und wieder braun, je nachdem, ob sie gerade Englisch oder Drama unterrichtete. Zusammen bildeten wir eine perfekte symbiotische Einheit, um die Prüfungen des Studentenlebens und unsere ersten Jobs nach dem Examen durchzustehen – Anna in einem Buchladen, Alison als Lehrerin und ich in einer endlosen Reihe von Cafés und Bars.

Alison und ich stellten alles Mögliche an, nahmen Drogen, tranken, bumsten und amüsierten uns, Anna dagegen verpasste ihrem Leben eine Form. Sie spann die Fäden ihrer Erfahrung zu einem sinnvollen Ganzen. Ihre harte Arbeit trug Früchte. Eines Tages war sie Herausgeberin einer erfolgreichen Modezeitschrift und verdiente ein kleines Vermögen, obwohl sie, Ironie der Geschichte, die Einzige von uns war, die niemals wirklich Geld gebraucht hatte. Ihre Familie war stinkreich, soweit ich wusste, obwohl sie sich ziemlich bedeckt hielt, was ihren Hintergrund betraf. Und auch wenn Alison und ich wieder mal in einer unserer lautstark verkündeten, nicht gerade seltenen Geldnöte steckten, blieb sie eher reserviert.

Vermutlich war es unausweichlich, dass wir nach der Uni getrennte Wege gingen. Zuerst lernte Alison Andrew kennen und heiratete ihn. Ich muss zugeben, dass ich nie viel mit Andrew hatte anfangen können. Er gehörte zu den rotbackigen, verschwitzten Männern, die gern Rugby spielen, war herzlich und übertrieben selbstbewusst und hatte die Angewohnheit, einem mitten im Gespräch ans Knie zu fassen oder sonst wohin, je nachdem wie betrunken er war. Er besaß einen boshaften Sinn für Humor, und nichts auf der Welt konnte ihn in Verlegenheit bringen. Für eine Weile zumindest machte er Alison glücklich, und ich tat mein Bestes, um mich mit ihm anzufreunden. Immer wieder fand ich Zuflucht bei den beiden, wenn mir wieder einmal der falsche Mann das Herz gebrochen hatte. Dann schenkten sie mir ein Glas nach dem anderen ein, und Alison drückte ein Auge zu, wenn Andrew unbeholfen mit mir flirtete, während ich lachte und weinte und mich am Wein verschluckte. Doch als er meine Cousine betrog und sie mit dem Gefühl, dass ihr Leben in Scherben lag und sich nie wieder kitten ließe, in Tränen aufgelöst vor meiner Tür stand, war ich so wütend auf ihn, dass ich fast zwei Jahre lang kein Wort mehr mit ihm sprach.

Das hatte etwas Ironisches. Denn kurz darauf lernte ich Michael kennen.

Wie gut ich mich noch daran erinnere! Anna, ein wenig atemlos, erhitzt und verlegen. »Julia, komm doch auf einen Drink vorbei. Ich möchte dir jemanden vorstellen. Meinen Verlobten.«

Tja, das hatte sie wirklich gut verborgen. Ich war erstaunt und gekränkt von ihrer Heimlichtuerei und der plötzlichen Entwicklung. An der Uni hatte sie nicht einmal einen Freund gehabt. Während wir anderen unsere neu gewonnene Freiheit in vollen Zügen genossen, schrieb Anna Essays, recherchierte und korrigierte. Und während ich unbekümmert verschiedene Sexpraktiken ausprobierte, blieb Anna konzentriert und enthaltsam. Sie nahm das Leben sehr viel ernster als wir. Nach der Uni steckte sie alle Energie in ihre Karriere. Sie hätte einen Plan, erklärte sie, und er schien tatsächlich aufzugehen. »Heiraten werde ich mit dreißig«, hatte sie mir einmal erzählt, »wenn mein Job bei der Zeitschrift gesichert ist und ich mir die Zeit nehmen kann, Kinder zu bekommen.« Damals hatte ich die Nase gerümpft und sie an John Lennons Ausspruch erinnert, dass das Leben das ist, was passiert, während man eifrig dabei ist, andere Pläne zu machen. Und jetzt saß sie da, mit einunddreißig Jahren, und gab ihre Verlobung bekannt, den nächsten Schritt in ihrem Lebensplan.

»Bist du etwa schwanger?«, zog ich sie auf.

Sie war empört, wurde jedoch ziemlich rot. »Natürlich nicht«, antwortete sie.

Ich fragte mich, ob sie überhaupt mit ihm geschlafen hatte.

Irgendein Problem musste es geben, denn so etwas wie Vollkommenheit gibt es nicht, weder im Leben noch in der Kunst oder sonst wo. Vollkommenheit führt das Schicksal in Versuchung. Ich erinnere mich, irgendwo gelesen zu haben, dass die alten japanischen Töpfer jedes Teil, das sie herstellten, mit einem kleinen Schnitzer versahen, aus Angst, sonst die Götter zu erzürnen. Anna musste sich den Zorn eines Poltergeists im Pantheon zugezogen haben, der sie für ihren Hochmut bestrafte, indem er ihr Michael schickte. Und mich als Freundin.

Zu unser aller Unglück funkte es zwischen Michael und mir auf der Stelle. Und als seine Hand an diesem ersten Abend in einer überfüllten kleinen Bar in Covent Garden absichtlich meinen Hintern streifte, hatte das eine verheerende Wirkung. Drei Wochen später, nach unzähligen bedeutungsvollen Blicken und flüchtigen Berührungen landeten wir im Bett.

»Das kann ich Anna nicht erzählen«, erklärte er mir an diesem Nachmittag, als wäre es eine ausgemachte Sache, und ich verpasste meine erste und beste Gelegenheit, das sich anbahnende Chaos zu verhindern. Ich lag, vom Sex und von Schuldgefühlen übermannt, neben ihm und nickte. Danach wurde es mit jedem Mal unvorstellbarer, dass wir unseren Betrug beichteten.

Auf der Hochzeit war ich Brautjungfer.

Als wir an einem der gestohlenen Mittwochnachmittage, an denen Michael nicht arbeitete, in seiner Wohnung in Soho nebeneinanderlagen, die Sommersonne durch die geschlossenen Jalousien drang und unsere Körper in Streifen von Licht und Schatten auflöste, sagte er: »Anna ist, was Sex angeht, eher reserviert, weißt du. Ich habe immer das Gefühl, dass ich mich ihr aufdränge.« Damals empfand ich Triumph, doch mein Selbstvertrauen war fehl am Platz. Annas kühle Zurückhaltung faszinierte und forderte ihn heraus. Sie blieb ein unerreichbares Ziel, ein verschwommenes Land, das er nur flüchtig gesehen, aber nie besessen hatte. Mich hingegen hatte er gründlich vermessen, erforscht und gefesselt – manchmal im wahrsten Sinne des Wortes. Hin und wieder packte Michael im Bett meine langen blonden Haare und benutzte sie als Zügel. Einmal band er mich damit in einem Hotel ans Bettgestell. Wir mussten eine winzige Schere zu Hilfe nehmen, die ich zusammen mit den Sticksachen in der Handtasche hatte, um mich loszuschneiden, so sehr hatte er die Knoten verheddert.

Heute, vier Jahre später, fiel mir dieser Vorfall wieder ein: wie eine passende Metapher – ein Omen vielleicht – dafür, wie sich alles entwickelt hatte. Michael hatte mich erst in ein wildes Durcheinander verstrickt und dann einfach abgeschnitten. Ich war böse auf ihn, nein, wütend, musste jedoch zugeben, dass ich mindestens ebenso viel Schuld an der Situation trug wie er. Immerhin war Anna meine Freundin. Von Anfang an hatte ich mich für diese Beziehung und den Verrat an unserer Freundschaft geschämt. Doch Scham ist ein unangenehmes Gefühl, dem wir uns nicht gern stellen. Der Druck, den Anna in der Redaktion hatte, machte es leichter, als es sonst gewesen wäre, und ich verstand mich bestens darauf, allerlei Vorwände zu erfinden, um den gefürchteten Treffen und Abendessen zu dritt aus dem Weg zu gehen. Der Gedanke, dass ich sie Tag für Tag, Stunde für Stunde hinterging, zerriss mich innerlich. Ich merkte, dass ich ihre Gegenwart nicht mehr ertrug. Sie wirkte so glücklich, dabei wusste ich, wie hohl und leer dieses Glück in Wahrheit war.

Jetzt, da Michael und ich Schluss gemacht hatten, war ich mir nicht sicher, ob ich sie jemals wiedersehen wollte.

Am Tag nach unserer Trennung verließ ich London, vom Weinen erschöpft, um eine Woche in den Klippen an der englischen Südküste zu wandern. Oft hätte ich mich am liebsten in die Tiefe gestürzt, brachte jedoch nicht den nötigen Mut auf. Das Handy hatte ich in meiner Wohnung in Putney zurückgelassen, um sicherzugehen, dass ich nicht schwach wurde und ihn anrief. Stattdessen begann ich eine neue Stickerei, die ich schon seit einigen Wochen im Kopf hatte, und stapfte mechanisch irgendwelche Fußpfade entlang, ohne die Schönheit der Landschaft auch nur wahrzunehmen.

Das Muster war für einen Wandbehang gedacht und musste daher in steifes Leinentwill eingearbeitet werden, und zwar mit farbiger Wolle statt mit Seide. Seit der elisabethanischen und jakobinischen Epoche ist diese Art der Stickerei mit Wolle verbreitet. Unzählige bittere Stunden stickte ich still vor mich hin. Es war eine grausame Welt, ein grausames Schicksal, es war grausam, freundlich zu sein, grausam und fremd … ich könnte endlos so weitermachen, aber wozu? Ich hatte auf dem Stoff bereits ein verschlungenes, einfarbiges Muster von stilisierten Akanthusblättern eingezeichnet, unterbrochen von Farbtupfern, wo Blüten durch das Laubwerk lugten. Sehr traditionell, im Stil der flämischen Wandbehänge, die ich im *Victoria & Albert Museum* gesehen hatte, wobei die feine Ausfüllung des Blatt-Entwurfs von der filigranen Stickerei venezianischer Spitze inspiriert war. Es war ein großes Tuch und würde problemlos die Leere an meiner Schlafzimmerwand füllen, wo das schöne, gerahmte Schwarzweißfoto von Michael gehangen hatte. Dieses hatte ich in einem feierlichen Ritual im Garten verbrannt, bevor ich die Wohnung verließ. Leider blieben die Umrisse des Rahmens geisterhaft auf der Wand sichtbar und würden mich ständig an seine Abwesenheit und auch die des Bildes erinnern.

Jemand, der so unordentlich ist wie ich, sollte das Sticken lieber sein lassen, doch gerade die Präzision zieht mich an, die Illusion von Kontrolle, die sie einem schenkt. Wenn ich mich in ein neues Muster versenke, kann ich an nichts anderes denken. Schuld, Unglück, Sehnsucht – alles fliegt davon und lässt nur den schönen kleinen Mikrokosmos der Welt in meinen Händen zurück, das Blitzen der Nadel, die Regenbogenfarben der verschiedenen Fäden, die beruhigende Gewissenhaftigkeit der Disziplin. Der Wandbehang bewahrte mich in den Tagen nach der Trennung vor dem Wahnsinn.

Eine Woche später kehrte ich einigermaßen wiederhergestellt nach London zurück. Mein Anrufbeantworter blinkte wie verrückt. *Sie haben dreiundzwanzig neue Nachrichten*, erklärte die digitale Stimme. Mein Herz fing an zu pochen. Vielleicht hatte Michael sich die Sache mit der Trennung noch einmal überlegt, vielleicht wollte er mich sehen. Diese Möglichkeit schob ich entschlossen beiseite. Er war ein Mistkerl; gut, dass ich ihn los war. Bevor ich wieder rückfällig werden konnte, löschte ich alle Nachrichten. Sollte etwas Wichtiges dabei gewesen sein, müsste sich der Anrufer eben erneut melden, sagte ich mir. Ich wusste genau, dass sich meine Entschlossenheit in Luft auflösen würde, sobald ich Michaels Stimme hörte.

Ich ging ins Schlafzimmer, wo noch immer dasselbe Chaos herrschte wie bei meiner Abreise: ein ungemachtes Bett und überall verstreute Klamotten. Ich räumte auf, füllte die Waschmaschine und ging zurück, um das Bett zu machen.

Das Buch, das mir Michael geschenkt hatte, lag zwischen den zerwühlten Laken. Es fühlte sich wunderschön an, sein weicher Kalbslederumschlag war warm, als wäre er noch lebendig. Ich schlug es aufs Geratewohl auf, blätterte das alte Papier vorsichtig um und stieß auf eine Stickereivorlage: ein zartes, wiederholtes Rankenmotiv, das für einen schwarzen Kreuzstich auf weißem Grund bestimmt war und sich, so der Autor, »am beßten für einen Schal, ein Mieder oder den Saum eines Schnupftüchleins« eignete. Der Rest seiner Anweisung verbarg sich hinter einem störenden, kreuz und quer verlaufenden Durcheinander von Bleistiftmarkierungen. Ärgerlich hielt ich das Buch in den goldenen Schein der Nachttischlampe und betrachtete es mit zusammengekniffenen Augen.

Irgendwer hatte mit einer winzigen, archaischen Handschrift die ganze Seite vollgekritzelt. Das lange ʃ für s und solche Sachen, schwer zu lesen und stellenweise verschmiert oder verblichen, aber nach allem, was ich erkennen konnte, hatte der Text überhaupt nichts mit Stickerei zu tun, es sei denn, der Autor hatte eine Vorliebe für Muster, bei denen es um Blut und Tod ging. Ich holte die Lupe aus dem Schreibtisch, nahm mir ein Notizbuch und einen Bleistift und wandte mich dem Titelblatt zu. Dann begann ich mit einer Art Übersetzung dessen, was ich gefunden hatte.

Dieser Tag, der 27. Mai im Jahr unseres Herrn 1625, markiert den traurigen Tod unseres Königs Jakob und das 19. Jahr der Geburt Seiner Dienerin Catherine Anne Tregenna & dafür muß ich dankbar sein & für das Geschenk dieses Büchleins & den Schreibstift aus Graffit von meinem Vetter Robert, in dem ich, wie er sagt, meine eigenen Muster und Entwürfe festhalten kann. Das werde ich tun, doch wie meine Herrin, Lady Harris von Kenegie, werde auch ich meine Gedanken hier niederlegen, denn das sei eine gedeihliche Pflicht, sagt sie & eine Aufgabe für den Geist, um mich im Briefeschreiben zu üben …

VIER

Catherine
Juni 1625

Matty weckte sie kurz nach Morgengrauen. »Komm mit zum Salon«, sagte sie. »Jack Kellynch ist unten, mit Thom Samuels und deinem Vetter Rob.«

»Robert?« Cat, noch nicht ganz wach, blinzelte und richtete sich mühsam auf. Ein fahles Licht stahl sich durch die Vorhänge, die sie aus einem alten Unterrock gemacht und vor das zugige Dachfenster gehängt hatte. »Was macht Rob hier mit diesen Spitzbuben?«

Matty verzog das Gesicht. »Sag so was nicht, es sind gute Jungs.«

Die Kellynch-Brüder fuhren mit einem Boot von Market Jew aus auf Sardinenfang. Manchmal schlossen sie sich den Ringwadenfischern an und kamen mit Netzen voller Fisch zurück; häufig aber verschwanden sie auch wochenlang, und niemand wusste, wohin. Wenn sie schließlich wieder auftauchten, waren sie erheblich reicher, grinsten schlau und zwinkerten den Mädchen zu, während sie mit ihrem funkelnden fremden Gold in der Tasche klimperten. Matty himmelte Jack an; Cat dagegen hielt ihn für einen Schuft und einen Dummkopf, allerdings auch einen ansehnlichen. Thom Samuels hatte nicht einmal diesen Vorteil; dafür konnte er sich einer einzigen Augenbraue rühmen, die schwarz und finster quer über die Stirn verlief. Sie lachte. »Schmuggler und Banditen, alle beide.«

Doch Matty war bereits zur Tür hinaus. Cat hörte ihre

schweren Schritte auf den knarrenden Dielen draußen und dann die Treppe hinabpoltern. Sir Arthur und Lady Harris hatten ihre Zimmer im ruhigen Westflügel des Hauses; das Personal war im Ostflügel untergebracht, wo der Lärm vom angrenzenden Hof am größten war. Hätte Matty sie nicht geweckt, wären es die Hunde und der Hahn gewesen. Sie sprang aus dem Bett. Ihr steifes, dunkelgrünes Arbeitskleid und das Korsett hingen über der Rückenlehne des einzigen Stuhls, die Leinenstrümpfe lagen darüber wie ein Paar leere Beine. Keine Zeit für all die Bänder und Haken. Sie strich sich über das Hemd und griff nach ihrem Schal – reine Eitelkeit, denn es war ihr bester, handbestickt mit einer Kreuzschraffur von Wildrosen auf feiner Wolle.

Was machte Robert da unten, obendrein zu einer solchen Zeit? Sie wusste, dass Margaret Harris eine Schwäche für ihren Vetter hatte und ihn ermutigte, weit öfter ins Herrenhaus zu kommen, als es für seine Pflichten im Hof erforderlich gewesen wäre. Mit seinem zerzausten blonden Haar und den hellen blauen Augen überragte Rob seine Herrin um gute vierzig Zentimeter. Er überragte die meisten seiner Mitmenschen, und Lady Harris zog ihn damit auf, dass er wohl von den Riesen aus Carn Brea abstammen müsse, die ihre Gefangenen den Hügel emporgeschleift und auf dem großen flachen Felsen dort oben geopfert hatten, bevor sie ihnen Gold und Schmuck abnahmen. Ihre Beute hatten sie dann in den tiefen Granithöhlen unterhalb versteckt. Doch Cat konnte sich nicht vorstellen, dass ihr sanftmütiger Vetter irgendwen gefangen nahm, geschweige denn die Köpfe seiner Gefangenen auf dem steinigen Grund zerschmetterte. Es war ziemlich seltsam, dass er in Gegenwart von Kellynch und Samuels auftauchte, vor allem, da seine Herrin noch im Bett lag.

Ihre Neugier war geweckt, und so schlüpfte sie mit nackten Füßen in die kalten Stiefel und lief zur Treppe. Unten stieß sie auf Matty und das Milchmädchen, Big Grace, die verstohlen durch eine Ritze in der Tür in den Salon spähten. Männliche

Stimmen drangen in den Gang, zusammen mit dem scharfen Geruch nach Dünnbier und Rauch aus dem Feuer in der Küche. Sie unterhielten sich leise über etwas, was Cat nicht ganz verstand. Die Mädchen lauschten angestrengt und versuchten, jedes Wort der gedämpften Unterhaltung aufzuschnappen. Plötzlich drückte Grace Mattys Hand, und beide wechselten einen entsetzten Blick. Cat grinste, tappte auf Zehenspitzen über die Fliesen und stützte sich mit einer Hand auf Mattys Schulter, damit auch sie einen Blick in den Salon werfen konnte. Matty kreischte auf wie ein Kaninchen, dem ein Fuchs aufgelauert hat.

Im gleichen Augenblick riss Jack Kellynch die Tür auf. Er war schmal, braungebrannt und hatte die dunkle Haut und hellen Augen seiner Mutter geerbt, angeblich Spanierin. Es hieß, man habe sie einem Händler geraubt, der mit seiner Ladung Südwein, einer Truhe voller Gold und Silber und Ballen orientalischer Seide, die für die alte Königin bestimmt gewesen war, auf den Manacles vor Cornwall Schiffbruch erlitten hatte. Die Seide und ein Großteil des Goldes und Silbers hatten seinen Weg zu Ihrer Majestät doch noch gefunden, der Wein aber war auf mysteriöse Weise verschwunden, ebenso wie die Tochter des spanischen Händlers.

»Also wirklich, Matty«, sagte er und durchbohrte sie mit seinem Blick, »du müsstest eigentlich wissen, dass nichts Gutes dabei herauskommt, wenn man etwas belauscht, was nicht für fremde Ohren bestimmt ist.«

Matty lief purpurrot an und starrte zu Boden, ohne ein Wort herauszubringen. Big Grace riss nur ehrfürchtig die Augen auf und packte mit offenem Mund Matty am Arm. Sie war erst dreizehn, ein bisschen zurückgeblieben und trotz ihres Spitznamens winzig klein.

Cat stellte sich vor die beiden. »Was hast du hier zu suchen, Jack Kellynch? Matty und Grace haben einen Grund, denn sie sind ordentlich in diesem Haus angestellt, dich aber hat, soweit ich weiß, niemand angeheuert, und deshalb hast du um diese Zeit auch nichts in unserem Salon verloren.«

Kellynch musterte sie von oben herab. »Meine Geschäfte gehen niemand was an, erst recht kein junges Ding aus Dänemark.«

Cat warf das rot schimmernde Haar zurück, dem sie die ungerechte Beleidigung verdankte, und trat an ihm vorbei in den Salon, um ihren Vetter Robert zurechtzuweisen, weil er diesen Nichtsnutzen das Betreten des Hauses erlaubt hatte. In dem rauchigen, nur von einem Feuer erhellten Raum befanden sich jedoch nicht nur Robert Bolitho und Thomas Samuels, wie sie erwartet hatte. Die beiden saßen am Tisch, in der schattigen Ecke an die Wand gelehnt stand noch ein dritter Mann. Er trug einen schmutzigen Reiseumhang, und seine Stiefel waren schlammverkrustet. Erst als er einen Schritt vortrat und das Licht der Laterne auf ihn fiel, ging ihr auf, dass es der Herr selbst war, Sir Arthur Harris. Sein Ausdruck war finster.

»Diese Männer sind auf meine Einladung hier, Catherine, sie bringen mir Informationen.«

Cat versank in einem verzweifelten Knicks, während sie gleichzeitig von einem Schwindel erfasst wurde. »Ich bitte um Vergebung, Sir, ich glaubte, Ihr wäret auf dem Mount –«

»Und das gibt dir das Recht, dich kaum bekleidet in Gesellschaft zu zeigen?«

Darauf konnte sie nichts entgegnen, deshalb hielt sie klugerweise den Mund und senkte den Blick gerade in dem Moment, als Robert seinen Hut über einen Gegenstand schob, der sich silbern vor dem dunkel gemaserten Eichenholz des Tischs abhob.

Als sie verwirrt zu seinem Gesicht aufsah, sprachen Roberts blaue Augen Bände. *Verschwinde*, glühten sie. Einen Moment hielt sie ihnen stand, dann murmelte sie »Entschuldigt mich, Sir« und floh aus dem Zimmer.

Sie spürte Jack Kellynchs Blick im Rücken, und noch schlimmer, den ganzen Weg die Treppe hinauf.

»Also, Catherine«, sagte Margaret Harris so entschieden sie konnte. »Mein Mann hat mir erzählt, dass du dich heute Morgen mit kaum mehr als einem Hemd am Leib vor seinen Freunden gezeigt hast. Er hat mich gebeten, mit dir darüber zu sprechen. Wir wünschen keinen Skandal hier auf Kenegie, und ich habe deiner Mutter versprochen, dass ich dich wie meine eigene Tochter behandeln würde.«

Bei der Erwähnung ihrer Mutter hob Cat den Kopf. Ihr Vater John, ein Milizionär in Sir Arthurs Diensten, stationiert in der Garnison von St. Michael's Mount, war zwei Jahre zuvor von der Pest dahingerafft worden und hatte Jane Tregenna und ihre Tochter mittellos zurückgelassen. Es wurde gemunkelt, Jane Tregenna sei von den Spriggans, kleinen, bösen, hässlichen Quälgeistern, verflucht, da sie seit Catherines Geburt keine weiteren Kinder mehr zur Welt gebracht hatte. Cat selbst vermutete, dass ihre Eltern sich einfach nicht besonders gemocht hatten. Margaret Harris hatte beiden angeboten, im Haus zu arbeiten, doch Jane Tregenna hatte sich allzu sehr als Dame gefühlt, um noch einmal als Dienstmagd anzufangen. Sie war in das gut ausgestattete Haus ihres Bruders Edward in Penzance gezogen und hatte Catherine in der Obhut der Herrin von Kenegie zurückgelassen. Ihre Tochter hatte nicht nur den großzügigen Lohn einer Kammerzofe erhalten, sondern auch eine so gute Ausbildung und so viel Ermunterung wie kein anderes Mädchen ihrer Herkunft. Cat wusste, dass ihre Mutter die verrücktesten Pläne für sie hegte; vermutlich hatte sie einen der Harris-Söhne im Auge. Wenn sie ihre Stellung auf dem Landgut verlor, würde Jane Tregenna sie ein Leben lang mit bitteren Vorwürfen überschütten.

»Ich bitte um Vergebung, Ma'am. Es war nicht meine Absicht, jemanden zu kränken. Matty … ich hörte Geräusche von unten und hatte Angst, es könnten Diebe sein.«

»Das war sehr unbedacht. Halb nackt nach unten zu laufen, um der Sache nachzugehen, scheint mir nicht gerade eine kluge

Entscheidung zu sein. Wären es Diebe gewesen, hättest du dich in Gefahr begeben und mich als deinen Vormund in eine überaus schwierige Lage gebracht. Ist dir das klar?«

Cat nickte langsam. »Aber ich war nicht halb nackt, Mylady; ich hatte einen Schal über das Unterkleid geworfen, um die Schicklichkeit zu wahren, ich schwöre es.«

Die Herrin von Kenegie lächelte. »Und war das nicht zufällig dein bester Schal, Catherine, der mit den Wildrosen?«

Cat hatte den Anstand zu erröten. »Ja.«

Margaret Harris musterte das Mädchen schweigend. Cat war jetzt neunzehn und sehr hübsch, obgleich das Haar diesen unglücklichen rotgoldenen Ton hatte. Ihre Mutter Jane war klein und dunkel, von den Enttäuschungen des Lebens verbraucht. Ihr toter Vater war ein mürrischer, brünetter Mann gewesen und hatte die feinen, schmalen Zügen der Lizard-Dörfer gehabt (deren Bewohner, wie man wusste, auf allen vieren gekrochen waren, bis die Mannschaft eines fremden, an der Küste gestrandeten Schiffes sich bei ihnen angesiedelt und zu einer entscheidenden Verbesserung ihrer Haltung und körperlichen Entwicklung beigetragen hatte). Es war eine ungleiche Ehe gewesen; man sah, dass sie auf erzwungene Kompromisse hin zu Stande gekommen war: Jane war eine Coode, stammte aus einer alten kornischen Familie – mit ausgezeichnetem Ruf, in der Gegend verwurzelt, hoch angesehen. Die Tregennas dagegen waren Bauern aus Veryan und Tregeare; John war der Drittgeborene gewesen und hatte nicht einmal ein Stück Land besessen, das ihn hätte ernähren können. Also hatte er sich als Milizionär gemeldet. Nicht gerade rosige Aussichten für ein hübsches Mädchen aus anständiger Familie. Ganz sicher gab es in dieser Konstellation keinen Hinweis auf die Herkunft von Catherines fuchsrotem Haar und ihren langen, ebenmäßigen Gliedmaßen. Neunzehn war ein gefährliches Alter: Das Mädchen sollte heiraten, und zwar bald. Sie hatte gesehen, wie ihre Söhne William und Thomas Catherine beobachteten, wenn sie durchs Haus ging.

»Hast du heute Morgen deinen Vetter gesehen?«

Cat runzelte die Stirn. »Ja, Madam.«

Margaret Harris strich ihren Rock glatt. »Er ist ein guter Arbeiter, unser Robert. Sir Arthur hat es immer wieder gesagt. Es würde mich nicht überraschen, wenn er ihm den Posten des Verwalters anbietet, sobald George Parsons sich zur Ruhe setzt.« Sie suchte im Gesicht des Mädchens nach einer Reaktion. »Natürlich wäre das einfacher, wenn er bereits ein gesetzter Mann mit eigener Familie wäre«, bohrte sie weiter.

»Oh, Robert hat eine große Familie«, sagte Cat leichthin. »Bolithos und Johns gibt es in allen Weilern und Gehöften hier, von Gulval und Badger's Cross bis nach Alverton und Paul. Er wird diese Gegend nie verlassen, dazu ist er nicht der Typ.«

»Das ist nicht ganz das, was ich meinte«, sagte Lady Harris ruhig. »Robert ist ein sanftmütiger und fähiger junger Mann. Ich will nicht lange herumreden, er wäre eine gute Partie für ein Mädchen vom Land.« Ihre glänzenden grauen Augen ließen Cat nicht los, bis klar war, was sie gemeint hatte.

»Oh.« Cat starrte auf den gemusterten Teppich, der sich zwischen ihnen erstreckte – den türkischen Teppich, wie ihre Herrin ihn nannte. Er war bunt, durchwirkt von herrlichen Motiven in Beige, Dunkelrot und Umbra und glühte wie ein lebendiges Ding zwischen den stumpfen Erdfarben des übrigen Zimmers: den holzgetäfelten Wänden, dem Granitboden, den schweren, dunklen Möbeln aus Walnussholz und Mahagoni. Cat hätte alles darum gegeben, mit solcher Wolle arbeiten zu können. Wie prächtig die Wandbehänge und Stickereien des Orients sein mussten. Wie gern hätte sie sie mit eigenen Augen gesehen, doch vermutlich käme sie solchen Stücken niemals näher als in diesem Augenblick auf dem »türkischen Teppich«. Sie hob den Kopf und sah der anderen Frau ruhig in die Augen. »Mein Vetter ist ein guter Mensch, und ich habe ihn so gern, als wäre er mein eigener Bruder«, sagte sie mit fester Stimme.

Lady Harris hielt den Augenblick noch nicht für gekommen, um das Thema fortzusetzen. Trotzdem war sie entschlossen, noch ehe der Sommer zu Ende ging, aus Catherine Tregenna Catherine Bolitho zu machen.

Ein paar Stunden später kam Robert zum Haus, um sie zu suchen. »Hast du Lust auf einen Spaziergang, Cat?«

Es war vier Uhr nachmittags. Lady Harris war mit ihren Töchtern Margaret und Alice nach Trevailor gefahren, um den Pfarrer und Mrs. Veale zu besuchen und hatte lächelnd durchblicken lassen, dass sie keine besonderen Aufgaben für ihre Kammerzofe hätte, bis sie nach dem Abendessen nach Hause zurückkämen.

Cat schützte mit der Hand die Augen und blickte an ihm vorbei über den Irrgarten und den Hof auf das offene Land dahinter. Die Sonne funkelte auf dem Wasser der fernen Bucht und verwandelte den Mount in ein Märchenschloss. Hoch über den Hügeln Richtung Lescudjack schwebte ein Turmfalke. Er ließ sich von einer warmen Luftströmung tragen und hielt Ausschau nach einem Kaninchen oder einer Wühlmaus. Zarte Federwölkchen zogen über den Himmel: Das schöne Wetter würde sich noch einen Tag halten; in den hellen Blättern der Sykomoren und Eichen, die das Rosemorran-Tal abschlossen, schimmerte eine leichte Brise. Sie sah keinen Grund, sein Angebot auszuschlagen, und wollte es auch gar nicht. In Wahrheit fand sie das Haus an solch heißen Sommertagen erstickend, und Robert war ein angenehmer Begleiter. Sie hatte nicht die Absicht, ihn zu heiraten, aber es wäre nicht schlimm, wenn man sie in seiner Gesellschaft sah. Außerdem wollte sie unbedingt herausfinden, was sie an diesem Morgen so geheimnistuerisch im Salon zu besprechen gehabt hatten.

Sie richtete den Blick auf ihren Vetter. Robert beobachtete sie wie der Turmfalke sein Kaninchen: hungrig. Seine stechend blauen Augen durchforschten ihr Gesicht nach einer Reaktion. »Danke, Robert«, sagte sie endlich und zog den Augenblick noch etwas mehr in die Länge. »Das wäre sehr nett. Bitte warte hier, ich ziehe mich nur rasch um.«

Auf der Hälfte des großen Treppenhauses gab es ein Fenster. Als Cat daran vorbeikam, warf sie einen Blick hindurch und sah zu Robert herunter. Seine großen Hände spielten mit dem Hut, als wäre er dabei, einem Huhn den Hals umzudrehen. Er drückte ihn auf den Kopf, nahm ihn wieder ab, steckte ihn in seine Tasche und wischte sich schließlich mit einem großen Taschentuch das Gesicht ab.

Nervös, dachte sie befriedigt. Und dazu hatte er auch allen Grund, denn sie würde ihm bestimmt nicht das Jawort geben.

In ihrem Zimmer ließ sie sich Zeit. Sie tauschte das Arbeitskleid gegen einen hübschen, bodenlangen Unterrock aus weißem Leinen, der mit flämischer Spitze verziert war. Sie hatte ihn auf dem Markt von Penzance gekauft, mit dem bisschen, das ihr übrig geblieben war, nachdem sie den größten Teil des Lohns ihrer Mutter ausgehändigt hatte. Über das vorn geschnürte Kleid aus blauer Wolle mit dem breiten weißen Leinenkragen schlang sie einen bestickten Schal mit einem hübschen Fries aus rankenden Blüten und Blättern. Es war eine Schande, den Eindruck der zarten Pastellfarben mit schweren Lederstiefeln zu zerstören, doch nicht einmal Cats Eitelkeit konnte sie dazu verleiten, ihr einziges Paar Satinschuhe bei einem Spaziergang auf dem Land zu ruinieren. Seufzend schnürte sie die Stiefel zu und tupfte dann sorgfältig ein wenig Rosenwasser auf Hals und Ausschnitt, sodass die Sonne auf der Haut es dem armen Robert in die Nase steigen lassen könnte.

Er stapfte den Kiesweg auf und ab, als sie endlich auftauchte, war aber vernünftig genug, ihr die Trödelei nicht vorzuwerfen. Stattdessen sagte er klugerweise: »Du siehst hinreißend aus, Cat.«

Dafür wurde er mit einem Lächeln belohnt, doch zugleich verbesserte sie: »Catherine«.

Sein Gesicht verdüsterte sich. Sie konnte die Veränderung beinahe zwischen den Schulterblättern spüren, als sie an ihm vorbei auf die Straße zuging, die an den Gehöften vorbeiführte.

»Komm, wir gehen rauf zum Castle an Dinas«, rief sie über die Schulter. »Ich muss mir ein wenig den Kopf durchpusten lassen.«

»Bist du sicher? Das ist ein weiter Weg.«

»Ich habe zwei Beine, falls du es nicht bemerkt haben solltest«, antwortete sie schnippisch und ging rascher, sodass sich die Ellbogen vor- und zurückbewegten.

Und ob er das bemerkt hatte! Der Gedanke an ihre Beine ließ ihn innerlich erbeben. Er musste fast rennen, um mit ihr Schritt zu halten. »Ich muss bei Sonnenuntergang zurück sein und Will mit den Kühen helfen.«

»Dann verschwenden wir besser keine Zeit mit müßigem Geschwätz«, erklärte Cat und marschierte mit großen Schritten und heftig schwingenden Röcken vor ihm her.

Sie nahmen den Fußpfad über die Wiese Richtung Gariss und Hellangrove. Schöllkraut, Grindkraut und Ochsenauge schimmerten wie vom Himmel gefallene Sterne im Gras. Cat stellte sich vor, wie sie sie in einem Schmuckband ausstickte: kleine Kreuzstiche von Gelb, Blau und Weiß auf smaragdgrünem Grund.

Links von ihnen stieg das Land sacht unter dem dornigen Dickicht an bis zu den bewaldeten, von lautem Vogelgesang erfüllten Hügeln. Die Hecken waren mit den hellen Blüten von Bärenklau und Bartflechte gesprenkelt, und die Sonne eines langen Tages hatte das heiße, pfeffrige Aroma von Ruprechtskraut und den durchdringenden Geruch von wildem Knoblauch freigesetzt. Die Gulval Downs erhoben sich vor ihnen, von goldenem Stechginster bedeckt. Unsichtbare Lerchen schütteten dem tiefblauen Himmel ihr Herz aus. Cat sah sich nach ihrem Begleiter um, der den größeren Pflanzen mit einem Weidenstock mürrisch die Köpfe abschlug. »Komm schon, du Schlafmütze! Oder hast du Blei in den Stiefeln?« Dann rannte sie los und fühlte sich genau wie der Wildfang, als den ihre Mutter sie bezeichnet hätte, wenn sie sie in diesem Augenblick gesehen hätte.

Eine Dreiviertelstunde später standen sie auf dem Gipfel des Hügels, umtost von einer steifen südlichen Brise, die vom Meer kam, das Gras auf der Landspitze flachdrückte und den Stechginster verkrüppelte. Cats Haar peitschte hin und her, als sie sich auf einen Granitsteinhaufen in der Mitte des Erdwalls setzte. Die Umrisse der uralten Hügelfestung, die im Lauf der Jahrhunderte abgetragen und von Gras überwuchert worden war, sodass sich ihre für den Krieg bestimmten Ursprünge verloren hatten, umgaben sie wie eine Mauer, als säße sie in der schützenden Hand der Vergangenheit. Bei diesem Anblick ging Rob das Herz auf.

»Wie eine Königin der Krieger auf ihrem Thron. Bleib so …«

Sie wandte sich um und sah ihm nach, als er davonrannte, bis er aus ihrem Blickfeld verschwand. Missmutig runzelte sie die Stirn und konzentrierte sich dann auf die Fläche des schimmernden Meeres, das sich anscheinend bis zu den Grenzen der Erde erstreckte. Was ist wohl da draußen, fragte sie sich, jenseits des Horizonts? Bestimmt sagenhafte Schätze und unvorstellbare Ungeheuer, exotische Länder und andere Arten zu leben, wo man talentierte, ehrgeizige Frauen nicht zum Fegen, Stopfen und Hühnerfüttern degradierte …

Robert unterbrach ihre Träumerei. Behutsam hielt er etwas in der Hand: einen Kranz aus Stechginster, Wildrosen und winzigen Farnblättern, die so ineinander verflochten waren, dass die goldenen Blüten wie Edelsteine durch das dornige Blattwerk lugten. »Eine Krone für eine Königin«, sagte er und beugte ein Knie, um ihn ihr zu überreichen, während sich das Licht der Sonne in seinen blauen Augen sammelte wie ein flüssiger Himmel.

»Nun, dann kröne mich«, sagte sie gebieterisch, obgleich die Geste ihr gefiel.

Er richtete sich auf und legte den Kranz sacht auf ihren Kopf, und noch während er das tat, fuhr der Wind durch ihr Haar, und eine Strähne flatterte wie ein großer roter Wimpel. Er fing sie ein und schlang sie um seine Hand. Sie war weich wie Seide und versprühte feurige Funken. »Diese Burgen ließ König Arthur bauen, um die anrückenden Dänen abzuwehren. Du bist vermutlich ein Beutestück aus den Schiffen der Seekönige«, sagte er grinsend. »Nicht durch und durch kornisch wie wir anderen.«

Verärgert über diese Bemerkung entzog ihm Cat ihr Haar. »Warum sollte ich kornisch sein wollen wie ihr? Cornwall ist nichts weiter als eine arme kleine Grafschaft voller Banditen, Idioten und abergläubischer alter Schachteln.«

Robert wirkte gekränkt. »Und was bin ich – ein Bandit oder ein Idiot?«

Sie zuckte herablassend mit den Schultern und überging die Frage. »Was habt ihr eigentlich heute Morgen mit dem Herrn zu besprechen gehabt?«

Robs Blick tarnte sich, wurde vorsichtig, ausweichend. »Nichts Besonderes. Jack und Thom hatten ein paar Informationen für ihn, das ist alles.«

»Informationen worüber?«

»Ach, über Schiffstransporte und so weiter.«

»Transporte? Seit wann interessiert sich Sir Arthur für Schiffstransporte? Du vergisst, dass ich dich gesehen habe. Ich habe gesehen, wie du etwas versteckt hast.«

Doch er war auf der Hut. »Man kann sogar Garn Galva von hier aus sehen«, rief er und starrte auf die bedrohlichen Zacken am fernen Horizont. »Den Sessel des Riesen. Das wusste ich gar nicht.« Als er sich umwandte, wehte ihm der Wind das blonde Haar über das breite, offene Gesicht. »Und Trencrom, Tregoning, die Godolphin Hills. Kein Wunder, dass der Burgherr sich dieses Fleckchen ausgesucht hat.« Er schirmte seine Augen vor der Sonne ab. »Ich kann sogar die Scillies erkennen. Es wäre schwierig, unbemerkt bis hierherzugelangen, sowohl vom Land wie auch vom Meer aus. Es heißt, man habe damals vom Mount bis hier und Trencrom, Carn Brea, dann St. Agnes-Beacon und Great Stone auf St. Bellarmines Tor, und von da nach Cadbarrow, Rough Tor und Brownwilly Signalfeuer entzündet, bis ganz runter nach Tintagel, um den König zu warnen, als die Plünderer aufkreuzten. Innerhalb von zwei Tagen erreichten Arthur und die anderen neun Könige Land's End in einem Gewaltmarsch und stellten sie unweit von Vellan-Druchar. So viele wurden niedergemetzelt, erzählt man, dass die Mühle an diesem Tag mit Blut statt mit Wasser betrieben wurde, und kein einziger Däne entkam.«

»Schade, dass er nicht da war, um Mousehole und Newlyn vor den Spaniern zu retten«, gab Cat zurück. Ihr Onkel war unter den Männern gewesen, die an diesem schicksalhaften Tag im Juli 1595 Sir Francis Godolphin gefolgt waren, um gegen die Spanier zu ziehen, die das Dorf Mousehole eingenommen und die Kirche von Paul in Brand gesetzt hatten. Da sie in der Unterzahl und obendrein schlecht bewaffnet waren, war den kornischen Kriegern nichts anderes übrig geblieben, als sich vor den Kanonenkugeln der Galeonen zurückzuziehen und auf Verstärkung zu warten, während die Invasoren einen Großteil der vierhundert Häuser von Newlyn und Penzance dem Erdboden gleichmachten. Die Generation ihrer Eltern sprach bis heute nur mit gedämpfter Stimme von dem Angriff. Es war unerhört, eine Schmach, dass nach dem glorreichen Sieg über die Armada, einem Sieg, der hauptsächlich von Männern aus dem West Country erzielt worden war, Invasoren Fuß auf kornischen Boden hatten setzen können. »Wie auch immer«, sagte sie und warf ihm einen scharfen Blick zu, »du hast meine Frage nicht beantwortet.«

Robert starrte mit zusammengebissenen Zähnen hinaus auf

die See. »Kannst du mit dem Buch, das ich dir geschenkt habe, etwas anfangen?«

»Ja. Es war wirklich sehr nett, dass du dir gemerkt hast, wie ich Lady Harris' Exemplar bewunderte, und ich bin froh, jetzt ein eigenes zu haben«, sagte sie steif. »Einige Entwürfe sind sehr nützlich, und ich habe auch schon ein paar Variationen gezeichnet, die die Herrin ausgesprochen hübsch fand, zumindest hat sie das gesagt.«

»Gut. Es freut mich zu hören, dass du dein Handwerk übst.«

»Ich habe vor, als Meisterstickerin in die Gilde aufgenommen zu werden.«

Rob musste unwillkürlich grinsen. »Und wie willst du das aus der Tiefe des finstersten Cornwall heraus anstellen, Catherine? Ich fürchte, allein die Geographie wird dir einen Strich durch die Rechnung machen. Und wie willst du dein Geschlecht verändern? Die Stickerzunft ist eine Gilde für Meistersticker, nicht für junge Dinger, und seien sie noch so gewandt im Umgang mit der Nadel.«

»Dann hast du mir das Buch also nur geschenkt, um mich zu demütigen?«

Rob ergriff mit seinen riesigen Händen ihre Finger. »Das darfst du niemals denken, Cat, versprich es mir. Ich bin sehr stolz, dass du den Auftrag der Countess of Salisbury bekommen hast.«

Ihre Hand zuckte zurück, als hätte sie sich verbrannt. »Woher weißt du das? Es ist ein Geheimnis. Man hat mir verboten, darüber zu sprechen.«

»Lady Harris hat es erwähnt, sie konnte ihre Freude nicht verbergen. Das Altartuch für die Kirche der Familie Howard anzufertigen, ist ein großes Privileg, und dass unsere Herrin ein Wörtchen mitreden konnte, als die Countess entschied, einer Frau aus Cornwall solch eine ehrenvolle Aufgabe zu übertragen, war sicher eine außerordentliche Genugtuung für sie.«

Cat biss sich auf die Lippen und errötete. »Es ist eine große Verantwortung. Ich habe mich noch nie an etwas so Großes oder Ambitioniertes gewagt, bisher ist es nicht einmal richtig zu Ende geplant.«

Rob hob die Augenbrauen. »Du willst es selbst entwerfen?«

»Natürlich.« Sie funkelte ihn an, als forderte sie ihn heraus, ihr dieses Recht abzusprechen.

Es war unerhört, dass eine Frau ihren eigenen Entwurf einreichte. Der natürlichen Ordnung der Dinge entsprechend war dies dem Mann vorbehalten. Deshalb hatte er ihr dieses Buch gekauft: um ihr bei ihrer Aufgabe zu helfen, ihr den Weg zu ebnen, sie in die Lage zu versetzen, das Muster eines Meisters zu kopieren. Jeder wusste, dass Frauen nicht abstrakt denken können; darin wie in vielem anderen hatten die Männer das Sagen, und die Frauen folgten.

Er hatte den Verdacht, und nicht zu Unrecht, dass Lady Harris zwar der Gräfin ihren Schützling für die Aufgabe empfohlen hatte, das Antependium für den Altar zu besticken, gleichzeitig aber eine stillschweigende Vereinbarung bestand, dass Cat als gute Schülerin nach dem Muster eines der Meistersticker arbeiten würde. Diese lebten davon, dass sie von einem großen Haus zum anderen zogen und ihre Entwürfe verkauften. Unglücklicherweise hatte niemand Catherine davon unterrichtet. Eines Tages, so dachte er, wird sie zu weit gehen und von ihrem hohen Ross herabstürzen. Er hoffte, dass er in diesem Augenblick da wäre, um sie aufzufangen. »Hauptsache, du bist dir deiner Sache sicher«, sagte er ruhig.

»Ganz sicher. Aber solange ich nicht weiß, ob ich es auch kann, will ich nicht darüber reden. Lass uns lieber über die Klinge sprechen, die auf dem Tisch im Salon lag, dieses große, gebogene Messer, das du unter deinem Hut verstecken wolltest.«

Robert stockte der Atem. »Der Herr hat gesagt, wir dürften mit keiner Menschenseele darüber sprechen.«

Cat lachte. »Falls es dir entgangen ist, Robert Bolitho, ich bin eine Frau aus Fleisch und Blut.« Sie sah ihn so unbewegt an, als wäre sie eine Katze. Offenbar besaß sie ihren Spitznamen nicht zu Unrecht.

Rob seufzte. »Erzähl, um Himmels willen, Matty nichts weiter, sonst weiß es bei Sonnenaufgang die ganze Grafschaft«, warnte er.

Cat bekreuzigte sich feierlich. »Ich schwöre es beim Grab meines Vaters.«

»Erinnerst du dich an das Boot aus Newlyn – die *Constance* –, das letzte Woche verschwunden ist?«

Sie nickte. »Mit einer achtköpfigen Mannschaft, darunter Nan Simons Vetter Elias? Sind sie heil und gesund wieder da? Nan hat sich fast umgebracht vor Sorge.«

Robert schüttelte den Kopf. »Es gibt keine guten Nachrichten. Heute Morgen trieb die *Constance* durch den Nebel in die Bucht von Mousehole. Jack und Thom waren da, um auf … Sie hatten dort zu tun. Sie haben sie abgefangen, als sie gegen die Felsen vor St. Clement's Isle schlug. Keine Seele war an Bord, die Segel hingen schlaff herunter, und die Netze waren unbenutzt.«

Cat runzelte die Stirn. »Aber letzte Woche war das Wetter gut. Der Seegang war nicht hoch genug, um ein Boot zum Kentern zu bringen.«

»Und erst recht kein gut gebautes Schiff wie die *Constance*. Thom sagte, die Seiten hätten Schrammen gehabt, aber die könnten von den Felsen stammen. Jack hingegen schwört, dass das Dollbord von etwas wie einem Enterhaken aufgesplittert war.«

Cats Augen weiteten sich. »Und die Klinge?«

»Lag zwischen den Planken der Bilge.«

»So ein Messer habe ich noch nie gesehen.«

»Ich auch nicht, und es gefällt mir nicht.«

»Was sagt Sir Arthur dazu?«

»Die Angriffe von Freibeutern auf Boote, die von der Südküste auslaufen, haben zugenommen, aber bislang waren es hauptsächlich Kaufleute ohne Begleitschutz, die überfallen und ihrer Fracht beraubt wurden. Das ist nichts Ungewöhnliches, und der Himmel weiß, wie oft unsere Jungs französische und spanische Handelsschiffe im englischen Kanal ausgeraubt haben. Ich verstehe bloß nicht, was man davon hat, ein Fischerboot anzugreifen.«

Cat erschauerte. »Vielleicht war es bloß ein Unfall?«

Robert verzog das Gesicht. »Vielleicht. Aber ein Unfall erklärt nicht die Anwesenheit eines türkischen Dolchs in dem Boot.«

»Türkisch?«

»Wirklich, Cat, mehr darf ich dir nicht verraten, sonst ziehe ich den Zorn des Herrn auf mich. Ich habe schon viel zu viel gesagt. In dieser Gegend verbreiten sich Gerüchte wie Lauffeuer, und Sir Arthur befürchtet, dass die Leute in Panik geraten könnten über etwas, was sich möglicherweise als Einzelfall entpuppt.«

Sie packte ihn am Arm. »Rob, willst du damit sagen, dass es türkische Piraten in diesen Gewässern gibt?« Ihre Augen leuchteten. »Wie ... exotisch. Ich würde furchtbar gern mal einen sehen.«

Robert starrte sie ungläubig an. »Das sagst du doch nur, um mich zu ärgern, Catherine. Ich selbst bete darum, nie das Unglück zu haben, solchen Kreaturen zu begegnen. Sie sind kaum mehr als Tiere. Ich habe Geschichten gehört ...« Er schüttelte den Kopf, als er Cats glühendes Gesicht sah.

»Aber jetzt komm, der Tag geht zu Ende, und ich muss dich nach Hause bringen. Die Kühe werden unruhig, und bestimmt hast du vor Mistress Harris' Rückkehr noch einiges zu erledigen. Schluss jetzt mit dem Gerede über Piraten.«

Cat löste den Kranz aus ihrem Haar. Beim nächsten kräftigen Windstoß warf sie ihn Richtung Meer, und zusammen beobachteten sie, wie er in der Luft tanzte, bis er sich auflöste und seine Blüten über die Felsen streute.

FÜNF

13. Juni. Am heutigen Tag findet die Hochzeit Unseres neuen Königs Karl I. mit Henriette statt, Prinzessin von Frankreich & Navarra; auch wurde heute das Fischerboot Constance vor den Klippen bei Mousehole gefunden, die Mannschaft ist verloren & alle Ausrüstung zerstört. Niemand kennt das Schicksal dieser Männer, jedoch steckte ein türkischer Dolch in den Planken des Schiffs & Rob mußte ich schwören, kein Sterbenswort über Piraten oder Türken zu verlieren, auf daß sich keine Gerüchte verbreiten können. Deshalb schreibe ich mein Geheimniß hier auf & nur dieses Buch & ich werden darum wissen. Ich habe gehört, daß die Türken schwarze Männer mit geschorenen Köpfen und grausamen Sitten sind. Rob sagt, sie seien nicht anders als wilde Tiere, und furchtbar gern würde ich einen mit eigenen Augen sehen …

Erstaunt ließ ich das Buch sinken. Ich hatte nichts anderes als Notizen zu den Mustern erwartet, die das Buch enthielt, Gedanken über die Farben des Garns und die Art der Stiche, die man ausführen muss, um das Muster zu entwickeln, doch dieses unerwartete Fenster in die Vergangenheit kam mir vor wie der flüchtige Blick auf einen Schatz.

Ich ertappte mich bei der Frage, ob Michael je einen von Catherines kryptischen, verblichenen Einträgen tatsächlich gelesen hatte oder ob er sie einfach nur bemerkt und als Verunstaltung angesehen hatte, die ihm die Möglichkeit gab, den Preis herunterzuhandeln, weil sie wertmindernd war? Ich sah ihn förmlich vor mir, wie er, ständig auf der Suche nach einem Schnäppchen, sich über jede kleine oder eingebildete Macke beschwerte, nur um ein paar Cents zu sparen. Ich weiß nicht, wie oft ich mich verlegen abgewandt hatte, wenn er mit einem unglücklichen Budenbesitzer oder Flohmarktverkäufer feilschte. Bei der Vorstellung, wie er seine Lieblingsantiquariate in Cecil Court abgeklappert hatte, um ein passendes Abschiedsgeschenk für mich zu finden, wurde mir übel. Wie lange hatte er diesen Augenblick vorbereitet? Wie lange hatten Anna und er sich denn schon wieder »gut verstanden« – und was bedeutete dieser schönfärberische Ausdruck genau? Ich stellte mir die beiden vor, dunkelhaarig, mit olivfarbener Haut, gleich groß, elegant untergehakt. Hatte ihre Annäherung sich tage-, wochen- oder monatelang mit unserer Affäre überschnitten? Ich rannte ins Bad und übergab mich, bis mir die Galle hochkam und Augen und Nase brannten.

Als ich zum Bett zurückkehrte, fühlte ich mich wacklig und leer. Auf dem Nachttisch wartete das Buch. Daneben lag mein Notizbuch, dessen Seiten mittlerweile mit meinen Interpretationen von Cat Tregennas Tagebucheinträgen vollgekritzelt waren. Mehr als drei Stunden hatte ich über der fremdartigen Form ihrer Buchstaben, der bizarren Rechtschreibung und dem unvertrauten Satzbau gebrütet und dabei sechs Seiten meines Notizbuchs gefüllt, obgleich meine Handschrift keineswegs so sauber wie die der jungen Stickerin, sondern überall, wo ich ein Wort nicht verstand, von durchgestrichenen Wörtern, Unterstreichungen oder Fragezeichen entstellt war. Nicht gerade ein hübsches Dokument, falls es in vierhundert Jahren jemand entdeckte. Und doch fühlte ich trotz aller Unterschiede zwischen unseren Zeiten eine starke Verbindung mit Catherine Anne Tregenna, nicht nur wegen unserer gemeinsamen Liebe zur Stickerei. Auch ich war in Cornwall aufgewachsen, und auch ich hatte wie sie von Flucht geträumt.

Auf ein neues Blatt schrieb ich ihren Namen und skizzierte

dann versonnen eine gewundene Ranke um die Großbuchstaben: eine schlichte Kreuzstichübung für eine Stickprobe, etwas, mit dem ein junges Mädchen in vergangenen Zeiten seine Handarbeitsausbildung begonnen hätte. Ich fragte mich, ob Catherine genau das getan hatte, ob sie ihren Namen in schlichten klaren Farben vorgezeichnet und dann mit Blattwerk und Blüten verziert hatte. Nach dem, was ich über die jakobinische Handarbeit wusste, hatte ihr bei den ersten Versuchen vermutlich kein besonders feines Material zur Verfügung gestanden. Da sie aus einer armen Familie kam, auch wenn diese gewisse gesellschaftliche Ambitionen gehegt hatte, war ihr wahrscheinlich nichts anderes übrig geblieben, als mit Sackleinen oder grob gefärbtem Tuch aus selbst gesponnener Wolle anzufangen, am ehesten Wolle, die sie zuerst eigenhändig mit Pflanzenfarben hatte einfärben müssen. Diese gewann man aus Kräutern oder wilden Sträuchern – Waid für Blau, Krapp für Rot und Stechginster oder Zwiebelschalen für Gelb. Und ganz bestimmt hatte Catherine keinen Zugang zu den hübschen Strängen von bunter Seide gehabt, wie jene, die ich als Kind wie besessen und säuberlich nach Farben geordnet in einem extra dafür bestimmten Kästchen aufbewahrt hatte. Geschmeidig war sie durch den grobfädigen Stramin geglitten, mit dem wir als Schülerinnen in der Handarbeitsklasse gearbeitet hatten.

Ich beendete die Skizze und hielt sie auf Armeslänge entfernt. Erst da fiel mir auf, was ich schon die ganze Zeit vor der Nase gehabt hatte: Catherine Anne Tregenna. Wenn man die Anfangsbuchstaben auf diese Weise hervorhob, kam man auf CAT oder Cat. Da musste ich laut loslachen. Ich hatte mich schon gefragt, warum sie nicht Kate oder Cath hieß; Cat klang auffallend modern für ein Mädchen aus dem siebzehnten Jahrhundert. Plötzlich überschwemmte mich eine Welle von zärtlicher Zuneigung für diese längst verstorbene Frau, die der Welt ihren eigenen, wundervoll ausgesuchten Namen aufgedrückt hatte. Hatte sie ihrem selbst ernannten Totemtier entsprochen? War sie sauber und listig gewesen, mit leicht schräg stehenden Augen, immer auf der Hut? Hatte sie sich auf Samtpfoten durch das Landhaus bewegt, in dem sie arbeitete, und hatte sie angesichts der Dummheit der anderen still in sich hineingelächelt? Ich konnte sie mir vorstellen, klein und dunkel, in einen ausladenden, mit selbst gemachten Kissen ausstaffierten Holzsessel gekuschelt, im Licht eines schmalen Fensters, wie sie mit Nadel und bunten Fäden die Schwanzfedern eines sagenhaften Vogels auf ein Stück helles Leinen stickte – einen Läufer für den Frisiertisch vielleicht, die Borte einer Bettdecke oder sogar das kurz erwähnte Altartuch. Dieser Auftrag faszinierte mich. Wie schön wäre es, wenn man im Wissen über seine Entstehungsgeschichte einen solchen Schatz wiederentdecken und vielleicht sogar den Fortschritt seiner Entwicklung auf den Seiten des kleinen Buches verfolgen könnte.

Liebevoll strich ich über das altersfleckige Titelblatt. Sechzehnhundertfünfundzwanzig, fast vierhundert Jahre alt. Als sechsunddreißigjährige, unverheiratete Frau hätte ich im siebzehnten Jahrhundert nur Mitleid und Spott geerntet. Eine Alleinstehende, eine alte Jungfer: unnütz für die anderen und ohne einen eigenen Platz in der Gesellschaft. Das war heute nicht viel anders, was mich nicht gerade fröhlich stimmte, aber was wusste ich denn wirklich über das siebzehnte Jahrhundert? In meinem Bewusstsein nahm es einen ziemlich verschwommenen Raum zwischen den ruhmreichen Tudors, dem Bürgerkrieg und der Restauration ein. Daher beschloss ich, mich über diese Epoche erst einmal zu informieren, bevor ich mit der Übersetzung von Catherines Tagebuch weitermachte.

Als ich mein Bücherregal nach etwas durchforschte, was mich weiterbringen könnte, fand ich einige Gedichtbände und Shakespeare-Stücke mit Erläuterungen, mehrere *Penguin*-Literaturführer und ein paar leichte philosophische Texte aus der College-Zeit – nichts von spezifischem Nutzen. Doch im verstaubten untersten Fach des Bücherregals im Gästezimmer stieß ich auf ein Nachschlagewerk für Kinder in mehreren Bänden, das wahrscheinlich noch aus den Schultagen meiner Großmutter stammte. Als ich sie herauszog und auf den Fußboden stapelte, stieg mir ein Hauch von Moder und Gesichtspuder in die Nase. Es waren Gerüche, die ich mit meiner Kindheit in jenem Haus assoziierte, das meine Großmutter damals zusammen mit ihrer nörgelnden älteren Schwester bewohnt hatte, und ich fragte mich, ob dieser Duft echt oder eingebildet war, eine Erinnerung, die sich vielleicht nur durch die Assoziation mit dem Gegenstand selbst eingeprägt hatte. Als Kind hatte ich diese Enzyklopädie geliebt und stundenlang über den präzise gezeichneten Seiten zum Ausklappen verbracht, die den Querschnitt eines Apfels, eines Froschs oder einer Fliege zeigten, oder erklärten, wie eine Dampfmaschine oder ein mittelalterliches Schloss aufgebaut waren. Nun blätterte ich durch einen der Bände und entdeckte mehrere ausführliche, illustrierte Artikel über Kunstgeschichte, griechische Mythologie, die Anatomie des Menschen, den Trojanischen Krieg und das englische Feudalsystem. Zwei Bände weiter (im Anschluss an die Entdeckung des Penicillins, das Leben wilder Tiere in der Savanne, Chaucer und Galileo) fand ich das, wonach ich suchte.

Ich stellte die anderen fünf Bände ins Regal zurück und nahm den sechsten mit ins Wohnzimmer, wo ich es mir auf dem Ledersofa bequem machte und anfing zu lesen.

Eine Dreiviertelstunde später wusste ich alles, was ich brauchte. Obwohl sich das Nachschlagewerk als Kompendium des Wissens für Kinder ausgab, entpuppte es sich als spannende und, offen gestanden, anregende Lektüre, gespickt mit verblüffenden Details. Ich wusste, dass Jakob I. der Sohn der hingerichteten Königin von Schottland, Maria Stuart, war, nicht aber, dass er eine dänische Frau gehabt hatte und obendrein eine solche Unzahl von männlichen Günstlingen, dass die Leute sagten: »Elisabeth war König, jetzt ist Jakob Königin!«, als er den englischen

Thron erbte. Auch hatte ich nie davon gehört, dass Jakob ein armer und unbeliebter König war und trotzdem einen so extravaganten und kostspieligen Lebensstil pflegte, dass er das Land tief verschuldete. Am Ende musste er seine Titel und Ländereien verkaufen und konnte seine Kriegsflotte nicht mehr bezahlen. Trotzdem hatte er auf seinem gottgegebenen Recht beharrt, immer zu tun, was er wollte, und lieber das Parlament aufgelöst, als sich dessen Kritik gefallen zu lassen. Kurz zuvor hatte er versucht, seinen einzig überlebenden Sohn Karl mit der reichen spanischen Infantin zu verheiraten, und das in einer Zeit, als England entschieden protestantisch war. Die Spanier hatten diesen Heiratsantrag selbstherrlich abgelehnt, und der gedemütigte Karl hatte am Ende, nur wenige Monate vor dem Tod seines Vaters, die französische Prinzessin Henriette Maria geheiratet. 1625 hatte er mit fünfundzwanzig Jahren, gerade sechs Jahre älter als Catherine Tregenna, den Thron bestiegen.

Noch interessanter war die Tatsache, dass der mächtigste Berater von König Jakob Robert Cecil, der Earl of Salisbury gewesen war. Hatte Catherine nicht seine Frau, die Countess of Salisbury, als Auftraggeberin erwähnt? In fiebriger Erregung kam ich mir plötzlich vor wie ein laienhafter Detektiv und kehrte zum *Stolz der Stickerin* zurück.

10. Juli. Heute war der schröcklichste Tag in meinem Leben, er genügt, um meine Seele verzweifeln zu lassen. Der ganze Zorn des Herrn hat sich über mich ergossen, als würde ich bestraft für die Kühnheit, mir ein besseres Leben zu wünschen. Ich empfinde eine solche Wut, daß ich an nichts anderes zu denken vermag, seit Will Chigwines Frau Nell mich als Versucherin & Hure von Babylon beschimpft hat & Mistress Harris für sie Partei ergriffen hat & mir meinen Vetter nun als Ehemann aufzwingen will …

SECHS

Catherine
Juni 1625

Cat strich mit der Hand über den *Stolz der Stickerin*. Das erste Licht der aufgehenden Sonne fiel schräg durchs Fenster auf ihr konzentriertes Gesicht und verwandelte ihr rotgoldenes Haar in einen hellen Lichterkranz. Sie war mit einem Bild erwacht, das sich wie eine Efeuranke in ihrem Kopf festgeklammert hatte, unerbittlich und zart zugleich. Sie hatte das Gefühl, dass es sich in Luft auflösen könnte, wenn sie auch nur mit der Wimper zuckte, war aber entschlossen, dies keinesfalls zuzulassen. Denn schon beim Aufwachen hatte sie das Bild als das erkannt, was es zweifellos war: den Entwurf für das Altartuch, das ihr wie eine himmlische Vision erschienen war.

Die Verantwortung für diesen Auftrag hatte ihr in den zurückliegenden Wochen schwer auf der Seele gelegen, nicht nur wegen der ästhetischen Herausforderung, sondern auch wegen der vielleicht damit verbundenen Möglichkeit, weiterzukommen und ihrem jetzigen Dasein zu entfliehen. Insgeheim hatte Cat einen Traum: Wenn sie ein Altartuch schuf, das bei der Countess of Salisbury angemessenen Beifall fand, würde diese erlauchte Persönlichkeit unter Umständen beschließen, Catherine Tregenna als unverzichtbare Bereicherung ihres Lebens und ihres Heims anzusehen und in ihr prächtiges Londoner Anwesen holen. Falls Cat diese Möglichkeit bekäme, würde sie ihre Stellung auf Kenegie aufgeben, das wusste sie genau, sie würde Penwith, Cornwall und alles andere verlassen, ohne auch nur einen einzigen Blick zurückzuwerfen. Freudig würde sie die südlichen Winde und das schimmernde Meer, die von Stechginster bedeckten Hügel und die von Flechte überzogenen Granitfelsen ihrer Heimat gegen ein Leben in einem richtigen aristokratischen Haus eintauschen. Der Tratsch und das Gerede auf Kenegie nahmen ihr die Luft zum Atmen; ihre Aufgaben für Lady Harris langweilten sie, ganz gleich, wie freundlich ihre Herrin sie behandelte, und die Aussicht, dass sie keinen besseren Ehemann als Robert erwarten konnte, trieb ihr Tränen der Verzweiflung in die Augen. Sie war zu Höherem bestimmt. Ihre Mutter hatte es ihr stets eingeschärft, und sie glaubte daran, mit jeder Faser ihres Seins.

Vor dem Einschlafen hatte sie an das Altartuch gedacht, an sein Thema, seinen Entwurf und das Material, das sie benutzen würde. In der Nacht schien dann eine seltsame Alchemie stattgefunden zu haben, die Sehnsucht und Inspiration in visueller Form zusammenführte. Die Vision spukte noch in ihrem Kopf herum, aber konnte sie sie einfangen und festhalten, bevor sie ihr entwischte? Ihre Zukunft hing möglicherweise davon ab, ob es ihr gelang, und bei diesem Gedanken zitterte ihre Hand.

Sie holte tief Luft, verstärkte ihre Entschlossenheit und führte den Stift in einer leichten, gebogenen Linie vom oberen bis zum unteren Rand des Blattes. Der erste Strich auf der jungfräulichen Oberfläche brach den Zauber, und plötzlich war sie frei. Die Umrisse eines Baumstamms waren schnell erkennbar, die Hand bewegte sich rasch und entschieden, deutete hier und da Äste an, die sich anmutig ineinander verflochten, eine Fülle von Blattwerk, von Beeren, Knospen und Blüten. Das Muster entfaltete sich wie das Blatt eines jungen Farns – zierlich, gekrümmt, ikonisch – in kräftiger, beruhigender Symmetrie. Von einem Fundament ineinander verschlungener Wurzeln, aus dem kleine Geschöpfe lugten – ein Hase, ein Frosch, eine Schnecke – streckte sich der Baum der Erkenntnis dem Himmel entgegen. Adam stand auf einer Seite, Eva auf der anderen; der Apfel hing zwischen ihnen. In den Ästen über Evas Kopf wand sich die grinsende Schlange.

»Cat, Cat!«, ertönte eine Stimme durch die Türritze. »Warum bist du nicht heruntergekommen? Ist dir unwohl?«

Seufzend klappte Cat das Buch zu und schob es unter die Bettlaken, damit niemand es sah. Die anderen Mädchen glaubten ohnehin, dass sie sich für ihre Stellung viel zu viel einbildete; warum sollte sie sich den Tag verderben und zulassen, dass sie sich über ihren Ehrgeiz lustig machten. »Ich komme«, rief sie zurück. »Ich bin gleich unten.«

»Die Köchin lässt dich nicht mehr in die Küche, wenn du nicht sofort kommst. Sie muss das Abendessen für die Gäste der Herrschaft vorbereiten. Dann kannst du auf dein Frühstück verzichten. Außerdem hat sie schon gesagt, dass es heute auch kein Mittagessen gibt, wir sollen genug Brot und Käse essen, um bis zum Abend durchzuhalten.« Mattys Stimme klang, als wäre sie angesichts dieser Vorstellung entsetzt. Sie war eher rundlich, und auf eine Mahlzeit verzichten zu müssen, war für sie so ziemlich das Schlimmste, was sie sich ausmalen konnte.

»Was für Gäste?«, fragte Cat neugierig.

Es folgte ein Augenblick verwirrten Schweigens im Flur, dann: »Weiß ich nicht genau. Ein paar Männer, die den Gouverneur besuchen wollen. Beeil dich, oder es ist nichts mehr da.«

Cat verdrehte die Augen. Typisch Matty, sie hatte nicht einmal gefragt. »Ehrlich gesagt, habe ich gar keinen Hunger«, sagte sie, zog ein sauberes Unterhemd an und zögerte dann. Wenn Sir Arthur Gäste erwartete, sollte sie sich vielleicht etwas mehr herausputzen. Sie legte ihr einfaches Arbeitskleid wieder hin und nahm aus dem Eichenschrank ein Kleid aus roter Wolle, das ihrer Mutter gehört hatte. »Komm, hilf mir mit dem Korsett.« Es konnte nicht schaden, zwei Paar Hände zu haben, um ihre ohnehin schmale Taille einzuschnüren.

Matty drückte vorsichtig die Tür auf. »Bist du auch ganz bestimmt nicht krank?«, fragte sie erneut und musterte das ältere Mädchen, als suchte sie nach Anzeichen von Pocken oder Pest.

Cat entging ihr unverhohlen forschender Blick nicht. »Nein, du dumme Gans! Und jetzt mach schon, oder ich komme zu spät, um unsere Herrin zu bedienen, und du weißt ja, wie schnell sie sich aufregt.«

Lady Harris war in der Tat aufgebracht, doch das hatte nichts mit der Verspätung ihrer Zofe an diesem Morgen zu tun.

»Ich wünschte, mein Gatte würde mich rechtzeitig unterrichten, wenn wichtige Gäste ins Haus stehen«, erklärte sie, als Cat nach der Brennschere griff und sich der komplizierten Aufgabe zuwandte, die Halskrause ihrer Herrin zu plissieren. »Ich hatte meinen Tag bereits verplant, und jetzt muss ich der Köchin Anweisungen geben und den Speisesaal herrichten, dabei ist das gute Tischleinen eingepackt und garantiert voller Motten, und Polly hat eine fürchterliche Erkältung und kann nicht bei Tisch bedienen. Obendrein muss ich mich der Stellung meines Mannes gebührend kleiden. Oh, und die Buchsbaumhecken müssen gestutzt werden; der Garten ist in einem entsetzlichen Zustand, seit wir den armen Davey verloren haben. Was soll Sir Richard von uns denken, wenn er aus Lanhydrock kommt und unser ärmliches Haus sieht?«

Außerhalb ihres Blickfeldes hob Cat eine Augenbraue. Sir Richard Robartes lebte fast einen Tagesritt entfernt östlich vom abgeschiedenen Kenegie, knapp vor der Kreisstadt Bodmin im Osten. Sie fragte sich, was ihn so weit von zuhause wegführen mochte. Schon immer hatte sie sich brennend für alles interessiert, was mit dem Adel zu tun hatte, und wusste, dass dieser Gentleman vor ein paar Jahren das heruntergekommene Anwesen Lanhydrock erworben und sich sofort darangemacht hatte, mit ganzen Heerscharen von Gärtnern dessen weitläufige Ländereien neu zu gestalten. Bei diesem Vorhaben hatte er so viel Geld ausgegeben, dass im ganzen County die Leute getuschelt und den Kopf geschüttelt hatten. Cat hatte erlebt, wie ihre Mutter das Gesicht zu einem charakteristisch spöttischen Grinsen verzog, wenn sie sich dazu äußerte, wie immer, wenn sie von jemandem sprach, den sie nicht leiden konnte. »Ein selbst ernannter Puritaner! Und dann wirft er sein Vermögen zum Fenster hinaus, indem er versucht, etwas zu verbessern, was der Herr in seiner ganzen rauen Schlichtheit so geschaffen hat, wie es ist! Heuchler, wie alle von seinem Schlag, mit ihrem scheinheiligen Gerede und ihrem privaten Dünkel. Mir ist ein ehrlicher Spitzbube tausendmal lieber als einer aus diesem glattzüngigen Kreis.«

Cat drückte routiniert die Falten der Halskrause gegeneinander, sammelte die Bänder ein und befestigte sie unsichtbar im Innern des kostbaren italienischen Brokats. »Ich glaube wirklich nicht, dass Sir Richard den weiten Weg von Bodmin bis hierher auf sich nimmt, nur um den Zustand des Irrgartens zu begutachten, Mylady«, sagte sie leise. »Oder die Tischwäsche, Motten hin, Motten her.«

Margaret Harris warf ihr ein rasches, nervöses Lächeln zu. »Natürlich hast du recht, Catherine. Wie auch immer, wir haben keinen Grund, uns zu schämen. Mein Haus ist vielleicht nicht das wohlhabendste weit und breit, aber diese Männer sind einflussreich und viel herumgekommen. Selbst wenn ihnen Kleinigkeiten nicht auffallen, kannst du sicher sein, dass sie einen Eindruck gewinnen, und ich bin davon überzeugt, dass sie Sir Arthur eher Gehör schenken und zur Seite stehen, wenn sie sehen, dass er ein solider Mann mit einem anständig geführten Haushalt ist.« Sie rang die Hände und trat zur Seite, um sich in einem hohen venezianischen Spiegel zu begutachten. »Sehe ich angemessen genug aus? Sehe ich gut aus, Catherine?«

Cat betrachtete ihre Herrin stumm. Es bestand kein Zweifel daran, dass Lady Harris absolut korrekt gekleidet war, aber der Stil ihres Kleids war langweilig und grässlich altmodisch, wenn man Wert darauf legte, der neuesten Mode zu folgen. Der Stoff war kostbar und das Mieder mit kleinen Perlen besetzt, doch das Kleid war zu hochgeschlossen und der Rock zu weit. Heutzutage kleidete sich kein Mensch mehr so steif und formell, ganz zu schweigen von dem alten Wagenradkragen. Ihn zu waschen und zu stärken war eine lästige Plackerei, eine Aufgabe, die sie verabscheute. Doch diese Gedanken behielt sie für sich und nickte anerkennend. »Ihr seht in der Tat sehr gut aus, Mylady. Sir Arthur wird stolz auf Euch sein.«

Und das war zweifellos der Fall: Trotz der Tatsache, dass Sir Arthurs Pflichten als Gouverneur von St. Michael's Mount ihn häufig von zuhause wegführten, liebte er seine Familie hingebungsvoll, und wann immer er sich in der Nähe seiner Frau befand, ruhte der Blick seiner umschatteten blauen Augen mit viel mehr Wärme auf ihr, als eine solch gesetzte und farblose Frau erwarten durfte. Es musste wohl stimmen, was Polly einmal über diese Ehe behauptet hatte, folgerte Cat: Nicht aus schierer Pflicht allein hatte sie so lange gehalten und acht gesunde Kinder und sechs bedauernswerte Totgeburten hervorgebracht.

Margaret Harris trat ans Fenster und ließ den Blick über das Land schweifen. Durch die Bäume hatte sie einen klaren Blick auf St. Michael's Mount, der sich wie das legendäre Avalon aus der ruhigen See erhob. Die nahen Gewässer der Bucht schimmerten türkis, als die Sonne bis auf den hellen Sand davor fiel. Sie seufzte. »Ich wünschte, ich hätte diesen Ort nie gesehen«, sagte sie plötzlich heftig.

Cat starrte sie an; einen Augenblick war sie sprachlos. Sie wusste, dass es Margaret Harris' Entscheidung gewesen war, hier auf Kenegie zu bleiben, statt in das Schloss auf dem Mount zu ziehen – eine Entscheidung, die Cat einfach nicht verstehen konnte. Kenegie war auf seine Art durchaus akzeptabel – mächtig und granitgrau, hoch in den Gulval-Hügeln gelegen, umgeben von schützenden Bäumen. Doch wenn sie – Cat – seine Gemahlin gewesen wäre, hätte sie verlangt, dass sie den Familiensitz auf der Stelle verließen und in das Schloss zogen. Dort hätte sie stilvoll Hof in den weiträumigen Sälen gehalten, die Wände mit herrlichen Wandteppichen bedeckt und den langen Tisch verschwenderisch mit Leinen, Kristall und Silber geschmückt. Mit dem Schiff die Mount's Bay zu überqueren, um anschließend in das majestätische Schloss auf dem höchsten Punkt der Insel zu fahren, hätte jeden Besucher beeindruckt, ganz gleich, wie welterfahren er sein mochte.

Einmal war sie dumm genug gewesen, dies ihrer Herrin zu sagen, und streng zurechtgewiesen worden. »Ich habe lernen müssen, dass es sehr schwer ist, sich in einem Schloss einzurichten, mein Liebes, vor allem auf dem Mount, denn er ist schroff, unzugänglich und extrem zugig. Außerdem kann man den Mount vom Land und vom Meer aus meilenweit sehen; das macht ihn zu einem natürlichen Angriffsziel für Feinde aus fremden Ländern. Seit ich denken kann, klagt mein Mann über seine mangelhafte Befestigung und Bewaffnung.« Bei diesen Worten war sie erschauert. »Glaub mir, Catherine, ich würde meine kleinen Annehmlichkeiten hier nicht um alles in der Welt für die Pracht eines solchen Schlosses hergeben.«

Nun wandte sich Lady Harris von dem Anblick ab. Ihr fest geschlossener Mund bildete eine gerade, harte Linie. »Dieser Mount zerstört allmählich die Gesundheit meines Gemahls«, erklärte sie. »Er ist eine Last und eine Sorge, dabei sollte er es im Herbst seines Lebens etwas leichter haben. Seit dreißig Jahren steht er als streng loyaler und ergebener Untertan im Dienst der Krone, aber was hat er davon gehabt? Mit schönen Worten lässt sich nichts kaufen, und hübsche Fahnen mögen jemanden zum König ausrufen, sein Reich können sie nicht retten.«

König Jakob hatte dem Gouverneur die Union Flag geschickt, als Belohnung für seine »hervorragenden und treuen Dienste«, und ihn angewiesen, sie stets vom höchsten Punkt des Schlosses flattern zu lassen, als Zeichen seiner königlichen Gunst. Cat blickte ihre Herrin verwundert an, nicht nur wegen der ungewohnten Schärfe ihres Ausbruchs, sondern auch wegen dessen Inhalts. Die Ankunft der Flagge war gewiss eine Auszeichnung gewesen: Solche Worte grenzten an Verrat. Zum Glück hatte niemand sie gehört.

»Ich könnte für Polly einspringen«, sagte sie, um die peinliche Stille, die entstanden war, zu überbrücken. »Wenn es Mylady beruhigen würde. Ich bin zwar nicht so erfahren wie sie, aber ich würde Euch sicher keine Schande machen.«

Lady Harris schüttelte den Kopf. »Ich möchte dich nicht darum bitten, Catherine. Es ist eine stundenlange, stumpfsinnige Aufgabe, und du könntest dir dein hübsches Kleid ruinieren.« Ihre Augen funkelten. Trotz ihres unscheinbaren Äußeren war Margaret Harris nicht dumm und hatte sofort bemerkt, dass ihr Dienstmädchen sein bestes rotes Kleid trug, weil sie wohlhabende Gäste erwarteten. »Aber dafür könntest du mir helfen, den Speisesaal herzurichten.«

In den nächsten beiden Stunden lief Cat in einer höchst unschmeichelhaften Schürze durchs Haus, fegte auf Geheiß ihrer Herrin die Fliesen, klopfte die Teppiche aus, polierte Stühle, Gläser und Messer, wechselte die Blumen, schüttelte die Motten aus, die sich trotz der streng riechenden Kräuter in der Wäsche eingenistet hatten, und setzte sich dann mit Nadel und Faden ins hellste Licht, das sie finden konnte, um die unzähligen winzigen Löcher zu stopfen, die sie in dem guten holländischen Tischtuch hinterlassen hatten. Matty rannte mit Lappen, Besen und einem mit heißen Kohlen gefüllten Brenneisen zwischen Küche und Speisesaal hin und her. Margaret Harris bezog im Salon Stellung, von wo sie die Köchin und Nell Chigwine beaufsichtigen konnte, die das am Morgen geschlachtete Lamm rösteten, Pasteten buken, Fischsuppe kochten, Früchte und Käse bereitstellten. Bei einem riesigen Brotauflauf, der mit kandierten Beeren bestreut war, legte sie sogar selbst Hand an. »Lauf in die Molkerei und bitte Grace um einen Krug frischen Rahm«, rief sie Nell zu, die sich gewissenhaft die mehligen Hände an der Schürze abwischte und die Abkürzung durch den

Speisesaal zum Hof nahm, der auf der anderen Seite von den Wirtschaftsgebäuden gesäumt war.

Als sie sah, wie Cat auf allen vieren vor dem Kamin hockte, um ihm den letzten Glanz zu verpassen, blieb Nell auf der Schwelle stehen und grinste verächtlich. Die beiden konnten einander nicht ausstehen.

Cat richtete sich auf und sah Nell geradewegs in die Augen.

»Hast du nichts Besseres zu tun, als hinter mir herzuspionieren?«, fragte sie böse, sprang auf und streifte endlich die schmutzige Schürze ab.

Nell schürzte spöttisch die Lippen. Sie sah mit offenkundiger Abscheu auf Cat herab. »Ich habe den Dünkel dieser Welt gesehen, Catherine Tregenna. ›Ich sah alles Tun, das unter der Sonne geschieht, und siehe, es war alles eitel und Haschen nach Wind.‹ Prediger Salomo, Kapitel 1, Vers 14.«

Cat lachte. »Es hat keinen Sinn, mir Sprüche aus der Bibel zu zitieren, Nell. Sie perlen an mir ab wie Wasser an einer Gans, und ich verstehe kein Wort. Entweder rede vernünftig mit mir oder lass mich in Ruhe.«

»Du solltest Erlösung durch den Herrn suchen, bevor es zu spät für dich ist. Du bist kaum besser als eine Heidin.« Nell stand vor ihr, die Hände in die Hüften gestemmt, unerschütterlich in ihrer Selbstgerechtigkeit. »Ich habe dich letzten Sonntag in der Kirche gesehen. Du hast den jungen Burschen schöne Augen gemacht und in dein Buch geschrieben, statt den Herrn um Vergebung zu bitten für all deine leichtfertigen Gedanken und gotteslästerlichen Taten. Erst gestern sah ich dich im Obstgarten für deinen armen unschuldigen Vetter Apfelblüten pflücken, nur um ihm deine Knöchel zeigen zu können, ganz wie die richtige Eva.«

Cat zuckte mit den Schultern und ging Richtung Küche. »So etwas habe ich nicht getan, und mein Gewissen ist völlig rein«, sagte sie scharf.

Nell wich zurück, als könnte eine Berührung des roten Kleides die Sünde auf sie übertragen. »Du bist eine Verführerin, eine Jezabel, und der Herr wird dich für deinen Dünkel strafen.«

Cat rauschte an ihr vorbei wie ein aufgetakeltes Schiff. »Wenigstens bin ich keine scheinheilige alte Hexe«, sagte sie, kaum hörbar.

Nell starrte ihr nach, misstrauisch, aber ein kleines bisschen taub.

Nachdem sie dermaßen geschuftet hatte, um den Speisesaal vorzubereiten, hoffte Cat, Lady Harris' Gunst gewonnen zu haben. Stattdessen wurde sie in die Schlafkammer verbannt, um ihrer Herrin eine neue Garnitur Unterwäsche zu nähen. Irgendetwas an der Natur und der Wahl des Zeitpunkts für diese Aufgabe sorgte dafür, dass sich ihre Nackenhaare sträubten wie die des alten Jagdhunds Blind Jack, wenn die Katzen der Farm sich an ihm vorbeischlichen, um sein Futter zu stibitzen, aber sie hatte nichts machen können, außer zustimmend den Kopf zu senken und sich rasch abzuwenden, bevor irgendwer sah, wie verzweifelt sie war. Sie war die Treppe hinaufgeflogen, hatte Stoffballen und Nähkorb herausgesucht und sich immer noch wutschnaubend in den Sessel mit der hohen Rückenlehne vergraben. Mit Hilfe einer alten Unterhose als Modell hatte sie den Stoff zurechtgeschnitten und mit so viel Eifer, wie sie für eine solche Arbeit nur aufbringen konnte, gestichelt und gesäumt. Trotz aller Versuche, sich in die Arbeit zu vertiefen, war der Gedanke an die ungerechte Behandlung immer wiedergekehrt, wie ein Hund, der an der Tür kratzt. Es brachte sie zur Raserei, dass die bornierte Matty und die missmutige Nell sich da unten sauber und herausgeputzt darauf vorbereiteten, bei Tisch zu bedienen, und nicht sie. Es wäre zwecklos, Matty zu fragen, was zwischen den Gästen besprochen worden war – sie hatte das Gedächtnis einer Mücke –, und die Möglichkeit, sich freiwillig mit Nell Chigwine über ein solches Thema zu unterhalten, war einfach unvorstellbar. Frustriert biss sie sich auf die Lippen, bis sie bluteten, was sie jedoch erst bemerkte, als ein roter Tropfen auf das feine weiße Leinen fiel, wo er sich wie eine Wunde ausbreitete.

»Verflixt!«, schäumte Cat. Sie schleuderte das ruinierte Teil zu Boden. Es war beinahe fertig gewesen, sie hätte nur noch das Bündchen mit einem Seidenband verstärken müssen. Nun blieb ihr nichts anderes übrig, als noch einmal ganz von vorn anzufangen, in der Hoffnung, dass Lady Harris in ihrer üblichen knauserigen Art den Stoffballen nicht nachmessen und das Missverhältnis entdecken würde, sonst müsste sie ihr Missgeschick eingestehen und die drei Pennys bezahlen, die sie vergeudet hatte. Sie seufzte tief, hob das verdorbene Teil wieder auf und trat damit ans Fenster.

Durch die Butzenscheiben erspähte sie fünf Reiter, die auf das Haus zukamen und durchs Gras pflügten, als wäre es das Meer. Der erste war unverkennbar Sir Arthur: Der große Grauschimmel war Kerrier aus ihren eigenen Stallungen. Hinter ihm folgten zwei Reiter mit dunklen Umhängen, ein älterer Gentleman auf einer prächtigen, kastanienbraunen Stute, den sie als ihren Nachbarn Sir Francis Godolphin ausmachte, regelmäßiger Gast auf Kenegie, und ein untersetzter Mann, ganz in Schwarz mit einem aufwändig mit Federn geschmückten Hut. Die Hufe klapperten im Hof, und Sir Arthur schwang sich steif aus dem Sattel, bevor er Jim, dem Stallburschen, die Zügel zuwarf. Cat öffnete das Fenster, um besser sehen zu können, und genau in diesem Moment, möglicherweise durch das Geräusch des Riegels aufmerksam geworden, sah der letzte Mann auf und blickte ihr geradewegs in die Augen. Seltsamerweise wandte er den ganzen Weg durch den Hof den Blick nicht ab, wobei ein seltsames, leichtes Lächeln um seinen Mund spielte. Dann saß er so schwungvoll ab, dass ihm der Hut vom Kopf flog und den Blick auf sein rotblondes Haar und einen akkurat gestutzten roten Bart freigab. Er sah ganz und gar nicht aus wie ein Mann, den Sir Arthur in wichtigen Angelegenheiten zu Rate ziehen würde, fand Cat.

Wenige Augenblicke später waren die Besucher im Haus verschwunden. Cat blieb angespannt und neugierig zurück. Es kostete sie einige Mühe, sich erneut der Arbeit an der Unterwäsche zuzuwenden.

Am Ende, nachdem sie alle Nähte aufgetrennt, den Fleck herausgeschnitten und die Teile neu zusammengenäht hatte, ohne allzu viel Stoff zu verlieren, legte Cat die Garnitur beiseite und dankte Gott, dass Lady Harris so mager war und wahrscheinlich den Unterschied zwischen diesem Höschen und den anderen, die Cat für sie genäht hatte, gar nicht bemerken würde. Sie packte Nadel und Faden weg, stand auf und streckte sich, bis ihre Gelenke knackten. Draußen sah sie, wie ihr Vetter Robin über den Hof ging. Cat klopfte gegen das Fenster und rannte dann leise die Treppe hinab. Doch statt den Gang zum Abort zu nehmen, was ihr einen vernünftigen Vorwand für die Unterbrechung ihrer Aufgabe geliefert hätte, stahl sie sich an der Küche vorbei auf den Speisesaal zu, wo die Gäste versammelt waren. Das Murmeln ihrer Stimmen erfüllte die Luft, aber die Tür war fest verschlossen. Ein paar Augenblicke lang lauschte sie an der Türritze, hörte jedoch nichts Außergewöhnliches. Die Männer unterhielten sich offenbar über die Vorteile verschiedener Kanonenarten und machten zwischendurch höfliche Bemerkungen über das Essen. Als die Konversation einen Augenblick verstummte, flüchtete Cat, aus Angst, entdeckt zu werden. Robert würde sicher mehr wissen, als sie mit ein paar Sekunden Lauschen herausbekommen konnte. Er hatte eine Gabe dafür, er wusste immer alles, was sich im Haus oder auf dem Mount abspielte. Die Menschen vertrauten Rob, egal, ob es um Informationen, schwierige Aufgaben oder ihr eigenes Wohlergehen ging. So war er eben: zuverlässig, entschlossen und tüchtig. Kein Zweifel, dass er ein wunderbarer Ehemann wäre – allerdings für eine andere.

»Robert!« Sie stahl sich in den Hof und bedeutete ihm, ihr zu folgen, bis keiner aus dem Haus sie mehr hören konnte.

Er kam mit verwirrtem Gesicht hinter ihr her. »Was ist los, Cat– … Catherine?«

»Wer sind diese Männer, die vier, die mit Sir Arthur gekommen sind und jetzt mit ihm zu Abend essen?«

Rob warf ihr einen schrägen Blick zu. »Warum fragst du das?«

»Darf ich etwa nicht ein kleines bisschen neugierig sein, wenn diese Gäste den ganzen Morgen für einen solchen Aufruhr im Haus sorgen und wir uns auf Geheiß von Mylady die Füße wundlaufen, weil wir tausend Dinge zu erledigen haben?«

Er grinste. »Die Füße wundlaufen, wie? Und das in deinem besten roten Kleid?«

»Das ist keineswegs mein bestes Kleid«, log sie. »Und außerdem, was verstehst du schon von solchen Dingen, Robert Bolitho?«

»Nicht besonders viel«, gab er zu und lief rot an.

»Wer sind sie also, und warum sind sie hier?«, drängte sie. »Ich weiß, dass Sir Richard Robartes aus Lanhydrock dabei ist«, setzte sie rasch hinzu, um mit ihrem wenigen Wissen zu prahlen. »Und natürlich habe ich Sir Francis erkannt. Aber die anderen beiden kenne ich nicht.«

»Der Ältere der beiden ist der Politiker und Höfling Sir John Eliot. Er ist von weither gekommen, aus Port Eliot«, sagte er respektvoll. »Er ist bekannt dafür, dass er sogar vor dem König offen seine Meinung sagt und großen Einfluss in London hat.«

Cat nickte und merkte sich den Namen. Ein Hauch von London auf Kenegie: Das war wirklich aufregend, und dass Sir John durch die ganze Grafschaft geritten war, um den Herrn zu sehen, konnte nur bedeuten, dass ihre Unterhaltung überaus wichtig sein musste. »Und der andere?«, bohrte sie weiter. »Der mit dem roten Haar und dem schönen Hut?«

»John Killigrew aus Arwenack«, sagte Robert ohne nähere Erklärung.

»Der Pirat?«, rief Cat aufgeregt.

»Der Gouverneur von Pendennis Castle«, berichtigte Rob sie steif, obwohl alle Welt wusste, dass die Killigrews Freibeuter waren, Diebe und Taugenichtse, die von einem großen Haufen veruntreuten Goldes aus die gesellschaftliche Hierarchie bis ganz nach oben geklettert waren. Dies machte sie für viele Bewohner von Cornwall natürlich zu großen Helden, besonders bei jenen, die noch immer das Ableben von Queen Bess betrauerten und den Jahren nachweinten, in denen die Krone bei einem kleinen Seefahrer-Abenteuer so oft ein Auge zugedrückt hatte.

Cats Mutter hatte drei Jahre in der Nähe von Arwenack gearbeitet, am Helford River, und von nichts anderem gesprochen, als wäre diese kurze Zeit ein goldenes Zeitalter für sie gewesen, als gehörten die anschließenden zwanzig Jahre zum Leben einer anderen Frau. Weit davon entfernt, sich zu schämen, weil sie für Menschen gearbeitet hatte, die allzu nahe am Wind segelten, schwärmte Jane Tregenna im Gegenteil von den wilden Geschichten, die die Killigrews umgaben. Sie genoss es, ihrer Tochter immer wieder und von Mal zu Mal reicher ausgeschmückt die Geschichte von Jane Killigrew zu erzählen, Frau des ersten Sir John, der sein Leben im Londoner Fleet-Gefängnis beendet hatte. Seiner Witwe hatte er nichts als Schulden hinterlassen, die sie nicht begleichen konnte, sodass die resolute Frau beschloss, ihr Schicksal selbst in die Hand zu nehmen. Als dann zwei holländische Galeonen mit spanischem Gold an Bord bei einem Sturm in Seenot geraten und in den Schutz von Pendennis gebracht worden waren, hatte Jane Killigrew an der Spitze ihrer Dienstboten – bewaffnet mit Piken und Schwertern – die Schiffe gestürmt, die Mannschaft überwältigt, die beiden spanischen Kommissionäre an Bord getötet und mehrere Fässer voll Gold erbeutet. Wegen des Mordes an den spanischen Granden waren viele Beteiligte zum Tod durch den Strang in Launceston verurteilt worden, trotzdem munkelte man, dass Elisabeth persönlich sich für Lady Jane eingesetzt habe. Bestimmt hatte sie eine königliche Begnadigung ausgesprochen, jedenfalls war Jane Killigrew dem Galgen entkommen. Der jetzige Sir John war ihr Sohn.

»Ist er derjenige, der den Leuchtturm auf Lizard Point hat bauen lassen?«, fragte Cat, obwohl sie die Antwort kannte.

»Genau der«, antwortete Robert knapp.

Rob hatte nichts für Sir John Killigrew übrig, und Cat hatte Lust, ihn ein wenig zu ärgern. Mit funkelnden Augen sagte sie: »Wie großzügig und christlich, einen Leuchtturm zu bauen, um die Seefahrer vor den tückischen Felsen an dieser schwarzen Küste zu warnen.«

Rob schnaubte verächtlich. »Von wegen großzügig! Er verlangt eine Gebühr für jedes Schiff, das diesen Punkt passiert.« Oder löscht das Licht des Leuchtturms, wenn es aussieht, als könnten ein scharfer Wind aus Südwesten und eine besonders fette Beute zusammentreffen, dachte er, sprach es aber nicht aus.

»Ein Mann von bewundernswertem Weitblick«, bemerkte Cat vergnügt. »Vielleicht denkt Sir Arthur darüber nach, ebenfalls einen Leuchtturm auf dem Mount errichten zu lassen und will seinen Rat einholen.«

»Ich glaube nicht, dass unser Herr seine Nachbarn und Landsleute offiziell ausrauben will«, gab Rob bissig zurück. »Ganz im Gegenteil, er versucht, uns alle zu beschützen. Er hat seine Verbündeten zu sich gerufen, damit sie ihm helfen, beim Kronrat eine bessere Bewaffnung des Mounts zu beantragen. Irgendwie hat Killigrew es geschafft, sich bei der Krone derart einzuschmeicheln, dass man ihm dieselben Waffen für Pendennis zugebilligt hat, obwohl er behauptet, sie reichten niemals aus.«

»Werden die Spanier uns erneut angreifen?«, fragte Cat. »Oder will er uns vor den Franzosen beschützen?«

»Oder den Türken, Freibeutern, den skrupellosen Holländern? Es gibt viele Feinde, die sich vom Anblick eines ungeschützten Küstenstreifens wie diesem angezogen fühlen könnten.«

»Aber hier gibt es doch nichts zu stehlen! Was wollen sie mitnehmen, unsere Sardinen vielleicht?« Cat lachte und beugte sich vor. »Nell Chigwine und ihre Mutter? Ich wäre begeistert, wenn man sie ins Haus irgendwelcher katholischen Adligen entführen würde. Kannst du dir ihr Grauen vorstellen bei all dem schrecklichen papistischen Drum und Dran oder gar der lateinischen Messe?«

»Du solltest dich über den Glauben der anderen nicht lustig machen, Cat«, sagte Rob streng, obgleich die Belustigung hinter seinen Worten nicht zu überhören war. »Das ist nicht besonders christlich.«

»Ehrlich gesagt, fühle ich mich oft tatsächlich wie die böse kleine Heidin, als die sie mich beschimpft«, erklärte Cat allen Ernstes.

Entsetzt legte Rob ihr eine Hand auf den Mund.

»Lass sofort die Dame frei, Freundchen!«

Schuldbewusst fuhren die beiden auseinander. Der rothaarige Mann stand vor ihnen, mit einer langen Tonpfeife in einer und einem Lederbeutel in der anderen Hand. Er stopfte etwas von dem Inhalt des Beutels in den Pfeifenkopf und betrachtete ihn interessiert, während Rob und Cat schweigend zusahen. Dann verbeugte sich Rob. »Ich bitte um Verzeihung, Sir. Das ist meine Base Catherine.«

»Ach ja?« Sir John Killigrew musterte Cat langsam von oben bis unten, offenkundig abschätzend. »Und das gibt dir das Recht, sie zu beleidigen, wie?«

»Nein, Sir. Aber –«

»Bei mir gibt es kein ›aber‹, verstanden?«, rief Killigrew plötzlich. »Mach, dass du wegkommst, und lass das arme Ding in Ruhe. Ich werde Sir Arthur von deinem Verhalten berichten. Und jetzt verschwinde!«

Rob warf Cat einen Blick zu, damit sie ein gutes Wort für ihn einlegte, doch sie war damit beschäftigt, aufmerksam ihre Füße zu betrachten, ausnahmsweise ungewöhnlich schweigsam. Schließlich marschierte er ärgerlich quer über den Hof davon.

»Alles in Ordnung mit dir?«, fragte Sir John. »Er hat dich doch nicht verletzt, dein … Vetter?«

Cat schenkte ihm ihr süßestes Lächeln. »Vielen Dank, Sir, nein, nicht im Geringsten. Rob hat nur versucht, mir Manieren beizubringen.«

»Du scheinst mir eine sehr manierliche junge Frau zu sein, Catherine. Catherine und wie weiter? Ich muss den Namen der Dame wissen, die ich gerettet habe.« Er kam einen Schritt näher und grinste träge, gelassen, wie ein Fuchs. Viele kleine Runzeln umrahmten seine strahlend blauen Augen: Er war älter, als sie auf den ersten Blick gedacht hatte.

»Tregenna, Sir.«

»Catherine Tregenna. Ein hübscher Name für ein hübsches Mädchen.«

Cat biss sich in die Innenseiten der Wangen, um nicht laut herauszuplatzen. »Vielen Dank, Sir.«

Er steckte die Pfeife weg, ohne zu rauchen, und ergriff ihre Hand. Sie spürte die harten Schwielen seiner Finger und erinnerte sich an gewisse Gerüchte, dass er in seinen Schmugglerjahren das Boot selbst gerudert hätte. Unklugerweise brachte sie diese nun zur Sprache.

Killigrew brüllte vor Lachen. »Dann gefallen dir also Schmuggler und Diebe, Mistress Catherine? Träumst du in deinem schmalen jungfräulichen Bett etwa von wilden Abenteuern?«

Cat versuchte, ihre Hand zurückzuziehen. »Nein, Sir«, antwortete sie, doch ihre Schamesröte sprach Bände.

Er packte sie fester. »Ich glaube, dass unsere Gespräche länger andauern werden als erwartet und ich über Nacht auf Kenegie bleiben werde«, sagte er leise. »Ich hoffe, dass ich Gelegenheit habe, dich besser kennen zu lernen, Catherine Tregenna. Hier ist ein kleiner Schuldschein für dich, den ich später einlösen werde.« Und bevor sie auch nur daran denken konnte zu protestieren, hatte er sie an sich gezogen und seine vollen roten Lippen auf ihren Mund gepresst. Der Dunst des Weins stieg ihr in die Nase, als seine Zunge versuchte, sich Zugang zu ihrem Mund zu erzwingen. Cat zappelte und wehrte sich, doch vergebens. Seine rechte Hand drehte ihr die Arme auf den Rücken und hielt sie fest; die linke Hand legte sich um ihre Brust und drückte zu. Niemand hatte sie je so berührt: Einen Augenblick glaubte sie, das Bewusstsein zu verlieren. Sie trat um sich, aber er trug derbe Lederstiefel, und ihr Angriff auf seine Beine hatte nur den Effekt, dass er sie noch fester an sich presste. Sie spürte, wie ihr Brustbein unter seinem Gelächter bebte: Ihr Widerstand schien die Situation nur noch zu verschärfen.

Die Rettung kam in der unvorstellbarsten Gestalt.

Eine schroffe Stimme brach den Zauber. »›Und er führte mich im Geiste hinweg in eine Wüste; und ich sah eine Frau auf einem scharlachroten Tier sitzen, das voll Lästernamen war und sieben Köpfe und zehn Hörner hatte!‹«

Nell Chigwine stand auf der Schwelle der Tür zum Hof, mit einem Krug unter dem Arm, die andere Hand war ausgestreckt, ein Finger zeigte anklagend auf das sündige Paar vor ihr.

Überrascht von dieser bizarren Unterbrechung, ließ Sir John Killigrew von seiner Beute ab. »Hinweg mit dir, bleichgesichtiges Ungeheuer!«, schleuderte er Nell entgegen. »Lass deinen Wahn an den Hennen und Schweinen aus, die wissen ihn sicher mehr zu schätzen als ich!« Damit schritt er von dannen, ohne noch einen Blick auf Catherine zu werfen, die mitten auf dem Hof auf die Knie sank, ohne auf Schmutz und Staub zu achten.

Doch Nell interessierte sich nicht für den noblen Herrn. Ihre ganze Verachtung richtete sich gegen Cat. Sie hatte den Krug abgestellt, trat einen Schritt auf sie zu und beugte sich vor, die Hände in die Hüften gestemmt, um in voller Lautstärke, wie einer der Aufwiegler, die so regelmäßig durch die Region kamen, zu deklamieren: »›Und die Frau war bekleidet mit Purpur und Scharlach und übergoldet mit Gold und Edelgestein und Perlen, und sie hatte einen goldenen Becher in ihrer Hand, voll Gräuel und Unreinheit ihrer Unzucht.

Und sie hatte an ihrer Stirn einen Namen geschrieben, ein Geheimnis: Babylon, die große, die Mutter der Huren und der Gräuel der Erde.‹ Schande über dich, Catherine Anne Tregenna, mit deinem scharlachroten Kleid, mit deiner unzüchtigen Art, denn du bist wahrhaftig die Hure Babylon!«

»Was ist hier los?«

Die Herrin von Kenegie stand im Rahmen der Tür, die Hände zu festen weißen Fäusten geballt. Sie begriff die Szene mit einem Blick – John Killigrew, der mit der Pfeife in der Hand auf die Stallungen zuschritt, Catherine auf dem Boden kauernd, mit zerzaustem Haar und einem Gesicht, das so rot war wie ihr Kleid, und Nell Chigwine, Inbegriff rechtschaffenen Triumphs. »Was für ein gottloses Durcheinander«, schimpfte sie an beide gewandt, »und das, während Sir Arthur versucht, ein zivilisiertes Gespräch zu führen.«

»Gottlos ist nur Eure Zofe«, schnaubte Nell verächtlich. »Das Kleid, das diese Versucherin trägt, würde selbst den Teufel reizen.«

»Die Gäste meines Mannes sind wahrlich nicht alle Engel«, sagte Margaret Harris leise, »aber ich kann mir nicht vorstellen, dass einer von ihnen so schlimm ist. Am besten drückst du dich etwas deutlicher aus, Eleanor, und erklärst mir, was dein Geschrei zu bedeuten hat.«

Nells Augen wurden so klein und schwarz wie Schlehen. »Ich kam aus dem Haus, um einen Krug Wasser zu holen, und sah, wie Catherine Unzucht mit diesem Mann trieb, so dreist und öffentlich, dass alle Welt es sehen konnte.«

Cat sprang auf. »Das ist nicht wahr!«, rief sie heftig.

»Bei allem, was heilig ist«, entgegnete Nell prüde und legte die Hand aufs Herz. »Ich weiß, was ich gesehen habe. Und jeder weiß, dass sie alles Mögliche tun würde, um sich einen reichen Ehemann zu angeln.« Sie lächelte durchtrieben. »Sogar einen, der sich versündigt hat, indem er eine gottlose Scheidung erwirkte.«

»Geh an deine Arbeit, Eleanor«, sagte Lady Harris scharf. »Und sprich mit niemandem darüber. Sollte mir auch nur ein Wort von dem, was hier passiert ist, zu Ohren kommen, werde ich sofort wissen, woher es stammt.«

Nell warf Cat zum Abschied einen boshaften Blick zu, nahm den Krug, ging damit zur Pumpe, füllte ihn aufreizend langsam und stolzierte zurück ins Haus. Kein Wort fiel während der zwei endlosen Minuten, die es dauerte.

Als die Tür sich fest hinter ihr geschlossen hatte, wandte sich Margaret Harris blass und erschöpft um. »Ich will nicht in allen Einzelheiten von dir wissen, was hier geschehen ist, Catherine. Aber ich sage dir, dass dieser Mann einen sehr schlechten Ruf hat.« Ihr Blick folgte John Killigrew, der sich weiter entfernte. Sein rotes Haar schimmerte durch eine Wolke von Rauch an der nächsten Einfriedung. »Es wäre jedenfalls aus vielerlei Gründen besser, wenn du ihm in Zukunft aus dem Weg gehen würdest.«

»Ich habe ihn nicht dazu ermutigt, was auch immer Nell Chigwine behauptet«, sagte Cat leise.

»Du bist jung, Catherine, und längst nicht so weltgewandt, wie du glaubst. Nicht jeder so genannte Gentleman ist tatsächlich einer, und Killigrew ist es weiß Gott nicht. Die einzige Erklärung liegt darin, dass er nicht weiß, wer du bist …«

»Ich habe ihm gesagt, dass ich Catherine Tregenna heiße.«

Lady Harris' Augen funkelten. »Hättest du ihm Coode gesagt, hätte er auf der Stelle kehrtgemacht, und das wäre auch besser so gewesen. Jetzt geh nach oben und zieh dir dieses Kleid aus. Scharlachrot hat in der Garderobe einer anständigen Frau nichts verloren.«

»Es war das Kleid meiner Mutter«, sagte Cat verstockt.

»Das überrascht mich nicht, muss ich sagen. Es ist vielleicht nicht gerecht, dass sich die Sünden der Väter auf ihre Kinder übertragen, aber im Fall deiner Mutter kam zur Erbsünde ihre persönliche Schuld, und das lastet schwer auf dir, Catherine, obwohl du es nicht weißt. Es ist nur zu deinem Besten, wenn ich dir jetzt sage, dass es Männer ohne Titel oder Vermögen gibt, die einen wie John Killigrew hundert Mal aufwiegen. Dein Vetter Robert ist so ein Mann, und du solltest dich auf ihn konzentrieren, bevor dein Ruf endgültig ruiniert ist.«

Cat hatte nicht viel Zeit, um über diese seltsame Rede nachzudenken. Nach dem Abendessen klopfte Polly, die Kammerjungfer, an Cats Zimmertür. Ihre Augen waren so groß wie Untertassen, die Nase rot vom Niesen. »Mylady sagt, du sollst sofort in den kleinen Salon kommen. Sir Arthur ist auch da. Er hat seine Gäste allein im großen Salon zurückgelassen.«

Doch als Cat den Raum mit der niedrigen Decke betrat, den die Dame des Hauses als Privatgemach benutzte, warteten dort nicht nur Lady Margaret und ihr Gemahl, sondern auch Robert. Er trug sein bestes Wams und hatte sein störrisches blondes Haar glatt zurückgekämmt. Als sie ihn fragend ansah, wich er ihrem Blick aus.

Zehn Minuten später stand sie wieder draußen in dem langen dunklen Gang und zitterte vor Empörung, während Sir Arthurs Worte in ihren Ohren widerhallten.

»Am nächsten Sonntag werden wir das Aufgebot bestellen. Robert und du bekommt das kleine Cottage hinter dem Kuhstall. Morgen früh wird Matty dir helfen, es herzurichten.«

Das also sollte ihr Leben sein: ein für alle Mal an Kenegie gefesselt, mit ihrem dämlichen Vetter als Ehemann, verbannt in eine Hütte hinter dem Kuhstall. In dieser Nacht betete Cat darum, dass der Herr sie im Schlaf zu sich nähme. Sie wollte nie wieder aufwachen.

Nachdem sie sich stundenlang im Bett hin und her gewälzt hatte, zündete sie eine Kerze an und wandte sich dem Muster für das Altartuch in ihrem Buch zu. Sie spitzte ihren Stift aus Graphit mit einem kleinen Messer an, das sie nur zu diesem Zweck hatte, und verpasste der Schlange im Schein der flackernden Kerze Nell Chigwines durchtriebenes Gesicht.

SIEBEN

Das also wird mein Leben sein, gefangen für immer hier auf Kenegie, verheiratet mit meinem dummen Vetter Robert. Auf daß ich in einer armseligen Hütte hinter dem Kuhstall hause, Jahr für Jahr ein neues Kind zur Welt bringe, einen Haufen Bälger großziehe & vergessen sterbe. Ich muß fort von hier. Die Countess of Salisbury wird Lady Harris im August einen Besuch abstatten. Wenn ich das Altartuch vorher fertig habe & sie überreden kann, mich mitzunehmen, gibt es vielleicht noch Hoffnung …

Das unerbittliche Klingeln des Telefons riss mich mit einem Schlag aus dem siebzehnten Jahrhundert heraus.

Ich lief in die Küche und starrte auf den Apparat, als könnte aus seinem Lärm plötzlich Michael auftauchen. Doch die Stimme, die auf das Band sprach, gehörte weder Michael noch einem anderen Mann.

»Julia?«

Es war meine Cousine Alison.

»Alison, wie schön, dich zu hören. Wie geht es dir? Ich wollte dich längst anrufen. Aber in letzter Zeit war das Leben nicht gerade …«

»Um Himmels willen, Julia, halt den Mund und hör mir zu.«

Erneut starrte ich auf das Telefon, dieses Mal schockiert. Alison war normalerweise das sanfteste Geschöpf der Welt. Dann hielt ich den Hörer wieder ans Ohr, vernahm aber nur ihr schweres Atmen, als wäre sie gerade eine ganze Meile gerannt.

»Es ist … es geht um Andrew –« Und dann brach sie in heftiges, unkontrolliertes Schluchzen aus.

Ich wartete, da ich nicht wusste, was ich sagen sollte. Hatte er sie wieder einmal verlassen? Andrew Hoskin war schon immer ein Hallodri gewesen. Unter anderem waren sie nach Cornwall gezogen, weil er im Büro eine Affäre gehabt hatte, aber das war schon eine Weile her. Oder hatte sie ihn verlassen? Das hatte sie ihm seit Jahren angedroht, aber nie wahr gemacht, und ich konnte mir auch nicht vorstellen, dass sie es jemals wirklich tun würde.

»Er … er ist tot.«

»O nein, Alison, nein! Das tut mir furchtbar leid. Ist alles in Ordnung mit dir? Ach, entschuldige, natürlich ist gar nichts in Ordnung. Mein Gott, was ist passiert?«

Es dauerte eine Weile, bis Alison sich wieder gefasst hatte. »Er … äh … er hat sich aufgehängt. Auf dem Dachboden. Ich –« Plötzlich ging die Erklärung in das Heulen eines Tieres über, das unerträgliche Schmerzen erleidet. Es erschütterte mich bis ins Mark.

»O Gott, Alison, das ist ja entsetzlich. Hör auf, bitte, hör auf. Ich bin sicher, dass es nichts mit dir zu tun hatte.«

Warum hatte ich das gesagt? Keine Ahnung. Natürlich hatte es auch etwas mit ihr zu tun: Immerhin war er ihr Mann gewesen. Am anderen Ende breitete sich ein unheilverkündendes Schweigen aus.

»Alison? Ich weiß wirklich nicht, warum ich das gesagt habe. Alison?«

Sie hatte aufgelegt. Den ganzen Tag versuchte ich, sie zu erreichen, doch es meldete sich immer nur der Anrufbeantworter. Schließlich hinterließ ich eine klägliche Entschuldigung und gab auf.

An diesem Abend las ich nicht weiter in Catherine Tregennas kleinem Buch, sondern legte es entschlossen beiseite. Ich dachte nicht über diese vor vierhundert Jahren verstorbene, weit entfernte Frau und zur Abwechslung auch nicht über mein eigenes trostloses Leben nach, sondern über meine arme Cousine. Wie musste es sich anfühlen, sein Leben mit jemandem zu verbringen, der sich plötzlich ohne jede Erklärung oder Vorwarnung verabschiedet, nicht nur von der Beziehung, sondern von der ganzen Welt, unwiderruflich und für immer? Wie schlecht ihre Ehe auch gewesen sein mochte, was hatte den sonst so fröhlichen und dickfelligen Andrew dazu getrieben, sich auf so grausame Art das Leben zu nehmen, noch dazu in dem Haus, das die beiden vor langer Zeit zusammen gekauft und aus einem Chaos von Schmutz, Schimmel und morschem Holz hatten wiederauferstehen lassen?

Als ich endlich das Licht ausknipste und einschlief, träumte ich weder von Alison noch davon, wie Andrew an einem Balken baumelte. Ich träumte von Cat Tregenna. Irgendetwas lag in der Luft, etwas Schreckliches, doch worin die Bedrohung genau bestand, bekam ich nicht zu fassen, und auch die Gefahr, in der sie schwebte, sah ich nicht. Immer wieder hallten die Worte »Herr, errette uns!« durch meinen Kopf, und als ich aufwachte, war ich ziemlich durcheinander. Normalerweise werde ich langsam wach, wie ein Taucher, der aus großer Wassertiefe an die Oberfläche zurückkehrt, aber an diesem Morgen war es anders. Meine Haut fühlte sich gereizt und kribbelig an, als hätte mich jemand im Schlaf beobachtet. Plötzlich war ich so besessen von dieser Vorstellung, dass ich das Bettzeug zur Seite warf, aus dem Bett sprang und mich verstört umsah, als könnte ich einen Eindringling auf frischer Tat ertappen. Natürlich war niemand da. Ich verwünschte mich selbst für ein so albernes, neurotisches Verhalten, machte mir einen Kaffee und rief erneut bei Alison an.

Diesmal nahm sie ab.

»Hallo?« Ihre Stimme klang dünn und schwach, als käme sie durch eine sehr wacklige Leitung aus weiter Ferne.

»Alison, ich bin es, Julia. Hör zu, mein Fauxpas gestern tut mir wirklich leid, ich habe nicht gedacht …« Ich verstummte; mir fiel einfach nichts Sinnvolles ein, was ich hätte sagen können.

»Schon gut. Ich konnte nicht mehr mit dir sprechen – mit niemandem. Ich musste weg von allem, von ihm, dem Haus.«

»Aber jetzt bist du wieder da«, bemerkte ich blödsinnigerweise.

»Ja.« Sie klang unsicher.

»Hör mal«, sagte ich rasch und ohne groß nachzudenken. »Was hältst du davon, wenn ich komme und dir bei der Beerdigung und so weiter helfe? Du könntest mal innehalten, hättest jemanden zum Ausheulen – egal, was. Es ist kein Problem, ich habe hier nichts Wichtiges zu tun.«

Es folgte eine lange Pause. Dann: »Würdest du das wirklich tun? Ich halte es hier nicht aus. Kommst du? Heute noch?«

»Na klar«, sagte ich. Nach ein paar Minuten, in denen wir praktische Details besprachen, legte ich auf. Plötzlich wurde mir das Herz schwer. Warum hatte ich ihr das angeboten? Eigentlich wollte ich diese weite Reise gar nicht machen – ans Ende der Welt, so kam es mir vor. Da unten in Cornwall warteten irgendwelche Geister auf mich, und den von Andrew hatte ich nicht einmal mitgezählt.

Nichtsdestotrotz war ich zwei Stunden später in Paddington und kaufte einen Fahrschein mit offener Rückfahrt nach Penzance.

Es war beinahe drei Jahre her, seit ich zum letzten Mal in meinem Heimatcounty gewesen war. Damals war ich oft hin- und hergependelt, um meine Mutter zu besuchen; es war eine besonders dunkle Zeit in meinem Leben gewesen. Meine Mutter, die bis zu ihrem letzten Lebensjahr eine bemerkenswert rüstige und energische Frau gewesen war, mit sechzig Marathon lief und mit siebzig noch schwimmen ging, hatte unvermutet einen Schlaganfall gehabt und in diesem Moment, so sah es aus, nicht nur die Kontrolle über eine Hälfte ihres Körpers, sondern auch über ihre Unabhängigkeit und ihre ganze Persönlichkeit verloren. Am Ende war sie in einem Pflegeheim gelandet, wo es nach Putzmitteln und Urin stank.

Es war mein schlechtes Gewissen, das mich zu den häufigen Fahrten bewegt hatte, mein schlechtes Gewissen und die Angst: ein kaum unterdrücktes Entsetzen angesichts der Erkenntnis, dass uns so etwas letzten Endes allen bevorsteht. Und meine Mutter hatte zumindest ein paar tröstliche Augenblicke gehabt, denn als sie immer schwächer wurde, hatte sie Freunde und Angehörige um sich. Als ledige Frau ohne Kinder hegte ich die schlimmsten Befürchtungen, wenn ich ans Alter oder den körperlichen und geistigen Verfall dachte, obwohl ich erst dreiunddreißig war. In meiner Not hatte ich mich an Michael geklammert, was bald dazu geführt hatte, dass er nächtlichen Anrufen aus dem Weg ging und öfter als früher verreiste. Ich hatte den Verdacht gehegt, dass er alles unternahm, um nur ja nicht meinen Schmerz teilen oder sich meine Sorgen anhören zu müssen. Es hatte ein paar Monate gedauert, bis mir aufgegangen war, dass ein direkter Zusammenhang zwischen meinem Verhalten und seiner häufigen, sowohl räumlichen als auch emotionalen Distanz bestand, aber selbst da hatte es mir an Verstand gefehlt, um die Beziehung als das zu sehen, was sie tatsächlich war.

Als der Zug durch den Bahnhof von Liskeard fuhr, auf der hübschen kleinen Nebenstrecke, die dem kurvenreichen Flusstal durch sanfte, bewaldete Hügel bis Looe am Meer folgte, fiel mir wieder ein, wie Michael einmal meinem Drängen nachgegeben hatte und übers Wochenende mitgekommen war. Seine Familie war vor langer Zeit aus St. Austell weggezogen. Cornwall bedeutete ihm nichts außer üblen Erinnerungen an die Schule und Camping-Ausflüge ins Moor, wie er mir unmissverständlich erklärte. Ich erinnerte mich, wie ich in Tränen aufgelöst von einem Besuch im Pflegeheim meiner Mutter zurückgekommen war und er, statt mich aufzufangen, unvermittelt zu einem langen Spaziergang aufgebrochen war, während ich mich, allein im Hotelgarten sitzend, gefragt hatte, ob er je wiederkommen würde. Bestimmt war ich allein besser dran als mit einem so schwachen und selbstsüchtigen Mann, sagte ich mir nun. Eine ganze Weile waren meine Gedanken ebenso düster wie das Moor, durch das der Zug fuhr, und ich konnte mich nicht auf den Wandbehang konzentrieren, an dem ich unterwegs hatte weitersticken wollen, um mir die Zeit zu vertreiben.

Doch als sich der Zug dann Camborne näherte und ich die Ruinen der ehemaligen Bergwerksanlagen am Horizont erkannte, ging mir auf irritierende Weise das Herz auf. Mit Farnkraut und Stechginster bewachsene, windgepeitschte Hügel und einsame Heidelandschaften, unterbrochen von Hinkelsteinen und Grabhügeln, wichen allmählich sanfthügeligen Feldern, hinter denen ich einen unermesslichen leeren Raum spürte. Irgendetwas an der Qualität des Lichts – hell und klar – wies auf die unmittelbare Nähe des Meeres hin. Knapp über dem Horizont lag das Ende der Strecke oder im wahrsten Sinne des Wortes das Ende des Landes.

Von hier stammte unsere Familie, ein tief in Cornwall verwurzelter Clan, aus West Penwith, der westlichsten Spitze Englands. Meine Mutter hatte es immer als das »echte Cornwall« bezeichnet, als wäre der Südosten bloß für Zugezogene und County-Verräter da, Leute, die sich mehr an Devon (Gott behüte!) und der modernen Welt denn an Cornwalls uralter Geschichte als unabhängiger Staat mit eigener Sprache, eigenem König und eigenen Gesetzen orientierten. Unsere Vorfahren waren Zinnproduzenten gewesen, bevor die gesamte Industrie auf katastrophale Art zusammengebrochen und damit das Familienvermögen verloren gegangen war. Viele hatten sich über den ganzen Erdball verstreut – nach Argentinien, Australien, Kanada und Chile – überall hin, wo sich mit ihrem Fachwissen Geld verdienen ließ.

Ich hatte kaum Kontakt mit den wenigen Familienangehörigen gehabt, die heute noch auf dieser Landspitze lebten. Einige Cousins dritten und vierten Grades waren zur Beerdigung meiner Mutter gekommen, aber viel hatten wir einander nicht zu sagen gehabt, abgesehen von den üblichen Beileidsbekundungen. Alison kannte sie besser als ich. Sie hatten echte kornische Namen – Pengelly und Bolitho, Rowse und Tucker – und führten ein Leben, das fünfzig Jahre und einen Kontinent von mir entfernt war. Warum Alison und Andrew sich so weit weg von London niedergelassen hatten, war mir nie ganz klar gewesen, abgesehen von dem kleinen Skandal, den Andrew mit seiner Affäre verursacht hatte, doch als der Zug in den Bahnhof einfuhr, fing ich an, es zu verstehen. Alison hatte die Nähe ihrer Familie gebraucht, aber sie hatte auch gesagt, dass es eine Gegend voller Magie und mächtiger Energien wäre, als sie in diesen Teil von Cornwall gezogen war. Ich hatte sie im Verdacht, in ihrer neuen Umgebung Trost zu suchen und die Landschaft mit einer dringend benötigten Mystik zu verklären. Als sich jetzt in der weiten Bucht vor mir St. Michael's Mount aus dem Wasser erhob wie ein Schloss aus legendären Zeiten, umkränzt von niedrigen Wolken und Nieselregen, sträubten sich meine Nackenhaare.

Der Mount. Wie viele Male hatte ich diesen Namen in Catherines winziger, sauberer Handschrift in ihrem Buch gelesen? Ich starrte ihn an und spürte die Präsenz der Vergangenheit. Ein Schauer lief mir über den Rücken. Liebe Güte, wir fuhren in den Bahnhof von Penzance ein, und ich fühlte mich wacklig und einigermaßen nervös – nicht gerade die beste Verfassung, um meine arme Cousine zu begrüßen, die gerade einen schrecklichen Verlust erlitten hatte.

Doch ich wurde rasch in die wirkliche Welt zurückversetzt. Eine große, hässliche Bahnhofshalle aus viktorianischen Zeiten hieß mich willkommen, grau und abstoßend, sie und ein aufdringlicher kornischer Sprühregen, der sich in den wenigen Sekunden, die es dauerte, um vom Bahnsteig bis in die Halle zu gelangen, auf meine unbekleidete Haut legte und bis in die

Haarwurzeln kroch. Alison erwartete mich neben dem Bahnhofsimbiss, in dessen grellem Licht ihr blasses Gesicht einfach nur schrecklich aussah.

Wir umarmten uns unsicher, und ich spürte, wie ihr schlanker Körper zitterte. Während ich sie festhielt, dachte ich traurig an unsere Jugend, und wie dieses gewitzte, freche Ding – das vollgedröhnt mit Ecstasy durch den Stadtpark gestreift oder morgens um zwei im Friedhof von St. Nicholas, Deptford, herumgekrochen war, nach zu vielen Tequila Slammers, um noch laufen zu können, aber entschlossen, mir die Ehrenmäler für Kit Marlowe und den Schiffszimmermann John Addey aus dem siebzehnten Jahrhundert zu zeigen, auf Raves und Partys bis zum Morgengrauen getanzt und geschworen hatte, niemals alt zu werden – so zerbrechlich und unsicher hatte werden können. Das Haar hatte die ersten grauen Strähnen bekommen, und im Gesicht erkannte ich ausgeprägte Falten.

Während Alison und Andrew in Cornwall lebten, hatten meine Cousine und ich unsere Freundschaft mit langen Telefongesprächen und periodischen Besuchen ihrerseits in London aufrechterhalten. Dann entfloh sie ihrem Ehealltag und wohnte bei mir, und wir taten so, als flirteten wir mit den jungen Männern in den Pubs am Ufer der Themse. Sie hatte mich nie in ihr kornisches Haus eingeladen. Heute würde ich es zum ersten Mal sehen, abgesehen von den unzähligen Fotos, die sie vor und nach der Renovierung gemacht hatten.

Alisons und Andrews Haus lag nur wenige Minuten vom Bahnhof entfernt: eine weitläufige, umgebaute Farm in den Hügeln nordöstlich von Penzance. Sie hatte es von Anfang an geliebt, obgleich es verwahrlost und heruntergekommen war, nachdem seit Jahren niemand mehr darin gelebt hatte. Sie hatte praktisch Andrew dazu gezwungen, es zu kaufen, weil sie sah, welches Potenzial es besaß, und er, der einiges wiedergutmachen musste, hatte schließlich nachgegeben und sie mit dem Haus und seinem Geld machen lassen. Sie hatten immense

Energie, viel Fantasie und Zeit in ihr gemeinsames Heim gesteckt, was man sofort erkannte, wenn man in die Einfahrt einbog. Da war zum Beispiel die Gartenanlage – konzentrische Kreise aus Buchsbaumhecken umgaben Lorbeerbäume, Lavendelbeete und selbst verlegte Kieselwege, die zwischen den Beeten verliefen. Ein Brunnen stand in der Mitte einer mit glatten weißen Kieseln ausgelegten Sonnenterrasse, doch das Wasser war still und stumm, nur der Regen pladderte hinein.

Das Innere des Hauses wirkte luftig und hell – altweiß gestrichene Wände, weicher blassgrüner Teppichboden, exotische Teppiche in kühlen Farben, moderne Gemälde von Seelandschaften und Fischen, die aussahen, als wären es Originale, solide Möbel aus schwerem, dunklem Holz und nicht das kleinste bisschen Unordnung. Stattdessen herrschte ein Flair von Weite, Schlichtheit und Ruhe. Nirgendwo spürte ich Andrews Präsenz. Das Ambiente strahlte kunstvolle Ordnung und Balance aus. Man konnte sich kaum vorstellen, dass jemand sich gerade erst so gewaltsam das Leben unter diesem Dach genommen hatte.

»Ich habe dich in unserem Zimmer untergebracht. Ich hoffe, es macht dir nichts aus. Im Moment schaffe ich es einfach nicht, dort zu schlafen. Es hat ein eigenes Badezimmer und einen wunderbaren Blick«, setzte sie entschuldigend hinzu.

»Fein«, log ich, obgleich ich allein bei der Vorstellung eine Gänsehaut bekam.

Auf dem Treppenabsatz beobachtete ich, wie ihr Blick unwillkürlich an der Treppe zum Dachboden hängen blieb und dann, bei der Erinnerung, hastig abschweifte.

Sie kochte uns eine Kanne Tee, mit der wir uns in die Gartenlaube setzten. Dort erzählte sie mir zwischen duftenden Beeten mit Minze und Thymian, wie sie beide die Farm renoviert hatten, ein Zimmer nach dem anderen, so wie sie gerade Geld hatten, bis hinauf zum Dachboden, der erst in diesem Jahr fertig gestellt worden war. Im Hof hatten sie die alten Ziegelsteine und den Zement ausgebuddelt und Blumen, Bäume und Kräuter gepflanzt. Eine Weile lang hatte das gereicht: harte körperliche Arbeit, die sie erschöpfte, ihre Zeit verschlang und sie an ein gemeinsames Projekt band, auf das sie beide stolz waren und in dem sie ihre schwierige Vergangenheit begraben konnten. Doch es war, als wäre die Renovierung des Dachbodens der letzte Strohhalm gewesen. Als sie damit fertig waren, hatte Andrew sich mehr und mehr zurückgezogen, war immer schweigsamer und gereizter geworden – ganz anders als der fröhliche, lärmende Andrew, den ich gekannt hatte. Er trank und vernachlässigte zuerst seine Familie, dann auch seine Arbeit. Er handelte im Internet mit Wertpapieren, und es dauerte nicht lange, bis es mit seinem Geschäft bergab ging und sich die Schulden häuften.

»Ich habe es nicht kommen sehen«, schloss Alison. »Ich weiß, dass er depressiv war. Ich versuchte immer wieder, ihn zu einem Besuch beim Arzt zu überreden, aber er wollte nicht. Er sprach nicht mit mir, er sprach nicht mit seiner Schwester oder seinen Freunden, er sprach mit keinem Menschen. Er sagte immer nur, es habe alles keinen Sinn, was geschehen sei, sei nun mal geschehen, und niemand könne es ändern. Ich hatte keine Ahnung, was er meinte, bis heute nicht. Aber Selbstmord ... Wie konnte ich nur so blind sein?«

Ich schlang die Arme um sie, während sie laut vor sich hin schluchzte.

»Ich vermisse ihn«, wimmerte sie. »Ich vermisse seinen Geruch im Haus. Ich vermisse sogar seine kalten Füße im Bett.«

Schließlich löste sie sich von mir und putzte sich die rissige rote Nase.

»Du hättest es bestimmt nicht verhindern können, Al, Schätzchen«, sagte ich. »Wie, um Himmels willen, kann man so etwas vorhersehen? Ich meine, Andrew wirkte nicht gerade wie jemand, der sich die Dinge allzu sehr zu Herzen nimmt.«

Sie warf mir einen raschen Blick zu. »Das fand ich auch. Selbst als er mir einen Heiratsantrag machte, dachte ich, es wäre ein

Scherz.« Sie grinste schwach. »Im Grunde glaube ich es immer noch. Wir waren beide betrunken, und dann redeten plötzlich alle von nichts anderem. Wir ließen uns einfach von dem Strom mitreißen, dann wurde ich schwanger, und, na ja …«

Vor dem Traualtar war sie im vierten Monat gewesen, aber außer Andrew, ihrer Mutter, ihrer besten Freundin Susie und mir hatte niemand davon gewusst. Das Kleid war im Empire-Stil gehalten, der Blumenstrauß sorgfältig platziert, und niemand machte anzügliche Witze. Und das war auch gut so, denn zwei Wochen später hatte sie eine Fehlgeburt gehabt. Sie wäre beinahe daran gestorben und hatte anschließend nie wieder auf natürliche Weise schwanger werden können.

»Die Sache ist …«, setzte sie an und wandte dann den Blick ab, als wäre ihr das Eingeständnis unangenehm. »An dem Abend, als er … starb …, hatte ich versucht, ihn zu einer künstlichen Befruchtung zu überreden. Ich habe ihn nie so wütend gesehen. Ich dachte im Ernst, er würde mich schlagen. ›Versuch bloß nicht, mich auf diese Art reinzulegen!‹ hat er mich angeschrien. ›Reicht es nicht, dass du mich in diesem gottverlassenen Winkel der Welt eingesperrt hast, in diesem verdammten Haus? Müssen wir mit unseren Genen jetzt die ganze verfluchte Katastrophe auch noch an die nächste Generation weitergeben?‹ Und dann ist er aus dem Zimmer gestürmt und hat sich nach oben in seine Höhle zurückgezogen. Es war das Letzte, was er je zu mir gesagt hat. Als er nicht zum Abendessen kam, war ich nicht überrascht – ehrlich gesagt, ich war sogar erleichtert. Ich hätte es nicht ertragen, mich noch einmal mit ihm zu streiten. Ich stocherte in meinem Salat herum, ging früh zu Bett und schlief ein. Um drei Uhr morgens fuhr ich plötzlich auf, so wie es einem gelegentlich passiert. Mein Herz schlug derart schnell, dass ich kaum Luft bekam. Und da wusste ich es.« Sie drehte sich zu mir um. »Ich wusste es einfach. Und trotzdem konnte ich nicht hochgehen. Erst als es hell wurde.« Sie schluckte, fasste sich jedoch rasch wieder. »Der Gerichtsmediziner sagte, er wäre schon vor Mitternacht gestorben, ich hätte also ohnehin nichts tun können. Aber ich fühle mich entsetzlich, weil ich nicht versucht habe, mich wieder mit ihm zu vertragen. Ich hätte ihm wenigstens sein übliches Glas Brandy nach oben bringen können. Irgendwas, egal, was …« Sie verstummte.

Ich sah sie ratlos an. Sie wühlte in ihrer Tasche und förderte ein zerknülltes DIN-A4-Blatt zu Tage.

»Es ist nur eine Fotokopie«, erklärte sie, während ich es anstarrte. »Die Polizei hat das Original mitgenommen, aber ich werde es zurückbekommen. Nicht, dass ich es brauchen würde, ich kenne es auswendig.«

»Bist du sicher?« Als sie mir das Blatt reichte, wusste ich, dass ich es nicht lesen wollte. Wie aufs Stichwort knurrte in diesem Moment mein Magen und zerriss die düstere Stimmung. Ich blickte auf ihn hinab wie auf ein schlecht erzogenes Haustier. »Lieber Himmel, entschuldige bitte.«

Sie sah auf die Uhr. »Hast du denn nichts gegessen? Ich habe nicht daran gedacht …«

»Der Speisewagen war schon vor Plymouth leer gekauft«, sagte ich, erleichtert, das Thema wechseln zu können. »Am Ende habe ich einen in der Mikrowelle aufgewärmten Hamburger bestellt, aber als ich ihn feucht und verschrumpelt aus der Verpackung gewickelt hatte, ist mir einfach der Appetit vergangen.«

Alison verzog das Gesicht. »Klingt ekelhaft.« Sie dachte einen Augenblick nach und setzte dann vollkommen ernst hinzu: »Erinnert mich an diverse Männer, die ich gekannt habe. Na, wenigstens war er nicht behaart.«

Ich starrte sie an, und dann prusteten wir beide los und hörten zehn Minuten nicht mehr auf zu lachen. Der Humor löste die gewaltige Anspannung und ließ die Welt wieder etwas rosiger erscheinen.

Trotzdem fühlte ich mich mulmig, als es Zeit zum Schlafengehen war. Hauchdünn, federleicht und doch wie ein Bleigewicht lag der Brief in meiner Tasche. Ich löschte alle Lichter im Schlafzimmer, streckte mich auf dem Bett aus und starrte an die Decke. Ist der Dachbalken, an dem Andrew sich erhängt hatte, jetzt genau über mir?, fragte ich mich und musste den Gedanken mit Gewalt aus meinem Kopf verdrängen.

Ich stand auf, ließ Badewasser ein und legte mich mit einem Buch, das ich bei *Smith's* am Bahnhof Paddington gekauft hatte, in die Wanne. Nach drei Seiten hatte ich genug.

Tropfnass stand ich wieder auf, wickelte mich in ein Badetuch und setzte mich aufs Bett. Andrews Brief lag zusammengefaltet da: ein stummer Vorwurf. Behutsam faltete ich ihn auseinander und strich das Blatt glatt. Andrews Handschrift war klein und sauber und wirkte ziemlich altmodisch, anders, als ich erwartet hätte.

Liebe Alison, begann er, formell, formelhaft.

mein Tod wird, das weiß ich, ein schrecklicher Schock für Dich sein, obwohl Du selbst mit dafür verantwortlich bist, dass ich an diesem Punkt angelangt bin, von dem es kein Zurück mehr gibt. Ich kann nicht mehr. Dieses Haus hat mir alles genommen, vor allem den Lebenswillen. Als Du heute wieder von Kindern gesprochen hast, war mir klar, dass ich dazu nicht mehr im Stande bin. Wozu sich vormachen, dass es eine Zukunft gibt – für mich, geschweige denn für ein Kind von mir? Die Geschichte wiederholt sich ein ums andere Mal. Es gibt nichts, was wir tun können, um unser Schicksal zu verändern, und es ist Wahnsinn, zu glauben, wir könnten unser Leben selbst bestimmen. Es tut mir leid, dass unsere Ehe ein Irrtum war. Es tut mir leid, dass ich so viel Schmerz verursacht habe. Vor allem aber tut es mir leid, dass ich nicht rechtzeitig erkannt habe, welchen Kurs mein Leben nahm, und diesen Weg allein gegangen bin, statt Dich mit in den Abgrund zu reißen. Wenigstens hast Du jetzt eine Chance, dir eine neue Zukunft aufzubauen. Verkauf das Haus und zieh hier weg. Man erstickt an diesem Ort, er ist voll von Verzweiflung und Misserfolg. Geh weg von hier, solange Du noch kannst: Rette Dich. Geh zurück nach London, suche Dir jemand anderen, und belaste Dich nicht mit dem bleiernen Gewicht meines Lebens oder meines Todes.

Geh, wenn nicht mit meiner Liebe, so doch wenigstens mit meinem Mitgefühl.

Andrew

Zwanzig Minuten verharrte ich mit dem fotokopierten Brief in der zitternden Hand auf dem Bett. Dann stand ich auf, trat ans Fenster und schaute über den Rasen auf das Meer. Dieses herrliche, lichterfüllte Haus, das Alison und er geschaffen hatten, mit seinem hübschen Garten und seinem weiten Blick gab mir nicht das Gefühl eines Gefängnisses oder eines Käfigs. Es war schlimm, in den Formulierungen oder den zum Ausdruck gebrachten Gefühlen Andrews Stimme zu hören, aber ich hatte ihn nie unter extremen Umständen erlebt, höchstens unter dem Einfluss von Alkohol oder Begierde, strotzend von guter Laune und Testosteron. Trotzdem berührte irgendetwas an seinen Worten einen Teil von mir, den ich nicht ganz fassen konnte.

Über dem Haus funkelte eine schmale Mondsichel wie ein flüchtiger Blick durch die Nacht in eine andere Welt. Eine Eule rief in den fernen Bäumen. Meine Mutter hatte immer behauptet, dass Eulen mit den Stimmen der Toten sprechen. Sie hatte im tief sitzenden Aberglauben ihrer langen kornischen Abstammung auf Holz geklopft (aber niemals mit den Füßen, aus Angst, dass einen das Glück verlassen könnte), und wenn sie Salz verschüttete, hatte sie eine Prise über die linke Schulter geworfen, um den Teufel abzuwehren, obwohl sie behauptete, nicht an ihn zu glauben. Sie glaubte fest daran, dass es einen

Übergangszustand zwischen Leben und Tod gibt und die Geister umherwandern, bis sie Frieden finden, und sie war überzeugt, dass manche Geister niemals Frieden finden.

Ich merkte, dass ich trotz der warmen Nacht fröstelte, dennoch hatte ich plötzlich den Drang, das Fenster aufzureißen, als müsste ich die Atmosphäre reinigen, um leichter atmen zu können – oder um Andrews Geist zu erlösen.

ACHT

Ein paar Tage später erzählte ich Alison einige Geschichten aus meiner Zeit mit Michael, um sie von ihrem Elend abzulenken. Jetzt, nachdem der Adrenalinstoß des anfänglichen Schocks nachgelassen hatte, sie nicht länger durch die Vorbereitungen für die Beerdigung abgelenkt war und die praktischen Dinge geregelt waren, litt sie umso mehr.

Meine Affäre mit Michael hatte so etwas wie einen Keil zwischen Alison und mich getrieben, besonders als sie Andrews schändlichen Ehebruch hatte verkraften müssen. Sie hatte Michael nie gemocht, nicht einmal als Annas Ehemann. »Er hat etwas ausgesprochen Unzuverlässiges«, hatte sie einmal ganz zu Anfang ihrer Beziehung zu mir gesagt, wenn ich mich recht erinnere. Ich hatte mich mehr als ein Jahr nicht getraut, ihr von uns beiden zu erzählen, und als ich es schließlich tat, hatte sie den Mund verzogen und war plötzlich ganz still geworden. Am Ende hatte sie gesagt: »Eigentlich müsste ich Anna auf der Stelle anrufen. Ich müsste das Telefon nehmen und ihr erzählen, dass ihre beste Freundin ihren Mann bumst und sie am besten alle beide zum Mond schießt.«

Fast hatte ich gewollt, dass sie das tat, obwohl ich gewusst hatte, dass Anna wütend gewesen wäre und mich hassen würde. Aber ich hatte auch erkannt, dass sie Michael nicht so leicht ziehen lassen würde, egal, was er getan hatte, und dass er sie nie verlassen würde, jedenfalls nicht für mich. Zum Teil lag es an ihrem Geld, aber es ging tiefer als das und zwar auf eine Art, die ich lieber nicht näher untersuchen wollte.

Am Ende hatte Alison mir genau gesagt, was sie von mir hielt, dann eine lange Pause gemacht und hinzugesetzt: »Wenn du je mit Andrew ins Bett gehst, bringe ich dich um.« Ganze dreißig Sekunden lang war es ihr gelungen, ein ernstes Gesicht zu behalten. Trotzdem war mir klar gewesen, dass sie es irgendwie auch ernst meinte.

Seitdem hatten wir unser Bestes getan, um unsere Freundschaft zu kitten, doch das Gespenst der Untreue stand immer zwischen uns. Ich war tief berührt, dass Alison sich in der Tiefe ihres Unglücks an mich gewandt hatte, sodass ich jetzt, als klägliche Form von Wiedergutmachung, all die lustigen Geschichten ausbreitete, die mir einfielen – zum Beispiel wie mich Michael bei einem unserer ersten Rendezvous in ein elegantes chinesisches Restaurant eingeladen und ich verzweifelt versucht hatte, einen guten Eindruck zu machen. Als ich die kochend heiße Nudelsuppe schlürfte, war mir ein Teil der Flüssigkeit über das Kinn gelaufen und hatte meine Haut verbrüht, die prompt anfing, höchst unattraktive Blasen zu werfen. Wie wir es in einem Wald voller Glockenblumen miteinander getrieben hatten und er splitternackt eine halbe Meile weit gerannt war, um einen Ohrenkneifer loszuwerden, der ihm ins Haar gekrabbelt war. Oder wie Anna eines Tages bei mir in der Wohnung aufgetaucht war und Michael sich vier Stunden im Gartenschuppen die Eier abgefroren hatte.

Ich schwelgte in Erinnerungen, die oftmals doch eher angsterfüllte, emotional unbefriedigende Erfahrungen gewesen waren. Es war bereits eine Erleichterung, überhaupt darüber zu reden, ganz zu schweigen davon, jemanden damit unterhalten zu können. Ich grub immer fürchterlichere Anekdoten aus, die häufig auf meine eigenen Kosten gingen, und bald hörte Alison gar nicht mehr auf zu kichern.

Am Ende hielt ich inne und betrachtete all die Kerben und Flecken, die die Oberfläche des alten Tisches zierten. Bei seiner Herstellung musste es eine glatte Holzfläche gewesen sein, honigfarben, sauber und unversehrt, aber bereits mit den Holz eigenen natürlichen Knoten und Spiralen versehen. Niemand von uns war vollkommen, und das Leben hatte uns nicht geschont. Meine Augen füllten sich mit Tränen des Selbstmitleids.

»Ach ja«, sagte sie sanft, als sie merkte, dass ich verstummt war. »Er war eben immer ein Scheißkerl.«

Okay, darüber waren wir uns einig. Ich erzählte ihr von unserem letzten gemeinsamen Abendessen vor der Trennung. »Er hat mir ein Buch zum Abschied geschenkt. Warte, ich zeig es dir.« Ich kramte in meiner Handtasche und zog den *Stolz der Stickerin* hervor.

»Liebe Güte«, sagte sie nach einer Weile und drehte es hin und her. »Ich bin ziemlich sicher, dass es eins aus dem Stapel war, den Andrew vor ein paar Wochen auf dem Dachboden gefunden und Michael geschickt hatte, damit er es für uns verkauft. Ich bin sogar ganz sicher, denn es war eins von zweien, und das kam mir komisch vor. Wie verrückt, dass es jetzt bei dir gelandet ist.«

Diese Äußerung traf mich wie ein Schlag ins Gesicht. Er hatte das Buch also nicht einmal für mich *gekauft* und obendrein Andrew und Alison um das betrogen, was sie dafür hätten bekommen können, indem er es mir schenkte. Ich fühlte mich grässlich. »O Gott. Vielleicht willst du es zurückhaben.« Ich zögerte. »Oder kann ich es dir bezahlen?«

»Sei nicht blöd. Es gehört dir. Es ist ohnehin verschandelt, schau mal. Wahrscheinlich hätte er es in diesem Zustand gar nicht verkaufen können.« Sie starrte auf Catherines winzige, mit Bleistift geschriebene Buchstaben, bis sie plötzlich den Atem anhielt. »Moment mal«, sagte sie, »hast du das geschrieben?«

»Nein!« Es schockierte mich, dass sie glaubte, ich könnte ein so schönes, altes Objekt beschädigen.

»Es ist bloß … na ja, deine Handschrift ist der hier ziemlich ähnlich.«

Ich runzelte die Stirn. »Tatsächlich?«

»Abgesehen von dem komischen langen ʃ und den Schnörkeln, ja. Es ist jedenfalls keine typische Sekretärinnenschrift, sie ist schwungvoller, freier in der Form. Sieh mal hier, wie das g sich aufschwingt, genau wie deins. Und sie – ich vermute, es war eine Sie – setzt die Pünktchen auf dem i immer ein kleines bisschen zu weit rechts, genau wie du.« Sie hielt das Buch gegen das Fenster und kniff die Augen zusammen. »Oder hier – dieses kursive a – kein Mensch, den ich kenne, schreibt sein a so.«

Ich schreibe mein a so, wie es in Büchern gedruckt ist, statt das übliche o mit Schwänzchen. Mein Stirnrunzeln verstärkte sich.

»Das ist wirklich komisch. Es ist mir überhaupt nicht aufgefallen. Aber trotzdem bin ich nicht so sicher, dass du recht hast.«

Alison schob ihren Stuhl vom Tisch zurück und ging ins Esszimmer. Als sie zurückkam, hatte sie ein Notizbuch und einen Bleistift dabei. Mit einem Messer von der Küchenanrichte feilte sie ihn nadelspitz.

»So«, sagte sie und schob das Notizbuch und den Bleistift quer über den Tisch auf mich zu. »Fang an. Schreib etwas, schreib so klein wie in dem Buch.«

»Was soll ich denn schreiben?«

»Was du willst – nein, warte.« Sie schlug das Buch aufs Geratewohl auf, hielt es ein wenig schräg und studierte die Seite aufmerksam. »Schreib folgendes: ›Eine alte ægyptische Frau kam heute an die Tür der Spülküche.‹ Und ›ægyptisch‹ mit einem Diphthong.«

»Einem was?«

Alison verdrehte die Augen. Trotz der wilden Jahre an der Uni hatte sie ein gutes Examen gemacht und mich liebevoll immer als eine Art intellektuelle Niete angesehen. »A und e gehen ineinander über, Dummchen. ›Eine alte ægyptische Frau kam heute an die Tür der Spülküche. Sie saß auf –‹. Das Nächste kann ich nicht lesen.«

Ich nahm ihr das Buch aus der Hand. »Ich glaube, es heißt ›einem Maultier‹.« Ich gab es ihr zurück.

»– und war höchst fremdartig mit Glöckchen und Schleiern geschmückt. Ihr Gesicht und die Hände waren geschwerzt‹ – geschwärzt mit e.«

Gehorsam schrieb ich alles auf. Als wir dann meine Version neben die von Catherine hielten, waren sie sich ähnlicher, als ich erwartet hätte, das musste ich zugeben. Aber »meine ist schräger, und die vertikalen Striche sind länger«, beharrte ich störrisch.

»Du hast einfach größer geschrieben als sie. Sie musste es irgendwohin quetschen, wo gerade Platz war. Immerhin ist es erstaunlich, dass sie überhaupt schreiben konnte. Sie ist doch keine Adlige, oder?«

Ich schüttelte den Kopf. »Nein, aber ich glaube, dass ihre Mutter gebildet war, und nach dem, was sie am Anfang erklärt, hatte ihre Herrin sie ins Herz geschlossen und unterstützt.« Ich hielt inne und betrachtete, was ich geschrieben hatte. »Ägypten ist weit weg von Cornwall«, meinte ich skeptisch. »Bist du sicher, dass sie das geschrieben hat?«

»Es ist ein altes Wort für Zigeuner – sie glaubten, sie kämen aus Ägypten. Für manche traf das sogar zu.« Sie hielt inne. »Hast du gerade Cornwall gesagt?«

Ich hatte vergessen, dieses kleine Detail zu erwähnen. »Ach ja. Sie heißt Catherine Anne Tregenna – Cat, nach ihren Initialen – und arbeitete im siebzehnten Jahrhundert in einem Herrenhaus, übrigens irgendwo hier in der Nähe. Ken … soundso.«

»Kenegie?«

Ich sah sie überrascht an. »So heißt es, ja. Mein Gott, kennst du es etwa?«

Alisons Augen weiteten sich. »Es ist ein elisabethanischer Landsitz, wir befinden uns innerhalb seiner alten Grenzen. Tatsächlich hatten wir sogar haufenweise Plunder aus dem Herrenhaus auf unserem Dachboden. Lieber Himmel, dieses Buch muss fast vierhundert Jahre hier verbracht haben. Wahrscheinlich hat sie auf diesem Grundstück gelebt!«

Ein Schauer lief mir über den Rücken. »Gibt es diesen Landsitz noch?«

Alison zögerte. »Er ist vermutlich nicht das, was du erwartest.«

Ich sah sie an und wartete.

»Er ist … nun ja, das alte elisabethanische Haus ist noch erhalten, obwohl es mittlerweile bis zur Unkenntlichkeit modernisiert ist. Man hat teure Apartments daraus gemacht.« Sie schnaubte verächtlich. »Als fielen gerade Scharen von aufstrebenden Führungskräften in Penzance ein. Und der Rest ist jetzt so eine Art Feriendorf.«

»Ein was?« Ich war entsetzt.

Sie breitete die Arme aus. »Man kann es den Leuten nicht vorwerfen. Cornwall ist die ärmste Grafschaft von ganz England. Ihm bleibt nur der Tourismus und die Fischerei, Letzteres kaum der Rede wert, angesichts der EU-Beschränkungen und der ausländischen Fabrikschiffe. Die Leute hier müssen ihr Geld auf jede erdenkliche Art verdienen.«

»Ja, vermutlich.« Das Bild, das sie malte, unterschied sich deutlich von dem, das ich in Erinnerung gehabt hatte.

»Wir könnten ja später einmal hingehen, dann siehst du selbst.«

»Hmmm«, sagte ich unverbindlich. Scharfe profane Splitter bohrten sich in die Illusion, die ich mir fröhlich zurechtgesponnen hatte. Cats heimliche kleine Notizen hatten mir eine Flucht aus den unerfreulichen Tatsachen meines Lebens ermöglicht. Wenn ich an dem Ort herumschnüffelte, an dem sie gelebt hatte, würde ich sie mit Alison teilen müssen, und ich merkte, dass ich Cat mit niemandem teilen wollte.

»Wie war der Name noch?«, murmelte sie und blätterte zum Titelblatt zurück. Dann leuchteten ihre Augen auf. »Catherine Anne Tregenna … Weißt du was, ich glaube, wir haben irgendwo Tregennas in der Familie. Besser gesagt, ich bin ganz sicher. Tregunna. Oder war es Tregenza? Ich kenne einen Gemüsehändler in Penzance namens Tregenza. Außerdem gibt es das Tregenna Castle in St. Ives. Ich frage mich, ob wir mit denen verwandt sein könnten? Ich habe doch irgendwo eine Familienbibel –« Sie brach ab.

»Was ist?«

»Sie liegt auf dem Dachboden«, sagte sie ausdruckslos.

»Oh.« Ich hätte ihr anbieten können, sie zu holen, aber mir war nicht danach.

»Irgendwann muss ich ja doch wieder da hoch …« Sie ließ den Satz in der Schwebe, als läge es an mir, ihn zu beenden.

Ich sagte nichts, spürte jedoch ihren Blick auf mir wie ein Gewicht.

»Ich gehe«, überwand ich mich schließlich. »Wenn du mir sagst, wo ich nachgucken soll.«

Als ich hinaufging, stand Alison auf dem Absatz am Fuß der Treppe und krallte sich mit beiden Händen an den Pfosten.

Der Dachboden war genauso hell und luftig wie der Rest des Hauses, nur viel unordentlicher. Ein riesiges, in die verborgene nördliche Dachschräge des Hauses eingelassenes Velux-Fenster ließ jede Menge Tageslicht herein, wofür ich unglaublich dankbar war. Über eine Seite zog sich Andrews Schreibtisch, auf dem sich die Papiere türmten. Der Computer stand mit leerem Bildschirm da wie ein Vorwurf. Seit mindestens vierzehn Tagen hatte ihn niemand mehr angeschaltet. Der Abschiedsbrief, so hatte Alison erzählt, hatte am Monitor gelehnt. In der Mitte des Raums verlief ein riesiger Holzbalken. Ein Stück Seil hing noch daran, dessen Ende von einem scharfen Messer abgetrennt worden war – durch die Polizei, vermutete ich. Alison hatte gesagt, dass sie es nicht über sich gebracht hätte, die Leiche anzurühren. Ich versuchte, nicht hinzuschauen, doch immer wieder kehrte mein Blick dorthin zurück. Es war hellblau, aus irgendeiner Kunstfaser, Nylon oder Polypropylen, und wirkte rau. Bestimmt war es schwierig, einen ordentlichen Knoten damit zu machen. Ich fragte mich, wo Andrew gelernt hatte, wie man Knoten knüpft, und ob er ungeschickt herumgefummelt hatte, als er ihn straff zog. Ich stellte mir vor, wie die grobe Faser in die zarte Haut des Halses schnitt, und musste den Gedanken mit Gewalt verdrängen.

»Siehst du die Kisten?«, rief Alison von unten. Ihre Stimme klang gekünstelt fröhlich. »Sie müssten neben dem großen Schubladenschrank stehen.«

Der zumindest war kaum zu übersehen: ein alter Architektenschrank beherrschte das schmale Ende des Raums unter dem Giebel, und daneben waren drei Kisten aufeinandergestapelt. Die oberste hatte eine dicke Staubschicht; offensichtlich war sie lange nicht aufgemacht worden.

Ich nahm sie herunter und öffnete sie. Andrews Gesicht starrte mich daraus an, frisch und heiter, und plötzlich erfüllte seine Gegenwart den ganzen Raum. Ich ließ die Kiste fallen, und die Fotos landeten auf dem Boden. Alison und Andrew; Andrew und Alison, hundert, zweihundert Aufnahmen von den beiden, entweder zusammen oder einzeln, in Gruppen bei Hochzeiten, auf Booten im Urlaub, in Overalls, am Haus arbeitend: zwanzig Jahre bunte Fujicolor-Geschichte, vergraben in einer verstaubten alten Schachtel.

»Sorry!«, rief ich nach unten. »Mir ist nur was runtergefallen.«

Ich sammelte die Fotos ein und stopfte sie zurück in die Schachtel, wobei ich den Blick von diesen Ansichten einer anderen, besseren Welt abwandte. Die zweite Kiste enthielt alte Notizbücher und Tagebücher, ein verblasstes Gästebuch, aber nichts, was nach Familienbibel aussah. Blieb nur noch die letzte Kiste. Ich stemmte sie auf. Unter einem Bündel vergilbter Zeitungen lag ein muffig riechendes Ding. Ich kramte es heraus. Sein lederner Einband fühlte sich feucht an und stank nach Schimmel, obwohl sowohl die alte Kiste als auch der Dachboden einen trockenen und wetterfesten Eindruck machten. Es war, als brächte es sein eigenes Klima mit.

»Ich hab sie!«, rief ich nach unten. Als ich den Einband hochhob, fiel etwas aus dem hinteren Teil heraus, und mehrere fleckige, braungeränderte Seiten lösten sich. Einen Augenblick dachte ich, das ganze Ding würde zerfallen, dann merkte ich, dass die Blätter lose waren: alte Lettern auf den ersten Blick. Ich legte sie sorgfältig wieder in den Einband zurück und sah mich ein letztes Mal auf diesem Dachboden um, wo Andrew Hoskin sich das Leben genommen hatte. Trotz des hellen Lichts, das durchs Fenster strömte, fühlte es sich stickig an hier drin, als würden nicht nur die Balken, Streben und Dachziegel auf mir lasten, sondern auch der Himmel, die Sterne und die Leere dahinter. Plötzlich spürte ich eine Welle von Verzweiflung. Ich war ein winziges, bedeutungsloses Stäubchen Leben in einem riesigen Universum. Was wollte ich eigentlich? Ich vertat meine Zeit, vertat mein Leben. Ich hatte hier nichts verloren, wahrscheinlich nirgends was verloren. Ich hatte keine Arbeit, keine Familie, keinen Mann, keine Kinder, keine Zukunft – und mit Sicherheit würde ich auch nichts davon in Cornwall finden. Außerdem war ich eine Frau und eine Ehebrecherin obendrein. Der Gedanke kam mir, klar wie ein Fanfarenstoß, dass ich sofort abreisen sollte, einfach *weggehen*.

Ich umklammerte die Bibel und flüchtete die Treppe hinunter, wobei ich schon ausrechnete, wie lange es dauern würde, zu packen, ein Taxi zu rufen und zum Bahnhof von Penzance zu fahren.

»Was ist denn los, um Gottes willen?« Alison war hohläugig und hatte dunkle Ringe unter den Augen. Sie sah aus wie eine Fremde, wie ein Eindringling in ihrem eigenen Haus. Ich wollte nur noch an ihr vorbei und raus.

Ich streckte eine Hand aus, um sie beiseitezuschieben. »Ich –« Und dann war das Gefühl plötzlich weg. Ich blinzelte.

Sie nahm mir die Bibel ab. Wahrscheinlich glaubte sie, ich

wäre zu wacklig, um sie zu tragen. »Komm, wir gehen nach unten«, sagte sie fest und klemmte sich den Einband unter den Arm. Den anderen legte sie um mich. »Du siehst aus, als könntest du eine starke Tasse Tee gebrauchen.«

Und so hatte sie sich vom Opfer in eine Betreuerin verwandelt, und jetzt war ich diejenige, um die man sich kümmern musste. Vielleicht, dachte ich, als ich ihr in die Küche folgte, war es genau das, was sie gebraucht hatte, diesen Rollenwechsel.

Im vorderen Teil der Familienbibel waren keine Tregennas verzeichnet. Jede Menge Pengellys und Martins, Johns und Bolithos, einige Lanyons und Stephens und sogar ein Rodda. Den Namen hatte ich auf einem Becher Rahm gelesen, den Alison im Kühlschrank hatte. Aber kein einziger Tregenna. Ich wusste nicht, ob ich enttäuscht oder erleichtert sein sollte.

NEUN

Catherine
Juli 1625

Eine alte ægyptische Frau kam heute an die Tür der Spülküche. Sie saß auf einem Maultier & und war höchst fremdartig mit Glöckchen & Schleiern geschmückt. Ihr Gesicht & die Hände waren geschwerzt …

Als es an der Tür der Spülküche klopfte, war Catherine gerade in der Küche und nahm eine Liste mit Lebensmitteln auf, die Lady Harris ihr diktierte. In der Luft hing das schwere Aroma von Weizenbrei, den die Köchin Kate Rowse den ganzen Morgen über zubereitet hatte. Allein bei dem Duft knurrte Cat der Magen. Kate hatte Gewürze, Butter und Rum hineingetan, und Cat war nicht sicher, ob sie sich bis zum Mittagessen beherrschen könnte.

»Sieh mal nach, wer da ist, Catherine«, sagte Margaret Harris, ohne sich auch nur einen Zoll von der Speisekammer wegzubewegen. Dann drehte sie sich zur Köchin um. »Wie wir es geschafft haben, in einem Monat so viel Mehl zu verbrauchen, will mir nicht in den Kopf.« Lady Harris führte genau wie ihr Mann ein strenges Regiment.

Besucher auf Kenegie waren nicht selten und kamen aus allen möglichen Gründen: Bettler baten um ein Almosen, obwohl sie dazu keineswegs angehalten wurden, denn der Herr spendete großzügig für die Gemeinde, zog es allerdings vor, in Wohltätigkeitsangelegenheiten den Pfarrer persönlich aufzusuchen; Jäger boten einen fetten Hasen oder ein Paar Tauben an; Fischer aus Market-Jew trugen ihre Ware in Weidenkörben auf dem Rücken und verlangten eine Silbermünze für eine Makrele, einen Penny für einen Pollack oder drei Pence für einen der großen Aale, die in den Riffen vor der Küste lauerten.

Vor der Spülküche war eine Gestalt, offenbar eine alte Frau dabei, ein klappriges Maultier an einem der dekorativen Lorbeerbäume festzubinden. Wenn sie tatsächlich eine war, dann hatte sie keinerlei Ähnlichkeit mit anderen alten Frauen, die Cat im Leben gesehen hatte. Diese fremdartige Person trug ein bunt gemustertes Tuch um den Kopf, das im Nacken verknotet war, große Goldringe in den Ohren, ein Mieder aus zusammengeflickten Stoffresten und eine weite Hose, die an den Knöcheln mit Seidentüchern und Ketten von klingelnden Silberglöckchen zusammengebunden war. Aber es war nicht einmal die ungehörige Pluderhose, die Cat solchen Anlass zur Verwunderung gab, als vielmehr ihre Hautfarbe, ein höchst bemerkenswertes Braun, so dunkel wie Rosskastanien. Ein paar Jahre zuvor waren Vagabunden, die sich als Ægypter ausgegeben hatten, mit einer fahrenden Truppe in Penzance aufgetaucht, doch sie hatten ihre Haut mit einem Sud aus Gallapfel geschwärzt, wie sich herausstellte, als der Wachtmeister sie an den Pranger stellte und ein Fass Wasser über ihnen auskippte. Zwei Tage später waren sie aus der Stadt vertrieben und nie wieder gesehen worden, was in Cats Augen eine große Schande war: Egal, ob es echte Zigeuner gewesen waren oder nicht, sie hatten einen Hauch von Exotik hierher mitgebracht und ihnen einen flüchtigen Blick auf eine andere, glanzvollere Welt gewährt.

Sie öffnete die Tür einen Spalt. »Was willst du hier?«, flüsterte sie. »Am besten machst du dich leise wieder fort, denn die Leute hier haben nichts übrig für deinesgleichen.«

Die Greisin betrachtete sie mit einem Auge, das glänzte wie das einer Amsel. »Ein junges Mägdelein mit flammendem Haar und einem guten Herzen – nun, das wäre ein feines Zeichen für einen trüben Sabbat.«

Cat starrte sie an. »Was redest du da?«

Die Zigeunerin lehnte sich gegen den Türrahmen und spähte in die Spülküche. »Sieht ganz so aus, als wäre die Sitzbank dort ein gutes Plätzchen für mein Häuflein alter Knochen, die seit Anbruch des Tages durchgeschüttelt wurden.«

»Ich kann dich wirklich nicht einlassen«, sagte Cat nervös, »so gern ich es auch täte. Ich würde Schwierigkeiten bekommen. Aber im Garten steht eine Bank. Setz dich dorthin, vielleicht kann ich dir etwas zu trinken bringen, bevor du dich wieder auf den Weg machst.«

Die alte Frau sah sie weiter an, ohne mit der Wimper zu zucken. »Du wirst ohnehin Schwierigkeiten bekommen, egal, ob du mich einlässt oder nicht.«

Cat wich einen Schritt zurück. »Was für Schwierigkeiten?«

»Für die Antwort darauf würde ich mir etwas zu beißen ausbitten, mein Kind«, antwortete die Ægypterin, sog schnüffelnd die Luft ein wie ein kleiner Mops und setzte dann einen Fuß über die Schwelle.

»Nein, nein, komm lieber mit«, sagte Cat rasch, ehe die Situation außer Kontrolle geriet. Sie schlüpfte aus der Tür der Spülküche, ließ sie eingeklinkt und zerrte die Frau hinter sich her zum Garten, außerhalb der Sichtweite der Küchenfenster. Die Alte setzte sich auf die Bank unter dem Apfelbaum und streifte mit einem tiefen Seufzer ihre gewaltigen Lederschuhe von den Füßen. »Trügerisch wie die Schlange im Paradies«, jammerte sie, betrachtete sie finster und rieb sich mit ihrer großen Hand die Fußballen. Die Hand sah aus wie eine Kralle. »Ich habe sie in Exeter mit gutem Silber bezahlt, und schon in Plymouth hingen sie in Fetzen.« Sie verstummte und richtete sich dann auf. »Ich glaube, in Penzance brauche ich neue Schuhe.«

Als Cat nicht antwortete, verdrehte die alte Frau die Augen. »Sei ein gutes Mägdelein, gib mir eine Silbermünze, und ich sage dir die Zukunft voraus.«

Cat hielt den Atem an. »Bist du eine Hellseherin? Kannst du

einem jungen Mädchen aus der Hand lesen und ihm sagen, wie sein Leben verlaufen wird?«

»Die Geister haben mich mit dieser Gabe ausgestattet«, sagte die alte Frau bescheiden. »Allerdings wirkt eine Silbermünze dabei Wunder.«

»Ich habe keine Silbermünze, aber ich könnte dir etwas zu essen besorgen, wenn du Hunger hast. Wir haben gerade frisches Brot gebacken.«

Die alte Frau schnaubte empört. »Soll ich etwa Brotlaibe an meinen alten Füßen tragen?«

Cat wünschte sich nichts mehr, als ihre Zukunft zu erfahren. Aber erst einen Tag zuvor hatte sie ihre letzte Münze der Mutter übergeben und würde erst am nächsten Montag wieder Lohn erhalten.

»Das Brot ist gut«, drängte sie. »Und im Topf kocht Weizenbrei.«

Bei der Erwähnung von Weizenbrei setzte sich die Alte noch gerader auf. Sie warf Cat ein breites, etwas schräges Lächeln zu, das den Blick auf eine merkwürdige Reihe von Zähnen freigab. »Ah, Weizenbrei – nun, das lobe ich mir. Aber wenn deine Zukunft von guten Geistern beschützt werden soll, dann achte darauf, dass er eine tüchtige Portion geistige Getränke enthält, hörst du, mein Kind?«

Cat rannte zurück in die Spülküche und fragte sich, wie um alles in der Welt sie eine Schale Weizenbrei herausschmuggeln sollte, ohne erwischt zu werden.

»Wer war das?«, rief Margaret Harris scharf, als Cat in die Küche zurückkehrte.

»Eine hungrige alte Frau«, antwortete Cat und wich ihrem Blick aus.

»Noch so eine Vagabundin, bestimmt will sie unsere Vorräte mopsen«, gluckste die Köchin.

Cat richtete sich zu ihrer vollen Größe auf. »Es ist eine arme alte Frau, sie geht gebückt und reitet das hagerste Maultier auf

Erden. Ich habe sie im Schatten des Obstgartens auf eine Bank gesetzt.«

Margaret Harris trat ans Fenster und blickte hinaus auf das unglückliche Tier neben dem Baum. »Gott, steh uns bei, das Vieh frisst meinen Lavendel! Kate, lauf sofort zum Hof und sag dem jungen Will, er soll es da wegschaffen und ihm etwas Gerste geben.« Dann drehte sie sich zu Cat um. »Du kannst der alten Frau einen Brotlaib von gestern bringen und Wasser aus dem Brunnen schöpfen. Bettler dürfen nicht allzu wählerisch sein.«

Cat griff nach einer Kanne, doch Lady Harris hielt sie zurück. »Benutz deinen Verstand, Kind: Dieses wandernde Volk schleppt alle möglichen Krankheiten aus den Städten mit. Wir wollen uns doch nicht die Pocken oder die Pest ins Haus holen. Bestimmt hat sie einen eigenen Becher.«

Dann verließ Lady Harris eilig die Küche, als hätte sich ihre Zofe allein durch den Wortwechsel mit der Landstreicherin bereits angesteckt.

Cat schnappte sich eins der zwölf frischen runden Brote, die zum Abkühlen auf einem Gitter lagen, wo die Köchin und Nell sie zuvor hingelegt hatten. Dann nahm sie ungeachtet der Gefahr eine alte Zinnschale und tauchte sie rasch in den Topf mit dem brodelnden Weizenbrei. Der Krug mit dem Rum stand auf dem Boden; sie hob ihn auf und kippte einen großzügigen Schuss in die Schale und obendrein über ihre Schuhe.

»Verflixt!« Jetzt müsste sie die Schuhe am Brunnen abwaschen oder den ganzen Tag nach Alkohol stinken, was ihrem ohnehin ramponierten Ruf nicht gerade zuträglich wäre. Sie presste das Brot und die Schale an sich und rannte zurück in den Obstgarten.

Die Finger der Zigeunerin krallten sich um die Schale mit dem Brei wie die Klauen eines Falken um eine Maus. Einen Augenblick standen die beiden Frauen da, verbunden nur durch die Zinnschale, und Cat spürte ein seltsames Summen in den

Knochen. Dann brach die Ægypterin die Verbindung abrupt ab. Sie drückte die Schale an sich und schaufelte sich den Brei mit einer solchen Hast in den Mund, dass sie zwischendurch kaum zum Luftholen kam.

»Nicht genug Rum«, sagte sie zum Schluss, wischte sich den Mund ab und reichte Cat die leere Schale zurück. Das Brot verstaute sie in irgendeiner riesigen, verborgenen Tasche ihrer Pluderhose.

Cat verzog den Mund. Sie hatte nicht unbedingt Dankbarkeit, doch wenigstens eine gewisse Anerkennung für ihre Mühe erwartet. Sie streckte den Arm aus, mit der Handfläche nach oben, in der Hoffnung, dass zumindest die Geister etwas freundlicher wären, aber die Alte schob ihre Hand zur Seite. Cat hatte plötzlich ganz deutlich den Eindruck, dass die alte Frau sie nicht berühren wollte. »Du hast gesagt, dass du mir aus der Hand lesen wirst«, sagte sie scharf. »Nur aus diesem Grund habe ich dir den Weizenbrei und das Brot gebracht und dabei den Zorn meiner Herrin riskiert.«

»Es ist nicht der Zorn deiner Herrin, den du fürchten musst, Mägdelein«, entgegnete die Alte und zwinkerte ihr zu. Es sah schrecklich aus. »Ich lese dir aus den Steinen, aber mach nicht mich verantwortlich, wenn dir nicht gefällt, was du hören wirst.« Bei diesen Worten kramte sie in einer anderen Tasche der Hose und zog einen kleinen Lederbeutel heraus, in dem es klapperte, wenn sie ihn bewegte. »Berühre die Steine, mein Kind, und denke an die Dinge, die dich am meisten bekümmern«, forderte sie Cat auf, und diese tat wie ihr geheißen und dachte an Rob und ihre Angst davor, eingesperrt zu werden, an das Altartuch und ihre Träume, dem Ganzen zu entkommen. Die Steine fühlten sich kühl und glatt an, wie Kiesel aus einem Fluss, nur auf einer Seite waren sie rau.

»Du musst vier Steine ziehen, einen nach dem anderen, und sie dann dort auf den Boden legen.«

Cats Finger liebkosten die Steine, als müsse sie sie besänftigen, damit ihre Prophezeiungen milde ausfielen. Dann wählte sie einen aus und legte ihn auf den Boden. Auf der Oberfläche waren drei grobe Striche eingeritzt, die einem schiefen C glichen. »Der steht für deine Vergangenheit«, sagte die alte Frau und beäugte den Stein wie eine Drossel einen Wurm. »Nun, das ist ein Rätsel«, sagte sie geheimnisvoll. »Eine wilde Mischung von Blut hast du, mein Kind, und Blut wird fließen. Jetzt nimm den nächsten.«

Cat runzelte die Stirn. Der zweite Stein zeigte ein Muster, das an zwei zerbrochene Glieder einer Kette erinnerte.

»Es ist Zeit für Veränderung, aber die Folgen dieser Veränderung werden von deiner Beharrlichkeit abhängen.«

Cat straffte das Kinn. Wenn Beharrlichkeit nötig war, um hier wegzukommen, würde sie Beharrlichkeit zeigen. Doch wenn man sie bis Ende des Sommers mit Robert verheiraten wollte, würde Beharrlichkeit wenig bewirken. »Wie lange muss ich beharrlich sein?«, platzte sie heraus. »Ich fürchte, dass es einiges gibt, was sich einfach nicht ertragen lässt oder sich gegen mich wendet, was immer ich tue.«

Die alte Frau schnalzte mit den Zähnen. »Geduld, mein Vögelchen. Nimm den dritten.« Sie sah zu, als Cat ihn neben die beiden anderen legte. Ein Stein mit einer Zickzacklinie. »Ah, der Blitz!« Sie zog eine Grimasse. »Der Sieg über den Hochmut und der Zorn Gottes.«

Cat hob die Brauen. Jetzt klang die Ægypterin wie Nell Chigwine. »Bist du ganz sicher? Könnte man das Zeichen nicht auch anders lesen?«

»Zweifle nicht an den Steinen, Mägdelein. Sonst kommt es noch schlimmer.«

»Ich glaube deinen Steinen nicht.«

»Dann höre ich lieber auf und gehe meines Weges.«

Cat seufzte. »Nein, bitte, tu das nicht. Ich möchte auch den Rest hören, wenn es dir recht ist.« Rasch nahm sie einen vierten Stein aus dem Beutel und legte ihn auf den Boden. Das Symbol darauf war wie ein grob eingeritztes R, aber krumm und schief.

Die Zigeunerin fing an zu lachen. »Da ist es, da ist es«, krächzte sie. »Mir dünkte doch gleich, dass … Ja, ja, bisweilen sprechen die Geister ganz laut zur alten Maggi. Da ist sie, klar wie der neue Tag: *raido*, die Reise. Du hast eine lange Reise vor dir, mein Vögelchen, du wirst sehr weit von hier fortgehen. Am Ende deiner Reise gibt es eine Vereinigung von Himmel und Erde, und all deine Träume werden wahr.«

Cat musterte sie misstrauisch. Das Versprechen einer langen Reise war genau das, was sie sich am meisten wünschte: Bis nach London, wenn sie Glück hatte. Nur das Gerede über die Vereinigung von Himmel und Erde störte sie, denn könnte das nicht bedeuten, dass die Reise der Pfad durchs Leben war, die im Tod und der Auferstehung der Seele gipfelte? Alles gut und schön, aber das galt auch für jedes andere Kind Gottes. Sie hatte den Verdacht, dass die alte Frau jede Menge solcher Scharlatanerien für ihre Kunden auf Lager hatte, in der Hoffnung, dass sie sich mit vagen Allgemeinplätzen abspeisen ließen.

»Catherine Anne Tregenna, was in aller Welt fällt dir ein? Was hast du da draußen mit einer solchen Kreatur zu tun?« Es war Margaret Harris, die den Pfad entlang auf sie zukam.

Cat errötete. Die Zinnschale lag deutlich sichtbar vor ihnen, und Lady Harris würde sie sofort als ihr Eigentum wiedererkennen.

»Und du!« Nun richtete sich der Zorn der Herrin von Kenegie gegen die alte Zigeunerin. »Schaff dein Teufelswerk auf der Stelle weg von hier, oder du kannst was erleben! Wer die Geister anruft, wird als Hexe verbrannt. Du kannst von Glück reden, dass ich Christin bin und solche Methoden nicht billige, aber wenn ich dich noch einmal auf meinem Grund und Boden finde oder du versuchst, einen meiner Dienstboten in deinen Bann zu ziehen, kannst du sicher sein, dass der Wachtmeister dich bei Gurnard's Head ins Meer stürzt, und in den Knochen da unten wirst du jede Menge deinesgleichen treffen. Jetzt nimm dein räudiges Tier und verschwinde. Und wag ja nicht, in Penzance Halt zu machen. Du kannst dich drauf verlassen, dass ich dahinterkommen würde!«

Sie packte Cat am Arm, zuckte dann jedoch zurück. »Bei den Wunden unseres Herrn, Catherine, du stinkst nach Alkohol! Ein weiterer Eintrag in der Liste deiner Verfehlungen, mein Kind. Warum sich ein guter Mann wie Robert Bolitho in den Kopf gesetzt hat, jemanden wie dich zu heiraten, kann ich mir beim besten Willen nicht vorstellen. Es wäre besser, wenn du dich besinnst, oder er wird sich woanders umsehen, und dann endest du noch als alte Jungfer oder Schlimmeres.«

Die Alte sammelte ihre Steine ein und ließ sie in der Tasche verschwinden. Dann richtete sie sich auf und sah Lady Harris geradewegs in die Augen.

»Ein großes Unglück wird über dieses Haus kommen, und ich kann nichts sagen oder tun, um es abzuwenden. Du wirst ein langes Leben haben, Herrin des Mounts.« Sie wandte sich ab. »Dein Mann aber steht bereits mit einem Bein im Grab«, äußerte sie heiser. Dann zischte sie Cat zu: »Und du, mein Vögelchen, brauchst keine Angst vor der Hochzeit zu haben.«

Cat starrte sie an. »Wieso nicht?«

»Weil du als Catherine niemals auf dieser Welt heiraten wirst«, sagte die Ægypterin und humpelte mit schmerzenden Füßen davon.

In dieser Nacht lag Cat auf ihrem schmalen Bett und grübelte über die Worte der alten Frau nach. Sie hatte den ganzen Tag an das verworrene Durcheinander gedacht, das sie in ihrem Kopf angerichtet hatten. Manchmal glaubte sie, einen Faden aus dem Knäuel gelöst zu haben, der nun hell und klar in ihrer Hand lag – zum Beispiel, dass sie keine Angst vor der Ehe haben musste, weil sie gar nicht heiraten würde. Doch dann wurde dieser Gedanke durch die Erkenntnis verdorben, dass es eigentlich eine

Furcht einflößende Vorstellung war, überhaupt nicht zu heiraten. Dazu genötigt zu sein, Tag für Tag zu arbeiten, abhängig von den Launen ihrer jeweiligen Dienstherren oder von der Barmherzigkeit anderer – war das nicht sogar noch schlimmer als Robert zu heiraten, der zwar langweilig war und kein bisschen Geld besaß, dafür aber ein anständiger, hart arbeitender Mann, der ihr jede Bequemlichkeit bieten würde, die er sich leisten konnte? Dann wiederum dachte sie an das große Unglück, von dem die Ægypterin gesprochen hatte. Würde erneut die Pest diesen Winkel von Cornwall heimsuchen? Sie hatte bereits ihren Vater gefordert, einen zähen und kräftigen Mann: Wenn sie ihn hatte umbringen können, würde sie auch alles andere dahinraffen, was ihren Weg kreuzte. Oder könnte ein Krieg an ihren friedlichen Küsten ausbrechen, so wie am Ende des letzten Jahrhunderts? Andererseits hatte die Zigeunerin gesagt, dass Beharrlichkeit sie retten werde, daher würden weder Pest noch Krieg ihr Leben beenden können. Und was war das für eine lange Reise, die sie ihr verheißen hatte und die mit der Vereinigung von Himmel und Erde enden sollte? Diese Frage quälte sie am meisten.

Möglicherweise würde sie schließlich doch nach London ziehen, um in einem großen Haus zu leben und in der Gesellschaft aufzusteigen, und wer wusste schon, wie dann die Zukunft aussähe? Obwohl sie bei der Erinnerung daran, wie Sir John Killigrew sie berührt hatte, von Scham und Ekel ergriffen wurde, bewies es letztlich, dass große Männer sie hübsch genug fanden, um sie zu küssen. Und vielleicht hatte die Ægypterin ja auch ganz falsch gelegen, als sie prophezeite, dass Cat nie heiraten würde. Immerhin hatte sie gesagt, dass sie »als Catherine in dieser Welt« nie heiraten werde. Vielleicht erwartete sie irgendwo eine andere Welt, beispielsweise, wenn die Countess of Salisbury sie mitnahm, um sie zu ihrer Privatstickerin und Kammerzofe zu machen. Vielleicht würde diese feine Dame einen anderen Namen für sie finden.

Dieser Gedanke brachte sie auf das Altartuch, denn bei einem solch großen Vorhaben konnte man doch sicher von Beharrlichkeit sprechen, oder nicht? Beflügelt von dieser Überzeugung, zog sie ihren Entwurf unter dem Bett hervor und entrollte ihn vorsichtig.

Der Baum der Erkenntnis wuchs im Kerzenschein vor ihr in die Höhe, kunstvoll und elegant. Vögel sangen in seinen Zweigen, Blumen aller Art standen in leuchtender Blüte, kleine Geschöpfe spielten zu seinen Füßen. Mann und Frau standen rechts und links des Stamms, die Bäuche diskret dem Holz zugewandt. Evas Hand umschloss die Frucht, die Wissen und Verdammnis verhieß.

Cat betrachtete lange und aufmerksam ihren Entwurf, und je eindringlicher sie ihn betrachtete, desto sicherer war sie, dass er den Schlüssel zu dem ganzen Durcheinander in ihrem Kopf enthielt. Sie folgte den feinen Konturen und strich über das raue Leinen, als könnte es irgendwie sprechen.

»Eine lange Reise«, flüsterte sie vor sich hin. »Eine Vereinigung von Himmel und Erde.«

Und plötzlich war das Rätsel gelöst, die Antwort lag vor ihr. Das Holz des Lebens, dessen Wurzeln tief in der Erde waren und dessen Äste sich zum Himmel reckten, vereinigte die Welt des Profanen mit der des Heiligen in einem einzigen herrlichen Symbol. Das reichte ihr. Sie hatte das Zeichen gefunden: Ihr Schicksal war klar.

Morgen, nach der Kirche, würde sie ihren freien Nachmittag der Arbeit an dem Altartuch widmen, das sie retten, auf eine lange Reise schicken und ihr ein schönes neues Leben schenken würde, weit weg von Kenegie, weit weg von Rob, weit weg von Cornwall, so wie sie es sich immer erträumt hatte.

ZEHN

Ein paar Tage später saß ich mit Alison im Garten, als mein Handy klingelte. Wir waren gerade von der Kanzlei des Anwalts in Truro zurückgekommen, der sich um Andrews Testamentsvollstreckung kümmern sollte. Auf der A30 hatte ein Unfall einen gewaltigen Verkehrsstau verursacht. In Truro einen Parkplatz zu finden, war beinahe unmöglich gewesen, die Sekretärin hatte ein wichtiges Formular verschlampt, das von Alison unterschrieben werden sollte, und nun waren wir beide müde und ein wenig angespannt. In den Leinenpolstern des Gartenstuhls zu versinken, mit einer neuen Stickerei auf dem Schoß – einem schlichten Schal mit Pfauenfedern in den vier Ecken –, bei der ich eine Kombination aus Plattstich und Kettenstich ausprobieren wollte, ein Glas eisgekühlten Chenin Blanc neben mir, und dem Gesang der Lerchen zuzuhören, war einfach herrlich. Der durchdringende, mehrstimmige Klingelton kam mir wie eine unwillkommene Störung vor. Doch wie unwillkommen tatsächlich, konnte ich nicht ahnen.

»Hallo?«

Dummerweise hatte ich nicht auf das Display gesehen, bevor ich abnahm. Michaels Stimme erwischte mich eiskalt.

»Ah, du lebst also noch?« Es klang leicht enttäuscht. »Ich habe dir mehrere Nachrichten hinterlassen, aber du hast nie zurückgerufen«, warf er mir vor.

Ich antwortete nicht.

»Wo bist du?«, bohrte er.

»In Cornwall, bei meiner Cousine Alison, obwohl dich das überhaupt nichts angeht.«

Es folgte eine Pause, als hielte jemand am anderen Ende der Leitung die Luft an. Er war es nicht gewöhnt, mich resolut und selbstständig zu erleben, wenn nicht gar ausgesprochen unhöflich. Dann lachte er. Es war, so dachte ich, ein ziemlich nervöses Lachen. »Verrückt. Ich nämlich auch. Auch in Cornwall, meine ich.«

Alison griff über den Tisch und nahm mir das Handy ab. »Hallo, Michael. Ja, richtig, sie ist hier bei mir, Trevarth Farm, gleich oberhalb von Gulval, in den Hügeln nördlich von Penzance.« Sie hörte einen Augenblick zu und nickte dann. »Auf der Landranger-Karte ist es deutlich eingetragen. Frag einfach jemanden auf der Straße, wenn du es nicht finden kannst, oder ruf Julia an, dann geben wir dir weitere Instruktionen, wenn du in der Nähe bist. Wir erwarten dich in einer Dreiviertelstunde. Zum Tee gibt es Krabbensalat. Ich hoffe, du bist nicht allergisch gegen Meeresfrüchte.« Sie drückte auf die rote Taste, beendete die Verbindung und gab mir das Handy zurück.

Ich starrte sie an. »Warum, in aller Welt, hast du das getan?«

»Ihr müsst eure Affäre zu einem guten Ende bringen, schon Annas wegen. Reicht euch die Hand und benehmt euch normal. Schließlich könnt ihr euch nicht in alle Ewigkeit aus dem Weg gehen, und deshalb solltet ihr es jetzt tun, während ich als Schiedsrichter dabei bin.«

»Du hast gut reden, aber ich bin noch nicht bereit, ihn wiederzusehen. Ich gehe erst einmal duschen«, sagte ich steif und hievte mich aus dem Gartensessel.

»Zieh dein rotes Kleid an«, rief sie mir nach. »Das steht dir besonders gut.«

Als ich vierzig Minuten später sauber und frisch vom Duschen zurückkam, das Haar zu einem Knoten geschlungen, mit frischem Make-up und dem roten Kleid, einfach weil es das Einzige war, das nicht gewaschen oder gebügelt werden musste, hatte Michael das Haus schon gefunden. Er saß mit dem Rücken zu mir in einem alten Liegestuhl, stürzte ein Glas Wein hinunter und kicherte über etwas, das Alison gesagt hatte. Es wurmte mich, dass er sich hier ganz offensichtlich wie zuhause fühlte.

»Wo ist dein Wagen?«, fragte ich böse. »Ich habe ihn in der Einfahrt nicht gesehen.«

Beim Klang meiner Stimme fuhr er herum. »Wie schön, dich zu sehen«, gab er zurück und kämpfte sich aus dem Liegestuhl. Ich betete für ein schmerzhaftes Durcheinander von ineinander verkeilten Holzteilen und Gliedmaßen, doch Michael schaffte es, ohne Mühe aufzustehen, elegant wie immer in einem cremefarbenen Hemd und steingrauer Hose. Sein Blick musterte mich von oben bis unten und blieb anerkennend an dem roten Kleid hängen. »Ich habe ein Taxi genommen. Es schien mir das Vernünftigste, die Feinarbeit einem Einheimischen zu überlassen. Er wusste sofort, wo ich hinwollte.«

Ich wollte verdammt sein, wenn ich mich so leicht einwickeln oder mir gar einen keuschen Kuss von ihm gefallen lassen würde. Ich stand da, die Hände in die Hüften gestemmt und wurde plötzlich wütend über die Wirkung, die er immer noch auf mich hatte. »Was machst du hier? In Cornwall, meine ich.«

Er hob eine Augenbraue und wandte sich wieder Alison zu. »Ich verstehe, was du meinst.«

Ich rückte meinen Stuhl ein Stück vom Tisch weg und setzte mich mit finsterem Blick hin.

»Ich, äh … hatte hier zu tun. Es geht um eine Immobilie von Anna, die sie verkaufen will. Ich soll euch übrigens von ihr grüßen.«

Bei der Erwähnung ihres Namens erstarrte ich. Anna hatte Beziehungen zu Cornwall? Auf meinen Armen bildete sich eine Gänsehaut, als hätte mich eine kalte Brise erwischt. Ich streifte ihn mit einem Blick aus halb geschlossenen Augen. Der Blick einer Katze für ein Geschöpf, das sie abgrundtief verachtet. »Verstehe. Ein bisschen Kapital flüssig machen für die zweiten Flitterwochen, wie?«, erklärte ich bissig, und er hatte wenigstens den Anstand, den Blick abzuwenden. »Wo ist sie denn, diese ›Immobilie‹?«

»In Mousehole. Ein Cottage, mehr nicht, es steht leer. Anna hatte seit Jahren einen Mieter, doch der ist vor Kurzem verstorben. Sie hat es zum einundzwanzigsten Geburtstag geschenkt bekommen und auch mir jetzt zum ersten Mal davon erzählt. Manchmal ist sie eine richtige Heimlichtuerin.«

»Und wo wohnst du?«, fragte Alison mit gerunzelter Stirn.

»Ich habe ein Zimmer in einem kleinen Hotel in Mousehole. Es ist ein bisschen teuer, aber ich kann es meinen kornischen Brüdern nicht verdenken, wenn sie sich ein ehrliches Pfund verdienen wollen. Oder auch ein unehrliches.«

Ich blickte starr durch den Garten auf das Tal und das Meer dahinter. Zwischen dem hellen Spalier der Bäume konnte ich so gerade den Kirchturm über der Küste von Penzance erkennen und ein kleines Stück der glitzernden Bucht dahinter. Mousehole lag ein paar Meilen jenseits der Landspitze, die den westlichsten Punkt von Mount's Bay bildete. Ich erinnerte mich an eine Stelle in Cats kleinem Buch, in der sie erzählte, dass man dort das Wrack eines Fischerboots namens *Constance* gefunden hatte. Die ganze Mannschaft war verschwunden, und zwischen den Planken hatte eine »türkische Klinge« gelegen.

»Ich würde es furchtbar gern sehen«, sagte Alison. »Das Cottage. Einige von diesen komischen alten Häusern haben eine Menge Charakter, besonders wenn man sie eine Weile verkommen ließ. Ich könnte euch vielleicht ein paar Ratschläge geben, wie man es aufmöbeln müsste, um einen guten Preis rauszuschlagen.«

Ich funkelte sie an, damit sie endlich aufhörte. Es war genau die Art von Projekt, die Alison brauchte, um sich von der Trauer über Andrews Tod abzulenken, doch selbstsüchtig, wie ich war, konnte ich nur daran denken, dass jeder Gewinn, der sich aus dem Cottage schlagen ließe, zu Michaels neuem Leben mit Anna beitragen würde. Wenn ich überhaupt an sie dachte – und ich gab mir alle Mühe, es nicht zu tun –, dann wünschte ich sie mir arm und unzufrieden, nicht reich und glücklich.

Doch Michael war ganz Ohr. Er beugte sich über den Tisch, tätschelte ihren Arm und schenkte ihr ein Lächeln, bei dem sein ganzes Gesicht erstrahlte, ein Lächeln, das er in meiner Fantasie nur für mich reserviert hatte. »Großartig. Komm doch morgen mal vorbei. Ich habe nicht vor, mich großartig darin zu betätigen, ich will es nur einigermaßen in Schuss bringen und dann so schnell wie möglich zum Verkauf anbieten, aber es interessiert mich, was du dazu meinst. Wie Julia dir bestätigen wird, bin ich in puncto Inneneinrichtung nicht besonders beschlagen – mein Apartment in Soho verkommt seit Jahren immer mehr; aber ich glaube nicht, dass du es malerisch fändest.«

An diesem Punkt hielt ich es nicht länger aus. Ich schob meinen Stuhl so heftig zurück, dass seine Beine mit einem durchdringenden Quietschen über die Granitfliesen schrammten und suchte Zuflucht im Haus, nicht ohne bei diesem Rückzug zwei Augenpaare zu spüren, die mich von hinten durchbohrten.

Ich flüchtete nach oben und warf mich bäuchlings aufs Bett. Mein ganzes emotionales Gerüst brach zusammen. Tränen, die ich seit zehn Tagen zurückgehalten hatte, flossen in Strömen. Ich schluchzte so laut, dass ich weder hörte, wie jemand die Treppe heraufkam, noch wie sich die Tür öffnete, sodass ich mit heftig hämmerndem Herzen aufsprang, als plötzlich die Matratze unter einem fremden Gewicht nachgab.

Michael saß neben mir auf der Bettkante und wirkte entsetzt und beschämt zugleich. Er zog ein großes, zerknülltes Taschentuch hervor und wischte mir damit das Gesicht ab, wobei er unrühmliche Rotzspuren auf meiner Wange verteilte. Wütend schob ich seine Hand beiseite, rannte ins Badezimmer und verrammelte die Tür hinter mir. Ich spritzte mir Wasser ins Gesicht und betrachtete mich im Spiegel. Tageslicht offenbart bittere Wahrheiten: Ich habe nie verstanden, warum die Leute ihre Häuser so entwerfen, dass sie es möglichst hell haben. Wenn man nicht mehr die straffe, strahlende Haut einer Fünfundzwanzigjährigen hat, zeichnet das Tageslicht gnadenlos jede Falte, jeden Makel, jedes Erschlaffen der Haut nach und gibt einem das Gefühl, eine uralte, vergrämte Vettel zu sein, selbst wenn man sich mit Exfoliating Cream alle abgestorbenen Hautschüppchen abrubbelt, das Gesicht anschließend mit einer Feuchtigkeitscreme verwöhnt, die mehr kostet als reiner Weihrauch, und dann mit größter Sorgfalt und Routine ein sündhaft teures Make-up aufträgt. All das hatte ich vor weniger als einer Stunde getan. Nun aber sah ich aus wie das Opfer eines Wirbelsturms.

Brutal rubbelte ich mir mit einem Waschlappen über das Gesicht und verließ das Bad, um diesem Liebhaber, der mich hatte sitzen lassen, ohne jede Maskerade in die Augen zu blicken. Soll er ruhig sehen, was er mir angetan hat, sagte ich mir.

Doch als ich das Zimmer betrat, saß er vornübergebeugt da und kehrte mir den Rücken zu. Er wirkte aufgewühlt: Ich kannte seine Körpersprache so gut, dass ich mit einem Blick erkannte, wie nervös er war.

»Warum bist du hier?«, fragte ich ruhig und war froh, dass meine Stimme nicht zitterte.

Er fuhr schuldbewusst zusammen, sprang auf und wandte sich zu mir um. In der Hand hielt er mein Buch, sein Abschiedsgeschenk für mich.

Ich marschierte quer durchs Zimmer und nahm es ihm weg, um es schützend an mich zu drücken.

»Alison hat mir von dem Buch erzählt«, sagte er und setzte sich mit gespielter Gleichgültigkeit wieder hin. »Es klingt faszinierend.«

»Ist es auch«, antwortete ich und presste es noch fester an mich.

»Ich würde es mir gern noch einmal genau ansehen.« Er

streckte die Hand aus, und eine Sekunde lang bildete irgendein verräterischer Instinkt in mir sich ein, dass er nach mir griffe.

»Das glaube ich.«

Er runzelte die Stirn. »Julia, sei nicht sauer auf mich.«

»Ich glaube, ich habe jeden Grund, sauer auf dich zu sein, findest du nicht?«

»Ich wollte dich niemals verletzen, glaub mir.«

»Warum bist du dann hier und stößt mich auch noch mit der Nase drauf? Warum das dämliche Gerede über Annas gottverdammtes Cottage? Wie kommst du darauf, dass es in Ordnung ist, wenn du aus heiterem Himmel hier aufkreuzt? Ich bin dreihundert Meilen gefahren, um weit weg von dir zu sein, und jetzt sitzt du vor mir und liest das gottverdammte Buch, das du mir zum Abschied geschenkt hast, und das war's dann.«

Mittlerweile schrie ich ihn an; jegliche Zurückhaltung war verschwunden. Er wurde blass. Mit Gefühlsausbrüchen hatte er noch nie umgehen können.

»Beruhige dich doch. Bitte! Ich wollte wissen, ob alles in Ordnung mit dir ist, deshalb habe ich dich vor ein paar Tagen angerufen, und Alison ging ran. Sie sagte, dass sie sich Sorgen um dich macht, deshalb habe ich angeboten, herzukommen und die Sache mit Annas Haus zu regeln, damit ich dich treffen kann.«

Ich starrte ihn finster an und dachte nach. Alison und ich waren vor ein paar Tagen im Lido schwimmen gewesen, einem herrlichen alten Jugendstilbad unten am Strand, wo man endlos in einem mit Meerwasser gefüllten Becken herumplanschen, den blauen Himmel oder den Kirchturm von St. Mary betrachten und sich vorstellen konnte, man sei an der Riviera. Nun fiel mir ein, dass ich irgendwann Alison am Telefon gesehen hatte, als ich träge meine Bahn zum tiefen Ende schwamm, aber ich hatte nicht mitbekommen, dass es mein Telefon gewesen war.

»Sehr aufmerksam von dir, ja, wirklich.«

»Nicht wirklich.« Er zuckte mit den Schultern. »Die Wahrheit ist, dass wir … äh … aus verschiedenen Gründen Geld brauchen.«

Ich musste mir das kleine, gehässige Lächeln verkneifen, das in mir aufstieg. Doch nicht so auf Rosen gebettet. Nun, das war wenigstens ein Trost.

»Ehrlich gesagt, es ist komisch, aber das Buch« – er deutete darauf – »stammte aus einer Hausentrümpelung irgendwo aus der Gegend. Es muss hier unten in Cornwall gelegen haben seit, wann war es, 1634?«

»Nein, 1625.« Ich kniff die Augen zusammen. Offensichtlich hatte er keine Ahnung, dass ich im Bilde war und wusste, dass es aus dem Haus stammte, in dem wir gerade saßen. Ich hätte es ihm durchgehen lassen können, aber aus irgendeinem Grund wollte ich es nicht. »Alison hat mir gesagt, dass Andrew und sie es dir geschickt haben, zusammen mit einem ganzen Stapel anderer alter Bücher. Damit du sie verkaufst.«

Er wurde rot. »Ah, ja. Nun, ich dachte, dass es dir gefallen würde, weil es um Stickerei ging und so weiter. Ich hatte es eine Weile für dich zurückgelegt und dann vergessen, bis …. nun ja, du weißt schon. Aber in Wirklichkeit war es ein Fehler. Ehrlich gesagt, du solltest es mir wiedergeben, wenn du es gelesen hast, damit ich es für Alison verkaufen kann. Bestattungen sind heutzutage nicht billig, und ich habe den Eindruck, dass Andrew ziemlich abgebrannt war.«

Was für ein Filou er doch war! Ich wusste, sobald er es in die Finger bekam, würde er es verkaufen, das ja, aber genauso hätte ich wetten können, dass der volle Ertrag nie und nimmer auf Alisons Konto landen würde. »Vielleicht, wenn ich es zu Ende gelesen habe«, log ich und sah, wie sein Gesicht sich erleichtert entspannte.

»Komm her, altes Mädchen«, sagte er und breitete die Arme aus.

Wie ein willenloser Roboter ging ich auf ihn zu, und dann lag mein Kopf an seiner Schulter, und ich roch den Geruch nach gebügeltem Leinen von seinem Hemd und einen Hauch seines üblichen Eau de Cologne, erhitzt von dem Körper darunter. Er umfasste meinen Kopf mit beiden Händen und drückte ihn an sich, und ich spürte, wie sein Herz schneller schlug. Das Buch drückte unangenehm gegen meine Brust, als er mich an sich zog. Doch dann wurde mir meine dumme Schwäche bewusst, und ich riss mich mit flammenden Wangen los.

»Geh weg«, sagte ich. »Tu das nicht.«

Er rieb sich das Gesicht, und ich musste daran denken, wie oft ich auf die Ellbogen gestützt auf ihm gelegen hatte und mit den Fingerspitzen die Furchen der Anspannung von seiner Stirn gestrichen hatte.

»Es ist nicht leicht, dich zu vergessen, Julia, egal, was du glaubst. Es war in den vergangenen Wochen auch für mich nicht einfach.«

»Gut. Und jetzt geh.«

An diesem Abend blieb ich in meinem Zimmer und versenkte mich in Catherines Buch. Mitternacht verstrich, der Mond ging auf, die Sterne zogen ihre Kreise, aber ich sah sie nicht. Um zwei Uhr nachts rief die Eule im Wald, und ich las immer noch, denn die Notizen am Rand hatten sich plötzlich vom Tagebuch einer Stickerin in ein erschütterndes historisches Rätsel verwandelt.

ELF

Catherine
Sonntag, 20. Juli

Dies schreibe ich nieder, ohne zu wissen, wo ich bin, in Dunkelheit & Angst um mein Leben, nein, meine Seele gar. Es ist fünf Tage her, daß sie uns überfielen, fünf Tage & Nächte voller Grauen. Ich wurde Zeuge von Dingen, die keine Frau auf Erden sehen sollte, ertrug Erniedrigung & Todesangst, die keinem Christenmenschen zugemutet werden dürfen & wo das alles enden soll, wenn nicht in Seelenqual und Tod, wüsst ich nicht zu sagen. Ringsum nur Elend & Leid, Gestank & Brutalität. Vielleicht sind wir schon alle tot & schmoren im Fegefeuer. Aber gewißlich kann die Hölle selbst nicht schlimmer sein als dieses entsetzliche Los, das uns beschieden ist. Möge der Herr sich meiner & meiner Leidensgenossen erbarmen, uns retten vor diesem unmenschlichen Geschick, doch ich fürchte, daß er sein Gesicht von uns abgewendet hat & nicht achtet unser Geschrei …

Cat … Catherine!«

Sie fuhr herum und sah ihren Vetter Robert im Gang stehen. Er trug seinen besten Sonntagsstaat und machte ein Gesicht wie sieben Tage Regenwetter. In seinen blauen Augen lag ein flehender Ausdruck. Seit der Verkündung ihres Schicksals durch Sir Arthur vor zwei Wochen hatte sie kaum ein Wort mit ihm gesprochen.

»Was willst du?«

»Ich bin hier, um dich in die Stadt zu bringen. Matty hat gesagt, dass ihr beide nach Penzance wollt, um euch den neuen Prediger anzuhören. Ich dachte, ich fahre euch hin. Außerdem liegt dichter Nebel über der Bucht, und du willst doch bestimmt nicht nass werden ...«

Cat hob energisch das Kinn. »Wir können zu Fuß gehen, danke vielmals, es sind allerhöchstens zwei Meilen.« Bedauernd blickte sie auf ihre besten Strümpfe, die mit den feinen Mustern an den Knöcheln. Sie hatte sie selbst bestickt, und die Vorstellung, dass sie nass, oder schlimmer noch, schmutzig werden könnten, war zum Verrücktwerden. Aber sich von Rob fahren lassen wollte sie auf keinen Fall.

In diesem Moment tauchte Matty auf. Als sie Robert Bolitho sah, flog ein breites, fröhliches Lächeln über ihr Gesicht. »Ich habe den Einspänner draußen gesehen, Rob. Kommst du mit in die Stadt? Es ist mächtig feucht draußen und so neblig, dass man nicht mal den Mount erkennen kann. Ich hatte sowieso keine Lust, zu Fuß zu gehen, obwohl Nell und William anscheinend schon weg sind.«

Cat seufzte. Nun konnte sie das Angebot nicht mehr ausschlagen. »Nell Chigwine will in die Kapelle? Wieso geht sie denn nicht mit den anderen drüben in Gulval zur Messe, so wie immer? Nur deshalb glaubte ich, dass das Treffen mit Mutter und Onkel Ned heute etwas erträglicher würde. Wenigstens müsste ich mir nicht gefallen lassen, dass Nell mich während der Predigt beobachtet. Sie wartet nur darauf, dass der Priester auf Evas Sünde anspielt, um ihr selbstgefälliges Gesicht aufzusetzen.«

Matty grinste. »Es ist eine Abwechslung, Cat. Außerdem, wenn ich mir heute eine von Mr. Veales endlosen Predigten anhören müsste, würde ich bestimmt einschlafen. Ich habe die ganze Nacht kein Auge zugetan, so laut waren die Möwen auf dem Dach. Der Reverend sagt, Gott hat alle Geschöpfe in einer bestimmten Absicht erschaffen, aber wozu Möwen gut sein sollen, ist mir schleierhaft. Gestern hab ich so lange ihren Dreck im Hof weggeschrubbt, bis meine Knöchel wundgescheuert waren. Blöde Mistviecher!«

Cat beugte sich zu ihr und sagte leise: »Es heißt, ihre Schreie seien die Stimmen der Verstorbenen, die noch nicht ganz ins Jenseits übergegangen sind.«

Matty fuhr zurück. »Und sie sind genau über meinem Zimmer!«, jammerte sie. »Ich kann hören, wie sie da oben herumspazieren.« Ihre Augen füllten sich mit Tränen.

Rob warf Cat einen wütenden Blick zu und legte dem fassungslosen Hausmädchen den Arm um die Schulter. »Komm, steig ein, Matty. Wenn wir zurückkommen, sehe ich mal nach, was ich tun kann, um die Nester auf dem Dach wegzumachen, einverstanden?«

Matty sah bewundernd zu ihm auf. »Du bist ein guter Mann, Robert Bolitho. Cat weiß gar nicht, was für ein Glück sie hat.«

Der Nebel war noch immer undurchdringlich, als sie aus der Einfahrt auf die Straße abbogen, die steil zum Meer abfiel. Er lag wie ein Schleier über der Landschaft, unter dem sich die Hitze staute; man bekam kaum Luft. Solche Nebelbänke über dem Meer waren kein seltenes Phänomen im kornischen Sommer, doch bei Catherine löste der dichte Dunst auf der Fahrt nach Penzance klaustrophobische Gefühle aus. Sie hatte den Eindruck, von den Hecken ringsum erdrückt zu werden. Die Samenkapseln des Ampfers schimmerten rostrot wie altes Blut. Die hohen Stängel des Fingerhuts trugen keine Blüten mehr, als hätte eine böswillige Hand sie abgerissen. Sie warf einen verstohlenen Blick auf ihren Vetter, auf sein kräftiges, stumpfes Profil und einzelne Strähnen des ungebändigten strohblonden Haars, die unter dem Hut hervorlugten. Würde sie es ertragen, jeden Morgen dieses Gesicht auf dem Kopfkissen neben sich zu sehen, Tag für Tag, Jahr für Jahr, während hinter ihrem Cottage die Kühe im Stall muhten, die Möwen auf dem Dach kreischten und ihre Welt von diesem immer gleichen, kleinen Horizont beherrscht wurde? Etwas in ihrem Innern verkrampfte sich. Bis zu dem Tag, an dem Sir Arthur ihr diese Ehe aufgezwungen hatte, war Rob ein Freund gewesen; nun aber hielt sie es kaum aus, neben ihm im Wagen zu sitzen. Vor den Leuten galten sie bereits als Paar. Die verheißungsvollen Worte der Zigeunerin hatten sich als falsch entpuppt: In einem Monat wären Rob und sie Mann und Frau, denn das Aufgebot war bestellt, und Lady Harris hatte ein Dutzend Meter Musselin gekauft, so weiß wie die Dunstschwaden, die heute die Landschaft verschleierten, beim besten Tuchhändler der Stadt (zufälligerweise Cats Onkel, Edward Coode, sodass es zweifellos ein gutes Geschäft gewesen war). Bisher hatte sie sich noch nicht dazu durchringen können, mit der Arbeit zu beginnen. Ein Hochzeitskleid, das man mit dem Wunsch nähte, es wäre ein Leichentuch, würde ganz bestimmt nicht die Zuversicht ausstrahlen, die man für ein ganzes Eheleben braucht. Am schlimmsten jedoch war, dass sich ihre einzige Aussicht auf Flucht – der Besuch der Countess of Salisbury bei ihrer Herrin – zerschlagen hatte. Sie hatte bereits zwei Wochen an dem Altartuch gestickt, als am letzten Donnerstag ein Kurier den Brief von Catherine Howard gebracht hatte, in dem sie erklärte, dass sie den Sommer auf dem Familiensitz in Marlborough verbringen würde und die Hoffnung äußerte, im Herbst ihren Gemahl begleiten zu können, wenn er käme, um den Mount zu inspizieren und über die Beschaffung neuer Waffen zu sprechen. Am selben Abend hatte Cat das Altartuch zusammengefaltet unter das Bett gelegt und seitdem nicht mehr angerührt.

Während der Einspänner über die Küstenstraße rollte, blickte sie hinaus auf die wolkenverhangene Bucht. St. Michael's Mount zeigte sich nur als vager Schatten. Es herrschte Flut, doch nichts regte sich auf dem Wasser: Die Boote waren für den Rest des Tages vertäut, und selbst die Seevögel hatten den Kopf unter die Flügel gesteckt. Cat spielte mit einem losen Fädchen am Ärmel.

Normalerweise hätte sie es längst mit sauberen kleinen Stichen vernäht, sodass niemand außer ihr selbst die gestopfte Stelle bemerkt hätte, doch sie hatte weder die Energie noch den Willen aufgebracht, sich darum zu kümmern. Nun, da über ihr Schicksal entschieden worden war und es keine Hoffnung mehr auf ein Entkommen gab, fühlte sie sich ebenso düster und unbestimmt wie das Schloss auf der Insel: ein leeres, lebloses Ding, gefangen in unruhiger See.

Die Straße führte um den Hafen am Kai entlang, an den Lagerhäusern, Fischständen und St. Anthony's Well vorbei und stieg dann steil die Quay Street zur St. Mary's Chapel auf der Landspitze an. Unterwegs überholten sie einen Strom von Gläubigen, der sich den Hügel heraufbewegte, zweifellos nur, um sich den neuen Prediger anzuhören. Er war Puritaner und hatte den weiten Weg aus Liskeard auf sich genommen, wie Cat gehört hatte, und das machte sie noch mutloser: Ihr Onkel war erst kürzlich konvertiert, und nun bestand er als Familienoberhaupt darauf, dass alle seinem Beispiel folgten. Viele, die auf dem Weg zur Kapelle waren, trugen schlichte Kleidung und nicht alle, weil sie arm waren, so Cats Verdacht. In der Ferne sah sie, wie der beleibte alte Ratsherr Polglaze und seine ebenso füllige Frau Elizabeth sich keuchend und schnaufend die Straße heraufschleppten. Auch sie trugen Schwarz, das nur von weißen Spitzenkragen und Ärmelaufschlägen aufgelockert wurde. Die Ironie dabei war, so schoss es ihr durch den Kopf, dass sie vor einigen Jahrzehnten genauso ausgesehen hätten wie die spanischen Katholiken, die sie derart verachteten, mit ein bis zwei Halskrausen mehr oder weniger. Sie fuhren am Wachtmeister Jim Carew vorbei und dem alten Thomas Elly mit seiner Frau Alice, dem Schiffbauer Andrew Pengelly und dessen Sohn Ephraim, an Thomas Samuels und seiner Schwester Anne, der Hoskens-Familie aus Market-Jew und dem alten Henry Johns, dem das große Haus unweit von Lescudjack gehörte. Es sah ganz so aus, als hätte der Prediger großen Zulauf. Dann rief jemand ihren Namen, und Cat wandte sich um. Auf der anderen Straßenseite stand Jack Kellynch und grinste wie ein Haifisch über das ganze Gesicht.

»He, Rob Bolitho, du siehst aus wie ein echter Gentleman, wie du mit deiner Zukünftigen an uns vorbeikutschierst. Oh, und die arme Matty muss ganz allein hinten sitzen!« Damit sprintete er über die Straße, griff mit beiden Händen nach dem Wagenschlag des Einspänners, schwang sich über das Rad hinauf und ließ sich neben dem errötenden Hausmädchen auf den Rücksitz fallen.

Cat drehte sich um und musterte ihn ernst, obgleich sie über seine Bemerkung kochte. »Welche Überraschung, dich hier zu sehen, Mister Kellynch. Bei deiner Erziehung und deinem sündigen Lebenswandel solltest du lieber im Beichtstuhl sitzen, als dir die Predigt eines Aufwieglers anzuhören.«

Jack lachte. »Nicht dass mein alter Herr dich hört, sonst legt er dich übers Knie und bläut dir höchstpersönlich gottesfürchtige Manieren ein, *Mistress* Catherine. Nicht mal meine Mutter kann ihm seine Begeisterung für den Prediger ausreden. Ah, seht nur, da sind sie ja. Na los, Matty, wink ihnen zu wie eine richtige Königin!«

Fast am Ende der Quay Street überholten sie Isacke Kellynch, gefolgt von seiner kleinen dunklen Frau Maria, ihrem zweiten Sohn Jordie und der Tochter Henrietta, die von allen nur Chicken genannt wurde. Matty hob verlegen die Hand. Ihr Gesicht glich mittlerweile einer Roten Bete. Einen Augenblick starrte Isacke Kellynch auf den vorbeifahrenden Wagen, dann fielen ihm fast die hellen blauen Augen aus dem Kopf. »Steig sofort von dieser Karosse ab«, fuhr er seinen Sohn an, »wozu hat der liebe Gott dir Beine gegeben?«

Doch Jack warf nur den Kopf zurück und lachte.

Auf dem Gipfel des Hügels zog Robert die Zügel an, sprang hinunter und half Cat beim Aussteigen. Er nahm sie am Ellbogen und wartete, bis Jack und Matty in der Menge verschwunden waren. Cat zog unwirsch den Arm zurück. »Jetzt ist Matty ohne mich hineingegangen, und alle werden sie wegen Jack necken. Dabei weißt du genau, wie sie ihn anhimmelt und dass er bloß mit ihr spielt. Ihm bedeutet sie nichts, und ihr bricht es das Herz!« All das sprudelte in einem Schwall aus ihr heraus.

Rob warf ihr einen verwunderten Blick zu. »Du kennst Jack Kellynch nicht besonders gut, was?«

»Ich weiß nur, dass er ein Bandit und Freibeuter ist, einer von diesen feinen Nachtschwärmern, auf die in jedem Hafen ein Mädchen wartet.« Und obendrein viel zu schneidig und hübsch für eine dumme Gans wie Matty, dachte sie bei sich.

»Da irrst du dich«, sagte Rob und schüttelte den Kopf. »Du bist dermaßen starrsinnig in deinen Ansichten, Catherine, dass du manchmal den Wald vor lauter Bäumen nicht siehst.«

»Als wäre es nicht schon schlimm genug, dass ich mir die Predigten dieses Langeweilers anhören muss, jetzt kommst du auch noch an.«

»Wenn du mich nicht hierhaben willst, gehe ich wieder. Trotzdem wird Jack Matty heiraten, noch ehe das Jahr um ist. Denk an meine Worte.« Er kramte in seiner Tasche und zog ein kleines, in blaue Seide gewickeltes Päckchen heraus. »Hier. Das wollte ich dir schenken. Du kannst es später auspacken, in Gegenwart deiner Familie, oder allein, wenn dir das lieber ist.«

Ihre Finger schlossen sich um das Geschenk. Unter der Seide fühlte es sich fest und hart an. »Was ist es denn?«

»Ein Zeichen unserer Verbindung. Es gehörte meiner Mutter, und die hatte ihn von meiner Großmutter«, antwortete er knapp. »Sie hätte dich gemocht, auch wenn du dir nichts aus mir machst.« Er schob das Kinn vor. Es kostete ihn einiges, diese Wahrheit auszusprechen, aber wenn Sonntag nicht der Tag war, um seinem Herzen Luft zu machen, dann wusste er nicht, wann er es sonst tun sollte. Sie waren so selten allein, besonders seit sie ihm aus dem Weg ging.

Cat starrte ihn bestürzt an. »Es liegt nicht an dir, Rob, jedenfalls nicht nur. Es liegt an dieser Gegend, Kenegie, Cornwall, an diesem Leben. Es ist einfach nicht das, was ich wollte. Ich hatte ganz andere Träume.« Ihre Fingerspitzen tasteten weiter und entdeckten, dass es in der Mitte hohl war. Ein Ring. Ein Ehering. Sie drückte ihm das Päckchen wieder in die Hand. »Gib es mir nicht jetzt, Robert. Warte auf eine bessere Gelegenheit, wenn es keine bösen Worte zwischen uns gibt.«

Er sah sie so durchdringend an, dass sie überzeugt war, er könne bis in ihr Herz blicken. Am Ende nickte er. Nach einer Pause, in der er offensichtlich mit sich rang, sagte er: »Vielleicht kann ich woanders eine Arbeit finden. Ich möchte nicht, dass du deine Träume aufgeben musst, Catherine.«

Dann machte er auf dem Absatz kehrt und ließ sie atemlos und verwirrt stehen.

»Catherine!«

Sie wandte sich um und sah ihren Onkel auf sich zukommen. Edward Coode war ein großer Mann, kahlköpfig wie eine Schlange und genauso kalt. Neben ihm sah seine Frau Mary aus wie das blühende Leben. Ihr gewaltiger Busen ließ sich vom Gestänge des Korsetts kaum im Zaum halten. Ihre beiden kleinen Söhne rannten an der Mauer des Kirchhofs entlang und schlugen mit Stöcken aufeinander ein, bis die alte Hexe Annie Badcock ihren bösen Blick auf sie richtete und sie zurückrannten, um ihre Gesichter in den Röcken ihrer Mutter zu verbergen.

»Du sitzt heute mit uns auf der Familienbank, Catherine«, sagte ihr Onkel streng und zerschlug ihre Hoffnung, sich mit Matty ganz nach hinten zu verdrücken, wo sie ungestört Tagebuch schreiben konnte und nicht Nell Chigwines Blick ausgesetzt war. Sie trug das Buch, den Griffel und das kleine Messer, mit dem sie ihn anspitzte, in einem Beutel am Gürtel. Ihre Tagebucheinträge waren zu persönlich, um zu riskieren, dass andere sie entdeckten. Zwar wusste sie, dass weder Polly noch Nell lesen konnten, vermutete aber, dass sie das Büchlein, sollten sie es finden, Lady Harris übergeben würden – die eine in wohlmeinender Absicht, weil sie glaubte, jemand hätte es verlegt, die andere aus schierer Gehässigkeit. Bei der Vorstellung, dass ihre Herrin oder auch irgendwer sonst auf der Welt lesen könnte, was sie geschrieben hatte, drehte sich ihr Magen um.

»Guten Tag, mein Kind.«

Jane Tregenna hatte sich der schlichten Aufmachung ihres puritanischen Bruders nicht angeschlossen. Sie trug ein dunkelblaues Kleid mit silbernen Stickereien am Mieder und an den Ärmeln sowie einen Kragen aus feiner Spitze.

»Um Gottes willen, nimm dieses grässliche Ding ab!« Bevor Cat die Haube aufschnüren konnte, hatte ihre Mutter sie ihr vom Kopf gerissen. »Dein Haar ist deine größte Pracht, also versteck es nicht. Und was für ein abgetragenes altes Fähnchen!«, erklärte sie unter dem missbilligenden Blick ihres Bruders. Dann hakte sie sich bei Cat unter und ging mit ihr auf die Kirche zu. »Ich bin nicht gerade glücklich über das Ganze, Catherine, aber Ned hat mich überstimmt. Zudem hat Lady Harris mir versichert, dass Robert es auf Kenegie zu etwas bringen wird. Er soll Parsons Posten als Verwalter übernehmen, was vermutlich keine schlechte Stellung ist.« Sie saugte an ihren schmalen Lippen, sodass sich die vielen kleinen Fältchen der Unzufriedenheit um ihren Mund vertieften. »Trotzdem muss ich gestehen, dass ich ein wenig enttäuscht bin. Ich dachte immer, du könntest dir einen der Harris-Jungen angeln.«

»Das klingt so, als wären sie Fische, die man einfach einsammelt.«

»Es heißt, ein kluger Fischer könne sogar einen Wal an Land ziehen; er muss es nur wollen.«

»Nun, selbst wenn ich es wollte, Margaret Harris wäre dagegen. Sie beobachtet mich mit Argusaugen, schirmt ihre Söhne vor mir ab und hält mir ständig Rob vor die Nase. Aber was geschehen ist, ist geschehen. Ich will nicht mehr darüber reden.«

Ihre Mutter verzog den Mund. »Bestimmt wird dein Onkel beim Essen noch näher darauf eingehen. Er ist ganz entzückt, dich vor dem Altar zu sehen.«

In diesem Augenblick brach die Sonne durch den Nebel, und die Kirchturmspitze erglühte im goldenen Licht.

»Gott lächelt auf uns herab.«

Die Worte kamen von einem hochgewachsenen, wettergegerbten Mann, der soeben den Kirchhof betreten hatte. Er hatte eine Adlernase, einen kahlen Schädel und einen dichten weißen Bart. »Vom Himmel blickt der Herr herab auf die Erde, und alle Nationen sollen seinen Namen verehren und alle Könige der Welt seine Herrlichkeit«, fuhr er fort.

Mit glühenden Augen sah er einen Gläubigen nach dem anderen an, und die Gläubigen verschwanden einer nach dem anderen in der Kirche. Zuletzt blieb sein Blick an Annie Badcock hängen, die auf der anderen Seite der Kirchhofmauer stand. Ein seltsamer Ausdruck huschte über das Gesicht der alten Frau, das runzlig war wie ein verschrumpelter Apfel. Der Ausdruck wirkte noch grotesker, weil ihre Augen in verschiedene Richtungen blickten. Das blinde Auge starrte ihn direkt an, das sehende hinaus auf die neblige Bucht.

»Wollt Ihr nicht hereinkommen, gute Frau, und Gott Euer Herz darbringen?«

Die alte Annie Badcock hob den Kopf und verzog das Gesicht zu einem zahnlosen Grinsen, das kleinen Kindern Albträume bescherte. »Nein, und Gott segne Euch, Priester. Ich bin weder irgendjemands Frau, noch bin ich gut! Ich bleibe lieber hier draußen, alte Sünderin, die ich nun mal bin, und rette meine Seele selbst.«

»Niemand außer dem Herrn kann Eure Seele retten, Alte.«

»Wie dem auch sei, ich mach mich jetzt auf den Weg, Walter Truran.« Und dann glitt ihr sehendes Auge in Cats Richtung. »Wenn du den Verstand benutzt, den Gott dir geschenkt hat, dann steigst du mit deinem jungen Mann wieder in die Kutsche und lässt dich von ihm beschützen. Hör auf mich, mein Kind, sonst wirst du es noch bereuen.«

Einige Zuhörer lachten über Cats Verlegenheit, nur ihr Onkel reagierte zornentbrannt. »Hinweg mit dir, du stinkende alte Hexe, und hör auf, solchen Unsinn zu schwafeln. Na los, verschwinde!«

Einen langen Augenblick hielt die alte Frau Cats Blick stand, dann warf sie sich ihren Schal über den Kopf und verschwand.

Jane Tregenna schnalzte mit der Zunge. »Es wird wirklich Zeit, dass Penzance ein Tollhaus bekommt, so wie Bodmin, um solchen Abschaum wegzusperren.«

»Das ist nicht besonders christlich, Mutter«, sagte Cat böse. Was konnte der alte Besen bloß gemeint haben? Kannte Anne Rob etwa? Hatte er sie vielleicht zu dieser Äußerung angestiftet? In Gedanken versunken folgte sie ihrem Onkel in die Kapelle und nahm am äußersten Ende der Familienbank Platz.

»Ich will euch die acht wichtigsten Merkmale eines gottlosen Menschen erläutern!«, donnerte der Priester plötzlich, und die Gemeinde verstummte.

»Erstens, ein Mensch ohne Jesus Christus ist ein minderwertiger Mensch. Und wenn er auch von edlem Blut abstammt oder Sohn eines Prinzen ist – solange nicht das königliche Blut Jesu Christi in seinen Adern fließt, ist er ein Nichts.«

Er fixierte sie mit seinen hellen blauen Augen, bis sie sich vorkamen wie Schmetterlinge, die auf ein Brett gespannt werden.

»Zweitens, ein Mensch ohne Christus ist ein Sklave. So heißt es bei Johannes Kapitel 8, Vers 36: ›So euch nun der Sohn frei macht, so seid ihr recht frei.‹ Denn wenn ihr nicht wollt, dass Christus euch aus der Sklaverei der Sünde und des Satans befreit, bleibt ihr Sklaven, Sklaven der Begierde, des Teufels und des Gesetzes!«

Eine Frau in der mittleren Reihe fing an, sich stöhnend hin- und herzuwiegen. Es war ein raues, abgehacktes Klagen, das gar nicht mehr aufhören wollte. Nell Chigwine. Cat seufzte. Reverend Veale traktierte niemals seine Gemeinde mit so heftigen Worten: Er ermahnte sie, einander mit christlicher Nächstenliebe zu behandeln, und führte sie sanft durch die Gleichnisse und Psalmen. Sie wünschte, sie säße mit der Kenegie-Familie an ihrem üblichen Platz in der Kirche von Gulval, wo sie in ihrem kleinen Buch lesen …

Die Faust des Priesters fiel schwer auf die Kanzel nieder, und Cat fuhr zusammen.

»Fünftens ist er ein verkrüppelter Mensch. Ein Mensch ohne Christus ist wie ein Körper voller Wunden und Schwären. Er ist wie ein dunkles Haus ohne Licht, wie ein Körper ohne Kopf, ein solcher Mensch ist ein Krüppel.«

Der Priester dämpfte die Stimme und betrachtete sie sorgenvoll, als wären sie alle bereits verloren. »Sechstens ist er ein unglücklicher Mensch. Ohne Liebe zu Christus sind eure Errungenschaften nichts als Leiden und euer Glück nur Elend.

Siebtens ist er ein toter Mensch! Wenn man einem Menschen Christus nimmt, dann raubt man ihm sein Leben, und wenn ein Mensch seines Lebens beraubt wird, ist er nicht mehr als ein lebloser Fleischklumpen.«

Das Echo seiner Worte hallte unter den Deckenbalken wider. Eins der kleinen Kinder in den vorderen Reihen brach geräuschvoll in Tränen aus und musste von seiner Mutter beruhigt werden. Die kurze Stille danach wurde von einem dröhnenden Krachen zerrissen, als das schwere Holzportal im hinteren Teil der Kapelle gegen die steinerne Einfassung schlug.

Priester Truran warf dem Nachzügler einen bösen Blick zu. Seine Brust hob sich, als wollte er angesichts solch ungebührlichen Verhaltens seiner Empörung Luft machen, doch dann traten seine Augen ungläubig hervor, und er stand mit offenem Mund da.

Einer nach dem anderen wandten sich die Gemeindemitglieder um, weil sie sehen wollten, wer der Eindringling war, der ihren Gift und Galle spuckenden Prediger so unerwartet zum Schweigen gebracht hatte. Cat verrenkte sich den Hals, und im gleichen Augenblick stürmte eine Horde von wild brüllenden Männern in die Kirche. Sie trugen lange, dunkle Gewänder, hatten kahl geschorene Köpfe und schwangen gefährlich aussehende Krummschwerter. Schwerter wie das eine, das sie flüchtig auf dem Tisch in der Kenegie-Küche gesehen hatte, oder das, was man zwischen den Planken des verlassenen Fischerboots *Constance* gefunden hatte. Die Männer hatten genauso dunkle Haut wie die Zigeunerin; das Weiß ihrer Augen hob sich strahlend davon ab. Ein Dutzend von ihnen rannten durch den Mittelgang und riefen: »*Allahu akbar!*«

Piraten, dachte Cat und wagte kaum zu atmen. Das Herz hämmerte in ihrem Brustkorb wie ein zappelnder Fisch. Türkische Piraten!

Ratsherr Polglaze sprang auf. »Wer seid Ihr?«, fragte er den ersten Mann, der den Gang entlangstürmte. Der lachte nur und bleckte die weißen Zähne. Mit seinem grauen Bart und dem langen Gesicht erinnerte er an einen Wolf. Der Ratsherr war es gewohnt, dass man ihm zuhörte und dass man ihm gehorchte. Außerdem war er ziemlich kurzsichtig. »Wie könnt Ihr es wagen, unsere Andacht zu stören? Falls Ihr Almosen wollt, wartet draußen, bis der Gottesdienst beendet ist. Und jetzt macht, dass Ihr rauskommt!« Er streckte die Hand aus, wie um dem Spuk Einhalt zu gebieten. Ohne Vorwarnung schlug ihn der Fremde mit einem brutalen Hieb zu Boden. Eine Frau schrie auf. Mistress Polglaze fiel an der Seite ihres Mannes auf die Knie und schützte ihn mit ihrem eigenen Körper vor weiteren Schwerthieben, die sicherlich folgen würden. Doch der Angreifer drehte die Klinge um und schlug sie mit dem Schwertgriff nieder, sodass sie über dem Ratsherrn zusammenbrach. Man sah nur noch einen leblosen großen Haufen von Fleisch und Kleidern. Ihre Kinder fingen an zu schreien, und alle anderen Kinder ringsum stimmten ein. In der ersten Reihe kreischte ein kleines Kind so hysterisch, dass sein Gesichtchen rot anlief.

Einer der Angreifer schwang sein Schwert vor ihm und fletschte die Zähne wie ein Hund. »*Skaut!*« Abrupt verwandelte sich das Geschrei des Kindes in erschrockenes Schniefen.

Immer mehr Männer drangen unterdessen in die Kirche ein, riefen in einer fremden, gutturalen Sprache durcheinander und fuchtelten mit den Klingen herum. Jim Carew, der Wachtmeister, ergriff in selbstmörderischem Pflichtbewusstsein den Arm eines Angreifers und versuchte, ihm seine Waffe zu entwinden. Der Mann zog einen Krummdolch aus dem Gürtel und stieß ihn Carew in den Hals. Das Blut spritzte in einem eleganten Bogen heraus und besudelte alle, die im Umkreis von einem Meter um ihn herumstanden.

Als wären die Gläubigen bislang noch unschlüssig gewesen, was sie von diesem Überfall halten sollten, brachen sie nun, als der Schatten des Todes über Wachtmeister Carew fiel, in Panik aus. »Herr, errette uns!«, riefen sie. »Rette unsere Seelen!«

Im hinteren Teil der Kirche sprang Jack Kellynch über die Bank, nahm Matty an der Hand und rannte auf die Tür der Sakristei zu, wo sich ihm eine Gruppe der Fremden in den Weg stellte. »Zurück mit dir, ungläubiger Hund!«, fauchte einer von ihnen. Jack blieb stehen und betrachtete einen nach dem anderen, als wollte er seine Chancen abschätzen, doch Matty zog ihn am Arm. »Nein, Jack«, flehte sie. »Tu, was er sagt.« Als es so aussah, als wollte Jack dennoch weitergehen, sagte der erste Angreifer etwas Unverständliches zu seinen Gefährten und versetzte Jack dann einen heftigen Tritt in den Magen, sodass dieser zurücktaumelte und gegen Matty fiel, die wiederum drei andere hinter sich mit zu Boden riss.

Und noch immer strömten neue Piraten durch das Portal – zwanzig, vierzig, fünfzig –, bis es unmöglich war, sie zu zählen. Plötzlich war die kleine Kirche von Lärm und der Hitze der Körper erfüllt. In der stickigen Luft war die Angst mit Händen zu fassen. Plötzlich tauchte mitten im Chaos eine hochgewachsene Gestalt auf, die sich durch die Gruppe von Männern am

Eingang drängte und den Mittelgang entlang nach vorn kam. Bei jedem Schritt schwang sein dunkelblaues Gewand kräftig aus. Die Piraten wichen zurück und machten ihm Platz. Seine Haut hatte die Farbe einer polierten Walnuss, und um den Kopf wand sich ein dunkelrotes Baumwolltuch, dessen gefaltetes Ende bis auf die Schulter fiel. Er trug einen silbernen Gürtel und schwere silberne Armreifen, und sein Krummschwert besaß eine kostbare Klinge aus Damaszenerstahl. Der Mann sah sich um, betrachtete die Leichen auf dem Boden, die heulenden Kinder, die zu Tode erschrockenen Frauen, die bleichen Männer. Er sieht aus wie ein Raubvogel, dachte Cat, mit seiner langen, geraden Nase und den scharfen schwarzen Augen – stark, beherrscht und rücksichtslos. Ein Schauer lief ihr über den Rücken. Wenig später erwies sich ihr Instinkt als richtig, denn der Mann mit dem Turban rief den Piraten etwas in seiner Sprache zu. Sie beeilten sich, seinem Befehl zu gehorchen, fächerten sich auf und umstellten die Gemeinde. Er war inzwischen vor Vater Truran stehen geblieben. Auge in Auge standen sie sich gegenüber, dann lachte der Pirat auf, trat geschmeidig wie ein Tänzer hinter den Geistlichen und hielt ihm die schimmernde Klinge an den Hals.

»Bleibt sitzen und schweigt, oder ich bringe euren Imam um!«, rief er in englischer Sprache mit einem schwerem Akzent.

Ein entsetztes Schweigen breitete sich aus, und alle nahmen wieder Platz, wie gehorsame Kinder, die von einem gefürchteten Lehrer beim Spielen erwischt worden waren. Voller Genugtuung ließ der Piratenanführer seinen Blick über sie schweifen.

»Ihr kommt mit uns«, erklärte er, »ohne Widerstand, ohne Kampf. Ihr kommt mit zu unseren Schiffen, und wir krümmen euch kein Haar. Ihr versucht zu fliehen, und wir töten euch. Versteht ihr das? Ist ganz einfach.«

Jemand stimmte ein Gebet an, sehr schnell, sehr ruhig. »Von Sturm und Blitz, von Seuche und Pest und Hungersnot, von Kampf und Mord und dem plötzlichen Tod, Herr, erlöse uns.«

»Rette uns, o Herr, rette uns.«

»O Gott, o Gott, o Gott.«

»Jesus, erlöse uns.«

»Nur zu, betet zu Gott«, sagte der Anführer der Piraten bedächtig. »Die Seele ist schwach, und beten tut ihr gut. Aber Schluss jetzt mit Jesus Christus, ist nur Prophet aus Fleisch und Blut wie ihr und ich, er kann eure Seele nicht retten. Jetzt steht auf und kommt mit, in Frieden.«

Einer der Piraten hob den Ratsherrn Polglaze auf, als wäre er nicht mehr als ein Sack voller Rüben, und warf ihn sich über die Schulter. Ein anderer befahl der benommenen Mistress Polglaze, aufzustehen, und stieß sie vor sich her durch den Mittelgang.

Niemand wehrte sich – niemand wagte es. Sie stolperten hinaus ins helle Sonnenlicht der menschenleeren Straßen von Penzance, von wo man auf einmal einen klaren Blick auf drei in der Bucht ankernde Schiffe hatte: eine prächtige Karavelle, deren aufgerollte Segel sich strahlend weiß vor dem türkisfarbenen Meer abzeichneten, und zwei kleinere, leichter gebaute Boote mit seltsamen, dreieckigen Segeln. Blinzelnd sah Cat sich um. Einzelheiten sprangen ihr ins Auge, widernatürlich und unglaublich real zugleich: eine Möwe, die seitlich durch den blauen Himmel schoss, als wäre alles genauso wie immer. Nan Tippets rote Schuhe, deren Absätze auf dem Kopfsteinpflaster klapperten wie Eselshufe. Henrietta Kellynch, die am Daumen lutschte und den Piraten anstarrte, der ihren Bruder Jordie mit der Spitze des Schwerts vor sich herstieß, als wären sie alle Teil einer ausgeklügelten Scharade, als würde der *'obby 'oss* jeden Moment mit seinen Flötenspielern und einer bunten Schar von maskierten Tänzern aus einer Seitenstraße herauskommen und alle zum Lachen bringen. Eine Schildpattkatze, die auf der Kaimauer saß und sie ohne Neugier beobachtete, während sie sich mit der Pfote das Gesicht putzte. Ihre blassgoldenen, feindseligen Augen. Der alte Tom Ellys, der sich mit beringter Hand immer wieder über das Gesicht fuhr, und seine Frau, die an seinem Arm hing und fragte: »Was ist los, mein Lieber, warum nehmen sie uns mit, wo gehen wir hin?«

Ja, wohin eigentlich?, fragte sich Cat. Jemand stieß sie heftig in den Rücken, und als sie sich umdrehte, stand einer der Fremden vor ihr, musterte sie drohend und sagte etwas in seiner harten, unverständlichen Sprache. Sie schüttelte nervös den Kopf, und er stieß sie noch einmal vorwärts und lachte über ihre Begriffsstutzigkeit. Eine breite dunkle Lücke wurde in seinem Mund sichtbar, wo mehrere Zähne fehlten. Irgendwie war das erschreckender als alles andere.

Als sie sich dem Kai näherten und die Schiffe sahen, wandte sich plötzlich Bürgermeister Maddern an den Anführer der Piraten. »Ich habe Geld, guter Mann. Schaut, hier habe ich fünf Silbermünzen und ein halbes Dutzend Kronen aus purem Gold!« Er zog einen Beutel vom Gürtel ab und schüttelte ihn. »Nehmt sie und lasst uns gehen.«

Jemand pfiff durch die Zähne. Es war eine Menge Geld, das man nicht einfach so mit sich herumtrug. Ein anderer murmelte etwas von Veruntreuung von öffentlichen County-Geldern, während hinter ihm jemand rief: »Ist das für uns alle, John Maddern, oder nur für Euch und Eure fette Frau?«

Der Bürgermeister lief rot an – aus Scham oder aus Wut – und wollte sich auf den Schreihals stürzen. Der Anführer der Piraten lachte kurz auf. Er schnappte dem Bürgermeister den Beutel aus der Hand und schüttete den Inhalt in seine Handfläche. Dann wandte er sich seinen Männern zu und sagte etwas so laut und so schnell, dass alle in brüllendes Gelächter ausbrachen.

Der Pirat mit dem Turban verbeugte sich spöttisch vor dem Bürgermeister. »Vielen Dank für deinen Beitrag, Fettsack. Eine kleine Anzahlung.«

»Anzahlung?«

»Auf eure Freilassung, natürlich.«

»Freilassung?«

Der Pirat grinste. »Es gibt Vögel im Sultanspalast, die haben denselben Trick. Die Leute meinen, sie wären intelligent, aber ich glaube, sie plappern nur etwas nach, ohne zu wissen, was sie sagen.« Er hielt inne, um das offensichtliche Unbehagen des Bürgermeisters auszukosten, und fuhr dann sanft fort: »Eure Freilassung, euer Lösegeld. Für dich und deine Frau.« Er warf Mistress Maddern einen Blick zu, die sich mit Augen so groß wie Untertassen an den Arm ihres Mannes klammerte. »Ist anscheinend gut gebaut, viele Männer lieben das. Sie würde einen guten Preis bringen. Ich mache dir einen Vorschlag: vierhundert Pfund für euch beide.«

Seltsamerweise sah es so aus, als wäre es eher die Summe, die den Bürgermeister so aufbrachte, als die Vorstellung eines Lösegelds. »Vierhundert Pfund? Ihr müsst verrückt sein. Das ist ein Vermögen.«

»Abzüglich Anzahlung« – der Pirat zählte die Münzen in seiner Hand zusammen – »zwei Pfund und sechzehn Schillinge. Macht dreihundertsiebendundneunzig Pfund und vier Schillinge in der Währung deines Landes. Ich nehme auch spanische Reale und Dublonen.« Er machte eine grausame Pause. »Überlegt euch, wer zahlen will und wie, sonst werdet ihr in den Sklavengaleeren schmachten.«

Darauf brach die Frau des Bürgermeisters in Tränen aus, und es sah ganz so aus, als wäre auch ihr Mann nicht weit davon entfernt.

Unterdessen hatten sie den Strand erreicht, und noch immer ließ sich keine Menschenseele blicken. Falls die Einwohner von Penzance die Piraten entdeckt hatten, mussten sie ihre Fenster verriegelt und sich mucksmäuschenstill im Innern ihrer Häuser verkrochen haben. Vielleicht waren sie aber auch zum Gebet in der Chapel St. Raphael oder in All Saints in Market-Jew, ohne etwas von der Katastrophe zu ahnen, die sich in ihrer unmittelbaren Nähe abspielte. In Gulval singen sie nun den Abschlusspsalm, dachte Cat, Sir Arthur und seine Familie, Rob und der

Rest des Haushalts. Woher sollten sie wissen, dass hier drei Piratenschiffe ankerten, die sich im Schutz des Nebels in die sichere Bucht von Penzance gestohlen hatten und darauf warteten, mit sechzig ihrer Landsleute an Bord die Segel zu setzen?

Unten an der Kaimauer schaukelten mehrere kleine Boote fröhlich auf der ruhigen See, blau gestrichene Skiffs aus Holz, die kaum anders aussahen als diejenigen, die die einheimischen Fischer benutzten. Die Piraten mischten sich unter die Gemeindemitglieder und teilten sie mit barschen Worten in Gruppen auf, die von den Booten zu den weiter draußen liegenden Schiffen gebracht werden sollten. Vielleicht wurde ihnen nun die grausige Realität ihrer Lage vollends bewusst: Dies war das letzte Mal, dass sie ihren Fuß auf kornische Erde setzten. Jedenfalls kam es plötzlich zu großer Unruhe. Jack Kellynch und ein paar seiner Freunde drohten mit geballten Fäusten. Einer der Piraten sprang platschend ins Wasser des Hafenbeckens. Sein Krummschwert beschrieb einen Bogen, in dem sich das helle Licht brach, sodass es die Augen derjenigen blendete, die es fallen sahen. Die Piraten schlugen rücksichtslos zu, und bald war der kleine Aufstand brutal beendet. Thom Samuels lag stöhnend am Boden; dunkles Blut sickerte zwischen die Pflastersteine, als sich die Finger seiner abgetrennten rechten Faust langsam öffneten wie eine Blüte in der Sonne.

Im Nu saßen sie in den Booten, zu eingeschüchtert durch diesen plötzlichen Ausbruch von Gewalt, um weiteren Widerstand zu leisten.

Auch Cat hatte sich willenlos an Bord eines der kleinen Boote stoßen lassen wie ein Stück einfache Handelsware, das sie wohl jetzt auch geworden war. Sie kauerte neben zwei schluchzenden Frauen, deren Namen sie nicht kannte, im Bug. Keiner aus ihrer Familie war in der Nähe, und sie merkte, dass sie sich nicht dazu überwinden konnte, die beiden Männer anzusehen, die sie vom Kai wegruderten. Stattdessen blickte sie an ihnen vorbei auf ihre Stadt. Wie lange und inbrünstig hatte sie Gott angefleht, sie verlassen zu dürfen? Sie hatte Penzance noch nie vom Meer aus gesehen, war noch nie in ein Boot gestiegen, obwohl sie in Cornwall geboren und ihr ganzes Leben lang von diesem schimmernden Meer umgeben gewesen war. Das Wasser bewegte sich unter dem kleinen Boot wie ein lebendes Wesen und verwirrte sie noch mehr. Sie schirmte die Augen gegen die Sonne ab und starrte auf die sich entfernende Küste. Warum kam denn niemand? Irgendwer müsste zumindest die großen Schiffe sehen und sich fragen, was sie dort machten. Sie mussten genau an St. Michael's Mount, an seinen Kanonen und Wachen vorbeigesegelt sein, und niemand hatte Alarm geschlagen. Natürlich waren sie im Schutz des Nebels gekommen, doch inzwischen lagen die Schiffe in vollem Tageslicht da, kühn, massiv und arrogant, mit flatternden Wimpeln und Männern an Deck. War die Garnison etwa ebenfalls in der Kirche? Oder schliefen die Männer ihren Kater aus, da der Gouverneur das Wochenende zuhause verbrachte? Wenn Ausgucke und Kanoniere besinnungslos schnarchen, spielt es wohl keine große Rolle, wie viele Waffen Sir Arthur von der Krone erbeten hat, dachte Cat und erinnerte sich an den Tag vor knapp einem Monat, als die hohen Herren von Cornwall sich auf Kenegie versammelt hatten.

Auf einmal fiel der Schatten des größten Schiffes über sie, und als sie aufsah, bemerkte sie die beiden gewaltigen Flaggen, die hoch über ihr am Mast flatterten. Die erste war mit drei prächtigen Halbmonden geschmückt. Die zweite zeigte einen Arm auf dunkelgrünem Grund, der ein langes gekrümmtes Schwert schwang, und daneben grinste ein auf zwei gekreuzten Knochen ruhender Totenkopf zu ihr herab.

ZWÖLF

In weniger als einer Stunde hatte man sie an Bord gebracht und ins Unterdeck geworfen. Ihre Hände wurden mit kalten Eisenringen gefesselt, dann kettete man sie in Gruppen von jeweils acht Personen an Stangen, die sich längs durch das Unterdeck zogen. Es gab kaum Platz zum Sitzen, geschweige denn zum Liegen, und der Gestank war unerträglich.

Die Gemeindemitglieder der St. Mary's Chapel zu Penzance waren nicht die ersten Gefangenen der Piratenbande. Mehr als fünfzig arme Teufel sahen zu, wie man sie hereintrieb, um ihnen in ihrer erbärmlichen Lage Gesellschaft zu leisten. Ihre Augen glänzten fiebrig im trüben Licht, ihre Gesichter waren hager und eingefallen. Schweigend beobachteten sie, wie man die Neuankömmlinge an ihre Plätze stieß und ankettete, und wie es Schläge und Verwünschungen hagelte. Sie hatten gelernt, dass es klüger war, ihre Entführer nicht zu reizen.

Als sich die Klappen zum Unterdeck über ihnen schlossen und alles in Dunkelheit tauchten, begannen die Fragen.

»Von welchem Schiff haben sie euch geraubt?« Ein schwerer Akzent, nicht der von Penwith. »Muss verdammt groß gewesen sein, mit so viel Frauen und Kindern an Bord.«

»Schiff? Nein, es war kein Schiff, auf dem man uns gefangen genommen hat. Es war an Land, in Penzance«, antwortete die Stimme eines Mannes. Cat glaubte, Jack Kellynch zu erkennen.

»An Land?«

»Aye, sie haben während des Gottesdienstes die Kirche gestürmt und uns mitgenommen.«

Das sorgte für gehöriges Entsetzen. »So etwas habe ich noch nie gehört. Im ganzen Leben nicht.«

»Es war ein Kinderspiel an einem Sonntagmorgen.«

Die Planken des Schiffes ächzten, und seinem Schlingern und Schaukeln nach zu urteilen, befanden sie sich bereits auf hoher See. Viele weinten, denn der Schock der Situation wurde noch verstärkt, als sie erkannten, wie viele andere ihr Los teilten – starke, kräftige Männer von überall im Westen, die nichts hatten tun können, um ihren Entführern zu entkommen. Und niemand hatte versucht, ihnen zu helfen.

Ein wenig später betraten mehrere Piraten das Unterdeck. Fast alle waren kleine, drahtige Männer mit funkelnden schwarzen Augen und rasierten Schädeln, auf denen nur schwarze Haarknoten stehen geblieben waren. Sie sprachen sehr schnell, in der harten, lauten Sprache ihres Landes. Die Rückseite ihrer Gewänder hatten sie zwischen den Beinen hindurchgeführt und vorn am Gürtel festgesteckt. Geschmeidig wie Katzen bewegten sie sich durch den Unrat und verteilten unter den Gefangenen Töpfe mit Wasser, trockene Stücke von dunklem Brot und jeweils eine Hand voll kleiner dunkler Früchte. Niemand sprach sie an. Alle nahmen das Brot und das Wasser entgegen und warteten, bis sie wieder weg waren.

»Esst und trinkt alles, was sie euch geben«, sagte eine Stimme. »Anders werdet ihr die Reise nicht überleben.«

Cat nippte an dem Wasser. Es war brackig und hatte einen ungewohnten, leicht säuerlichen Geschmack.

»Tunkt euer Brot in die Flüssigkeit, sonst brecht ihr euch die Zähne aus«, rief ein anderer Mann durch das Halbdunkel. »Und kümmert euch nicht um den Geschmack – ist nur Essig, jedenfalls sagen sie das.«

Als Nächstes steckte sich Cat eine der kleinen dunklen Früchte in den Mund und hätte sie fast sofort wieder ausgespuckt. Sie schmeckte bitter und salzig zugleich und hatte einen harten Kern. So etwas Übles hatte sie noch nie im Leben gekostet. »Hier«, sagte sie zu der Frau neben sich. »Du kannst meine auch haben. Ich mag sie nicht.« Sie sah zu, wie die Frau in die schwarze Frucht biss und kaute und kaute, ohne dass sich der Ausdruck ihres Gesichts veränderte. »Es gibt Schlimmeres«, meinte sie schließlich. »Trockenfisch oder eingelegten Hering zum Beispiel, verschimmelten Käse und Seehundflossen. Was immer das sein mag, es ist gar nicht so schlecht. Aber wenn du nichts isst, mein Vögelchen, wirst du noch verhungern, und du bist doch ohnehin so schmal.«

»Wer sind diese Unholde? Was haben sie mit uns vor?«, jammerte eine Frau plötzlich mit lauter Stimme. Entsetzt ging Cat auf, dass es ihre Mutter war, und sie sah sich um, doch in der Dunkelheit konnte man kaum die Gesichter erkennen. Jedenfalls klang es nicht so, als wäre sie verletzt; das war schon ein Trost.

Ein Mann lachte. »Piraten aus Salé, und sie bringen uns in die Hölle.«

Daraufhin kam es zu neuerlicher Unruhe. Dann riefen mehrere Stimmen durcheinander: »Wo ist Salé?«

»Dick wird es euch erzählen – er war schon mal da. Dem Mann geht's wie Jonah auf dem Schiff nach Tarsis, jawohl. Ein richtiger Pechvogel ist er. Erzähl ihnen deine Geschichte, Dick Elwith.«

Ganz hinten im Schiffsraum hörte man, wie sich jemand räusperte. Dann polterte eine tiefe Stimme durch das Dunkel: »Als ich klein war, erzählte mir mein Vater immer, dass diejenigen, die auf Schiffen die Meere befahren, die Wunder des Herrn sehen können, und so nahm ich mir vor, auf einem Londoner Handelsschiff anzuheuern, sobald ich erwachsen wäre. Genau das tat ich auch. Doch mein wahres Ziel war der schnöde Mammon, so mag der Herr mich verflucht haben, denn ich war von mehr getrieben als nur der Neugier auf seine Schöpfung und dem Wunsch, seine Werke zu bewundern und ihm zu huldigen.

Ich wollte mein Los im Leben verbessern und durch Handel ein reicher Mann werden, aber das sollte mein Schicksal nicht sein. Anno sechzehn achtzehn wurde ich zum ersten Mal gefangen genommen. Unser Schiff war mit einer Ladung Salz und Rindfleisch nach Madeira unterwegs, doch am frühen Morgen, als wir nur noch achtzig Meilen vom Cabo da Roca entfernt waren, entdeckten wir auf der Luvseite ein Segel, das Jagd auf uns machte. Wir flohen, so schnell wir konnten, vergeblich, sie kamen uns näher, ganz gleich, welchen Kurs wir nahmen oder wie schwer wir es ihnen machten. Zu guter Letzt, als der Mond aufging, waren sie so nahe, dass sie zu uns herüberriefen und fragten, woher unser Schiff stammte. ›Aus London‹, antworteten wir, und als wir ihnen dieselbe Frage stellten, antwortete der Kapitän: ›Aus Salé‹, und lachte, und da ging uns auf, dass es ein türkisches Piratenschiff war, und wir feuerten eine Breitseite ab, doch es gelang ihm auszuweichen. Wir versuchten, in alle Himmelsrichtungen zu entkommen, merkten jedoch, dass wir keine Chance hatten, egal, was wir anstellten. Das Schiff blieb Tag und Nacht hinter uns, und am Morgen hisste es die türkische Flagge, daher antworteten wir mit der englischen, aber da unsere Pulverfässer leer waren, blieb uns schließlich nichts anderes übrig, als aufzugeben. Daraufhin enterten sie unser Schiff und kamen mit ein paar hundert Männern an Deck, die sich sofort daranmachten, unsere Takelage zu zerfetzen, bis das Schiff fahruntüchtig war. Wir mussten uns ergeben. Sie nahmen uns an Bord, versenkten unser tapferes Schiff und brachten uns nach Salé, einem maurischen Hafen in Nordafrika –«

»Afrika?«, kreischte eine Frau. »Das ist ein Kontinent von Wilden, am Ende der Welt! Oh, werden wir unsere Heimat jemals wiedersehen?«

Als ihnen die Tragweite dieser Angabe bewusst wurde, schrien viele vor Angst auf. Cat saß wie betäubt da. In ihrem Kopf herrschte ein einziges Durcheinander.

»Lasst den Mann sprechen, denn er hat zweifellos seine Erfahrungen überlebt, obwohl er das Pech hatte, den Piraten ein zweites Mal in die Hände zu fallen.« Cat war sicher, dass es die Stimme des Priesters gewesen war, Walter Truran. Ihr Klang erfüllte den hölzernen Bauch des Schiffes so wie zuvor das hölzerne Kirchenschiff. Wenig später erwies sich ihre Vermutung als richtig, denn er fuhr fort: »Der Herr sucht nicht willentlich seine Kinder heim oder erfüllt sie mit Kummer, doch wir fordern ihn heraus, zur Rute zu greifen und uns zu bestrafen, weil die Narrheit, die sich in unseren Herzen versteckt, sich anders nicht austreiben lässt. So hat er es Juda gelehrt, mit der Gefangenschaft in Babylon, damit es die Freiheit von Kanaan preist.«

»Amen!«, rief ein Mann, und »Amen!« fielen andere Stimmen ein.

»Ich habe seine Rute nicht verdient!«, protestierte ein anderer. »Ich habe es nicht verdient, von Heiden –«

»Haltet den Mund, ihr scheinheiligen Heuchler. Sprich weiter, Dick Elwith, und erzähl, welches Schicksal uns an diesem maurischen Ort erwartet.«

»Wir wurden auf den Marktplatz geführt und dort splitternackt ausgezogen, sodass jedermann uns in Augenschein nehmen konnte, und weil ich etwas von der See und von Schiffen verstand, wurde ich an den Kapitän eines Piratenschiffs verkauft. Als ich mich weigerte, Türke zu werden, haben sie mich ans Ruder gesetzt. Drei Jahre habe ich gerudert, angekettet wie ein Tier. Ich habe den Herrn gebeten, mich sterben zu lassen, doch er hatte noch anderes mit mir vor. Eines Tages wurden wir von einem Holländer aufgebracht, mit über zwanzig Kanonen und einem entschlossenen Kapitän an Bord. Seine tapferen Männer überwältigten das Piratenschiff und nahmen es als Beute mit in ihre Heimat. Von da aus machte ich mich auf den Weg nach Hause, nicht reicher, aber um einiges klüger, und schwor mir, nie wieder zur See zu fahren.«

»Und was ist dir dazwischengekommen, dass du dich heute in denselben widrigen Umständen befindest wie zuvor?«

Dick Elwith stieß einen tiefen Seufzer aus. »Ich. Ich bin mir selbst dazwischengekommen. Die Habgier hat mich gepackt, ja, so war es. Kein Geld und keinerlei Aussichten an Land zu haben, ist eine schwierige Sache. Außerdem wünschte ich mir eine Frau im Bett, der ich nicht unbedingt einen Sack über den Kopf ziehen musste. Ich beschloss also, mir so viel zu verdienen, dass ich mir eine aussuchen könnte, und heuerte erneut auf einem Schiff an, das nur in heimischen Gewässern segelte, wo ich mich gegen alle Vernunft sicher wähnte. Wir kreuzten zwischen Plymouth und Frankreich, segelten jedoch nicht darüber hinaus und dachten an keine Gefahr. Als wir nach zwei Wochen wieder in britischen Gewässern waren, sichteten wir drei Schiffe unter holländischer Flagge, und wieder dachten wir uns nichts weiter dabei, denn ihre Handelsschiffe sind häufig in unseren Gewässern unterwegs, und es gibt keinerlei Scherereien. Wir ließen sie also ziemlich nahe an uns herankommen, doch kurz darauf sahen wir ihre Gesichter, und ich rief Kapitän Goodridge, der jetzt hier neben mir sitzt, zu: ›Hisst die Segel und flieht, denn ich kenne die Art von Männern, die dieses Schiff segeln, es sind keine Holländer, sondern Korsaren aus Salé, die uns zu Sklaven machen wollen!‹ Und Mr. Goodridge schrie vor Schrecken und befahl uns, alle Segel zu setzen, doch es nützte nichts, denn sie holten uns ein, bevor wir den rettenden Hafen erreicht hatten. Und kaum hatten sie uns an Bord genommen, hissten sie ihre wahre Flagge, drei Halbmonde auf grünem Grund und das Wappen von Salé, ein erhobener Krummdolch über einem Totenschädel mit zwei gekreuzten Knochen.«

Cat schloss die Augen, als sie sich daran erinnerte, welche Wirkung der Anblick diese Insignien auf sie gehabt hatte.

Nun mischte sich eine neue Stimme ein, wahrscheinlich die des bereits erwähnten unglücklichen Kapitäns Goodridge. »Es war das Werk des Teufels, eine Niedertracht! Woher sollten wir wissen, dass es Türken waren?«

»Es hätte nichts genützt, selbst wenn Ihr es gewusst und die

Flucht ergriffen hättet. Diese Banditen aus Salé sind vortreffliche Seefahrer. Niemand kann ihnen entkommen«, antwortete Dick Elwith.

So folgte eine Geschichte der anderen. Die Gefangenen in diesem Unterdeck stammten von einem Dutzend verschiedener Schiffe und sprachen ein Dutzend verschiedene Sprachen. Es gab Spanier, Flamen und Männer aus Devon, zwei Iren und einen Walfänger aus Neufundland, der nur zurückgekommen war, um seine Familie in Hartland zu besuchen. Fischerboote waren ebenso gekapert worden wie Handelsschiffe, doch bei dem Überfall auf Penzance hatten die Piraten zum ersten Mal Menschen aus ihrer eigenen Stadt entführt, und die Gemeinde von Reverend Truran war die einzige Gruppe, in der sich auch Frauen und Kinder befanden.

»Verflucht seien der Schmutz und der Gestank«, erklärte ein Mann düster. »Sie behandeln uns wie Schweine. Wir müssen am selben Ort essen, unsere Notdurft verrichten und schlafen.«

Mehrere Frauen schrien entsetzt auf, Dick Elwith jedoch brach in dröhnendes Gelächter aus. »Nein, mein Junge, Schweine nicht, denn die Türken verabscheuen Schweinefleisch und wollen nichts damit zu tun haben, weder im Stall noch bei Tisch. Wir wären besser Schweine, dann hätten sie uns wenigstens verschont.«

»›Und ein Schwein spaltet wohl die Klauen, aber es wiederkäut nicht, darum soll's euch unrein sein‹«, zitierte der Priester. »Leviticus, Kapitel 11. Wenn du es vorziehst ein niedriges Tier zu sein, Mann, lästerst du die Schöpfung des Herrn und verdammst deine eigene Seele.«

Das Schiff schlingerte und neigte sich nach steuerbord, begleitet von einem allgemeinen Stöhnen der Seeleute, die in dem neuen Rhythmus den offenen Ozean erkannten. »Wir haben jetzt Kurs nach Süden genommen. So wird es bleiben, bis wir wieder festes Land unter den Füßen haben«, sagte einer von ihnen düster. »Den ganzen Weg bis an die Küsten der Barbaresken.«

»Wie lange wird das dauern?«, fragte jemand.

»Einen Monat, bei gutem Wind und klarem Wetter.«

»Und wenn es einen Sturm gibt?«

Dick Elwith lachte, aber es klang freudlos. »Wenn das Schiff untergeht, ertrinken wir.« Und dann rasselte er mit den Ketten, wie um seinen Worten Nachdruck zu verleihen. Erneut brach allgemeines Wehklagen aus.

Der Priester mahnte zur Ruhe. »Haltet eure Furcht im Zaum. Lasst unsere Entführer nicht merken, dass sie unsere Seelen eingeschüchtert haben. Unsere Stärke liegt im Herrn, er wird uns trösten und vor den Teufeln beschützen, die uns gefangen genommen haben. Hört auf die Worte des Psalms und wappnet euch mit Mut. ›Herr, erhöre die Gerechtigkeit, merke auf mein Schreien; vernimm mein Gebet, das nicht aus falschem Munde geht. Sprich du in meiner Sache und schaue aufs Recht. Du prüfst mein Herz und siehst nach ihm des Nachts und läuterst mich und findest nichts. Ich habe mir vorgesetzt, dass mein Mund nicht soll übertreten. Ich bewahre mich vor dem Wort deiner Lippen vor Menschenwerk, vor dem Wege des Mörders –‹«

Ein heiseres Lachen unterbrach ihn an dieser Stelle, doch der Priester erhob nur die Stimme und fuhr unbeirrt fort:

»›Erhalte meinen Gang auf deinen Fußsteigen, dass meine Tritte nicht gleiten. Ich rufe zu dir, dass du, Gott, wollest mich erhören; neige deine Ohren zu mir, höre meine Rede. Beweise deine wunderbare Güte, du Heiland derer, die dir vertrauen, wider die, so sich wider deine rechte Hand setzen –‹«

Die zweite Unterbrechung ließ sich nicht so leicht ignorieren. Licht und Lärm ergossen sich ins Unterdeck, als plötzlich die Luke von oben aufgerissen wurde und vier Männer mit Laternen und Schwertern ins Halbdunkel herabstiegen, in ihrer schrecklichen, gutturalen Sprache brüllten und mit großen Peitschen aus verknoteten Tauen rücksichtslos um sich schlugen. Dann erreichte der erste Walter Truran.

»Hör auf Gefasel, ungläubige Hund!« rief er in einem kaum verständlichen Englisch und schlug den Priester mit seinem geteerten Tauwerk heftig ins Gesicht.

Unbeirrt straffte der Priester die Schultern und setzte sein Gebet mit dröhnender Stimme fort:

»›Behüte mich wie deinen Augapfel im Auge, beschirme mich unter dem Schatten deiner Flügel vor den Gottlosen, die mich verstören, vor meinen Feinden, die um und um nach meiner Seele stehen –‹«

Der Pirat hielt dem Prediger ein glänzendes Schwert an die Kehle, worauf dieser schluckte und schließlich verstummte.

Einer seiner Gefährten förderte einen Schlüssel zu Tage und schloss die Stange auf, an die Reverend Truran gefesselt war. Er schob sie zur Seite und bedeutete den vier Männern, die ebenfalls an sie gekettet waren, aufzustehen, während der nächste Pirat die Stange aufschloss, an die Cat und drei andere Frauen gekettet waren. »Auf die Beine! Na los, macht schon!«

Sie erhoben sich unsicher, denn das Schiff schlingerte stark, und im Halbdunkel war es schwer, das Gleichgewicht zu behalten. Eine der Frauen – Cat hatte sie an einem der allwöchentlichen Markttage gesehen, kannte aber ihren Namen nicht – klammerte sich so fest an Cats Ärmel, dass sie ihn beinahe abgerissen hätte, und als sie schwankte, um ihr Gleichgewicht wiederzufinden, spürte sie, wie ihre Schuhsohle in etwas Weichem, Schleimigem versank. Ein übler Geruch hing in der ohnehin verpesteten Luft. Trotzdem konnte sie wider alle Vernunft nur daran denken, dass ihre besten Strümpfe damit ruiniert wären. Ihre wirren Gedanken drehten sich allein darum, bis sie schließlich an Deck kletterte, wo der starke Wind und die salzige Luft ihr den Kopf wieder frei pusteten.

In der Mitte des Schiffs saß der Anführer der Seeräuber auf einem geschnitzten Holzstuhl, die Füße ruhten auf einer mit Ornamenten verzierten Kiste. Zu seiner Linken saß ein Mann mit weißem Gewand und Turban kreuzbeinig auf dem Deck und hielt eine glatte, helle Holztafel und ein Schreibgerät in der Hand. Zu seiner Rechten stand ein bauchiges Gefäß aus Glas mit einer durchsichtigen Flüssigkeit. Es hatte einen schlanken Hals und war oben und unten mit perforierten silbernen Aufschlägen geschmückt. Ein langer mit violetter Seide umwickelter und mit Quasten geschmückter Schlauch schlängelte sich aus der Mitte dieses bemerkenswerten Gefäßes und endete in einem reich verzierten silbernen Mundstück, das er an die Lippen hielt. Während man die Gefangenen mit Peitschenhieben näher trieb, nahm er einen langen Zug aus dem Mundstück, sodass die Flüssigkeit in dem Gefäß blubberte. Er schloss die Augen, inhalierte tief und stieß dann eine große duftende Rauchwolke aus. Bestimmt ist es der Teufel leibhaftig, dachte Cat, als sie seine seltsame dunkle Haut und das von Rauchschwaden umkränzte Profil betrachtete. Er sitzt auf seinem Stuhl, als wäre es der Thron der Hölle, von dem er über uns arme Sünder triumphiert.

Als er den Piraten, die sie aus dem Unterdeck geholt hatten, ein Zeichen gab, trieben sie die Gefangenen vor sich her auf ihn zu. Einer von ihnen stieß Cat schmerzhaft in den Rücken, doch als sie sich umdrehte, um sich über die ungebührliche Behandlung zu beschweren, sah sie, dass der Mann blaue Augen, rotblondes Haar und eine Haut hatte, die nur wegen ihrer unzähligen Sommersprossen dunkel wirkte, ganz anders als die seltsamen Fremden, die den Rest der Mannschaft ausmachten. Er bemerkte ihre Überraschung, grinste und zwinkerte ihr unverschämt zu. »Das hast du wohl nicht erwartet, wie? Ein Engländer inmitten dieser Bande, mein Täubchen.«

Cat starrte ihn mit offenem Mund an. »Nicht nur ein Engländer, sondern obendrein aus dem Westen, Eurem Akzent nach zu schließen«, sagte sie entsetzt. »Bei der Liebe Gottes, könnt Ihr Euch nicht für uns einsetzen und uns aus der Hand dieser Wilden retten?«

Er spuckte lachend aus. »Ich liebe euren Gott nicht mehr

als unser feiner *raïs* hier: Seit zwei Jahren bin ich selbst Muselmane. Mein Geburtsname Will Martin ist Vergangenheit, jetzt nennen sie mich Ashab Ibrahim – Ingwer Abraham –, und der steht mir verdammt viel besser zu Gesicht. In Plymouth war ich ein armer, verachteter Fassbinder und Küferlehrling, den sie in die Marine Seiner Majestät steckten, besser gesagt, was von ihr noch übrig war. Mögen ihre Seelen verrotten. Dann versenkten meine Retter unser stolzes Schiff und nahmen mich und meine Gefährten gefangen. Also bin ich konvertiert und mit diesen feinen Herrschaften zur See gefahren. Jetzt hab ich ein Haus in Salé, zwei Frauen, die hübscher anzusehen sind als alle Weiber in Devonport zusammen, und mehr Gold, als ich im Verlauf von drei Leben anhäufen könnte. *Allahu akbar*. Gott ist groß! Und weißt du, wie ich zu einem solchen Vermögen gekommen bin?«

Sie schüttelte den Kopf, obwohl sie die Antwort ahnte.

Er beugte sich verschwörerisch näher. »Für jeden Sklaven, den wir verkaufen, bekomme ich ein Hundertstel des Erlöses für meine Mitwirkung an der Gefangennahme. Wenn wir euch alle heil und gesund auf den Sklavenmarkt von Salé bringen, ist mir ein hübsches Sümmchen sicher, das steht fest!« Erneut zwinkerte er ihr lüstern zu. »Vielleicht kauf ich dich sogar selbst, Schätzchen. Ich wette, dass du mit deinem flammenden Haar einen Mann bei Nacht schön warmhalten kannst!«

Cat starrte ihn fassungslos an. Wenn sogar Christen ihre eigenen Landsleute derart grausam behandelten, konnte es keine Gerechtigkeit mehr auf der Welt geben.

»Ibrahim?«

Es war der Mann auf dem Stuhl, der gesprochen hatte.

Will aus Plymouth, nun Ashab Ibrahim, nahm Haltung an. »Ja, Al-Andalusi?«

»Schweig. Nur ich spreche jetzt.«

Der Abtrünnige senkte den Kopf.

»Du da, Mann im schwarzen Gewand.« Al-Andalusi deutete

mit dem Mundstück der seltsamen Vorrichtung, aus der er geraucht hatte, auf den Priester. »Wie ist dein Name?«

Walter Truran straffte die Schultern und blickte dem Anführer geradewegs in die Augen. »Mein Name ist eine Sache zwischen mir und meinem Gott.«

Der *raïs* seufzte. »Wie soll deine Familie Lösegeld zahlen, wenn du uns nicht sagst, wer du bist?«

»Lösegeld?«, ereiferte sich der Priester. »Meine Seele gehört mir, Sir. Ich lasse nicht zu, dass meine Familie erpresst wird, um sie aus dem gottverlassenen Winkel der Erde zurückzukaufen, an den Ihr uns verschleppt.«

»Sir – *raïs* – ich heiße John Polglaze und bin Ratsheer der Stadt Penzance. Wenn Ihr gestattet, dass meine Frau und ich an den Busen meiner Familie zurückkehren, sollt Ihr fürstlich entlohnt werden, darauf gebe ich Euch mein Ehrenwort.«

Bei dieser Unterbrechung runzelte Al-Andalusi die Stirn. »Schreib auf, Amin. Alle Informationen sind nützlich.« Anschließend wandte er sich wieder dem Ratsherrn zu. »Du bist kein armer Mann, das sehe ich an deiner Leibesfülle. Leere die Taschen und zeig deine Hände.«

John Polglaze sah ihn stirnrunzelnd an, ohne die Aufforderung zu verstehen.

»Ibrahim!«

Der Abtrünnige packte Polglaze und durchwühlte fachmännisch dessen Kleider, wobei er eine Hand voll Münzen und zwei hübsche Ringe zu Tage förderte. Dann nahm er den Arm des Ratsherrn und drehte die Hand nach oben, damit der Anführer sie inspizieren konnte. Der *raïs* grunzte. »So weiß und weich, du taugst nicht für die Galeere oder die Arbeit auf dem Feld. Ich gebe dir eine Woche, nicht mehr! Was also meinst du, bist du wert?«

Ratsherr Polglaze wirkte verwirrt. »Ich … ich … ah … das weiß ich nicht, Sir … äh, *raïs*!«

»Vierhundert Pfund?«

Der Ratsherr wurde blass. »Unmöglich. Niemals.«

Al-Andalusi schwenkte die Hand. »Schreib vierhundert, Amin. Einhundertfünfzig für John Poll Glez und zweihundertfünfzig für seine Frau. Ist sie hübsch? Wie heißt sie?«

»Elizabeth, Sir, aber –«

»Ah, wie die alte Königin, ausgezeichnet. Sie war gut zu Marokko, brachte uns viel Handel, Holz für Schiffsbau, viele Kanonen, und sie hasste die verfluchten Spanier. Amin, schreib auf, zweihundertzwanzig englische Pfund für Frau Elizabeth Poll Glez – ihr Name verdient einen Abschlag. Dreihundertfünfundsiebzig Pfund für beide.« Dies wiederholte er anschließend in seiner eigenen Sprache dem Schreiber, bevor er Polglaze mit einer Handbewegung entließ. »Der Nächste.«

Der nächste Mann war ein Fischer um die dreißig, schmal und untersetzt, dessen Gesicht beinahe ebenso dunkel war wie das des Piraten, außer da, wo die Krähenfüße weiße Fältchen um die Augen bildeten; seine Muskeln aber waren sehnig und hart wie Peitschenschnüre. In der Tasche hatte er nur ein Messer, das der *raïs* in der Hand wog und dann Ibrahim zuwarf, ein zerlöchertes Halstuch und zwei Silbermünzen.

»Henry Symons aus Newlyn. Meine Familie ist arm. Ihr werdet kein Geld von ihnen bekommen.«

Der *raïs* lachte. »Kannst du rudern?«

Symons sah ihn verwirrt an. »Aye, freilich kann ich das und auch segeln.«

Der Pirat sagte etwas in seiner Sprache, und sein Handlanger schrieb es lächelnd auf.

Der nächste Mann war älter, seine Zeit als Seefahrer längst vorbei. Cat erkannte den alten Thomas Ellys. Seine Glieder waren von Arthritis geschwollen und der Rücken vom Alter gebeugt. Die silberne Thrupenny-Münze für die Kollekte hatte er noch in der Tasche zusammen mit einem Kamm aus vergilbtem Bein. Der *raïs* inspizierte seine schwielige raue Hand, die bestätigte, dass er ein Arbeiter war und nicht Vater eines reichen Sohnes. Er wandte sich an seinen Schreiber, um sich kurz mit ihm zu besprechen, dann winkte er einem seiner Männer, machte eine knappe Geste und deutete auf den alten Fischer. Ohne ein Wort drängte der Seemann Thom Ellys auf eine Seite des Schiffs und stieß ihn kurzerhand über das Dollbord. Nach einer kurzen Pause hörte man ihn unten aufplatschen, dann war es wieder still.

»Ihr Barbaren!«, rief der Priester und starrte hinaus auf die wogende, leere See. Sie waren bereits weit vom Land entfernt. Selbst ein junger gesunder Mann hätte keine Chance gehabt, die Küste von hier aus zu erreichen. »Möge der Herr Jesus Christus sich seiner Seele erbarmen.«

Der *raïs* zuckte mit den Schultern. »Wir sind knapp an Lebensmitteln. Wir können es uns nicht leisten, etwas an einen alten Mann zu verschwenden, den keiner freikauft und der auf dem Sklavenmarkt nichts einbringt. Wenn dein Jesus seine Seele liebt, wird ein Wunder geschehen.« Dem wütenden Blick des Priesters hielt er gelassen stand. »Schon die Römer haben uns unzivilisierte Barbaren genannt, aber sie waren dumm, wie alle, die mein Volk so bezeichnen. Meine Leute sind Imazighen, freie Männer. Stolze Berber. Zuhause in den Bergen spreche ich die Sprache meines Volkes, mit Kaufleuten in der Kasbah Spanisch, mit anderen Piraten Arabisch und die *lingua franca* der Häfen; auch beherrsche ich ein wenig Englisch und Holländisch. Ich habe jede Seite im Koran gelesen und aus Neugier sogar Teile eurer Bibel. In meiner Sammlung habe ich Bücher von Ibn Battuta, Gedichte von Mawlana Rumi, Ibn Khalduns *Muqqadimah* und Al-Hasan ibn Muhammed al-Wazzans *Cosmographia Dell' Africa*; alle habe ich gelesen. Und jetzt sag mir, wer ist der Barbar?«

»Unschuldige Menschen aus ihren Häusern zu entführen – Frauen und Kinder –, um sie dann als Sklaven zu verkaufen, ist ein barbarischer Akt.«

Der Pirat runzelte die Stirn. »Dann sind alle großen Nationen der Welt Barbaren – Spanier und Franzosen, Portugiesen, Sizilianer und Venezianer. Ich habe ein ganzes Jahr am Ruder einer sizilianischen Galeere gesessen und viele Narben auf dem Rücken davongetragen. Die Engländer sind nicht besser: Eure großen Helden Drake und Hawkins sind ebenfalls Barbaren, weit schlimmer als die Piraten aus Slâ, das die Unwissenden Sallee nennen. Sie machen Beute nur aus Profit und behandeln ihre Gefangenen mit Verachtung.«

»Und das tut ihr nicht?«

»Ich bin *al-ghuzat*, Krieger des Propheten. Meine Männer und ich führen den *djihad* – den heiligen Krieg – bis an die Küsten unserer Feinde, viele Ungläubige nehmen wir gefangen und verkaufen sie auf unseren Märkten. Mit dem Gewinn helfen wir unserem Volk zum Ruhme Gottes. Es gefällt dem Allmächtigen, dass der Reichtum der Ungläubigen an Allah zurückfließt.«

»Dann bist du nicht nur ein Barbar, sondern auch ein Ketzer!« Die Augen des Priesters funkelten vor Zorn. Sein Bart flatterte im Wind. Er sieht aus wie einer der Propheten aus dem Alten Testament, dachte Cat, wie Moses, der den Hagel auf Ägypten herabfleht.

Al-Andalusi sprang so plötzlich auf, dass die Pfeife umkippte und sich Rauch und Wasser über das Deck ergossen. »Wage nicht, mich so zu nennen! Die Spanier nannten meinen Vater Ketzer. Die Inquisition hat ihm die Knochen gebrochen auf ihrer abscheulichen Folterbank, nicht aber seinen Geist.« Er wandte sich um und rief drei seiner Leute etwas zu. Sie eilten davon, waren aber im Nu wieder zurück. Einer von ihnen trug einen Eisenstab mit abgeflachtem Ende, die beiden anderen eine kleine Kohlepfanne. Letztere wurde neben dem *raïs* auf das Deck gestellt, dann hielt einer der Männer das Ende des Eisens in die Kohlen, bis es erst rot, dann weiß glühte. Walter Truran starrte wie gebannt auf die Kohlen, unfähig, die Augen abzuwenden. Dann begann er zu beten.

Al-Andalusi rief einen Befehl, und die Männer zogen dem Priester die Stiefel aus.

»So groß ist dein Glaube in deinen gekreuzigten Propheten, dass wir dich jetzt für immer mit seinem Mal ehren wollen.«

Damit gab er seinen Männern einen Wink. Einer von ihnen hielt den Prediger am Boden fest, während der andere das Eisen gegen seine weißen, runzligen Sohlen presste. Cat schloss die Augen, doch das Geräusch des glühenden Eisens, das sich durch die Haut brannte und im Blut zischte, konnte sie ebenso wenig aus ihrem Bewusstsein verbannen wie den Gestank nach verbranntem Fleisch, der ihr in die Nase stieg.

Während der Priester noch stöhnend auf dem Deck lag, durchsuchte Ashab Ibrahim seine Taschen und fand ein Obstmesser mit einem Griff aus Elfenbein, eine Hand voll kleiner Münzen und ein schmales, in Leder gebundenes Psalter. In diesem blätterte der *raïs* mit einiger Neugier, dann warf er es dem Priester wieder vor die Füße. »Wenn du mir nicht deinen Namen nennst, tragen wir dich als Imam in die Liste ein.«

»Hütet Euch, mir einen heidnischen Titel zu geben! Ich heiße Walter Truran, und daneben könnt Ihr schreiben: ›Gottesmann‹. Aber ich warne Euch jetzt schon, es gibt niemanden, von dem Ihr Lösegeld erpressen könnt.«

Der *raïs* zuckte mit den Schultern. »Dein Geist ist stark, dein Rückgrat auch. Vielleicht nimmt dich eine Sklavengaleere. Vielleicht will sich Sultan Moulay Zidane von deinen Tiraden unterhalten lassen. Deine Füße werden nicht verbunden, damit alle sehen, was mit denen passiert, die glauben, dass sie mir trotzen können. Von heute an wirst du bei jedem Schritt das Symbol deiner verfluchten Religion mit Füßen treten, und so soll es sein.«

Anschließend wurde Cat vor den Anführer des Piratenschiffs geführt. Sie war so eingeschüchtert von dem, was Reverend Truran widerfahren war, dass sie es kaum über sich brachte, seinen Folterer anzuschauen. Sie hielt den Blick auf den Boden gesenkt und betete heimlich, dass er sie möglichst schnell abfertigen würde. Selbst der Morast, die Unbequemlichkeit und die Dunkelheit des Unterdecks waren besser als das hier. Ihre Knie zitterten unkontrolliert.

»Was ist dein Name?«

»Catherine«, begann sie. Ihre Stimme piepste wie die einer Maus. Dann holte sie tief Luft und versuchte es noch einmal. »Catherine Anne Tregenna.«

»Du trägst ein grünes Kleid, Cat'rin Anne Tregenna. Warum?«

Das war eine so unerwartete Bemerkung, dass ihr Kopf nach oben schnellte und sie sich dabei ertappte, wie sie dem *raïs* direkt in die Augen sah. Sein Blick verbrannte sie. »Ich … ah … es ist ein altes Kleid, Sir.«

»Grün ist die Farbe des Propheten. Nur seine Nachkommen dürfen sie tragen. Bist du Nachkommin des Propheten?«

Entsetzt schüttelte Catherine den Kopf. Ihre Zunge klebte am Gaumen.

»Zieh es aus! Ist eine Beleidigung des Propheten, wenn man zu Unrecht seine Farbe trägt.«

Cats Augen weiteten sich. »Ich … kann nicht … es ist am Rücken verschnürt –«

Al-Andalusi beugte sich vor. »Eine Frau, die sich nicht selbst anziehen kann, muss von Sklaven angezogen werden. Bist du reich, Cat'rin Anne Tregenna?«

Was war die richtige Antwort? Cat suchte nach einer Eingebung. Wahrscheinlich war es das Beste, sie in dem Glauben zu lassen, dass es sich lohnen würde, sie heil und gesund zu erhalten, wenn man auf ein Lösegeld aus war. Sie wollte weder über Bord gestoßen noch wie der Priester gebrandmarkt oder wie eine billige Dirne der bestialischen Mannschaft überlassen werden. Sie richtete sich auf. »Ich bin Catherine Tregenna von Kenegie Manor und nicht mittellos.«

Der *raïs* übersetzte das für den Schreiber, und Amin schrieb es rasch nieder. »Dreh dich um«, sagte er dann und nahm einen reich verzierten Krummdolch aus dem Gürtel.

Das Schlimmste befürchtend, folgte Cat seinem Befehl und wartete auf die Berührung der kalten Klinge an der Kehle. Stattdessen vernahm sie ein reißendes Geräusch und spürte ein Nachlassen des Drucks, und im nächsten Moment bauschte sich das grüne Kleid um ihre Knöchel, während sie zitternd in ihrem baumwollenen Unterrock dastand. Instinktiv verschränkte sie die Arme vor der Brust, als sie spürte, dass die Augen der Mannschaft wie schmutzige Insekten über ihre blasse weiße Haut krochen.

Al-Andalusi bückte sich und schüttelte den Stoff aus. Ein kleiner Beutel fiel heraus, den er sofort ergriff. »Was ist das? Eine Bibel, Gebete an euren Gott?« Er fuchtelte mit dem kleinen Buch herum.

Im gleichen Moment wurde sie von einem übermächtigen Gefühl gepackt. Niemand durfte ihr Buch anrühren: Es gehörte ihr, und es barg ihre tiefsten Geheimnisse. Ohne nachzudenken griff sie danach, um es ihm abzunehmen. Einen Moment lang konnten sie den Blick nicht voneinander abwenden, dann löste der Pirat den Griff um den weichen Einband aus Kalbsleder. »Es ist ein Buch über das Sticken«, sagte Cat leise. »Seht, hier –« Sie öffnete es auf einer Seite, die sie noch nicht beschrieben hatte, und zeigte ihm eine Reihe von stilisierten Blumen, mit denen man Aufschläge oder Strümpfe verzieren konnte. »Es enthält Muster zum Kopieren. Wie das hier.« Wagemutig hob sie jetzt ihren Unterrock um ein oder zwei Zoll und zeigte ihm die feine Stickerei an den Knöcheln.

Er neigte den Kopf zur Seite, um sie zu betrachten. »Und diese Arbeit hast du selbst gemacht?«

»Ja.«

Der *raïs* sagte etwas zu dem Schreiber, der daraufhin seiner Liste etwas hinzufügte. Dann warf er Cat den kleinen Beutel vor die Füße. »Frauen am Hof des Sultans bezahlen viel für solche Arbeiten. Vielleicht kannst du ihnen neue Muster beibringen.« Seine Augen verengten sich. »Und vielleicht zeigt Sultan Moulay Zidane sich erkenntlich, wenn ich seinen Harem um ein derartiges Exemplar bereichere. Solch weiße Haut, und Haar, das leuchtet wie ein Sonnenuntergang, sieht man nicht oft. Wir setzen den Preis für eine so seltene Beute auf achthundert Pfund fest!«

Achthundert Pfund! Das war eine ungeheure Summe. Mit hämmerndem Herzen presste Cat den Beutel an die Brust. Was bist du nur für ein dummes Ding, schimpfte eine innere Stimme. Hast du etwa geglaubt, du könntest diesen Mann überlisten? Nun hat er einen so hohen Preis auf deinen Kopf ausgesetzt, dass niemand es sich leisten kann, dich freizukaufen, und du wirst den Rest deines Lebens in einem fremden Land verbringen und dich nach dem Klang einer englischen Stimme sehnen oder der Berührung des kornischen Regens, nach Rob und seiner Freundlichkeit und all den gewöhnlichen Dingen des Lebens, die du aus schierem Hochmut gering geachtet hast.

Einer der Piraten streifte ihr ein dickes wollenes Gewand über den Kopf und führte sie zurück ins Unterdeck. Sie stolperte vor ihm her wie in einem Traum, einem Albtraum, aus dem sie vielleicht nie wieder erwachen würde.

DREIZEHN

Unsere Mitgefangenen nennen jene, die uns überfielen, die Freibeuter von Sallee & behaupten, sie kämen aus Marokko an der Küste der Barbaresken in Afrika, doch als die alte Ægypterin in meine Zukunft sah & prophezeite, ich hätte eine lange Reise vor mir, an deren Ende sich Himmel & Erde vereinten, hätte ich nie an derart Schröckliches gedacht. Wie wünschte ich, nicht ein solches Los erbeten zu haben! Wenn Gott mich itzo sähe, er würde lächeln über meine Torheit …

Nachdem ich diese letzten Einträge in Catherines kleinem Buch gelesen hatte, fand ich keinen Schlaf. Ich hatte mich langsam an die ungewohnte Rechtschreibung und die Ausdrücke gewöhnt, die ich nicht immer verstand und mit denen sie ihren Alltag auf Kenegie beschrieb, die kleinen Frustrationen und Eifersüchteleien des Lebens in einer geschlossenen Gemeinde, und mittlerweile hatte sie mich völlig in ihren Bann gezogen. Die bissigen Bemerkungen über die anderen Dienerinnen und auch ihre Wut, als man sie zwingen wollte, ihren Cousin zu heiraten, hatte ich nachempfinden können, obwohl ich ihn ziemlich anständig fand. Ich hatte mich sogar darauf gefreut zu erfahren, wie eine Hochzeit im siebzehnten Jahrhundert vonstattenging – die häuslichen Details, die Kleider, die Arrangements bei Tisch und natürlich, wie Cat mit ihrer Rolle als Ehefrau zurechtkäme. Ich spürte, wie mich dieses vor langer Zeit verstorbene Mädchen faszinierte. Ihr fernes Leben, ihre Hoffnungen und Ängste ließen mich nicht mehr los. Ich hätte gern mehr über das Altartuch erfahren, das sie begonnen hatte, und ob die Countess of Salisbury je wieder aufgetaucht war oder nicht. Ich wollte wissen, ob die vornehme Lady und Cats Herrin über ihren ambitionierten Entwurf und seine gekonnte Ausführung gestaunt hatten, als sie ihnen endlich ihren Baum der Erkenntnis präsentieren durfte. Zugegeben, insgeheim hatte ich sogar gehofft, das Kunstwerk zu finden und in einem anerkannten Hochglanzmagazin einen brillanten Artikel darüber schreiben zu können, mit entsprechenden Illustrationen, versteht sich. Ich hatte sogar – Gott steh mir bei – mit der Idee gespielt, Anna zu fragen, welchen Zeitschriften ich den Artikel anbieten sollte.

Die kurze, grausame Begegnung mit den Piraten traf mich völlig unvorbereitet. Ich hatte die ersten achtzehn Jahre meines Lebens in Cornwall verbracht, und von Barbaren und Piraten war nie die Rede gewesen. Ich wusste nicht, was ich davon halten sollte. Beruhte die Geschichte Cornwalls, so wie ich sie gelernt hatte, auf falschen Tatsachen, oder war Cat eine Träumerin, die sich ihre Not und Langeweile in einer frei erfundenen Geschichte von der Seele geschrieben hatte? Im ersten Fall musste ich alles über das Thema herausfinden, was ich konnte. Ich beschloss, mit Alison und Michael das Cottage in Mousehole zu besichtigen und anschließend die Bibliothek von Penzance aufzusuchen, um im Internet und in den dortigen Geschichtsbüchern nach allem zu suchen, was ich über Cornwall zu Anfang des siebzehnten Jahrhunderts finden konnte.

Ein Gedanke ging mir unablässig im Kopf herum: Wie wahrscheinlich war es, dass Catherine, die von Sklavenhändlern entführt worden war, ihr Stickmusterbuch und ihre Schreibsachen hatte behalten können, um unter den schwierigen Umständen der Gefangenschaft unter Deck ihr Tagebuch fortsetzen zu können? Und selbst wenn ihr dieses Kunststück gelungen war, wie war das kleine Buch dann in dieses Land zurückgekommen, genauer gesagt, in Alisons Haus, ganz in der Nähe jenes Ortes, von dem Cat zuvor entführt worden war? Wenn aber die eigene Not Cat veranlasst hatte, sich in die Fantasie zu flüchten, wäre sie durch die Geschichte, die sie geschrieben hatte, die erste Prosaschriftstellerin Englands. Immerhin war sie Daniel Defoe um fast ein Jahrhundert voraus. Beide Möglichkeiten machten das Buch zu einem wertvollen Gegenstand, und deshalb war ich noch entschlossener als zuvor, es um jeden Preis von Michael fernzuhalten.

Wir parkten am Rand des Dorfes, folgten der kurvenreichen Hauptstraße und schrien vor Begeisterung auf, als wir um eine Ecke bogen und plötzlich im weitläufigen, sonnenüberfluteten Hafen der Stadt standen.

»Unglaublich!« Michaels Augen glänzten, als er die vielen Cottages auf den steilen Hügeln um die Bucht und die kleinen, bunt angestrichenen Boote sah, die innerhalb der schützenden Kaianlage auf und ab schaukelten.

Wenn man sich die Autos und Jachten, die Straßenlaternen und Touristen wegdachte, war es ein Anblick, der sich im Verlauf der Jahrhunderte nur wenig verändert hatte. Es gab nicht mehr viele Orte wie diesen auf der Welt, und die meisten hatten eine Menge von ihrem Zauber verloren, doch Mousehole schien sich etwas von der unbeschwerten Heiterkeit eines Dorfes bewahrt zu haben, in dem die Bewohner ihrem eigenen Leben nachgehen und die Touristen kommen und gehen sehen wie die Gezeiten. Vor dem Gemüsehändler hatte jemand eine Tafel am Geländer angebracht und in großen, unsicheren Lettern mit Kreide darauf gekritzelt: »Alles Gute zum 73. Geburtstag, Alan!« Einige ältere Frauen, die offensichtlich zum selben Friseur gingen – einem, der sich auf einen einzigen Stil von Dauerwelle in Form eines grauen Helms kapriziert hatte –, standen an der Bushaltestelle und tratschten. Als wir vorbeikamen, hörte ich eine sagen: »… und er stand auf und ging runter zum Boot, ohne auch nur zu merken, dass sie tot war.« Aus irgendeinem

Grund kicherten die anderen nur, als wäre diese Art von Schrulligkeit typisch für die Männer hier.

»Es ist da oben«, erklärte Michael, nachdem er eine von Hand gezeichnete Karte studiert hatte. Selbst von da, wo ich stand, konnte ich sehen, dass es Anna gewesen sein musste. Anna war genau die Richtige, um Karten zu zeichnen – sauber, präzise, peinlich genau. Hätte sie zu Zeiten Magellans die Weltmeere kartografiert, hätte es keine fantastischen Ungeheuer gegeben, die sich aus der Tiefe schlängelten, keine Drachen, keine Meerjungfrauen oder andere unnötige Schnörkel, nur den Terminus »Offene Gewässer«. Vermutlich hatte genau dieser Mangel an Fantasie es Michael ermöglicht, seine verbotene Affäre mit mir über so lange Zeit aufrechtzuerhalten.

Die Straße, die den Hügel hinaufführte, war zu schmal für den Autoverkehr. Stattdessen hatten die Leute sie mit einer Vielzahl von Blumenkästen und bizarren, prähistorisch anmutenden Pflanzen geschmückt, die aussahen wie riesige schwarze Rosetten mit fleischigen Blättern. Vor einem besonders exzentrischen Haus stand die Hälfte eines alten Boots mit sauber aufgereihten Geranientöpfen auf den Ruderbänken. Annas Cottage war weiß gekalkt und hatte verblichene blaue Fensterläden. Möwenkot verschmierte die Fenster, und auf dem Dach wuchs Vogelmiere, aber es war bezaubernd.

Doch die Vorfreude war von kurzer Dauer. Im Innern war es dunkel, schäbig und schmuddelig, und als Michael die Tür aufstieß, schlug uns ein durchdringender Gestank nach Moder und Schimmel entgegen. Die niedrigen Decken waren gelb, nicht nur vom Alter, sondern auch vom Nikotin. Der alte Vormieter musste Pfeifenraucher gewesen sein. Die Sessel waren fleckig und hatten abgewetzte Armlehnen. Einer war hinten bis auf die Füllung aufgerissen, offenbar hatte eine Katze ihn benutzt, um ihre Krallen zu schärfen.

»Das arme Ding«, sagte Alison. »Es braucht dringend jemand, der sich darum kümmert, findet ihr nicht?« Eine Sekunde lang glaubte ich, dass sie ein Haustier entdeckt hatte, das nach dem Tod des Herrchens allein herumstreunte, bis ich begriff, dass sie das Haus meinte.

Michael grinste schief. »Das hat die Maklerin auch gesagt, allerdings dachte ich, mit einem Eimer Farbe und einem neuen Teppichboden wäre die Sache erledigt.«

»Ach, Makler«, meinte Alison und verdrehte die Augen. »Was verstehen die schon davon?«

An einer der Wände standen übereinandergestapelte Kisten, auf die jemand *Bücher* oder *Geschirr* gekritzelt hatte. Michael machte sich sofort darüber her. Er nahm die oberste Kiste herunter, breitete den Inhalt auf dem Boden aus und stöberte gierig darin herum. Vermutete er weitere Schätze wie den *Stolz der Stickerin* darin? Ich hockte mich neben ihn, um mir anzusehen, was er zu Tage förderte. Die oberste Kiste enthielt alte, vergilbte Taschenbücher, die längst nicht mehr modern waren – Romane über den Zweiten Weltkrieg und amerikanische Krimis mit grellen Einbänden. Nichts von Belang.

»Seit wann ist dieses Haus eigentlich im Besitz von Annas Familie?«, fragte ich desinteressiert.

Michael runzelte die Stirn. Er nahm ein gebundenes Buch mit schlichtem Einband, das aus einer Bibliothek stammte, blätterte bis zum Titelblatt, überflog es, schüttelte es aus, falls irgendetwas darin versteckt war, und legte es zu den anderen. »Oh, seit einer Ewigkeit. Ich weiß es nicht.«

»Hier sieht es aus wie in einer anderen Zeit«, bohrte ich weiter. »Ist Anna denn nie hier gewesen?«

Er sah hilflos zu mir auf. »Soweit ich weiß, nicht. Warum auch?«

»Na ja, ich an ihrer Stelle hätte mir mein Erbteil wenigstens ansehen wollen. Nicht besonders christlich, jede Woche Miete zu kassieren und das Haus einfach verfallen zu lassen. Der arme Alte, der hier gewohnt hat, tut mir leid.«

»Hör zu, ich habe nichts damit zu tun. Ich bin nur gekommen, um nachzusehen, was noch da ist, und sicherzustellen, dass die Leute, die hier aufgeräumt haben, nichts Wichtiges übersehen haben.«

»Wie das Buch, das du mir geschenkt hast?«

Catherines Büchlein steckte in meiner Umhängetasche. Es sandte derart starke Signale aus, dass ich beinahe überrascht war, dass Michael nichts von seiner Gegenwart bemerkte.

»Hört auf zu streiten«, ging Alison dazwischen. »Komm, Julia, wir schauen uns mal ein bisschen um.« Sie nahm mich am Arm und drängte mich aus dem Zimmer. Wir mussten die Köpfe einziehen, um nicht gegen den Türsturz zu stoßen, und standen in einer kleinen, dunklen Küche.

»Könnt ihr nicht wenigstens versuchen, etwas zivilisierter miteinander umzugehen?«

Ich schnitt eine Grimasse und wünschte, ich wäre nicht mitgekommen. Es fiel mir leichter, meine Wunden zu lecken, wenn Michael nicht dabei war. Außerdem steckte mir Cats Geschichte in den Knochen. Plötzlich hatte ich das übermächtige Bedürfnis, mit ihrem Buch in die Sonne zu laufen, raus ins Freie.

»Ich glaube, ich mache einen Spaziergang«, sagte ich zu Alison. »Ich habe Kopfschmerzen.«

Sie wirkte überrascht. »Oh, klar. Hast du was dagegen, wenn ich noch bleibe?«

»Mach, was du willst.« Es war unhöflich, aber ich hatte keine Lust, mir Mühe zu geben. Ich war immer noch wütend, dass sie Michael ermuntert hatte, herzukommen.

Als ich ins Wohnzimmer zurückkehrte, war Michael bei der dritten Kiste angelangt.

»Irgendwas Interessantes?«

Verbissen schüttelte er den Kopf. »Nur jede Menge Mist.«

»Geschieht dir recht«, murmelte ich und marschierte zur Tür hinaus.

Ich zog also los, um ein einigermaßen ruhiges und sonniges Plätzchen zu finden, wo ich mich hinsetzen und weiterlesen konnte, aber schon nach wenigen Metern winkte mir eine winzige alte Frau zu. Beim Näherkommen fiel mir auf, dass sie schielte – das linke Auge sah in eine völlig andere Richtung als das rechte. Verlegen, als hätte ich fälschlicherweise auf ihre Geste reagiert, während sie in Wirklichkeit jemand anderen meinte, drehte ich mich um, doch außer mir war kein Mensch auf der Straße. »Hallo«, sagte ich vorsichtig.

Sie kam den Hügel herab auf mich zu. »Sie suchen etwas, Schätzchen.«

»Nein, ich sehe mir nur die Gegend an.«

Ihr lächelndes Gesicht war weich gerunzelt wie das Leder auf einem alten Chesterfield-Sofa. Ein Auge sah über meine Schulter hinweg, das andere blieb an meinem Kinn hängen. Es machte mich nervös, ich hatte keine Ahnung, auf welches ich reagieren sollte. Sie beugte sich zu mir. »Ich weiß, dass Sie etwas suchen«, beharrte sie und tätschelte meine Hand. »Alles wird gut, Sie werden schon sehen.«

Offenkundig war sie ein bisschen verwirrt. Ich lächelte. »Vielen Dank, das ist gut zu wissen. Sie wohnen in einem wunderhübschen Dorf, und ich werde mich jetzt ein bisschen darin umsehen.« Ich trat einen Schritt zurück, aber ihr Griff verstärkte sich.

»Wenn Sie finden wollen, was Sie suchen, müssen Sie eine Reise machen«, drängte sie. »Und was Sie finden, wird nicht das sein, was Sie eigentlich suchten. Es wird« – und dabei strahlte sie mich an, als spendete sie mir soeben den Segen aller Engel des Himmels auf einmal – »es wird wunderbarer sein als alles, was Sie sich je vorgestellt haben; es wird Ihr ganzes Leben auf den Kopf stellen. Doch wenn Sie hierbleiben, wird Ihr Schicksal Sie einholen. Annie Badcock lügt nicht.« Eine Wolke trieb über die Sonne, und die Alte löste abrupt die Verbindung zwischen uns. »Ja, sie waren hier.« Sie zwinkerte mir zu. »Sie kamen über den Ozean und nahmen sie mit. Die Leute haben es vergessen. Sie vergessen alles, was wichtig ist. Dabei ist die Vergangenheit stärker, als sie glauben. Sie ist eine große schwarze Flut, die uns eines Tages alle fortschwemmt.«

Damit wandte sie sich ab und humpelte ohne ein Wort des Abschieds oder auch nur einen Blick zurück den Hügel hinab. Ich stand da und starrte ihr verblüfft nach. Hatte sie meine Gedanken gelesen? Oder war sie einfach nur verrückt? Aber vielleicht, so flüsterte mir eine leise Stimme im Hinterkopf ein, vielleicht weiß sie ja wirklich etwas. Annie Badcock. Der Name klang irgendwie vertraut, doch ich konnte mich nicht erinnern, wo ich ihn schon einmal gehört hatte.

»Wenn du die Wand zwischen der alten Spülküche und dem Frühstückszimmer einreißt, könntest du die Küche größer und damit auch erheblich heller machen.«

In Alisons Augen funkelte ein Licht. Sie sah aus, als würde sie jeden Augenblick in hysterisches Lachen oder Weinen ausbrechen. Vielleicht hatte das Herumstöbern in dem alten Cottage sie daran erinnert, wie sie mit Andrew das Farmhaus renoviert hatte. Doch ihr Kinn war entschlossen gereckt: Sie brauchte ein Projekt, nicht nur wegen des Geldes, sondern auch, um sich abzulenken. Wir saßen draußen auf der Terrasse des Old Coastguard Hotels und tranken den Rest einer Flasche Rosé, nachdem wir Fisch aus der Gegend und kornische Käsespezialitäten gegessen hatten. Kaum hatte der Kellner die Teller abgeräumt, als Alison anfing, das Tischtuch mit Skizzen und Notizen zu bedecken.

Michael ließ sich von ihr anstecken, nickte und stellte Fragen. »Und du glaubst, das alles könnte man für wie viel schaffen?«

»Sechzehn- oder siebzehntausend. Ich kenne ein paar gute Handwerker hier in der Gegend, und mich könntest du als Projektmanager einsetzen. Ich würde es gern beaufsichtigen.«

»Ich werde mit Anna sprechen, mal sehen, was sie meint. Ich

gebe zu, vernünftig wäre es ja. In diesem Zustand wird wohl kaum jemand das Cottage kaufen wollen.«

»Jedenfalls nicht mit dem ganzen Plunder«, setzte ich hilfreich hinzu.

Er verzog den Mund und wirkte plötzlich zickig und verbiestert. Ich sah den alten Mann vor mir, zu dem er werden würde, wenn die negative Seite seiner Persönlichkeit die Oberhand gewann. Er wandte sich wieder Alison zu und zog die linke Schulter ein wenig hoch, als wollte er mich von der Unterhaltung ausschließen. Ein schmerzhafter Stich durchfuhr mich, doch ich sagte so unbekümmert, wie ich nur konnte: »Ich fahre mit dem Bus nach Penzance. Bis später, Alison. Ich nehme dann ein Taxi.«

»Ach so, okay.« Sie runzelte die Stirn, als erwartete sie eine Erklärung.

»Ich muss noch ein paar Sachen einkaufen«, sagte ich. Sie sollte nicht merken, dass ich mich gekränkt fühlte und aufgewühlt war. Ich stand auf und warf mir die Tasche über die Schulter.

»Willst du dich nicht von mir verabschieden?«, fragte Michael und sah aus, als fühlte er sich plötzlich übergangen.

»Ich hatte den Eindruck, wir hätten uns schon verabschiedet«, antwortete ich kühl und spürte seinen Blick auf mir, als ich ging.

Eine halbe Stunde später saß ich abgeschirmt im ersten Stock der örtlichen Bibliothek vor einem uralten PC und einer wackligen Internetverbindung. Ich googelte »Barbarei Piraten Cornwall« und wartete. Wenige Sekunden, nachdem ich auf die Suchtaste geklickt hatte, spuckte das Programm mehr als zwölftausend Einträge aus, die diese unwahrscheinliche Kombination enthielten. Ich suchte mir wahllos einige aus und hatte innerhalb kürzester Zeit das Gefühl, in einem alternativen Universum gelandet zu sein. Unter der Oberfläche der Welt, die ich kannte, war eine längst vergangene Geschichte begraben.

Mehreren Quellen zufolge – Universitäten, Amateurhistorikern, offiziellen Unterlagen und Berichten von einzelnen Überlebenden – wurden zwischen Anfang des sechzehnten und Ende des achtzehnten Jahrhunderts mehr als eine Million Europäer von nordafrikanischen Piraten entführt und versklavt. Das war nur ein Bruchteil der geschätzten zwölf Millionen Afrikaner, die entführt und in Amerika als Sklaven verkauft worden waren, doch immer noch eine erstaunlich hohe Zahl. Zwischen 1610 und 1630 hatten Cornwall und Devon etwa ein Fünftel ihrer Schiffe an die Korsaren verloren. Allein im Jahr 1625 waren mehr als tausend Seeleute und Fischer aus Plymouth und von den Küsten von Cornwall und Devon entführt und als Sklaven verkauft worden. Der Bürgermeister von Bristol berichtete von einer Flotte der Barbaren, die Lundy Island erobert und dort den Islam eingeführt hatte. Die Seeräuber bauten die kleine Insel im Kanal von Bristol zu einem befestigten Stützpunkt aus, von dem aus sie die schutzlosen Dörfer im Norden von Cornwall und Devon überfielen. Man nannte sie die Freibeuter von Sallee, weil sie vom muselmanischen Salé aus operierten, einer Stadt in Marokko, gegenüber von Rabat. Ein bunt zusammengewürfelter Haufen von unzufriedenen Piraten aus den verschiedenen Seefahrernationen Europas gehörte ebenfalls dazu. Sie hatten sich inmitten der einheimischen Berber, Araber, Juden und Morisken niedergelassen – aus dem katholischen Spanien verbannte Moslems, wo viele ihrer Familien seit Generationen ansässig gewesen waren. In den Barbareskenstaaten fanden diese Europäer Kämpfer, die darauf brannten, sich an der christlichen Welt zu rächen, die sie verfolgt hatte. Diese Männer verfügten über die finanziellen Mittel, den Verstand und den Willen, um den Seekrieg bis an die Küsten des Feindes zu tragen, einen Krieg, den die herrschenden Mächte sanktionierten und absegneten, weil er nicht nur aus Habgier, sondern auch aus religiösem Eifer geführt wurde.

Einer der erfolgreichsten Seeräuber war ein Engländer namens John Ward gewesen, der kurz nach der Unterzeichnung eines Friedensvertrags mit Spanien durch Jakob I. zum Renegaten geworden war, weil er sich des Rechts beraubt sah, die spanische Schatzflotte anzugreifen. Ward wurde Admiral der Flotte von Salé und schwor, »Feind aller Christen zu werden, ihre Schiffe zu verfolgen und ihren Reichtum zu mindern«. Er zog nach Afrika, konvertierte zum Islam, nahm den Namen Yussuf Raïs an und begann, die Einheimischen in der Kunst der Navigation und im Umgang mit schnellen Segelschiffen auszubilden. Ein besonders tollkühner Korsarenanführer namens Jan Janz, ein Holländer, der den muselmanischen Namen Murad Raïs angenommen hatte, war offensichtlich von Salé bis nach Island gesegelt und hatte dort vierhundert Gefangene aus der Hafenstadt Reykjavik entführt, um sie auf den Sklavenmärkten der Barbaren zu verkaufen, wo sie wegen ihrer milchweißen Haut und ihres strohblonden Haars einen besonders guten Preis erzielen würden.

Ich fand einen Hinweis auf den Brief eines Bürgermeisters von Plymouth vom April 1625, in dem er dem Kronrat berichtet, er habe mit einem Augenzeugen gesprochen, der eine Flotte (»dreißig Segelschiffe«) aus dem Hafen von Salé in Marokko habe auslaufen sehen. Sie hätte Kurs auf unsere Küsten genommen, um Sklaven zu fangen. Offensichtlich hatten die damaligen Behörden nicht auf die Warnung reagiert.

Beim letzten Link, den ich anklickte, lief mir ein Schauer über den Rücken. Ein libanesischer Historiker, der sich auf diese Zeit spezialisiert hatte, zitierte geschichtliche Quellen und beschrieb, wie im Sommer 1625 Korsaren aus Salé »etwa sechzig Männer, Frauen und Kinder aus einer Kirche in Mount's Bay getrieben und als Gefangene entführt« hatten. Mehrere Sekunden saß ich zitternd da. Immer wieder las ich den Eintrag, um sicher zu sein, dass ich mich nicht getäuscht hatte. Dann nahm ich das kleine Buch heraus, das Michael mir geschenkt hatte, legte es auf den Tisch und starrte es an, während ich das Gefühl hatte, von den gespenstischen Fäden der vielen Synchronizitäten eingeholt zu werden. Hier saß ich in einer Bibliothek in Penzance, Mount's Bay, die linke Hand auf dem weichen Ledereinband einer außergewöhnlichen Autobiografie aus dem siebzehnten Jahrhundert und die rechte auf dem harten, glatten Kunststoff einer Computermaus. Alte und neue Technologie, verbunden durch eine menschliche Brücke, die sich über vier Jahrhunderte Geschichte spannte. Und mit einem Schlag begriff auch mein Kopf, was mein Herz längst akzeptiert hatte: dass Catherine Anne Tregenna tatsächlich von ruchlosen Piraten aus der Sonntagsmesse entführt worden war, um fünfzehnhundert Meilen und zwei Kontinente entfernt auf einem Sklavenmarkt für Weiße verkauft zu werden.

Genau in diesem Augenblick, als hätte die aus dieser Verbindung entstandene Spannung irgendwie eine weitere emotionale Kluft überbrückt, klingelte mein Handy. Es war Michael.

Ich hätte es einfach abstellen und ihn schmoren lassen sollen, aber die ärgerlichen Blicke ringsum versetzten mich in Panik. Ich rannte aus dem Lesesaal und meldete mich.

»Hallo?«

»Warum bist du einfach so weggelaufen? Und was sollte diese Bemerkung, wir hätten uns längst verabschiedet? Das hat gesessen.«

Ich hätte beinahe gelacht. »Soll das heißen, du bist verletzt? Und was ist mit mir? Du warst derjenige, der mich sitzen gelassen hat, nicht umgekehrt. Du hast kein Recht, verletzt zu sein.«

»Ich weiß, ich weiß, aber ich habe mich geirrt. Ich hätte das niemals tun dürfen.«

»Niemals was tun dürfen?«

»Ich hätte mich niemals von dir trennen dürfen. Ich schaffe es nicht, Julia. Ich kann nicht ohne dich leben. Du fehlst mir.«

Jede verlassene Frau träumt davon, dass ihr ein Mann so etwas sagt. Jede verlassene Frau lernt ein paar mörderische Sätze auswendig, um das Insekt, das auf diese Weise wieder zurückkrabbeln will, zu zerquetschen. Unglücklicherweise fielen sie mir in diesem Augenblick nicht ein. Alles, was ich in einem grässlichen, schmachtenden Winseln herausbrachte, war: »Ist das wahr?«

»Komm heute Abend ins Hotel. Komm her und iss mit mir zu Abend. Du könntest über Nacht bleiben, wenn du willst.« Und dann machte er noch einen sexuellen Vorschlag, der kleine Pfeile der Begierde durch meine Lenden jagte.

»Ich glaube nicht, dass das eine gute Idee wäre ...«, sagte ich.

»Vielleicht ist es keine gute Idee, aber eine, die bei uns immer funktioniert hat. Und danach kannst du mir zum Einschlafen Stickereianleitungen aus deinem kleinen Buch vorlesen.«

Es war, als hätte er mich mit einem Eimer kalten Wassers übergossen. »Das kann ich nicht«, sagte ich fest. »Es ist zu schnell, du hast mich zu sehr verletzt. Ich muss darüber nachdenken, was ich will, was gut für mich ist. Und ich glaube, es wäre keinesfalls gut, die Nacht mit dir zu verbringen. Mach einen langen Spaziergang und nimm eine kalte Dusche. Wir sehen uns morgen.«

Am ganzen Leib zitternd beendete ich die Verbindung und schaltete dann das Handy ganz ab. Als ich an meinen Platz in der Bibliothek zurückkehrte, entdeckte ich, dass die Internetverbindung abgestürzt war.

VIERZEHN

Catherine
1625

Wir befinden uns auf hoher See seit mehr als zwei Wochen, doch wenn wir Sallee lebendig erreichen, käme das einem Wunder gleich, gefangen zwischen aufgewühltem Meer, Hunger, Krankheiten & Grausamkeit unserer Entführer. Schon sind einige von uns verloren, vornehmlich drei Kinder & zwei Männer, die vor uns gefangen und bei ihrer Entführung aus Plymouth verwundet worden waren. Erst heute starb die alte Mrs. Ellys endlich an Schwäche & Schock über den Verlust ihres armen Mannes, doch niemand hat ihre Leiche geholt; sie liegt im Koot & trägt zum Gestank das Ihrige bei. Meine Mutter ist krank & ich kann ihr nicht helfen. Wir haben weder Licht noch frische Luft & werden geplagt von Fliegen & Gewürm & ich habe Ratten unter den Planken des Schiffs entlanghuschen hören. Es ist gut, daß sie uns nichts zu essen geben, sonst wären Schmutz & Ungeziefer noch schlimmer. Niemand der uns itzo sähe, käme darauf, daß wir nicht alle vom selben Stand sind, denn wir sehen aus wie arme Vagabunden oder Bettler und sind zusammengepfercht wie Schweine im Stall.

Es gab Tage, an denen Cat ihren Kopf bei jemandem anlehnen und sterben wollte, Tage, an denen sie den Gestank, die Gefangenschaft, die Schmerzen in den Eingeweiden oder den schrecklichen, erstickenden Sumpf der Hoffnungslosigkeit, in dem die erbärmliche menschliche Fracht versank, nicht mehr ertrug. Anfänglich hatten die Gefangenen sich über ihre Behandlung empört und von Aufstand geredet. Sie wollten diejenigen, die ihnen zu essen brachten, überwältigen – sie in den Fäkalien ertränken, die ein zweites Meer innerhalb des Schiffes bildeten, ihnen die Schlüssel zu ihren Ketten stehlen, sich mit allem bewaffnen, was sie auftreiben konnten, und das Schiff stürmen. In ihrer Fantasie schmückten sie den Aufstand mit allerlei liebevollen Details aus: Wie sie den *raïs* ergriffen und ihm die Augen mit demselben Brandeisen ausstachen, mit dem er die Fußsohlen des Priesters gebrandmarkt hatte, wie sie ihn nackt auszogen und über Bord warfen, den Haien zum Fraß, und lachend zusahen, wenn ihm die Gliedmaßen ausgerissen wurden. Wie sie den abtrünnigen Engländer, der sich Ashab Ibrahim nannte, am Mast aufknüpften, nicht ohne ihm zuvor das Geschlecht abzuhacken, das er hatte beschneiden müssen, um Türke zu werden. Wie sie die übrige Mannschaft gefangen nahmen und in dem stinkenden Unterdeck einsperrten, bevor sie Kurs auf einen Heimathafen hielten und sie den Behörden übergaben, damit sie gegen die unglücklichen Engländer, die noch im Hafen von Salé gefangen gehalten wurden, ausgetauscht wurden.

Kapitän Goodridge erzählte, dass er einmal von einer erfolgreichen Gefangenen-Meuterei an Bord eines algerischen Schiffes gehört hatte. Irgendwie sei es ihnen gelungen, einen Europäer aus der Mannschaft zu bestechen, der sie loskettete und ihnen Waffen gab. Dann hatten sie den Kapitän des Sklavenschiffs getötet und waren auf dem schnellsten Weg nach Plymouth zurückgesegelt, wo sie mit allen Ehren empfangen worden waren und noch im Hafen ein Schwein geröstet hatten. Das hatten sie vor den muselmanischen Gefangenen auf und ab getragen und ihnen gedroht, sie mit dem Fleisch zu füttern, bis sie vor Abscheu wimmerten.

Insgeheim dachte Cat, dass der Kapitän diese Geschichte wahrscheinlich erfunden hatte, um ihnen und auch sich selbst Mut zu machen. Am Ende hatte es nicht funktioniert: Schon bei der Erwähnung von Schweinefleisch war vielen Gefangenen das Wasser im Mund zusammengelaufen, und sie hatten gestöhnt, denn sie waren erneut an ihren Hunger erinnert worden. Andere hatten sich übergeben müssen und noch mehr zu der stinkenden Brühe beigetragen, die ihnen bis zu den Knöcheln reichte.

Im Nu lösten sich ihre Träume von einer Meuterei in Luft auf: Einige Tage Strapazen, schlechtes Wetter, das ihnen schwer zu schaffen machte, und der unerwartete Tod des ersten Kindes, eines kleinen Jungen, den Fieber und Ruhr dahinrafften, genügten, um ihren Willen, so sie noch welchen gehabt hatten, zu brechen. Die Mutter des Jungen heulte über seiner winzigen Leiche, bis die Piraten herunterkamen und ihn mitnahmen. Dann kreischte sie hysterisch, sie würden ihn aufessen, und niemand konnte sie beruhigen oder sie vom Gegenteil überzeugen, weil sich niemand sicher war, ob sie es tun würden oder nicht. Das Echo ihrer Klage verfolgte sie Stunde um Stunde, Tag und Nacht.

Anschließend erkrankte einer nach dem anderen. Zwei weitere Kinder erlagen dem Fieber – ein Mädchen von drei und ein Junge von acht Jahren. Cat hatte den kleinen Jungen gekannt; er war an Feiertagen mit seiner Mutter zum Herrenhaus gekommen, und sie hatte im Garten mit ihm gespielt. Er litt tagelang, doch als er starb, stellte Cat fest, dass sie weder weinen noch beten konnte. Sie fragte sich, ob es daran läge, dass sie gefühllos geworden war oder ob sie einfach keine Tränen mehr produzieren konnte, weil sie nicht genügend Wasser bekamen. Was das Beten anging, so wusste sie mittlerweile, dass ihr Glaube sie verlassen hatte. Wie konnte ein Gott, der sich um seine Herde sorgte, zulassen, dass Kinder eines so entsetzlichen Todes starben?

Innerhalb einer Woche waren neunzehn an der Ruhr oder anderen Krankheiten gestorben: starke Männer, junge Männer, kräftige Frauen, lebhafte Kinder, darunter Thom Samuels, dessen Wunde vereitert war, bis der ganze Arm schwarz wurde, Kapitän Goodridge, dessen Schiff sie im Ärmelkanal gekapert hatten, Nells Mann William Chigwine und die kleine Jordie Kellynch, die tagelang gehustet hatte, bevor sie aus der Kirche entführt worden war, Annie Hoskens aus Market-Jew, der alte Henry Johns aus Lescudjack und Cats jüngster Vetter, der kleine Jack Coode.

Walter Truran erholte sich trotz der widrigen Umstände bemerkenswert schnell. Es gab Leute, die glaubten, das Brandmal würde ihn beschützen; andere tuschelten von einem Wunder. Die Frauen jedoch, die ihre Kinder verloren hatten, warfen ihm scheele Blicke zu und machten aus ihren geheimsten Gefühlen keinen Hehl: Sie wünschten, dass Gott ihre Kinder verschont und dafür den Priester zu sich genommen hätte.

Zuletzt, als es bereits so aussah, als könnten sie ihre ganze kostbare Fracht verlieren, stattete der Heilkundige ihnen einen Besuch ab, nicht ganz freiwillig. Er war ein hochgewachsener, dünner Mensch mit langem grauem Bart und umschatteten Augen, kaum erhellt vom Schein der Laterne, die er in der Hand hielt. Begleitet wurde er von zwei Piraten, einer davon Ashab Ibrahim, der sich mit einer Hand ein Tuch vor Mund und Nase hielt. Mit der anderen schob er eisern den Arzt vor sich her.

»Wer von euch ist krank?«

Seine Frage wurde von lautem Stimmengewirr beantwortet. Der Heilkundige schien entsetzt. Er sagte etwas auf Arabisch zu dem Renegaten, sehr hastig, doch der schüttelte den Kopf. »Nun, dann tu eben, was du kannst.«

Behutsam bahnte sich der Heilkundige einen Weg zwischen den Bänken hindurch, untersuchte hier eine Zunge und dort das Weiß eines Auges. Bei manchen Kranken scheute er jede Berührung – offensichtlich waren sie nicht mehr zu retten. Bei einer Frau zwei Reihen vor Cat fuhr er zurück. Als sie dann stöhnend den Kopf umwandte, erkannte Cat schockiert Nell Chigwine.

Dünne Rinnsale von Erbrochenem flossen aus ihrem offenen Mund über das Kinn und tropften auf ihr schmutziges Kleid; die Stirn war mit Schweißperlen bedeckt, der Atem flach. Der Heilkundige schüttelte den Kopf und wich mit erhobenen Händen zurück. Dann stand er vor dem Renegaten und redete mit solcher Vehemenz auf ihn ein, dass es beinahe so aussah, als wäre er wütend. Er deutete auf die kranke Frau und dann auf den Dreck am Boden. Er fuchtelte mit den Händen herum und brüllte. Am Ende zuckte Ibrahim die Achseln und bückte sich, um die Stange aufzuschließen, an der die Ketten befestigt waren.

»Steh auf!«, sagte Ibrahim und versetzte dem Mann am Ende der Reihe einen Tritt, als der nicht reagierte. »Na los, aufstehen!«

Der Mann rappelte sich mühsam auf. Als er seine erstarrten Muskeln bewegte, verzerrte sich sein Gesicht zu einer Maske von Schmerz. Dann stand er schwankend in dem schlingernden Schiff. Ein Fischer, dachte Cat, als sie sah, wie seine Bewegungen sich instinktiv denen des Schiffes anpassten. Nell stolperte und brach zusammen. »Steh auf!«, zischte der Fischer ihr zu. »Dein Leben hängt davon ab.« Er fasste sie unter den Armen und zog sie hoch. Sie klammerte sich an ihn, mit Händen wie Krallen. Zunächst sah es so aus, als schaffte sie es nicht, doch dann hielt sie ihr starker Lebenswille auf den Beinen, wenn auch mehr als Leiche denn als menschliches Wesen.

Der Renegat zwang die erste Gruppe von Gefangenen in Reih und Glied und wandte sich dann den anderen zu: »Wir bringen euch jetzt auf Anraten des Heilkundigen gruppenweise an Deck, damit ihr frische Luft schnappen könnt. Wer's nicht aus eigener Kraft die Leiter hoch schafft, wird über Bord geworfen. Einer aus jeder Reihe wischt eure Scheiße auf, bevor ihr an Deck geht. Dann kommt ihr mit einem Eimer Salzwasser zurück und spült euren Bereich aus.« Er nahm seinem Gehilfen einen Eimer aus Metall ab und warf ihn einer Frau aus der ersten Reihe zu, die bereits aufgestanden war. Cat wandte den

Blick ab, als die Frau mit bloßen Händen die Fäkalien in den Eimer schaufelte, und betete selbstsüchtig, dass diese widerliche Aufgabe nicht ihr zufallen möge.

Sie beobachtete, wie drei Reihen aneinandergeketteter Gefangener den Anweisungen folgten. Sie verschwanden und kehrten nach einer Weile zurück, um ihre Plätze zu putzen und sich anschließend wieder in Reih und Glied aufzustellen. Es juckte sie in den Beinen, sich zu bewegen, sie konnte die salzige Luft oben beinahe riechen. Endlich, nach einer Zeit, die ihr wie eine Ewigkeit vorkam, erreichte Ashab Ibrahim ihre Reihe und schloss die Stange auf. »Hoch mit euch, na los!«

Sie rappelten sich auf, bemüht, das Gleichgewicht zu halten. Zu ihrem Entsetzen stellte Cat fest, dass nach zwei Wochen ohne Bewegung ihre Beine nicht einmal im Stande waren, ihren abgemagerten Körper zu tragen. Im nächsten Augenblick fiel sie über einen Mann vor ihr, der laut fluchte.

Ibrahim nahm sie am Arm und zerrte sie wieder hoch. »Kann es mir nicht leisten, dich über Bord zu werfen, mein Täubchen. Du bist eine wertvolle Fracht«, sagte er und grinste lüstern.

Trotzig zwang Cat ihre Muskeln zu gehorchen und schlurfte in dem schweren wollenen Gewand los, das sie ihr gegeben hatten. Die Fesseln an den Fußknöcheln schmerzten bei jedem Schritt. Jemand anders hatte die Aufgabe bekommen, ihre Reihe zu säubern.

Am Ende der Leiter traf sie die frische Luft wie ein Faustschlag. Einen Augenblick fühlte sie sich schwindlig und orientierungslos. Sie musste die Augen vor der plötzlichen Helligkeit verschließen und sich auf beiden Seiten festhalten. Jemand stieß sie in den Rücken. »Geh weiter, was ist los mit dir?«

An Deck starrte sie in die Streifen von blendendem Blau am weiten, lebendigen Himmel zwischen den hohen, lang gezogenen Zirruswolken und dann auf das endlose, von schaumiger Gischt gekrönte Meer. Die Spiegelungen der Sonne auf dem Wasser und die weißen geblähten Segel brannten in ihren Augen, sodass sie den Blick auf die kompakte Dunkelheit des Holzes an Deck senken musste. Zwei Wochen, dachte sie – die Tage und den Fortgang der Zeit hatten sie am wechselnden Grad von Dunkelheit im Unterdeck gezählt –, zwei Wochen ohne einen Blick auf die Welt oder frische Luft zum Atmen. Sie hatte nie begriffen, was für ein Glück sie gehabt hatte, einfach nur auf Kenegie zu leben. Sich mehr zu wünschen als die einfachsten Freuden, war schierer Übermut gewesen.

Sie stolperten an ihren Fußketten über das Deck und kippten die Flüssigkeit im Eimer über Bord (»Achtet auf die Windrichtung, wenn's beliebt«, lachte der Renegat), zogen dann Eimer für Eimer Seewasser nach oben und schrubbten ihre schmutzige Haut und die Kleider. Das Salz brannte in den Wunden; selbst starke Männer schrien vor Schmerz auf.

Die Mannschaft beobachtete sie. Ihre schwarzen Augen waren ebenso feindselig und verächtlich wie die der Katzen auf Kenegie, wenn sie miteinander balgten. Cat fragte sich, was sie wohl dachten: Machten sie sich über die Blässe und Kraftlosigkeit ihrer armen Gefangenen lustig? Überlegten sie, wie viel Geld sie ihnen auf den Sklavenmärkten einbringen würden, oder hatten sie ganz anderes, Schlimmeres, im Sinn? Sie versteckte sich unter dem Gewand und nutzte es sowohl als Waschlappen wie auch als Handtuch. Wie müssen sie uns verachten, dachte sie, schmutzig wie Tiere, verwanzt, schwach und krank. Sie haben uns in diesen Zustand gebracht, jetzt sind wir nicht einmal mehr Menschen, und so sehen sie uns: eine Fracht, die am Leben erhalten werden muss, damit sie ihnen Geld einbringt, trotzdem nichts anderes als Schafe. Und sie rubbelte ihre Haut ab, als könnte sich der Dreck für immer festsetzen.

Ein plötzlicher Ruf riss sie aus diesem beinahe tranceartigen Zustand. Ein Mann am Vorderdeck stimmte einen seltsamen Singsang an.

»Allahu akbar. Allahu akbar. Achehadou ana ilah ilallah. Achehadou ana mohammed rasoul allah. Achehadou ana mohammed rasoul allah. Haya rala salah. Haya rala salah. Haya rala falah. Haya rala falah. Qad qamatissaa. Qad qamatissaa. Allahu akbar. Allahu akbar. Laillah ilallah. Laillah ilallah…«

Darauf ließ die gesamte Mannschaft alles stehen und liegen und eilte zu den Eimern mit Sand, die in Abständen auf dem Schiff verteilt waren. Die Männer tauchten die Hände in den Eimer und rieben den Sand zwischen den Handflächen wie Seife. Dann fuhren sie sich mit den Händen über das Gesicht, drei Mal, wie beim Waschen, nahmen eine neue Hand voll Sand und »wuschen« erst die rechte, dann die linke Hand, bis hinauf zum Ellbogen, wieder drei Mal. Cat unterbrach ihre eigene Waschung und beobachtete sie fasziniert. Als sie sich umsah, merkte sie, dass die anderen Gefangenen dasselbe taten. Es war wie in einem Mysterienspiel, schoss es ihr plötzlich durch den Kopf, als ihr einfiel, wie ihr Vater sie als Kind zu den Maskenspielern mitgenommen hatte, wenn sie durch Truro kamen – etwas, was man nicht ganz verstand, ohne jedoch den Blick abwenden zu können. Die Maskenspieler hatten ihr Angst gemacht mit ihren merkwürdigen Kostümen und ihren singenden Stimmen. Der Teufel, der sich die Haut mit Asche schwarz gefärbt hatte, sein leuchtend rotes Haar und die Hörner auf dem Kopf, die Engel, die in weiße Laken gehüllt auf und ab schwebten, sich hin- und herwiegten, hin und her, hypnotisch und beunruhigend. Doch die Maskenspieler waren in sicherer Entfernung geblieben, und sie hatte stets gewusst, dass sie anschließend wieder nach Hause gehen würden.

Unterdessen hatten sich alle Mitglieder der Mannschaft auf der linken Seite des Schiffes vor einem älteren Mann mit einem weißen Gewand und Kapuze über dem Kopf versammelt. Einen Augenblick blieben sie stumm stehen, als wären sie tief in Gedanken versunken, selbst diejenigen, die den wildesten Eindruck machten. Anschließend fielen sie auf die Knie und verharrten eine Weile in dieser Position. Schließlich warfen sie sich zu Boden und berührten mit der Stirn das Deck: ein Mal, zwei Mal. Schockiert begriff Cat, dass sie beteten und ihr Kapitän mitten unter ihnen war, ohne Ansehen seines Ranges, als wäre er einer von ihnen.

Nun erhoben sie sich und wiederholten das Ritual. Die Gefangenen traten unbehaglich von einem Fuß auf den anderen. Niemand wusste, was sie machen sollten. Es gab kein Versteck auf dem Schiff, nirgends, wohin sie hätten fliehen können, nur das riesige, weite, leere Meer. Einer nach dem anderen wandte den Blick von den betenden Männern ab. Und genau in diesem Augenblick entdeckte John Symons das Schiff.

»Ein Schiff!«, flüsterte er heiser und deutete in die Ferne.

Cat und die anderen wandten sich um und schützten ihre Augen vor dem blendenden Licht. Da war es, am nördlichen Horizont, ein großer Rahsegler, noch zu weit entfernt, um die flatternde Fahne am Toppmast zu erkennen.

»Spanier«, erklärte ein Mann. Er war auf dem Handelsschiff gewesen, das die Piraten im Ärmelkanal aufgebracht hatten.

»Eine Karavelle sagt noch gar nichts«, grunzte Dick Elwith. »Die Freibeuter aus Sallee haben alle möglichen Schiffe – Galeeren, Schebecken, Brigantinen, Koggen und Karavellen. Die Herkunft heißt auch nichts, es kommt darauf an, wer das Ruder führt. Und es hat auch keinen Sinn, sich anzustrengen, um die Fahne zu erkennen, denn ich weiß aus leidiger Erfahrung, dass sie aus praktischen Gründen unter allen möglichen Flaggen fahren, bevor sie im letzten Moment ihre eigenen verdammten Wimpel hissen.« Trotzdem kniff auch er die Augen zusammen und musterte angespannt das näher kommende Schiff.

Welche Rolle spielte es schon, ob es ein spanisches Schiff war? Cat erinnerte sich an Geschichten, in denen die Spanier Häuser in Mousehole, Newlyn, Penzance und auch die Kirche von Paul unter Beschuss genommen hatten. Sie glaubte kaum, dass ihre alten Feinde sie besser behandeln würden als ihre Entführer. Doch was, wenn sie das Piratenschiff angriffen? Sie konnte mittlerweile die Geschützpforten auf dem größeren Schiff erkennen. Welche Chance hatten sie gegen diese Kanonen? War es besser, versenkt oder als Sklavin verkauft zu werden? Plötzlich wurde ihr so übel, dass sie zur Reling torkelte und sich übergab.

Vielleicht hatte ihre abrupte Bewegung die Aufmerksamkeit des *raïs* geweckt, denn im selben Moment sah er von seinem Gebet auf. Seine Augen weiteten sich, und im nächsten Augenblick war er auf den Beinen und brüllte Befehle. Die Matrosen sprangen hektisch auf und nahmen ihre Posten an den Segeln und Kanonen ein. Zwei Männer kletterten in die Takelage des Hauptmastes, um einen besseren Blick auf das andere Schiff zu haben; an Deck holte jemand die Piratenflagge ein.

Wie im Auge des Hurrikans erstarrt, standen die Gefangenen da, ganz still inmitten des Chaos. »Schafft sie nach unten!«, rief der *raïs* Ibrahim und seinem Gehilfen zu und deutete auf die Gruppe der Engländer.

Dick Elwith warf einen Blick auf den Renegaten, der auf sie zukam, und sah dann auf das Schiff, als wägte er etwas ab. Cat sah, wie er leise in sich hineinlächelte und ihr anschließend zublinzelte. »Ich kann das nicht alles noch einmal durchmachen«, sagte er leise. »Lieber gehe ich das Risiko mit den Spaniern ein oder ertrinke, als mich noch einmal am Ruder einer Galeone auspeitschen zu lassen.« Dann stemmte er sich am Dollbord hoch und ließ sich wie ein Stein ins Wasser fallen.

Ibrahim rannte ihm nach, doch es gab nichts, was er hätte tun können. »Dämlicher Hund«, schimpfte er und beobachtete, wie sich das schäumende Wasser da, wo Elwith aufgeprallt war, wieder beruhigte. »Er hätte ’nen feinen Piraten abgeben können, wenn er bloß nicht so verflucht halsstarrig gewesen wär. Um Türke zu werden, muss man nur ein paar Worte aufsagen und sich ein bisschen nutzlose Haut wegschneiden lassen. Ist nicht viel, und man hat ein verdammt besseres Leben als vorher. Jetzt kann er froh sein, den Fischen als Futter zu dienen.«

»Er wird das Schiff erreichen«, sagte Cat zornig.

»Nichts wird er erreichen mit all dem Eisen an den Beinen.« Er packte sie am Arm. »Und jetzt runter mit euch, wir haben anderes zu tun.«

Im Unterdeck kauerten sie sich in ihre Reihen, warteten und horchten. Als sie das erste Dröhnen der Kanonen hörten, wussten sie, dass die Schlacht begonnen hatte. Die Frau links von Cat, die bislang so in ihrem Elend versunken gewesen war, dass sie kaum ein Wort mit ihr gesprochen hatte, griff plötzlich nach ihrem Arm.

»Ich heiße Harriet Shorte«, sagte sie. »Falls ich sterbe und du das Ganze überlebst, soll mein Mann erfahren, was mir geschehen ist. Er heißt Nicholas Shorte – alle nennen ihn Little Nick. Wir haben ein Häuschen in der Market Street in Penzance. Jeder kennt uns dort. In der Nacht zum Sonntag, vor der Messe, hatten wir einen Streit. Er sagte, er wär kein Puritaner und wollte auch nicht, dass seine Söhne puritanisch erzogen werden, deshalb ist er mit den Kindern zu St. Rafael und St. Gabriel gegangen.« Ein ohrenbetäubender Knall ließ das ganze Schiff erzittern wie ein göttlicher Fausthieb. Tränen liefen über Harriets Wangen, Cat konnte sie selbst in der Dunkelheit schimmern sehen. »Ich wünschte, ich hätte auf ihn gehört. Wär ich nicht so widerspenstig gewesen, wär ich jetzt nicht hier. Ich gehöre zu ihnen, niemals hätte ich in meiner Wut einfach weglaufen dürfen.« Sie schluckte. »Ich hab ihm gesagt … hab ihm gesagt … er soll zum Teufel gehen, und dann bin ich rausgelaufen. Das ist Gottes Strafe für mich, ich weiß es, ich weiß es …« Dann brach sie schluchzend zusammen.

Cat legte ihre Hand auf die der Frau. »Ich verspreche, falls dir etwas passiert, lasse ich es ihn wissen. Aber dazu wird es nicht kommen, glaub mir. Alles wird gut«, log sie. Wenn eine Kanonenkugel das Unterdeck traf und das Schiff volllief, würde keiner von ihnen überleben. An die Eisenstangen gefesselt würden sie allesamt ertrinken.

Ein grässliches Knirschen erschütterte die gesamte rechte Seite des Schiffes. Sie hörten Musketen und gedämpfte Schreie in der Ferne, ein lautes Dröhnen, wie Donner, von oben, dann ging ein großer Ruck durch das Schiff. Das Wasser in der Bilge schwappte, und sie bewegten sich wieder vorwärts, ziemlich schnell, wie es schien.

Das Donnern schien sich zu entfernen. Hin und wieder erbebte das Schiff unter dem Rückstoß der eigenen Kanonen, die das Feuer erwiderten. Schließlich kehrte Ruhe ein. Nur das Ächzen der Planken und das leise Rumoren der See waren zu hören.

»Sie versuchen, ihnen zu entkommen«, sagte eine grobe Stimme. »Sie sind ihnen unterlegen, jetzt müssen sie fliehen.«

»Was heißt das für uns?«, rief Jane Tregenna. »Werden sie uns versenken, wenn sie uns einholen?«

»Eher werden sie versuchen, uns zu entern. Es ist ein altes Schiff, aber noch seetüchtig, eine hübsche Beute für jeden Kapitän. Und bestimmt ist ein Preis auf die Köpfe der Piraten ausgesetzt. Obendrein können sie diese Mistkerle gegen ihre eigenen Gefangenen austauschen. Es heißt, die Kerker der Barbaren seien voll mit Spaniern, die von den Peitschen der Galeonenaufseher gezeichnet sind.«

»Die Spanier haben nichts übrig für Engländer«, brummte Walter Truran.

»Für dich bestimmt nicht, so viel steht fest«, lachte ein anderer Mann mit irischem Akzent bitter. »Aber keine Sorge, ich werde ihnen nicht verraten, dass du kein Katholik bist.«

Sie segelten weiter, und die Nacht brach herein, doch niemand kam herunter, um ihnen zur üblichen Zeit etwas zu essen zu bringen.

»Irgendwas ist da faul«, sagte Isacke Samuels nachdenklich.

Noch während er sprach, ging die Klappe auf, und Ashab Ibrahim kam mit zwei Handlangern herunter. Einer trug einen blutverschmierten Turban auf dem Kopf, der andere hatte den Arm verbunden. Die Gefangenen sahen sich schweigend an: Wo war ihr Essen?

»Habt ihr nicht mal ein bisschen frisches Wasser für uns?«, quengelte Jane Tregenna.

»Wir sind nicht hier, um euch zu bedienen«, entgegnete Ibrahim. »Ich hab einen Befehl vom *raïs*.«

Darauf kam es zu großer Unruhe. Viele Gefangene schrien und fluchten.

»Ruhe oder ich stopfe euch das Maul!«, brüllte Ibrahim. Er marschierte durch das Unterdeck, bis er vor Cats Reihe stand. Dann nahm er einen großen eisernen Schlüssel von der Kette, die er am Gürtel trug, und schloss die Stange auf, an die die Gefangenen gefesselt waren. Der Mann ganz am Ende rappelte sich auf, doch der Renegat stieß ihn mit einem Fußtritt zurück. »Nicht du, Idiot! Das Mädchen.«

Cats Finger klammerten sich instinktiv um die Stange. Sie war auf das Schlimmste gefasst, und als er ihr Gesicht sah, fing er an zu lachen. »Es ist nicht, was du glaubst, dumme Gans. Der *raïs* verlangt nach dir.«

Irgendwie erschien ihr das noch schlimmer. »Aber warum?«, fragte sie mit kaum hörbarer Stimme. Der *raïs* machte ihr Angst, nicht nur wegen seiner gleichgültigen Grausamkeit gegenüber dem Prediger, sondern auch, weil sein Verhalten etwas Furchteinflößendes hatte, ja, selbst in den Augen war es zu sehen. Der Renegat schlug ihr mit dem Knauf der Peitsche auf die Knöchel.

»Lass los und tu, was man dir sagt«, knurrte er. »Der Djinn unterhält sich nicht mit mir über seine Gelüste.«

»Djinn?«

»So nennen manche von uns den Kapitän. Ein Djinn wird von Gott aus einem Feuer erschaffen, das sich nicht durch Rauch verrät. Ein passender Name für ihn, denn die Djinn sind böse Geister, mächtig und niederträchtig. Aber du nenn ihn bloß nicht so, er würde es dir übel danken.«

Cat richtete sich unsicher auf. Es kam ihr vor, als hätte sie eine Verabredung mit dem Teufel höchstpersönlich.

An Deck warf der Mond sein düsteres Licht auf das fahle, zersplitterte Holz der Reling an Steuerbord, einen umgestürzten Mast, dessen Segel ineinander verschlungen und verhakt an Deck lagen, und die verbrannten Planken, die Feuer gefangen hatten. Eine Gruppe von Seeleuten war dabei, die Takelage zu entwirren, indem sie das Segeltuch wegschnitten und gleichzeitig versuchten, so viel wie möglich von dem wertvollen Tauwerk zu retten.

Sie passierten das Mittelschiff und kletterten die Treppe zum Achterdeck hinauf. Wo sie auch gingen, überall folgten ihnen dunkle Augen.

Auf dem weiten Oberdeck suchte Cat das Meer ab, doch von der spanischen Karavelle fand sie keine Spur. Es sah so aus, als wären sie den Spaniern am Ende entwischt. Für die Piraten musste das so etwas wie ein Sieg sein, dennoch wirkten sie still und bedrückt. Manche hatten klaffende Wunden, andere lagen stöhnend an der Seite aufgereiht. Wieder andere hockten mit ihren Perlenschnüren da und murmelten leise vor sich hin wie im Gebet.

Sie stiegen durch einen reich mit Holzschnitzereien geschmückten Niedergang nach unten. Hier flackerten Laternen und warfen Kreise von goldenem Licht auf die holzgetäfelten Wände. Sie beleuchteten Blätter und Eicheln, die in das Holz geschnitzt waren, eine Huldigung an die großen Eichen, die ihr Holz für den Bau des Schiffes hergegeben hatten. Trotz der Umstände bewunderte Cat ihre feinen Muster. Sie erinnerten sie an die flämischen Wandteppiche, die sie in der großen Halle auf dem Mount gesehen hatte. Dieselben Motive auf einem heidnischen Piratenschiff zu finden, war verwirrend.

Am Ende des Niedergangs blieb Ibrahim vor einer niedrigen Tür stehen und klopfte. Nach einer Weile tat sie sich auf, und er wechselte ein paar arabische Worte mit einem Mann. Die Tür öffnete sich weiter, Ibrahim schubste Cat hinein und schloss die Tür hinter ihr.

Es war, als hätte sie eine andere Welt betreten, eine Traumwelt. Wohin sie auch sah, überall gab es etwas zu bestaunen. Laternen aus kunstvoll ausgestanztem Messing hingen von der Decke und warfen tanzende Muster auf die scharlachroten, blauen und gelben Wollteppiche, die fein geschnitzten runden Tische mit ihrer Oberfläche aus gehämmertem Gold, den silbernen Krug, eine Reihe von prächtig verzierten Gläsern, Kästen aus Elfenbein, Silberschalen mit Räucherwerk, Seidenbehänge und die große, verzierte Wasserpfeife, die sie schon an Deck gesehen hatte. Ein kleiner Käfig baumelte von der Decke, offenbar enthielt er Singvögel, die im Moment allerdings schliefen.

»Komm näher«, befahl eine Stimme aus den Schatten, und Cats Herz machte einen Sprung.

Sie stolperte und stürzte vornüber ins Dunkel. Als sie aufschrie und die Arme ausstreckte, weil sie glaubte, auf den Holzboden zu fallen, wurde der Aufprall von einem Haufen Kissen aus bunter Wolle und Seide gedämpft. Vorsichtig richtete sie sich auf.

»Schön, dass du mir zu Füßen fällst«, fuhr die Stimme fort. »Denn ich bin Herr über dieses Schiff und daher auch Herr über dich.«

Jemand packte sie unter dem Arm und zerrte sie auf die Beine.

»Bringt Licht«, rief der *raïs*, »damit sie sieht, was sie zu tun hat.«

Cat wehrte sich, denn jetzt war ihr auf schreckliche Weise klar, was von ihr erwartet wurde: Der *raïs*, Al-Andalusi, lag halb nackt auf seinem Bett, nur in ein Laken gehüllt. »Nein!«, rief sie. »Nein! Lasst mich! Es ist eine Schande, sich an einem armen Mädchen zu vergreifen.«

Es folgte eine Pause, dann ein kurzes Lachen, das in einen gequälten Husten überging. »Ah, du glaubst, ich will dich schänden.« Der *raïs* bewegte sich langsam, bis Licht auf sein Gesicht fiel. Er trug keinen Turban, und sein kahl geschorener Schädel war von hässlichen Stoppeln bedeckt. Insgesamt wirkte er dadurch kleiner und verletzlicher als zuvor, und dieser Eindruck wurde von einer ungesunden Blässe und den Schweißperlen auf der Stirn noch verstärkt. »Schade«, sagte Al-Andalusi mit einer knappen höflichen Geste. »Ich wünschte, ich könnte deine Fantasie wahr machen, aber *maa elassaf*, leider bin ich nicht im Stande. Außerdem stinkst du wie eine Ziege, nicht sehr erregend, selbst wenn ich in Stimmung wäre. *Insha'allah*, hoffentlich ist das bald wieder der Fall. Nein, du bist hier, weil ich verwundet bin und der Heilkundige tot.«

Cat fuhr zusammen und wurde stocksteif. »Das verstehe ich nicht«, sagte sie schließlich. »Ich bin kein Arzt.«

Der *raïs* schloss die Augen. »Ich weiß. Du hast andere … Talente.« Hastig sagte er etwas zu dem Mann, der sie festhielt, worauf der sie am Arm nahm, etwas sanfter als zuvor, zu einem vom Schlafgemach getrennten Raum führte und sacht durch einen Perlenvorhang schob. Dort fand sie einen Kessel mit heißem Wasser, der über einer Kohlepfanne hing, und daneben einen Stapel Wäsche.

»Wasch dich«, rief der *raïs* von seinem Bett. »Wasch dich gut und wechsle die Kleider. Noch nie habe ich mein Schicksal in die Hand einer Ungläubigen gelegt, doch Allah will es so. Er hat mir Ibn Hassan genommen, und ich habe keine Wahl. Jetzt gib Abdullah deine Kleider.«

Vorsichtig zog sie die schmutzige Djellaba aus und reichte sie durch den Vorhang, wo sie ihr abgenommen wurde. Nun hatte sie nur noch das Unterkleid und die Strümpfe an.

Es war, als hätte Al-Andalusi ihr Zögern bemerkt. »Zieh auch den Rest aus und gib alles Abdullah. Er wird es waschen und dir später wiedergeben. Frische Kleider liegen bereit. Bitte sei … was ist das richtige Wort? Exakt.«

»Gründlich«, korrigierte sie ihn, ohne nachzudenken, und hielt sich im gleichen Moment die Hand vor den Mund. Wie konnte sie es wagen, den Kapitän der Barbaren so zu verbessern?

Auf der anderen Seite des Vorhangs entstand eine Pause. Dann wiederholte er langsam: »Gründ … lich«, als wollte er das Wort für zukünftigen Gebrauch speichern. »Gründlich, ja.«

Cat tat wie ihr geheißen, und plötzlich waren Unterkleid und Strümpfe verschwunden, sodass sie nur noch ihren kostbaren kleinen Beutel mit dem *Stolz der Stickerin* und dem Schreibstift umklammerte, die letzte Verbindung zu ihrem früheren Leben. Sie legte ihn behutsam auf die Seite, durchsuchte den Wäschestapel und fand eine weite Baumwollhose, ein kragenloses Gewand und ganz unten ein Überkleid aus so weicher und fein gewebter weißer Wolle, dass sie es sich nicht verkneifen konnte, mit der Hand darüber zu streichen, als wäre es eine von Lady Harris' Hauskatzen. Dann nahm sie den Waschlappen, der säuberlich zusammengefaltet neben der Schüssel lag, tauchte ihn in das heiße Wasser und fing an, sich zu waschen. Das war um einiges besser als das kalte Meereswasser des vergangenen Tages, das eine Salzkruste auf ihrer Haut hinterlassen hatte. Sie schwelgte in dem herrlichen Gefühl und hätte um ein Haar vergessen, dass nur zwei Meter entfernt auf der anderen Seite des dünnen Vorhangs ein nackter Mann lag, ein Pirat und Heide. Ein Ungeheuer. Am Ende, als sie zum ersten Mal seit mehr als vierzehn Tagen frischgewaschen und obendrein herrlich bequem gekleidet war, wickelte sie sich das Haar in ein Baumwolltuch und trat in das Schlafgemach.

Der *raïs* betrachtete sie neugierig. »Viel besser, Cat'rin Anne. Jetzt siehst du aus wie eine Berberin.«

»Catherine«, sagte sie.

Er schwenkte die Hand. »Zu kompliziert. Gib dich zufrieden

mit Cat'rin. Ich habe dich geholt, weil du mit Nadeln umgehen kannst.«

Cat starrte ihn an. »Ich soll euch etwas sticken?«

»Sticken?«

Cat deutete auf eins der verzierten Kissen auf dem Bett. »Stickerei.«

Wortlos schlug er das Laken beiseite.

Zwischen Brust und Hüfte war das Fleisch etwa eine Hand breit aufgerissen. Die klaffende Wunde bot einen geradezu obszönen Blick auf Muskeln und eine Schicht gelbes Fettgewebe. Bei der kleinsten Bewegung sickerte dunkles Blut heraus.

»Ist nicht alles. Nimm das Laken vom Bein.«

Cat kniete nieder und tat wie befohlen. Unter dem dicken Verband kam eine gezackte Wunde zum Vorschein, ein tiefes Loch im Schenkel.

»Diese Wunde ist von einer Muskete. Die andere von einem Schwert. Beides Spanier.« Er spuckte aus. »Mein Heilkundiger ist tot, und keiner meiner Männer kann mit einer Nadel umgehen. Du wirst mir die Wunden nähen.«

»Das … das kann ich nicht.«

»Keine Widerrede.« Seine Stimme klang hart. »Du weigerst dich, und deine Mutter stirbt.«

»Meine Mutter?«

»Jane Tregenna, nein? Ihr habt keine Ähnlichkeit, aber sie sagt, sie ist deine Mutter. Du spielst nicht mit, und sie geht über Bord.« Er ließ ihr ein paar Sekunden Zeit, um die Tragweite seiner Worte zu begreifen. »Und falls ich sterbe, werfen sie euch alle beide über Bord.«

Sie brachten ihr die Nadel des Segelmachers, dick und klobig, und harten Zwirn. Sie wies sie an, die Nadel an einem Wetzstein zu schärfen, und während sie damit beschäftigt waren, trennte sie ein paar Meter Seide von einem der Wandbehänge auf und legte das so gewonnene Garn in das siedende Wasser über der Kohlepfanne.

»Bring den Topf«, befahl der *raïs* und deutete auf ein eckiges Glasgefäß, das mit einem schweren Stopfen verschlossen war. »Und mach ihn auf.«

Sie nahm das Gefäß von einem der Tischchen, öffnete es und runzelte die Stirn. »Honig?«

Er nickte. »Streich ihn auf die Wunde.«

Unwillkürlich musste Cat grinsen. »Meine Großmutter machte das auch, wenn wir uns als Kinder verletzt hatten. Sie sagte, es würde eine Entzündung verhindern.«

Er hob eine Braue. »Tatsächlich? Meine *jeddah* hat es mir beigebracht. Mein *jaddhi*, mein Großvater, er hatte – wie sagt ihr … ssssssss?« Seine Hand folgte der Bewegung eines Insekts.

»Bienen. Mein Großvater hat heute noch welche.« Eine Woge von Nostalgie überschwemmte sie bei dem Gedanken an das Cottage in Veryan, winzig und gemütlich, wo ihr Großvater ein brennendes Scheit im Kamin hatte und ihre Großmutter Schinken räucherte oder Obst für den Winter einmachte. Sie hatte sie seit dem Tod ihres Vaters nicht mehr gesehen, denn ihre Mutter wollte nichts mehr mit der Familie ihres Mannes zu tun haben. Sie hielt sie für Leute von niederem Stand und bezeichnete sie verächtlich als »Bauern«. Zum ersten Mal ging Cat auf, dass ihre Mutter – nicht nur in dieser Angelegenheit – unrecht hatte.

Der Honig war dick, dunkelbraun, eher fest als flüssig, ganz anders als der blassgoldene Nektar, mit dem sie zum ersten Mal ihren Namen geschrieben hatte, indem sie ihn von dem Honiglöffel auf eine Scheibe frischgebackenes Brot ihrer Großmutter hatte tropfen lassen. Sie schnupperte an dem Gefäß und fuhr zurück. Es duftete außerordentlich stark, kräftig und berauschend.

»Die … Bienen, die ihn sammeln, ernähren sich nur von wilden Bergpflanzen«, sagte der *raïs*, als er ihren Gesichtsausdruck bemerkte. »Ist starke Magie.«

»Magie?«, schnaubte Cat, ohne sich beherrschen zu können. »So etwas gibt es nicht.«

»Du bist dir sehr sicher, wie?«

»Allerdings.«

»Und was ist mit Wundern? Oder dem Schicksal?«

Cat reckte das Kinn, sodass der Kiefer eine lange, feste Linie bildete. »Meine Mutter hat immer gesagt, dass das Schicksal in unserer eigenen Hand liegt und wir uns durchschlagen müssen, so gut wir können, denn niemand wird uns diese Aufgabe abnehmen. Als mir eine alte Ægypterin die Zukunft voraussagte, verriet sie mir, dass ich die Wiedervereinigung von Himmel und Erde sehen und meine Träume sich erfüllen würden, und jetzt bin ich hier, Gefangene auf einem Piratenschiff mit Kurs auf irgendeinen grauenhaften Ort, wo mich vermutlich nur Elend und der Tod erwarten. Deshalb: Nein, ich glaube weder an Wunder noch an das Schicksal.«

»Nur Allah besitzt den Schlüssel zu unserem *qadar*. Er weiß alles, er entwirft alles. Unsere Seele kann nicht bestimmen, wo sie geboren oder wann sie sterben wird – allein Allah entscheidet. Er plant für uns, und wir müssen akzeptieren, was er schickt.«

Cat hielt den Löffel über dem »magischen« Honig und starrte ihn an. »Dann spielt es keine Rolle, ob ich damit Eure Wunde behandele oder nicht. Oder ob ich sie anschließend sorgsam vernähe. Wenn Ihr sterbt, so ist es Gottes Wille, deshalb verstehe ich nicht, warum Ihr Euch solche Mühe gebt, mich hierherzuholen oder warum Ihr meiner Mutter und mir droht, nur damit Ihr *Euren* Willen habt.«

Al-Andalusi rutschte unbehaglich hin und her und schloss vor Schmerz die Augen. »Ist nicht gut, wenn eine Frau versucht, so zu reden wie ein Mann, erst recht eine Ungläubige, die nicht versteht, was Gottes Wille ist. Allein der Versuch ist dumm. Ich verliere die Geduld. Vielleicht lasse ich dich über Bord werfen, um mir dein Plappern zu ersparen. Doch es sieht so aus, als wärest du mir von Allah geschickt worden, und der Allmächtige wird einen Grund haben. Jetzt streich Honig auf die Wunden und nähe sie gut zu, dann werden wir sehen, was er vorhat, mit dir und mit mir.«

Cat schürzte die Lippen, kratzte einen Löffel voll Honig heraus und presste ihn in die Wunde am Bein. Der Muskel spannte sich, als sie zudrückte; sie spürte, wie das harte Fleisch unter ihrer Berührung zuckte wie ein Tier. Sie warf ihm einen verstohlenen Blick zu, aber er starrte auf die Kerzenflamme in der Laterne über seinem Kopf. Seine dunklen Augen waren unergründlich. Dann wandte sie sich der Wunde an der Seite zu. Hier war die Haut heller als die in seinem Gesicht oder auf den Armen und so weich wie die einer Frau. Auf alle Fälle weicher als die von Matty. Sie fühlte sich an wie Seide, obgleich die Wunde selbst schrecklich anzusehen war und sich ebenso furchtbar anfühlte, als sie den Honig darauf verteilte, sodass sie rasch den Blick abwendete, um sich nicht übergeben zu müssen.

»Jetzt nähe mit kleinen Stichen«, befahl der *raïs* mit heiserer Stimme. »Dieser Körper gehört Gott, und er muss heilen, damit sein Wille geschehe.«

Cat fädelte ein Stück des im heißen Wasser liegenden Seidenfadens in die Nadel, verscheuchte alles andere aus ihrem Bewusstsein und machte sich an die widerwärtige Aufgabe.

FÜNFZEHN

So liege ich hier in der Kajüte des Piratenkapitäns, wo ich bleiben muß, um ihn zu pflegen & schreibe dies im Schein einer Laterne, in weit größerer Annehmlichkeit als meine arme Mutter, Tante & Onkel & die anderen unter Deck. Was werden sie von mir denken, daß ich hier bin alle Tage allein mit dem türkischen raïs, obgleich er schwach ist bis zum Tode & jederzeit das Zeitliche zu segnen vermöchte? Nichts Gutes gewißlich. Viele würden sagen, daß ich nicht warten solle, bis seine Wunde ihn dahinrafft, sondern die Gelegenheit ergreifen, ihn zu töten für alle Grausamkeiten, die er braven Christenleuten angedeihen ließ, doch wenn der Kapitän nicht mehr ist, wäre ich der Gnade von Männern wie Ashab Ibrahim ausgeliefert, ein noch schlimmeres Los, & so will ich alles thun, was nötig ist, um ihn am Leben zu erhalten & hoffen, daß der Herr unser Gott sich unserer erbarmt.

Al-Andalusi war ein kräftiger Mann und als Krieger und Korsar oft verwundet worden, doch die Verletzung, die der Stahl aus Toledo ihm dieses Mal beigebracht hatte, drohte ihn dahinzuraffen. Das Fleisch schwoll an und entzündete sich, trotz des Thymianhonigs und der geschickten Methode, mit der Cat die Wunde vernäht hatte.

Drei Tage lang trotzte er dem Fieber, schwitzte, schrie im Schlaf auf und nahm nichts zu sich außer Wasser mit etwas ausgepresstem Zitronensaft. Dann ließ das Fieber nach, und er konnte eine dicke Suppe aus Kichererbsen und Knoblauch schlürfen. Man brachte ihm jeden Morgen hartes Brot, in Olivenöl getunkt, und Tag für Tag gab er Cat die Hälfte davon ab und sah ihr beim Essen zu, bis der letzte Krümel verschwunden war. »Ich sorge für meinen Fang«, sagte er, wenn sie protestierte. »Der Sultan bezahlt mir ein Vermögen für eine solche Beute, und er kann dünne Frauen nicht leiden.«

Der Geruch nach Schweiß und Knoblauch in der Kajüte war unerträglich. Schließlich begann die Wunde zu eitern, was den Gestank noch tausendfach verstärkte. In lichten Momenten sprach er mit den Männern, die ihn besuchten. Auf Arabisch erteilte er Befehle oder fragte nach dem Wetter und der Position des Schiffes. Seine Augen glänzten unnatürlich hell in dem stark eingefallenen Gesicht. Cat saß still in einer Ecke der Kajüte, wie befohlen, und beobachtete alles. Die meisten Männer, die die Kajüte betraten, ignorierten sie, doch einige starrten sie auch unverhohlen feindselig an und berührten die Amulette, die sie um den Hals trugen. Andere zogen sie mit den Augen aus, und sie begann, sich vor dem unausweichlichen Tag zu fürchten, an dem der *raïs* den Kampf um sein Leben verlor.

Als Al-Andalusi schließlich das Bewusstsein verlor und anfing, im Schlaf zu reden, schickte sein Stellvertreter, ein streng dreinblickender, bärtiger Mann namens Rachid, den abtrünnigen Engländer an sein Bett, um Wache zu halten.

»Er traut dir nicht über den Weg, Kleines«, sagte Ibrahim und starrte sie lüstern an. »Er glaubt, du würdest unseren *raïs* vergiften.«

Cat warf ihm einen finsteren Blick zu. »Und wie soll ich das anstellen, wenn ich fragen darf?«

»Ganz einfach durch deine Anwesenheit. Du bist eine Ungläubige, für Rachid ist deine Gegenwart Gotteslästerung.«

»Dann bringt mich zurück ins Unterdeck zu meinen Leuten.«

Der Renegat lachte. »Oh, unser *khodja* glaubt nicht nur, dass eine schmutzige Christin die Luft in den Gemächern unseres *raïs* verpestet – er ist davon überzeugt. Er hält es für eine Schande, dass Christen dieselbe Luft atmen wie der Rest der Menschheit. Ginge es nach ihm, wäre dein Kopf jetzt im Hafen von Penzance aufgespießt, zusammen mit denen der anderen Ungläubigen, die er hätte umbringen können. Und was glaubst du wohl, wie deine armen, halb verhungerten Landsleute da unten dich empfangen würden, wenn sie dich so sauber und wohl genährt sehen, mein Täubchen?« Als sie den Mund öffnete, um zu antworten, fiel er ihr ins Wort. »Ich sage dir, was sie denken werden. Sie werden dich für eine Djinnhure halten. Sie werden glauben, dass er dich die ganze Zeit geschändet hat und nur deshalb in das finstere Loch zurückschickt, weil er deinen kleinen weißen Arsch schon wieder satthat.«

Tränen schossen Cat in die Augen, nicht nur, weil er wahrscheinlich recht hatte, so ungerecht es auch war, sondern vor allem aus Abscheu vor dem stinkenden Mann, der nun dichter an sie heranrückte. Er stank nicht nur nach Schweiß und altem Urin wie alle anderen, sondern auch nach Rauch und einem durchdringenden Kraut, von dem ihr beinahe schwindlig wurde.

»Wenn er nicht mehr ist«, sagte der Renegat und deutete mit dem Kopf auf den *raïs*, der reglos auf dem Bett lag, »gehörst du mir. Dann mach ich all die schlimmen Sachen mit dir, die sich die Leute da unten ausmalen. Und wenn ich dich satthabe, schick ich dich nicht ins Unterdeck zurück. O nein. Ich geb dich weiter, damit du auch der übrigen Mannschaft ein wenig Erleichterung verschaffst, wenn du verstehst, was ich meine.«

Cat warf den Kopf zurück und traf ihn so hart unter dem Kinn, dass Ashab Ibrahim sich auf die Zunge biss. Blut floss. Der Renegat fluchte und holte mit geballter Faust aus.

»Dreckige Hure!«

Im gleichen Augenblick flog etwas durch die Luft – ein Bogen aus Silber –, und Ibrahim klappte mit einem Aufschrei zusammen. In seiner rechten Schulter steckte ein kleines gebogenes Messer, dessen rote Zierquaste heftig hin- und herbaumelte.

»Etwas mehr Respekt, du Unwürdiger! Abtrünniger Sohn einer Sau, ungläubiger Feigling, der den Islam nur angenommen hat, um seine stinkende Haut zu retten! So behandelst du keine Frau, nicht auf meinem Schiff oder irgendeinem anderen aus der Flotte von Slâ!« Der *raïs* keuchte heiser und schimpfte in seiner eigenen Sprache weiter. Ibrahim rappelte sich in Todesangst auf und floh aus dem Zimmer. Eine dicke Blutspur blieb auf dem Boden zurück.

Al-Andalusi fiel zurück in die Kissen und rang nach Luft. »Cat'rin, lauf zur Tür und ruf nach Abdal-haqq. Lauf.«

Cat sprang auf und tat wie ihr geheißen. Der Niedergang verschluckte ihre Worte; sie rief den ungewohnten Namen noch einmal, lauter diesmal, bis die Flammen in den Wandleuchtern zuckten und das Echo ihrer Stimme von den holzgetäfelten Wänden widerhallte. Endlich hörte sie Stimmen und schnelle Schritte. Ein drittes Mal rief sie nach Abdal-haqq, und dann rannte sie zurück in die Kajüte.

Doch als sie eintrat, war der *raïs* tot.

Wenige Sekunden später trat der Mann, der sich Abdal-haqq nannte, geräuschlos durch die Tür. Seine lebendigen schwarzen Augen, die nicht zu dem grauen Bart und dem von Alter gezeichneten Gesicht passen wollten, erfassten die Lage auf einen Blick.

Cat kniete neben dem reglosen Körper des Piratenkapitäns. Ihr Umhang aus feiner weicher Wolle war vom Blut aus der Wunde des abtrünnigen Engländers beschmutzt, und sie sah genauso schuldbewusst aus, wie sie sich fühlte. Sie sprang auf, doch der Mann warf ihr nur einen Blick zu und scheuchte sie mit einer herablassenden Bewegung zur Seite. Er rüttelte den *raïs* an der Schulter, berührte seine Stirn, dann seinen Hals. Schließlich fauchte er Cat auf Arabisch an.

»Was? Was? Ich verstehe nicht.«

Der bärtige Mann murmelte zornig vor sich hin, stemmte sich hoch, stapfte an ihr vorbei und verschwand im hinteren Teil der Kajüte. Dort blieb er vor dem reich verzierten Käfig im Schatten stehen, wo die stummen Singvögel schliefen. Er öffnete die Tür des Käfigs, langte hinein und nahm etwas heraus. »Feuer«, drängte er. »Wo?«

Erstaunt über einen weiteren Araber auf dem gottverlassenen Schiff, der Englisch sprach, kniff sie die Augen zusammen. »Ich weiß wo«, sagte sie, schleifte die Kohlepfanne aus dem angrenzenden Gemach und schob sie Abdal-haqq bis vor die Füße. Er blies in die Kohlestücke, sodass sie kirschrot aufglühten. Dann nahm er die Zange, die auf dem Gitter der Pfanne lag, ergriff damit, was er in der Hand hielt, und warf es in die Kohle.

Cat schrie entsetzt auf. Was sie für einen Singvogel gehalten hatte, was etwas ganz anderes, ein seltsames Reptil, dessen Haut wie eine Eidechse oder Schlange mit Schuppen bedeckt war, und trotzdem anders als jede Eidechse oder Schlange, die sie je gesehen hatte. Das Tier wand sich und zuckte auf den glühenden Kohlen. Aus seinem merkwürdig geformten Maul schnellte eine lange dunkelrote Zunge. Seine ungewöhnlich gut geschützten Augen sprangen rasend schnell hin und her, als die geschuppte Haut zischend verbrannte. Einen Augenblick später kam es zu einer kleinen Explosion in der Kohlepfanne.

Abdal-haqq nickte zufrieden. »*Mezian, mezian.*« Er ergriff das Tier an einem der winzigen Greiffüße, trug es zum Bett des Kapitäns und bewegte es zwei oder drei Mal unter dessen Nase hin und her. Cat verstand, dass dies eine Form geheimnisvoller Magie war. Der beißende Geruch des verbrannten Geschöpfs in der Kajüte trieb ihr die Tränen in die Augen. Welche Wirkung eine verbrannte Echse auf die Sinne eines Menschen haben könnte, ganz zu schweigen eines Toten, war ihr ein Rätsel, plötzlich stieß der *raïs* jedoch ein kräftiges Niesen aus und fuhr im Bett auf.

Cat spürte, wie die Beine unter ihr nachgaben und sie zu Boden sank. Sie wusste, dass Leichen sich gelegentlich noch spontan bewegten oder sogar letzte Worte von sich gaben – jeder wusste, dass Maria Stuart nach ihrer Enthauptung noch eine gute Viertelstunde lang die Lippen bewegt hatte –, aber dass eine Leiche nieste, hatte sie noch nie gehört

»*Labas aalik*?«

Der *raïs* sank in die Kissen zurück. Mit beiden Händen umfasste er die Hand des alten Mannes. »*Labas, allhamdullah. Schukran, schukran*, Abdal. *Barakkalaufik*.«

Die beiden unterhielten sich leise. Dann wandte sich der alte Mann Cat zu. »Der englische Renegat hat bösen Blick. *Al-boua*, das Chamäleon, hat ihn vom *raïs* abgewandt, vorerst, aber der Ungläubige muss sterben. Dann wird der *raïs* gesund.« Er legte die Hand auf den Krummdolch, der an einem seidenen Gurt hing. »Das wird mir ein großes Vergnügen sein.«

Cat sah ihn gehen. Mehr denn je hatte sie das Gefühl, in einer anderen Welt zu sein, einer, in der der Tod schnell wie ein Falke herabstieß, die Toten wieder lebendig wurden und alle Gesetze verzerrt waren wie Licht, das sich im Wasser bricht. Eine Welt, in der die Magie fassbar und zugleich unendlich viel mächtiger war als Logik, Gewohnheit oder Vernunft.

Nun würde Ashab Ibrahim, der in einem anderen Leben ein gewöhnlicher Seefahrer aus dem West Country gewesen war, hingerichtet werden. Er hatte sich in diesem wilden Land sicher gewähnt, hatte dessen Kleidung getragen, einen fremden Namen und eine fremde Religion angenommen, doch alles war bloß Verstellung gewesen und hatte ihm nichts genützt. Sie empfand kein Mitgefühl für einen Mann, der einmal Will Martin geheißen hatte, kein echtes Bedauern, dass der *raïs* ihn aus einer Laune heraus töten ließ. Was schrecklich auf ihr lastete, war das Gefühl, dass der Renegat in Missgunst gefallen war, weil er *sie* bedroht hatte. Wenn das zutraf, warum hatte Al-Andalusi den alten Mann belogen? Um ihre Ehre zu retten, aus irgendeiner seltsamen Art von Respekt? Wenn aber Ibrahim den *raïs* nicht verflucht hatte, wie konnte es dann sein, dass die Magie des verbrannten Chamäleons ihn wiederbelebt hatte? All das war sehr verwirrend. Tränen rollten ihr über die Wangen.

»Warum weinst du?«

Überrascht drehte sie sich zu dem *raïs* um, der sie beobachtete, und mit einem Mal kam sie sich nackt vor, als könnte er ihre Gedanken lesen. Verlegen wandte sie den Blick ab und wischte sich mit dem Handrücken die Tränen weg.

»Du weinst um den Renegat?«

Schockiert starrte sie ihn an. »Nein, natürlich nicht.«

»Warum dann?«

Sie schüttelte mit einem Mal zornig den Kopf. »Ich weiß es nicht.«

»Weil du glaubtest, ich wäre tot?« In seinen Augen schimmerte ein boshafter Funke.

»Nein!«

»Ich sterbe, und viele Frauen weinen.« Er zögerte und beobachtete ihre Reaktion. »Ich habe eine große Familie.«

»Wie viele Kinder?«

Sein Ausdruck wurde hart und verschlossen. »Ich habe keine Frau und auch keine eigenen Kinder. Nur Tanten, Vettern und die Kinder meiner Vetter, für die ich sorgen muss, in Slâ und in den Bergdörfern. Viele sind abhängig von mir, und ich arbeite hart für sie. Jedes Frühjahr steche ich mit meiner Flotte in See, kapere andere Schiffe, nehme Nazarener gefangen. Sie leisten Widerstand, und ich töte sie. Im Sommer oder im Herbst kehre ich nach Hause zurück mit den Gefangenen und verkaufe sie im Souk. Anschließend teile ich das Geld mit der Mannschaft, den Geldgebern, dem *marabout*, meiner Familie und meiner Gemeinde. Alle gewinnen, spirituell und finanziell, vom heiligen Werk des *ghuza* –« Ein heftiger Hustenanfall brachte ihn zum Schweigen.

Mit geröteten Augen sah Cat ihn an. »Ihr seid schwach und solltet schlafen.«

»Schlafen kann ich, wenn ich tot bin. Noch lebe ich, trotz aller Anstrengung der spanischen Bastarde.« Er spuckte ausgiebig aus und erklärte dann: »Bring die Pfeife.«

Cat warf einen Blick auf die reich verzierte Wasserpfeife. »Ich glaube nicht, dass das eine gute Idee wäre.«

Er schnippte mit den Fingern. »Bring sie her!«

Sein Befehlston ärgerte sie. Sie sprang auf, nahm die Pfeife und stellte sie ihm vor die Füße. »Bitte sehr, nehmt das verdammte Ding und vergiftet Eure Wunden mit dem übel riechenden Qualm! Ihr seid ein Ungeheuer und Eiferer, und es wäre mir vollkommen egal, wenn Ihr in diesem Augenblick sterben würdet!«

Die Finger des *raïs* schlossen sich um den Pfeifenstiel, doch es war keine Kraft darin. Scheppernd fiel die Shisha zu Boden und zerbarst in einem Hagel aus Glas, Wasser und dem durchdringenden Geruch der Kräuter.

Al-Andalusi fluchte in seiner grässlichen Sprache. Es klang wie eine gutturale Explosion, dann sank er schweißüberströmt in die Kissen zurück. »Ich wollte dich behalten für meinen Haushalt, aber jetzt wird mir klar … du bist *kambo*, dumm, du würdest nur alles zerbrechen, was schön oder kostbar ist.«

»Ist mir recht, denn ich habe nicht die Absicht, in einem heidnischen Schweinestall als Sklavin zu dienen!«

Er kniff die Augen zusammen. »Du willst mich beleidigen?«

Cat entschied, dass es nicht klug wäre, genauer zu erklären, was ihre Worte bedeuteten. Stattdessen bückte sie sich und fing an, die Scherben einzusammeln, ohne auf seinen wütenden Ausdruck zu achten, doch der *raïs* ließ sich nicht so leicht ablenken.

»Was ist das für ein Wort, das du gesagt hast? Was ist ein ›Stall‹?«

Sein Blick bohrte sich durch ihren Scheitel in den Kopf. »Ein Verschlag, wo Schweine leben«, sagte sie leise und bereute ihren Gefühlsausbruch.

»So verachtest du mich also, kleine Ungläubige? Du glaubst, ich bin ein unwissender ›Heide‹, der lebt wie ein Schwein, umgeben von Schmutz und Dreck? Vielleicht denkst du, in meinem Land wären wir alle so, nicht besser als Tiere?« Er sprach abgehackt, jedes Wort hallte scharf und schneidend in ihren Ohren nach.

Sie schluckte. »Nein.«

Da ertönte von oben ein gequälter Schrei, ein Todesschrei, der einen Augenblick in der Luft hing und dann plötzlich abbrach. Cat schloss die Augen. So endete das Leben von Will Martin aus Plymouth. Und wenn sie nicht Acht gab, würde Catherine aus Kenegie ihm schon sehr bald folgen.

Die Schwäche des Piraten rettete sie, denn kurz darauf nickte er wieder ein und verbrachte fast den ganzen Tag und die Nacht in einem unruhigen Schlaf. Am nächsten Tag war das Fieber verschwunden, und er kam ohne die Hilfe eines verbrannten Chamäleons wieder zu sich, wie Cat erleichtert feststellte. Sie servierte ihm das Essen, das einer aus der Mannschaft bei Tagesanbruch gebracht hatte, und sah zu, wie er darin herumstocherte. Nach langer Überlegung hatte sie einen Entschluss gefasst.

»Gestern habt Ihr mich gefragt, warum ich geweint habe. Ich will es Euch sagen. Ich habe geweint, weil ich Euch nicht verstehe. Ich verstehe nicht, warum Ihr Ashab Ibrahim habt töten lassen. Ich verstehe nicht, was der ›böse Blick‹ bedeutet oder wie das Verbrennen einer Echse Euch aus dem Reich der Toten zurückgeholt hat. Ich verstehe nicht, warum Ihr uns entführt habt und warum Ihr glaubt, dass das richtig sein kann. Ich verstehe nicht, warum Ihr anständige Christen so sehr hasst. Nichts davon verstehe ich, und am allerwenigsten, warum Ihr mich hier in Eurer Kajüte haben wollt. Ich habe geweint, weil ich es gewöhnt bin, die Welt zu verstehen, in der ich lebe, und jetzt verstehe ich überhaupt nichts mehr.« All das brach wie ein gewaltiger Sturzbach aus ihr heraus.

Der *raïs* schloss die Augen, als hätte er Schmerzen. »Frauen … warum stellen sie so viele Fragen? Wir sind nicht hier, um die Welt zu verstehen. Wir sind hier, um in der Welt zu *leben* und dankbar zu sein. Ich bin gerade erst aufgewacht.« Er stieß einen tiefen und aufrichtigen Seufzer aus. »Ich sage dir, warum der Engländer tot ist: Weil er so tat, als wäre ich nicht mehr Herr auf meinem Schiff, als wäre ich bereits tot. Niemand darf ohne meinen Befehl meine Gefangenen schlecht behandeln.«

Cat dachte schweigend darüber nach. Dann sagte sie: »Abdal-haqq hat gesagt, er hätte den bösen Blick auf dich gerichtet und deshalb hätte er sterben müssen.«

Der *raïs* fuchtelte mit einem Stück Brot herum. »Abdal-haqq ist sehr klug. Wenn er der Mannschaft sagt, das wäre der Grund für seinen Tod, wird niemand meine Entscheidung in Frage stellen. Sie fürchten sich vor … wie sagen die Engländer? … Flüchen und derlei. Sie ziehen ihm einen Sack über den Kopf, so sind sie geschützt vor dem bösen Blick, und werfen ihn ins Meer.«

»Aber was bedeutet der böse Blick? Wie kann ein Blick jemanden verletzen?«

»Ein alter Berberspruch: Der böse Blick kann einen Mann ins Grab bringen und ein Kamel in den Kochtopf.«

»Ich weiß nicht, was das ist, ein Kamel.«

Al-Andalusi lachte. »Sind all deine Landsleute so unwissend? Wie soll ich dir das erklären: Ein Kamel ist ein Kamel, und jeder weiß, was es wert ist. Der böse Blick aber ist wie ein Blitz. Du siehst ihn, du fühlst ihn, und er kann dich verletzen. Er bringt Unheil oder Tod, aber du kannst ihn nie festhalten, du kannst ihn höchstens abwehren, wenn du Glück hast und Allah es so will.«

»Und das mit der Echse? War das Glück oder Allahs Wille?«

Er verdrehte die Augen. »Wortwechsel mit Frauen sind schlecht für die Gesundheit. Schon fühle ich meine Kraft wieder schwinden. Kein Wunder, dass die Sterne am Himmel weiblich sind. Monat für Monat zermürben sie den armen Mond mit ihrem ständigen Geschwätz. Das Chamäleon ist eine starke Magie. Ob sie funktioniert oder nicht, liegt allein in Gottes Hand. Mehr kann man einem Ungläubigen nicht erklären.«

»Warum hasst Ihr uns so? Warum nennt Ihr uns Ungläubige oder Nazarener?«

»Du weißt nicht viel von der Welt, wie? Seit tausend Jahren führen Christen Krieg gegen mein Volk. Sie verfolgen uns auf grausame Art im Namen ihres Gottes. Meine Familie starb durch die Hand von Nazarenern, und nur ich blieb am Leben, um sie zu rächen.«

»Oh. Was ist passiert?«, fragte sie dann mit kaum hörbarer Stimme.

Er wandte den Blick ab. »Warum willst du das wissen?«

»Um besser zu verstehen« – sie machte eine hilflose Geste – »warum Ihr das macht, warum ich hier bin …«

Der *raïs* betrachtete sie aufmerksam. »Ich muss mein Tun nicht rechtfertigen. Außerdem ist das keine Geschichte für Kinder, erst recht nicht für Kinder von Nazarenern.«

»Ich bin kein Kind mehr. Ich weiß nicht mal, ob ich das bin, was Ihr Nazarener nennt.«

»Du bist Christin, nein? Anhänger des Propheten Jesus von Nazareth?«

Cat biss sich auf die Lippen. Nell und Mistress Harris hatten sie ständig wegen ihres unchristlichen Benehmens gescholten. Sie wusste selbst nicht mehr, was sie glaubte oder wer sie war. Sie war im Taufbecken von Veryan getauft worden und hatte in Zeiten der Not stille Gebete an das Jesuskind, Sohn, Vater und Heiligen Geist gerichtet. Doch das war vor dem Überfall gewesen. Sie verstand nicht, wie ein Gott, der sein Volk liebt, zulassen konnte, dass eine ganze Gemeinde während des Gebets heidnischen Piraten in die Hände fiel, dass er sie schmachten und unter solch schrecklichen Umständen sterben ließ – Männer, Frauen und unschuldige Kinder. Es stellte den Glauben der frömmsten Christenmenschen auf den Prüfstand, und zu denen hatte sie noch nie gehört. Aber Muselmanin war sie auch nicht, was sollte sie also sagen? Am Ende zuckte sie mit den Schultern. »Vermutlich.«

»Dann bist du mein Feind, und ich sage dir, warum. Der Vater des Großvaters meiner Mutter stammte aus Rabat. Er hat es verlassen, weil er keine Arbeit fand, und wanderte in die Berge der Estremadura aus, in eine Kolonie von Mauren in Spanien. Der Großvater und der Vater meiner Mutter wurden dort geboren und dann auch meine Mutter. Vier Generationen lang – du verstehst? – lebte meine Familie in Andalusien, sie arbeitete, trieb Handel und trug zum Reichtum der Gemeinde bei. Mein Vater war Kaufmann, er reiste durch ganz Marokko, brachte Salz, Gold und Elfenbein aus Tafraout im Südwesten an die Nordküste und dann nach Spanien und tauschte es gegen feinen spanischen Stahl, Schwerter und Kanonen. Bei einer dieser Reisen lernte er meine Mutter kennen und machte sie zu seiner Braut. Beim nächsten Besuch heiratete er sie und brachte sie nach Hause, nach Marokko, in die Berge des Atlas, wo ich zur Welt kam. Doch sie hatte Heimweh, vermisste ihre Familie. Sie sprach kein Berberisch, kein Arabisch, nur Spanisch. Als ich fünf Jahre war, zogen wir in die Estremadura zu ihrer Familie. Dann entschied der spanische König Philipp, dass alle Mauren Spanien verlassen mussten, gleichgültig, wie lange sie schon dort lebten oder wie spanisch sie sich fühlten. Einige aus unserer Familie sahen Vorboten der Verfolgung und verließen das Land – mein Onkel, einige Vettern –, sie nahmen alles, was sie tragen konnten, und kehrten zurück nach Marokko. Doch mein Vater war sehr zornig. Er hatte alles nach Spanien gebracht, was er besaß, die Geschäfte liefen gut. Warum sollte er wieder gehen, nur weil er Mohammedaner war? Er weigerte sich, das Land zu verlassen. Man zwang ihm den katholischen Glauben auf, eine große Schande für ihn, aber meine Mutter flehte ihn an, sie zu ertragen. Sie blieben, doch es wurde immer schlimmer. Man behandelte ihn wie einen Hund, ohne Respekt, er wurde betrogen bei seinen Geschäften. Am Ende kam die Inquisition. In der Nacht holten sie meinen Vater, am nächsten Morgen setzte mich meine Mutter auf ein Maultier und schickte mich den Bergpfad hinab zu meinen Vettern, die nach Marokko aufbrachen. Ich verließ sie, alle meine Schwestern weinten. Sie waren noch klein. ›Wir kommen nach‹, versprach meine Mutter, aber ich wusste, dass ich sie nie wiedersehen würde. Den ganzen Weg hinunter vom Berg weinte ich. Seitdem habe ich nie wieder geweint.«

Cat riss die Augen auf. »Und habt Ihr sie wirklich nie wiedergesehen?«

Er schluckte. »Ein ganzes Jahr hörte ich nichts von meiner Familie. Ich war mit einem Vetter nach Slâ gegangen, dort lebten zwei Onkel und andere Vettern. Ich wartete auf meine Mutter, meinen Vater und die Schwestern, aber sie kamen nicht. Eines Abends sagte mein Onkel: ›Komm mit. Ich habe von einem Mann gehört, er ist ein spanischer Gefangener.‹ In der Kasbah von Slâ war ein Schiff mit neuen Gefangenen angekommen. Der Mann war ein Schmied aus Hornachos, aber als die Mauren das Land verließen, fand er keine Arbeit mehr und wurde Soldat. Er sagte, die Inquisition hätte meinen Vater zu Tode gefoltert. Man hatte ihm die Arme aus den Gelenken gerissen und ihn in der Gefängniszelle verenden lassen.« Er schloss die Augen. Ein winziger Muskel in seiner Wange zuckte.

Als Cat den Blick senkte, merkte sie, dass ihre Fingerknöchel weiß waren, so fest hielt sie den Rock ihres Gewands umklammert. Aus lauter Angst vor dem, was er antworten könnte, traute sie sich nicht, die Frage zu stellen, die ihr auf der Seele brannte.

»Die Soldaten kamen und holten den Rest meiner Familie ab, zwei Tage nach meinem Vater. Sie schändeten meine Mutter und töteten meine Schwestern. Meine Mutter starb an Schande und Kummer. Ich war zehn Jahre alt. Meine Schwestern zwei, vier und sieben. Besser, ich wäre geblieben und hätte sie verteidigt … Der Schmied hatte alles gesehen. Er erzählte, wie er versucht hätte, seine Kameraden abzuhalten, aber ich wusste, das war gelogen. Mein Onkel gab mir ein Messer, damit ich ihn töte. Er war der erste Nazarener, den ich getötet habe, damals war ich elf. Jetzt zähle ich sie nicht mehr. Ich hatte Rache geschworen. Meine Vettern gaben mich in die Lehre des großen Korsaren Yussuf Raïs, eines ehemaligen Engländers mit Namen John Ward. England hatte ihn schlecht behandelt. Es hatte ihn als Helden gefeiert, wenn er fremde Prise für die Krone erbeutete, und als Verbrecher beschimpft, wenn er sie ohne Kaperbrief brachte. Deshalb schwor er dem Christentum ab und trat zum Islam über, um gegen die Nazarener Krieg zu führen. Einmal sagte er zu mir: ›Wenn ich meinem eigenen Vater auf See begegnete, ich würde ihn gefangen nehmen und als Sklaven verkaufen.‹ Er war ein guter Meister. Ich segelte fünf Jahre mit ihm. Als er nach Tunis ging, überließ er mir sein Schiff. Vor drei Jahren ist er gestorben. Gesegnet sei sein Name. Jetzt halte ich mich an die *usanza del mare*, den Korsarenkodex: Ich bringe meinem Volk Geld, viele Gefangene, töte Spanier und Nazarener, *damara'hum Allah*, möge Gott sie vernichten. Es ist meine Rache und zugleich ein heiliges Werk. Ich kann die Inquisition oder den spanischen Thron nicht stürzen, aber ich kann Krieg führen gegen ihre Religion und Schaden anrichten, wo immer es möglich ist.«

Seine Augen blitzten, und schockiert erinnerte sich Cat an den gleichen Ausdruck im Gesicht ihres Großvaters, wenn er Geschichten von Maria der Blutigen erzählte, Halbschwester der großen Elizabeth, die dreihundert Protestanten auf dem Scheiterhaufen hatte verbrennen lassen und damit gedroht hatte, die spanische Inquisition an die Küsten von England zu holen, um dem ganzen Land den Katholizismus aufzuzwingen. Die Spanier waren in Cornwall zutiefst verhasst gewesen: Ihr Großvater hatte selbst bei einem Angriff gegen einen spanischen Freibeuter ein Bein verloren. Und Cat fiel ein, wie es erst vor zwei Jahren, als König Jakob eine von seinem Günstling George Villiers, Herzog von Buckingham, angeführte Delegation nach Spanien entsandt hatte, damit dieser versuchte, für den Prince of Wales um die Hand der spanischen Infantin anzuhalten, viel wütendes und aufgebrachtes Gerede in Marazion gegeben hatte. Thom Samuels hatte davon gesprochen, zu den Waffen zu greifen, falls England tatsächlich eine spanische Königin bekommen sollte, und Jack Kellynch hatte ihn angerempelt, weil er selbst eine spanische Mutter hatte. Es war ziemlich erstaunlich zu sehen, dass ihr eigenes Volk etwas mit diesem wild entschlossenen Piraten gemein hatte. Außerdem fand sie es beunruhigend, wie sehr seine Geschichte sie erschüttert hatte. Einen Moment zumindest hatte er weniger wie ein Ungeheuer als vielmehr wie ein Mann gewirkt, dessen schreckliche Untaten gerechtfertigt waren.

Plötzlich bemerkte sie, dass sie ihn anstarrte, und als er aufsah und ihr unerwartet in die Augen schaute, empfand sie die Intensität seines Blicks als unangenehm und musste sich abwenden.

»Trotzdem verstehe ich immer noch nicht, was Ihr gegen die Engländer habt«, sagte sie schließlich. »Besonders, wenn Ihr mit einem Engländer auf See wart und er Euch später sein Schiff geschenkt hat. Es waren keine Engländer, die Eure Familie getötet haben, es waren Spanier, und England führt schon wieder Krieg gegen Spanien, genauso wie unter der alten Königin, sodass sie unsere Feinde ebenso sind wie Eure.« Sie zögerte einen Augenblick. »Im Übrigen ist Cornwall in Wirklichkeit ein ganz eigenes Land und gehört nicht zu England.«

Al-Andalusi lachte kurz auf. »Ich habe die spanische Küste so oft überfallen, es gibt kein Dorf, das wir nicht geplündert haben. Heutzutage ist alles gut befestigt: zu viele Kanonen. Deshalb nehme ich Nazarener gefangen, wo ich welche finde. Dein Volk ist nicht gut gewappnet: keine Kanonen, keine Verteidigung, ein Kinderspiel.« Als er sah, wie sich ihr Gesicht verdüsterte, setzte er etwas freundlicher hinzu: »Hier, Cat'rin, nimm das Brot und iss. Wenn du mich gesund pflegen willst, musst du bei Kräften sein.« Er reichte ihr den Rest des kleinen harten Brotlaibs. »Tunk es in Öl, so wird es weich, sonst brichst du dir die Zähne aus. Zahnlücken mindern deinen Wert auf dem Markt. Und nimm auch welche hiervon, sind gut für die Verdauung.«

Auf einem bunt bemalten Tonteller auf dem Tisch neben ihm waren die salzigen schwarzen Früchte aufgehäuft, die ihr zu Anfang so zuwider gewesen waren, und daneben ein paar runde, zermatschte Dinger, die sie an winzige Kothaufen erinnerten.

Cat rümpfte die Nase. »Nein danke.«

»Nimm«, beharrte der *raïs*. »Sind gut.« Er nahm eine und bot sie ihr an, und als sie zögerte, verstärkte er sein Drängen. »Für mein Volk ist Gastfreundschaft sehr wichtig. Ablehnung ist eine Beleidigung.«

Sie biss vorsichtig ab. Eine unvergleichliche Süße überschwemmte ihren Mund, sodass sie nach Luft schnappen musste. Es war völlig anders, als sie erwartet hatte, denn der Geschmack erinnerte sie erstaunlicherweise an die Mispeln, die die Köchin jeden Herbst im Obstgarten von Kenegie pflückte und einmachte. »O …« Dann steckte sie rasch den ganzen Rest auf einmal in den Mund.

Al-Andalusi sah ihr mit spöttisch erhobenen Brauen zu. »Wir nennen sie Feigen«, sagte er. »In manchen Traditionen war es die Frucht, die Eva für Adam vom Baum der Erkenntnis pflückte.«

»In der Bibel war es ein Apfel.«

»In unserer Tradition war es auch ein Apfel, so steht es im Koran. Und als Adam einen Bissen nahm, blieb er ihm im Hals stecken und machte einen Knoten. Heute haben ihn alle Männer.«

»Den Adamsapfel!«, rief Cat erstaunt. »So nennen wir ihn auch.«

»Vielleicht sind wir uns nicht so fremd, wie du glaubst.«

SECHZEHN

Der raïs sagt, daß unser Schiff in zwei Tagen in den Hafen von Sallee einlaufen wird. Was dann mit mir geschehen mag, weiß ich nicht. Der raïs ist wieder auf den Beinen & ich sehe ihn kaum. Man hat mich nicht nach unten zurückgeschickt, sondern in der Kajüte behalten. Ich hatte mir Hoffnungen gemacht, daß er meiner Mutter erlauben würde, mir hier Gesellschaft zu leisten, doch hat er sich abgewandt & ich wage nicht, erneut zu fragen. Ich fürchte mich vor der Zukunft, wegen meiner dummen Lüge, daß wir aus einer reichen Familie stammen, die ein hohes Lösegeld zahlen kann, damit wir zurückkehren. Aber er droht mir auch damit, mich an den Sultan zu verkaufen, der so etwas wie ein König in ihrem Land ist; er sagt, ich werde einen guten Preis auf dem Markt von Sallee holen mit meinem roten Haar & der blassen Haut. Ich wünschte, ich hätte den Rat der alten Annie Badcock beherzigt und wäre mit Rob nach Kenegie zurückgekehrt …

»Warum bist du einfach weggelaufen, Julia? Das sah ziemlich komisch aus.«

Ich sah sie ruhig an. »Ich ertrage es einfach nicht, in seiner Nähe zu sein.«

Alison machte ein mitfühlendes Gesicht. »Entschuldige. Dann habe ich es nur noch schlimmer gemacht, nicht wahr? Hör zu, wenn es dir lieber wäre, dass ich mich aus der Renovierung des Cottage raushalte, dann mache ich es. Es ist schließlich nur Geld.«

»Hat Andrew eigentlich viele Schulden hinterlassen?« Die Frage war mir unangenehm. »Vielleicht könnte ich dir ja helfen.«

Sie lächelte, und ihre Augen füllten sich mit Tränen. »Wahrscheinlich ist es halb so schlimm, wie ich glaube. Ich habe mich noch nicht getraut, die Kontoauszüge anzusehen, ich hatte das Gefühl, dass ich noch nicht so weit bin. Ein kleiner Job wäre nicht schlecht, und wenn nur, um auf andere Gedanken zu kommen.«

»Natürlich musst du die Renovierung übernehmen, wenn du Lust dazu hast. Mach dir meinetwegen keine Gedanken.«

»Es ist nur, dass ...« Sie wirkte verlegen. »Nun, vielleicht habe ich mich ein bisschen allzu sehr hinreißen lassen, als ich Michael erzählte, was man mit dem Cottage machen könnte. Er schien ja ziemlich angetan. Er hat sogar Anna angerufen; jetzt kommt sie morgen her, um darüber zu sprechen, was wir machen sollten.«

»Sie kommt hierher?« Ich war entsetzt. Hatte Michael vorgeschlagen, Anna nachzuholen, bevor er mich angerufen hatte oder danach? Falls vorher, musste er gewusst haben, dass es seine letzte Chance war, mich zu sehen, bevor sie kam. Falls danach ... mir war schlecht. Wollte er sich auf diese Art vielleicht rächen, weil ich ihn hatte abblitzen lassen? Es gab natürlich einen handfesten Anlass, die Renovierung des Cottage, aber irgendetwas sagte mir, dass es noch andere, dunklere Gründe geben musste. »Weiß Anna, dass ich hier bin?«

»Äh ... ja«, antwortete sie. »Als Michael vom Telefon zurückkam, bestellte er Grüße, und dass sie sich freuen würde, dich zu sehen.«

Kaltes Eisen durchbohrte mein Herz. »Ich kann nicht bleiben. Ich bringe es einfach nicht fertig.«

Alison rieb sich die Stirn. »Lieber Himmel, was für ein Durcheinander. Wäre es nicht besser, einen Schlussstrich zu ziehen? Versuchen, wieder normal miteinander umzugehen?«

Ich schüttelte den Kopf. »Es ist zu früh. Ich kann ihr nicht in die Augen sehen. Ich bin einfach noch nicht stark genug.« Plötzlich zitterten meine Mundwinkel, und ich befürchtete, in Tränen auszubrechen.

Tatsächlich schossen sie mir im nächsten Augenblick aus den Augenwinkeln, und sofort schluchzte auch Alison los. Sie umarmte mich. »Es tut mir so leid. Gott, jetzt heulen wir alle beide.«

Ich lächelte ihr unsicher zu und riss mich zusammen. »Sorry, ich bin einfach zu rührselig. Es ist bloß eine blöde Affäre, die ich nie hätte anfangen sollen. Aber das habe ich mir wenigstens selbst eingebrockt, du hingegen –«

Sie schwenkte die Hände. »Hör auf.« Dann holte sie tief Luft. »Hör mal, meinst du nicht, es könnte dir helfen, das Ganze abzuschließen, es ein für alle Mal zu beenden?«

»Nein, wirklich, ich bin noch nicht so weit.«

»Ehrlich gesagt, ich glaube, Michael auch nicht. Er redet die ganze Zeit von dir, wenn du nicht dabei bist.«

Mein verräterisches Herz machte einen Satz.

»Ach ja, und dann fragte er noch nach dem kleinen Stickereibuch, und ob du es wohl schon aus hättest. Er scheint zu glauben, dass es wertvoll sein könnte.«

»Falls das stimmt, solltest du es zurückbekommen, Al.«

Sie schüttelte den Kopf. »Er hat es dir geschenkt. Es gehört dir, Julia, ehrlich. Und gib es ihm ja nicht, ohne eine Quittung zu verlangen, okay?«

Ich grinste. »Weil wir alle wissen, was für eine ehrliche Haut Michael ist? Weißt du, Al, ich sollte wirklich bald nach London zurück, schon, um im Laden nach dem Rechten zu sehen und endlich wieder auf die Beine zu kommen.«

Alison zuckte mit den Schultern. »Du musst wissen, was das Beste für dich ist.« Sie legte mir die Hand auf den Arm. »Es ist wirklich schön, dich hierzuhaben, Julia. Ich bin dir sehr dankbar.«

»Und ich bin froh, dass ich kommen konnte«, sagte ich und meinte es auch so.

»Eines Tages wird alles wieder gut. Ich meine, es muss doch einen Grund für das alles geben, oder? Es gibt Tage, an denen ich glaube, dass irgendwo da draußen ein riesiger Plan existiert wie eine Art Teppich, in den wir alle eingewoben sind – dieses fabelhafte, komplexe Muster von Leben und Tod, voller immer wiederkehrender Muster und Farben, und jeder von uns ist nur ein winziger Faden im Gewebe. Und dann wiederum gibt es Tage, an denen ich weiß, dass wir ganz allein auf der Welt sind und alles ein schreckliches Chaos ist, an dem wir selbst schuld sind.« Sie seufzte. »Andererseits passieren die verrücktesten Zufälle. Ich meine, es ist doch komisch, dass Andrew diese Bücher an Michael geschickt hat, und eins davon handelt vom Sticken, also genau deinem Ding, es enthält dieses Tagebuch, und Michael sieht es und denkt an dich. Ganz zu schweigen davon, dass Catherine nicht einfach aus Cornwall, sondern genau von hier, von Kenegie stammt. Es gab jede Menge altes Gerümpel aus Kenegie auf dem Dachboden, weißt du, alles Mögliche, Krimskrams, Bücher, kaputte Möbelstücke. Wahrscheinlich haben sie es einfach hier abgeladen, als das Herrenhaus renoviert wurde, und dann hat es jahrhundertelang hier vor sich hin geschimmelt.«

»Hmmm«, sagte ich und fühlte mich unbehaglich. »Synchronizität, schätze ich.«

»Hast du schon weitergelesen? Arbeitet sie immer noch an dem Altartuch für Salisbury? Glaubst du, dass sie es je beendet hat?«

»Das werden wir vermutlich nie erfahren.«

»Na schön. Was hältst du von einem Spaziergang zum Herrenhaus, und wir schauen uns an, wo sie gelebt hat? Bevor du nach London zurückfährst?«

Zögernd stimmte ich zu.

Am Ende des Nachmittags wünschte ich, dass ich es nicht getan hätte. Der Besuch des Herrenhauses von Kenegie war eine entsetzliche Erfahrung gewesen. Alison hatte mir erzählt, dass es zu einem Ferienparadies umgebaut worden war, doch ich hatte nicht weiter darüber nachgedacht, was das bedeutete, und deshalb war der Anblick Dutzender von hässlichen kleinen Bungalows und Chalets, die dicht an dicht in Lady Harris' ehemals berühmten Gärten und Obstgärten standen, einfach nur niederschmetternd. Dazu kamen die grellen Primärfarben des Kinderspielplatzes, der riesige Parkplatz, der moderne Anbau mit Swimmingpool und Ständer voller Informationen und Faltblättern, die die Feriengäste zu einer Unzahl von reißerischen Attraktionen einluden – imposanten Häusern mit tropischen Schmetterlingssammlungen, Teddybärausstellungen, Kuschelzoos und Miniatureisenbahnen. Es sah so aus, als würde Cornwalls gesamtes Erbe auf gleich dämliche Weise vermarktet. Neben dem Anbau erhob sich das eigentliche Herrenhaus. Die hohen Tudor-Schornsteine waren mehr oder weniger das Einzige, was unverblümt auf seine Herkunft verwies. Das Gemäuer aus Granit war erneuert und frisch verfugt worden, Fenster und Türen ersetzt, und da, wo einst der Irrgarten gewesen war und Kräuter wuchsen, gab es jetzt einen asphaltierten Hof. Das große Reklameschild eines Immobilienmaklers am Straßenrand hatte voller Stolz verkündet, dass das als bedeutende Sehenswürdigkeit eingestufte Herrenhaus momentan in moderne Luxus-Apartments umgewandelt wurde. Darunter stand eine Telefonnummer, unter der man Besichtigungstermine vereinbaren konnte.

»Wir könnten dort anrufen und uns als potenzielle Käufer ausgeben«, schlug Alison vor.

Ich schüttelte müde den Kopf. »Nein danke.« Ich war schon bedrückt genug. Wie konnte man einem historischen Gebäude so etwas antun? Wie konnte die örtliche Baubehörde zulassen, dass einer der größten Schätze, die die Grafschaft zu bieten hatte, dermaßen verschandelt wurde? Das fragte ich auch Alison.

»Wahrscheinlich hat man im Lauf der Jahrhunderte so viel daran herumgedoktert, dass es nichts mehr zum Erhalten gab«, sagte sie achselzuckend. Dann streckte sie den Kopf durch die offene Eingangstür. Entferntes Hämmern hallte durch die Gänge. Es folgte das Geräusch von Stiefeln auf rohen Holzbrettern, und plötzlich stand ein Mann mit gelbem Helm und Overall vor uns. Er hatte einen Tischlerhammer in der Hand.

»Hallo«, sagte er. »Sind Sie wegen einer Besichtigung hier?« Er spähte über unsere Schultern. »Ist der Makler nicht mitgekommen?«

»Wir haben einen Termin für später«, log Alison frech, »aber wir dachten, wir kommen lieber etwas früher und schauen uns schon einmal um. Sie wissen ja, wie Makler sind, sie führen einen möglichst schnell an allem vorbei, was unangenehme Fragen aufwerfen könnte.«

Beide lachten verschwörerisch.

»Na, dann kommen Sie doch rein«, antwortete der Handwerker. »Schauen Sie sich um. Es gibt hier nichts, was sich zu stehlen lohnte. Es sei denn, Sie haben es auf akkubetriebene Bohrmaschinen abgesehen.« Er gluckste in sich hinein, winkte uns durch und stapfte dann davon, um irgendeinen anderen Teil des Hauses zu zertrümmern.

Vorher war ich niedergeschlagen gewesen, mittlerweile fühlte ich mich endgültig ernüchtert. Was konnte von Cat und ihrem Leben im siebzehnten Jahrhundert zwischen all diesen neuen Gipsplatten und Kabeln, eimerweise weißer Binderfarbe und Telefonleitungen überlebt haben? Es gab keine Spur mehr von früheren Bewohnern. Trotz meiner blühenden Fantasie konnte ich mir die Schatten von Sir Arthur und Lady Harris zwischen Sisal-Teppichboden und Doppelverglasung, Robert Bolitho und Jack Kellynch auf den sterilen gepflasterten Wegen oder Matty und Nell Chigwine zwischen dem seelenlosen Melamin und rostfreiem Stahl von fünfzehn völlig identischen Küchen nicht vorstellen. Hier würde keine alte Zigeunerin mehr an der Tür zum Salon aufkreuzen, um sich eine Silbermünze und eine Schale Weizenbrei zu erbetteln, oder was immer das moderne Gegenstück dazu war.

So folgte ich Alison traurig von einem Raum zum anderen, und dabei wurde mir eins von Minute zu Minute klarer: Wo immer die Seele von Catherine Anne Tregenna ruhen mochte, hier war sie nicht.

In dieser Nacht hatte ich einen Traum. Es war unvermeidlich nach all dem Aufruhr an diesem Tag. Keines der Bilder, die mir im grauen Licht des Tagesanbruchs noch im Kopf waren, lösten die Probleme, die vor mir lagen. Im Gegenteil, sie schienen sie noch zu vergrößern. Anna stand in einem Kapuzenumhang vor mir, in der Hand ein großes gebogenes Messer, von dem das Blut tropfte. Leute schrien mich in einer Sprache an, die ich nicht verstand. Es stank nach Verbranntem. Michael, der mich um sein Leben anflehte. Nach einer Weile döste ich wieder ein, kehrte in den Traum zurück, kam abermals hoch, versank erneut darin, und als ich endlich ganz erwachte, hatte ich das Gefühl, als lastete eine schwere Bürde auf mir.

Alison klopfte an der Tür. »Alles in Ordnung? Es ist schon spät, nach zehn.«

»Verdammt!«

Ich hatte vorgehabt, den ersten Zug nach London zu nehmen, der von Penzance aus fuhr. Doch letztlich waren wir erst um die Mittagszeit am Bahnhof. Als wir auf dem Bahnsteig standen und zusahen, wie die Passagiere des gerade eingetroffenen Zuges aus London ausstiegen und sich durch die Gruppen von wartenden Freunden und Angehörigen kämpften, sagte Alison plötzlich: »Ist das nicht Anna?«

Mir rutschte das Herz in die Hose. Aus einem Abteil erster Klasse stieg eine dunkelhaarige Frau mit einem teuren maßgeschneiderten Jackett und gerade geschnittenen Jeans, die nahtlos in ein Paar glänzender, hochhackiger brauner Stiefel übergingen. Trotz der sich abzeichnenden Gefahr, dass die Situation jeden Augenblick explodieren könnte, fiel mir auf, wie sehr ich ihren unkomplizierten Stil bewunderte.

Dann machte ich auf dem Absatz kehrt, um zu flüchten.

Alison packte mich am Arm. »Hör zu, du stehst das jetzt durch. Was ist schlimmer, Hallo zu sagen und fünf Minuten auf einem Bahnsteig herumzustehen, in der Gewissheit, dass du jederzeit einsteigen kannst, oder den Rest deines Lebens damit zu verbringen, ihr aus dem Weg zu gehen?«

Sie hatte nicht ganz Unrecht, obwohl ich nicht einsah, warum wir uns nicht einfach ins Bahnhofscafé verziehen und warten konnten, bis sie weg war. Das sagte ich auch. Alison verzog nur das Gesicht. »Sei nicht blöd. Wahrscheinlich würde sie dich ohnehin sehen, und dann wüsste sie, dass du ihr aus dem Weg gehst. Und wenn sie glaubt, dass ich dasselbe Spiel spiele wie du, wird sie mir wohl kaum die Renovierung ihres Cottage anvertrauen, oder?«

Also wartete ich wie ein Opferlamm, wohl wissend, dass meine Hinrichtung unmittelbar bevorstand, und sah die Frau meines Exlovers mit ihrem kleinen silbernen Koffer im Schlepptau auf uns zukommen, ohne dass ihr perfekt geschminktes Gesicht erkennen ließ, ob sie unsere Anwesenheit registriert hatte.

In den letzten sieben Jahren hatte ich Anna nur unregelmäßig gesehen, aber häufig genug, um ihre wechselnden Schicksalsschläge und Stilrichtungen mitzuerleben und sie in mancher Hinsicht sogar darum zu beneiden. Doch als sie nun auf uns zukam, den Blick auf den Bahnsteig gesenkt, als könnte er vermint sein, wurde mir mit einem schockierenden Schlag klar, wie sehr sie gealtert war. Mit gefärbtem Haar und teurer Kosmetik lassen sich eine Menge Makel verbergen, nicht aber die Spuren eines katastrophalen Lebens. Tiefe Falten hatten sich zu beiden Seiten ihres tadellos geschminkten Mundes eingegraben.

Die Mundwinkel waren herabgezogen: Anna. Sie ging schnurstracks an uns vorbei und trat hinaus in die Sonne, ohne uns zu bemerken, und ich hatte plötzlich das Gefühl, eine zutiefst unglückliche Frau an mir vorbeigehen zu sehen.

Auf der Heimfahrt dachte ich lange darüber nach. Innerlich wusste ich, dass der Schmerz, den ich in ihrem Gesicht entdeckt hatte, der einer Frau war, die seit Langem weiß, dass ihr Mann sie betrügt, seinen Ehebruch schweigend ertragen hat und die Maske nur fallenlässt, wenn sie allein ist oder in einem unbeobachteten Augenblick, wie ich ihn gerade erlebt hatte. Drei Stunden saß ich da, fuhr durch Exeter, fuhr durch Taunton, während der Zug die uralte Landschaft von Salisbury Plain passierte, und dachte an meine Zeit mit Michael. Ich rief mir seinen Körper ins Gedächtnis zurück, Zoll für Zoll, bekleidet und nackt, entspannt daliegend und erregt. Ich weinte still vor mich hin und presste das Gesicht an die Scheibe, damit niemand es sah. Der Zug rauschte durch Hungerford. Als wir in Reading hielten, hatte ich Michael aus meinem Bewusstsein verdrängt, alle Erinnerungen in eine Schachtel gestopft und sie in irgendeinem verborgenen Winkel meines Bewusstseins begraben.

Nach so langer Zeit in einem fremden Haus ließ ich die Wohnungstür hinter mir zuschnappen und spürte mit einer gewissen Erleichterung, wie mich die vertrauten Schatten und Konturen meiner Wohnung willkommen hießen.

Ich stellte den Koffer im Schlafzimmer ab und ging in die Küche, um mir eine Tasse Tee zu kochen. Dann schlenderte ich von Zimmer zu Zimmer und machte mich wieder mit meinem Zuhause vertraut. Vielleicht war ich müde und gerädert, vielleicht spielte mir auch mein Bewusstsein einen Streich, denn immer wieder sprangen mir kleine Details ins Auge. Hatte ich wirklich die Sonntagszeitung so unordentlich unter dem Schreibtisch liegen lassen? Hatten die Bücher in den Regalen neben dem Kamin immer so krumm und schief gestanden? Ich konnte mich nicht daran erinnern, den Karton mit Ordnern da hingestellt zu haben, wo er jetzt stand. Und die Klappe des Sekretärs war offen. Ich runzelte die Stirn.

Im Schlafzimmer entdeckte ich, dass die Schublade des Nachttischs nicht verschlossen war, der kaputte Verschluss war nicht richtig eingerastet. Es gab einen Trick, aber den kannte nur ich. Jemand war in meine Wohnung eingebrochen.

Voller Panik rannte ich ins Wohnzimmer, doch die Anlage hatte offenbar niemand angerührt; all die kleinen hochmodernen Silberteile waren da, wo sie hingehörten. Meine Gemälde hingen noch an den Wänden, mein alter Laptop stand an seinem Platz, und niemand hatte sich die Mühe gemacht, die paar Schmuckstücke mitgehen zu lassen, die meine Mutter mir vererbt hatte.

Erneut runzelte ich die Stirn. Alles in allem kein besonders erfolgreicher Einbruch.

Als mir endlich klar wurde, was hier geschehen war, gaben meine Beine nach, und im nächsten Moment landete ich auf meinem afghanischen Teppich.

Michael war hier gewesen. Er hatte den Schlüssel benutzt, den ich ihm vor sechs Jahren gegeben hatte. Er hatte sich diesen unverzeihlichen Übergriff erlaubt, nicht gefunden, was er gesucht hatte, und dann die Dreistigkeit besessen, mir nach Cornwall zu folgen. Was für ein hinterhältiger Dreckskerl!

Mir war schlecht. War Catherines Buch wirklich so wertvoll? Und wenn ja, warum hatte er es mir dann überhaupt geschenkt? Und was würde er als Nächstes tun, wenn er herausbekam, dass ich nach London zurückgefahren war? Befand ich mich in Gefahr? Würde er Gewalt anwenden, um an das Buch zu kommen? In diesem Moment wurde mir klar, dass ich den Mann, mit dem ich sieben Jahre lang geschlafen hatte, kein bisschen kannte.

Ich rief Alison an.

»Mach dir keine Sorgen«, sagte sie. »Ich halte sie hier fest.

Sie hatten ohnehin geplant, ein paar Wochen zu bleiben. Damit hast du eine Atempause. Wenn Michael abreist, rufe ich dich an.«

Die nächsten vierzehn Tage verbrachte ich damit, gründlich meine Wohnung zu putzen, zum ersten Mal, seit ich sie gekauft hatte. Am Ende hatte ich fünfzehn Müllsäcke mit allem möglichen überflüssigen Kram weggeworfen und fühlte mich auf seltsame Art geläutert, als hätte ich eine Katharsis hinter mir. Danach setzte ich die Wohnung in die Zeitung und übergab den Schlüssel einem Makler. Dort wollte ich nicht mehr leben.

Ich zog in eine Mietwohnung in Chiswick, verkaufte den Pachtvertrag für den Laden an eine junge Frau, die gerade Examen am St. Martin's College gemacht hatte und ein Geschäft suchte, um ihre herrlich verrückte Designermode zu verkaufen, und mein Lager (besser gesagt, die kümmerlichen Reste davon) an eine Frau, die ich im vergangenen Jahr auf einer Kunsthandwerksmesse kennen gelernt hatte.

Anschließend fühlte ich mich auf absurde Art wurzellos und leichtsinnig, fuhr zu Stanford's auf der Long Acre und kaufte sämtliche Marokkoführer, die sie vorrätig hatten.

Am Abend vor dem Abflug bekam ich plötzlich kalte Füße und rief Alison an.

»Hör zu, ich fliege morgen nach Marokko. Ich dachte, irgendwer sollte es wissen, falls mir etwas zustößt.«

Am anderen Ende der Leitung breitete sich schockiertes Schweigen aus. »Willst du etwa allein dahin?«, fragte sie ungläubig.

»Äh, ja. Aber ich wohne in einem reizenden Hotel, einem *riad* – es gehörte früher einem Kaufmann aus der Hauptstadt Rabat.« Dann gab ich ihr die Adresse und Telefonnummer. Ich hatte mich lange mit der Frau unterhalten, die es führte. Sie sprach fließend Französisch, was meine paar Brocken Schulfranzösisch bis an seine Grenzen und darüber hinaus strapazierte. Doch Madame Rachidi war sehr beruhigend und hilfsbereit gewesen. Es gebe einen Führer, hatte sie gesagt, der mich begleiten könne, wenn ich mir die Stadt ansehen wollte. Ihr Cousin Idriss sei ein gebildeter Mann, der sich bestens mit der Geschichte der Gegend auskannte und ausgezeichnet Englisch sprach. Das bedeutete, dass ich vor »unerwünschten Aufmerksamkeiten« geschützt wäre, wie sie es ausdrückte. Eigentlich wusste ich nicht recht, was sie damit gemeint hatte.

»Aber Julia, es ist ein moslemisches Land. Du kannst unmöglich allein fliegen.«

»Warum denn nicht?«

»Es ist gefährlich. Die Männer da drüben, nun ja, wenn sie eine allein reisende Frau aus dem Westen sehen, glauben sie, dass sie leicht zu haben ist, dass sie es geradezu darauf anlegt. Es ist eine Kultur, in der Sexualität unterdrückt wird. Die Frauen laufen verschleiert herum, und Sex vor der Ehe steht unter Strafe – westliche Frauen müssen den marokkanischen Männern wie Prostituierte erscheinen, weil sie alles zur Schau stellen, was sie haben. Und obendrein bist du blond –«

»Jetzt hör aber auf«, fuhr ich sie an. »Du klingst ja wie die *Daily Mail.* In meinem Führer steht, dass man sich vernünftig kleiden und nicht so viel Haut zeigen sollte. Madame Rachidi sagt, es sei überhaupt kein Problem.«

»Na klar, was soll sie sonst sagen? Sie ist scharf auf dein reizendes englisches Geld.«

»Und außerdem habe ich in ihrem Cousin Idriss einen Leibwächter.«

»Soll das ein Witz sein? Du kennst ihn doch nicht mal. Er könnte ja auch genau das Problem sein.«

»Hör zu, ich habe nur angerufen, um es dir zu sagen«, gab ich ärgerlich zurück. »Und dir meine neue Handy-Nummer zu geben. Ich rufe dich an, wenn ich im *riad* angekommen bin, okay?«

Ich hörte sie seufzen. »Tja, wenn ich dich partout nicht davon abbringen kann.«

»Der Flug geht morgen früh um zehn; am frühen Nachmittag müsste ich da sein.«

»*Insha'allah*.«

»Sehr witzig.«

SIEBZEHN

CATHERINE
August 1625

Als Al-Andalusi so weit genesen war, dass er das Kommando wieder übernehmen konnte, wurden die Tage lang und leer. Jeden Morgen erhob sich der *raïs* im Morgengrauen beim ersten Ruf des Vorbeters und wusch sich hinter einem holzgeschnitzten Wandschirm aus Mahagoni. Eine Schüssel mit kaltem Wasser vor sich, befolgte er die vorgeschriebenen Gesten mit ritueller Sorgfalt. Dann griff er nach der Krücke, die seine Männer ihm gebastelt hatten, und humpelte durch den Gang und hinauf an Deck. Erst bei Sonnenuntergang sah Cat ihn wieder.

Zuerst fiel es ihr schwer, die Zeit totzuschlagen. Sie blieb im Halbdunkel liegen und wartete, dass jemand an der Tür klopfte und ihr das Frühstück brachte, mit dem sie den Tag begann – ein Stück hartes Brot, etwas Öl, ein wenig Honig, erheblich heller und weniger scharf als der, mit dem sie die Wunden des *raïs* desinfiziert hatte, und von Zeit zu Zeit eine seltsame heiße Flüssigkeit, mit Kräutern und sehr viel Zucker gewürzt, die sie gierig hinunterstürzte. Der Ruf zum Gebet erscholl noch einmal am Vormittag und um die Mittagszeit, wenn die Sonne im Zenit stand, und immer noch kam er nicht zurück. Nach ein paar Tagen fiel ihr auf, dass sie seine Gegenwart vermisste, und das machte ihr Sorgen. Müsste sie ihren Entführer nicht hassen und ihm den Tod wünschen? Sie dachte an ihre Familie und ihre Landsleute in dem stinkenden Unterdeck, und wie überrascht sie wären, wenn sie sehen könnten, in welchem Überfluss sie lebte. Dann fühlte sie sich noch schuldbewusster als zuvor. Vor einigen Tagen erst hatte sie den Mut aufgebracht, den *raïs* zu fragen, ob sie ihre Mutter zu sich in die Kajüte holen dürfte, doch er hatte ohne ein Wort sein Gesicht mit der Hakennase abgewandt, und sie war nicht einmal sicher, dass er ihre Bitte überhaupt verstanden hatte. Irgendetwas Unangenehmes und Unausgesprochenes hatte sich zwischen ihnen ausgebreitet, eine Spannung, die sie nicht benennen konnte. Manchmal glaubte sie, dass er sich schämte, weil sie ihn in seinem schwächsten und ungeschütztesten Augenblick gesehen hatte, andere Male schien er sich auf obskure Weise über sie zu ärgern und saß missmutig da, starrte in eine Kerzenflamme oder las in einem kleinen Buch mit Ledereinband, als wäre sie gar nicht anwesend, während sich seine Lippen stumm bewegten.

So wanderte sie durch die Kajüte, fasziniert von den exotischen Objekten, die er hier versammelt hatte. Sie strich mit der Hand über die fein geschnitzten Tischchen, deren blank polierte Messingoberflächen mit eingearbeiteten Mustern oder Intarsien aus Perlmutt und Elfenbein geschmückt waren, über die Laternen mit Sternenmustern, die aus dem Metall gestanzt waren, oder die herrlich bunten Stoffe der Wandbehänge. Es gab zwei massive, durch eine Kette verbundene silberne Armreifen, mit Edelsteinen und Ziernägeln besetzt und mit verschlungenen Mustern geschmückt, die sich mit einem Scharnier öffnen und einem langen Dorn wieder schließen ließen. Sie waren so groß, dass sie sie einfach überstreifen konnte, ohne den Dorn zu benutzen; sie passten problemlos auf ihren Oberarm, der *raïs* aber trug sie am Handgelenk. Sie untersuchte die seltsame, kristalline Substanz in einem kleinen Messinggefäß über der Kohlepfanne, die er häufig nach seinem Abendgebet entzündete: Ihr kräftiger Duft erfüllte die Kajüte noch am nächsten Morgen. Er durchdrang ihre Kleider; sie konnte ihn in ihrem Haar riechen, selbst wenn sie es gewaschen hatte, was sie gelegentlich tat, nur um die langen Stunden der Einsamkeit zu überbrücken. Sie schrieb in ihr kleines Notizbuch und nutzte die Gelegenheit, den winzigsten Raum mit ihrer kaum noch leserlichen Handschrift zu füllen. Sie lag auf den Kissen und dachte, wie merkwürdig diese Menschen waren, die Objekte, die zur Bequemlichkeit dienen sollten, mit Perlen und Edelsteinen verzierten. Sie naschte an dem geräucherten Fleisch und den Trockenfrüchten, die man ihr zu Mittag gebracht hatte, und es gelang ihr sogar, Geschmack an Oliven zu finden.

Als es nun wie üblich klopfte, fand sie beim Öffnen nicht nur das Mittagessen auf dem Boden vor der Tür, sondern auch ein paar frische weiße Leinentücher und, sorgsam darauf arrangiert, eine Spule mit feiner schwarzer Wolle und eine Schiffsnadel.

Erstaunt spähte sie in den Niedergang, doch wer auch immer diese Schätze gebracht hatte, war hastig wieder verschwunden, barfuß und leise. Sie sammelte alles auf, trug es hinein und vertrieb sich den ganzen Nachmittag mit ein paar selbst entworfenen Schwarzstickereien, einem dekorativen Streifen mit Zickzacklinien und Kreisen im Kreuzstich. Anschließend skizzierte sie mit dem Stift einige verschlungene Ranken sowie zwei Vögel. Sie hatte dieses Motiv fast beendet, als der *raïs* die Kajüte betrat, war jedoch so in ihre Arbeit versunken, dass sie ihn nicht kommen hörte. Als sie aufsah, stand er im Türrahmen, das Licht der Kerzen ließ seine Züge hervortreten und betonte die hohen Wangenknochen und die vollen Lippen. Sein Ausdruck war unergründlich, die Augen lagen im Schatten, nur das Weiße darin war als schmale Linie unter der Iris zu erkennen. Wie lange er dort mit der Hand am Türpfosten gestanden und sie beobachtet hatte, wusste sie nicht. Verlegen legte sie das Tuch beiseite und versteckte den *Stolz der Stickerin* darunter.

»Darf ich es sehen?«

»Es ist noch nicht fertig.«

Er streckte die Hand aus. Zögernd reichte sie ihm das Tuch und sah zu, wie er es untersuchte, den Stoff hin und her drehte und es ihr schließlich zurückgab. »Im Islam ist die realistische Darstellung lebendiger Dinge verboten.«

»Was – auch Pflanzen und Vögel?«

»Ja, auch Pflanzen und Vögel.« Er sah ihr enttäuschtes Gesicht und fuhr etwas freundlicher fort: »Es gibt eine Geschichte, ein Hadith. Ayesha, das war die Lieblingsfrau des Propheten, berichtet, wie Mohammed eines Tages von einer Reise nach Hause kam und in einer Ecke des Raums einen Wandbehang sah. Sie hatte ihn mit menschlichen Gestalten bestickt. Sofort nahm er ihn ab und sagte: ›Am Tag der Auferstehung wird strengste Bestrafung denen zuteil, die den Versuch unternehmen, von Gott geschaffene Wesen nachzubilden.‹ Derart zurechtgewiesen, nahm Ayesha die Wandbehänge wieder ab, schnitt die Teile mit den menschlichen Gestalten heraus und machte Kissen aus dem Rest.«

Cat empfand Mitgefühl für Ayesha. Ihr Mann, so schien es, war ein Furcht erregend frommer Mensch gewesen. Sie runzelte die Stirn. »Aber ich versuche ja nicht, diese Dinge neu zu erschaffen; ich zeige nur eine schlichtere Version davon, auf meine eigene Art.«

»Genau das ist anmaßend.«

Sie dachte einen Augenblick darüber nach. »Aber ist es nicht nur eine andere Art, Gottes Schöpfung zu huldigen? Für sich darüber nachzudenken?«

Der *raïs* schloss die Augen und überlegte. Nach einer Weile sagte er langsam: »Im Süden meines Landes, in den Bergen, wo der Stamm meines Vaters herkam, weben die Frauen Bilder von Kamelen und Schafen in ihre Teppiche, aber es sind Bauersfrauen, sie wissen es nicht besser.«

Cat errötete. »Ich bin keine unwissende Bäuerin! Wo ich herkomme, gilt es als großes Talent, wenn man im Stande ist, die Schönheit der Welt darzustellen.«

Al-Andalusi betrachtete sie ernst. »Gott ist Schönheit, und er liebt die Schönheit. Kamele sind etwas sehr Schönes, das ist wahr. Ebenso eine Frau, wenn sie zornig ist. Ich bin nicht sicher, was mir besser gefällt.« Und dann lächelte er und hielt ihren Blick fest, bis sie ihn unbehaglich abwandte.

Ihre Hände zitterten, und sie wusste nicht, warum. Sie nahm die Leinentücher, die Wolle und ihr kleines Büchlein, drückte sie an sich und fragte: »Wann werden wir in Slâ ankommen?« Sie hatte sich angewöhnt, den Hafen der Barbaren nach deren Art auszusprechen, obgleich es in ihren Ohren hässlich klang.

»Gestern haben wir Cabo de São Vicente hinter uns gelassen. Wenn der Wind es gut mit uns meint, sind wir heute Abend da.«

Das war schneller, als sie erwartet hatte, viel schneller. Cat spürte das Blut in ihren Ohren rauschen. »Und was wird dann aus mir?«, fragte sie.

Das Schweigen spannte sich zwischen ihnen wie ein Stück Draht. Was hätte er antworten sollen? Dass er sie behielte, um sie gegen ein Lösegeld zu ihrer Familie zurückzuschicken? Aber da ihre Mutter und ihr Onkel auf demselben Schiff waren, hätte sie nicht einmal gewusst, an wen sie hätte schreiben sollen, geschweige denn, wie ein solcher Brief nach Cornwall gelangen sollte – das ihr jetzt wie eine andere Welt in einer anderen Zeit erschien. Es gab ihren Vetter Rob, und nur er, dem sie so viel bedeutete, hätte sich vielleicht für ihre Freilassung eingesetzt. Doch könnte er mit Lady Harris' gutem Willen rechnen, damit sie sich bei ihrem Mann für Cat verwandte? Irgendwie konnte sie sich nicht vorstellen, dass Lady Harris, selbst wenn er sie darum bat, das Wohlergehen eines Mitmenschen am Herzen lag, den sie bestenfalls als Zofe und schlimmstenfalls als leichtfertiges Mädchen ansah. Oder dass Sir Arthur eine solch hohe Summe für eine höchst unsichere Heimkehr zahlte, denn warum sollte er die Kriegskasse eines Feindes aufstocken, wenn es seine Pflicht war, die Küste vor ihm zu beschützen? Die anderen Aussichten, vom *raïs* an diesen Mann, den er als Sultan bezeichnete, oder an den Höchstbietenden auf den Sklavenmärkten verkauft zu werden, von denen Dick Elwith gesprochen hatte, waren zu entsetzlich, als dass sie darüber weiter nachdenken wollte. Das letzte Szenario – dass er sie für seinen eigenen Hausstand behielt, wie er es einmal angedeutet hatte, bevor er sie wegen ihrer Tollpatschigkeit beschimpft hatte – ließ sie nicht los. Sie wusste, dass sie auf einen solchen Ausgang nicht hoffen durfte. Im Haus eines Seeräubers zu leben, dessen einziges Ziel darin bestand, ihre Landsleute zu bestehlen und zu ermorden, wäre in den Augen zivilisierter Menschen eine Schande. Doch wenn ihre Pflichten allein darin bestanden, seinen Frauen das Sticken beizubringen, war es sicher besser, Dienerin in diesem fremden Land zu sein, als an einen Fremden verkauft zu werden, der Gott weiß welche finsteren Absichten mit ihr hatte. Bei der Vorstellung zitterte sie am ganzen Leib, und aller Mut verließ sie.

»Ich weiß nicht«, sagte er. »Ich habe noch nichts entschieden.«

Sie sah überrascht auf. Er starrte sie an, düster und eindringlich.

»Komm mit, Cat'rin«, sagte er plötzlich und streckte ihr die Hand entgegen. »Du sollst sehen, wie die Sterne über Afrika leuchten und der Mond über der Stadt aufgeht, die meine Heimat ist.«

Er wickelte ein Baumwolltuch um ihren Kopf und ihr Gesicht und ließ nur die Augen für die Blicke seiner Mannschaft frei. Sie fragte sich, warum er das tat, denn er hatte sie noch nie zuvor verschleiert. Doch als sie nun an den Männern vorbeiging, starrte sie keiner neugierig oder gar feindselig an, nein, die Seeleute senkten die Köpfe, und niemand belästigte sie. Sie stiegen den Niedergang hinauf und gingen durch das Mittelschiff bis zum anderen Bug. Über ihnen knatterten die Segel – große weiße Vierecke an den Hauptmasten und elegante dreieckige Treiber am Besanmast –, und am schwarzen Himmel über ihnen hing ein schwerer gelber Mond mit einem leichten Rotstich, wie von Blut. Jägermond sagen sie bei uns zuhause dazu, dachte Cat, und fragte sich, welches Schicksal er für sie bereithielt. Das Firmament war von Sternen übersät, Tausenden von Sternen, und sie funkelten hell, vor allem einer. Sie spürte, wie ihr Blick immer wieder dorthin wanderte, denn er strahlte wie ein silbernes Leuchtfeuer.

»Der Strahlende«, sagte Al-Andalusi leise. »*Al Shi-ra*. Die Ägypter nannten ihn Stern des Nils und berechneten mit seiner Hilfe die alljährliche Überflutung des Landes; die Römer nannten ihn Hundsstern. In alten Religionen bewacht er den Weg zum Himmel. Siehst du die große Sternenbrücke direkt darunter?« Und als sie hinsah, konnte sie eine milchweiß leuchtende Fläche erkennen, eine Brücke zwischen Himmel und Erde. »Und da« – er wandte sich zu ihr um und zeigte es ihr – »da im Norden scheint *Al Qibla*. Mit Hilfe seiner Position finden wir Mekka, die heilige Stadt des Propheten.«

»Aber das ist der Polarstern!«, rief Cat erstaunt. Rob hatte ihn ihr so oft gezeigt, dass sie ihn stets fand. »Ich kenne ihn. Wir nennen ihn auch den Stern der Fischer. Sie benutzen ihn zum Segeln.«

Er lächelte. »Die Seeleute auch. Ich habe mich an vielen Orten der Welt von diesem Stern leiten lassen. In Valetta und Sardinien, Konstantinopel, auf den Kapverden und sogar in Neufundland.«

Für Cat waren es nur Namen, doch sie klangen exotisch und entlegen. Und sie, die nie über den Bartholomäus-Jahrmarkt von Truro hinausgekommen war und sich immer gewünscht hatte, neue Horizonte zu entdecken, blickte jetzt auf das wilde Land Afrikas.

Den Polarstern im Rücken, wurden sie vom Wind auf eine Linie von undeutlichen dunklen Schatten zugetrieben, die sich aus den schaumgekrönten Wellen erhoben. Schweigend standen sie da und beobachteten, wie sie sich dem Land näherten.

»Das ist Marokko, *Jezirat al Maghrib* – die Insel, wo die Sonne untergeht, meine Heimat.« In seinem Ton schwang etwas so Inbrünstiges mit, dass sie sich zu ihm umdrehte. Seine Augen glänzten im Widerschein des Mondes, aber sie leuchteten auch von innen heraus, sodass er ihr in seiner Leidenschaft beinahe dämonisch erschien. Mit einem Schauer wandte sie den Blick ab.

Allmählich nahmen die Schatten Gestalt an. Sie erkannten die Umrisse von Klippen, einen Wellenbrecher, der von der Brandung überspült wurde, einen schlanken Turm, dessen Ziegeldach silbergrün im Mondschein schimmerte, einen Fluss mit breiter Mündung, die auf beiden Seiten von massiven Festungen bewacht wurde. Was immer Cat von ihrem ersten Blick auf den dunklen Kontinent erwartet hatte, es war weder der Beweis für eine solch mächtige, kriegerische Kultur noch ein so schockierender Gegensatz dazu wie dieser durchgeistigte Turm gewesen.

»*Slâ el Bali* – Salé, die Alte.« Der *raïs* deutete auf die Siedlung am linken Ufer. Und »*Slâ el Djedid* – Salé, die Neue, auf der anderen Seite. Ich habe Familie in beiden Städten – unter den Hornacheros im neuen Salé und unter den Anhängern von Sidi Al-Ayyachi in der Altstadt. Das verschafft mir eine besondere Stellung und außerordentliche Vorteile bei meinen Geschäften. Alle werden sich freuen über das, was ich ihnen bringe!« Er rief seiner Mannschaft etwas zu, worauf ein Mann eine Laterne aufleuchten ließ, ein Mal, zwei Mal, drei Mal. Zur Antwort blinkte ein Licht von der Spitze der Festung auf, und er lachte. »Sie wissen bereits, dass wir einer der ihren sind. Sie erinnern sich gut an dieses hübsche Schiff, und niemand sonst würde es wagen, bei Nacht in den Fluss einzufahren. Selbst im hellsten Sonnenschein ist er tückisch, und deshalb trägt er den friedlichen Namen Bou Regreg.« In seiner Sprache klang es rau wie der Ruf einer Krähe – *bu-rak-rak*.

»Was bedeutet das?«, fragte sie und musterte voller Angst die vor ihnen aufragende Festung und die unzähligen, in lange Gewänder gehüllten Gestalten, die auf den Zinnen und zwischen den Geschützen hin und her huschten.

Er dachte einen Augenblick mit gerunzelter Stirn nach. »Yussuf Raïs hat mir einmal gesagt, in eurer Sprache heißt es ›Vater der Spiegelung‹. An friedlichen Tagen, wenn der Fluss so still daliegt wie ein Laken aus Zinn, sieht man den ganzen Himmel darin. Doch man muss sehr vorsichtig sein, wenn man sein Schiff in diese Gewässer lenkt. Unter der schimmernden Oberfläche liegen verborgene Sandbänke, die schon Tausenden von Schiffen das Rückgrat gebrochen haben, und tausend weitere sind untergegangen in seinen kurvenreichen Armen.« Er hielt lächelnd inne. »Ist gut, nach Hause zu kommen, siegreich und mit reicher Beute.« Er schloss die Augen, strich mit den Händen über sein Gesicht, küsste die rechte Handfläche und berührte dann damit sein Herz. »*Schukran li lah*.«

Siegreich. Mit reicher Beute. Einer Schiffsladung christlicher Sklaven, von denen die meisten für die Galeeren und Sklavenmärkte bestimmt waren, wenn die Geschichten stimmten, die man sich unter Deck erzählte. Ihnen standen Missbrauch und Schläge, Folter, Zwangskonvertierung und letztendlich der Tod in fremder Erde bevor. Irgendetwas in ihrem Herzen wehrte sich gegen die verwirrenden Gefühle, die er in ihr weckte. Plötzlich sprudelten die Worte aus ihrem Mund, ohne dass sie sie zurückhalten konnte.

»Ihr erzählt mir von den schrecklichen Dingen, die Eurer Familie von den Spaniern angetan wurden, und behauptet, aus Rache im Namen des mohammedanischen Volkes einen heiligen Krieg gegen die Christen zu führen. Doch wenn Eure Religion Euch sagt, es sei rechtens, jemanden so zu behandeln, unschuldige Männer, Frauen und Kinder im Unterdeck eines Schiffes an Schmutz, Krankheiten und Misshandlung sterben zu lassen, dann behaupte ich, dass es eine böse und grausame Religion ist und Euer Gott nicht der meine ist.«

Sie sah die Wut in seinen Augen und das Zittern seiner Faust, als er versuchte, sich zu beherrschen. In diesem Moment schien die Zeit stillzustehen. Sie starrte ihn an, bis sie glaubte, ihre Beine würden jeden Augenblick nachgeben. Hatte sie, ohne es zu wissen, etwas Dummes gesagt, das sie für den Rest ihres kurzen Lebens bereuen würde, oder hatte sie einen wunden Punkt berührt, der ihn zum Nachdenken brächte? Gerade als sie glaubte, Letzteres würde überwiegen, rief er einen Befehl, und Sekunden später kamen zwei Seemänner herbeigeeilt und packten sie.

»Ich habe keine Zeit, mit dir zu streiten. Du bist eine Frau. Ich muss mein Schiff in den Bou Regreg steuern und andocken. Du kommst zu deinen Leuten zurück: Dein Los wird auch ihr Los sein. Niemand zweifelt an meiner Religion oder meinem Gott. Niemand beleidigt das Andenken an meine Familie. Ich glaubte, du wärst mit Geld nicht zu bezahlen. Aber du bist wie der Rest, unwissend und ungläubig. Du hättest leben können als Königin im schönsten Haus der Kasbah, jetzt wirst du in Fesseln gelegt wie die anderen.« Mit diesen Worten scheuchte er seine Männer davon und wandte sich von ihr ab.

ACHTZEHN

Der Flughafen von Casablanca war verwirrend. Ströme von Menschen wogten um mich herum, als ich den Terminal erreichte: Reisende mit teuren europäischen Designerklamotten, Männer mit elegant geschnittenen Anzügen und Sonnenbrillen, andere in wallenden Djellabas. Westafrikanische Frauen mit bunt gemusterten Kleidern und fantastisch arrangierten Turbanen, Familien mit Scharen von Kindern und Trolleys, die sich unter der Last von vollgestopften Mülltüten, in Plastik verschweißten Koffern und Pappkartons bogen. Ich kam an einem Raum vorbei, in dem Männer auf Gebetsmatten knieten, begegnete einer Fußballmannschaft in einheitlichen Jogginganzügen und unzähligen schwer bewaffneten Security-Leuten in Militäruniform. Um mich herum summte ein buntes Sprachengemisch. Mein Schulfranzösisch reichte weder für die undeutlichen Durchsagen über die Lautsprecheransage noch die verwirrende Beschilderung. Als ich endlich eine Stunde in der Schlange am richtigen Schalter gestanden hatte, um stockend die Fragen des Grenzbeamten zu beantworten – »*Vous voyagez seule, sans votre mari*?« (»Nein, kein Ehemann …« Seine Augen durchbohrten mich.) »*Et pourquoi visitez-vous le Maroc? Vous avez la famille ici, Madame* (nicht *Mademoiselle*, wie ich säuerlich bemerkte) *ou faisez le business*?« (Nein, bloß Touristin.) »*Ou restez-vous, qu'est-ce que c'est ›Dar el-Beldi‹, c'est chez une famille que vous connaissiez*?« –, die Gepäckausgabe entdeckt, meine Koffer wiedergefunden hatte und nach draußen in die brütende Hitze gestolpert war, gab es nur noch einen einzigen Wagen am Taxistand. Es war ein Mercedes, und nicht etwa irgendeiner, sondern eine alte Großraumlimousine. Ungläubig starrte ich sie an. Wahrscheinlich wartet sie auf eine lokale Berühmtheit, dachte ich, aber kaum war ich stehen geblieben, als der Fahrer herausschoss und nach meinem Gepäck griff. Ich leistete Widerstand, ebenso entschieden wie er. »*Combien à la gare de Casa Port*?«

»Dreihundert Dirham, weil Sie es sind, Madame«, antwortete er auf Englisch.

»Ich gebe Ihnen zweihundert.«

»Zweihundertfünfzig.«

»Zweihundert.«

Er sah gequält drein. Ich glaubte schon, er würde mir jetzt einen Vortrag über seine hungernden Kinder halten, doch er deutete nur auf den Wagen. »Wie soll ich mit so wenig Geld so einen schönen Wagen in Ordnung halten?«

Darauf gab es keine Antwort, daher zuckte ich nur lächelnd mit den Schultern.

Er seufzte. »So schöne Augen. Nur wegen dieser Augen fahre ich Sie für zweihundert.«

»Mein Zug nach Rabat fährt um fünf. Schaffen wir das?«

»*Insha'allah*. So Gott will.«

Mittlerweile war ich ziemlich nervös und sah zu, wie meine Koffer im Kofferraum verschwanden, bevor ich auf dem Rücksitz Platz nahm. Als ein zweiter und ein dritter Mann auf sein Rufen hin auftauchten, kramte ich mein Handy aus der Tasche, um notfalls Madame Rachidi im *riad* anzurufen. Vielleicht konnte sie mir sagen, wie ich mich verhalten sollte oder mir zumindest die Polizei zu Hilfe schicken. Der Fahrer setzte sich ans Steuer, und seine Freunde verschwanden aus dem Blickfeld und gingen um das Auto herum. Ich drehte mich um, voller Paranoia, nur um zu sehen, wie sie den Wagen anschoben. Beim dritten Versuch sprang er geräuschvoll an.

Na wunderbar, dachte ich. Ich bin allein in einem fremden Land – wirklich fremd –, mit einem Mann, der mir schon ein Kompliment zu meinen Augen gemacht hat und zwei Kumpel neben sich sitzen hat, auf dem Weg in eine Stadt, in der ich noch nie zuvor gewesen bin, in einem Wagen, der jeden Moment zusammenbrechen kann. Vielleicht hatte Alison doch Recht gehabt, jedenfalls kamen mir allmählich Bedenken.

Sie verwandelten sich in ausgesprochene Panik, als wir die Ausläufer der Stadt erreichten und der Fahrer plötzlich über drei Fahrspuren hinweg ausscherte, um einen unvorhergesehenen Umweg durch die Vororte zu nehmen. Auf der unauffälligen Landstraße, über die wir mit Besorgnis erregendem Tempo gerast waren, hatte nichts darauf hingewiesen, in was für einem Land ich gelandet war, doch plötzlich befanden wir uns in den *bidonvilles*.

Der Fahrer musste meinen Ausdruck im Rückspiegel gesehen haben, denn er drehte sich zu mir um, eine Hand noch immer lässig auf dem Lenkrad drapiert, während wir mit gefühlten hundertzwanzig Sachen in der Stunde dahinrasten, und erklärte mir aufmunternd: »Auf der Hauptstraße sind zu viele Polizeikameras. Ständig halten sie einen an, ist sehr teuer.«

Ich versuchte, mir nicht alles vorzustellen, was einer Frau allein in den Slums von Casablanca schlimmstenfalls passieren konnte, und konzentrierte mich auf die ungewohnte neue Umgebung, die an den Fenstern des schlingernden Wagens vorbeiflog. Zerfallende Lehmhäuser und Wellblechhütten, schmale Gassen aus gestampfter roter Erde dazwischen, die von kleinen schwarzen Ziegen, dürren Hühnern, abgemagerten Katzen und zerlumpten Kindern bevölkert waren. Autos, die unter der sengenden Sonne verrotteten, Unkraut, das durch die verrosteten Skelette von kaputten Fahrrädern wucherte, Leinen mit Wäsche, die in der staubigen Brise flatterte, bunte Teppiche, die über Terrassenmauern hingen, Wellblechdächer mit einem Wald von Satellitenschüsseln. Zwei Männer hockten neben einem Strommast und spielten so etwas Ähnliches wie Dame mit bunten Flaschenverschlüssen und Steinen; andere saßen auf den Treppenstufen, rauchten und starrten vor sich hin. Eine von

Kopf bis Fuß in weiße Baumwolle gehüllte Frau wusch unglaublich große Kleidungsstücke in einer winzigen Blechwanne. Sie hob den Kopf, um uns ohne jede Neugier vorbeifahren zu sehen, und wandte sich dann ungerührt wieder ihrer Aufgabe zu: Offensichtlich war die Großraumlimousine nicht zum ersten Mal zu Besuch in diesem nicht gerade vornehmen Stadtviertel.

Dann waren wir ebenso plötzlich wieder zurück auf der Landstraße, und die Slums verschwanden in einer Staubwolke. Wenige Augenblicke später rasten wir durch eine völlig modern wirkende Stadt – helle Mietshäuser mit Flachdächern, Schaufenster, Reklametafeln und Ampeln, die allerdings niemand zu beachten schien. Der Lärm der Hupen war ohrenbetäubend. Es schien, als wäre an sämtlichen Staus, Verzögerungen oder haarsträubenden Manövern ein anderer schuld. Zehn Fahrspuren voller Autos vereinigten sich an jeder größeren Kreuzung zu einem unentwirrbaren Knoten. Wenn die Hupen nicht funktionierten, streckten hilfsbereite Fahrer den Kopf aus dem Fenster und klärten die anderen über die elementarsten Straßenverkehrsregeln auf. Dreiräder mit sperrigen Ladeflächen vor dem Lenker – mit Fisch, Gemüse oder Schrott beladen – schlängelten sich haarscharf zwischen Wagen und Bussen hindurch. Manchmal wanderten selbstmörderische Passanten mitten in dieses entsetzliche Durcheinander hinein, doch wir fuhren zu schnell, als dass ich hätte sehen können, ob sie überlebten oder nicht. Wir passierten glitzernde Hotels, schicke Boutiquen, Ausstellungshallen mit Automodellen der internationalen Spitzenklasse, Designerküchen oder Flachbildschirmen. Die drei Männer vor mir schlossen sich der allgemeinen Rushhour-Konversation an, brüllten Flüche, schüttelten ihre Fäuste, drohten anderen mit dem Finger, und die Zauber und Amulette, die am Rückspiegel hingen, schaukelten heftig hin und her.

Allahs Wille war es, dass ich heil und gesund am Bahnhof von Casa Port ankam, gerade rechtzeitig, um den Zug nach Rabat zu erwischen. Mein Fahrer Hassan entpuppte sich als echter

Schatz, denn er drängelte sich in der Schlange bis ganz vorn vor, um mir ein *billet simple* zu kaufen, überredete den Wachmann, uns durch die Schranke zu lassen, trug mir das Gepäck bis an den Zug, fand den für mich reservierten Platz und verstaute die Koffer sicher im Gepäckfach über meinem Kopf. Dann schüttelte er mir kräftig die Hand. »*Besalama. Allah ihf'dek. Dieu vous protège!* Gott sei mit Ihnen!«

Er weigerte sich standhaft, ein Trinkgeld anzunehmen, und ich blieb mit offenem Mund stehen und starrte ihm staunend und dankbar nach.

Der Zahl der Aktentaschen und Laptops nach zu urteilen waren die Mitreisenden in meinem Abteil Geschäftsleute, und es waren überraschend viele Frauen darunter, manche völlig westlich gekleidet, andere in bodenlangen pastellfarbenen Gewändern mitsamt Hijab, wieder andere ganz ohne Kopfbedeckung. Alle trugen außergewöhnlich viel Make-up – Grundierung, Puder, Lippen- und Konturenstift, Rouge, dicken schwarzen Lidstrich, Lidschatten, Highlighter und Augenbrauenstift – alles sehr fachmännisch aufgetragen, und hochhackige Schuhe dazu. Mit Khol umrandete Augen musterten mich verstohlen: *Arme Frau, allein unterwegs, keine Kinder, kein Zeichen eines Eherings und dann auch noch so schäbig gekleidet – hat sie denn keinen Stolz, dass sie so alte Jeans und hässliche Turnschuhe trägt und nicht mal einen Hauch von Make-up?* Egal, wie rasch sie den Blick abwandten, einen kurzen Augenblick lang konnte ich ihre Gedanken lesen. Die Männer lächelten mir freundlich zu; vielleicht hatte ich ja auch in ihren Augen Mitleid verdient. Ein junger Mann, der wohl mit seinen Englischkenntnissen protzen wollte, fragte, ob ich zum ersten Mal in seinem Land sei, wie es mir gefiele, ob ich eine Unterkunft in Rabat brauchte, seine Familie nähme mich gern bei sich zuhause auf. Ich erzählte ihm, es wäre mein erster Besuch, das wenige, das ich bisher von Marokko gesehen hätte, sei sehr faszinierend, und ich freute mich darauf, mehr zu sehen. Und ja, vielen Dank, aber eine Übernachtungsmöglichkeit in Rabat hätte ich schon. Er schien mächtig enttäuscht.

»Wenn Sie einen Führer brauchen …?«

»Auch das ist bereits arrangiert.«

Er sah mich ernst an. »Sie müssen äußerst vorsichtig mit Führern hier in Marokko sein. Manchmal sind sie nicht das, als was sie sich ausgeben. Ich meine, man darf ihnen nicht vertrauen, denn sie erzählen einem die dreistesten Lügen. Es kann ziemlich gefährlich für eine Dame sein, allein zu reisen.«

Die Frau mir gegenüber sah mich an und hielt mehrere Augenblicke lang meinen Blick fest, bevor sie die Augen senkte.

»Vielen Dank für den freundlichen Rat«, sagte ich lächelnd. Um zu signalisieren, dass unsere Unterhaltung beendet war, zog ich meinen *Rough Guide* aus der Tasche und vertiefte mich darin, doch meine Nerven waren angespannt. Ich spürte seinen Blick auf mir wie eine körperliche Berührung, und plötzlich bekam ich eine Gänsehaut. Er ist doch nur nett, sagte ich mir eindringlich, er sorgt sich um dein Wohlergehen.

Ich trat in den Gang und rief Alison an.

»Hi, ich bin da.«

»Wo ist ›da‹?«

»Im Zug nach Rabat. In zwanzig Minuten kommen wir an.«

»Alles in Ordnung?«

Es war beruhigend, ihre Stimme zu hören. Für den Bruchteil einer Sekunde dachte ich über ihre Frage nach, fühlte mich dann lächerlich wegen meiner Paranoia und lächelte. »Ja, alles ist okay. Die Leute sind wirklich nett und hilfsbereit. Und wie geht's dir?«

»Bestens. Ich wollte dich später auch noch anrufen. Es ist nämlich etwas Verrücktes passiert. Wir haben was gefunden! Du wirst es nie glauben, aber es hat mit Catherines Buch zu tun.«

Ich wartete, und es kam mir vor, als säße ich auf glühenden Kohlen. Alison sagte etwas, was ich nicht verstand. »Wie? Sag es noch mal.«

»Entschuldige, es ist nur … Michael ist hier. Ich gebe ihn dir.«

Pause.

»Julia?« Michaels Stimme, einen Kontinent entfernt.

Ich schloss die Augen und dachte an unsere letzte Unterhaltung. »Hau ab«, sagte ich leise.

»Was? Ich kann dich nicht hören, Julia. Hör zu, du musst zurückkommen. Besorg dir einen Flug für morgen; Anna und ich zahlen ihn dir. Wir brauchen unbedingt das Buch, du würdest nicht glauben, was wir gefunden haben –«

»Verschwinde aus meinem Leben«, sagte ich und schaltete mit Herzklopfen das Telefon aus.

Ein beleibter Mann in mittleren Jahren mit Umhang und weiter Hose erwartete mich in der Halle des Hauptbahnhofs von Rabat mit einem handgemalten Schild, das die Aufschrift »Mme. Loveit« trug. Ich war schon an ihm vorbei, ehe der Groschen fiel. Um ein Haar hätte ich laut losgeprustet. Ich verkniff mir dieses Bedürfnis und ging ein paar Schritte zurück. »Hallo. Ich bin Julia Lovat.«

Sein Gesicht verzog sich zu einem breiten, zahnlosen Grinsen. »*Enchanté*, *Madame*. *Bienvenue*, *welcome*, willkommen in Marokko.« Er watschelte auf mich zu, schüttelte mir ausgiebig die Hand und nahm mir sogleich die Koffer ab.

»Sind Sie Idriss el-Kharkouri?«, fragte ich. Er war ganz anders, als ich erwartet hatte. Irgendwie hatte ich aus dem kultivierten Tonfall von Madame Rachidi entnommen, dass es sich um einen eleganten Cousin mit einem gebildeten Flair und der Fähigkeit handelte, im Eiltempo mit mir durch die Stadt zu marschieren und mir den Kopf mit allerlei geheimnisvollem Wissen zu füllen. Es sah nicht so aus, als hätte Idriss die Angewohnheit, überhaupt zu Fuß zu gehen, und sein träges Lächeln ließ auch nicht gerade auf den messerscharfen Intellekt eines erstklassigen Führers schließen. Aber schließlich hatte ich keine Ahnung, was sich hinter der Fassade dieser Kultur versteckte. Vielleicht sollte ich mir nicht so schnell ein Urteil bilden.

Er wirkte verwirrt, deshalb wiederholte ich meine Frage und setzte hinzu: »*Idriss, le cousin de Madame Rachidi, mon guide?*«

Jetzt schüttelte er energisch den Kopf. »*Ah, non, non, non, desolé, Madame. Idriss ne pouvait pas m'accompagner. Il est occupé ce soir. Moi, je suis Saïd el-Omari, aussi cousin de Madame Rachidi.*«

Noch ein Cousin von Madame Rachidi, übersetzte ich mir langsam und folgte ihm, als er mit meinen Koffern unter dem Arm losstolperte, obwohl sie Griffe und Räder hatten. Vielleicht hielt er nichts davon. Er ließ die Kofferraumklappe eines verrosteten blauen Peugeots mit offiziellem Taxischild aufschnappen, verstaute mein Gepäck, half mir auf den Rücksitz, machte eine verbotene Kehrtwendung und schoss dann auf die Hauptstraße einer Stadt, die genauso farblos und europäisch wirkte wie das Zentrum von Casablanca. Monumentale Regierungsgebäude, ein riesiges Postamt, reihenweise moderne Geschäfte, in allen Farben blühende öffentliche Parkanlagen, Geschäftshäuser, Parkplätze. Als die nichts sagenden Zeichen einer modernen City an mir vorbeirauschten, gestattete ich mir, einen Augenblick bei meiner kurzen Konversation mit Alison und Michael hängenzubleiben – wie ein Insekt an einer Venusfliegenfalle.

Was konnten sie so Wichtiges gefunden haben, das Michael dazu bewogen hatte, nach Cornwall zurückzukehren, ganz zu schweigen von dem Angebot, meinen Flug zu bezahlen? Und was hatte er – mein Magen zog sich zusammen – Anna alles erzählt? Bevor ich London verließ, hatte ich im Wissen um die Gefahren, in die sich ein Reisender begibt, das Buch in einem Copyshop in Putney sorgfältig Seite für Seite fotokopiert. Ich hatte es so flach wie möglich hingelegt, ohne den Rücken zu beschädigen, und die beste Grafikeinstellung benutzt, die das Gerät zu bieten hatte, um die weiche Bleistiftschrift wiederzugeben. Ich hatte mehrere Versuche gebraucht, eine ordentliche

Portion Kopfzerbrechen, mehr als eine Stunde und annähernd zehn Pfund, aber der daraus resultierende Seelenfrieden hatte sowohl Kosten als auch Mühe gelohnt. Eine vorsichtigere Person als ich hätte vermutlich das Original zuhause gelassen und die Kopie mitgenommen, doch die Vorstellung, mich von dem Gegenstand selbst zu trennen, war mir unerträglich, deshalb hatte ich nur die Kopie bei meinem Anwalt hinterlegt.

Meine Hand wanderte zu der Handtasche auf meinem Schoß. Sie stahl sich hinein und strich über den Einband des Büchleins. Ich habe mich oft gefragt, ob Tierhalter ihre Lieblinge streicheln, um sich selbst oder den Tieren einen Gefallen zu tun. Jetzt besänftigte mich die Berührung des weichen Kalbsleders; es war so beruhigend solide und präsent, und deshalb hegte ich den Verdacht, dass Ersteres zutraf. Und so hielt ich Catherines Buch an die Brust gedrückt, als wir die moderne Stadt durch einen großen Torbogen verließen und die bröckligen Terrakottamauern der alten Medina vor uns hatten.

Sofort verrenkte ich mir beinahe den Hals, und alle Gedanken an England verflogen. Dies war wirklich fremdes Territorium. Überall verstopften Menschenmassen die Straßen – alte Männer mit Kapuzengewändern, verschleierte Frauen, junge Männer in einem Kleidermix, der von regelrecht mittelalterlich bis hin zu den extraweiten Jeans und den üblichen Erkennungszeichen der klassischen Hip-Hop-Kultur reichte. Musik hing in der Luft, rhythmisch und eindringlich, traditionelle nordafrikanische Stimmen vermischten sich mit gelegentlichen Fetzen von pulsierenden Drums. Das Taxi schob sich im Schneckentempo durch den Strom der Menschen auf Fahrrädern, Mopeds und Eselskarren, was mir einen privilegierten Blick auf die Marktstände ermöglichte, die ihre Produkte im Übermaß zur Schau stellten, auf schmale Gassen, hohe, fensterlose Häuser mit reich verzierten Türen aus altem, mit Eisen beschlagenem Holz, elegante Türme mit glänzenden grünen Kacheln, schmiedeeiserne Tore, die einen atemberaubenden Blick in verborgene Innenhöfe mit grünen Orangenbäumen und Bougainvillea erlaubten. Als wir um eine Ecke bogen, hallte eine laute, klagende Stimme durch das Zwielicht: Der Muezzin rief zum Gebet. Mein Rückgrat erschauerte als Kontrapunkt, und ich schloss die Augen und horchte. »*Allahu akbar. Allahu akbar. Achehadou ana mohammed rasoul allah. Achehadou ana mohammed rasoul allah. Haya rala salah. Haya rala salah* …« Auf einen Schlag hatte ich das Gefühl, ins Herz des westlichen Islams versetzt worden zu sein.

Wenige Minuten später wurde der Zauber gebrochen, als Saïd sein Taxi mit einem Satz auf den kaputten Bürgersteig beförderte und der Motor zittrig verebbte. Ich sah mich um. Mittlerweile war es stockdunkel und hier noch mehr, denn das einzig sichtbare Licht kam von dem zischenden, blauweißen Schein eines Schweißgeräts, mit dem ein Mann auf der anderen Straßenseite seinen Wagen reparierte. Es warf beunruhigende Schatten, wie Derwische, die über die Mauern tanzten und sprangen. Aus dem Augenwinkel sah ich, wie etwas dicht über den Boden huschte. Ich fuhr herum und erstarrte mitten in der Bewegung: eine schwarze Katze, spindeldürr. Ihre Augen funkelten mich an, als sich das Licht des Schweißgeräts darin spiegelte, dann zuckte ihr Schwanz, und sie verschwand in die Nacht.

»*Allez, Madame*, kommen Sie mit mir. Dar el-Bedi hier entlang, *par ici.*«

Ich folgte ihm durch eine so schmale Gasse, dass ich beide Häuserwände berühren konnte, ohne die Arme ganz auszustrecken. Sie bestanden aus rauem Lehm und hatten große Eingänge. In einem davon saß eine alte Frau zusammengekauert auf der Schwelle. Als wir näher kamen, lächelte sie zu Saïd auf, und ich sah, dass ihre Augen von grauem Star getrübt waren und mich ebenso anfunkelten wie die der Katze. Sie streckte eine trockene, braune Hand aus, die Kralle eines Vogels. »*Sadaka all-allah.*«

Obwohl er mit meinem Gepäck beladen war, blieb Saïd stehen

und kramte in einer kleinen schrägen Tasche seines Gewands nach zwei Münzen, die er der Alten in die Hand drückte.

»*Schukran, schukran, sidi. Barakalaufik.*«

Doch da war er schon an ihr vorbei, trat in den Schatten des Hauses gegenüber und klopfte an ein großes, mit Nägeln beschlagenes Tor. Eine kleinere Tür darin tat sich auf, und goldenes Licht fiel hinaus in die Gasse. Zwischen Saïd und der Person auf der anderen Seite kam es zu einem lauten Wortwechsel auf Arabisch, dann winkte er mich näher. Ich machte nervös lächelnd einen Bogen um die alte Bettlerin und floh in das einladende Licht des *riad*.

NEUNZEHN

An Sir Arthur Harris, Esquire
Herr auf St Michael's Mount
Kenegie Manor House, Gulval Hills, Cornwall

am 24. August anno 1625
in Sallee, Land der Barbaresken

Gedenket Eurer Dienerin, & möge der Herr Euch mit bester Gesundheit segnen. Bitte entlohnt aus der Güte Eures Herzens heraus den Überbringer dieser Nachricht von uns unglücklichen Gefangenen in Sallee. Wir sind in den Händen grausamer Tyrannen, auf deren Befehl ich mich an Euch wende, in Angst um mein Leben.

Ich selbst & alle, die ich unten aufzähle, wurden bei dem Angriff auf Pen Sants gefangen & haben bis zum heutigen Tag überlebt, das heißt alle, die nicht während der Überfahrt umgekommen sind oder an anderer Pein & Marter oder weggeschleppt wurden, weiß Gott wohin. Sir, ich muß Euch um Hülfe bitten, denn es gibt niemanden sonst, an den wir uns wenden könnten, um unsere Freilassung zu erwirken, & ich kenne Euch als guten Christen, der nicht willentlich zuließe, daß seine Mitmenschen unerlöst bleiben & zum Abfall vom Glauben gezwungen. Täglich versuchen sie uns mit Drohungen & Schmeicheleien dazu zu bewegen, daß wir Türken werden & den Glauben Mohammeds annehmen, & ich befürchte, daß einige sich lieber überreden lassen als die Galeeren oder die Bastinade zu ertragen. Ich zähle Euch die Namen derer auf, deren Los ich kenne, aber viele mehr wurden gefangen genommen, & ich weiß nicht, was aus ihnen geworden ist oder was aus uns werden soll in den langen Wochen, bis diese Nachricht Euch erreicht. Daselbst aus Eurem eigenen Haushalt:

Catherine Anne Tregenna, Kammerzofe – £ 800
Eleanor Chigwine, Haushälterin (Euer treuer Diener William Chigwine kam während der Überfahrt ums Leben) £ 120
Matilda Pengellye, Hausmädchen – £ 250
Andere Gefangene aus der Kirche in Pen Sants:
Jane Tregenna, meine Mutter/Witwe – £ 156
Edward Coode, Esq, Tuchhändler (£ 100) & Frau Mary (mein Onkel & meine Tante) – £ 140. Meine Vettern sind beide umgekommen, fürchte ich.
John Kellynch, Fischer aus Market-Jew (£ 96), Schwester Henrietta (£ 125) & Mutter Maria Kellynch (£ 140)
Walter Truran, Prediger – £ 96
Jack Fellowes, Landarbeiter aus Alverton (£ 96), Ehefrau Ann (£ 180) & Kinder Peter & Mary, zwölf & acht (£ 280 für beide)
Alys Johns (£ 250) & ihr Sohn James, fünf (£ 104)
Ephraim Pengelly, Fischer aus Pen Sants – £ 80
Anne Samules, ehelos, aus Pen Sants – £ 80
Nan Tippet, Witwe aus Pen Sants – £ 85.

Ich weiß nicht, warum der Preis, den sie für mich angesetzt haben, so hoch ist. Nur, daß ich eine so hohe Summe nicht wert bin, Sir.

Über das Schicksal des Bürgermeisters & seiner Frau Ann Maddern, Ratsherr Polglaze & seiner Frau Elisabeth kann ich nichts berichten, aber ich habe gehört, daß über ihr Lösegeld gesondert verhandelt wird.

Es sind auch noch andere Landsleute bei uns, die aus verschiedenen anderen Gegenden entführt wurden, Seeleute von Schiffen & Häfen im West Country, aber sie haben ihre eigenen Aussagen gemacht, sodaß ich Euch hier nicht damit behelligen muß.

Bitte nehmt zur Kenntniß, Sir Arthur, daß die mohammedanischen Corsaires, die uns gefangen halten, ein Lösegeld von drei tausend vier hundert & fünfundneunzig Pfund (oder sieben tausend spanische Doublonen) für die Rückgabe aller Personen verlangen, in deren Namen ich schreibe. Es ist eine gewaltige Summe & ich weiß nicht, wo sie herkommen soll, aber ich bete, daß sich Mittel auftun lassen, um uns zu erlösen von unserem erbärmlichen Los, & daß unser Seufzen Euer Ohr erreichen möge & zu Mitleid & Erbarmen bewege. Betet für uns, wenn Ihr nichts anderes tun könnt, & bitte empfehlt mich freundlich Lady Harris, der ich täglich dankbar bin für ihre Güte & daß sie mir das Schreiben beigebracht & bitte grüßt auch meinen Vetter Robert. Wie Priester Truran sagt, nie haben wir die Bedeutung des Psalms, den die armen Juden in babylonischer Gefangenschaft geschrieben haben, besser verstanden als in diesen Stunden: »An den Wassern von Babel saßen wir & weinten, wenn wir an Zion dachten.« Oh, Cornwall, wie sehnen wir uns nach deinen grünen Hügeln & Tälern, der klaren Luft & dem freien & geordneten Leben, das wir einst besaßen, itzo da wir gefangen sind in Dunkelheit & Unrat, in Furcht um Leib & Leben.

Ich habe gehört, in London gebe es Handelsschiffe, die noch Kontakte in diese Gegend haben. Sollte es Euch möglich sein, so bitte gebt uns Nachricht innerhalb eines Monats oder sechs Wochen, andernfalls werden wir an diesem entsezzlichen Ort zugrunde gehen.

So will ich Euch nicht weiter belästigen, sondern verbleibe
Eure ergebene & gehorsame Dienerin
Catherine Anne Tregenna

ZWANZIG

Catherine
August 1625

Cat legte den Stift beiseite und seufzte. In Wahrheit hatte sie keinerlei Hoffnung, dass der Brief, den sie soeben beendet hatte, in die Hände ihres Herrn gelangte, geschweige denn, er auf ihre Bitte reagierte. Dreitausendvierhundertfünfundneunzig Pfund, von denen volle achthundert auf sie selbst entfielen, wie sie sehr wohl wusste. Das war ein Vermögen. Auf Kenegie hatte sie acht Pfund im Jahr verdient, und davon waren ihr noch Kost und Logis abgezogen worden. Matty hatte nur vier bekommen. Cornwall war ein armes Land; das Geld reichte hinten und vorn nicht. Steuern und Kirchenzehnte mussten irgendwie zusammengekratzt werden, der Lohn für einen Arzt war schier unbezahlbar – viele Kinder wurden krank und starben, weil ihre Eltern keinen Shilling für den Doktor hatten. Die Kosten für eine anständige Beerdigung zwangen viele Familien, sich der Gnade der Gemeinde auszuliefern, damit sie wenigstens die schlichteste Zeremonie erhielten. Cat hatte selbst gesehen, dass man die Toten in Sackleinen hüllte und einmal, wie des Nachts ein Fischer aus der Gegend eine vom Priester um den Preis einer Schüssel Grütze gesegnete Leiche abholte, die er dann im Meer bestattete.

»Fertig?« Die große Frau mit dem groben Gesicht und den rauen Händen, in deren Obhut man Cat gegeben hatte, stand vor ihr. Sie hatte die Hände in die Hüften gestemmt und wartete ungeduldig.

Cat nickte zögernd. »Ich bin fertig.«

»Gib her.«

Sie reichte ihr das Blatt. Die *patrona* nahm es ihr ab und inspizierte es misstrauisch, indem sie es mit schwieligen Fingern hin- und herdrehte. Cat war klar, dass die Frau kein Wort von dem lesen konnte, was sie geschrieben hatte, trotzdem schnalzte sie zufrieden mit der Zunge und rollte das Blatt zusammen.

»Ich bringe zu Djinn.«

Cat runzelte die Stirn. »Al-Andalusi?«

Als Antwort zischte die Frau sie nur an und verschwand eilig in den Schatten. Cat sank in die Polster zurück und wandte ihr Gesicht den Sonnenstrahlen entgegen, die durch die Jasminranken fielen. Die Blüten erfüllten die reglose Luft mit ihrem betäubend süßen Duft. Sie saß in einer Nische des gekachelten Innenhofs. In den Ranken, die über das filigrane Spalier des Balkons wucherten, sangen winzige rotbraune Vögel. Der Balkon zog sich um den gesamten Patio eines eleganten zweistöckigen Hauses. Ein Orangenbaum breitete seine Äste über eine Ecke, während in der gegenüberliegenden ein kleiner gemusterter Teppich lag, dessen ehemals leuchtende Farben von der Sonne ausgebleicht waren. In der Mitte des Innenhofs plätscherte Wasser in eine erhöhte Marmorschale, in der blassrote Rosenblüten schwammen. Die Stille, das Licht, der Duft und der erlesene Geschmack dieses Ortes waren so weit entfernt von der widerlichen *mazmorra*, dem stockdunklen, nach Kot und Urin stinkenden Kerker, in den sie und die anderen Gefangenen geworfen worden waren, dass sie sich nun nichts sehnlicher wünschte, als hierbleiben zu dürfen, selbst wenn es bedeutete, dass sie den verfluchten Brief noch tausend Mal neu schreiben musste.

Cat hatte nur drei Tage in der *mazmorra* verbracht (den Rufen des Muezzins nach geschätzt, denn kein Sonnenlicht drang in ihre Zelle), doch schon hatten diese jedes andere Bild der Hölle verdrängt, das ihr Bewusstsein jemals beschworen hatte. Sie alle – Männer, Frauen und Kinder – waren dort unter derart unmenschlichen Bedingungen zusammengepfercht gewesen, dass man daraus nur einen Schluss ziehen konnte: Ihren Entführern war es mehr oder minder gleichgültig, ob sie überlebten. Am Morgen waren zwei Männer in aller Frühe aufgetaucht und hatten mit starkem Akzent ihren Namen gerufen, sodass es ein paar Sekunden gedauert hatte, bis irgendwem aufging, dass sie nach Cat riefen. Sie hatten sie in ein schwarzes Gewand gesteckt, ihr einen Schleier umgebunden und sie mit gefesselten Händen, stolpernd und blinzelnd, zu diesem Haus geschleift. Dort war sie in einen dunklen kühlen Raum gestoßen worden, dessen Tür laut hinter ihr zufiel. Der Kontrast zwischen dem blendenden Sonnenschein in den Straßen und dem dämmrigen Licht im Innern des Hauses hatte sie verwirrt. Als die vertraute Stimme die Stille zerriss, war sie vor Schreck zusammengefahren.

»So, Cat'rin Anne Tregenna. Wie gefällt dir dein neues Quartier?« Und dann hatte er gelacht. Es war ein grausames Lachen gewesen, bei dem ihr die Tränen in die Augen geschossen waren. Schließlich hatte er mit den Fingern geschnippt, und ein dunkelhäutiger Junge, der bis zu diesem Augenblick reglos im Schatten gehockt hatte, war aufgesprungen und hatte einen Fensterladen geöffnet. Die Sonne war ins Zimmer geströmt, hatte die Wände vergoldet und die vornehme Einrichtung und den Mann, der auf einem mit Kissen gepolsterten Diwan lag, in bernsteinfarbenes Licht getaucht.

Al-Andalusi trug ein himmelblaues Gewand, das mit golden bestickten Tressen verziert war, und einen weißen Turban. Er sah aus wie der personifizierte Sommer, und im Gegensatz dazu kam sich Cat mehr denn je wie die verlauste, schmutzige Wilde vor, zu der sie in so kurzer Zeit geworden war.

»Du wirst einen Lösegeldbrief für deine Landsleute schreiben«, hatte er ihr erklärt und dann grob umrissen, wie dieser auszusehen hatte, wie viel Geld verlangt wurde und ihren Ausruf des Entsetzens ignoriert. »Du wirst erzählen, wie schrecklich die Zustände sind, in denen ihr lebt, auch dass wir euch gnadenlos auspeitschen und täglich auffordern, eurem Glauben abzuschwören …«

Cat starrte ihn an. »Niemand ist ausgepeitscht worden, seitdem wir Euer Schiff verlassen haben«, entgegnete sie mutig. »Und niemand hat den Versuch gemacht, uns zu bekehren.«

Al-Andalusis Augen glitzerten. »B-a-s-t-i-n-a-d-e«, buchstabierte er und ließ es sich von ihr wiederholen. »Weißt du, was das ist?«

Cat schüttelte den Kopf.

»Man wirft jemand auf den Boden und hebt seine Füße nach oben. Dann schlägt man ihn auf die Fußsohlen, bis sie schwarz sind. Ist sehr schmerzhaft, hat man mir erzählt. Niemand hält einer solchen Tortur lange stand. Die Opfer schreien vor Schmerzen. Sie schwören ihrem Glauben an den falschen Sohn ab und nehmen den wahren Glauben Allahs an. Das wirst du schreiben.«

»Ich verstehe nicht, warum ich solche Dinge schreiben soll.«

Der *raïs* lachte. » Euer Leben und eure Seele sind nicht in Gefahr, warum sollten deine Landsleute zahlen?«

»Sie werden nicht zahlen.« Unwillkürlich reckte Cat das Kinn. Sie war wütend – über den Betrug, die Grausamkeit und darüber, dass er die Situation bewusst auskostete.

Gleichmütig beobachtete er, wie sie vor Zorn errötete. Am Ende zuckte er mit den Schultern. »Dann werdet ihr in Marokko leben und sterben.«

Unglücklicherweise hatte der Brief seinen Erwartungen entsprochen. Die beiden Männer, die sie aus der *mazmorra* geholt hatten, kamen wieder; widerstandslos folgte sie ihnen. An diesem Tag hatte Catherine Anne Tregenna etwas verloren. Man hatte ihr einen flüchtigen Blick auf das Paradies gewährt und es dann wieder verschwinden lassen, wie durch einen Zaubertrick.

Jetzt stürzte ihre Seele in eine noch größere Finsternis. An der Tür nahmen die Männer ihr das schwarze Gewand wieder ab, obwohl es ihrer Stimmung entsprach, und stießen sie zurück in die Hölle.

»Der Türke hat wohl schon genug von dir, was?«, rief ein Mann. Sie konnte sein Gesicht in der Dunkelheit nicht sehen.

»Bestimmt hat er jede Menge Auswahl an Weibern.«

»Cat ist keine Hure, Jack Fellowes. Mögest du für deine Worte in der Hölle schmoren.«

Einen Augenblick glaubte Cat, es wäre ihre Mutter, die ihre Ehre verteidigt hatte, doch ihre Mutter hätte nie die Abkürzung ihres Namens benutzt. Es war eine andere Frau gewesen. Die Empörung in ihrer Stimme zerriss Cat das Herz. Matty, die liebevolle, treue, dumme Matty, immer noch auf trotzige Art so lebendig und gesund, dass es ihr nicht gleichgültig war, was man über ihre Freundin sagte.

Cat brach in bittere Tränen aus, zum ersten Mal, seit sie gefangen waren, und bald mischte sich eine Stimme nach der anderen ein. Manche versuchten, zu beschwichtigen, andere waren höhnisch und derb. Sie saß zusammengekauert da, wiegte sich vor und zurück und hielt sich die Ohren zu, um sie vor dem Lärm zu verschließen. Mit jeder Faser ihres Willens rief sie sich die Einzelheiten des duftenden Innenhofs und die kühle Ruhe des Hauses ins Gedächtnis zurück. Die Rosenblätter im Becken, die Mosaikfliesen in strahlenden Mustern von Blau, Weiß und Gold, die leuchtenden Früchte am Orangenbaum, das gitterartige Spalier, die Fülle der süß duftenden Blumen und die kleinen hin und her hüpfenden Vögel; die Decke aus Zedernholz im Zimmer des *raïs*, die dicken Webteppiche und holzgeschnitzten Möbel, das aufwändige Kostüm des kleinen schwarzen Jungen, sein krauses Haar, der feine Stoff des Gewands, das der *raïs* trug, und der Glanz seiner Augen im Halbdunkel … Eine Sekunde lang fragte eine Stimme in ihrem Hinterkopf: Warum versuchst du nicht, dir die Einzelheiten deines Lebens in Cornwall ins

Gedächtnis zu rufen, um dich zu trösten? Insgeheim antwortete sie darauf, dass die Erinnerung nicht mehr lebendig genug sei, um darin Trost zu finden, aber noch während sie es dachte, wusste sie, dass es eine Lüge war.

Am nächsten Tag kamen zwei Wärter mit der *patrona* zu ihrem Gefängnis. Zum ersten Mal wurden die Gefangenen nach Männern und Frauen getrennt, wobei die Kinder den Müttern oder nächsten Verwandten zugeteilt wurden. Die Frauen und Kinder nahmen sie zuerst mit. Und so stolperten sie hinaus auf die Straße, wo sie die Augen vor der blendenden Sonne zukneifen mussten. Vorsichtig, um die Haut der Ungläubigen nicht zu berühren, legten die Wärter ihnen Fußfesseln aus kaltem Eisen an, ketteten sie aneinander und trieben sie wie eine Ziegenherde zum Markt.

Cat ging in der Schlange hinter Nan Tippet. Die Witwe war ohnehin klein, und da sie auch noch den Kopf gesenkt hielt, hatte Cat einen ungehinderten Blick auf das alte Salé. Es war kaum zu glauben, dass sie erst einen Tag zuvor hier gewesen war, denn sie erkannte nichts wieder. Der ungewohnte Schleier hatte sie behindert, und außerdem hatte sie in ihrer Benommenheit nichts von der Umgebung aufnehmen können. Nun aber war es, als buhlte die Stadt um ihre Aufmerksamkeit, als hielte sie Cat ihre Fremdheit entgegen wie eine Zigeunerin ein Tamburin. Die Straßen, durch die sie gingen, wimmelten von Menschen – Männer zogen knochige Esel, deren Rücken unter den Lasten gebeugt waren, zerlumpte Kinder liefen hinter ihnen her, schlugen die Tiere mit Stöcken und kreischten mit rauen Stimmen durcheinander, es gab Wasserverkäufer mit auffallend herausgeputzten Hüten und Tierfellen über den Schultern, Männer mit langem Bart und durchdringendem Blick, blinde Bettler, Krüppel, die sich auf verstümmelten Gliedmaßen vorwärtsschleppten oder von Kopf bis Fuß verhüllte Frauen, die riesige Körbe auf dem Kopf oder dem Rücken balancierten und durch die Augenschlitze in ihrem Schleier neugierig die hellhaarigen, blasshäutigen Wilden in ihren fremdartigen Lumpen betrachteten.

»*Imshi!* Beweg dich!«

Einer der Wärter stieß Cat mit seinem Stock vorwärts. Sie war stehen geblieben, um ein Schauspiel zu betrachten. An einer Straßenecke spielte ein Mann Flöte vor einem Tontopf, aus dem sich schwankend eine Schlange erhob. Sein Partner hielt eine zweite Schlange in den Händen und erklärte einer kleinen Schar von Zuschauern, dass sie sie nicht beißen würde, doch niemand wollte ihm das Tier abnehmen.

Die Luft war erfüllt von Hitze und Fliegen, von Lärm, Staub und Gewürzen, Stimmengewirr und Musik, den Schreien der Esel, dem Gackern der Hühner und dem Gestank nach Dung. Flüchtig sah sie ein paar Ziegen, die durch eine Gasse zwischen hohen, fensterlosen Häusern jagten, verfolgt von einer Schar dunkelhäutiger Kinder. Cat stolperte weiter. Jeder Schritt war ein Angriff auf ihre Sinne.

Zuletzt bogen sie in eine der schmalen Gassen ein, wo die *patrona* vor einer gewaltigen, mit Messing beschlagenen Tür stehen blieb. Eine schlanke Frau öffnete ihnen. Sie war in ein dunkelblaues Gewand gehüllt, dessen Blenden mit einer Reihe bunter geometrischer Muster bestickt waren. Cat konzentrierte sich auf das Einzige in dieser fremden Welt, was sie verstand. Eine ganz schlichte Vorlage – ein siebenjähriges Kind hätte so etwas sticken können. Mit derart feinem Stoff und einer solchen Auswahl an Seide hätte sie dieses Gewand trotz seiner voluminösen Geschlechtslosigkeit in ein erlesenes Kleidungsstück verwandeln können.

Die *patrona* umarmte die andere Frau, küsste sie vier Mal auf die Wange und schwatzte eine Weile mit ihr. Die Wärter hatten ihre Gefangenen im Eilschritt hierhergeführt und immer wieder mit ihren Stöcken traktiert, wenn sie zögerten oder gar stehen blieben, und jetzt sah es so aus, als hätten sie alle Zeit der Welt. Endlich war die Begrüßung vorbei, und man trieb sie in einen Raum mit hoher Decke. Eine Frau, die ihren Kopf mit einer Kapuze verhüllt hatte, saß mit Feder und Tintenfass ausgestattet vor der Wand. Ungeduldig klopfte sie mit der Feder auf den Tisch, und ihr in scharlachrotes Leder gekleideter Fuß darunter wippte im Takt dazu.

Man öffnete den Gefangenen die Fußeisen, dann trat eine nach der anderen an den Tisch und gab mit Hilfe der *patrona* ihren Namen, Alter und Stand zu Protokoll, während die Schreiberin sie in Schriftzeichen der seltsamen fremden Sprache übersetzte. Wenig später waren sie in zwei Gruppen unterteilt worden. Auf einer Seite des Raums standen Jane Tregenna mit ihrer Schwägerin Mary Coode, Maria Kellynch, Ann Fellowes, Alice Johns, Nell Chigwine und Nan Tippet. Auf der anderen Seite Cat, Matty, Anne Samuels und die beiden Kinder, James Johns, fünf Jahre, und die kleine Henrietta Kellynch, die von allen Chicken gerufen wurde. Nachdem sie von ihrer Mutter getrennt worden war, klammerte sie sich an Matty, als wollte sie sie nie wieder loslassen.

Die *patrona* und die schlanke Frau gingen zwischen ihnen hin und her, dann versetzte die *amina* Alice Johns einen Stoß mit ihrem Stock. »Ausziehen!«, befahl ihr die *patrona*. Sie zerrte an Alice Johns schmutzigem Kleid und gestikulierte wild.

Alice starrte sie an. »Runter damit!« Die *patrona* griff nach dem Rock und fing an, ihn ihr auszuziehen. Alice umklammerte den Rock und kreischte. Die schlanke Frau versetzte ihr einen scharfen Hieb mit einer langen, biegsamen Peitsche, was das Geschrei noch verstärkte. Erneut erhob sich die Peitsche und sauste auf sie nieder.

Die Gefangenen wechselten entsetzte Blicke. »Runter damit!« Unter dem Ansturm von Schlägen und Befehlen kapitulierte Alice und stand so widerstandslos da wie ein bestraftes kleines Kind, als man ihr das Kleid über den Kopf zog. Jetzt trug sie nur noch ihr fleckiges baumwollenes Unterkleid. Sie war fünfundzwanzig und hatte erst ein Kind geboren, deshalb war Alice Johns eine hübsche Frau, trotz der Kotspuren und der Schmutzschicht auf ihrer Haut. Die Marokkanerinnen stießen sie hin und her, unterhielten sich in ihrer fremdartigen Sprache, befühlten die Muskeln in ihren Armen, untersuchten ihre Hände, ihre Füße und das Gebiss. Von Zeit zu Zeit zog die Schreiberin ein großes Buch auf dem Tisch zu Rate und rief eine Frage, die von der *patrona* in holpriges Englisch übersetzt wurde. Wenn Alice den starken Akzent und die ungewohnte Ausdrucksweise nicht verstand, wurde sie wieder geschlagen, diesmal auf die Oberschenkel.

Als sie an ihrem Unterhemd zerrten, begann Alice zu weinen. »Nein«, flehte sie. »Nein, nein!« Doch aller Widerstand war zwecklos. Das Hemd wurde ihr vom Leib gerissen, bis sie blass und nackt vor ihnen stand. Verzweifelt versuchte sie, mit den Händen ihre Blöße zu bedecken, und fiel dabei immer mehr zusammen, als wollte sie verschwinden. Die Gefangenen starrten zu Boden und empfanden Alice' Scham ebenso brennend, als wäre es ihre eigene. Außerdem wussten sie, dass ihnen allen das gleiche erniedrigende Ritual bevorstand. Cat tastete nach dem kleinen Beutel, in dem sie ihr Buch und den Stift aufbewahrte, und presste ihn unter ihrem Gewand an sich. Wenn man sie auszog, würde sie ihn garantiert verlieren.

»*Murtafa-at*«, erklärte die schlanke Frau und schlug Alice die Hände von der Brust, während die *patrona* eifrig nickte. Die Schreiberin saß am Tisch und kritzelte etwas in ihre Unterlagen.

Am Ende waren sie mit Alice fertig. Daraufhin packte die *patrona* Maria Kellynch. Als sie sah, wie ihre Mutter nach vorn trat, strampelte sich Chicken von Matty los, rannte quer durch den Raum zu ihr und klammerte sich an Marias Bein wie eine Klette. »Loslassen!«, rief die *patrona* und versuchte, Chicken wegzustoßen, doch das kleine Mädchen heulte nur noch lauter und klammerte sich noch heftiger fest. Am Ende griff die *amina* ein. Obwohl sie gerade erst jemanden mit einer Peitsche geschlagen hatte, fuhr sie der Kleinen jetzt mit erstaunlicher Sanftheit übers Haar und flüsterte ihr beruhigend etwas ins Ohr. Henrietta war davon so verwirrt, dass sie sofort aufhörte zu weinen und mit großen Augen zu der marokkanischen Frau aufsah. »*Eh-daa, a bentti*. Pssst.« Der Schleier löste sich vom Gesicht der *amina*, und Cat sah verblüfft, dass sie auffallend schön war, mit riesigen dunklen Augen, sanft geschwungenen Brauen, einer langen geraden Nase und leuchtender olivfarbener Haut. Dann wurde der Schleier mit einer gekonnten Bewegung rasch wieder befestigt, als spürte die Frau die lastenden Blicke der anderen.

Anschließend unterzogen sie Maria derselben Prüfung wie die arme Alice Johns. Die *patrona* und die schlanke Frau befühlten die schlaffe Haut am Bauch und die Hängebrüste, dann schüttelte die ältere den Kopf und rief der Schreiberin ein Wort zu, die es in eine Spalte auf der anderen Seite eintrug.

Als Nächstes war Nell Chigwine an der Reihe. Mit hoch erhobenem Kopf sah sie der *patrona* in die Augen. »Ich werde mich entkleiden, ohne mich des Körpers zu schämen, den mir der Herr geschenkt hat. Ich werde meine Kleider ausziehen und sie unter meine Füße legen und darauf treten, so wie Jesus es tat, damit ihr seht, dass eine gute Christin keine Angst vor euren Einschüchterungsversuchen hat.« Dann zog sie das ruinierte Kleid, das Hemd und die Unterhose aus, schleuderte alles auf den Boden und stand vor ihnen, ein armseliges Häufchen Haut, Knochen und blasse Haarbüschel.

Jemand fing an zu kichern. Die *patrona* ließ einen Schwall von kehligen Lauten los, kreischte und schlug mit bloßen Händen auf Nell ein. Schließlich bückte sie sich wütend nach den Kleidern und bewarf sie damit. »Ich habe nicht gesagt, du sollst dich ausziehen«, fauchte sie. »Du bist keine *murtafa-at*, du bist nutzlos, spindeldürr.«

Ann Fellowes, Nan Tippet und Cats Tante Mary Coode wurden nacheinander inspiziert, und am Schluss war Cat an der Reihe. Die Frau in dem mitternachtsblauen Gewand betrachtete interessiert die Djellaba, die sie trug, zupfte an einem Ärmel und befühlte den Stoff. Dann drehte sich die *amina* zu der älteren Frau und sprach lebhaft auf sie ein. Die *patrona* machte ein abwägendes Gesicht, nickte dann und antwortete ausgiebig. Cats Herz pochte. Das Buch, dachte sie. Sie dürfen mir mein Buch nicht wegnehmen. Das wurde plötzlich lebenswichtig, als bewahrte es in seinem kalbsledernen Einband alles, was von ihrer Identität übrig geblieben war.

»Runter!« Die *patrona* funkelte Cat an. »Ausziehen!«

Wie sollte sie das Buch vor ihren durchbohrenden Blicken verstecken? Cat starrte sie an und versuchte, kostbare Zeit zu gewinnen, um nachzudenken. Dann stieg sie vorsichtig aus dem Gewand und hielt dabei verstohlen den Beutel in der Hand. Als sie aus dem am Boden liegenden Stoff stieg, ließ sie ihn unbemerkt hinter sich fallen.

Die schlanke Frau schlug auf das Gewand ein und schüttelte es vor der *patrona*, als wollte sie etwas beweisen.

»Woher hast du Djellaba?«, fragte die *patrona* sie schließlich im Namen der anderen Frau.

»Sie ist ein Geschenk«, sagte Cat und bedeckte ihre Blöße mit den Händen und ihrem langen roten Haar. Sie kam sich vor wie Eva im Paradies, zum ersten Mal schämte sie sich ihres Körpers. »Vom *raïs*, Al-Andalusi.« Sie sah, wie die beiden Frauen sich aufgebrachte Blicke zuwarfen, dann ließ die schlanke das Gewand fallen und ging mit der Peitsche auf Cat los. Ihre Haut brannte wie Feuer, als das biegsame Leder auf sie niedersauste. Die anderen Frauen sahen mit offenem Mund zu, doch keine wagte, ihr zu Hilfe zu kommen. Von der Gefangenschaft geschwächt, reagierte Cat nur langsam, doch sie war größer und sehniger als die Marokkanerin, und obendrein kochte sie vor Wut. Sie stürzte sich auf ihre Peinigerin, schaffte es, der Frau den Schleier vom Gesicht zu reißen und die Hand mit der Waffe in ihrem Gewand zu verheddern, doch im Nu hatten die *patrona* und die Schreiberin sie zu Boden geworfen. Als sie von ihr abließen, war ihre blasse weiße Haut nicht nur von roten Striemen übersät, sondern auch von blauen Flecken.

Unterdessen glättete die *amina* ihr Gewand, spuckte auf Cats entblößten Rücken und krönte diese Schmach mit einem Schwall von Beschimpfungen.

Was dann geschah, würde Cat bis an ihr Lebensende als Augenblick extremer Erniedrigung im Gedächtnis bleiben. Die beiden Frauen spreizten ihre Beine und untersuchten fachmännisch ihr Geschlecht. Dann hatten sie offenbar einen hitzigen Streit, und am Schluss drehte die *patrona* Cat auf den Rücken. »Jungfrau, ja oder nein?«, fragte sie.

Mit weit aufgerissenen Augen nickte Cat, was eine weitere stürmische Debatte auslöste. Mittendrin stand Cat vorsichtig auf. Der kleine Beutel lag auf dem gekachelten Boden. Einige der anderen Frauen starrten darauf, als könnte jeden Augenblick etwas Ungeheuerliches daraus entspringen. Cat wünschte, sie würden es nicht tun. Es war nur eine Frage der Zeit, bis sie die Aufmerksamkeit der *amina* weckten. Mit einer raschen Bewegung hob sie ihn auf und wandte sich zu ihren Landsleuten um.

Einen Augenblick glaubte sie, mit ihrer Täuschung davonzukommen, doch die *amina* hatte scharfe Augen. Cat hörte die Peitsche durch die Luft sirren, noch bevor sie sie traf. Hätte sie sich nicht umgedreht, wäre sie, ohne allzu großen Schaden anzurichten, auf ihrem Hinterkopf gelandet, so aber traf die volle Wucht des Schlags sie im Gesicht, und aus Schreck über den Schmerz ließ sie den Beutel fallen. Im nächsten Moment hatte die *amina* ihn aufgehoben. Dann schwenkte sie das Buch vor Cat. »Was ist das?«

Mittlerweile strömten Tränen über deren Gesicht, ausgelöst durch eine ununterdrückbare Mischung aus Schmerz, Wut und Scham. Sie schüttelte den Kopf, unfähig zu antworten. Die *amina* schlug es auf und studierte es. Die *patrona* und die Schreiberin kamen dazu. Zusammen rätselten sie über die

Bedeutung der seltsamen Zeichnungen und handschriftlichen Notizen.

»Es ist mein Gebetbuch«, sagte Cat endlich, als hätte Gott selbst sie beflügelt.

Die *patrona* runzelte die Stirn.

»Gebet?«

Cat faltete die Hände vor der Brust. »Gebet.«

»Für deine Religion?«, fragte die *patrona* erneut.

Cat nickte. Nell Chigwine würgte, als müsste sie eine gehässige Bemerkung hinunterschlucken. Die *amina* blätterte durch die Seiten, stieß mit dem Finger auf eine der Vorlagen und sprach eindringlich auf die Schreiberin ein, die nickte.

»Khadija sagt, ist Ketzerei«, verkündete die *patrona*. »Deine Religion ist nicht wichtig, nur Ketzerei. Das Gewand hast du gestohlen, das Buch auch – ins Feuer damit, wie deine Seele.«

Danach passierte alles wie in einem Nebel. Nach einer Weile, die ihr wie eine Ewigkeit erschien, und nachdem auch die arme Matty Pengelly (seltsamerweise aber nicht die alte Jungfer Anne Samuels) der beschämenden Untersuchung unterzogen worden war, scheuchte sie die *patrona* aus dem Raum und durch ein Labyrinth von kühlen, dunklen Gängen, bis sie eine Tür erreichten, aus der große Dampfwolken quollen.

Hier blieb Jane Tregenna stehen. »Wollen sie uns etwa bei lebendigem Leib in den Kochtopf werfen?«

»*Imshi* – bewegt euch, rein da!« Im Vergleich zu der älteren Frau war die *patrona* riesig. Plötzlich fiel Cat das ausgezehrte Gesicht ihrer Mutter auf. Bislang hatte sie versucht, den Rest ihres nackten Körpers zu ignorieren, doch ein einziger Blick hatte genügt, um ihr die messerscharfen Schlüsselbeine, die herausstehenden Rippen des Brustkastens, den eingefallenen Bauch und die zerbrechlichen Knochen vor Augen zu führen. Ihre Mutter hatte immer eine gute Figur gemacht mit ihren schleppenden Reifröcken und den hübschen Kurven, die von ihrem eng geschnürten Korsett herrührten, doch jetzt wirkte sie alt und verbraucht, eine Frau, die mit einem Fuß bereits im Grab stand. Von ihnen allen war Cat vermutlich die Einzige, die die grausame Reise nicht hatte brechen können, denn sie hatte gegessen, als die anderen Hunger litten, hatte auf frischem Leinen geschlafen, als die anderen in ihren eigenen Exkrementen standen, und ihr Fleisch war noch straff und fest. Kein Wunder, dass alle dachten, ihre eigenen Landsleute ebenso wie die Araberinnen, dass sie die Hure des Piratenanführers war.

Gegen die *patrona* kam man nicht an – es hatte keinen Sinn, und einen Fluchtweg gab es nicht. Eine nach der anderen schlurften sie in das dampfende Halbdunkel. Dort wurden sie von vier jungen Mädchen mit engen weißen Gewändern und Kopfbedeckungen empfangen, die sie mit Wasser und Lappen bearbeiteten, bis ihre Haut wund war. Hätte sie die Möglichkeit gehabt, hätte Cat sie noch überboten und sich die Haut blutig gerubbelt, doch selbst das wäre nicht genug gewesen.

»Niemals werde ich eure widerwärtige türkische Tracht tragen!« Nell Chigwine, die ihr graues Haar zu Rattenschwänzen geflochten hatte, und deren weiße Haut mit unansehnlichen roten Flecken übersät war, verschränkte die Arme vor der Brust und warf der *patrona* einen herausfordernden Blick zu. »Entweder bekomme ich anständige christliche Kleidung oder gar nichts.«

Die anderen starrten sie an, einige mit zögernder Bewunderung, andere voller Angst, als müssten sie nun mit einer kollektiven Bestrafung rechnen.

Die *patrona* hatte das alles schon gehört, in einem Dutzend verschiedener Sprachen. Gefangene aus Spanien, von den Kanarischen Inseln, aus Malta, Frankreich und Portugal waren durch ihre Hände gegangen. Sie hatte alle genauso behandelt wie die Unglücklichen, die Stammesfehden oder regionalen Kriegen zum Opfer gefallen waren – gefangene Berber aus dem *bled* oder aus den Bergen, schwarzhäutige Frauen, die mit Kamelkarawanen aus den heißen Ländern im Süden kamen. Ihre Gemeinde lebte von dem Geld, das sie mit der Versteigerung dieser Gefangenen verdiente. Es finanzierte nicht nur den heiligen Krieg, den Korsaren wie ihr Herr führten – von manchen der Djinn und von anderen der Andalusier genannt –, sondern auch die Renovierung der Kasbah, ihrer Häuser und Souks, die Ausbildung ihrer Kinder in der vornehmen *medersa* und den Erhalt ihrer Schreine. Es zahlte die Almosen für die Armen, Witwen und Verkrüppelten. Es hielt sie alle in der Hand Allahs am Leben. Es war eine heilige Pflicht, der sie sich mit Haut und Haar verschrieben hatte.

All das zeigte sich an ihrem Ton und vermutlich auch an ihren Worten, als sie Nell Chigwine beschimpfte. Doch in deren zähen alten Knochen breitete sich ebenfalls rechtschaffener Zorn aus, und so schubste sie die *patrona* gegen einen Türpfosten. Diese hatte gut gegessen, nicht nur heute, als sie frisches Brot mit Honig aus Mekka, Eier, Tomaten und Zwiebeln mit Kreuzkümmel gefrühstückt hatte, sondern ihr ganzes Leben lang. Sie hatte gut gegessen, sie hatte Wäsche gewaschen und Körbe, Töpfe und Kinder geschleppt, bis ihre Oberarme so muskulös waren wie die eines Mannes. Als sie Nell Chigwine zurückstieß, glitten die Füße der älteren Frau auf den nassen Fliesen aus, und sie stürzte zu Boden, obwohl sie mit beiden Armen versuchte, das Gleichgewicht zu halten. Ihr Kopf schlug gegen die feinen *zellije*-Kacheln an der Wand und fügte dem sternenförmigen Mosaik eine fünfte Farbe hinzu, ein ungewolltes Dunkelrot zwischen all dem Blau und Weiß, und dann lag sie auf dem Boden, reglos wie ein Stein.

Von der Auktionsplattform aus starrte Cat am selben Nachmittag auf die Menschenmenge, die sich im Souk el-Ghezel versammelt hatte. Auf dem Marktplatz wimmelte es von Kauflustigen und Neugierigen. Alle wollten sich die neuen Sklaven ansehen, die der Djinn von seinem letzten Beutezug in Feindesland mitgebracht hatte. Die meisten trugen lange Gewänder, und viele Bart und Turban, aber durch die Menge schritten auch andere, Männer, die sie an den in Plymouth geborenen Renegaten erinnerten, der zum Türkentum übergetreten war und einen neuen Namen angenommen hatte: Ashab Ibrahim. Sie waren hellhäutig, stolzierten in europäischer Kleidung herum wie Herren auf einem Fest und drängelten sich nach vorn, als hätten sie das Recht dazu. Verräter, dachte sie bitter. Männer, die ihr Mäntelchen nach dem Wind hängten, und nur des Geldes wegen. Sie kochte vor Wut. Wie konnten sie es wagen, anständige Christen, die man dermaßen geschunden hatte, zu begaffen und zu verspotten? Oder schlimmer noch, eine Frau zu kaufen, die sie in ihrem eigenen Land auf ehrliche Weise nie und nimmer hätten erobern können?

Die Frauen aus Penzance waren nicht die einzigen beweglichen Güter, die an diesem Tag auf dem Sklavenmarkt versteigert werden sollten. Reihenweise wurden aneinandergekettete männliche Gefangene auf die andere Seite des Marktplatzes getrieben und dabei so stolz vorgeführt, als handelte es sich um Zuchthengste bei der Frühjahrsauktion. Sie trugen nur einen Lendenschurz aus weißer Baumwolle, und der Preis, zu dem sie verkauft werden sollten, war ihnen mit Kohle auf die Brust gemalt worden. Cat erkannte keinen aus dem Unterdeck wieder. Offensichtlich waren auch andere Korsarenschiffe mit eigener Sklavenbeute aus den Gewässern an den Küsten der Christen zurückgekehrt.

Während der Vorführung priesen die *dilaheen* mit lauter Stimme die Vorzüge ihrer Schützlinge und ermunterten die versammelten Käufer, sich bei der Versteigerung der Prachtexemplare für die Galeeren, Privatarmeen oder für harte Arbeit auf dem Feld gegenseitig zu überbieten. Manche wurden als Schiffsbauer angeboten, Segelmacher oder Kanonenschützen: Sie erzielten die höchsten Preise. Die meisten jedoch waren Fischer, raue Burschen mit wettergegerbten Gesichtern und sehnigen Armen. Die potenziellen Käufer befühlten die Muskeln der Sklaven, prüften Brust und Bauch und untersuchten ihr Gebiss, um sicher zu sein, dass das Alter, das die Auktionatoren angegeben hatten, auch stimmte. Frauen kamen dazu, deren Haut fast so schwarz war wie die zerschlissenen Gewänder, die sie trugen. Ihnen hatte man den Preis mit Kreide auf den Rücken geschrieben. Cat beobachtete entsetzt und fasziniert zugleich, wie ein Mann einer dieser Frauen das Gewand auszog und ihre Arme und Beine betastete, um zu sehen, wie dick sie waren. Sie hatte noch nie eine solch glänzende ebenholzschwarze Haut gesehen, doch der Kaufinteressent schien gegen solche Exotik immun zu sein und kniff die Frau weiter ins Fleisch, um sich zu vergewissern, dass sie kräftig und gesund war. Ob sie schwanger war? Er berührte ihren Bauch und hätte sich auch noch weiter gewagt, wenn der *dilaheen* ihn nicht daran gehindert hätte – keineswegs böse, sondern mit einem Scherz.

»In ihren Augen sind wir kaum mehr als Tiere«, bemerkte Jane Tregenna angewidert. »Uns wählen sie danach aus, ob wir für sie Kinder auf die Welt bringen oder uns zu Tode schuften können.«

»Vielleicht wird der Brief, den Cat geschrieben hat, uns retten, und Sir Arthur schickt das Lösegeld«, begann Matty, aber die ältere Frau drehte sich zu ihr um.

»Du hast weniger Verstand in deinem Kopf als eine Feldmaus, Mathilda Pengelly! Glaubst du wirklich, der Herr von Kenegie kann sein Geld für Leute wie uns zum Fenster rauswerfen? Aber auch wenn er eine solche Summe aufbringen könnte, woher wissen wir, dass diese Wilden sie nicht nehmen und über ihn lachen würden? Oder sich, nachdem wir an verschiedene Orte verkauft sind, die Mühe machten, uns aufzustöbern und wieder nach Hause zu schicken? Und selbst das käme nur in Betracht, wenn der Brief ihn überhaupt erreicht, was ich ernstlich bezweifle.«

Niemand antwortete, denn es gab nichts zu sagen. Unter dem schockierenden Eindruck von Nell Chigwines Tod hatten die

Frauen nun, da sie sich einer unsicheren Zukunft gegenübersahen das Gefühl, dass sich eine noch tiefere Dunkelheit über sie senkte. Sie konnten an jeden verkauft werden, der auf sie bot und sie entweder nach Belieben benutzen oder an jemand anderen in wer weiß welchem gottverlassenen Winkel dieser seltsamen Welt weiterverkaufen mochte. Von nun an würden sie getrennt von ihren Landsleuten unter Heiden leben müssen, die kein Wort Englisch sprachen und sich nicht um sie kümmern würden, Hauptsache, sie brachten ihre Kosten wieder ein.

Jetzt waren sie an der Reihe. Als sie von ihrem Podium herabstiegen, verglich der Auktionator ihre Namen mit einer Liste, die die Schreiberin der *amina* am Morgen angefertigt hatte, und fing dann an, sie mit hoher Stimme in seiner barbarischen Sprache anzupreisen. Maria Kellynch und Chicken wurden als Erste zusammen verkauft, gleich danach folgten Ann Fellowes und ihr kleines Mädchen, Mary. Für Anne Samuels und Nan Tippet fanden sich keine Interessenten. Matty, Alice Johns und deren Sohn James wurden vom selben Bieter ersteigert – einem respektabel aussehenden Mann mit prächtigen Gewändern, dessen langer schwarzer Bart sich zu kleinen öligen Löckchen ringelte und der seine Ohrläppchen und Unterarme mit Gold geschmückt hatte. Er trug einen reich verzierten Stab und war in Begleitung von zwei Jungen in Uniform, die aussahen wie Lakaien aus einem wohlhabenden europäischen Haus.

Als der *dilaheen* zu Cat kam, machte er eine Pause. Dann hob er die Stimme noch mehr an und nahm ihr den Schleier ab, sodass ihr feuerrotes Haar sichtbar wurde. Auf der Stelle geriet die Menge in Aufruhr, und die Menschen begannen zu rufen und ihre Angebote zu schwenken. Cat biss die Zähne zusammen, obgleich sie wacklige Knie hatte. Jetzt, da der Moment gekommen war, an dem sie verkauft werden sollte, merkte sie, dass sie Todesangst hatte. Selbst der Schmutz in der *mazmorra* war besser, als an diesem Abgrund zu stehen. Wer würde sie kaufen? Der fette Händler mit dem gierigen, feisten Gesicht? Der schmale, grausam aussehende Kerl mit der Hakennase und dem schlichten weißen Gewand, der keinen Ton von sich gab, sondern nur diskret die Hand hob, während sich die Anbieter gegenseitig übertrumpften? Die beiden jungen Männer ganz vorn, die sie mit ihren hinterhältigen schwarzen Augen verschlangen? Der Freibeuter mit dem groben Gesicht, der nach zu viel Alkohol torkelte und sich auf seinen ebenso betrunkenen Freund stützen musste? Sie hatte ihn für einen Engländer gehalten, doch als er sein Gebot abgab, war es in einer Sprache, die sie nicht kannte und ihr jede Hoffnung nahm, ihren Käufer zu bitten, sie in Sicherheit zu bringen, bis das Lösegeld eintraf, auch wenn dies nur ein Vorwand sein mochte. Sie sah von einem zum anderen, und ihr wurde übel. Dann schoss plötzlich einer der beiden jungen Männer vorwärts, und gleichzeitig blitzte etwas in seiner Hand auf.

Cat sah einen kleinen Krummdolch auf sich zukommen, schrie auf und versuchte wegzulaufen, doch die Fußfesseln hinderten sie daran. Sie stolperte, fiel zu Boden und riss auch Nan Tippet und Matty mit sich. Dann brach Chaos aus: Leute riefen durcheinander und rempelten sich gegenseitig an, eine Frau hörte gar nicht mehr auf zu schreien. Cat richtete sich halbwegs auf und sah, wie der *dilaheen* dem jungen Mann, der sie angegriffen hatte, einen Hieb mit der Peitsche verpasste. Der Dolch flog zur Seite, blitzte in der Sonne auf, und als Cat wieder auf beiden Beinen stand, waren er und sein Freund verschwunden.

Als wäre nichts Ungewöhnliches passiert, rief der Auktionator zur Fortsetzung der Versteigerung auf, die Menge drängte sich wieder nach vorn, und der *dilaheen* zeigte mit dem Stock auf einen nach dem anderen, um die Angebote zu bestätigen. Einmal sah es schon beinahe so aus, als wäre die Grenze erreicht, doch dann hob ein ungewöhnlich großer Mann mit dunkelblauem Turban ganz hinten die Hand. Er machte eine komplizierte Geste mit den Fingern, und der *dilaheen* senkte zustimmend den Kopf. Ein Raunen flog durch die Menge, und die Anwesenden wandten die Köpfe, um zu sehen, wer den Handel abgeschlossen hatte. Doch die hochgewachsene Gestalt war bereits dabei, den Marktplatz zu verlassen. Die Leute wandten sich ab und murmelten enttäuscht; die meisten hatten kein Interesse an den übrigen Sklaven.

»Er wollte dich umbringen«, flüsterte Matty eindringlich, als sie weggeführt wurden, damit Geld und Schuldscheine ausgetauscht werden konnten. »Warum nur?«

Cat hatte keine Ahnung. Wie sollte sie auch?

»Sie hassen uns«, sagte Jane Tregenna mit blassem Gesicht. »Sie hassen uns und wollen uns am liebsten tot sehen.« Sie berührte die Wange ihrer Tochter. Eine so zärtliche Geste hatte Cat im ganzen Leben noch nicht von ihrer Mutter empfangen. »Möglich, dass wir uns nach diesem Tag nie wiedersehen, Catherine. Vergiss nicht, dass du aus gutem Hause stammst: Dein Blut ist besser, als du ahnst. Sei stolz und wahre deine Ehre vor Gott in diesem heidnischen Land.«

EINUNDZWANZIG

Sie sind bestimmt Madame Lovat, nicht?« Die Sprecherin war eine winzige Frau, die ein elegantes dunkles Gewand und einen hellen Hijab aus Seide trug.

»Julia, ja. Madame Rachidi?«

»Nennen Sie mich Naima. Warten Sie, ich zeige Ihnen Ihr Zimmer. Lassen Sie das Gepäck hier stehen, Aziz trägt es herüber. Hatten Sie eine gute, eine angenehme Reise?«

Ich folgte ihr durch mehrere lange, weich erleuchtete Gänge zu einem offenen Innenhof. Schmiedeeiserne Tische und Stühle standen um einen Springbrunnen in der Mitte, in dessen viereckiges Becken jemand eine Hand voll duftender Rosenblüten gestreut hatte. Prächtig verzierte Laternen warfen durchbrochene Lichtstreifen in alle Ecken des Patios, im ersten Stock zog sich eine von Pfeilern gestützte Arkade rings um die Wände, und darüber erspähte ich noch eine Galerie aus Zedernholz, die von wucherndem Jasmin und Bougainvillea bedeckt war. Den letzten perfekten Schliff gab die Mondsichel, die in dem leeren schwarzen Viereck über uns hing. »Wunderschön ist es hier, Naima«, seufzte ich.

»*Barakalaufik*, Madame Lovat.« Sie wandte leise lächelnd den Blick ab und trat dann auf eine Seite des Hofes, wo sie eine Flügeltür aufschloss und beide Türhälften öffnete. Dahinter verbarg sich ein Zimmer aus Tausendundeiner Nacht. Ein riesiges Bett mit Baldachin, bedeckt mit schneeweißen Laken und unzähligen Seidenkissen; dicke weiche Teppiche auf einem polierten Steinboden, Messingtische, ein Tablett mit farbigen Gläsern und einer Wasserkaraffe, Laternen, Kerzen, zwei niedrige holzgeschnitzte Stühle. Eine gepolsterte Sitzbank zog sich an der Wand unter dem mit Läden verschlossenen Fenster entlang, das auf den Innenhof hinausging. Durch das verschnörkelte Gitter strömte der Duft von Rosen und Räucherwerk ins Zimmer. Ein Durchbruch im maurischen Stil führte in ein luxuriöses Bad mit glänzend verputzten Wänden, feinen Mosaikkacheln, zwei Becken aus gehämmertem Gold, einer tiefen Wanne, die aussah, als wäre sie aus Marmor, und einer separaten Duschkabine – alles erleuchtet von flackernden Kerzen. Es verschlug mir die Sprache. Ich stellte mir vor, wie es sein müsste, ein solches Badezimmer zu besitzen. Hätte es mir gehört, hätte ich darin gewohnt, und meine Haut wäre so schrumpelig wie die einer Dörrpflaume.

»Milouda hat ein Tajine vorbereitet, falls Sie müde sind und heute Abend lieber hier essen möchten«, sagte Naima Rachidi von der Türschwelle aus.

Ich drehte mich um, noch halb in meiner Träumerei versunken. »Das war sehr aufmerksam von Ihnen.«

»Ich lasse Ihnen einen Tisch im Innenhof decken. Er wird in einer halben Stunde fertig sein, ist Ihnen das recht? So haben Sie Zeit, vor dem Essen auszupacken und zu baden.«

»Vielen, vielen Dank.«

»*Tanmirt.*« Sie neigte den Kopf. »*Marhaban.* Seien Sie willkommen.«

Ich lächelte ihr zu. »Sie sprechen ein wundervolles Englisch. Mein Arabisch dagegen ist nicht existent, fürchte ich.«

Sie verzog das Gesicht. »Ich habe Englisch hier auf der Schule gelernt, aber eigentlich sind wir Berber – in meiner Familie sprechen wir lieber unsere eigene Sprache. Idriss wird Ihnen bestimmt ein paar Worte beibringen, wenn Sie möchten.«

Idriss. Den hatte ich fast vergessen. Würde er zu der romantischen Idylle passen, die seine Cousine hier geschaffen hatte? Vielleicht war das ein bisschen viel verlangt. Ich packte aus, stellte mich unter die Dusche und ging wieder in den Innenhof. Dort nahm ich an einem der Tische im Hof Platz, wo Naima mir das Tajine servierte und ich über die komplizierten Gewürze und die ungewohnten Zutaten spekulierte. Das Lamm zerging auf der Zunge, und wenn ich etwas hinunterschluckte, hinterließ es kleine feurige Spitzen, einen Nachgeschmack von Zitrone, Chili, Knoblauch und einem Dutzend weiterer feiner Aromen. Als Milouda, eine geschäftige, ältere Frau mit weißen Leggings, einem um dem Kopf gewickelten Tuch und einem bauschigen knielangen Gewand kam, um meine hastig geleerten Teller abzuräumen, fragte ich, was darin gewesen war. Sie erzählte mir, was ich bereits wusste, dann legte sie den Finger neben die Nase – universelle Geste verschwörerischer Geheimniskrämerei.

»*C'est magie*«, sagte sie und weigerte sich standhaft, weitere Erklärungen abzugeben.

In dieser Nacht schlief ich gut, wurde jedoch von seltsamen Träumen heimgesucht, die den weichen Gesang des frühmorgendlichen Muezzins in goldene Bänder verwandelten, die sich um mich schlangen. Ich lag da, halb wach, halb im Traum, und erschauerte in dem angenehm aufregenden Gefühl, allein auf diesem fremden Kontinent zu sein. Trotzdem fühlte ich mich sicher und geborgen, und als ich wieder einschlief, folgten noch vier Stunden traumloser Ruhe, bis ich endlich vom Zwitschern der kleinen Vögel und dem leisen Plätschern des Springbrunnens im Hof erwachte.

Nach dem Frühstück lehnte ich mich mit einem starken Kaffee und meinem Marokkoführer zurück und lauschte dem Geplapper der beiden französischen Touristen am Nebentisch. Plötzlich fiel ein Schatten über mich.

»Guten Morgen.« Es war Englisch mit einem Akzent, den ich nicht einordnen konnte, möglicherweise amerikanisch. Ich sah auf. Er stand im Gegenlicht, sodass ich sein Gesicht nicht sehen konnte. Als er sich bewegte, traf mich das Licht mit ganzer Wucht, und ich musste den Blick abwenden.

»Was lesen Sie?«

Ich legte das aufgeschlagene Buch auf den Tisch. »Der Exodus der aus Spanien verbannten Mauren nach Afrika setzte sich während des ganzen sechzehnten Jahrhunderts bis zum Ende des Jahres 1609 kontinuierlich fort. Dann beschloss Philipp III., alle verbliebenen Mauren ein für alle Mal von spanischem Boden zu vertreiben. Sein letzter Erlass im Januar 1610 war unmissverständlich und galt für alle. Mit ihm verlangte er, dass sämtliche Muselmanen, unabhängig davon, ob sie zu irgendeinem Zeitpunkt oder für einen bestimmten Zeitraum zum Katholizismus übergetreten waren oder nicht, das Land sofort zu verlassen hatten, eine Entscheidung, die schreckliche Konsequenzen haben sollte. Die ersten Vertreibungen im vorangegangenen Jahrhundert hatten bereits einen heftigen Aufschwung der Piraterie im Mittelmeer zur Folge gehabt. Diese neuen, radikalen Maßnahmen machten die Weltmeere noch unsicherer und gaben der Wiederbesiedlung von Salé durch die Mauren, die die nächsten zweihundert Jahre die aktivsten Berberpiraten sein sollten, neuen Auftrieb.«

Er hatte sich auf den unbenutzten Stuhl neben mir gesetzt, während ich diese Passage vorlas, und ein langes, in Leinen gehülltes Bein über das andere geschlagen. Ich spürte, dass er aufmerksam zuhörte, und als ich endete und aufsah, nickte er. »Eine annehmbare Zusammenfassung, wenn auch ein wenig dürftig, was die Details angeht, und nicht ganz zutreffend.« Er hatte ein düsteres Gesicht, kantig und zerfurcht, kurz geschorenes Haar und einen wissenden Blick. Ich schätzte ihn auf zwischen dreißig und fünfzig. Die lange, gerade Nase und die hohen Wangenknochen schimmerten kupferfarben und erweckten den Eindruck einer Wildkatze, kleiner als ein Löwe, gefährlicher als ein Wolf, doch wenn er lächelte, blieb von diesem beunruhigenden, raubtierähnlichen Eindruck nichts mehr übrig.

»Wohnen Sie auch hier?«, fragte ich.

»Das könnte man sagen. Ich bin so oft hier, dass es beinahe zu meinem zweiten Zuhause geworden ist.«

»Das klingt, als wären Sie so etwas wie ein Marokko-Kenner.«

Er senkte den Kopf. »Auch das könnte man sagen.«

Seine scharfen dunklen Augen lachten mich aus. Und plötzlich wurde mir klar, warum. »O Gott, tut mir leid. Sie müssen Idriss sein. Ich dachte, Sie wären ein ... ein Gast, der eins der anderen Zimmer bewohnt, wissen Sie, weil Sie so beiläufig an meinem Frühstückstisch Platz nahmen und so gut Englisch sprechen ...« Jetzt errötete ich auch noch. Ich spürte, wie mir das Blut vom Nacken aufstieg, immer die schlimmste Form. Ich hatte ihn für einen Touristen gehalten, weil er normales Englisch sprach und deshalb unmöglich Marokkaner sein konnte. Und obendrein hatte ich vor einem frommen Moslem auch noch Gott gelästert.

Er verbeugte sich. »Ich bin es, der sich entschuldigen muss, weil ich Ihr *petit déjeuner* so unhöflich unterbrochen habe, noch dazu, ohne mich vorzustellen. Gestatten Sie.« Damit streckte er mir die Hand entgegen. Als ich sie ergriff, schüttelte er sie sanft. »*La bes*. Idriss el-Kharkouri. *Marhaban*.« Dann führte er die gespreizten Finger zum Herzen. »Willkommen in Marokko.«

Wir unterhielten uns eine Weile, dann ging er quer durch den Hof und kam etwas später mit einer frischen Kanne Kaffee und einem Aschenbecher zurück. »Haben Sie etwas dagegen, wenn ich rauche? Eine schlechte Angewohnheit, aber viele Marokkaner haben sie. Eigentlich müssten wir alle an Lungenkrebs sterben, doch in Wirklichkeit rafft uns die Diabetes dahin.«

»Nein, nur zu.« Ich lehnte die Zigarette ab, die er mir anbot. »Warum Diabetes?«

»Haben Sie schon unseren Whiskey probiert?«

»Ich dachte, im Islam ist Alkohol verboten«, antwortete ich naiv.

Er grinste. »Wir bezeichnen unseren Pfefferminztee gern als ›marokkanischen Whiskey‹. Es macht das Gefühl der Entbehrung etwas erträglicher.«

»Milouda hat mir gestern Abend einen Tee gebracht. Er war …« Ich versuchte mich zu erinnern. »Ziemlich süß.«

Er lachte laut heraus. »Warten Sie, bis Sie zum ersten Mal sehen, wie viel Zucker in die Kanne kommt. Dann trinken Sie nie wieder welchen. Französinnen bekommen einen Anfall, wenn ihnen aufgeht, was sie während ihrer ganzen Ferien so ahnungslos in sich hineingeschüttet haben. Für uns aber ist Zucker mehr als ein Süßungsmittel: ein Symbol für Gastfreundschaft, Glück und Zufriedenheit. Ein junges Paar bekommt einen Zuckerhut als Teil seiner Morgengabe – das gehört zur Tradition. Unsere Wirtschaft gründete sich auf Zucker und Salz – Zucker aus dem Süden, Salz aus Taghaza in der Sahara; beides wurde mit Karawanen auf der Hauptroute zwischen Timbuktu und Marokko transportiert. Und dann verschiffte man es aus den weiter nördlich gelegenen Häfen – Essaouira, Safi und Anfa, aber auch hier aus Rabat-Salé – in alle Länder Europas. Ihre englische Königin Elisabeth, die sich den Spaniern widersetzte, hat viel Handel mit Marokko getrieben. Aber da ging es nicht nur um Zucker, sondern auch Salpeter, das man für die Herstellung von Schießpulver brauchte, Elfenbein, Silber, Gold und Bernstein, Honig aus Meknes und Bienenwachs. Und im Gegenzug haben die Engländer uns ihre Waffen verkauft, um Krieg gegen die Spanier zu führen.«

Es würde Spaß machen, mir von Idriss die Stadt zeigen zu lassen, entschied ich, denn trotz seiner äußeren Düsterkeit schien er eine Fundgrube an Informationen zu sein. »Was ist also schiefgelaufen? Warum haben die Piraten angefangen, die englischen Küsten zu überfallen, wenn wir doch einen gemeinsamen Feind in den Spaniern hatten?«

»Der Feind meines Feindes ist mein Freund, meinen Sie?«

Ich nickte.

»Ein altes arabisches Sprichwort …« Er zögerte. »Sie interessieren sich für die Korsaren von Salé – darf ich fragen, warum? Selbst in unserem Land ist es kein Thema, über das man viel spricht.«

»Eine Familienlegende«, sagte ich ausweichend. »Einer meiner Vorfahren wurde von Berberpiraten geraubt und auf dem Sklavenmarkt verkauft, so hat man es mir erzählt.«

»Das waren Korsaren«, korrigierte er mich. »Nicht Piraten.«

»Was ist der Unterschied?«

»Piraten sind Freibeuter, sie wirtschaften in die eigene Tasche. Die Korsaren aber brachten ihre Beute nach Hause und teilten das Geld, das sie verdient hatten, mit der Mannschaft, dem Schiffseigner und der Gemeinde. Es war ein sehr gut organisierter Handel, wie Sie sehen. Die Korsaren von Salé gingen mit Billigung des Staates auf die Jagd und wurden *al-ghuzat* genannt, wie die Soldaten, die einst an der Seite des Propheten Mohammed kämpften. Man feierte sie als religiöse Kämpfer, die den heiligen Krieg in die Gewässer der Ungläubigen trugen.«

Ich runzelte die Stirn. »Das hielt sie aber nicht davon ab, Handel mit den Ungläubigen zu treiben. Ganz schön scheinheilig!«

»Sehen Sie sich doch um«, gab er achselzuckend zurück. »Lesen Sie zwischen den Zeilen, wenn Sie Ihre Zeitungen aufschlagen oder Fernsehen schauen. Ist es heute wirklich so anders? Jahrzehntelang haben Europa und Amerika sowohl offiziell als auch auf dem Schwarzmarkt Waffen genau an die Leute verkauft, die sie heute als Terroristen bezeichnen. Krieg und Geschäft gehen immer Hand in Hand – das ist Realpolitik. Nichts ändert sich je wirklich, die menschliche Natur ist nun mal so, wie sie ist.«

»Und deshalb wiederholt sich die Geschichte wieder und wieder, wie in einem grausamen Kreislauf von Habgier, Korruption und verratenen Idealen?«

»Kommen Sie«, sagte er und stand auf. »Ich zeige Ihnen das, was Sie sehen wollten. Über Politik können wir beim Abendessen weiter sprechen.«

Abendessen? Das erschien mir etwas anmaßend. Ich warf ihm einen raschen Blick zu, doch er war bereits dabei, das Geschirr abzuräumen, mit einer lässigen Routine, die darauf schließen ließ, dass er jahrelange Erfahrung mit der Hilfe bei häuslichen Pflichten hatte. Und doch trug er keinen Ehering; vielleicht war das bei moslemischen Männern nicht üblich. Aber bestimmt war er verheiratet und hatte einen ganzen Stall voller Kinder zuhause und vielleicht ja sogar mehr als eine Frau? War die Polygamie in dieser Kultur nicht immer noch erlaubt? Plötzlich ging mir auf, wie wenig ich über moslemische Männer wusste.

Draußen schlug mir die Sonne wie ein Hammer auf den Kopf, und ich nahm Zuflucht zu einem großen Strohhut und meiner Sonnenbrille.

»Hier sind wir in der alten Medina«, erklärte mir Idriss, als wir die Gasse vor dem *riad* hinaufschlenderten. »Das ist der alte Teil der Stadt. Schon zu Zeiten der Karthager und der Römer haben hier Menschen gesiedelt. Und seitdem hat sich nicht viel geändert. Wir sind ein konservatives Volk, das seine alten Traditionen bewahrt.«

Frauen in knöchellangen Gewändern, mit Kopftuch und Körben voller Einkäufe vom Markt standen am Ende der Gasse und tratschten, schlugen sich gegenseitig auf die Hände und lachten laut. Sie warfen uns Blicke zu, als wir an ihnen vorbeikamen, doch ohne ihr Gespräch für eine Sekunde zu unterbrechen. Wir bogen um eine Ecke, folgten einer anderen Gasse in diesem Labyrinth und standen plötzlich auf einem weitläufigen Platz, über den eine sechsspurige Straße führte. Der Verkehr brauste, die Autos hupten. Auf der anderen Seite der Straße erhob sich eine hohe, mit Zinnen bewehrte rote Mauer, verwittert von jahrhundertealter Erosion, mit Schießscharten bedeckt und in regelmäßigen Abständen von hohen Torbogen unterbrochen.

»Unfassbar! Sieht aus, als hätte sie einiges erlebt!«

»Das ist die Kasbah des Oudaias – sie wurde von dem Almohadensultan Abd al-Mumin im zwölften Jahrhundert begonnen, um die Region gegen Angriffe vom Meer aus zu schützen. Sein Sohn, Abu Yaqub Yusuf I., setzte die Arbeit fort und errichtete diese gewaltige Stadtmauer um ein bereits existierendes Kloster – daher der Name der Stadt Rabat, der so viel wie ›Klosterburg‹ bedeutet. Von hier aus eroberten die moslemischen Gotteskrieger die iberische Halbinsel, und später, im siebzehnten Jahrhundert, wurde die Stadt zum Stützpunkt des heiligen Krieges der Korsarenrepublik gegen das Christentum.«

»Sie hören sich an wie mein Geschichtslehrer auf der Schule. Wir verbrachten die Unterrichtsstunden damit, endlose Listen mit Daten anzufertigen, aber gelernt haben wir trotzdem nichts.«

»Dann werde ich mir Mühe geben, es etwas anschaulicher zu machen.« Er klang verächtlich und gleichzeitig gekränkt.

Ich wusste nicht, was ich sagen sollte, daher ließ ich zu, dass er meinen Ellbogen nahm und mich über die mörderische Straße in den Schatten der großen Mauer bugsierte.

Als wir durch den Torbogen traten, schlängelte sich ein junger Mann an mich heran. »*Voulez-vous un guide, madame? Moins cher* –«

Idriss überhäufte ihn mit einem Schwall von Beschimpfungen, und der junge Mann ergriff die Flucht.

»Bestimmt hat er es nicht böse gemeint«, sagte ich, verärgert über seine heftige Reaktion.

»Inoffizielle Führer bringen Marokko in Verruf. Sie belästigen die Touristen, und einige spezialisieren sich auf allein reisende Frauen. So etwas sollte man nicht unterstützen.«

»Ich wollte eigentlich nur einen Führer, keinen Wachhund.« Ich lächelte.

Er sah mich eiskalt an. »Im Islam sind Hunde unreine Tiere. Ich wäre Ihnen dankbar, wenn Sie mich nicht als Hund bezeichnen würden.«

Ich wollte schon einwenden, dass ich nicht die Absicht gehabt hätte, ihn zu beleidigen, doch dann ging mir auf, dass ich die kulturelle Kluft vermutlich nur vertiefen würde, und ließ es sein. Danach gingen wir eine Weile schweigend nebeneinander her, bis wir in eine Gasse zwischen zwei hohen, rauen Steinwänden einbogen und unvermittelt in einem außerordentlich kunstvoll angelegten Garten standen. Ein Wirrwarr von Pfaden, die mit Mosaiken belegt waren, unterteilte die einzelnen Abteilungen für Kräuter und Oleander, Blumen und Bananenpflanzen, alle in vollkommener Ordnung. Holzspaliere spannten sich über mehrere dieser Beete und dienten als Stütze für Kletterpflanzen, deren dichtes Laubwerk etwas Schutz vor der grellen Sonne bot. Orangen leuchteten an den Bäumen, Arkaden säumten die Ränder und boten schattige Nischen, wo Leute saßen und lasen oder in den Anblick der friedlichen Umgebung versunken waren.

»Wunderbar«, sagte ich leise. »Wie eine Miniaturausgabe der Alhambra.«

»Man nennt ihn den andalusischen Garten, in Wirklichkeit aber wurde er während der Kolonialzeit von den Franzosen angelegt, nach dem Vorbild der Alhambra.«

»Ah.«

»Aber der Palast dahinter, heute ein Museum, wurde im siebzehnten Jahrhundert von Sultan Moulay Ismail gebaut. Ihr Vorfahr hat ihn möglicherweise gesehen, denn der Sultan hatte viele europäische Sklaven. Wann wurde er denn gefangen genommen?«

»Es war eine Sie. Der … Familienlegende nach war es im Sommer 1625.« Mein Instinkt riet mir, das Stickereibuch nicht zu erwähnen.

Er hob eine Braue. »Das ist früher, als ich gedacht hätte. Die

Republik Bou-Regreg wurde 1626 gegründet, und die Blütezeit der Beutezüge folgte erst ein paar Jahrzehnte später.«

»Oh.« Plötzlich war ich wieder voller Zweifel. »Vielleicht ist es nur eine Legende, oder man hat die Daten verwechselt.«

»Ich habe einen Freund an der Universität, den wir fragen können, wenn es Sie ernsthaft interessiert.«

Ich lachte nervös. »Eigentlich ist es bloß Neugier.«

Er sah mich streng an. »Sie sind ganz allein einen so weiten Weg gekommen, bloß aus Neugier?«

Wir bogen in eine schmale Gasse abseits der Hauptstraße ein, die sich steil zwischen hohen Häusern mit ummauerten Gärten entlangschlängelte, bogen erneut scharf ab und stießen auf eine Gruppe von Kindern, die sich um etwas scharten, was wie Gold im Sonnenschein glänzte. Ich bückte mich, um zu sehen, was sie so faszinierte, und die Kinder machten mir grinsend Platz. In der Mitte des Kreises hockten acht Tage alte Küken, die wie Popcorn durcheinanderhüpften und nach Körnern pickten, die die Kinder ihnen auf das Kopfsteinpflaster gestreut hatten.

Idriss kauerte sich neben mich. Er sagte etwas zu einem der Jungs, der laut loslachte, mit offenem Mund und vielen Zahnlücken, und irgendetwas erwiderte. Dann ergriff das Kind – ohne groß zu fragen – meine Hand, drehte sie um und setzte ein Küken hinein. Es stand unsicher da, seine winzigen Beinchen suchten unmerklich nach Gleichgewicht. Es wog praktisch nichts, und sein hellgelber Flaum leuchtete in der Sonne wie eine Pusteblume. Ich konnte den Schlag seines Herzens spüren, das im Gegensatz zu meinem eigenen raste. Dann legte Idriss mir die Hand auf den Arm, und es war, als hätte ein unter Spannung stehender Draht meine Haut berührt.

»Abdel sagt, Sie können es behalten.« Sein ernster Blick hielt den meinen fest.

Mit offenem Mund starrte ich ihn an. Solche Großzügigkeit von einem Kind – aber wie sollte ich reagieren? Idriss lächelte über meine Fassungslosigkeit. Dann scheuchte er das Küken von meiner Hand zurück auf das Pflaster, kramte in seiner Tasche und gab dem Jungen ein paar Münzen, wobei er eine Hand auf dessen kahl geschorenen Kopf legte. »*Tanmirt*, Abdellatif. *Besalama*.«

Der kleine Vorfall veränderte den Rest des Vormittags, als wäre alles Weitere eine Folge seiner Magie und Leichtigkeit. Ich zerbrach mir nicht länger den Kopf über das Buch, seine Authentizität oder Michael, sondern gab mich Marokko ganz hin, seiner Wärme und Großzügigkeit, seiner Exotik und seiner zerfallenden, durchdringenden, stets präsenten Vergangenheit.

Es wäre in jedem Fall schwierig gewesen, den Tag nicht zu genießen, denn die Kasbah offerierte ein Wunder nach dem anderen: Ein Labyrinth winziger, gewundener Gassen, die von rau verputzten, blau oder weiß getünchten Häusern gesäumt waren, die Fenster mit fein gearbeiteten schmiedeeisernen Gittern verziert, die Türen aus verwittertem Holz und mit schweren Nägeln beschlagen. Lebendige Kaskaden von Bougainvillea, Jasmin und eine Fülle von Kletterrosen schmückten die Mauern.

Am Schluss kamen wir zu einer prächtigen Moschee mit einem schlanken Minarett, und hier blieb Idriss stehen. »Das ist die Jamaa el Atiq, gebaut im zwölften Jahrhundert von Sultan Yaqub Al-Mansur. Ich möchte Sie nicht mit Daten und trockenen Fakten langweilen, aber es lohnt sich doch der Hinweis, dass dies die älteste Moschee in Rabat ist.« Er blickte nach oben, und die harten Linien seines Gesichts wurden von der Sonne gemildert. Auch seine schwarzen Augen schimmerten plötzlich in einem satten Kastanienbraun.

»Können wir hineingehen?« Angesichts der äußeren Eleganz war ich neugierig, wie das Innere aussehen mochte.

Idriss blickte mich an. »Natürlich nicht.«

»Warum nicht?«, gab ich zurück. »Weil ich eine Frau bin?«

»Weil Sie keine Moslemin sind.«

»Oh.« Ich lachte, aber ohne Humor. »Eine Ungläubige.«

»In der Tat.«

»Reizend.«

»Kommen Sie.« Er nahm mich am Arm. »Ich zeige Ihnen, wo meine Vorfahren Ihre ungläubige Vorfahrin hingebracht haben.«

»Übrigens, die Christen bezeichneten die Muselmanen damals ebenfalls als Ungläubige«, sagte ich und folgte ihm durch das Gewirr der Gassen.

Immerhin hatte er den Anstand zu lächeln.

Auf der höchsten Stelle der Kasbah lag die Semaphore-Terrasse, ein riesiger Geschützstand mit einem herrlichen Blick auf das Meer und hinüber zu einer glänzenden weißen Stadt auf der anderen Seite des breiten Flusses.

»Unser Fluss heißt Bou Regreg – Vater der Spiegelung«, sagte Idriss und setzte sich auf die Mauer. »Ein schöner Name, nicht wahr? Ich weiß nicht, wer ihn so genannt hat, aber hier haben seit frühesten Zeiten Menschen gesiedelt. Drei unterschiedliche Stadtstaaten entwickelten sich hier. Da drüben, jenseits des Flusses, lag *Slâ el Bali* – das alte Salé, der Hafen, der dem wohlhabenden Fez diente. Im siebzehnten Jahrhundert wurde er zum Zentrum des Sklavenhandels dieser Region und zum Herzen des radikalen Islams. Auf der anderen Seite des Wassers« – er deutete hinter uns – »lag Rabat, wo sich meistens reiche jüdische und maurische Kaufleute niederließen. Wo wir stehen, befand sich *Slâ el Djedid* – das neue Salé. Als der spanische König Philipp die Mauren aus Andalusien vertrieb, kamen viele hierher zurück und machten sich daran, die aufgegebene Stadt wieder aufzubauen. Man empfing sie mit offenen Armen. Sie brachten einen erheblichen Reichtum mit – das und einen unversöhnlichen Hass auf die Christen, die sie verfolgt hatten. Der Herrscher über diese Region – Sultan Moulay Zidane – gab ihnen Geld, um die Stadtmauer und eine Garnison zu bauen, mit der die Festung geschützt werden sollte. Später wurde sie Kasbah Andalus genannt.

Anfänglich zahlten sie ihm die Schulden mit einem Zehnten aus ihren Frachterlösen zurück, doch es dauerte nicht lange, bis sie sämtliche Steuerzahlungen an den Sultan einstellten. Sie brauchten weder seine Hilfe noch seinen Schutz. Salé liegt strategisch sehr günstig: Die Straße von Gibraltar ist ganz in der Nähe. Hier mussten sämtliche Handelsschiffe hindurch wie durch ein Nadelöhr. Die Korsaren brauchten nichts weiter zu tun als die Schiffe anzugreifen, wenn sie auftauchten. Anschließend segelten sie zu ihrem Heimathafen zurück, denn sie waren schneller und kannten sich in den Küstengewässern besser aus als ihre Verfolger. Sehen Sie den Strudel da im Wasser?«

Ich folgte der Linie seines Zeigefingers und erkannte einen Gischtstreifen, der quer über die Mündung des Flusses verlief. Ich nickte.

»Unter der Oberfläche des Wassers versteckt sich eine Sandbank. Nur kleinere Boote mit flachem Kiel konnten die Mündung passieren, und wenn das die Fremden nicht aufhielt, dann die schmalen Fahrrinnen. Man musste sie gut kennen, um in ihnen navigieren zu können. Auf dem Grund liegen unzählige versunkene Schiffe aus der Fremde.«

»Warum haben sie dann angefangen, Menschen zu entführen?«

»Weil sie bald dahinterkamen, dass der Profit viel höher war, wenn sie die Mannschaften gefangen nahmen und auf Sklavenmärkten versteigerten. Außerdem brauchten sie Ruderer für die Galeeren, wenn sie ins Mittelmeer fuhren, um Beute zu machen.«

»Aber warum Frauen?«

»Was glauben Sie wohl? Aus demselben Grund, aus dem Männer schon immer Frauen geraubt haben.«

Ich errötete. Arme Catherine.

»Ich habe Hunger«, sagte ich plötzlich, um das Thema zu wechseln, und stand von dem Mäuerchen auf. »Was könnten wir essen?«

Er dachte einen Augenblick nach, wobei sich eine tiefe vertikale Falte zwischen seinen Augenbrauen bildete. »Mögen Sie Fisch?«

»Klar.«

»Dann habe ich eine Idee.«

Wir stiegen hinab zum rechten Ufer des Flusses, wo mehrere hellblau gestrichene Boote mit hohem Bug auf den Strand gezogen worden waren. Auf einer improvisierten kleinen Mole standen die Leute Schlange, um einen Platz zu ergattern. Idriss reichte dem Fährmann zwei Münzen, half mir an Bord und stieg dann selbst ein. Der Fährmann, ein dunkelhäutiger, vollbärtiger Mann, der mich mit unverhohlener Feindseligkeit musterte, stakte uns in den Flusskanal und hinüber ins alte Salé, wo ich eine neue Welt betrat.

Männer in Djellabas, die Gesichter im Schutz der Kapuzen verborgen, Frauen, von Kopf bis Fuß verschleiert, sodass nur ihre Augen sichtbar waren, kein Europäer weit und breit. Gleich nachdem ich das linke Ufer betreten hatte, wickelte ich mein Haar zu einem Knoten und stopfte ihn unter den Strohhut. Wir gingen an einem Fischstand nach dem anderen vorbei, wo der Fang des Tages verkauft wurde. Männer saßen in ihren mit Blut und Schuppen beschmutzten Gewändern auf Schemeln, nahmen die Fische aus und filetierten sie, belagert von einem Seemöwenschwarm. Vorsichtig trat ich zwischen die stinkenden Lachen von Fischabfällen und fürchtete mich bereits vor meinem Lunch, doch Idriss führte mich am Ellbogen zu einem Café unter freiem Himmel am Ufer, und dort verspeisten wir wie Meereskönige den frischesten Fisch, den ich je gegessen hatte, zusammen mit großen Stücken Zitrone, frischgebackenem Brot, Butter und Öl. Am Ende leckte ich meine fettigen Finger ab und zählte die abgenagten Rückgräten, die sich auf dem Papier vor mir häuften. Fünfzehn. Ich starrte ungläubig darauf. Ich hatte fünfzehn Fische gegessen, und nicht alle davon waren klein gewesen. Idriss jedoch hatte einen erheblich größeren Haufen als ich und aß immer noch konzentriert weiter. Offensichtlich war er fest entschlossen, nichts verkommen zu lassen. Er aß wie ein Besessener, wie einer, der nicht weiß, wann er das nächste Mal etwas zu essen bekommt.

»So«, sagte ich so beiläufig, wie ich nur konnte. »Erzählen Sie mir von Ihrer Familie.«

»Was möchten Sie denn wissen?«

»Haben Sie Brüder, Schwestern, Eltern … Schwiegereltern?«

»Schwiegereltern?«

So weit zur Diskretion. »Sind Sie verheiratet?«

Idriss schüttelte den Kopf. »Nein.«

»Waren es auch nie?«

»Nie.«

Er war nicht gerade mitteilsam. »Warum nicht?«, bohrte ich weiter.

Er legte den Fisch auf den Teller zurück. »Es hat sich … nie ergeben.« Es entstand eine Pause, und ich wusste nicht, was ich als Nächstes sagen sollte, doch dann unterbrach er das Schweigen: »Und Sie?«

»Ah, nein. Aus demselben Grund.« Ich spürte, wie sich meine Lippen aufeinanderpressten, als wollten sie die hässliche Wahrheit für immer hinter die Gitter meiner Zähne sperren.

Er hob die Brauen. »Das überrascht mich.« Seine dunklen Augen musterten mich mit derselben rücksichtslosen Zuwendung, mit der er seinen Fisch auseinandernahm. »Hier sagen die Leute: Eine Frau ohne Mann ist wie ein Vogel ohne Nest.«

In diesem Augenblick kam der Kellner vorbei. Ich machte ihm heftige Zeichen, doch er sprach nur mit Idriss. Dieser fing an, in seiner Tasche zu kramen, doch ich schob ihm einen Zweihundert-Dirham-Schein über den Tisch. »Das geht auf mich, bitte.«

Ich spürte den scharfen Blick des Kellners, der zwischen uns hin- und herschweifte, und konnte mir haargenau vorstellen, was er dachte, aber in diesem Augenblick wollte ich nur noch weg von hier und unsere Unterhaltung wieder auf das zurückbringen, was ein für alle Mal tot und begraben war.

Das mittelalterliche, heruntergekommene Flair des Ufers wich einem unvermuteten Schub in die Moderne, breiten Straßen, die mit französischen Villen aus der Kolonialzeit gesäumt waren, und dahinter erhoben sich die ockerfarbenen Mauern der Altstadt.

Durch das *Bab Bou Haja* kehrten wir in die Medina zurück und erreichten einen weitläufigen Platz mit zauberhaften Gärten. Idriss führte mich hindurch und auf der anderen Seite in ein Viertel, dessen Gassen so schmal waren, dass sich die Häuser beinahe berührten. Kleine Geschäfte hatten sich in Nischen eingenistet und verkauften Haushaltswaren, Schuhe, Schmuck, Lebensmittel, Handys, Computerzubehör – es war verrückt, all diese Indizien der modernen Welt in einem so uralten Ambiente zu sehen. Verschiedene Gerüche hingen in der Luft: nach Fisch, der in diesem Teil der Stadt allgegenwärtig zu sein schien, nach Gewürzen oder Gegrilltem. Andere ließen sich weniger leicht identifizieren. Wir bogen in eine Gasse ein, und plötzlich lag alles im Schatten. Als ich aufsah, entdeckte ich, dass sie von einer Art Schilfdach geschützt war. Nach der nächsten Ecke standen wir mitten im Souk, dem traditionellen Markt. Er kam mir vor wie ein Ameisenhügel: eine wogende Masse aus Menschen, Lärm, Musik, Geschrei, Gelächter, brutzelndem Öl, alles innerhalb dieses Labyrinths von überdachten Gängen. Ich wusste nicht, wo ich zuerst hinschauen sollte: Die Sinne waren einfach überfordert. Alles Mögliche sprang mir ins Auge, während wir uns durch die drängelnden Einkäufer schlängelten – wunderbar gearbeitete Lederwaren, Schuhe und Slipper, Kleider, Messingwaren, Stapel von bunten Früchten, Oliven und Kerzen, Girlanden getrockneter Feigen und Aprikosen. Gewürze waren zu perfekten Pyramiden in leuchtenden Farben geformt und verströmten einen durchdringenden, betörenden Duft – das Rot von Chili und Paprika, die satten Brauntöne von Zimt und Muskat, das blassere Beige von Kreuzkümmel und Ingwer, Gelb und Ocker von Kurkuma, Sternanis und Nelken. Plötzlich veränderten sich die Gerüche, und wir waren von Metzgereiständen umgeben, wo man Sachen verkaufte, die ich kaum glauben konnte: Kuhfüße, Ohren, Nasen, Schaf- oder Ziegenköpfe, von Adern durchzogene weiße Hoden, Stapel von Gedärmen.

»Igitt.« Ich hielt mir die Nase zu.

Idriss lachte mich aus. »Oh, ich vergaß Ihre westliche Empfindsamkeit. Kommen Sie, wir gehen hier entlang.«

Wir kamen an immer neuen verrückten Spektakeln vorbei – einer Frau im Kreis ihrer Gänse, Enten und Kaninchen, umlagert von Menschen, die ihr Abendessen bei ihr kauften. Bündelweise getrockneten Schlangenhäuten, die von den Deckenbalken hingen. Einem Käfig mit Affen und einem mit ein paar merkwürdigen Reptilien, die über ungewöhnlich bewegliche Augen und winzige handähnliche Klauen verfügten. Wir gingen ziemlich schnell, und so waren wir schon ein ganzes Stück weiter, ehe mir aufging, was wir da gesehen hatten.

»Waren das nicht Chamäleons in dem Käfig eben an der Ecke?«

»Ich glaube schon. Manche Leute benutzen sie gegen den bösen Blick.«

»Was soll das heißen, ›benutzen sie‹?«

»Wenn man ein bestimmtes Problem hat, kann man ein Chamäleon ins Feuer werfen. Wenn es explodiert, verschwindet das Problem ebenfalls. Wenn es aber einfach nur schmilzt, dann bleibt einem das Problem erhalten.«

»Sie machen Witze!«

»Wir Marokkaner sind sehr abergläubisch.«

»Die Engländer auch, aber ich glaube nicht, dass wir aus reinem Aberglauben ein lebendiges Tier ins Feuer werfen würden.«

»Nein? Und was ist mit all den Hexen, die ihr verbrannt habt? Ich glaube, Ihre Königin Elisabeth hat anlässlich ihrer Krönung sogar Katzen verbrannt.«

»Das ist nicht wahr!« Bei der Vorstellung, dass unsere vernünftige alte Queen etwas so Barbarisches tun könnte, musste ich laut lachen.

»Ich meine die erste Königin Elisabeth. Sie hat sie verbrannt, um zu beweisen, dass ihr Land von aller Hexerei geläutert war.«

Ich runzelte die Stirn. »Offenbar sind Sie eine Quelle für geheimes Wissen.«

Wir bogen um eine Ecke und erreichten einen Marktplatz. In der Mitte stand ein alter Mann vor einer riesigen altertümlichen Waage aus Messing. »Das ist der Wollmarkt«, sagte Idriss. »Der Souk el-Ghezel. Im siebzehnten Jahrhundert war er einer der Plätze, auf denen christliche Sklaven versteigert wurden.«

Ich stand da und betrachtete den alten Mann und seine Messingwaage. Mit seinem wallenden weißen Bart und der langen hellen Djellaba sah der Wollhändler aus, als sei er der Menge entsprungen, die bei der Versteigerung der Korsarengefangenen auf dem Sklavenblock zugegen gewesen war.

Was mussten diese Menschen von der kornischen Halbinsel Penwith, die nie gereist waren und völlig abgeschieden gelebt hatten, sodass die meisten nicht einmal den Fluss Fal, geschweige denn den Tamar überquert hatten, von dieser höchst sonderbaren Umgebung gedacht haben? Ich selbst war immer noch an jeder Ecke schockiert und überrascht, obwohl ich schon in einem Dutzend Länder dieser Welt gewesen war und im Fernsehen Bilder von unzähligen anderen gesehen hatte. Ohnehin traumatisiert von ihrer Entführung und den Schrecken der Überfahrt, müssen sie sich durch diese fremden Straßen bewegt haben wie in einem von Drogen herbeigeführten, psychedelischen Traum.

Idriss' Berührung auf meinem Arm holte mich in die Gegenwart zurück. »Ich möchte Ihnen noch etwas zeigen. Ich glaube, es wird Ihnen gefallen.«

Er führte mich um die Stadtmauer bis zu einem monumentalen Portalbogen, der sieben oder acht Meter hoch vor uns aufragte. Trotz seiner enormen Größe und des massiven Gemäuers war ich erstaunt über seine Schönheit, denn der Bogen schien über uns zu schweben, als würde er von einer unsichtbaren inneren Spannung zwischen den beiden Türmen rechts und links und dem fein gezeichneten Netz von mystischen, ineinander verschlungenen Mustern und Schriftzeichen gehalten.

»Das ist Bab Mrisa«, erklärte Idriss, während wir beide zu ihm emporblickten. »Der kleine Hafen. Im siebzehnten Jahrhundert, bevor der Fluss versandete und seinen Lauf änderte, segelten die Korsaren mit ihren Schiffen durch dieses Tor direkt ins befestigte Zentrum der Stadt. Euer Robinson Crusoe wurde durch dieses Tor gebracht. ›Das Erste war, dass uns, als wir zwischen den kanarischen Inseln und der afrikanischen Küste segelten, in der Morgendämmerung ein türkischer Korsar aus Saleh überraschte.‹«, zitierte er plötzlich.

Ich starrte ihn an.

»Ich habe vier Jahre Englisch im Hauptfach studiert. Einer der ausländischen Dozenten war ein Defoe-Liebhaber. Ich habe alles gelesen – *Die Pest zu London*, *Moll Flanders*, *Roxana*.«

Was, um Himmels willen, würde ein Mann aus einer moslemischen Kultur von einer derben, ausgelassenen Dirne wie Molly Flanders halten? Ich konnte es mir beim besten Willen nicht vorstellen. »Sie sind belesener als ich«, sagte ich lachend, wenn auch ein wenig unbehaglich, denn allmählich hatte ich den Verdacht, dass es sogar stimmte. »Aber sagen Sie mir eins: Wie kommt es, dass Sie diesen leichten amerikanischem Akzent haben?«

Seine Hand fuhr zum Mund. »Wirklich?« Er dachte für den Bruchteil einer Sekunde zu lang nach. »Ich habe bei Amerikanern gelernt, vermutlich deshalb.«

»Ihr Lehrer scheint einen tiefen Eindruck gemacht zu haben.«

»Es war eine Sie.« Er wandte sich ab und ging so rasch die Straße entlang Richtung Stadtzentrum, dass ich rennen musste, um ihn einzuholen.

»Also, Idriss, was machen Sie? Was tun Sie, wenn Sie nicht gerade Touristen die Sehenswürdigkeiten zeigen? Lehren Sie jetzt selbst an der Uni?«

»Ich bin Taxifahrer.«

»Oh.« Ich wusste nicht, was ich darauf sagen sollte. Das Haus seiner Cousine war feudal, und er hatte unverkennbar eine gute Ausbildung erhalten. Taxifahren ist ein nobler und respektabler Beruf, trotzdem war ich überrascht.

»Und Sie?«

Ich lachte. »Gute Frage. Im Augenblick tue ich gar nichts.«

»Sie sind also nicht verheiratet, Sie haben keine feste Anstellung und keine Kinder, nein?«

»Nein. Keine Kinder.«

»Und was wäre, wenn Sie in den Gassen einer obskuren marokkanischen Stadt verschwänden, Julia Lovat, würde Sie niemand vermissen?« Er drehte sich um und musterte mich, und da die Sonne hinter ihm stand, konnte ich nur das Glitzern seiner Augen sehen.

Er hatte einen wunden Punkt berührt: Wer würde mich tatsächlich vermissen? Ein paar Freunde, irgendwann. Michael, ja, aber nur weil er das Buch haben wollte. Alison, bestimmt …

Ich starrte ihn an und war plötzlich zu Tode erschrocken. »Ich möchte jetzt zurück. Ich bin sehr müde.«

Er wirkte verwirrt. »Natürlich«, sagte er.

Es war später Nachmittag, als wir zum *riad* zurückkehrten, und ich war tatsächlich erschöpft. Meine Füße taten weh, mein Rücken schmerzte, und mein Kopf quoll über vor Bildern und Informationen. Den ganzen Weg vom alten Salé bis zur Medina von Rabat hielt mich die Aussicht auf ein ausgiebiges, köstlich duftendes Bad aufrecht, das mich in meinem luxuriösen *riad* erwartete.

Doch als wir eintraten, fing uns Naima Rachidi ab. Sie sprach eine Weile sehr schnell auf ihren sichtlich erschütterten Cousin ein, wandte sich dann zu mir und sagte auf Englisch:

»Ihr Mann war hier, um Sie zu suchen.«

»Mein … Mann?«

»Ja. Ich habe ihm gesagt, dass Sie in Begleitung eines Führers die Stadt besichtigen und erst abends zurückkämen, woraufhin er sagte, er würde einen Spaziergang machen und später wiederkommen.«

Ich spürte, wie meine Augen sich vor Verwunderung weiteten. »Ah … danke. Wie … wie sah er aus?«

Sie runzelte die Stirn. »Wie er aussah? Müde, ein bisschen gereizt, obwohl er sehr höflich war.«

»Ich meine, sind Sie sicher, dass er mein … Mann war? Könnten Sie ihn beschreiben? Vielleicht handelt es sich um einen Irrtum.«

»Etwa fünfzig, mittleren Alters. Größer als Sie, aber nicht so groß wie Idriss, dunkles Haar – wie heißt es bei Ihnen – kahl, hier.« Sie berührte ihre Schläfen. »Dunkle Augen, nicht besonders kräftig. Etwas rundlich hier –« Sie deutete auf ihren Bauch.

Naima Rachidi war eine sehr aufmerksame Beobachterin, auch wenn ich mir nicht sicher war, ob Michael ihre Beschreibung gefallen hätte, insbesondere die signifikante Überschätzung seines Alters oder der scharfe Blick für die Anfänge eines Rettungsrings. Das Gefühl der Benommenheit überrollte mich wieder, zusammen mit einem fürchterlichen Schwindel. Ich holte tief Luft. »Hat er gesagt, wann er zurück sein will?« Ich spürte Idriss' finsteren Blick hinter mir, als wäre die Luft aufgeladen.

Naima schüttelte den Kopf. »Nein, aber er sagte, er hätte Ihnen eine Nachricht im Zimmer hinterlassen.«

»In meinem –!«

»Tut mir leid, hätte ich ihn nicht hineinlassen sollen?«

»Nein, nein, alles in Ordnung.« Ich fuhr mir mit der Hand über das Gesicht. »Vielen Dank.« Ich wandte mich um, voller Angst vor Idriss' Ausdruck, doch das Gesicht meines Führers war unergründlich. Ich schaffte es gerade noch, mich für den schönen Tag zu bedanken, dann rannte ich los.

Mein Zimmer sah aus, als wäre dort eine Bombe eingeschlagen. In meiner Londoner Wohnung hatte Michael noch einigermaßen darauf geachtet, seine Spuren zu verwischen, hier aber schien ihm alles egal gewesen zu sein. Die Bettwäsche lag zusammengeknüllt auf dem Boden; meine Koffer waren mitten im Zimmer ausgekippt worden, die Türen des Schranks standen offen, meine Kleider hatte er einfach durchs Zimmer geworfen. Selbst die Toilettenartikel im Badezimmer lagen überall verstreut, und die Handtücher stapelten sich auf dem Badewannenrand.

Ich drückte meine Handtasche an mich. Eigentlich hatte ich den *Stolz der Stickerin* im *riad* zurücklassen wollen, als ich an diesem Morgen aufgebrochen war, doch dann hatte ich es irgendwie nicht übers Herz gebracht, mich von dem Büchlein zu trennen. Vielleicht war ein sechster Sinn am Werk gewesen, oder Catherine selbst hatte mein Handeln beeinflusst.

Im Zentrum des Chaos, auf dem Bett, lag ein Umschlag. Sehr symbolisch, dachte ich mit klopfendem Herzen.

Mein Name war in Michaels entsetzlicher Sauklaue daraufgekritzelt; es konnte also kein Versehen sein. Er war mir bis nach Marokko, bis in dieses Zimmer gefolgt. Zitternd öffnete ich den Umschlag. Mehrere Papiere steckten in einem zusammengefalteten Blatt darin. Auf dem obersten stand:

Ich muss Dich sehen (vgl. Anlage)
Bin um sechs zurück.
M

Das zweite Blatt war die Fotokopie eines ziemlich alt wirkenden Briefes. Ich überflog nur den Anfang und entzifferte Folgendes:

An Sir Arthur Harris von seinem Diener Robert Bolitho, am heutigen 15. Tag des Oktober, anno 1625.
Sir, dies schreibe ich im Kontor der Herren Hardwicke & Buckle, Reederei der Türkischen Gesellschaft, Cheapside, London …

Plötzlich war die Luft im Zimmer erstickend. Mein Herz trommelte wie wild, als ich den Brief und Michaels Nachricht wieder eng zusammenfaltete und in Catherines Buch legte. Dieses wiederum verstaute ich tief in meiner Handtasche. Dann stopfte ich in einem Anflug von Panik all meine Sachen in den Koffer und die Reisetasche und schleppte beides hinaus in den Innenhof. Trotz meiner Müdigkeit, trotz der Bequemlichkeit, Eleganz und Schönheit des *riads* konnte ich hier nicht bleiben.

»Laufen Sie weg?«, fragte Idriss, der mit einer Zigarette in der Hand an einem Tisch saß. Der Rauch kräuselte sich zu den Rosen über seinem Kopf empor. Seine dunklen Augen beobachteten mich neugierig. »Ich dachte, Sie könnten vielleicht Hilfe gebrauchen.«

»Was für eine Art von Hilfe?«

»Nun, Sie haben gesagt, Sie wären nie verheiratet gewesen … und jetzt taucht hier ein angeblicher Ehemann auf, und Sie werden so blass wie der Mond. Vielleicht sollte ich Ihnen meine Dienste anbieten.« Er betrachtete meine Taschen. »Und wenn auch nur als Träger.«

»Ich muss irgendwo Unterschlupf finden, nur für eine Nacht«, sagte ich rasch, aber noch während ich es sagte, wusste ich, dass ich tatsächlich genau das brauchte: eine Zuflucht, in der ich mich vor Michael verstecken konnte. »Können Sie mir ein gutes Hotel empfehlen? Ich möchte Naima nicht enttäuschen, und natürlich bezahle ich alles, was ich ihr schuldig bin, aber ich kann unmöglich hierbleiben.«

Idriss drückte seine halb gerauchte Zigarette aus. »Warten Sie, ich nehme Ihr Gepäck. Und mit Naima rede ich auch, machen Sie sich keine Sorgen.«

Wenige Minuten später saß ich auf dem Rücksitz eines kleinen blauen Peugeots mit einem Taxischild auf dem Dach. Die Amulette und Plaketten am Rückspiegel schwangen heftig hin und her, als die altersschwache Aufhängung unter dem Gewicht meines Gepäcks ächzte.

»Wo fahren wir hin?« Ich war allein in Afrika. Nun, da ich das *riad* verlassen hatte, würde mich niemand mehr vermissen, falls ich verschwinden sollte. Konnte ich Idriss trauen? Ich erinnerte mich, wie nervös er mich an diesem Nachmittag gemacht hatte, und spürte, dass der Zweifel an mir nagte wie eine beharrliche Ratte.

»Ich bringe Sie zu mir«, sagte er, ohne sich umzuwenden.

Was die Sache keineswegs besser machte.

ZWEIUNDZWANZIG

Robert

An Sir Arthur Harris von seinem Diener Robert Bolitho, am heutigen 15. Tag des Oktober, anno 1625.

Sir, dies schreibe ich im Kontor der Herren Hardwicke & Buckle, Reederei der Türkischen Gesellschaft, Cheapside, London, um Euch über meine Bemühungen auf dem Laufenden zu halten. Ich habe eine bedeutsame Entscheidung getroffen, eine, die kaum Eure Billigung oder Unterstützung finden wird …

Unzählige Gerüchte über das Schicksal derjenigen, die an diesem furchtbaren Julimorgen aus der Kirche in Penzance verschwunden waren, hatten sich wie aus einem Glockenturm verscheuchte Fledermäuse in ganz West Cornwall verbreitet. Manche machten den Teufel verantwortlich, andere die Hand Gottes wegen des lästerlichen Gezeters der verrückten Annie Badcock, doch dann hatte Andrew Thomas beschämt eingeräumt, die Freibeuter gesehen zu haben, als sie im Hafen von Penzance einliefen. Er hätte eigentlich in der Kirche sein müssen, war jedoch mit einem schlimmen Kater aufgewacht, nachdem er am Abend zuvor im *Dolphin* zu lange gebechert hatte. Zuerst hatte er geglaubt, der Alkohol habe ihm einen Streich gespielt, aber als das Geschrei ausbrach, hatte er begriffen, dass die Horde dunkelhäutiger Banditen mit Turbanen und Krummschwertern, die gelandet und kurz darauf mit einer großen Anzahl Gefangener, darunter Bürgermeister und Ratsherr, wieder verschwunden waren, keineswegs die Folge seines Alkoholrauschs war, sondern die nackte Wahrheit. Drei Schiffe, so hatte er schluchzend, zitternd und händeringend dem Stadtrat berichtet. Eine hübsche Karavelle und zwei fremdartig aussehende Boote mit Lateinersegeln und offenen Decks. Er kannte sie als Schebecken, obwohl es lange her war, dass er im Mittelmeer unterwegs gewesen war, wo er solche Schiffe zuletzt gesehen hatte, und es war diese Einzelheit, sowie seine Beschreibung der Piratenmannschaft, die den entscheidenden Hinweis auf die Identität der Angreifer geliefert hatten: Piraten aus den Barbareskenstaaten, berühmt für ihre Kühnheit und die Brutalität, mit der sie ihre Gefangenen behandelten. Die meisten wurden nach Algier oder Tunis verschifft, und von da aus bisweilen sogar an den Hof des Sultans des Osmanischen Reichs in Konstantinopel.

Als Rob von Cats Brief erfuhr, hatte er im Hof von Kenegie gestanden und auf ein Stück Pferdegeschirr gestarrt, das er in der Hand hielt, ohne die leiseste Idee, warum er es aus der Scheune geholt oder was er damit vorgehabt hatte. George Parsons war zu ihm gekommen, als er gerade in diesem ungewöhnlich abwesenden Zustand war (ungewöhnlich deshalb, weil Robert Bolitho als praktischer Mensch galt, der sich gänzlich auf seine Arbeit konzentrierte und stets wach und aufmerksam war). George hatte Rob drei Mal ansprechen müssen, bevor der reagierte. Seit dem Überfall auf die Kirche hatte Rob diese Zustände des Öfteren an sich beobachtet. Er konnte an nichts anderes mehr denken als an Cat, und ob sie noch lebte. Er befand sich in einer Art Schwebezustand, lebte von einem Tag zum anderen und wartete darauf, dass man herausfand, wohin sie verschleppt worden war, auf den Augenblick, an dem er entscheiden konnte, was er tun würde. Rob war kein Mann, der zur Grübelei neigte, deshalb war die Wirkung, die Cats Entführung auf ihn hatte, ein Schock für ihn. Er ertappte sich dabei, wie er an der kleinsten und gewöhnlichsten Aufgabe verzweifelte, oder merkte, dass seine Gedanken mitten im Satz abschweiften; er wachte nachts zu den unmöglichsten Zeiten auf und wusste nicht, wo er war oder warum. Er hatte Albträume; eine Zeit lang glaubte er sogar, von einem Dämon besessen zu sein, bis ihm aufging, dass es sein eigenes schlechtes Gewissen war, das ihn plagte. Er machte sich die verrücktesten Vorwürfe: Die Angreifer hätten ihn mitnehmen sollen, nicht Cat. Er hätte in der Kirche bei ihr bleiben müssen, um sie vor den Korsaren zu beschützen, statt wegen eines oder zweier böser Worte nach Gulval zurückzufahren. Mangelte es ihm denn derart an Entschlusskraft? Er hatte sie nicht einmal zu überreden vermocht, seinen Ring anzunehmen, was er nun bitterlich bereute, als könnte dieser sie irgendwie beschützen, sie zu der seinen machen, ja, sie vielleicht sogar wie durch ein Wunder zu ihm zurückbringen.

»Rob, Rob! Robert Bolitho – der Herr ruft nach dir. Im Salon, sofort!«

Sein Kopf hob sich so langsam, als stiege er aus dem tiefen Wasser eines Traums wieder an die Oberfläche. »Bitte um Vergebung, George, was hast du gesagt?«

»Es ist ein Brief von Catherine gekommen.«

Ein Brief? Wie war das möglich? Mit Briefen kommunizierten zivilisierte Menschen und Kaufleute, nicht schmutzige Piraten auf einem Schiff, das in irgendwelchen gottverlassenen Gewässern zuhause war.

Dann merkte er, dass seine Füße ihm die Entscheidung bereits abgenommen hatten.

Arthur Harris hatte an einem Tisch im Salon gesessen und auf ein ramponiertes Stück Papier geblickt, das er in der Hand hielt. Es war die Beschaffenheit dieses Blattes gewesen, die Rob sofort aufgefallen war, denn es wirkte weit gereist und echt; außerdem war es dicker und gelblicher als das Papier, das man auf Kenegie kannte.

»Dies hat uns Catherine auf diversen verschlungenen Pfaden zukommen lassen, zumindest sieht es so aus. Ist das ihre Handschrift?«

Er hielt Rob den Zettel unter die Nase, der ihn anstarrte, als könnte er das Geheimnis des Universums enthalten, was in diesem Moment für ihn wohl auch zutraf. Er blinzelte und nickte dann. »Ja, Sir.« Er bekam wacklige Knie und musste sich auf dem Tisch abstützen.

»Setz dich, Robert. Ein Bote hat ihn heute Morgen aus Southampton gebracht.«

Robs Herz machte einen Sprung. »Sie ist in Southampton?«

Der Herr von Mount Michael hob die Hand. »Nein, nein, Robert, lass mich zu Ende erzählen. Er überbrachte es vom Kontor einer dort ansässigen Reederei. Der Kapitän der *Merry Maid*, der seinen Herren in diesem Hafen die Ladung übergab, erzählte, wie er von einem Handelsschiff abgefangen worden war. Es segelte unter dem Schutz der Hohen Pforte, die es von einem türkischen Kaufmann aus den Barbareskenstaaten hatte.«

»Den Barbareskenstaaten?«, wiederholte Rob, und dabei verließ ihn der Mut ebenso schnell, wie er ihn zuvor erfüllt hatte. Es schien, als hätten sich seine schlimmsten Befürchtungen bewahrheitet, und der Schrecken musste sich in seinem Gesicht spiegeln, denn Sir Arthur nickte grimmig.

»Und nicht einfach den Barbaren, sondern aus der Stadt Salé, die, wie ich gehört habe, ein wahres Nest von Seeteufeln sein soll, Heimat fanatischer Piraten und Aasgeier. Hunderte von Fischern und Kaufleuten wurden aus unseren Gewässern an die Küsten der Barbaren verschleppt, aber kein Christ sei je wieder aus Salé zurückgekehrt, heißt es. Viele werden so lange gefoltert, bis sie dem Christentum abschwören und sich dem Islam unterwerfen, mehr aus Angst um ihr Leben als um ihre Seele.«

Rob hatte die Augen geschlossen. Es war nicht Cats Seele, um die er fürchtete, doch bei der Vorstellung, dass man sie foltern und misshandeln könnte, entfuhr ihm ein schmerzliches Stöhnen. Der Inhalt des Briefes hatte ihn nicht beruhigt. Achthundert Pfund? Wo sollte er je eine solche Summe auftreiben? Trotzdem stellte er im Geiste bereits die verrücktesten Berechnungen an – Vorschuss auf seinen Lohn, Verkauf der wenigen weltlichen Güter, die er besaß, ein Kredit hier oder da, vielleicht ein Almosen. Wie viel würde er damit auftreiben können? Fünfzig Pfund mit reichlich Glück. Ein Teil von ihm wusste, dass er sich auch um das Schicksal der anderen Gefangenen sorgen müsste, die so brutal entführt worden waren – Cats Mutter, ihren Onkel, die beiden toten kleinen Vettern, Matty, Jack, Chicken und die anderen – doch all das war zweitrangig und lenkte vom Einzigen ab, was wirklich zählte: dass Cat lebte, zumindest zu dem Zeitpunkt, als sie den Brief geschrieben hatte. Wenn er seine Seele verkaufen musste, um sie zu befreien, dann würde er es tun.

An diesem Tag erledigte er seine Aufgaben in Windeseile. Dann bat er um eine Audienz bei Lady Harris, deren Herz, wie er glaubte, sich als mitfühlender erweisen könnte als das ihres Mannes. Ein Schwall von Zuversicht erfasste ihn, als sie ihn sogleich in ihren Salon bat. Unglücklicherweise, so musste er feststellen, hatte Sir Arthur bereits mit seiner Frau gesprochen, und als er nun das Thema anschnitt, verzog sie den Mund.

»Es tut mir leid, Rob. Ich weiß, dass du entschlossen warst, sie zur Frau zu nehmen. Aber was für eine Summe! Und wenn sie die feinste junge Frau in ganz Penwith wäre, müsste ich dir dennoch dieselbe Antwort geben. Achthundert Pfund ist das Lösegeld für eine Königin, nicht für eine kleine Perle wie Catherine Tregenna. Es wäre besser, wenn sich dein Herz woanders umsieht und du dir eine anständige Frau aus einer anständigen Familie suchst. Im Übrigen geht es ja nicht nur um Catherine, sondern auch um unsere anderen Mitbürger. Wir dürfen niemanden vorziehen.«

Erhitzt und wütend hatte er sie erneut bedrängt, bis sie am

Schluss müde antwortete: »Wenn du so entschlossen bist, das Mädchen zu retten, solltest du vielleicht seinen Vater aufsuchen.«

Robs Stirn runzelte sich verblüfft. »Madam, er ist seit vielen Jahren tot.«

»Ach, wäre es nur so. Der arme John Tregenna, ein stumpfer Mensch und nicht allzu sehr nach Janes Geschmack, aber er hatte es nicht verdient, die besten Jahre seines Lebens damit zu verbringen, für ein Balg zu sorgen, das nicht sein eigenes war, nur um wenige Jahre später von der Pest dahingerafft zu werden. Wenn du Catherine auslösen willst, dann wendest du dich am besten an Sir John Killigrew in Arwenack.«

Rob blieben die Worte im Hals stecken. Er erinnerte sich an die unwirkliche Szene damals zu Beginn des Sommers, zwei Gestalten mit flammend rotem Haar, die zu dicht beieinandergestanden hatten, und da wusste er, dass Lady Harris die Wahrheit sagte. Kein Wunder, dass John Killigrew das Mädchen aufgefallen war – immerhin war es sein eigenes Fleisch und Blut.

»Hier.«

Er blickte auf. Margaret Harris streckte die Hand aus. Seine Finger schlossen sich um den Beutel, bevor er merkte, dass er voller Münzen war.

»Erzähl niemandem, dass du es von mir hast. Trotz all ihrer Unzulänglichkeiten ist mir Catherine sehr ans Herz gewachsen, und wenn es die geringste Chance gibt, sie und Matty zu retten, dann vertraue ich darauf, dass du dein Bestes tun wirst, um sie auszulösen. Du bist ein fantasievoller junger Mann und wirst schon eine Möglichkeit finden, diese kleine Unterstützung zu ihren Gunsten einzusetzen. Der Gedanke, dass sich zwei junge Mädchen in den Händen solch verrufener Heiden befinden, ist mir unerträglich.«

Damit wandte sie sich ab, doch Rob hatte die Tränen in ihren Augen gesehen.

Die Versammlung des Stadtrats, die in Abwesenheit des Bürgermeisters John Maddern unter Vorsitz von Sir Arthur tagte, kam zu keiner angemessenen Entscheidung. Dafür hagelte es Vorwürfe: Warum hatten die Wachen nicht gesehen, wie die Schiffe sich dem Hafen näherten? Warum hatten die Kanonen auf dem Mount die Stadt nicht verteidigt? Warum hatte der Vizeadmiral von Cornwall die Gefahr nicht vorausgesehen, wenn es, wie berichtet wurde, ein Dutzend oder mehr Angriffe an den Küsten gegeben hatte, bevor die Kirche überfallen wurde? Was war mit den Gerüchten, der Großadmiral und Herzog von Buckingham entsende englische Kriegsschiffe, um dem französischen Kardinal Richelieu im Kampf gegen die Hugenotten beizustehen? Sollte man stattdessen nicht lieber die Gewässer des West Country beschützen? Und was sollte das Gerede über einen Krieg gegen Spanien, wenn es doch bereits einen Krieg vor ihrer Haustür gab, einen gegen den Terror aus dem Meer? Waren denn dem neuen König seine Untertanen gleichgültig? Mehr als eine Stimme erklärte bitter, Cornwall liege wohl zu weit entfernt vom Zentrum des Geschehens, als dass sich irgendwer große Gedanken um das Schicksal seiner Bewohner machte.

So wurden zwei Stunden verschwendet, bevor irgendwer zum Kern der Sache vorstieß – ob es eine Möglichkeit gab, die geforderten 3.495 Pfund aufzubringen, und ob sie auf irgendeine Bestätigung dafür hoffen konnten, dass die Gefangenen noch am Leben waren und tatsächlich zurückgeschickt würden. Die Stadt selbst verfügte über keine nennenswerte Pfründe, und das schon, bevor die nächsten Briefe mit Lösegeldforderungen für Bürgermeister Maddern, Ratsherr Polglaze und ihre Frauen eintrafen.

Petitionen machten die Runde, Gelder wurden gesammelt. Penzance und Market Jew sowie die entlegenen Gemeinden Sancreed und Madron, Newlyn und Paul steuerten bei, was sie konnten, bis hin zur Witwe Hocking mit einem einzigen Penny und dem blinden alten Simon Penrose mit zwei Silbermünzen. Doch selbst nachdem siebenhundertachtzig Menschen ihre Spende beigesteuert hatten, waren nicht mehr als etwa sechsundvierzig Pfund zusammengekommen, und darin waren fünf Pfund von Sir Arthur und zehn von den Godolphins enthalten.

»Wir müssen eine Bittschrift an den Monarchen richten«, seufzte Sir Arthur, »obwohl ich fürchte, dass sie nicht viel Aussicht auf Erfolg hat. Das Parlament wurde aufgelöst. Ich weiß nicht, wann es wieder zusammentreten kann, da König Karl ihm von Grund auf misstraut. Der einzige Mensch, auf den er hört, ist Buckingham, und zu dem habe ich keine Verbindungen. Alles, was wir tun können, ist, das Anliegen unserer Gefangenen öffentlich zu machen und zu hoffen, dass sich damit ein gewisser Druck ausüben lässt. Dass deswegen Gelder fließen werden, halte ich für unwahrscheinlich – die Schatzkammer ist geizig, und der Krieg gegen Spanien wird eine Unsumme verschlingen. Ich habe die Krone in den vergangenen Jahren bereits mehrmals gebeten, uns bei der Verstärkung unserer Verteidigungsanlagen zu unterstützen, wurde jedoch immer wieder abgewiesen. Vielleicht kann unser Schirmherr, der Earl of Salisbury helfen, allerdings steht er trotz seines Erbes und seiner Bildung nicht in dem Ruf, ein ernsthafter Mensch zu sein. Möglicherweise kennt Henry Marten einen Weg zum König – ihn hält man für den einflussreichsten unserer hiesigen Bürger.«

»Und Sir John Killigrew?«, fragte Robert.

Sir Arthur hob die Brauen. »Warum in aller Welt sollte Killigrew sich um diese Angelegenheit kümmern? Penzance bedeutet ihm nichts. Du kannst es natürlich bei ihm versuchen, aber ich habe nie gehört, dass dieser Mann Kosten oder Mühe zugunsten von anderen als sich selbst aufbringt.«

»Ich reite noch heute Abend hinüber nach Arwenack.«

Sein Herr schnaubte verächtlich. »Der Herr von Pendennis ist nicht zuhause. Er kundschaftet irgendein neues Geschäftsunternehmen mit der Türkischen Gesellschaft oder so ähnlich aus. Als ich ihn letzte Woche traf, versuchte er, mich zum Mitmachen zu überreden, als hätte ich Geld übrig, das ich in eine seiner verrückten Ideen stecken könnte!«

Erkundigungen wurden eingezogen und bestätigten, dass das Parlament zwar nicht zusammengetreten war, Sir Henry Marten sich dennoch in London aufhielt, wo diesen Sommer die Pest besonders hart zugeschlagen und mehrere Angehörige seiner Frau dahingerafft hatte, sodass ihr Hausstand sich in größter Unordnung befand. Es wurde beschlossen, dass Rob ohne weiteren Aufschub nach London reisen solle, um Empfehlungsschreiben und Bittschriften, die von Verwandten, Freunden und Nachbarn der Gefangenen unterschrieben waren, zu überbringen. Eine Stunde später brach er mit drei Pferden im Schlepptau auf und hatte eins bereits zu Schanden geritten, noch bevor er Gunnislake erreichte.

London war ein ungesundes Pflaster. Für Rob war Bodmin am Markttag bereits unerträglich, mit seinen durcheinanderbrüllenden Händlern, ratternden Karren und der Kakophonie sowohl zwei- als auch vierbeiniger Kreaturen, doch London war unvorstellbar schlimmer. Er war auf die unermessliche Größe, die unzähligen Spektakel und den Gestank so unvorbereitet, dass er sich auf der Stelle umgedreht und die mehr als dreihundert Meilen nach Cornwall ohne einen Blick zurück zu Fuß nach Hause gerannt wäre, hätte seine Mission nicht diese Bedeutung gehabt. Der Besitzer des ersten Gasthofs, an dem er angehalten hatte, hatte ihn von oben bis unten gemustert und ihn dann wieder weggeschickt. Er hatte den ganzen Weg von Cornwall in Scheunen oder unter Hecken geschlafen, um jeden Penny zu sparen, den Sir Arthur ihm für die Reise gegeben hatte. Die Pferde waren in keinem besseren Zustand. Die Angst vor der Pest war noch immer groß, und Fremde waren nicht wohlgelitten. Im nächsten Gasthof waren Lärm und Gestank so stark, dass er nach dem ersten Schritt über die Schwelle kehrtgemacht und das Weite gesucht hatte. Beim dritten Versuch erkannte der Wirt an seinem Akzent, dass er ein »ehrlicher Mann« war und ließ ihn eine Nacht im Stall schlafen. Eine der Mägde hatte Mitleid mit ihm, wegen seiner blauen Augen, wie sie sagte, sodass er rot anlief, und nahm seine Hose und das Hemd mit zum Waschen. Als sie dann unter seine Decke schlüpfte, während er schlief, fuhr er mit einem Schrei auf, doch sie legte ihm rasch die Hand auf den Mund. »Hier gibt es keine Cat«, sagte sie irritiert. »Und jetzt hör auf mit dem Geschrei und küss mich.«

Er brach noch vor dem Morgengrauen auf, eilig und nur halb angekleidet. Obwohl all seine Kleider frisch gewaschen waren, fühlte er sich schmutziger als je zuvor.

Wenn er nach der Adresse der Wohnung fragte, die er suchte, lachten die meisten Leute ihn aus. »Da hält dich einer zum Narren, mein Freund«, erklärte ein Mann. »Solche Leute machen einem Kerl wie dir nicht mal die Tür auf.« Aber als Rob ihm den Brief unter die Nase hielt, den er bei sich hatte, zeigte er mehr Respekt und erklärte ihm endlich, welche Richtung er einschlagen musste. »Geh lieber noch einmal zum Barbier, bevor du bei einem Lord vorsprichst«, riet ihm die Frau des Mannes.

Rob fuhr sich über das Kinn. In der Eile hatte er sein Rasierzeug vergessen. Er konnte die Stoppeln fühlen, die sich in der einen Woche, die er unterwegs gewesen war, über seinem Mund und auf den Wangen gebildet hatten. In kürzester Zeit würde er einen Vollbart haben. Der Gedanke stieß ihn ab. Er erinnerte sich, wie Cat über George Parsons gelacht hatte, weil dessen Bart in hellen rotblonden Büscheln spross, obwohl sein lichtes Haupthaar bereits ergraute, und so beschloss er, einen Barbier aufzusuchen.

Zwei Stunden später, nachdem man ihm das Gesicht mit einem nicht besonders scharfen Rasiermesser gründlich aufgeraut hatte, stand er schließlich auf der Strand, einer ruhigen, breiten Straße, die auf beiden Seiten von großen Herrenhäusern aus Stein und Arkaden mit eleganten Läden gesäumt war.

Das Haus, das Rob suchte, war das größte von allen – mehr Palast als Wohnhaus. Es hielt die Welt auf Distanz, indem es sich hinter mehreren Ziergärten verschanzte, in denen Bedienstete arbeiteten und die Wege kehrten. Einer davon scheuchte Rob und seine Tiere ärgerlich davon, als dieser durch das Tor treten wollte. »Du kannst hier nicht durch, der Herr empfängt keine Bettler.«

Rob zeigte ihm den Brief von Sir Arthur, und der kurzsichtige Mann beäugte ihn mit zusammengekniffenen Augen. »Sagt mir gar nichts«, meinte er schließlich argwöhnisch. Dann rief er einen Jungen herbei, der mit einem Rechen zugange war. »Geh und hol Mr. Burton, aber beeil dich.«

Rob wartete und trat ungeduldig von einem Bein aufs andere. Nach einer Weile, die ihm wie eine Ewigkeit vorkam, sah er einen weißhaarigen Mann mit einer aufwändig gearbeiteten blauen Uniformjacke und Samthosen, der unsicher auf ihn zugetrippelt kam. Bei jedem Schritt klapperte sein Stock auf den Steinen. »Wer bist du, und was hast du im Salisbury House verloren?«

Rob reichte ihm den Brief. Der Mann brach ohne große Umschweife das Siegel auf und überflog den Inhalt. Als er wieder aufblickte, hatte sich sein Ausdruck deutlich verändert. Er gab Rob den Brief zurück. »Komm mit«, sagte er knapp und trippelte doppelt so rasch, wie er gekommen war, wieder zurück, wobei der Stock einen rhythmischen Kontrapunkt zum Klappern seiner Absätze bildete.

Rob wurde durch eine Tür riesigen Ausmaßes ins Haus geführt und angewiesen, in einem Vorzimmer Platz zu nehmen, das größer war als die gesamte Halle von Kenegie. Die holzvertäfelten Wände waren mit Porträts von grimmigen Männern geschmückt, die gnadenlos und finster auf ihn herabblickten. Hätte er nicht diesen dringenden Auftrag gehabt, hätten ihre starren schwarzen Augen und abweisenden Gesichter ihn dermaßen eingeschüchtert, dass er sich entschuldigt hätte und wieder gegangen wäre. Vermutlich war das der Grund, weshalb man die Leute hier warten ließ: So führte das stolze Erbe dieser mächtigen Familie ihnen die Bedeutungslosigkeit ihrer eigenen bescheidenen Herkunft umso klarer vor Augen. Rings um ihn herum starrten die größten Männer des Königreichs – darunter Burghleys und Howards – majestätisch herab, ohne das mindeste Interesse für den Maler, der ihr Bild auf die Leinwand gebannt hatte oder diejenigen, die es später betrachten würden. Rob blieb unter einem gewaltigen Porträt des verstorbenen Vaters des jetzigen Earls stehen, eines trotz seines Titels als Großkanzler schlicht und puritanisch gekleideten Mannes, und betrachtete die Linien seines kalten, gleichgültigen Gesichts mit dem fuchsroten Bart und dem müden Blick. Egal, wie reich und mächtig er war, schoss es Rob durch den Kopf, er wirkte nicht wie ein Mann, der mit seinem Los zufrieden war. Der Porträtist hatte sich entschieden, den Buckel, den er angeblich gehabt hatte, vor dem Betrachter zu verbergen; dafür hatte er den angestrengten Blick seiner scharfen Augen eingefangen. Augen eines Meisterspions, eines Mannes, der zu viel gesehen hatte, einschließlich seines eigenen Schicksals, das ihn wenige Jahre später einholen sollte, als er unvermutet rasch in Ungnade fiel und seinen Reichtum, seine Macht und letztendlich auch das Leben verlor. Rob straffte die Schultern, als er Schritte in der Halle hörte und wandte sich um, damit er den gegenwärtigen Träger des Titels, den zweiten Earl of Salisbury, William Cecil, grüßen konnte.

Doch es war eine Frau, die im Rahmen der Eichentür erschien, ein schönes, zerbrechliches Wesen mit blassem Gesicht, das durch ein Übermaß an teurem Puder noch blasser wirkte, und riesigen dunklen Augen, die von kleinen Ringellocken umrahmt waren. Sie trug ein Gewand aus üppiger blassrosa Seide, dessen viereckiges Dekolletee so tief ausgeschnitten war, dass man trotz der Fülle der exquisiten flämischen Spitze die seidige weiße Haut der Brust darunter schimmern sah. Rob gab sich

Mühe, nicht dorthin zu starren. Stattdessen richtete er den Blick auf den großen Diamanten, der an einem Band aus schwarzem Satin um ihren Hals hing, und auf den reich verzierten Fächer aus Elfenbein in ihrer rechten Hand. Wie alt sie war, hätte er nicht zu sagen vermocht.

Nach einer Pause, in der sie eintrat und ihre Wirkung auf den Besucher beobachtete, ging sie auf ihn zu und streckte ihm eine weiße Hand mit vielen Ringen an langen Fingern entgegen. »Ich bin die Countess of Salisbury. Und was für einen hübschen jungen Mann haben wir hier?«

Rob erinnerte sich wieder an seine Manieren und verbeugte sich so hastig, dass ein besonders großer Rubin ihm beinahe das Auge ausgestochen hätte. »Robert Bolitho, Mylady, von Kenegie Manor in Cornwall. Ich überbringe einen Brief von meinem Herrn, Sir Arthur Harris, an den Earl of Salisbury.«

Catherine Howard lächelte zuckersüß. »Mein Mann ist anderweitig beschäftigt. Darf ich den Brief vielleicht an seiner Stelle sehen? Andrew sagte, dass es um die Piraten aus den Barbareskenstaaten geht. Wie faszinierend, wie romantisch!«

»Es ist keine sehr romantische Geschichte, Madam, und wird kaum zur Unterhaltung einer Dame beitragen, wie Ihr es seid«, sagte Rob und lächelte ebenfalls. Es war Pech, dass der Earl nicht zu sprechen war, doch von seiner Frau empfangen zu werden, war das größte Glück, das er sich für sein privates Anliegen wünschen konnte. »Trotzdem wäre ich sehr dankbar, wenn Ihr meiner Geschichte Gehör schenktet, denn sie betrifft jemanden, den Ihr kennt.« Hastig setzte er hinzu: »Besser gesagt, dessen Arbeit Ihr kennt.«

Die Gräfin reckte den Kopf wie ein Spatz und sah ihn an. »Wirklich? Nun, dann wollen wir eine Tasse Kaffee in meinen Gemächern trinken, und du erzählst mir alles.«

»Sechzig Menschen bei einem einzigen Angriff?« Lady Cecil kam aus dem Staunen gar nicht mehr heraus. »Wie gewagt!« Sie beugte sich vor. »Und sag, hast du einen Blick auf diese kühnen Piraten werfen können? Hatten sie grausame Gesichter und türkische Gewänder? Ich stelle sie mir immer mit funkelnden Augen und spitzen Bärten vor, so wie Saladin. Sie schwenken ihre blitzenden Schwerter und rufen den Namen ihres Gottes.«

»Ich habe sie nicht gesehen, Ma'am. Ich war mit der Harris-Familie in der Kirche von Gulval.«

Sie war enttäuscht. »Ah, *quel dommage*. Aber was werden sie nun mit den Gefangenen anstellen? Werden sie sie als Sklaven an den Großtürken verkaufen, was glaubst du? Er soll ja ein Unhold sein, einen Harem mit zehntausend Frauen unterhalten und seinen Palast mit Gold gepflastert haben. Ah, Konstantinopel, ich würde so gern einmal Konstantinopel besuchen, die Kuppeln und Minarette sehen, durch die Santa Sophia gehen und die uralte Luft von Byzanz atmen – obwohl ich glaube, Frauen ist der Zutritt verboten, vielleicht sogar Christen allgemein. Ich müsste mich als muselmanischer Pilger verkleiden.« Sie faltete die Hände. »Ich würde meine Haut mit Walnuss färben, mir einen Bart ankleben und mich in lange Gewänder hüllen, mit einem Dolch im Gürtel und Pantoffeln aus gefärbtem Leder, so wie der Scheich, der im Frühjahr als Gesandter ihres Sultans zu Gast beim König war!« Bei dieser Vorstellung klatschte sie entzückt in die Hände. »Er brachte Löwen und Tiger für die Königliche Menagerie mit, weißt du. Eine hübsche Geste, fand ich. Doch er sah nicht gerade aus wie ein Pirat. Tatsächlich war er sogar ein wenig füllig …«

»Ich bitte um Vergebung, wenn ich Euch unterbreche, Lady Cecil …«

Die Gräfin war eine solch unverblümte Sprache nicht gewöhnt. Sie riss verwundert den Mund auf und fächelte sich dann hastig Luft zu.

Rob griff in seine Jackentasche und nahm ein in Papier eingeschlagenes Päckchen heraus, das er mit unendlicher Behutsamkeit auspackte. »Ich möchte Euch etwas zeigen.«

»Großer Gott!« Die Gräfin strich mit den Händen über den Stoff, den Rob ausgebreitet hatte. »Das ist eine wundervolle Arbeit.«

Es war ein Geistesblitz in letzter Sekunde gewesen, der Rob dazu veranlasst hatte, schnell noch einmal zu Cats Zimmer hochzurennen, bevor er Kenegie verließ. An der Schwelle war er stehen geblieben, als könnte ein Hauch von ihr noch da sein, als könnte er eine gespenstische Erscheinung überraschen, bevor sie Zeit hatte, wieder zu verschwinden. Als er dann eingetreten war, hatte er das starke Gefühl gehabt, in eine Sphäre einzutauchen, die noch immer von ihr erfüllt war; er hatte Cat beinahe riechen können, ihren feinen Duft nach Moschus und Rosen. Es war nicht schwer gewesen, das halb fertige Altartuch unter dem Bett zu finden; hier hatte er zuallererst nachgeschaut. Er hatte es unter seinem Hemd versteckt und seine Berührung auf der Haut gespürt, als er losritt, bis ihm einfiel, dass sein Schweiß Flecken hinterlassen könnte. Es war ein heiliges Objekt, sowohl von seiner Bestimmung her als auch in seiner Vorstellung. Er durfte es nicht verderben.

Nun betrachtete er die Arbeit, die Cat heimlich in der Ungestörtheit ihrer Dachstube bei Kerzenlicht begonnen hatte, und erinnerte sich an ihren gemeinsamen Besuch auf Castle an Dinas zu Beginn des Sommers, als sie den Wunsch geäußert hatte, der Stickerzunft beizutreten, und er versucht hatte, ihr ihren übertriebenen Ehrgeiz auszureden.

»Der Entwurf ist vorzüglich, geradezu visionär.« Catherine Howard strich über die Schlange, die sich um den Baumstamm wand, berührte mit dem Finger das Gold von Evas Haar und das Rot des Apfels.

»Es ist Catherines Entwurf.«

Die Gräfin sah verwundert zu ihm auf. »Von ihr selbst? Ich glaubte, Margaret und ich hätten vereinbart, dass ich meinen eigenen Mann schicke, um den Entwurf vorzustanzen, damit die junge Dame ihn nachsticken kann. Ich muss zugeben, dass ich etwas in Verzug geraten bin, aber ich hatte so viel mit den Kindern zu tun, der Verwaltung des Hauses …« Ihre Stimme verebbte, als sie sich erneut in den Einzelheiten der Stickerei verlor. »Doch Christopher wäre nie etwas so *Lebendiges* eingefallen! Es ist wirklich wunderbar.« Sie zögerte. »Warum hast du es mir unvollständig gebracht?«

Rob schluckte. »Catherine wurde von den Piraten entführt. Man hat sie gezwungen, ihre Lösegeldforderung niederzuschreiben. Sie verlangen achthundert Pfund für ihre Freilassung.«

Catherine Howard lachte hell auf. »Achthundert Pfund? Für eine Dienstmagd? Selbst für ein Mädchen, das so zu sticken versteht wie sie, ist das eine unglaubliche Forderung. Ist dir klar, dass man für knapp tausend eine Ritterschaft kaufen kann?«

Er senkte den Kopf. »Ich habe geschworen, sie zu befreien.«

Die Gräfin lächelte nachsichtig. »Du bist ein netter Junge. Wie viel hast du bis jetzt zusammen?«

»So gut wie nichts, Ma'am, obwohl ich mich so lange umsonst verdingen würde, bis ich meine Schulden abbezahlt hätte. Cornwall ist eine arme Grafschaft, und Cats Familie wurde mit ihr zusammen entführt.«

Sie seufzte. »Ein solch treues Herz ist ein Vermögen wert. Ach, schlüge doch ein solches auch für mich. Doch all das –«, sie deutete auf das luxuriöse Gemach, ihr Kleid, den Schmuck, »– all das ist nur Schein. Das Schloss hier gehört nicht uns, sondern dem Bischof von Durham. Wir bewohnen nur diesen Flügel. Mein Mann würde mich umbringen, wenn er mich reden hörte, aber unsere Schulden sind in der Tat gewaltig. Als Williams Vater starb, hinterließ er mehr als dreißigtausend Pfund Schulden, und was meine eigene Familie angeht …« Sie breitete die Hände aus. »Es wäre wirklich reizend, wenn du herkommen und in irgendeiner Funktion für uns tätig sein könntest, um das Lösegeld für deine Catherine zu verdienen, aber du siehst ja, wie es ist.«

Rob sah, wie es war, und verlor den Mut.

»Lass mir das Altartuch hier«, gurrte sie. »Ich werde jemanden beauftragen, es für unsere Kirche in Framlingham fertig zu stellen.«

»Das kann ich nicht«, sagte Robert leise. »Es ist alles, was ich von ihr habe.«

Die Gräfin verzog den Mund. »Warte hier.« Sie eilte hinaus und kam wenige Minuten später mit einem Lederbeutel wieder. »Hier«, sagte sie und drückte ihn Rob in die Hand. »Es wird nicht reichen, um deine Catherine freizukaufen, aber vielleicht hilft es auf andere Weise und ist, wie mir scheint, ein fairer Lohn für das, was sie bisher getan hat. Mein Mann ist wahrscheinlich zu betrunken, um zu merken, dass das Geld fehlt. Wenn doch, werde ich ihn daran erinnern, dass es so viel ist wie die Summe, die er gestern Abend beim Kartenspielen verloren hat.«

Der Lederbeutel enthielt fast fünfzig Pfund in Goldmünzen. Unter einer Kastanie, die gerade ihr erstes Laub abwarf, zählte Rob sie mit klopfendem Herzen. Er war traurig, dass er Cats Stickerei weggegeben hatte, doch die Berührung ihrer Hand war ihm mehr wert als etwas zu besitzen, das sie berührt hatte, und sei es noch so schön. Er verstaute das Gold sorgfältig und dankte Gott für seine unerforschlichen Wege. Dann machte er sich an seinen nächsten Auftrag: Sir Marten zu finden, um das zweite Empfehlungsschreiben und die Bittschrift der Leute von Penzance zu übergeben. »Geh zu seinem Stadthaus in Westminster«, hatte Sir Arthur ihm geraten und die Adresse aufgeschrieben. »Er hat schroffe Manieren und keine Geduld mit Holzköpfen, also schärfe deinen Verstand und hüte deine Zunge. Er kann ein wenig anstrengend sein, aber wir brauchen seine Hilfe.«

Nach der Pracht von Salisbury House war Rob kaum auf das Elend rings um die Machtzentrale des Landes vorbereitet. Die Straßen von Westminster waren schmutzig und stanken nach

Sumpfgas und menschlichen Exkrementen. Flämische Händler priesen mit lauter Stimme und starkem Akzent ihre Waren an, Betrunkene standen an die Wände gelehnt und hielten sich an ihren Bechern mit gepfeffertem Bier fest oder übergaben sich in die ohnehin mit Unrat verstopften Gossen. Garküchen verkauften Fleischpasteten, Schweinshaxen, Walfischzungen und gegrillte Rinderohren. Rob war froh, dass er an seiner üblichen schlichten Kost festgehalten hatte, einem kleinen frischen Brotlaib und einem Stück salzigen Käse, die er auf dem Weg durch die Long Acre gegessen hatte.

Er kam an dem gewaltigen Turm von St. Stephen's vorbei, wo das Parlament zusammentrat, wenn es tagte, und am königlichen Palast von Westminster, in dem auch der Justizpalast untergebracht war. Beim Anblick des massiven dunklen Gemäuers verspürte er dasselbe ekstatische Grauen wie damals, als Jack Kellynch und er mit einem Skiff von Gurnad's Head unter den abweisenden Klippen aus grünem Kalkstein entlanggesegelt waren und sich vorgestellt hatten, wie sie an den gischtgepeitschten Felsen unter der Oberfläche zerschellten. Das Gebäude wirkte feindselig, seine Dimensionen waren zu groß, zu imposant, um irgendetwas mit Rob zu tun zu haben. Er trat aus dem Schatten und blieb andächtig eine Weile unter der nördlichen Fassade der großen Abbey stehen, um die Bogen, Pfeiler und gotischen Zinnen, die wie Juwelen blitzenden Glasfenster und fein gemeißelten Figuren zu bestaunen. Überwältigt von so viel Pracht, hatte er plötzlich das Gefühl, als öffnete sich etwas in seinem Kopf, wie eine Blüte, die unter einem unerwarteten Sonnenstrahl aufgeht. Einen Moment lang glaubte er, den Mut zum Eintreten aufzubringen, aber am Ende wagte er es doch nicht. So viel Schönheit war zu viel für einen einfachen Mann wie ihn. Außerdem folgte ihm bereits ein Kerl mit einem pockennarbigen Gesicht und verschlagenem Blick, der ihn gefragt hatte, ob er mit zu ihm nach Hause kommen wolle. Da war ihm bewusst geworden, dass er wie ein Dorftrottel aussehen musste, wenn er mit offenem Mund und glasigen Augen da stand, eine jämmerlich leichte Beute, selbst für einen unerfahrenen Straßenräuber oder Taschendieb. Tatsächlich hatten ihn viele zwielichtige Gestalten in den schmalen Gassen rings um die Abbey beäugt, dann aber wohl entschieden, dass er nichts bei sich hatte, das die Mühe lohnte: ein Witz, über den er grinsen könnte, hätten sie ihn nicht so nervös gemacht. Zum Glück hatte er die Pferde vorübergehend in einem Stall von Seven Dials unterbringen können. Der Beutel mit dem Gold wog schwer an seiner Hüfte, und er war froh, ihn vernünftig eingepackt zu haben, sodass die Münzen beim Gehen nicht klimperten.

Sir Henry Martens Haus lag am Broad Sanctuary, und zu Robs großem Glück war er auch zuhause, allerdings nicht gerade bester Laune.

»Und was glaubt er, soll ich jetzt tun?«, schimpfte er, nachdem er Sir Arthur Harris' Brief überflogen hatte.

Rob, der nicht aufgefordert worden war, sich hinzusetzen, ballte die Fäuste. »Ich glaube, er hätte gern, dass Ihr das Thema bei anderen führenden Persönlichkeiten anschneidet, Sir, Euch für Cornwalls Interessen einsetzt und dem Staatsrat eine Petition vorlegt, auf dass wir Mittel erhalten, um unsere Gefangenen freizukaufen.«

»Freizukaufen? Von wem?«

»Von den Angreifern, Sir, den Freibeutern von Sallee, die sie entführt haben.«

»Die Freibeuter von Sallee sind eine Bande von Verbrechern, und mit Piraten wird weder verhandelt noch eine Vereinbarung getroffen! Sie verbreiten nur Schrecken, Tod und Fanatismus, und die Regierung Seiner Majestät darf sich keinesfalls dazu nötigen lassen, auch nur einen Gedanken an ihre wahnsinnigen Forderungen zu verschwenden.«

»Meine Braut, Catherine Tregenna, wurde entführt«, sagte Rob leise. Die Sehnen in seinem Hals standen hervor, so sehr musste er sich beherrschen, um dem Mann nicht an die Gurgel zu gehen. »Und ich bin entschlossen, sie zu befreien. Ich habe bereits fünfzig Pfund für ihr Lösegeld gesammelt.«

Sir Henry Marten starrte ihn an. »Das ist eine beachtliche Leistung, junger Mann, aber das Geld könntest du genauso gut zum Fenster hinauswerfen. Wenn man solchem Abschaum Geld gibt, ermuntert man ihn ja geradezu, mit seinen Geschäften weiterzumachen. Es führt nur dazu, dass sich diese Schurken in ihren grausamen Methoden bestätigt fühlen. Außerdem werden sie deine Catherine bestimmt nicht laufen lassen, jedenfalls nicht, wenn sie hübsch ist: Frauen bringen die höchsten Preise auf ihren Märkten. Sie werden dein Geld einstecken und dich auf die Galeere schicken, und davon hat niemand etwas.«

»Ich verstehe, was Ihr sagt, Sir, aber bei allem Respekt, ich bin entschlossen, zu tun, was ich tun muss.«

Der kornische Abgeordnete seufzte. »Ich kann dir nicht vorwerfen, dass du deine junge Braut aus den schmutzigen Händen dieser Heiden befreien willst, aber eins versichere ich dir: Es ist nie gut, sich mit Ungläubigen auf einen Handel einzulassen, erst recht nicht, wenn diese glauben, einen absurden heiligen Krieg gegen das Christentum führen zu müssen. Sie haben keine Ehre, sie glauben an nichts, und man kann nicht mit ihnen reden. Wenn wir schon mit diesen Heiden verhandeln müssen, dann zumindest mit jemandem, der über entsprechende Autorität verfügt – ihrem Sultan oder einer vergleichbaren Instanz.«

»Könntet Ihr nicht einen Antrag dafür einbringen, Sir? Die Countess of Salisbury erwähnte einen Gesandten aus den Barbareskenstaaten, der dem König seine Aufwartung gemacht hat. Vielleicht kann man ihn bitten –«

Henry Martens verdrehte die Augen. »Alles, was dieser Blender getan hat, war, die Pfründe der Handelsgesellschaft zu schröpfen, die für seine Kosten aufkam, und mit einem Schiff voller ›Geschenke‹ wieder nach Hause zu segeln. Mein lieber Junge, es gibt mehr als zweitausend Gefangene, die überall an den Küsten der Barbaren unter elendesten Bedingungen festgehalten werden – in Algier und Tunis ebenso wie in Sallee –«

»Zweitausend?« Rob war entsetzt. »Wenn so viele Landsleute von uns als Sklaven dienen müssen, warum wurde dann nichts unternommen? Unsere Küsten sind ungeschützt. Ich weiß, dass unsere Leute arm sind und an einem so prächtigen Ort wie London nicht viel gelten, aber das ist ein Skandal.«

»Glaubst du denn, wir hätten nicht versucht, sie zu retten? Bewaffnete Expeditionen sind spektakulär gescheitert, und deshalb versuchen wir es – gegen jede Vernunft – auf dem diplomatischen Weg. Wir haben ein Konsulat in Algier eingerichtet, doch bislang trotz größtmöglicher Anstrengungen nicht mehr als vierzig bedauernswerte Seelen freibekommen, mehr tot als lebendig. Und Sallee ist relativ unabhängig vom Rest der Barbaren – ein richtiges Schlangennest. Selbst erfahrene Verhandler hatten dort kein Glück. Gib mir deine Petition, ich lege sie zu den anderen. Kehr nach Hause zurück und richte Arthur aus, dass es närrisch wäre, wenn man versuchte, diese Leute zurückzuholen. Er täte besser daran, mehr Kanonen für den Mount zu fordern. So lässt sich wenigstens verhindern, dass weitere Menschen entführt werden.«

Rob reckte das Kinn. »Ich danke Euch für die Zeit, die Ihr mir geopfert habt, Sir. Vielleicht erinnert Ihr Euch daran, dass achtzehn Frauen und zwölf Kinder, zwei Säuglinge und drei ältere Witwen unter den Gefangenen waren, wenn Ihr in den Schoß Eurer Familie zurückkehrt. Catherines Brief zufolge sind mindestens zwei dieser Kinder unterwegs umgekommen. Wie viele sollen noch als Sklaven sterben, während wir uns zurücklehnen und uns weigern, Kontakt zu ihren Entführern aufzunehmen? Ich vertraue darauf, dass Ihr zugunsten unserer Leute alles tut, was in Eurer Macht steht.«

Er ging zur Tür, drehte sich dann aber noch einmal um. Sir Henrys Gesicht hatte sich dunkelrot verfärbt.

»Könntet Ihr mir möglicherweise verraten, wo ich die Türkische Gesellschaft finde, Sir? Ich bin auf der Suche nach Sir John Killigrew, mit dem ich etwas zu besprechen habe.«

Martens Gesicht wurde noch dunkler. Er starrte den jungen Mann finster an. »Wenn du auch nur einen Funken Verstand im Kopf hast, kehrst du geradewegs nach Cornwall zurück. London ist nicht der richtige Ort für einen anständigen jungen Mann, und bei der Türkischen Gesellschaft gibt es nur Gauner.«

Rob machte keinerlei Anstalten zu gehen, bis Sir Henry schließlich seufzte. »Na schön. Ich weiß nicht, wo die Türkische Gesellschaft ihren Sitz hat oder ob sie überhaupt so etwas wie ein Kontor unterhält, aber du könntest dich bei einem der Goldschmiede auf der Cheapside erkundigen; die scheinen alle den einen oder anderen Dreck am Stecken zu haben. Doch ich kann dir nur raten, dich in Acht zu nehmen, Robert Bolitho, denn Killigrew ist ein schlimmerer Bandit als alle deine Piraten zusammen.«

Eine Stunde später streifte Rob durch die Cheapside, eine breite Durchgangsstraße, die vor Leben brodelte und zu beiden Seiten von Gebäuden mit drei, vier oder sogar fünf Geschossen gesäumt war. Robs ungeübtem Auge erschienen sie so hoch und so unsicher, dass er Angst hatte, unter den Traufen zu gehen, aus Angst, dass die Häuser jeden Augenblick einstürzen könnten. Überall wimmelte es von Menschen. Der Lärm war unerträglich. So rasch er konnte, bog Rob ab und landete in einem Gewirr von kleinen Gassen. Hier waren alle Zünfte der Stadt ansässig – Eisenschmiede und Zimmerleute, Tuchhändler und Sattler, Putzmacher, Schneider, Köche, Küfer und Korduanschuhmacher. Die Bäcker residierten in der Bread Street, die Milchhändler in der Milk Street und die Fischhändler in der Friday Street. Die Goldschmiede fand er, wie nicht anders zu erwarten, zwischen Bread und Friday Street auf der Goldsmiths Row.

Er ging von einer Werkstatt zur anderen, doch niemand

kannte den Namen John Killigrew. Er dachte schon daran, seine fruchtlose Suche aufzugeben und sah verwirrt zum Zunftzeichen der Gewandschneider empor. Auf einer Seite ihres Wappens war ein Türke zu sehen, der auf einem abstrusen Tier ritt, einer riesigen Kuh mit einem grotesk langen Hals, auf der anderen saß ein Schwarzer auf einem großen Löwen. In diesem Augenblick sprach ihn ein pickliger junger Goldschmiedlehrling an, der ihm bis zum Ende der Gasse gefolgt war und nun an seinem Ärmel zupfte. »Der Mann, den du suchst, gehört zu einigen Kaufleuten, die wir kennen.« Der Bursche stand erwartungsvoll da. Robert musterte ihn finster.

»Und wo würde ich diese Kaufleute finden?«

Der Junge streckte die Hand aus. Seine Finger waren verbrannt und narbig von Partikeln geschmolzenen Metalls, tägliches Risiko seines Berufs. Seufzend kramte Rob in seiner Tasche und förderte eine Silbermünze zu Tage, worauf der Junge verächtlich schnaubte und sich erst zufriedengab, als Rob zwei ganze Pennys in der Hand hatte. Einen reichte er dem Jungen, den anderen behielt er in der geschlossenen Faust. »Wenn du mich hingebracht hast, bekommst du den anderen.«

Der Lehrling wurde blass, eine bemerkenswerte Leistung angesichts seines ohnehin käseweißen Gesichts. »Meine Haut ist mehr wert als zwei Pennys.«

»Das bezweifle ich«, gab Rob zurück. »Aber ich werde es ihm nicht verraten, falls ich ihn wirklich finde.«

Habgier kämpfte mit Angst – und siegte.

Als sie endlich in einer anonymen Gasse ankamen, hatte Rob keine Ahnung mehr, wo er war, doch ein Blick auf den Kopf und das rote Haar durch ein schmuddliges Fenster genügte, um derart profane Sorgen zu verscheuchen. Er warf dem Jungen seinen Penny zu und klopfte an der Tür. Drinnen wurde es verdächtig still, dann spähte jemand aus dem Fenster. Eine Sekunde später ging die Tür auf, eine Hand schoss heraus und zerrte Rob ins Haus.

»Was zum – dich kenne ich doch!« Killigrew runzelte die Stirn und versuchte sich zu erinnern.

Rob war kaum zu verkennen, mit seiner enormen Größe und seinem maisgelben Haar. Außerdem sah er nicht gerade wie ein Stadtmensch aus. »Robert Bolitho. Ich arbeite auf Kenegie für Sir Arthur. Er hat mir gesagt, dass Ihr in London seid.«

John Killigrew schnitt eine Grimasse. »Verdammter Kerl, spioniert er mir etwa nach? Meine Geschäfte sind meine Privatsache und genauso rechtschaffen wie die aller anderen auch.«

»Ich komme aus eigenem Willen und in einer Privatangelegenheit. Ich würde gern unter vier Augen mit Euch über Catherine Tregenna und ihre Mutter Jane sprechen. Jane Coode hieß sie damals.«

Der Ausdruck des Mannes veränderte sich. Er sah sich zu den beiden anderen Männern im Raum um, in deren Gesichtern sich Aufmerksamkeit und Begehrlichkeit spiegelten. »Komm mit.«

Killigrew schob Rob vor sich her in ein spärlich möbliertes, verstaubtes Hinterzimmer, schloss die Tür und wandte sich zu Rob um. »Mit der Frau habe ich nichts mehr zu tun. Es ist lange her, dass sie in Arwenack arbeitete.«

»An die zwanzig Jahre, zufällig genau das Alter ihrer Tochter Catherine.«

»Und was hat das mit mir zu tun?«, polterte Killigrew.

»Ich weiß aus zuverlässiger Quelle, dass sie Eure Tochter ist, Sir. Es hat keinen Zweck, es zu leugnen, sie hat dasselbe fuchsrote Haar wie Ihr. Vielleicht erinnert Ihr Euch an Eure … Begegnung mit ihr, im Hof von Kenegie.«

Der Funke einer Reaktion flackerte in den blassen Augen auf. »Ich habe überall im County uneheliche Kinder. Das kann kaum jemanden schockieren, der mich kennt. Und zwischen mir und dem Mädchen ist nichts vorgefallen. Wenn es das behauptet, lügt es, um ein anderes Techtelmechtel zu vertuschen.«

»Mutter und Tochter schmachten im Augenblick in einem

schmutzigen Sklavengefängnis an der Küste der Barbaresken-staaten und fürchten um ihr Leben.«

»Hat das mit dem Überfall der Freibeuter von Sallee auf die Kirche in Penzance zu tun?«

Das war in der Tat der Name der kühnen Angreifer. Rob nickte. »Letzte Woche kam eine Lösegeldforderung. Sie verlangen … eine sehr hohe Summe für die Freilassung der Gefangenen.«

Killigrew lachte. »Und jetzt kommst du zu mir, um diese hohe Summe einzufordern? Nun, mein Junge, da bist du allerdings an den Falschen geraten, denn ich verteile keine Almosen, wie du aufgrund meiner Reputation wissen müsstest, für die ich lange und hart gearbeitet habe. Oder wolltest du mich etwa erpressen? Davon wirst du nichts haben, das verspreche ich dir. Was die Leute von mir denken, kratzt mich nicht. Im Übrigen ist es mir egal, was Jane Coode oder dem Mädchen passiert, obgleich ich zugeben muss, dass es zu einem hübschen jungen Ding geworden ist. Was sagst du dazu?« Er sah Rob herausfordernd an.

Rob biss sich auf die Lippen. Keiner seiner heutigen Besuche war so verlaufen, wie er sich erhofft hatte. »Ich bitte um Vergebung, Sir, dass ich Eure Zeit vergeudet habe. Offensichtlich gibt es zu diesem Thema nichts weiter zu sagen, und ich muss eine andere Möglichkeit suchen, Catherine zu befreien.« Er machte auf dem Absatz kehrt und wollte gerade gehen, als Killigrew ihn plötzlich zurückhielt.

»Warte noch! Sag mir, was du tun würdest, um sie zu retten.«

Rob starrte ihn an. »Alles. Ich würde alles tun, was in meiner Macht steht, um sie heil und gesund nach Hause zurückzuholen.«

»Stehst du nicht in Sir Arthurs Diensten?«

»So ist es.«

»Würdest du auch andere Angebote in Betracht ziehen?«

»Das hängt ganz davon ab, worum es geht und was es einbrächte. Ist es legal?«

Killigrew zögerte. »Wäre das von Belang?«

Rob schluckte. Sein ganzes Leben lang hatte man ihm eingetrichtert, Gott zu fürchten, sein Land zu lieben und dem Gesetz zu gehorchen, doch jetzt schienen weder das Land noch das Gesetz im Stande zu sein, ihm eine Möglichkeit zu bieten, um Cat zu retten, und vielleicht folgten Gottes Wege nicht immer dem geradesten und offensichtlichsten Pfad durch das Dunkel. »Nein, Sir.«

»Dann sieht es so aus, als könntest du mir eine lange, unbequeme und vermutlich auch gefährliche Reise ersparen, Robert Bolitho.«

»Eine Reise?«

»In den Barbareskenstaaten sind große Gewinne zu machen. Wir besitzen etwas, was die Mohren unbedingt haben wollen, und sie haben eine Menge, was wir dafür von ihnen verlangen könnten. Marokko hat viele Schätze zu bieten. Es scheint mir dumm, dass wir nicht ganz offen Geschäfte machen können mit ihren … Kaufleuten. Jetzt sieht es so aus, als hätten wir noch eine Kleinigkeit, die wir in die Waagschale werfen könnten, aber ich warne dich. Es handelt sich um eine Geschäftsreise, keine Wohltätigkeitsmission. Wenn du sie machen willst, dann zu meinen Bedingungen. Morgen Früh setzt ein Schiff die Segel und nimmt Kurs auf Nordafrika, bevor der Winter einsetzt und die Meere unbefahrbar werden. Wenn du mir beweist, dass ich dir vertrauen kann, kannst du meinen Platz einnehmen. Hilf meinem Stellvertreter, den Handel abzuschließen, den ich im Auge habe, und du kannst Catherine in den Handel einschließen, aber niemanden sonst, hörst du?«

»Es gibt noch ihre Mutter und ihre Freundin Matty …«, setzte Rob an, der bereits spürte, wie das schlechte Gewissen an ihm nagte. »Und viele andere arme Seelen, denen wir helfen könnten. Außerdem kann ich auch nicht einfach verschwinden, ohne die Harris-Familie darüber zu unterrichten, wo ich bin. Sie waren gut zu mir. Sie würden sich Sorgen machen, wenn ich nicht zurückkäme, und Sir Arthur würde bestimmt nach London –«

»Halt! Wir gehen jetzt zu Hardwicke & Buckle, die diese Expedition ausrüsten, und unterwegs erkläre ich dir deine Rolle bei diesem Unternehmen. Du kannst deinem Dienstherrn von da aus schreiben und ihm deine Pläne mitteilen, aber du wirst niemandem von meiner Mitwirkung an deiner Entscheidung oder der Art der Geschäfte erzählen. Abgemacht?« Er streckte die Hand aus, und Rob ergriff sie mit klopfendem Herzen. Während sie so ihren Pakt besiegelten, hatte er das Gefühl, dem leibhaftigen Teufel die Hand zu schütteln, und nicht nur sein Leben, sondern auch seine Seele aufs Spiel zu setzen.

DREIUNDZWANZIG

Das Haus, zu dem Idriss mich brachte, lag in einer schmalen Straße am südlichen Ende der Medina. Kinder beobachteten uns neugierig, als wir an ihnen vorbeigingen. Idriss trug mein Gepäck. Ein kleines Mädchen, dessen dunkle Augen vom Schein der orangefarbenen Natriumdampflampen erhellt wurden, zupfte mich am Ärmel. »*Baksheesh, Madame. Please. Por favor.*«

Idriss sagte rasch etwas auf Berberisch, und die Kinder rannten kreischend und lachend davon.

»Das ist nicht das erste Mal, dass sie Touristen sehen«, meinte ich ironisch.

»Die kleinen Affen, sie wissen genau, dass sie nicht betteln sollen. Ich habe es ihnen oft genug gesagt.«

»Dann kennen Sie sie?«

»Es sind meine Nichten und Neffen, die Kinder meines Bruders Rachid und seiner Frau Aïcha.« Vor einer Holztür, deren blauer Anstrich längst abgeblättert war, blieb er stehen, schloss auf und führte mich hinein. Dieses Haus war mit der blendenden Eleganz von Dar el-Bedi nicht zu vergleichen. Das grelle Licht einer nackten Glühbirne erleuchtete einen schmalen Flur, dessen Wände bis auf halbe Höhe mit bunten geometrisch gemusterten Kacheln aus einer Massenproduktion bedeckt waren. Ich hörte fremde Stimmen aus den verschiedenen Zimmern dringen, und einen plärrenden Fernseher. Idriss rief etwas über das Durcheinander hinweg, und plötzlich erschienen zwei Frauen in einer der Türen und fingen an, laut auf mich einzureden. Sie stürzten auf mich zu und hüllten mich in eine Wolke von Parfüm und Gewürzen, warmer Haut und bauschigen Gewändern. Unzählige Male küssten sie mich auf beide Wangen und drückten mir die Hände. »*Marhaban, marhaban*«, sagte die ältere immer wieder. Willkommen.

Schließlich ließen sie von mir ab. »Meine Mutter Malika«, sagte Idriss. Sie war eine Frau von undefinierbarem Alter; ihr Gesicht war von Runzeln gezeichnet und erinnerte an eine Höhenlinienkarte, auf der alle emotionalen Begebenheiten eines Lebens eingetragen waren. »Und meine *belle-soeur*, Aïcha, die mit Rachid verheiratet ist.«

Die zweite Frau grinste mir zu. Sie war jung – vielleicht Ende zwanzig – und trug einen Kittel, Jeans und einen hellen Seidenschal, den sie über ihr dunkles Haar zog. »Guten Tag«, sagte sie. »Idriss sagt, du bist Engländerin. Ich spreche Englisch ein wenig. Komm, komm mit mir. Ich zeige dir Zimmer.« Damit nahm sie mich bei der Hand und zog mich drei gekachelte Treppen hinauf zu einem Raum im obersten Stock. »Idriss' Zimmer«, erklärte sie fröhlich. »Du schläfst hier.«

»Und wo soll Idriss schlafen?«, fragte ich nervös.

»Im Salon. Kein Problem. Ich bringe saubere Sachen.« Sie wuselte im Zimmer herum, zog mit gekonntem Schwung Laken und Decken vom Bett und verschwand. Ich blieb zurück und inspizierte mein neues Quartier. Ein Bett (schmal), ein Nachttisch, eine Lampe, ein Stuhl, ein Schrank, ein Bücherregal, ein altmodischer Kerzenhalter, auf dem die Kerze halb heruntergebrannt war. Am Türhaken hing eine knöchellange Robe aus dunkelblauer Wolle mit einer spitzen Kapuze, wie ein Mönchsgewand, was den Eindruck, in eine Klosterzelle gestolpert zu sein, nur noch verstärkte.

Dann kam Aïcha mit frischer Bettwäsche auf dem Arm zurück. Als wir gemeinsam das Bett machten, fragte ich: »Wohnst du auch hier?«

»Natürlich. Die ganze Familie. Ich und mein Mann Rachid, unsere Kinder Mohammed, Jamilla und Laitifa, Idriss, seine

Mutter Malika, sein Bruder Hassan und unsere Großmutter Lalla Mariam, wenn sie nicht in den Bergen ist.« Sie zählte jeden einzeln an den Fingern ab. »Wenn andere aus der Familie nach Rabat kommen, wohnen sie auch bei uns. Solange du hier bist, gehörst du zur Familie.«

»Danke, das ist sehr nett von euch.«

Sie presste die flache Hand auf ihr Herz. »*Barakalaufik*. Ist unsere Ehre.« Als wir die gestreifte Decke über das Bett breiteten, setzte sie hinzu: »Badezimmer ist nebenan, dort kannst du dich vor dem Essen waschen. Komm einfach runter, wenn du fertig bist.«

Idriss' Zimmer war spartanisch, das Bad hingegen mehr als bescheiden. Es bestand aus einer winzigen, von der Decke bis zum Boden gekachelten Kabine. Unten links sprang ein Wasserhahn aus der Wand, ziemlich weit oben ein Duschkopf aus Plastik. Ein Wassereimer, ein Holzschemel, Seife, ein Becher mit drei Rasierklingen, ein zerbrochener Spiegel an der Tür, ein kleines weißes Handtuch. Ein ominöses Loch im Boden vervollständigte die Szene. Sehnsüchtig dachte ich an das luxuriöse Badezimmer zurück, das ich im Dar el-Bedi zurückgelassen hatte und musste die Vorstellung mit aller Macht verdrängen. Verfluchter Michael.

In der Küche stand Idriss und arbeitete mit beiden Händen aromatisches Öl in einen dampfenden Haufen Couscous ein, umwabert von Dunstschwaden. Er sah aus wie ein Geist, der einer magischen Flasche entsteigt. Hinter ihm schöpfte seine Mutter mit einem Suppenlöffel eine herrlich duftende rote Flüssigkeit in eine riesige Schüssel aus Ton. Sie lachten und unterhielten sich laut auf Berberisch, bis sie plötzlich die Hände mit den Handflächen nach oben ausstreckte und Idriss die seinen darauf schlug, sodass die Couscouskörnchen durch die Luft flogen wie Stäubchen aus geschmolzenem Gold. Dann kreischten sie vor Lachen und schwatzten weiter, mehr wie Schulfreunde als wie Mutter und Sohn. Ich kam mir wie ein Eindringling vor und wandte mich ab.

»Nein, nein, kommen Sie rein.« Idriss' mandelförmige Augen glänzten. Er wirkte ganz anders als der wortkarge, grimmig dreinblickende Führer, der mich heute Nachmittag durch Salé geführt hatte. »Hier versuchen Sie mal – ist das zu scharf für Sie?« Er hielt mir einen Löffel der roten Flüssigkeit hin. »Europäer mögen Chili nicht so sehr.«

Ich probierte. Verschiedene feurige Aromen breiteten sich in meinem Mund aus. »Nein, das ist wunderbar. Was heißt ›köstlich‹ auf Berberisch?«

»*Imim*«, sagte er.

Ich berührte den Arm seiner Mutter. »*Imim*«, sagte ich und deutete auf die Sauce. »*Imim, schukran.*«

Ihr Gesicht verzog sich vor lauter Stolz zu tausend Falten, und dann redete sie auf Idriss ein, während ihre mit Khol umrandeten Augen immer wieder zwischen mir und ihm hin- und herschweiften. Idriss schüttelte den Kopf und versetzte ihr einen kleinen Klaps mit dem Löffel, worauf die Lautstärke ihrer Unterhaltung um ein weiteres Dezibel anstieg. Zuletzt scheuchte sie ihn aus der Küche, und er führte mich in einen kleinen Salon, der an allen Wänden mit Sitzbänken ausgestattet war. In der Mitte stand ein kleiner runder Tisch.

»Was hat sie gesagt?«

Er wirkte verlegen. »Ganz gleich, was ich ihr erklären will, sie scheint zu glauben, dass Sie meine Freundin sind.«

Jetzt war ich verlegen. »Ich hätte nicht gedacht, dass man hier ›Freundinnen‹ hat.«

Er sah mich neugierig an. »Was meinen Sie damit?«

Ich breitete die Hände aus. »Verzeihen Sie, aber ich weiß eigentlich nicht besonders viel über Ihre Kultur. In meinem Führer habe ich gelesen, dass Sex vor der Ehe in Marokko verboten ist. Besonders zwischen Marokkanern und Ausländern.«

Sein Gesicht wurde ganz ruhig. »Vieles, was verboten ist, passiert trotzdem«, sagte er steif. »Aber es gibt einen gesellschaftlichen Kodex hier; die Leute versuchen, ihn zu respektieren. Vielleicht ist das der Unterschied zwischen meiner Kultur und der Ihren.« Er zögerte, als wollte er einschätzen, ob der Schlag gesessen hatte, und fügte dann hinzu: »Meine Mutter findet auch, dass Sie sehr schön sind.«

Ich merkte, dass ich puterrot anlief. »Ich glaube, das hat noch nie jemand von mir behauptet.« Es war scherzhaft gemeint gewesen, als Antwort auf die unerwartete Äußerung, doch noch während ich es sagte, ging mir auf, dass es stimmte. Nicht einmal Michael hatte mir so etwas gesagt, in all der Zeit, die wir zusammen waren – Michael am allerwenigsten, denn er ging mit seinen Komplimenten ebenso sparsam um wie mit seinen Gefühlen und seinem Geld.

»Nun, dann haben Sie sich mit Leuten umgeben, die die Wahrheit nicht mögen oder vielleicht auch nicht sehen wollen.« Und bevor ich etwas darauf antworten konnte, war er wieder verschwunden.

Als er zurückkam, trug er eine riesige Schale mit Couscous – einem spitz zulaufenden Haufen gelber Körner, mit Zucchini, Möhren, Kürbis, grünen Bohnen und Fenchel verziert und mit der glänzenden würzigen Sauce übergossen. Ihm folgten wie dem Rattenfänger von Hameln jede Menge Menschen, die alle durcheinanderredeten: seine Mutter Aïcha, drei Kinder (darunter auch das kleine Mädchen, das mich draußen angesprochen hatte), ein hochgewachsener, stiller junger Mann im Anzug, der mir als Aïchas Mann Rachid vorgestellt wurde, noch einer, der wie eine jüngere Version von Idriss aussah (»mein Bruder Hassan, das bedeutet hübsch auf Arabisch – passt zu ihm, nicht?«), strahlend lächelte, sehr charmant war und seine Sonnenbrille nach oben geschoben hatte, und ein älteres Paar (»mein Onkel und meine Tante«), der Mann in einer abgetragenen Djellaba und seine plumpe Frau mit eisengrauem Haar, die mich mit einem feierlichen Nicken begrüßte und mir dann zuzwinkerte. Alle setzten sich um den Tisch, entweder auf die niedrigen Sitzbänke oder auf Lederpuffs, die aus anderen Zimmern herbeigeschleppt wurden, und fingen nach einem gemurmelten Gebet sofort an zu essen, indem sie mit den Fingern Couscous und Gemüse fachmännisch zu kleinen Bällchen rollten. Der ältere Mann machte einen großen Kloß aus der Mischung und warf ihn sich aus Armeslänge lässig in den Mund, sehr zum Entzücken der Kinder, die drauf und dran waren, es ihm nachzumachen, bis Aïcha sie zurechtwies. »*Mange, mange*«, forderte Idriss' Mutter mich auf, stolz auf ihr Französisch.

Ich lächelte schwach und fing Idriss' Blick auf. Er beobachtete mich erwartungsvoll, als wollte er sehen, wie ich mit dieser heiklen Situation fertig wurde. Ich riss mich zusammen. Jedenfalls würde ich nicht die weichliche Europäerin spielen und um einen Teller und eine Gabel bitten. Ich tauchte die Finger in den Körnerberg und hätte beinahe aufgeschrien, denn er war außergewöhnlich heiß. Dann kam ich auf die Idee, ein Stück Möhre als Löffel zu gebrauchen und schaffte es, einen großen Happen in den Mund zu bekommen, ohne alles auf dem Tisch zu verteilen.

Das Tajine im Dar el-Bedi gestern Abend war ausgezeichnet gewesen, doch das hier war ein ganz neuer Vorstoß in die Welt der Gewürze. Es schmeckte feiner als die thailändische, komplexer als die indische, anspruchsvoller als die chinesische Küche und war eine wunderbar köstliche Erfahrung.

»Hier.« Der junge Mann, der Idriss ähnelte, schob mir ein Stück weichen, orangefarbenen Kürbis zu. »Das Beste: Bei uns heißt er Käse der Berber.«

»*Schukran*.«

Alle nickten beifällig angesichts meiner Sprachkenntnisse, und bald pickten sie die leckersten Bissen aus dem Berg und drängten sie mir auf, bis ich nicht mehr konnte.

Später, sehr viel später, so schien es – nachdem ich die Fragen über mein Leben, meine Familie, meine Freunde, meinen Familienstand, das Leben in London, den Grund meiner Reise nach Marokko, wie ich Idriss kennen gelernt hatte und warum ich bei ihnen übernachtete, abgewehrt hatte –, stand ich auf der Dachterrasse des Hauses und rauchte meine erste Zigarette seit zwanzig Jahren. Sie schmeckte fürchterlich, aber ich rauchte sie trotzdem. An diesem Tag waren meine Nerven so oft überstrapaziert worden, dass ich das Gefühl hatte, das gewohnte Muster durchbrechen zu müssen, egal wie.

Idriss lehnte an einer Wand, und der Rauch seiner Zigarette kräuselte sich in die stille Nachtluft. »Also Julia, erzählen Sie mir, warum Sie vor dem Mann flüchten, der sich als Ihr Ehemann ausgibt?«

Ich seufzte und zog ein letztes Mal an der Zigarette, um die Antwort hinauszuzögern. Seit wir das Dar el-Bedi verlassen hatten, hatte ich diese Frage erwartet und wusste immer noch nicht, was ich antworten sollte, ob ich diesem Fremden die Wahrheit sagen oder mir eine strategische Lüge ausdenken sollte. Unter uns erkannte ich die Reste eines kleinen Markts: gestreifte Planen, die lose über ein Gerüst gezogen waren, vom Wind verwehter Unrat, verstreutes Gemüse. Eine hagere Katze saß mittendrin, nachdem sie sich ihr Territorium für die Nacht zurückerobert hatte, und putzte ihr ausgestrecktes Bein. Am Ende sagte ich: »Ich besitze etwas, was er haben will. Etwas sehr Wertvolles.«

Im Dunkeln war es schwer zu sagen, ob seine Augen aus Neugier oder Habgier funkelten. »Dieses Etwas muss sehr wichtig für ihn sein, wenn er einen ganzen Kontinent überquert, um es zu finden.« Er ließ den Stummel fallen und drückte ihn mit dem Absatz aus, bis die Glut gelöscht war. »Vielleicht sind Sie ja das, was er haben will.«

»Das glaube ich nicht!«

»Das klingt sehr entschieden, und, wenn ich das so sagen darf, auch ein wenig bitter!«

Ich starrte ihn an und wandte dann den Blick ab.

»Ist er Ihr Mann? Oder war er einmal Ihr Mann?«

»Nein. Weder jetzt noch jemals. Warum interessiert Sie das eigentlich so? Sie haben mich doch gerade erst kennen gelernt.«

»Julia! Ich habe noch nie eine so verängstigte Frau gesehen wie Sie heute Nachmittag im *riad*. Irgendwas an diesem Mann hat Sie furchtbar erschreckt, und das gefällt mir nicht. Aber ich verspreche Ihnen, dass Sie hier sicher sind. Mein Haus ist Ihr Haus, und solange Sie hier sind, gehören Sie zur Familie. Ich gebe Ihnen mein Ehrenwort: Niemand kann Sie hier bedrohen.«

Tränen brannten in meinen Augen. Ich lehnte den Kopf gegen die Balustrade, und sie fühlte sich kühl und rau auf meiner erhitzten Haut an. »Sie haben gesagt, dass Sie jemanden in der Universität kennen, der sich mit den Korsaren auskennt?«

Er nickte. »Ein Freund, ja, Khaled. Er ist Historiker und unterrichtet dort.«

»Kennen Sie ihn schon lange? Kann man ihm trauen?«

»Er ist ein guter Mann und war ein Freund meines Vaters. Sie sind zusammen in den Bergen aufgewachsen. Er ist wie ein Onkel für mich. Wenn Sie mich fragen, ob er vertrauenswürdig ist, dann sage ich, ja, absolut.«

»Glauben Sie, dass wir ihn morgen aufsuchen könnten?«

»Vormittags unterrichtet er, und danach geht er in die Moschee, aber vielleicht kann er uns am Nachmittag empfangen. Wenn Sie wollen, rufe ich ihn an.«

»Vielen Dank.« Ich schaute auf, ein wenig erleichtert.

Doch er sah mich nicht an. Sein Blick war auf den Nachthimmel hinter mir gerichtet. »Schauen Sie!«

Seine Hände waren warm, als er sie auf meine Schultern legte und mich gerade noch rechtzeitig herumdrehte, um einen Stern durch die schwarze Nacht fallen zu sehen. »Oh!« Am nördlichen Himmel, direkt über dem Meer, fiel ein zweiter, und noch einer. »Sternschnuppen …« So etwas hatte ich nicht mehr gesehen, seit ich als Siebenjährige mit meinem Vater an einem Kiesstrand in der Nähe unseres Hauses gesessen hatte, als die Zukunft noch unvorstellbare Verheißungen enthielt und alles neu und voller Magie war.

»Schön, nicht? Meine *jeddah*, meine Großmutter, hat uns immer erzählt, sie wären das Feuerwerk des Teufels. Aber das sind keine Sterne, sondern Meteorschauer – die Perseiden, um diese Jahreszeit. Es ist ein riesiges Glück, sie zu sehen.«

»Vielleicht brauche ich dann für eine Weile keine Chamäleons zu verbrennen.«

Ich spürte sein Lachen wie eine Vibration, die durch seine Hände bis in meine Knochen fuhr. Sein warmer Atem streifte meinen Nacken, und für den Bruchteil einer Sekunde befürchtete ich, ich könnte mich umdrehen und ihn küssen. Bei dem Gedanken, dieses starke, dunkle Gesicht in den Händen zu halten, seine Lippen zu berühren, seine schmalen Hände auf der Haut unter meinem Hemd zu spüren, erschauerte mich am ganzen Körper. Die sexuelle Spannung hielt uns fest wie ein Schraubstock, dann trat ich hastig zur Seite und war wieder frei.

»Kommen Sie mit«, sagte ich, die Entscheidung war gefallen. »Ich möchte Ihnen etwas zeigen.«

»Das ist das Ding, das Michael so dringend haben will, dass er mir bis nach Marokko gefolgt ist.« Ich nahm Cats Büchlein aus meiner Handtasche und reichte es Idriss. Dann setzte ich mich aufs Bett, während er den Stuhl näher an die Kerze rückte und den Kopf über das Buch beugte. Ehrfürchtig strich er über den Einband aus Kalbsleder und schlug es vorsichtig auf, als wären die Seiten Blätter einer zerbrechlichen und seit Langem gepressten Blüte. Eine ganze Weile überflog er es still, dann las er laut, stockend und mit einigen Berichtigungen: »›… *Ich fürchte mich vor der Zukunft, wegen meiner dummen Lüge, daß wir aus einer reichen Familie stammen, die ein großes Lösegeld zahlen kann, damit wir zurückkehren. Aber er droht mir auch damit, mich an den Sultan zu verkaufen, der so etwas wie ein König in ihrem Land ist; er sagt, ich werde einen guten Preis auf dem Markt von Sallee holen mit meinem roten Haar & der blassen Haut. Ich wünschte, ich hätte den Rat der alten Annie Badcock beherzigt und wäre mit Rob nach Kenegie zurückgekehrt …‹* Tut mir leid, mein Englisch ist dieser Aufgabe nicht gewachsen. Ich habe Probleme, es zu lesen. Aber wenn ich richtig verstehe, scheint es sich um den Bericht einer weiblichen Gefangenen in der Hand der Korsaren zu handeln, den sie selbst verfasst hat?«

Ich nickte.

»Ist er echt?«

»Das hängt davon ab, was Sie unter echt verstehen. Ich glaube, dass er authentisch ist, aber ich brauche die Meinung eines Experten.«

Seine Augen glänzten. »Das ist unglaublich! Wenn es echt ist, haben Sie hier ein Stück der wahren Geschichte Marokkos in der Hand, Julia Lovat. Es ist ein Wunder, ein magisches Fenster in die Vergangenheit. *L'histoire perdue*. So etwas habe ich noch nie gehört, jedenfalls nicht schon 1625 und erst recht nicht von einer Frau. *C'est absolument incroyable*.«

Er küsste das Buch, und dann, als hätte er etwas übersehen, kam er quer durchs Zimmer und küsste mich vier Mal auf beide Wangen. Ich spürte noch den Druck seiner Finger auf meinen Oberarmen, als er zurückwich.

»Tut mir leid, verzeihen Sie bitte.«

Ich zwang mich zu einem Lachen. »Es gibt nichts zu verzeihen. Es ist wirklich erstaunlich, nicht wahr?«

»Kann man wohl sagen. Aber eins verstehe ich nicht – was sind das für Bilder?« Er zeigte auf eins der Stickereimuster, ein hübsches Vogelpaar, dessen Köpfe sich umschlangen, umgeben von einer Laube aus Blättern und Rosen.

»Das sind Vorlagen, Stickereivorlagen«, erklärte ich und nahm ihm das Buch aus der Hand. »Ganz einfache Muster für junge Mädchen bei ihrer Handarbeit.« Ich ahmte den Vorgang des Stickens nach. »Um ihre Kleider zu schmücken oder Dinge im Haus – Bettwäsche, Tischdecken, alles Mögliche. Englische Frauen haben im Lauf der Jahrhunderte eine Menge Zeit damit verbracht. Manche tun es heute noch.« Ich steckte Cats Buch in meine Handtasche und nahm die einzige Stickerei heraus, an der ich gerade arbeitete – den Schal, der an drei von vier Ecken schon mit Pfauenfedern in herrlichen Grün- und Blautönen geschmückt war. Ich überlegte noch, ob ich das Motiv in der letzten Ecke verändern sollte, allerdings war mir bislang nichts eingefallen.

»Haben Sie das gemacht?«

»So erstaunt brauchen Sie nun auch nicht zu sein.«

Er lächelte. »Es ist nur ... nun ja, ich dachte, Frauen wie Sie hätten zu viel zu tun, wären zu modern, um sich mit solchen Dingen zu beschäftigen. So etwas hätte meine Großmutter sticken können. Sie müssen es ihr zeigen, wenn sie von ihrem Besuch zurückkehrt. Sie liebt die Federn des *paoni*. Sie hat sogar welche in einer Vase in ihrem Zimmer stehen.«

»Pfauenfedern?«

»Pfauen, ja. *Jeddah* wird morgen oder übermorgen Abend zurück sein. Rachid holt sie mit dem Wagen ab.«

Ich runzelte die Stirn. »Ich weiß nicht, ob ich dann noch hier bin. Wenn wir morgen mit Ihrem Experten sprechen können und ich weiß, woran ich bin, werde ich wahrscheinlich abends den Zug nach Casablanca nehmen und übermorgen nach Hause zurückfliegen.«

Ein unergründlicher Ausdruck flog über sein Gesicht. Dann sagte er: »Warten Sie.«

Kurz darauf kehrte er mit einem Kleidungsstück über dem Arm zurück.

»Ich dachte, morgen sollten Sie lieber das hier tragen, für den Fall, dass wir unterwegs Ihrem ... Michael? begegnen.«

Es war eine mitternachtsblaue Djellaba, ganz schlicht, aber

aus feiner Baumwolle, obwohl die Ärmelaufschläge und Säume mit der Maschine bestickt und nichts Besonderes waren. Dazu gehörte ein Stück weiße Baumwolle, das ich als Hijab benutzen konnte.

Ich lachte. »Damit werde ich aussehen wie eine Nonne.«

Er runzelte die Stirn. »Eine Nonne?«

»Wie ein Mönch, ein *frère*, aber als Frau … eine *soeur*?«

Nun musste Idriss lachen. »Ich glaube, nicht mal, wenn Sie sich Mühe geben, würden Sie wie eine Nonne aussehen. Nicht mit solchen Augen.«

Ich wusste nicht, was ich darauf antworten sollte, deshalb sagte ich gar nichts. Als er merkte, dass er mich in Verlegenheit gebracht hatte, senkte Idriss den Kopf. »Ich muss jetzt gehen und mit meinem Bruder sprechen, bevor er schläft. Ich möchte, dass meine Großmutter etwas aus den Bergen mitbringt. Ich wünsche Ihnen eine gute Nacht, Julia. *Timinciwin. Ollah.*« Er bedeckte sein Gesicht mit den Händen, küsste die Handflächen und legte sie auf sein Herz. »Schlafen Sie gut.« Und damit verschwand er.

Ich stieß die Fensterläden auf und setzte mich auf den kleinen Gebetsteppich, um zu beobachten, wie der Mond über den Dächern der Medina aufging. Wie lange ich dort saß, weiß ich nicht. Der Muezzin sang, und die Sterne kreisten. Ich dachte an Michael und daran, dass das Leben uns so weit gebracht hatte, dass er mich über Kontinente hinweg verfolgte, um ein Geschenk zurückzufordern, das das Ende unserer Affäre symbolisiert hatte. Nach einer Weile fiel mir auf, dass ich ihn mir nicht mehr vorstellen konnte. Seine Augen, ja, seinen Mund, die Form seines Kopfes, aber nicht alles zusammen. Ich konnte das Gesicht als Ganzes nicht erkennen, auch nicht einen einzigen Ausdruck. Was für ein Mensch war das eigentlich gewesen, mit dem ich die ganze Zeit eine Beziehung gehabt hatte? Je mehr ich versuchte, an Michael zu denken, umso mehr entglitt er mir, und nach einer Weile begriff ich, dass allein das bezeichnend genug war. Ich hatte die letzten sieben Jahre in meiner Fantasie gelebt und eine Rolle gespielt mit einem Mann, der kam und ging, wie es ihm gerade passte.

Mit solchen Gedanken im Kopf ging ich schließlich zu Bett. Es war ein komisches Gefühl, zum ersten Mal seit Teenagerzeiten wieder in einem Einzelbett zu liegen, komisch, aber irgendwie auch tröstlich, so eingeschränkt zu sein. Trotzdem wälzte ich mich hin und her, und immer wieder wurde mein Schlaf von Bilderfetzen unterbrochen, wie ich in Rabat und Salé herumgelaufen war. Verschleierte Frauen und Kapuzenmänner verfolgten mich durch schmale Gassen, in deren Gewirr ich mich verlor, und stellten mich in einer Sackgasse mit lauter Türen, die sich nicht öffnen ließen.

Mitten in der Nacht war ich plötzlich überzeugt, dass mir jemand den ganzen Weg bis zu Idriss' Haus gefolgt war, dass er ins Haus eingedrungen und sich in dieses Zimmer geschlichen hatte, in dem ich schlief. Ich fuhr auf. Schweiß rann zwischen meinen Brüsten hinab, mein Puls raste. Niemand war da. Mit hämmerndem Herzen legte ich mich wieder hin und zwang mich zur Ruhe, doch an Schlaf war nicht zu denken.

Letztendlich schwang ich die Beine aus dem Bett, tappte quer durchs Zimmer und zündete die Kerze an. Der Himmel, den ich durch die Ritzen der Klappläden sehen konnte, war pechschwarz: Bis zur Dämmerung würde es noch eine ganze Weile dauern. Ich beschloss, weiter in Catherines Tagebuch zu lesen, vielleicht könnte ich dann einschlafen. Ich stellte die Kerze auf den Nachttisch, damit ihr Schein auf das Buch fiel, dann zog ich meine Handtasche näher und griff hinein. Meine Finger tasteten durch den Inhalt: Brieftasche, Pass, Handy, Bürste, Schminksachen, Taschentücher, Kaugummi. Im zweiten Fach fand ich nur meine Stickerei, ein Notizbuch und einen Stift.

Das Tagebuch war verschwunden.

Mit einem Mal war mir eiskalt. Zuallererst dachte ich, dass mein Traum doch kein Traum gewesen war. Aber das war ganz sicher verrückt. Ich stand auf, strich über die Bettdecke, falls mein Gedächtnis ausgesetzt hatte und ich das Buch auf dem Bett hatte liegen lassen, bevor ich eingeschlafen war. Natürlich war es nicht da. Auch nicht auf dem Boden, auf dem Stuhl oder im Bücherregal. Angesichts der kargen Einrichtung konnte ich wirklich nirgendwo sonst nachschauen, und so blieb mir keine andere Wahl als anzunehmen, dass irgendwer – Michael? – tatsächlich ins Zimmer gekommen und es gestohlen hatte, während ich schlief.

Ich zog die Djellaba über T-Shirt und Unterhose, in denen ich geschlafen hatte, und bewegte mich durch das stille, dunkle Haus nach unten. Die ersten beiden Treppen trug mich meine Wut, doch als ich die dritte erreichte, wich sie der Unsicherheit. Im Erdgeschoss stockte mir das Herz. Flackerndes Licht tanzte über den gekachelten Boden und warf düstere Schatten an die Wand, sodass ich unwillkürlich an die Djinn aus *1001 Nacht* denken musste, Geister, die aus rauchlosen Feuern erschaffen wurden und auf Quälerei und Zerstörung aus sind oder die Unvorsichtigen und Törichten verleiten. Ich holte tief Luft, verdrängte meine abergläubischen Ängste und ging direkt auf die Quelle des Lichts zu.

Es fiel durch die offene Tür des Salons, wo eine einzelne Kerze brannte und die Gestalt, die dort saß und ein Buch las, in goldenes Licht tauchte. Mein Buch: Catherines Buch.

Ebenso seltsam geistesgegenwärtig wie eine schläfrige Katze wandte sich Idriss genau in dem Moment um, als ich über die Schwelle trat. Wir setzten beide gleichzeitig zum Sprechen an.

»Was machen Sie –«

»Tut mir leid –«

Dann hielten wir inne und starrten uns an, jeder spiegelte die Bestürzung des anderen wider. Idriss winkte mich herein. »Kommen Sie, setzen Sie sich zu mir und hören Sie sich das an.« Und dann zeigte er mir die Seite, die er gerade gelesen hatte.

»›*Sie stellten mich auf den Block und öffneten das Gewand, um mein rotes Haar und die weiße Haut bloßzustellen. Sie priesen meine blauen Augen, meine Jungfreulichkeit und Reinheit, und viele Männer boten auf mich, als wäre ich eine Ware, bis ich verkauft war und zur Seite geführt wurde. Das war das lezzte Mal, daß ich meine Mutter oder Tante sah, ein grausamer Abschied, doch die schmerzlichste Trennung war die von meiner guten Matty, und wir beide schluchzten bitterlich, als sie mich mitnahmen …*‹«

VIERUNDZWANZIG

Catherine

Man hüllte sie von Kopf bis Fuß in ein dunkles Gewand und führte sie auf einem Maultier durch die Straßen des alten Salé. Nur ihre Augen waren frei geblieben; niemand konnte ihr Gesicht sehen. So bewegte sie sich durch die Menge, eine anonyme Frau auf einem halb verhungerten Maultier, das von einem schweigenden Mann geführt wurde. Dieser hatte ein hartes, wildes Gesicht, und auf seinem Kahlkopf glänzten Schweißperlen im Licht des stickigen Nachmittags. Seine Hände waren von der Sonne beinahe schwarz verbrannt. Er trug eine schmutzige weiße Robe, die er zwischen den Beinen hochgezogen und um den Gürtel geschlungen hatte. Als sie ihn fragte, wer sie gekauft hätte und wohin sie gingen, wandte er nicht einmal den Kopf. Hätte sie nicht die spitzen Knochen des Maultiers unter sich gespürt, wäre sie sich so unwirklich vorgekommen wie ein Gespenst.

Ihr Blick schweifte von links nach rechts – doch welchen Sinn hätte es, wenn sie ihr Heil in der Flucht suchte? Sie konnte nirgends hin, sie hatte niemanden, der ihr helfen würde. Die Vorstellung, an einen Fremden verkauft zu werden, war schrecklich, aber was für eine Wahl hatte sie? Durch eine fremde Stadt zu laufen, bis eine rachsüchtige Meute sie wieder einfing, deren Sprache sie weder verstand noch selbst beherrschte? Oder sich von der Stadtmauer ins Meer zu stürzen? Sie fröstelte. Noch wollte sie nicht sterben.

Sie verließen die Medina und gelangten schließlich zu einem breiten Flussufer. Dort wartete ein Boot, dessen Ruderer sich, auf seine Stange gestützt, vor dem trüben Wasser des »Vaters der Spiegelung« abzeichnete. Als Cat ins Boot stieg, dachte sie an die Geschichten, die Lady Harris ihr von Charon erzählt hatte, der die Seelen der antiken Toten über das dunkle Wasser des Hades gefahren hatte, eine Fahrt, die den Verzicht auf ihr altes Leben und den Beginn einer neuen düsteren Existenz markierte. Ihr fehlte nur die Münze im Mund, dachte sie, sie und der Verlust ihrer Erinnerungen. Als der Fährmann das Boot am Ufer von Slâ el Bali abstieß, blickte Cat in das Wasser, das hinter ihnen Strudel bildete, und dachte an ihr altes Leben auf Kenegie mit seinen einfachen Pflichten unter Menschen, die sie zwar nicht immer hatte leiden können, im Großen und Ganzen aber wenigstens verstanden hatte. Sie dachte an die grüne und goldene Landschaft von Cornwall, das Gras, die Bäume, den Stechginster, den sanften Regen und den verhangenen Sonnenschein. Sie dachte an ihre verlorene Familie: ihren toten Vater, ihre toten Vettern, ihre Mutter, entblößt und grau. Dann wandte sie sich von diesem schmerzhaften Bild ab und dachte an Robert Bolitho, dessen Herz sie ausgeschlagen hatte, und fragte sich, ob sie sich je mit diesem einfachen Leben hätte abfinden können, das er ihr versprochen hatte. Es war, so dachte sie bitter, eine Frage, die sie sich nun nicht mehr zu stellen brauchte, denn sie gehörte zu ihrem alten Leben, und vor ihr lag ein neues, und so war es nun einmal. Es war besser, wie die Toten den Übergang zu akzeptieren und sich nicht mit einer Zukunft zu quälen, die niemals sein konnte. Cat biss die Zähne zusammen, und als sie sich umsah, ragten die Mauern von Slâ el Djedid vor ihr auf.

Am Ufer wartete ein anderer Mann, der die Zügel eines Tiers hielt, doch die beiden waren das krasse Gegenteil des Paars, das sie am Ufer des alten Salé verlassen hatte. Dieser Mann war hochgewachsen und trug ein langes rotes, mit Gold abgesetztes Gewand sowie einen scharlachroten Turban, der seinen Kopf und fast auch sein ganzes Gesicht verhüllte. Von einem vergoldeten Gurt über der Brust hing ein mit Juwelen verzierter

Dolch. Als er die Hand hob, um den Fährmann zu grüßen, klirrten an seinem Handgelenk silberne Armreifen. Neben ihm stand ein großes Pferd mit einem schmalen Kopf und schlanken Fesseln, ein reinrassiges Ross, das die schweren Jagdpferde auf Kenegie um Längen geschlagen hätte. Das karmesinrote Satteltuch war mit Gold durchwirkt, ebenso die bunten Quasten seines Zaumzeugs. Wenn dieser Mann und dieses Pferd zu ihrem neuen Besitzer gehörten, sagte sich Cat, musste dieser ein äußerst wohlhabender Mann sein und obendrein einer, der sich seines Reichtums nicht schämte.

Während der Fährmann das Boot an Land zog, stampfte das Pferd unruhig auf und warf den Kopf zurück, doch der Mann mit dem Turban legte ihm die Hand auf das Maul, und es beruhigte sich. Dann trat er vor und drückte dem wartenden Fährmann eine Münze in die Hand.

Ah, dachte Cat freudlos, da ist die Bezahlung für meine Seele.

Der Mann drehte sich zu ihr um, hob sie auf, als wäre sie nicht schwerer als ein Kind, und setzte sie auf den Rücken des Pferdes. Ebenso schweigsam wie sein Gegenstück auf der anderen Seite des Flusses führte er sie durch die Straßen des neuen Salé, unter einem gewaltigen Torbogen hindurch und in die Kasbah Andalus.

Sie setzten ihren Weg durch ein Labyrinth von schmalen Gassen fort, die sich einen steilen Hügel hinaufzogen. Die Hufe des Pferdes klapperten auf den Steinen und hallten von den Wänden der Häuser auf beiden Seiten wider, bis es so klang, als bewegte sich eine kleine Armee den Hügel hinauf. Am Ende kamen sie zu einer langen nichts sagenden Mauer, die nur von einem hohen Holztor unterbrochen war. Hier blieb der Mann stehen, drückte die Tür auf, ohne anzuklopfen oder seine Anwesenheit auf andere Weise kundzutun, und führte das Pferd hinein. Was draußen trocken und staubig gewesen war, wich hier dem blühenden Leben. Palmen, Obstbäume, irdene Töpfe mit bunten Blumen.

Ein pechschwarzer Junge kam angerannt, verbeugte sich vor dem Mann in Rot und hielt die Zügel, als er Cat beim Absitzen half. Aus einer Seitentür des großen Hauses traten zwei Frauen, die sich ebenfalls vor dem Mann verbeugten. Einige Worte fielen zwischen den dreien, die in Cats Ohren guttural und schroff klangen, dann griffen die Frauen nach ihr, nicht unfreundlich, und nahmen sie mit in den kühlen Schatten.

Die nächsten paar Stunden vergingen wie in einem Traum. Sie wurde in einem dampfenden Raum mit Wasser und Seife gewaschen, in einem zweiten, der mit kalten weißen Kacheln ausgeschlagen war, abgespült und mit parfümierten Ölen gesalbt. Behutsame Hände wuschen ihr das Haar und behandelten es mit einem süß duftenden Öl. Jemand brachte ihr ein Gewand aus Seide, das sich so kühl und weich auf der Haut anfühlte, dass sie beinahe in Tränen ausgebrochen wäre. Darüber zogen sie ihr noch ein besticktes Gewand und wickelten das feuchte Haar in ein Tuch. Dann reichten sie ihr ein Paar Babouches aus weichem rotem Leder für die Füße und geleiteten sie zu einem Raum mit hohen Decken und einem Bett mit Baldachin. Hier breiteten sie die Arme aus, als wollten sie sagen: *Das ist für dich*, gingen hinaus und schlossen leise die Tür hinter sich.

Und jetzt?, fragte sich Cat. Sie war gebadet und parfümiert worden und kam sich vor wie ein Stück Fleisch, das für den Tisch eines reichen Mannes bestimmt ist. War es das, was sie von nun an sein würde – die Gespielin eines reichen Mannes, ein Geschöpf in seinem Schlafzimmer? Sie erschauerte und wartete.

Niemand kam. Nach einer Weile stand sie auf und öffnete den hohen, mit Schnitzereien verzierten Schrank, der an der Wand stand. Darin fand sie säuberlich gefaltet, Unterwäsche aus Baumwolle, drei weitere Gewänder aus feinem Tuch und ein zusätzliches Paar Lederschuhe. Stirnrunzelnd schloss sie ihn wieder. Befand sie sich im Zimmer einer anderen Frau? Sie schlenderte zum Fenster. Durch die ornamentalen Schnörkel des schmiedeeisernen Gitters konnte sie in einen Innenhof hinabsehen, der mit hellem Marmor und Bäumen geschmückt war. Sein geometrisches Muster wirkte beruhigend. In der Mitte stand ein Springbrunnen mit einem achteckigen Bassin, aus dem vier Kanäle Wasser in die Ecken und um die Innenwände des Hofs leiteten. Töpfe mit einer verschwenderischen Fülle von blauen und weißen Blüten bildeten einen Kontrapunkt zu dem Brunnen, und in den vier Ecken standen in etwas erhöhten quadratischen Beeten vier Orangenbäume, deren Früchte zwischen dem glänzenden dunklen Laub leuchteten. Die Anordnung erinnerte sie an den Hof auf der anderen Seite des Flusses, wo man sie hingebracht hatte, um den Lösegeldbrief zu schreiben – doch dieses Haus war erheblich größer und schöner.

Was war das für ein Mann, der sie gekauft hatte? Wieder kehrten ihre Gedanken zu dieser Frage zurück. Dass er wohlhabend war, lag auf der Hand, aber sie kannte die Art von Unternehmen, die die Männer hier und wahrscheinlich überall auf der Welt reich machten: Reichtum war alles andere als gleichbedeutend mit Güte oder Anstand. Dennoch zeugte das Haus von Mäßigung und gutem Geschmack, von Stil und Eleganz. Wohin sie sah, legte es Zeugnis von hervorragender Handwerkskunst ab. Jede nur denkbare Oberfläche oder Materie war verziert – bis hin zu den Stuckleisten, die den Übergang zwischen den schimmernden Wänden und der hohen Kassettendecke aus Zedernholz markierte. Die Wände waren bis auf halbe Höhe mit stilisierten Sternenmustern gekachelt, ein Motiv, das sich im Schnitzwerk der Tür, den Fliesen am Boden und im Messing des Tischs oder den verzierten Gläsern wiederholte. Es war, das musste sie zugeben, ein hübsches Gefängnis. Nichtsdestotrotz ein Gefängnis.

Schließlich legte sie sich erschöpft hin und schlief ein. Als sie wieder aufwachte, stand die Sonne tief am Himmel, und sie hatte großen Hunger. Sie trat zum Fenster. Drei Frauen, darunter die beiden, die sie gebadet hatten, waren unten im Hof bei der Arbeit. Eine kehrte den Boden, eine andere gab den Topfpflanzen frisches Wasser, und die dritte sammelte die Rosenblätter aus dem Bassin des Springbrunnens. Als sie sie am Fenster bemerkten, bedeutete eine der Frauen ihr herunterzukommen. Cat ging zur Tür, drehte den großen dort eingelassenen Eisenring und entdeckte zu ihrem Erstaunen, dass er sich öffnen ließ.

Sie tastete sich eine lange gewundene Treppe hinab und durch einen schmalen Gang, immer dem Licht folgend, bis sie im Hof stand. Die Frauen hielten in ihrer Arbeit inne und fingen dann alle auf einmal an zu plappern – leider in einer Sprache, die sie nicht verstand. Eine berührte mit dem Finger ihren Mund und tat so, als kaute sie. Cat nickte. Ja, sie war hungrig.

Sie brachten ihr frischgebackenes Brot und Honig, eine Schale mit klebrigen Datteln und mit Nüssen bestreuten Küchlein und eine Kanne mit süßem grünem Tee. Sie aß und trank, bis alles verschwunden war, und die Frauen unter großem Geschrei mehr heranschafften, bis sie protestierend die Hände hob. Dann setzten sie sich zu ihr und tranken mit ihr zusammen die zweite Kanne Tee, den sie in zierliche kleine Gläser einschenkten. Die größte der drei hieß Yasmina, die jüngste Habiba und die rundliche Hasna. Weil sie Schwierigkeiten mit der Aussprache ihres Namens hatten, gab sie sich mit Cat zufrieden.

»Wer ist der Mann, der dieses Haus besitzt?«, fragte sie, indem sie einen imaginären Turban um ihren Kopf malte, aufstand und den Gang eines Mannes durch den Hof imitierte, bis die Frauen sich vor Lachen bogen. Alles, was sie ihrer Antwort entnehmen konnte, war, dass er irgendwo unterwegs war, eine von ihnen mimte ein Pferd, das aber auch ein Boot hätte sein können. Keine der drei hätte das Zeug zu einer Pantomimin gehabt, schoss es Cat durch den Kopf. Doch er war ein reicher Mann, ein Händler und Krieger, folgerte sie nach einer Weile aus den Gesten der Frauen, obendrein gut aussehend, wenn man der errötenden Hasna glauben wollte, doch die anderen winkten ab. Zu ernst, schauspielerte Yasmina, indem sie ein verschlossenes und ärgerliches Gesicht zog; zu alt, setzte Habiba hinzu, und zu traurig – dabei zog sie die Mundwinkel nach unten.

»Wann kommt er wieder?«

Keine wusste es.

»Was wird meine Aufgabe sein?«

Auch das wussten sie nicht. Doch am nächsten Tag öffnete sie ihre Tür und fand einen Korb aus Schilfrohr vor, der einen Ballen weißes Leinen, ein Dutzend Spulen farbiger Seide und mehrere feine Nadeln aus spanischem Stahl enthielt, die in einem Heftchen aus rotem Filz steckten. Der *raïs* musste mit ihrem Talent für das Sticken geworben haben, und ihr Käufer hatte beschlossen, es zu testen. Vielleicht wollte er sie am Ende doch nicht bloß als Mätresse.

Unten im Hof stieß sie auf Hasna und eine andere Frau und nickte ihnen zu.

»Guten Tag«, sagte die Frau und nickte.

Cat starrte sie an. »Du bist Engländerin?«

»Holländerin, um genau zu sein, aber ich spreche deine Sprache, und dein Herr bezahlt mich dafür, dass ich für dich übersetze.«

Cat merkte, dass sie einen seltsamen Akzent hatte und die Worte auf ungewohnte Art verkürzte. Sie streckte die Hand aus. »Ich heiße Catherine Anne Tregenna. Ich wurde an der englischen Küste gefangen genommen und hierherverschleppt.«

Die andere grinste und zeigte dabei drei Goldzähne. »Oh ja, das weiß ich bereits. Ich bin Leila Brink und wurde von meinem Ehemann hierherverschleppt, diesem Dreckskerl, Gott erbarme sich seiner Seele.«

»Oh, tut mir leid –«, stammelte Cat.

»Das braucht es nicht. Kein Mensch vermisst ihn, ich am allerwenigsten.« Ihre Augen, die sie im Stil des Landes mit Khol umrahmt hatte, glänzten fröhlich. »Nun, was hältst du von unserer Stadt, Catherine?«

»Ich weiß es nicht. Ich verstehe die Sitten und Gebräuche nicht. Es ist alles zu fremd, um sich schon ein Bild zu machen. Ein … ein Mann hat versucht, mich auf dem Sklavenblock umzubringen«, erzählte Cat. »Er wollte mich erdolchen.«

Leila hob die Brauen und seufzte. »Noch so ein Angriff. Es gibt viele Fundamentalisten hier, für die die Gegenwart lebender Christen eine fortwährende Beleidigung darstellt. Bitte beurteile uns nicht nach diesen Wahnsinnigen.«

Das war zumindest tröstlich. »Kannst du mir etwas über den Mann sagen, der mich gekauft hat?«, fragte sie. »Wie heißt er? Bisher hatte ich noch nicht das Vergnügen, ihn kennen zu lernen.«

Leila warf ihr einen merkwürdigen Blick zu. »Er heißt Sidi Qasem bin Hamed bin Moussa Dib und ist ein großer Wohltäter und allseits respektierter Mann, wenngleich er ein recht schroffes Gebaren an den Tag legen kann.«

»Die Frauen haben gesagt, er sei Kaufmann und Soldat.«

»Das ist nur allzu wahr. Er hat einen Riecher für gute Geschäfte und ein gutes Auge für das, was zählt. Außerdem fördert er die Künste, da er keine Frau oder Kinder hat, für die er sein Vermögen ausgeben kann. Er wird dir ein guter Herr sein, solange du tust, was er von dir erwartet.«

»Und was erwartet er?«

»Er meint, du könntest meisterlich sticken.«

Cat errötete. »In England war das mein Ziel, aber ich hatte nie Gelegenheit, es richtig zu lernen.«

»Ich kenne mich ein bisschen damit aus. Mein Vater war Zunftmeister in Amsterdam. Die feinsten Arbeiten aus ganz Europa gingen durch seine Hände.«

Cat biss sich auf die Lippen. »Was will er von mir?«

»Komm, ich zeig es dir.«

Cat nahm ihren Korb und folgte der Holländerin und Hasna durch einen dunklen Gang und eine Treppe hinauf, die in schmalen Spiralen aufwärtsführte, bis sie einen kühlen, hellen

Arbeitsraum erreichten, in dem ein Dutzend oder mehr Frauen und Mädchen versammelt waren. In unregelmäßigen Abständen waren niedrige hölzerne Rahmen verteilt, vor denen die Frauen mit überkreuzten Beinen saßen, um sie zu bespannen. Auf einem runden Tisch lagen ein Ballen dickes weißes Leinen, weitere Spulen mit farbiger Seide, eine Schere, mehrere Rollen Papier und ein paar dünne Kohlestifte bereit. Alles war sehr ordentlich, und im Raum war es still wie in einem Klassenzimmer.

Sie lächelte den Frauen unsicher zu und setzte sich dann an einen der nicht besetzten Rahmen, wobei sie hin und her rutschte, um sich an die ungewohnte Stellung zu gewöhnen. Der Rahmen vor ihr hatte nicht viel Ähnlichkeit mit den runden Weidenholzrahmen, die sie von Kenegie kannte, mit seinem Federverschluss und der kleinen Oberfläche. Dieser war größer und primitiver, doch als sie den Kopf darüberbeugte, um ein Stück Leinen einzuspannen, merkte sie, dass er brauchbarer war, obwohl das überkreuzte Sitzen nicht dazu passen wollte. Als sie ein paar Sekunden später wieder aufsah, merkte sie, dass alle Frauen sie neugierig und erwartungsvoll beobachteten.

Sie blickte verwirrt zu Leila. »Warten wir auf einen Lehrer?«

»Es gibt hier keinen Lehrer, nur dich«, erklärte die Holländerin langsam. »Diese Frauen kennen nicht mehr als die einfachsten Muster vom Land. Sidi Qasem hat beschlossen, dass du ihr Repertoire erweitern sollst. Du wirst eine Art *ma'allema* sein, eine Lehrerin, aber nur fürs Sticken. Eine echte *ma'allema* wäre auch für ihre moralische Erziehung verantwortlich, das erwartet er selbstverständlich nicht von dir. Er hat andere Ziele.«

»Ziele?«, wiederholte Cat. Sie spürte, dass all diese dunklen, fremden Augen auf ihr ruhten.

»Die Königsstadt Fez macht Jahr für Jahr ein Vermögen mit feiner Stickerei, die sie in die ganze Welt verkauft. Es gibt dort dreitausend *tiraz*-Häuser, offizielle Stickereihäuser – erstklassige Arbeit, traditionell, wunderschön. Doch alle *tiraz* stellen dasselbe her, wieder und wieder. Das ist langweilig und nicht besonders originell. Nach Sidi Qasems Meinung soll das neue Salé dem alten Fez zeigen, dass es seine Sache besser macht, indem es europäische Technik mit marokkanischer Handwerkskunst vereint. Du sollst uns das neue Gewerbe ermöglichen. Diese Frauen sind nur ein Anfang. Du wirst sie unterrichten, und dann werden auch sie *ma'allema* und geben an andere weiter, was sie von dir gelernt haben. Wenn du Erfolg hast, bist du so etwas wie ein Zunftmeister: Sidi Qasem wird reich, und du auch.«

Cat schwanden die Sinne. In Cornwall hatte sie gegen die Beschränkungen gewütet, die sie einengten wie eine große unüberwindliche Mauer. Mit ihrer Arbeit an dem Altartuch hatte sie das Gefühl gehabt, drei oder vier Sprossen einer riesigen Leiter erklommen zu haben, die es ihr am Ende ermöglichen würden, über die Mauer zu spähen. Hier hatte sie ein einziger Satz ganz nach oben katapultiert. Doch statt auf eine goldene Zukunft zu blicken, stand sie vor einer riesigen, weiten Leere.

»Und wenn ich versage?«, fragte sie. Ihr Mund war völlig ausgetrocknet.

Leila zuckte mit den Schultern. »Darüber denkst du lieber nicht nach.«

Cat berührte ihre Kehle. Es fühlte sich an, als flatterte ihr Herz dort wie ein gefangener Vogel. Welche Wahl hatte sie? Sie musste ihr Schicksal in die Hand nehmen und ihre Angst überwinden. Vielleicht würde sie etwas Außergewöhnliches erreichen. Vielleicht fand sie hier das Leben, nach dem sie sich immer gesehnt hatte, selbst wenn es auf einem anderen Kontinent war, unter Fremden. Sie straffte die Schultern. »Dann fangen wir am besten mit den elementaren Dingen an. Wenn die Damen mir zeigen, welche Sticktechniken sie bislang beherrschen, könnten wir damit beginnen. Und morgen könnten sie vielleicht jeweils ein Beispiel mitbringen, das sie schon angefertigt haben, oder etwas, was es in ihrer Familie gibt, sodass ich mir ein besseres Bild von dem hiesigen Stil machen kann. Aber ich muss auch etwas davon sehen, was in … wie war der Name der Stadt, Fez?«

»Ich bin überzeugt, dass sich all das machen lässt. Aber eine *ma'allema* sitzt nicht zwischen ihren Schülerinnen auf dem Boden.« Leila streckte die Hand aus und half Cat beim Aufstehen. »Du sitzt hier.« Sie deutete auf einen niedrigen holzgeschnitzten Stuhl vor dem größten Rahmen. »Wenn du mir sagst, was sie tun sollen, übersetze ich es.«

Cat setzte sich auf den Stuhl. Er war niedrig, aber breit, als wäre er für eine viel größere Frau gemacht. Dann hob sie eine Hand. »Ich heiße Catherine und komme aus England. Ich werde euch im Sticken unterrichten. Jetzt sagt mir eure Namen, und dann fangen wir mit ein paar einfachen Übungen an.«

Und so begann ihre erste Stunde.

An diesem ersten Tag zeigte sie ihnen einige grundlegende Stiche und war erleichtert, dass sie keinen davon kannten, obgleich sie unterschiedliche Namen für sie hatten. Damaststich, Plattstich und eine Art Stopfstich, den sie alle kannten. Sie zeigte ihnen zusätzlich den Kreuzstich, den Kettenstich und einen einfachen Fischgrätenstich, der sie zum Lachen brachte: In ihren Augen erinnerte er mehr an eine Weizenähre als an einen Fisch. Sie wiederum zeigten ihr den Fez-Stich, eine Art wendbaren Steppstich, mit dem man Arbeiten herstellen konnte, die auf beiden Seiten des Stoffes gleich aussahen. Sie schüttelte den Kopf. »Das ist sehr hübsch, aber in den meisten Fällen reine Verschwendung, weil man viel zu viel Garn verbraucht. Ich glaube, wenn ihr stattdessen den Plattstich benutzt, werdet ihr eine ähnliche Wirkung auf der Seite erzielen, die man sieht, und obendrein geht es schneller.« Sie machte es ihnen vor, doch sie verzogen das Gesicht. Der Mensch ist nun mal ein Gewohnheitstier.

Am nächsten Tag brachten alle Frauen eine Arbeit von zuhause mit. Eine packte eine Tunika aus, die am Hals, an den Ärmeln und am Saum mit einem schlichten, stilisierten Muster verziert war. Es war eine ordentliche, aber anspruchslose Arbeit. »Sehr hübsch«, nickte Cat anerkennend. »Fragst du mal, was das für ein Muster ist?«

Als Leila übersetzte, lachte die Frau – sie hatte nussbraune Haut und einige Zahnlücken – und schnalzte mit der Zunge. Cat hatte den Verdacht, dass sie mit dieser Frage wieder einmal offenbart hatte, wie wenig sie von anderen Ländern wusste.

»Es ist ein Baum-und-Storch-Muster«, erklärte Leila. »Die Frauen hier benutzen es seit Jahrhunderten. Der Storch ist *baraka*, ein gutes Omen.«

Gut und schön, aber was war ein Storch? Cat hatte keine Ahnung. Leila kreischte vor Lachen. »Später zeige ich es dir. Es gibt ein Nest auf dem Minarett.«

Ein Vogel also. Mit flammenden Wangen betrachtete Cat das Muster noch einmal. Ein Vogel mit einem langen Schnabel, vermutete sie, aber das war kein großer Trost.

Eine andere Frau hatte ein paar lange, mit einem dichten, komplexen Muster bestickte Stoffstreifen mitgebracht, die mit angelaufenen Silberfäden verziert waren. »Das ist nicht von hier«, sagte die Übersetzerin. »Es ist sehr alt und gehörte zur Morgengabe ihrer Urgroßmutter. Die alte Frau stammte ursprünglich aus der Türkei, sagt sie. Doch dieses andere Teil« – sie hielt ein schlichteres, einfarbiges Stück Tuch hoch – »ist ein zeremonieller Gurt für einen Mann und stammt aus dem Rif.«

»Das Muster gefällt mir sehr«, sagte Cat. »Es ist viel schöner als das aus der Türkei.« Tatsächlich war es ausdrucksstark und emblematisch, stark und überzeugend in der Ausführung. Es stammte eindeutig von jemandem, der lange Erfahrung mit solchen Materialien und Motiven hatte. Dann nahm sie das andere Stück Stoff noch einmal auf und untersuchte die Verarbeitung. Die Silberfäden waren nicht durch den Stoff gezogen, sondern lagen auf der Oberfläche auf und waren in winzigen Abständen mit einem kräftigen neutralen Faden befestigt. »Ah, es ist verschnürt, das spart Garn und sorgt dafür, dass sich der Faden nicht versteift oder ausbeult.« Sie lächelte. »Obwohl ich noch nie mit Silber oder gar Gold gearbeitet habe.«

»Das kommt noch«, versprach Leila. »Sidi Qasem hat viele Pläne und mehr als genug Geld.«

Es gab Litzen und Einfassungen – *mjadli*; Wandbehänge – *hyati*, und einen *sau*, einen hübsch verzierten Badeschleier, mit dem man sich beim Besuch im Hamam das Haar hochbinden konnte. Alles schlichte, attraktive Objekte, die einfarbig und mit rudimentären Fertigkeiten ausgeführt waren. Dann zog Habiba schüchtern ein Stück dunklen Samt aus ihrer Tasche, das anders war als alles, was sie bisher gesehen hatten. Die Frauen hielten vor Entzücken die Luft an.

»Das ist mein *izar*«, erklärte sie. »Besser gesagt, einer von zweien. Eine Hälfte der Brautvorhänge. Für meine Hochzeit.« Und sie errötete, als die Frauen ihn ehrfürchtig auseinanderfalteten und mit den Fingern über den weichen Samt strichen. Eine hielt ihn sich sogar an die Wange. Zu dritt mussten sie kichernd und schwankend auf einen der Diwane klettern, um ihn zu seiner vollen Länge zu entfalten, und dann war Cat diejenige, die den Atem anhielt.

Der Entwurf war weit größer als alle anderen Muster, die die Frauen mitgebracht hatten: Da musste jemand hohe Ansprüche gehabt haben. Aus einer Serie von dichten Friesen, in denen sich geometrische Muster mit stilisierten Bäumen und Pflanzen abwechselten, erhob sich ein Minarett, ein von einer Kuppel gekrönter Turm, der vom Fuß des Vorhangs volle ein Meter achtzig bis zum oberen Rand maß und die ganze rechte Hälfte des Samttuchs einnahm.

»Das ist wirklich ganz hervorragend«, sagte Cat bewundernd.

Habiba erklärte mit Hilfe der Übersetzerin, dass ihre Mutter und Großmutter den zweiteiligen Vorhang zusammen entworfen und angefertigt hatten. Sie hatte ihn aus dem Haus schmuggeln müssen, denn er war das Kostbarste, was die Familie besaß. Ihre Mutter würde schimpfen, wenn sie wüsste, dass sie ihn so herumzeigte, obendrein Fremden, aber an ihren glänzenden Augen sah Cat, wie stolz sie tatsächlich war. Die Arbeit zeigte auch bei den anderen Frauen Wirkung, denn sie machten begehrliche Bemerkungen, und plötzlich spürte Cat, wie ihr eigener Ehrgeiz angestachelt wurde. Eine solche Arbeit würde auch sie machen können, feiner sogar noch, wenn man ihr die Gelegenheit gab. Sehnsüchtig dachte sie an ihr Altartuch unter dem Bett auf Kenegie, das inzwischen zweifellos von Spinnweben und Mäusekot verhunzt wäre, und einen Moment lang war sie traurig, dass niemand je ihren schönsten Entwurf sehen oder preisen würde. Ich werde es noch übertrumpfen, nahm sie sich vor. In dieser neuen Welt werde ich etwas machen, was noch schöner ist.

Leila und Hasna hatten eine Reihe von Vorlagen aus Fez und anderen Gegenden aufgetrieben. Die meisten waren vortrefflich ausgeführte, durchweg einfarbige Arbeiten: ein Schal in Rot, ein Matratzenbezug in Blau oder ein hübscher Bettvorhang in Violett und Malve, hier und da mit einem Hauch von Gold geschmückt. Die Stickereien waren fachmännisch im Vergleich zu den rudimentären Vorlagen von vorher, die Stiche feiner und regelmäßiger, die Muster exakter ausgeführt und obendrein generell wendbar, was großes Geschick voraussetzte.

Irgendwie hatte sie erwartet, dass die Arbeiten aus Fez sie einschüchtern und ihre eigenen Fähigkeiten und die der Frauen, die sie unterrichten sollte, übersteigen würden. Doch mit einem guten Auge, einer sorgfältigen Vorlage und strenger Übung hätte sogar ein Kind so etwas schaffen können. Sie sind weder ungewöhnlich noch individuell, dachte sie bei sich, und erinnerte sich an den Baum der Erkenntnis. Selbst mit den Vorlagen und Mustern aus dem *Stolz der Stickerin* hätte sie ihnen das eine oder andere beibringen können. Wie wünschte sie sich, ihr kleines Buch noch zu besitzen. Egal, sagte sie sich dann heftig. Es gehörte zu meinem alten Leben. Jetzt lebe ich ein anderes, aber meine beiden Hände und meine Fantasie habe ich behalten, das ist alles, was zählt.

»Leila«, sagte sie, und plötzlich schwang eine neue Absicht in ihrer Stimme mit, »es gibt ein paar Dinge, die ich brauche, und sie dürften nicht allzu schwer zu besorgen sein, glaube ich.« Sie legte ihre Wünsche dar, wählte ein Stück Papier von dem runden Tisch und machte sich daran, ein einfaches Muster zu skizzieren. Dabei dachte sie an ihre Unterhaltung mit dem *raïs* über die Frau des Propheten, Ayesha, und ihren verschmähten Wandbehang. Vielleicht war es das Beste, auf eine allzu realistische Darstellung der lebenden Geschöpfe der Welt zu verzichten. Die Frauen schienen ohnehin stilisierte Entwürfe zu bevorzugen. So fertigte sie eine Zeichnung von sich wiederholenden Farnen an, nur angedeutet, in einem Fries von Ranken eingearbeitet, die mit kleinen Kreuzstichblumen geschmückt waren.

Die Zeichnung stieß auf Applaus und ehrfürchtiges Staunen, als hätte sie einen Zauber vollbracht, deshalb machte sie sich gleich an die nächste, diesmal mit Sternen und Halbmonden. Doch sie fand weniger Zustimmung. »Das ist ein jüdischer Stern, den du gezeichnet hast. Bei uns haben die Sterne acht Spitzen.« Die Holländerin deutete auf eins der Muster aus Fez und zeigte Cat dann dasselbe Motiv in den Wandkacheln. »Es stellt das Siegel Suleimans dar. Es ist ein heiliges Symbol.« Damit faltete sie sittsam die Hände.

Cat war überrascht von Leilas feierlichem Ernst. Bislang war sie ihr nicht als besonders fromme Frau oder gar Muselmanin aufgefallen. Sie griff nach einem neuen Blatt und zeichnete ein neues Muster mit achtzackigen Sternen – einem großen zwischen zwei kleinen –, die sie mit hübschen Blumenranken in den Friesen darüber und darunter vervollständigte. Dies fand allgemeinen Beifall, und als Habiba mit dem Stück feiner Baumwolle, der pulverisierten Kohle und der scharfen Ahle zurückkam, um die sie gebeten hatte, warteten sie ungeduldig, was sie damit anstellen wollte.

»Sucht euch ein Muster aus, mit dem ihr arbeiten wollt«, erklärte Cat und war überrascht, als zehn von zwölf Frauen sich für die Sterne entschieden. Sie schüttete das Kohlepulver in die Mitte des Baumwolltuchs und verknotete die Zipfel. »Das ist ein Streubeutel«, erklärte sie, was Leila als Übersetzerin vor einige Schwierigkeiten stellte. »Jetzt passt einmal auf, wie ich mein Muster auf euer Leinen übertrage.«

Sie stach Löcher in die Linien ihres Papierentwurfs und ging anschließend von einem Rahmen zum anderen, befestigte die Vorlage auf dem Tuch und tupfte dann mit dem Kohlebeutel über das Papier. Es wirkte ziemlich schmuddlig, das Papier war von einem grauen Staubfilm überzogen, doch wenn man die Vorlage abnahm, erschien das Muster darunter absolut sauber. Daraufhin hielten sie sie erst recht für eine Zauberin.

»Jetzt müsst ihr eure Farben wählen – versucht, möglichst nicht dieselbe zu nehmen wie eure Nachbarin, sonst gehen uns die Töne aus, und die Arbeiten werden allzu ähnlich aussehen. Und wählt Farben, die komplementär sind. Ihr habt Glück, es gibt eine Menge schöne Schattierungen, aus denen ihr wählen könnt. In meinem Land müssen sich die meisten Frauen mit Garn begnügen, das wir selbst färben, mit Zwiebelschalen zum Beispiel. Dort sind die Farben eher matt und bleichen mit der Zeit immer mehr aus. Nur reiche Frauen könnten sich so etwas leisten.« Sie hielt eine Spule mit leuchtend türkisfarbenem Garn in die Höhe. »Oder so etwas« – ein Strang scharlachrote Seide.

Die Vorstellung, dass sie besser dran waren als ihre europäischen Zeitgenossinnen, die sie lange für wohlhabender und privilegierter als sich selbst gehalten hatten, gefiel ihnen über alle Maßen. Sie kicherten und schlugen sich gegenseitig auf die Hände. »*Alhamdulillah*«, sagte eine, und alle folgten ihrem Beispiel.

Cat lächelte und fühlte sich älter und weiser als ihre kurzen neunzehn Jahre. »Zusammen werden wir viele schöne Sachen machen«, versprach sie ihnen und sah, wie sich ihre eigene wachsende Zuversicht in ihren Gesichtern spiegelte, die wie Blumen der Sonne zugewandt waren.

An diesem Abend war sie erschöpft. Sie hatte die Stickerei immer als einen entspannenden und beruhigenden Zeitvertreib empfunden, weit weniger anspruchsvoll als ihre übrigen Pflichten, doch nun schmerzten Schultern, Nacken und Rücken, als hätte sie den ganzen Tag mit harter körperlicher Arbeit verbracht. Vielleicht ist es die Anspannung wegen der Verantwortung, dachte sie. Sie hatte noch nie irgendwem irgendetwas beigebracht, es sei denn Matty, wie man Gamaschen schnürt, was sehr viel länger gedauert hatte, als man erwartet hätte. Aber sie war zufrieden. Ein Anfang war gemacht, und mit einiger Übung würden die Frauen eines Tages ganz gut sticken können. Sie verschränkte die Hände hinter dem Kopf, und als sie sich streckte, spürte sie, wie sich die Muskeln allmählich lockerten.

In diesem Augenblick fiel ein Schatten über sie.

In der Tür stand ein hochgewachsener Mann, der sich vor der untergehenden Sonne nur als Silhouette abzeichnete. Sie starrte ihn mit aufgerissenen Augen an, und plötzlich schlug ihr Herz wie wild gegen die Rippen. Er trat ins Zimmer.

»Guten Abend, Cat'rin.«

Es war der *raïs*.

Er hielt ihrem Blick stand, bis sie ihn abwandte, dann reichte er ihr etwas. »Ich dachte, du würdest es gern wiederhaben.«

Es war ein kleines Ding, in ein Stück Baumwolle eingeschlagen. Als sie es auspackte, tastete sie seine Konturen unter dem Tuch. Sie wagte es kaum zu hoffen, doch dann lag es plötzlich vor ihr, das Kalbsleder ein wenig abgestoßen und dunkler als zuvor, doch ansonsten unbeschädigt.

Sie presste es an die Brust. »Mein Buch.«

»Ein wenig verkohlt, fürchte ich. Khadija wollte es verbrennen.«

»Khadija?«

»Meine Base, die *amina*, sie bereitet meine Sklavinnen für den Markt vor. Bestimmt hast du sie nicht so schnell vergessen. Jedenfalls hat sie dich in Erinnerung behalten. Leider war sie wütend, ich hatte eine viel zu feine Djellaba für dich ausgesucht.«

Jetzt erinnerte sie sich wieder an die *amina*, die gebieterische, schöne Frau, die sie zum Ausziehen gezwungen und die potenziellen Jungfrauen unter ihnen einer solch demütigenden Untersuchung unterzogen hatte. Cats Wangen brannten vor Scham. Sie starrte auf ihre Füße. »Ich habe sie nicht vergessen.«

»Ich habe dir zu viel Aufmerksamkeit geschenkt, und sie ist eifersüchtig.«

Ungläubig starrte Cat ihn an. »Eifersüchtig? Eifersüchtig, dass Ihr mich aus meiner Heimat verschleppt habt, um mich zu verkaufen wie eine gewöhnliche Ware? Wie kann sie eifersüchtig auf mich sein, nachdem sie mich wie ein Tier behandelt hat? Nein, schlimmer, denn ein Tier ist sich keiner Scham bewusst, wenn Fremde seinen nackten Körper einer genauen Prüfung unterziehen.«

Er warf ihr ein schiefes Grinsen zu. »Ich sehe, deine Erfahrungen haben nicht das Feuer in dir getötet, Cat'rin Anne Tregenna.«

»Nein, sie haben mich nicht brechen können«, antwortete sie mit leiser Stimme. »Sollte das Eure Absicht gewesen sein, so ist es Euch nicht gelungen. Im Gegenteil, es scheint, als hätte ich großes Glück, denn mein neuer Herr ist ein Mensch von bemerkenswertem Feingefühl. Er hat mich mit einer Arbeit betraut, die mir über alle Maßen gefällt, und das hat erheblich dazu beigetragen, meine Selbstachtung und Hoffnung in die Welt wiederherzustellen.«

»Er muss ein feiner Mann sein; hat in kurzer Zeit viel erreicht.«

»Davon bin ich überzeugt. Bisher hatte ich noch nicht das Vergnügen, seine Bekanntschaft zu machen.«

»Seltsam, er gibt so viel Geld aus für dich und lässt sich anschließend nicht blicken«, sinnierte er.

Cat verschränkte die Arme und sagte nichts dazu, obgleich sie zugeben musste, schon dasselbe gedacht zu haben.

»Ich hoffe, dieser gute Mann findet dich nicht so gefährlich wie ich«, fuhr er fort.

»Gefährlich?«

»Es heißt, Gott habe die Menschen aus Erde geschaffen und die Djinn aus Feuer. Djinn sind sehr gefährlich, sie können Macht ausüben über Männer.« Er zog eine Strähne ihres roten Haars unter dem Baumwolltuch hervor und ließ sie nachdenklich durch die Finger gleiten. »Was bist du, Cat'rin, Frau oder Djinn?«

Sie zog ihr Haar zurück und steckte es wieder unter das Tuch. »Ich bin eine Frau aus Fleisch und Blut«, antwortete sie scharf.

»Das sind die gefährlichsten, fürchte ich.«

Damit verbeugte er sich spöttisch und verließ den Raum.

FÜNFUNDZWANZIG

Wir lasen zusammen in dem Buch, Idriss und ich, bis die Sonne aufging. Die ersten Strahlen stahlen sich durch die Ritzen der Fensterläden im Salon und zerteilten alles, was sie berührten, in Streifen von hell und dunkel. Wo die Sonne Idriss' Hand auf dem Tisch streifte, verlieh sie seiner Haut einen blassen, schimmernden Goldton, der beinahe weiß war. Meine dagegen lag im Schatten, und das Buch war in zwei Teile gespalten, eine Hälfte im Licht, die andere verborgen. Ich wollte etwas zu dieser Beobachtung sagen, denn sie kam mir irgendwie bedeutsam vor, doch ich war zu müde, um den Gedanken in Worte zu fassen und überließ mich stattdessen dem eisernen Griff eines tiefen Gähnens.

»Warum hat der *raïs* sie an diesen Kaufmann verkauft?«, fragte ich verwirrt. »Oder sind er und dieser Qasem ein und derselbe? Aber warum hätte er sie kaufen sollen, wenn sie doch schon ihm gehörte? Das verstehe ich nicht.«

»Sie brauchen etwas Schlaf«, sagte Idriss fest. »Hier.« Er nahm das Buch, klappte es behutsam zu und legte es in meine Hände. »Wenn Sie zwei Stunden geschlafen haben, lesen wir es zusammen zu Ende, dann frühstücken wir, und später besuchen wir Khaled.« Er zögerte. »Und beim Frühstück möchten Sie vielleicht auch das hier lesen.«

Er hielt mir drei relativ zerknüllte Blätter hin. Ich starrte darauf, ohne zu registrieren, worum es sich handelte. Stirnrunzelnd wollte ich danach greifen, doch er zog sie zurück. »Nicht jetzt.«

Dann ging mir mit einem unangenehmen Schock auf, was es war: Die Nachricht und die Fotokopien, die Michael im *riad* für mich hinterlassen hatte. Ich hatte sie zusammengefaltet ins *Stolz der Stickerin* gelegt und sie dann völlig vergessen. Genauso wie Michael. O Gott, was sollte ich bloß gegen Michael und seine hartnäckige Verfolgungsjagd unternehmen?

»Geben Sie sie mir!«, rief ich.

Er grinste. »Jetzt weiß ich etwas über die Geschichte Ihrer Catherine, was Sie nicht wissen«, sagte er, als wollte er mich aufziehen, und die Sonne machte seine Augen rätselhaft wie die einer Katze. »Eine Frage ging mir nicht aus dem Kopf und brachte mich schließlich auf die Möglichkeit, dass Ihr Buch auch eine Fälschung sein könnte. Die Frage lautete: Wenn es tatsächlich auf einem Sklavenschiff den weiten Weg über das Meer bis nach Salé gelangt war, wie hatte es dann wieder nach England zurückgefunden, und wie war es schließlich in die Hände der außergewöhnlichen Miss Julia Lovat gefallen?«

»Und jetzt wissen Sie es?«

»Ich habe eine Idee … eine Theorie. Und ich bin mehr denn je überzeugt, dass es sich um ein authentisches Dokument und keine Fälschung handelt.«

»Und das wissen Sie aus den Blättern, die Sie da haben?«

»Zumindest scheinen sie auf etwas hinzudeuten … etwas Bemerkenswertes.«

»Ich wünschte, Sie würden es mir erzählen.«

»Ich möchte Ihnen nicht die Geschichte verderben.« Er lächelte. »Geschichten soll man in der richtigen Reihenfolge erzählen – und zur richtigen Zeit. Haben Sie denn nichts aus *Tausendundeiner Nacht* gelernt?«

»Das hier ist kein Märchen«, sagte ich frostig, »und außerdem gehören diese Sachen mir. Woher nehmen Sie sich das Recht, sie mir vorzuenthalten?«

Er zog die Brauen hoch. »Wenn Sie jetzt schon so schlecht gelaunt sind, wie schlimm wird es erst sein, wenn Sie nicht bald etwas Schlaf bekommen? Aber machen Sie sich keine Sorgen, ich hebe alles gut für Sie auf.« Damit faltete er die Blätter seelenruhig zusammen und steckte sie unter sein Hemd. »Sie sehen, ich werde sie direkt am Herzen tragen, wenn ich einschlafe. Im Übrigen bleibt noch immer ein großes Stück des Rätsels ungelöst, und wenn wir dahinterkommen wollen, stehen Sie – wie Ihre Catherine – vor einer wichtigen Entscheidung. Aber wichtige Entscheidungen sollte man nie unausgeschlafen fällen.«

Erneut gähnte ich tief. Wenn ich nicht aufpasste, würde mein Kopf den Fotokopien folgen und ich an Idriss' Brust einschlafen. Wäre das denn so schlimm?, flüsterte mein verräterisches Hirn.

Ja, das wäre es. Bevor ich etwas wirklich Dummes sagen oder tun konnte, stand ich unvermittelt auf und ging nach oben. Allein.

Erst nachdem ich mich auf dem schmalen Bett ausgestreckt und meinen Kopf auf das Kissen gebettet hatte, fiel mir wieder ein, was Idriss gesagt hatte.

… der außergewöhnlichen Miss Julia Lovat …

Er fand mich außergewöhnlich. Und mit diesem Gedanken, der wie eine schützende Wolke über mir hing, schlief ich lächelnd ein.

SECHSUNDZWANZIG

Robert

November 1625

Da Robert Bolitho in seinem ganzen Leben nie ernsthaft krank gewesen war, konnte er sich nicht damit abfinden, dass er auf dieser, seiner ersten Seereise, tagein, tagaus, ein dünnes Rinnsal gelber Galle erbrach und sich so schwach wie ein alter Mann fühlte.

»Bist bloß seekrank, mein Junge«, erklärte ihm der Erste Offizier und lachte beim erbärmlichen Anblick eines derart kräftigen Mannes. »Du wirst es überleben.«

Das kann nicht sein, dachte Rob. Wie das aller Einwohner von Cornwall bestand sein Blut zur Hälfte aus Salzwasser. Es musste einen anderen, schlimmeren Grund geben.

Am Ende der zweiten Woche auf See, als der abscheuliche Schwindel noch immer nicht nachlassen wollte, hätte er sich am liebsten über Bord gestürzt, um seinen Qualen ein Ende zu machen. Allein die Vorstellung, dass Catherine von barbarischen Sklaventreibern misshandelt und geschlagen wurde, gab ihm die Kraft, Tag für Tag die Zähne zusammenzubeißen und durchzuhalten. »Sie leidet viel mehr als ich«, sagte er sich wieder und wieder. »Und wenn sie es aushält, kann ich es auch.«

Dann kam der Tag, an dem er es schaffte, ein Stück altes Brot und etwas Trockenfleisch bei sich zu behalten. Von da an ging es ihm von Stunde zu Stunde besser, bis er eines Morgens, das Gesicht der Sonne zugewandt und mit dem Geruch der salzigen Gischt in der Nase an Deck stand, zusah, wie das Licht auf den

Wellen tanzte und sich sagte, dass er an keinem schöneren Ort der Welt sein könnte. Der Wind peitschte Höhen und Tiefen in die Schaumkronen, die Segel blähten sich, und das Schiff schoss dahin wie ein großer Seevogel. Es war eine ruhige Überfahrt gewesen, erklärte ihm der Erste Offizier – Rob hätte Glück gehabt. Und dann unterhielt er ihn mit Geschichten von Stürmen, gebrochenen Masten, versunkenen Booten und dem Geschrei der ertrinkenden Männer, bis Rob erneut flau im Magen wurde. »Von den Piraten ganz zu schweigen«, fuhr der Mann fort, ohne auch nur im Geringsten zu bemerken, welche Wirkung diese Reminiszenzen auf seinen Zuhörer hatten. »Die Meere sind verseucht mit ihnen. Es kommt heutzutage selten vor, dass ein Schiff die Meerenge passiert, ohne dass sich irgendein Seeteufel aus Sallee oder Algier an seine Fersen heftet. Ein Freund von mir wurde vor den Küsten der Kanarischen Inseln von Freibeutern aufgebracht und zum Galeerendienst im Mittelmeer verdonnert. Wenn du seine Geschichten hören könntest, würdest du dir in die Hosen scheißen.«

Rob wollte sie gar nicht hören, aber der Seemann hatte ihn am Dollbord festgenagelt.

»Splitternackt an seine Bank gekettet, musste er zwanzig Stunden am Tag rudern und wurde ausgepeitscht, bis Blut floss. Alles, was sie bekamen, um durchzuhalten, war ein Stück Brot, in Wein getunkt, wenn der Offizier die Runde machte, damit die armen Kerle nicht das Bewusstsein verloren. Ein rundes Dutzend Männer starb, und selbst dann prügelten sie noch auf sie ein, nur um sicher zu sein, dass sie wirklich krepiert waren und sich nicht bloß tot stellten. Anschließend kippten sie sie über Bord. Mein Freund hat es drei Jahre überlebt, dann wurde er an einen anderen Herrn verkauft und musste unweit von Algier Hütten bauen. Trotzdem hatte sich nicht viel verändert, wie er mir erzählte, Tag und Nacht wurde er ausgepeitscht, aber zumindest durfte er hin und wieder auf etwas liegen, was nicht auf dem Salzwasser schlingerte und von einer Seite auf die andere geworfen wurde. Er hat fürchterliche Dinge gesehen. Männer, die man so lange auf die Fußsohlen schlug – Bastinade nennen sie das, diese Unmenschen –, bis sie schwarz und blutig waren, und die danach nie wieder laufen konnten. Einer, der zu fliehen versuchte, wurde eingefangen und von Pferden durch Dornen und Steine geschleift, bis er starb. Einen anderen haben sie bei lebendigem Leib zerstückelt – ihm Ohren, Zehen, Finger abgesäbelt, nach und nach, bis er schreiend verreckte. Die Mohammedaner hassen das Christentum. Nichts freut sie mehr, als einen Christen leiden zu sehen. Ein anderer Gefangener konnte zeitweilig entkommen. Als sie ihn schließlich einholten, hätte der Dummkopf sich besser dem Kampf stellen sollen, um einen schnellen Tod zu finden. Sie stießen ihn von der Stadtmauer, und sein Körper blieb an einer der Eisenspitzen hängen, die man extra deswegen angebracht hatte. Dort hing er dann, mit durchbohrten Schenkeln und Leisten, und konnte sich nicht mehr rühren. Er ging elendig zu Grunde, während die Krähen an ihm pickten und die Frauen ihn mit Steinen bewarfen und lachten, wenn er durch sie noch mehr blutete.«

Er hielt inne, um Luft zu holen und wollte schon weitermachen, als Rob hastig dazwischenging, in der Hoffnung, dem Thema ein Ende zu machen. »Wirklich, es klingt, als wären sie ein sehr grausames Volk.«

»Das kann man wohl sagen. Die meisten sind aufbrausend, zügellos und neigen zu heftigen Gefühlsausbrüchen, wenn nicht Gewalt.«

Rob wandte sich um und sah, dass ein weiterer Mann zu ihnen getreten war, um sich an der Unterhaltung zu beteiligen. Er lehnte am Dollbord und schnitt ihm den Fluchtweg ab. Es war der Mann, den er im Kontor von Hardwicke & Buckle getroffen hatte. Als Killigrew und er etwas Wichtiges zu besprechen gehabt hatten, war Rob in einen anderen Raum abgeschoben worden. Doch der Eindruck, den dieser Mann in der kurzen Zeit hinterlassen hatte, war nicht angenehm gewesen. Er konnte es nicht genau benennen, denn er hatte sich durchaus offen und liebenswürdig gegeben, aber er hatte etwas Verschlagenes im Blick, selbst wenn er einem in die Augen sah und sich zu Kameradschaft und einem Gefühl von Verbundenheit bekannte. Er hieß William Marshall. Rob fragte sich, ob er entfernt mit Killigrew verwandt war, denn sie hatten die gleichen feinen Gesichtszüge und kühlen blauen Augen. Doch Marshall war älter als Killigrew, was allerdings auch daran liegen konnte, dass er lange Jahre Sonne und Meer ausgesetzt gewesen war, sodass seine Haut gegerbt und von Runzeln übersät war, im Gegensatz zu der seines Landsmanns.

»Seid Ihr viel in ihren Gewässern gereist, Sir?«, fragte Rob neugierig, in der Hoffnung, das Gespräch in weniger gruselige Bahnen zu lenken.

»Ich habe die Barbareskenstaaten vier oder fünf Mal besucht und mir stets vorgenommen, es nie wieder zu tun«, antwortete der andere und zupfte an einem Knoten in seinem grauen Bart. »Das Klima ist schlimm, und die Einwohner noch schlimmer. Aber man kann dort viel Geld verdienen, und für mich ist alles gut, was mir nützlich ist. Ich würde mein Vermögen lieber früher als später in der Tasche haben, damit mir wenigstens noch ein paar Jahre bleiben, um es zu genießen. Ja, selbst unter dem Abschaum von Afrika, wie der gute Marlowe es ausdrückte.«

»Marlowe?«

Marshall wechselte einen spöttischen Blick mit dem Seemann. »Ist es möglich, dass er Kit Marlowe nicht kennt, den besten Stückeschreiber, der je an unseren Küsten gelebt hat?«

Der Seemann zuckte die Achseln. »Der Bursche ist jung«, sagte er zu seiner Entschuldigung. »Und Marlowe ist schon länger tot als er auf der Welt.«

Marshall seufzte. »So weit zur Unsterblichkeit. Gebt mir einen Topf voll Gold und die Gegenwart, sage ich immer.« Dann wandte er sich mit einem schulmeisterlichen Funkeln in den Augen wieder Rob zu. »›Die grausamen Piraten von Algier, diese verdammte Bande, der Abschaum von Afrika‹ – er hatte sie durchschaut. Vielleicht solltest du dir die Mühe machen, eins seiner Stücke anzusehen, wenn sich die Gelegenheit bietet.« Er nahm eine verwegene Pose ein und deklamierte mit durchdringender Stimme:

Umsonst sah ich Menschen zu Mohammed beten
Mein Schwert hat sie alle aufgespürt
Erschlug seine Priester, egal, wie sie flehten
Und niemals hat Mohammed mich berührt …

Und dann durchbohrte er Rob schwungvoll mit der Spitze seines unsichtbaren Schwerts. »Ah, es ist schon etwas her, dass ich auf der Bühne stand«, seufzte er. »Aber es war eine großartige Zeit, ganz fabelhaft. Und wie sie jubelten, als Tamerlan Mohammeds heiliges Buch verbrannte und auf seiner Asche tanzte!«

»Bei uns in Cornwall macht man sich nicht viel aus Theaterstücken«, antwortete Rob steif. »Und ich würde mir wünschen, dass wir mehr Respekt vor einem heiligen Buch hätten, als es zu verbrennen, selbst wenn es nicht unser eigenes wäre.«

»Der Herr behüte mich davor, jemals in diese Provinz versetzt zu werden! Kein Wunder, dass John seine Zeit lieber in der Stadt verbringt. Wenn die Frauen von Cornwall genauso selbstherrlich sind wie du, kann es da unten nicht viel geben, das zu seiner Unterhaltung beiträgt.«

»Ich habe immer gehört, dass Will Shakespeare populärer war als Kit Marlowe«, sagte der Offizier, darauf bedacht, nicht aus ihrer Unterhaltung ausgeschlossen zu werden.

Marshall verzog das Gesicht. »Der alte Shake-a-stick war butterweich, machte immer gemeinsame Sache mit denen, die gerade an der Macht waren, und war so geschwätzig wie der Tag lang ist. Gott, was für Monologe … Ich konnte mir nie meinen vermaledeiten Text merken, sondern musste improvisieren und versuchen, den einen oder anderen Lacher rauszuholen.«

»Gab es da nicht einen gewissen *Titus Andronicus*?«, sinnierte der Seemann. »Der hat mir gut gefallen.«

»Das war typisch für ihn, er hat immer versucht, die allgemeine Stimmung einzufangen. Aber es ist ihm nie richtig gelungen«, sagte Marshall abschätzig. »Nein, Kit hatte in puncto Grausamkeit den besseren Durchblick. Keiner kann seinem Tamerlan oder auch dem reichen Juden von Malta das Wasser reichen. Allerdings gebührt auch Tourneur Respekt, er hatte das richtige Gefühl für Gewalt. Und selbst Kyd hatte Stärken.«

»Aye, seine *Spanische Tragödie* war nicht übel«, pflichtete der Seemann bei. »Aber letztes Jahr wollte ich mir den *Renegado* ansehen und bin nach einer Stunde gegangen, so langweilig war es.«

»Der ist von Massinger, nicht von Kyd«, wies Marshall ihn mit dem weltmännischen Überdruss eines Kenners zurecht.

Rob merkte, dass er kaum noch mitkam. Dennoch musste er versuchen, sich mit diesen neuen Kameraden zu verstehen, deshalb mischte er sich wieder ein. »Stimmt es, dass im *Othello* ein Mohr vorkommt?«

»Aye«, nickte der Seemann fröhlich. »Pechschwarz, aber dann heiratet er eine weiße Frau – ist ja logisch, dass das gegen die Natur verstößt. Man redet ihm ein, sie hätte sich mit einem andern eingelassen, worauf er ihr den Hals umdreht.«

»Der arme Kerl«, rief Robert aus. »Wie ungerecht!«

»Ungerecht?« Marshall klopfte ihm auf die Schulter. »Das Leben ist alles andere als gerecht, mein Junge. Das hast du doch bestimmt schon gelernt mit deinen … wie viel? Zwanzig Jahren?«

»Dreiundzwanzig«, korrigierte Rob.

»Aye, du bist noch ziemlich jung, aber trotzdem alt genug, um zu wissen, dass man wegen einer Frau nicht den Kopf verliert.«

Robin schob streitlustig das Kinn vor. »Was soll das heißen?«

»John hat erwähnt, dass du dich der Expedition mit dem verrückten Vorsatz angeschlossen hast, eine Dirne aus den Händen der Freibeuter von Sallee zu befreien.«

»Sie ist keine Dirne«, sagte Rob hitzig.

Nun war der Seemann neugierig. »Erzähl doch mal, Junge«, rief er. »Das klingt ja fast, als wär deine Geschichte besser als die von zehn Stückeschreibern zusammen.«

Marshall sah, wie Rob bis zu den Haarwurzeln errötete. »Geht an Eure Arbeit«, befahl er dem Seemann knapp. »Das ist ein Thema, das nur Gentlemen etwas angeht.«

Der Seemann warf ihm einen wissenden Blick zu. »Ist nix Besonderes dran an dem, was Männer und Frauen miteinander treiben – so viel verstehe auch ich davon. Frauen sind trotz Samt und Seide nichts als läufige Hündinnen und Männer Böcke mit aufgerichtetem Schwanz, basta. Doch wenn meine Gegenwart Euch in Verlegenheit bringt, *Gentlemen*, dann will ich Euch lieber allein lassen.«

Marshall sah dem Mann nach, dann beugte er sich zu Rob vor. »Wenn ich du wäre, mein Junge, würde ich mir die Sache aus dem Kopf schlagen. Diese Türken sind unberechenbar in ihren Gelüsten, besonders wenn es um süßes, weißes Fleisch geht, und sie machen sich über einen Kerl ebenso her wie über eine Frau. Die Kleine ist ohnehin ruiniert, was also wäre der Sinn einer solch noblen Geste? Komm mit und genieße die Reise, ja, und wenn wir Glück haben und auf dem Rückweg ein spanisches Schiff kapern können, steht auch dir ein Teil der Beute zu. Wir segeln unter dem Königlichen Kaperbrief, es würde nicht mal gegen das Gesetz verstoßen. Dann kannst du dir jede Menge feiner Weibsbilder leisten und als Held nach Hause zurückkehren.«

»Sie ist meine Braut«, log Rob und biss die Zähne zusammen, um nicht handgreiflich zu werden. »Ich habe geschworen, sie nach Hause zurückzuholen oder bei dem Versuch mein Leben zu lassen.«

Marshall zuckte mit den Schultern. »Letzteres ist wahrscheinlicher.«

»Aber Ihr nehmt mich doch mit, wie mit Sir John vereinbart?«

»John wird wie üblich seine eigenen Gründe haben, weshalb er dich mir anvertraut hat. Du kannst mitkommen, aber erwarte nicht, dass ich deinetwegen Kopf und Kragen riskiere. Es wird gefährlich genug sein, auch ohne dass man Kindermädchen für einen armen Trottel spielen muss.«

Rob runzelte die Stirn. »Wenn Ihr doch mit diesen Leuten Handel treibt, können wir dann nicht einfach in ihren Hafen einlaufen?«

Der Ältere lächelte, doch seine Augen blieben kalt. »Nein, mein Junge, viel zu riskant. Es gibt zu viele Parteien, die beteiligt sind und sich alle gegenseitig an die Kehle wollen. Ein hübsches britisches Schiff mit einer wertvollen Ladung wäre eine große Versuchung für jede einzelne von ihnen. Seit Mansells vermaledeitem Angriff auf Algier ist jedes britische Schiff in diesen Gewässern Freiwild. Als John Harrison im Frühsommer auf seiner Mission herkam, musste er unweit von Tétouan an der Mittelmeerküste anlegen und als moslemischer Pilger verkleidet fünfhundert Meilen zu Fuß durch das unwirtliche Land marschieren, verrückt wie er nun mal ist!«

Rob hatte keine Ahnung, wer Mansell oder Harrison waren, nickte jedoch, als wären solche Dinge allgemein bekannt. »Er hat es also geschafft, dieser Harrison?«

»Oh, aye. Er schafft es immer. Der Mann ist ein Teufelskerl. Er fuhr mit dem Segen des Königs und versuchte, einige der circa tausend Sklaven freizukaufen, die in Sallee festgehalten wurden, kam allerdings fast mit leeren Händen zurück.«

Rob starrte ihn entsetzt an. »Tausend Gefangene?«

Marshall warf ihm einen missbilligenden Blick zu. »Die Türken rauben seit Jahren die armen Teufel von Handelsschiffen und Fischerbooten, und kein Mensch hat irgendwas dagegen unternommen. Nach den Extravaganzen von König Jakob reichte das Gold in der Schatzkammer nicht mehr für eine anständige Flotte, und sein Sohn kann auch nicht besser mit Geld umgehen. Außerdem führen sie jetzt natürlich Krieg gegen Spanien, und es gibt Wichtigeres zu tun. Harrison ist so etwas wie ein Einzelkämpfer; ihm geht es um den Ruhm, obwohl ich zu behaupten wage, dass er nebenbei mit seinen Schmiergeldern und ›Gebühren‹ und was weiß ich noch alles ein hübsches Sümmchen verdient haben dürfte. Doch der Krieg eröffnet den Gewieften stets die eine oder andere Chance, sage ich immer.« Damit zwinkerte er Rob zu und begab sich in der Hoffnung auf das Abendessen in die Kombüse.

In dieser Nacht fand Rob keinen Schlaf. Wenn es dem Vermittler des Königs nicht gelungen war, die Gefangenen frei zu bekommen, welche Chance hatte er dann? Es klang so, als wären sie dabei, die inneren Kreise der Hölle zu betreten, bevölkert mit Legionen von Unmenschen und Fanatikern. Die Aussicht machte ihm Angst: Sie war so weit entfernt von seinem Leben auf Kenegie. Dort konnte einem kaum etwas Schlimmeres passieren, als dass ein verzweifelter Schafsdieb versuchte, die Herde zu klauen oder ein fahrender Quacksalber einen im *Dolphin* um seinen Lohn bringen wollte. Rob hatte nie gelernt, mit dem Schwert umzugehen, obgleich er eins dabeihatte. Für derlei Fähigkeiten bestand in Cornwall nur wenig Anlass. Er konnte sich jedoch ganz gut mit seinen Fäusten oder einem Knüppel verteidigen, wie er sich nun erbittert einredete. Und vielleicht half ihm dieser Marshall – der einen gerissenen und erfahrenen Eindruck machte –, etwas zu erreichen, woran andere gescheitert waren. Aus dem kleinen Beutel, den er um den Hals trug, nahm Rob den Ring seiner Großmutter, den Cat ihm wieder in die Hand gedrückt hatte mit der Bemerkung, sich dafür einen besseren Zeitpunkt auszusuchen. Was könnte es für einen besseren Zeitpunkt geben als den, wenn er sie aus der Hand der Piraten befreite?

Rob war ein unverbesserlicher Optimist, und deshalb schlief er mit dem Ring in der Hand und dieser Vorstellung im Kopf schließlich ein.

Am nächsten Tag glitten sie im Dunkeln an Salé vorbei und fuhren noch ein Stück weiter an der Küste entlang, bis sie die Lichter einer menschlichen Ansiedlung hinter sich gelassen hatten. Dann erst warf das Schiff den Anker, und Marshall rüttelte Rob aus dem Schlaf. »Reib dir das ins Gesicht, wickele den Turban um deinen Dickschädel und lass ja dein Schwert stecken«, sagte er und drückte ihm einen Topf mit einem durchdringend stinkenden Zeug in die Hand. »Wir dürfen nicht das Risiko eingehen, dass uns ein aufblitzendes Licht verrät. Die ganze Gegend hier wimmelt von Wegelagerern. Nimm nur das Wichtigste in einem Ranzen mit, den du auf dem Rücken tragen kannst. Wir müssen schnell und beweglich sein.«

Mit diesen Worten verschwand er wieder. Rob tat wie ihm befohlen. Sein Magen verkrampfte sich vor Anspannung. Die Aschepaste fühlte sich rau an, als er sie auf der Haut verrieb, und der Turban wehrte sich gegen seine ungeschickten Hände, doch schließlich stieg er hinauf an Deck. Dort warteten der Erste Offizier und ein Matrose, um sie im Beiboot, das sie bereits zu Wasser gelassen hatten, zu begleiten. Sie ruderten mit kräftigen Schlägen auf einen langen Streifen Gischt zu, der sie an einen flachen dunklen Strand trug. Rob spürte ihre Angst; es war, als führen sie auf ein Land voller Teufel zu.

Marshalls Zähne schimmerten weiß im Licht des Mondes, als er Robert ansah und das Gesicht verzog. »An Land gehen ist immer das Schlimmste. Ich hasse es, nass zu werden.«

In diesem Moment knirschte der Kiel über den Kies, und sie sprangen hinaus und liefen hastig durch das schockierend kalte Wasser, das sie völlig durchnässte. Als Rob sich umsah, hatten die Seeleute bereits kehrtgemacht und ruderten, so schnell sie konnten, wieder auf die schwarzen Umrisse ihres Schiffes zu. Es gab kein Zurück mehr. Er stand vor der Küste von Marokko, jenem sagenhaften Land, das er bisher nur aus den Erzählungen betrunkener Seeleute in den Wirtshäusern von Penzance kannte. Resignierte alte Männer, die ausspuckten, fluchten und von Piraten und Heiden faselten.

Marshall hatte schon einen tüchtigen Vorsprung und stapfte mit gesenktem Kopf durch die heranrauschenden Brecher. Er schnaufte wie ein Stier, kurz bevor er geschlachtet wird. Rob stolperte hinter ihm her durch die Brandung, die erst bis zu den Schenkeln, dann bis zu den Knien reichte und am Ende als harmloses Bächlein über seine Stiefel plätscherte. Endlich erreichte er trockenes Land und folgte dem Marshall über den Kiesstrand. Jeder Schritt war eine Einladung an die mörderischen Feinde, die möglicherweise im Dunkeln auf sie lauerten, irgendwo zwischen den Felsen oder fernen Bäumen.

Plötzlich mündete die Sandbank unvermittelt im Wasser. »Schockschwerenot!«, fluchte Marshall. »Sie haben uns auf der falschen Flussseite abgesetzt! Die gottverfluchte Küste sieht vom Meer überall gleich aus, nicht dass einer von diesen Holzköpfen eine Karte lesen könnte, selbst wenn er es versuchte. Jetzt können wir auch noch an Land ersaufen, als hätten sie uns über Bord geworfen, verdammt noch mal!«

Doch die Lagune war flach; sie konnten sie ohne große Mühe durchwaten. Auf der anderen Seite ging sie in Marschland und Schilfrohr über, wo ein Chor von entrüsteten Fröschen und gestörten Regenpfeifern die nächtliche Stille mit seinem lauten Protest zerriss. Der Mann aus London tobte. »Nur zu«, schimpfte er. »Posaunt es ruhig aus, dass wir da sind. Himmelhergott noch mal, wie ich diese Natur hasse! Am besten schüttet man Sand drüber und mauert sie zu, das hab ich schon immer gesagt! Was nützt einem Gottes gute Erde, wenn man nicht mal drüberlaufen kann, ohne dass einem die verdammten Stiefel volllaufen und ganze Heerscharen von widerlichen, ungenießbaren Viechern sich lauthals darüber beschweren, dass man einen Fuß auf ihren verfluchten Boden setzt?«

Rob hatte einen großen Teil seiner Kindheit damit verbracht, die Schilfrohrgürtel und Sümpfe in der Umgebung von Market-Jew zu erforschen. Er wusste, dass es schlimmere Gegenden gab – die kleinen Gassen von Westminster zum Beispiel. Er bewaffnete sich mit einem Stück Treibholz, mit dem er den Grund prüfte, und führte sie durch das Sumpfgebiet auf einigermaßen festen Boden, in dem sich stinkende, mit Algen gefüllte Tümpel und schwammige Standorte von Vegetation und Riedgras abwechselten. Ein wenig später spürte er einen kleinen, stechenden Schmerz in der Wade, und kurz darauf noch einen am Schenkel. Er wusste sofort, was es war: Blutegel. Sehnsüchtig dachte er an den Flintstein, den er sorgfältig in seinem Gepäck verstaut hatte. Man würde sie abbrennen müssen, aber nicht hier unter freiem Himmel. Anschließend musste er bei jedem Schritt daran denken, wie sich unzählige kleine Kiefer in sein Fleisch bohrten.

Mehr als eine Stunde kämpften sie sich durch die höllische Landschaft und stapften schließlich über ein ödes Salzfeld, das felsigem Gelände, Gestrüpp und einem steilen Hang wich, gerade als das erste blutrote Licht des Sonnenaufgangs seine Strahlen über das Meer warf.

»Zum Teufel!«, fluchte Marshall. »Besser, wir erreichen den Schutz der Bäume, bevor die Sonne aufgeht, oder wir sind eine leichte Beute. Im Marmora-Wald wimmelt es nur so von Ausgestoßenen und entflohenen Sklaven, die einem die Kehle aufschlitzen, sobald sie einen entdecken.«

Sie stolperten den Hügel hinauf. Schenkel und Waden protestierten gegen diese rohe Behandlung nach der wochenlangen Überfahrt, auf der sie nicht viel zu tun gehabt hatten. Rob spürte, wie seine Muskeln von schlechtem Essen und mangelnder Bewegung in den wenigen Wochen auf See erschlafft waren. Marshalls Vorsprung wurde immer größer, deshalb biss er die Zähne zusammen, verdrängte den Gedanken an den schweren Ranzen auf seinem Rücken und das ungewohnte Schwert, das gegen seine Beine schlug, und kraxelte ihm nach. Wenn er Marshall verlor, war die Wahrscheinlichkeit zu überleben gleich null, ganz zu schweigen vom Erfolg seiner Mission. Nach einer Weile merkte er, wie ihm ein Kinderlied durch den Kopf ging, und seine Füße im Takt dazu durch Geröll und Unterholz stampften.

Wenn an meinem offnen Grabeshügel
Fromme Dankbarkeit
Mir, weil gern ich Freuden schaffte,
Still ein Thränchen weiht.

Die altvertrauten Reime trieben ihn den Hügel hinauf. Erst eine ganze Weile später, als Marshall die rudimentäre Karte aus Wachstuch studierte und er selbst mit dem Rücken an einen Baum gelehnt dasaß, die Blutegel entfernte (sieben an der Zahl: das brachte Glück) und aus seinen Stiefeln Wasser, Unkraut und einen zerquetschten Frosch entfernte, fiel ihm ein, woher das Kinderlied stammte: von einer Stickerei, die Cat als kleines Mädchen angefertigt hatte, weil der makabre Unterton sie fasziniert hatte. Heute hing dieses Stück Stoff in dem dunklen Gang vor ihrer Tür im Dienstbotentrakt von Kenegie. Wie oft hatte er dort gestanden und blind auf die kindlichen Buchstaben gestarrt, wenn er versuchte, sich zu sammeln, bevor er an ihre Tür klopfte? Die Szene war so schmerzlich klar in seinem Kopf, dass er beinahe selbst in Tränen ausbrach.

»Darf ich fragen, von welcher Art Eure Geschäfte mit diesen Menschen sind?«, fragte er Marshall.

»Nein«, antwortete der andere knapp. »Die Einzelheiten dieser Angelegenheit sind nur der Gesellschaft und unseren Handelspartnern bekannt und gehen dich nichts an.«

»Bin ich denn nicht Teil der Gesellschaft? Immerhin habe ich die Aufgabe, Euch und die Unterlagen, die Ihr bei Euch habt, zu beschützen.«

»Du bist weder das eine noch das andere, mein Junge. Was John sich dabei gedacht hat, als er mir einen unerfahrenen Grünschnabel wie dich als Leibwächter mitgab, kann ich mir beim besten Willen nicht vorstellen. Wenn du mich fragst, bist du hier nur geduldet, und wenn du nicht aufhörst, deine Nase überall reinzustecken, drehe ich dir eigenhändig den Hals um und erspare den vermaledeiten Straßenräubern die Mühe.«

Rob saß da und beobachtete, wie seine Stiefel in der Sonne dampften. Nach einer Weile hielt er es nicht länger aus. »Dann beantwortet mir wenigstens noch eine Frage: Wie werden wir Sallee wieder verlassen, vorausgesetzt wir kommen dort überhaupt je heil an?«

Marshall seufzte. »In fünf Tagen wird *The Rose* vor Sallee kreuzen. Sobald die Männer mein Zeichen erhalten, segeln sie so nahe heran, wie sie können, um uns wieder an Bord zu nehmen.«

Mit diesen spärlichen Informationen musste Rob sich begnügen. Am Ende faltete Marshall die Karte zusammen, verstaute sie in seinem Gepäck und befahl ihm, seine Stiefel anzuziehen.

»Wir müssen lautlos durch diesen vermaledeiten Wald schleichen – ohne einen Mucks. Und pass auf, wohin du trittst. Es gibt Mulden, Löcher, Dornen und alle möglichen Fallen für den, der sich nicht in Acht nimmt. Hier treibt sich übles Gesindel herum. Manche leben hier, andere flüchten sich hierher, und wieder andere sind nur auf der Durchreise, so wie wir. Aber alle haben einen Grund, sich zu verstecken, und dieser Grund hat im Allgemeinen kriminelle Wurzeln. Hier im Wald herrscht nur das Gesetz des Überlebens.«

Das musste Rob erst einmal sacken lassen. »Mir scheint immer noch, wir wären besser gefahren, wenn wir mit vollen Segeln und schussbereiten Kanonen in den Hafen eingelaufen wären, Parteien hin, Parteien her.«

»Du bist ein extrem naiver junger Mann, Robert Bolitho. Ich will es dir erklären. Wir dürfen uns aus mehreren Gründen nicht dabei erwischen lassen, wie wir die Höhle des Löwen betreten, aber der wichtigste ist: Sollte irgendwer in England über unsere Geschäfte hier berichten – und es gibt viele in dieser Stadt, die kommen und gehen, wie es ihnen gefällt, und vielfältige Kontakte nach Europa haben – enden wir vermutlich am Galgen. Reicht dir das?«

Rob starrte ihn an. »Mein Gott!«, sagte er schließlich. »Wo bin ich hineingeraten?«

»Wie gesagt, du wärst lieber zuhause geblieben.«

»Tja. Aber jetzt bin ich hier, auf Gedeih und Verderb«, gab Rob finster zurück.

SIEBENUNDZWANZIG

Tja, hier bin ich, auf Gedeih & Verderb, sagte ich zu ihm, doch wie verdammt ich tatsächlich war, wußt' ich damals noch nicht …

Ich frage mich, für wen er das geschrieben hat«, sagte ich schließlich, faltete das Blatt zusammen und legte es zu den Resten unseres Frühstücks auf den Tisch. Wir saßen draußen auf der Dachterrasse an einem wackligen alten Tisch, den Idriss aufgestellt hatte. Ein riesiger ausgebleichter Sonnenschirm mit Zementfuß schützte meine blasse englische Haut vor dem schlimmsten Vormittagslicht.

»Ist es kein Tagebuch?«

»Es sieht eher aus wie ein Teil eines Briefes. Hier, die zerrissenen Ränder ringsum sind auf der Fotokopie gut zu erkennen. Nichts deutet auf eine Buchbindung, und die Wörter sind auch nicht verzerrt, wie zu erwarten, wenn Michael die Stelle aus einem Buch fotokopiert hätte. Seltsam. Es ist auf einem anderen Papier geschrieben als der Brief an Sir Arthur Harris, und die Schrift sieht auch anders aus, kleiner und sauberer.«

»Vielleicht hat er den Brief an seinen Arbeitgeber in Eile geschrieben.«

»Oder als junger Mann …« Ich biss mir auf die Lippen. »Sie glauben also, Robert Bolitho ist tatsächlich bis nach Marokko gereist, um Catherine aus der Sklaverei zu retten?«

»Das war sicherlich seine Absicht, und er muss Erfolg gehabt haben, sonst wäre das Buch nie wieder in England aufgetaucht.«

Ich seufzte. »Was für eine romantische Geschichte! Vielleicht ist es letztlich nur ein Märchen.«

Idriss verzog das Gesicht. »Wenn er aber Erfolg hatte, dann verstehe ich nicht, warum er sich als verdammt bezeichnet. Vielleicht hat er sie geheiratet, aber sie war ihm keine gute Frau und machte ihn unglücklich. Vielleicht hat sie ihn betrogen, war grausam oder ist durchgebrannt. In der Geschichte steckt mehr, als wir bislang wissen.«

»Hmmm«, erwiderte ich unverbindlich, da ich keine Lust hatte, den daraus folgenden Konsequenzen ins Auge zu sehen.

Catherines Tagebuch hatte urplötzlich ziemlich unbefriedigend und inmitten eines Schwalls von häuslichen Details geendet. »Tag für Tag kommen die Frauen aus der Kasbah zum Haus, um bei mir zu sitzen und zu sticken. Wir arbeiten mit Seidengarn in allen Farben des Regenbogens. Ich habe noch nie solch herrliche Farbabstufungen gesehen, abgesehen von den Blumen in Lady Harris' Garten auf Kenegie.« Oder: »Hasna hat mir beigebracht, wie man ein Gebäck namens ›Gazellenhörnchen‹ zubereitet«, was immer das sein mochte. Ich las von einem Gewand, das sie genäht hatte, dass sie ihr eigenes Khol aus einer Substanz herstellte, die man im Souk kaufte (bei ihr stand »sook«), oder ein paar Brocken der fremden Sprache lernte. All das waren faszinierende Informationen im Hinblick auf ein historisches Dokument, für mich aber, das muss ich beschämt eingestehen, waren sie zutiefst frustrierend. Während ich mich durch diese Beschreibungen kämpfte, die mit lauter unbekannten Begriffen gespickt waren, hatte ich den Eindruck, dass sie ihr Leben als Sklavin in Salé durchaus genossen hatte, falls man sie überhaupt als solche bezeichnen konnte, denn in einem relativ herrschaftlichen Haus Unterricht in Handarbeit zu erteilen, ohne schwerere Pflichten zu haben, entsprach sicherlich nicht dem Leben, das ich bei einer Frau in ihrer Situation erwartet hätte. Das Ärgerlichste war, dass ihr Tagebuch nicht verriet, was passiert war, als Rob aus heiterem Himmel auftauchte, um sie nach Cornwall zurückzuholen.

»Mir scheint, dass Ihr Michael die andere Hälfte des Puzzles besitzt«, drängte Idriss.

Auch mir erschien das einleuchtend, und bei dieser Vorstellung wurde mir ziemlich mulmig. Die Fotokopien waren als Köder gedacht: Er wollte das Buch und benutzte Robs Briefe, um mich in eine Falle zu locken. Ich wollte ihm das Buch nicht geben, aber ich wollte unbedingt die andere Seite der Geschichte erfahren. Und trotzdem war ich noch nicht bereit, Michael wiederzusehen.

Daher fragte ich: »Wann besuchen wir Ihren Freund Khaled?«

»Er trifft uns gegen zwei in einem Café in der Nähe des Bahnhofs.«

Ich warf einen Blick auf die Uhr. Kurz vor halb zwölf. »Und was machen wir bis dahin?«

»Ich zeige Ihnen die Souks, die Catherine auch gesehen hat, und wo ich aufgewachsen bin.«

Ich zog über meine Jeans die dunkelblaue Djellaba, die er mir am Abend zuvor gebracht hatte, doch das weiße Kopftuch verwirrte mich: Mein Haar war einfach zu dicht, um es darunter zu verbergen. Ich versuchte, es unter die Djellaba zu schieben, doch was ich auch anstellte, immer wieder rutschte das Kopftuch herunter. Am Ende hatte ich es völlig verknäuelt, und mein Haar stand nach allen Seiten ab.

»Verdammt noch mal«, schimpfte ich wütend, und als ich mich umdrehte, stand plötzlich ein Fremder mit grauer Djellaba und einem dunkelblauen Turban vor mir und beobachtete mich schweigend. Ich brauchte volle drei Sekunden, bis mir aufging, dass dieses exotische Wesen Idriss war.

»Warten Sie«, sagte er, und nahm mir das Tuch weg. »Lassen Sie mich mal. Bei so vielen Schwestern bekommt man Übung.«

Seine Finger streiften meinen Hals, und ich hätte nicht sagen können, ob das Zufall war oder nicht. Dann folgte der weiche Baumwollstoff, und wenige Augenblicke später hatte er ihn tadellos um meinen Kopf geschlungen und mich vollkommen verschleiert.

So traten wir in die Welt hinaus.

In der Medina brodelte der Verkehr – eine bizarre Mischung von Mensch, Tier und Maschine. Gerade wenn man glaubte, eine Fußgängerzone erreicht zu haben, knatterte ein Motorrad um die Ecke, dessen Fahrer die Hupe gar nicht mehr losließ, und alles drückte sich flach gegen die eng beieinanderstehenden Häuserwände. Wie die Esel mit solchen Erniedrigungen fertig wurden, war mir schleierhaft, doch sie betrachteten das Ganze offenbar philosophisch und standen geduldig in ihrem Geschirr oder an ihre Pfosten angebunden, während man ihnen oder den Karren, die sie zogen, immer größere Lasten aufbürdete.

Den Marokkanern im Souk schien diese pazifistische Philosophie fremd zu sein. Wir kamen an einer Frau vorbei, die voller Wut einen Mann anschrie, nachdem er gerade ein Stück hellblaue Baumwolle für sie abgeschnitten hatte. Wild gestikulierend hob sie den Tuchballen, als wollte sie damit auf ihn losgehen, und er ging in Deckung. Idriss sah, wie ich die beiden anstarrte. »Sie streiten sich um den Preis«, lachte er. »Ein klassischer Trick, sich erst dann zu beschweren, wenn der Stoff bereits zugeschnitten ist, und dem Händler die Schuld zu geben. Meine Tante machte das auch immer so. Dann rauschte sie wütend ab und ließ den armen Mann ratlos sitzen, nur um nach ein paar Minuten wiederzukommen und ihm gnädigerweise den halben Preis anzubieten.«

»Und er ging darauf ein?«

»Natürlich. Er hatte ihr bereits einen Preis genannt, der doppelt so hoch war wie das, was er erwartete, und so waren beide zufrieden.«

Ich schüttelte den Kopf. Es schien mir eine ziemlich anstrengende Art zu sein, Geschäfte zu machen, spiegelte jedoch den nationalen Charakter ganz gut wider. In Marokko schien sich alles um soziale Interaktion zu drehen, und zwar auf eine Weise, die in England undenkbar gewesen wäre. Hier hatte niemand Probleme, seine Gefühle zu zeigen. Ich sah Männer, die sich zur Begrüßung küssten oder Hand in Hand durch die Straßen spazierten. »Es sind Freunde«, erklärte Idriss. »Und zwar nicht in der euphemistischen Bedeutung, in der Europäer diesen Begriff benutzen. Hier ist Freundschaft etwas Lobenswertes, und wenn die Leute fragen, wie es einem geht, wollen sie es wirklich wissen, nicht nur die übliche Floskel hören, die sie auf Distanz hält.«

Ich lächelte. »Wie geht es Ihnen also heute, Idriss el-Kharkouri?«

Er blieb mitten auf der Straße stehen und drehte sich zu mir um. »Bevor Sie mir eine solche Frage stellen, Julia Lovat, sollten Sie ganz sicher sein, dass Sie die Antwort auch hören wollen.«

Meine Wangen flammten auf. Ich konnte nicht anders und wandte den Blick ab.

Danach gingen wir eine Weile fast schweigend durch die Medina und kamen an einem Stand nach dem anderen mit allerlei Waren und Lebensmitteln, an Bäckereien und Cafés vorbei. Einmal bogen wir um eine Ecke und stießen auf einen alten Mann, der seine Waren auf einem schwarzen Stück Plastik vor ihm auf der Erde feilbot. Eine kleine Menschenmenge hatte sich um ihn versammelt und lauschte seinen Erklärungen mit verzückten Gesichtern. Ich verrenkte mir den Hals, um besser sehen zu können, als einer der Männer sich umdrehte und mich böse anfunkelte. Mehrere andere folgten seinem Beispiel, bis Idriss mich davonzog.

»Warum haben sie mich so böse angesehen? Fast feindselig.«

»Sie wollten nicht, dass eine Frau ihre Männergeheimnisse durchschaut.«

»Was hat er verkauft?«, fragte ich ärgerlich. »Ich will es wissen.«

»Mittel gegen Impotenz, Aphrodisiaka, Substanzen zur Verlängerung … der Erfahrung.« Er lachte. »*La merde de la balaine*.«

»Was?«

»Walfischscheiße. Wale sind berühmt für ihre enormen … Geschlechtsteile. Es handelt sich um eine Art magische Beschwörung.«

»Aber wie um alles in der Welt würde man Walfischscheiße sammeln … oh, verstehe. Er ist ein Schwindler.«

»Vermutlich ist es nur harmlose Erde. Wie auch immer, er schien gute Geschäfte zu machen. Wünschen wir ihm Glück. *Alhamdulillah*!«

»Und das in aller Öffentlichkeit! Ich dachte, Sex wäre ein Thema, das hier tabu ist.«

»Sie haben wirklich merkwürdige Vorstellungen. Im Koran steht, der Mann habe die Pflicht, seine Frau zu befriedigen.«

»Wirklich? Was für eine ausgezeichnete Religion.«

Danach unterhielten wir uns ungezwungener, und Idriss zeigte mir allerlei ungewöhnliche Gegenstände – die silberne Hand von Fatima, um den bösen Blick abzuwehren, Gefäße mit Rosenwasser, Moschus und Amber. An einem Stand kaufte er mir einen kleinen dunkelblauen Stein mit einem seltsamen metallischen Glanz. Eine alte Frau wickelte ihn sorgfältig in einen Fetzen Zeitungspapier. »Das ist Khol«, erklärte er. »Dasselbe, wie Catherine hier gekauft hätte. Meine Schwester kann Ihnen zeigen, wie man es benutzt.«

Er führte mich zu einem Stand mit bunt bemalten Töpfereien, die in Safi hergestellt wurden, etwas weiter die Küste hinab, und begrüßte den uralten zahnlosen Händler. Als wir weitergingen, sagte er: »Jeden Samstagmorgen kam ich als Allererstes hierher, bevor er seinen Stand aufbaute, und durfte ihm helfen, die Ware auszupacken.«

»So sehr gefiel sie Ihnen?«

Er grinste. »Nein. Einiges war in herausgerissene Seiten aus alten Comic-Heften verpackt – *bandes dessinées* – die ich zuhause nicht lesen durfte. Mein Vater war sehr streng. Für einen sechsjährigen Jungen galt einzig und allein der Koran als angemessene Lektüre. Die dekadenten Abenteuer von Rodeo Rick, Pif oder Asterix und Obelix hätte er mir nie erlaubt. Also setzte ich mich in den hinteren Teil des Stands und verlor mich in all den herrlichen Fragmenten der Geschichte, während meine Brüder zuhause Suren aus dem Koran sangen.«

Auf der Rue des Consuls schlenderten wir an den allgegenwärtigen Teppichhändlern vorbei, deren Räuberhöhlen mit herrlichen Laternen und Tapisserien ausgestattet waren. Ich beobachtete einen Händler, der ein Touristenpaar einwickelte, das dummerweise stehen geblieben war, um die Auslage zu bewundern, und sich jetzt hilflos in der Falle sah. Mir hatte niemand etwas zu verkaufen versucht, aber das lag vermutlich an Idriss' abschreckender Gegenwart, wie ich zuerst glaubte, bis mir aufging, dass auch Djellaba und Hijab eine Rolle spielten. Getarnt und unbelästigt bewegte ich mich durch den Basar und beobachtete selbstgefällig die beiden Europäer – sie in einem teuer geschnittenen Kleid und Sandalen von Prada, er ein wenig rundlich in Khakihosen und einem blauen Seersuckerhemd –, die unter den beflissenen Aufmerksamkeiten des Händlers zappelten wie zwei Fische am Haken. Inzwischen war noch ein zweiter Verkäufer dazu gekommen, der schwungvoll Teppiche zu ihren Füßen ausbreitete. Mindestens ein Dutzend lagen bereits vor ihnen: Wie konnten sie sich nach einem solchen Spektakel noch weigern, einen zu kaufen? Ein Teppichende fiel der Frau halb auf den Fuß, und ich sah, wie sie einen kleinen Satz zurückmachte, den Arm ihres Mannes umklammerte und ihm erschrocken das Gesicht zuwandte.

Es war Anna.

Halt, nein, das stimmte nicht ganz. Es waren Anna *und* Michael, vereint wie ein symbiotisches, zweiköpfiges Wesen, das vor einer Attacke zurückweicht. Michael hatte den Arm um sie gelegt, besitzergreifend und beschützend zugleich, obwohl er angesichts der gnadenlosen Verkaufsmasche genauso hilflos wirkte wie sie.

Einen Augenblick stockte mir der Atem. Dann fasste ich instinktiv nach Idriss' Arm, und meine Finger schlossen sich um seinen harten Bizeps. »Schnell, wir müssen weg von hier.«

Ich wandte mich ab und zerrte ihn an den Verkäufern von schmiedeeisernen Gittern oder Lampen mit Schirmen aus Ziegenleder vorbei, bis wir die Medina an der Seite einer großen Straße mit dröhnendem Autoverkehr verlassen hatten.

»Was haben Sie denn?«

Ich muss ausgesehen haben, als wäre ich einer Ohnmacht nahe, denn er nahm mich am Ellbogen und führte mich die Straße entlang und durch eine offene Tür in die Rezeptionshalle eines winzigen Hotels. Kein Mensch war zu sehen. Idriss ging zu einer Tür im hinteren Teil, öffnete sie und rief einen Namen. Sekunden später tauchte ein Mann in Jeans und einem T-Shirt von Manchester United auf. Die beiden umarmten sich.

»Das ist einer meiner anderen Brüder, Sadiq.« Idriss grinste. »Und das ist Julia Lovat. Sie braucht einen Tee mit viel Zucker. Sieh mal zu, was sich machen lässt.«

Sadiq sah mich ehrfürchtig an, sagte dann etwas Unverständliches zu Idriss und verschwand.

»Er sagt, Sie hätten Augen wie Lady Diana«, erklärte mir Idriss und bugsierte mich um die Ecke zu einem dämmrigen Bereich mit Sofas und niedrigen Tischen.

Ich schnaubte verächtlich. »Lächerlich. Er meint doch nur, dass sie blau sind.«

Er betrachtete mich eine Sekunde lang ganz ernst. »Nein«, sagte er. »Es liegt an Ihrer englischen Ausstrahlung. Sie ist sehr … exotisch.«

Exotisch. So fand ich ihn. Die Vorstellung, dass es auch umgekehrt gelten könnte, war verwirrend. »Was für eine schamlose Schmeichelei«, sagte ich und drohte ihm mit dem Zeigefinger. »Sie sollten zusammen mit dem alten Scharlatan im Basar Schlangenöl und Walfischscheiße verkaufen.«

Seine Augen funkelten. »Mein zweites Eisen im Feuer.«

Sadiq kam mit einem Tablett voller Teezubehör und ging wieder. Ich sah, wie Idriss die goldene Flüssigkeit aus übertrieben großer Höhe einschenkte, sodass sie wie ein Miniaturwasserfall ins Glas plätscherte, und trank, ohne mich über die ungeheure Menge Zucker zu beklagen, den sie enthielt.

»Jetzt erzählen Sie, warum Sie weggelaufen sind.« Vermutlich sah ich genauso elend aus, wie ich mich fühlte, denn er zögerte und kniff die Augen zusammen. »Oh, ich bin ein Esel. Natürlich – Sie haben Michael gesehen.«

Ich senkte den Kopf. »Ja.«

Er runzelte die Stirn. »Aber ich habe immer Ausschau nach ihm gehalten. Ich kann gar nicht glauben, dass ich ihn verpasst haben soll.«

»Er war in einem der Teppichläden.«

»Da waren zwei, ein Paar … die Frau dunkel, klein, sehr schick.«

»Das war Anna. Seine Frau.« Ich beobachtete, wie meine locker im Schoß liegenden Hände anfingen zu zittern, und schrieb es der Wirkung des Tees zu.

Idriss streckte den Arm über den Tisch und hob mein Kinn. »Julia, es ist besser, wenn Sie mir Ihre Geschichte erzählen – von Anfang bis Ende. Ich habe das Gefühl, dass es um viel mehr geht als nur ein antiquarisches Buch.«

Ich starrte unverwandt auf den Tisch, während alles aus mir heraussprudelte: meine Freundschaft mit Anna, meine heimliche Beziehung mit ihrem Mann, die Angst davor, entdeckt zu werden, die Angst, dass er mich verlassen würde, die Art, wie er die letzten sieben Jahre meines Lebens geprägt hatte – eine lange Liste von Betrug und moralischer Feigheit. Nicht ein einziges Mal hob ich den Kopf, um ihm in die Augen zu sehen. Ich brachte es nicht fertig. Und als wäre das alles nicht genug, ging mir plötzlich auf, wie ungeheuer wichtig es für mich war, was Idriss von mir dachte. Wie und wann war das passiert? Und auf diese erste Erkenntnis folgte unmittelbar die entsetzliche Gewissheit, dass er mich jetzt, da ich ihm alles erzählt hatte, verachten würde.

Als ich endlich mit meiner Beichte fertig war, breitete sich ein Schweigen zwischen uns aus, so dick wie eine Glaswand. Nach ein paar Sekunden, die mir endlos erschienen, riskierte ich einen Blick über den Tisch, doch er sah mich gar nicht an. Sein Blick, kühl und distanziert, hing an einer getönten Glasscheibe hinter mir, als wünschte er sich hinaus in die heiße, frische Seeluft draußen, statt hier in diesem stickigen Raum zu sitzen, mit einer Frau, die alle Menschen betrogen hatte, die wichtig in ihrem Leben waren, und dabei alles verloren hatte, einschließlich ihrer Selbstachtung. Was musste er von mir denken, dieser Mann, dessen Leben so schlicht und geradlinig war, der seine egoistischen Wünsche – Dinge, die jeder Mann in meinem Land für sein Grundrecht hält: eine Karriere, ein Gehalt, über das er nach Belieben verfügen kann, eine Frau und Kinder – der auf all diese Dinge verzichtete, um seine verwitwete Mutter und die jüngeren Geschwister zu unterstützen? Nach den Maßstäben der Kultur, in der ich aufgewachsen war, besaß er so gut wie nichts, und doch war er reich an allem, worauf es ankommt.

»Ich schäme mich entsetzlich«, sagte ich leise in die spröde Stille.

Sein Blick schweifte langsam zu mir zurück. Bildete ich mir das nur ein, oder lag jetzt tatsächlich kalte Verachtung in diesen dunklen Augen?

»Wir müssen gehen«, sagte er tonlos. »Khaled erwartet uns.«

Den Rest des Nachmittags sagte er kein Wort mehr zu mir.

Das Café lag in der Rue de Bagdad, gleich hinter dem Hauptbahnhof. Khaled entpuppte sich als fülliger, untersetzter Mann von Mitte fünfzig. Er hatte ein glattes, faltenloses Gesicht und neugierig glitzernde Augen, trug eine weiße Gandurah und dazu – ziemlich unpassend – eine grüne Baseballmütze mit den Buchstaben ASS. Er griff nach meinen Händen und schüttelte sie herzlich. Als mein Blick immer wieder zu seiner Mütze wanderte, lachte er entzückt.

»Gefällt Ihnen mein Hut? Es ist mein Lieblingshut«, sagte er in ausgezeichnetem Englisch fast ohne Akzent. »Ich trage ihn vor allem, um meine amerikanischen Studenten zu beeindrucken. Sie finden ihn umwerfend. Die Abkürzung steht für *Association Sportive de Salé. C'est rigolant, non?«*

Idriss brachte ein halbherziges Lächeln zu Stande, während ich nur nickte und dankbar war, dass er die Spannung ein wenig auflockerte.

»Wie bereits am Telefon gesagt, Julia hat ein Buch mitgebracht, das sie dir zeigen will, um deine Meinung zu hören«, begann Idriss, als wollte er die Aufgabe rasch hinter sich bringen. Er wechselte zu Arabisch und sprach sehr schnell, worauf Khaleds Gesicht plötzlich Entsetzen spiegelte. Ein paranoider Teil von mir stellte sich vor, wie Idriss ihm gerade erzählte, dass die Frau ihm gegenüber, die mit ihrem Hijab so unschuldig aussah, in Wirklichkeit eine ungläubige Ehebrecherin war, ein unmoralisches Geschöpf, das auf dubiose Weise in den Besitz eines Schatzes gelangt war, den es nicht verdiente. Sie sollten ihr das Buch abnehmen und sie in die Welt zurückschicken, aus der sie gekommen und wo ein solches Verhalten völlig normal war. Ich spürte, wie meine Wangen erneut aufflammten.

»Darf ich mal sehen?«, fragte der Professor schließlich.

Idriss lehnte sich zurück, mit verschlossenem, unnahbarem Gesicht, und zündete sich eine Zigarette an.

Ich griff in meine Handtasche, nahm das Buch heraus und reichte es ihm. Bei seinem Anblick weiteten sich Khaleds aufmerksame Augen. Er breitete eine Papierserviette über die Melaminoberfläche des Tischs, als könnten Jahrzehnte von verschüttetem Kaffee, Zucker und Asche sich wie durch Osmose in den Einband fressen und seinen Inhalt entweihen, und legte Catherines Buch ehrfürchtig darauf, als hätte er es mit einem religiösen Relikt zu tun. Seine Finger strichen über das Kalbsleder, berührten vorsichtig die Bünde auf dem Buchrücken. Dann öffnete er es mit unendlicher Behutsamkeit und begann zu lesen.

»*Incroyable*.« Die vier Silben kamen eine nach der anderen und mit dramatisch gerolltem r.

»Ist es echt?«, fragte ich.

Mucksmäuschenstill hatte ich den größten Teil der letzten zweieinhalb Stunden dagesessen, es vermieden, Idriss anzuschauen, einen ungenießbar starken Kaffee geschlürft und mich nur auf den Professor konzentriert, der die Seiten umwandte und das Buch mal in die eine, dann in die andere Richtung kippte. Einmal hatte er eine Lupe aus der Tasche gezogen, ein anderes Mal ein kleines Wörterbuch. Er hatte gestaunt, gebrummt, seine Baseballmütze abgenommen und sich den Kopf gekratzt, wobei eine Halbglatze zum Vorschein kam, die er mehr schlecht als recht mit seinem spärlichen Resthaar zu verdecken suchte, er hatte auf Arabisch vor sich hin gemurmelt und dann auf Französisch etwas zu Idriss gesagt, das dieser mir nicht übersetzte. Einmal hatte er gelacht und ein paar Seiten zurückgeblättert, als suchte er nach einem Hinweis, bevor er weiterlas. Nun begegnete er meinem besorgten Blick mit einem breiten Grinsen.

»Was meinen Sie mit echt?«

»Oder ist es eine geschickte Fälschung, ein Schwindel?«

»Es ist so echt wie Sie und ich, *ma chère Julia*.«

In diesem Stadium, benommen von Hunger und Angst, kam ich mir eher unwirklich vor. »Entschuldigen Sie bitte, können Sie das etwas näher erläutern?«

»Es gibt, soweit ich weiß, in keiner Sprache den Bericht einer weiblichen Gefangenen aus der frühen Zeit der Korsaren hier in Salé, also noch bevor sie ihren unabhängigen Diwan ausgerufen hatten. Die Tatsache, dass es ihre eigene Handschrift zu sein scheint, macht es zu einem einmaligen Dokument. Sidi al-Ayyachi ist eine recht ausführlich dokumentierte Gestalt; ich bin im Verlauf meiner eigenen Recherche mehrmals auf Verweise gestoßen, die sich auf einen seiner Kapitänleutnants namens Qasem bin Hamed bin Moussa Dib beziehen. Ihn hier wiederzutreffen, ist daher ziemlich faszinierend.«

»Wen?«, fragte ich stirnrunzelnd.

»Qasem bin Hamed bin Moussa Dib, in den Legenden taucht er als ›der Djinn‹ oder ›der Schakal‹ auf – ›dib‹ heißt im Arabischen Fuchs oder Schakal –, gelegentlich auch als ›der Mann aus Andalusien‹. Offenbar gehörte er zu den Hornacheros, war also ein andalusischer Maure, der von Philipp III. aus Spanien vertrieben worden war. Der Legende nach ist seine Familie der Inquisition zum Opfer gefallen, und er kehrte nach Rabat zurück. Seine Piratenausbildung machte er unter der Anleitung des berüchtigten Holländers Jan Jansz, alias Murad Raïs, als er Admiral der Flotte von Salé war. Anschließend wurde er zum *raïs* gewählt – einem Flottenkapitän – und kämpfte als *al-ghuzat*, heiliger Krieger im Kampf gegen die Feinde des Propheten. Ihr Buch erzählt uns Dinge über ihn, die keiner wusste: beispielsweise, dass er dem berüchtigten englischen Piraten John Ward näherstand als Jan Janz, dass er die Flotte 1625 bis an die englische Küste geführt hatte und dass er kultivierter und komplexer war, als die Legenden über ihn vermuten lassen.«

»Sie sprechen mit weit mehr Respekt von ihm, als es meiner Meinung nach einem Piratenanführer angemessen wäre.«

Khaled lächelte. »Dasselbe könnte ich auch über Ihren Robin Hood sagen, Francis Drake oder ganz sicher Richard Löwenherz. Der Held der einen Kultur ist der Schurke einer anderen – alles hängt davon ab, auf welcher Seite man steht. Die

Geschichte ist biegsam und wird gewöhnlich von den Siegern geschrieben.«

»Ich habe schon immer Saladin vorgezogen«, sagte ich leise.

»Noch ein großer *al-ghuzat* – und im Unterschied zu Ihrem Richard ein barmherziger Sieger.«

»Und die Sache mit der Stickerei – kann es wirklich sein, dass Catherine den marokkanischen Frauen ihre Fertigkeiten beigebracht hat?«

Khaled breitete die Arme aus. »Auf diesem Gebiet bin ich kein Experte, fürchte ich.« Er beugte sich vor. »Aber es endet sehr unvermittelt, dieses Tagebuch. Wissen Sie, wie es mit Catherine Tregenna weiterging?«

»Die Geschichte hatte noch eine Fortsetzung.« Ich zeigte ihm die Fotokopien, die Michael im *riad* für mich hinterlegt hatte.

Er las die beiden Blätter, drehte sie dann um und suchte die Fortsetzung. »Aber wo ist der Rest? Sie können mich doch nicht so auf die Folter spannen. Der junge Mann folgte ihr hierher – hat er sie befreien können? Ist sie mit ihm nach Hause zurückgekehrt?«

»Das weiß ich nicht«, räumte ich ein.

»Aber das müssen wir herausfinden. Ich würde sehr gern den Bericht dieses« – er überflog erneut die erste Seite – »dieses Robert Bolitho lesen.«

»Ein Freund hat die Briefe«, sagte ich verlegen.

»Nun, dann ist es doch ganz einfach. Ausgezeichnet. Ich freue mich sehr darauf, sie eines Tages zu lesen. Doch unterdessen sagen Sie mir eins, Julia: Was werden Sie mit Ihrem Buch machen?«

Ich zögerte. »Das weiß ich nicht genau. Was sollte ich denn Ihrer Meinung nach tun?«

Die Augen des Professors strahlten. »Es ist ein großartiger Schatz, der einen einzigartigen Einblick in die Geschichte meines Landes bietet. Es wäre eine Tragödie, wenn er verloren ginge. Ich würde gern weiter darüber recherchieren oder einen Aufsatz schreiben … vielleicht sogar ein eigenes Buch.«

Zumindest war er aufrichtig. »Vorerst können Sie eine Fotokopie haben«, sagte ich vorsichtig. »Bis ich entschieden habe, was ich damit machen will.«

Er strahlte mich an. »Das wäre wundervoll.«

Wir fanden einen Kopierladen um die Ecke des Justizgebäudes. Ich ging hinaus und setzte mich in der Spätnachmittagssonne auf das Pflaster, während Khaled mit der unendlichen Behutsamkeit eines Mannes, der an den Umgang mit alten Büchern gewöhnt ist, Kopien machte. Idriss kam auch heraus, lehnte sich an die Tür und rauchte nervös eine Zigarette. Einmal warf er mir einen Blick zu, als wollte er etwas sagen, kehrte dann jedoch ohne ein Wort ins Innere des Ladens zurück.

Am Ende gab mir Khaled Catherines Buch zurück, und wir schüttelten uns die Hand. »Ich gebe Ihnen meine Telefonnummer«, sagte er. »Dann können Sie mich anrufen, wenn Sie Ihre Entscheidung getroffen haben, einverstanden?«

Ich lächelte. Wir nahmen beide unsere Handys heraus, und ich diktierte Khaled meine Nummer, während ich gleichzeitig mein eigenes Gerät einschaltete. Auf dem Display erschien das Logo von Meditel, und nach ein paar Sekunden erklang ein kräftiger Piepton.

Sieben Anrufe in Abwesenheit.

Liebe Güte. Außerdem erwarteten mich drei Nachrichten: zwei von Michael, und eine – mein Herz raste los – von Anna. Ich ignorierte sie und tippte Khaleds Nummer ein, dann sperrte ich die Tastatur und verstaute das Handy in meiner Handtasche. »Ich rufe Sie an«, versprach ich dem Professor, bevor ich einen Schritt zurücktrat, damit Idriss und er sich umarmen und verabschieden konnten.

Als er aus dem Blickfeld verschwunden war, drehte sich Idriss zu mir um und sah mich an. »Und jetzt?«, fragte er plötzlich.

Es war das erste Mal, dass er mich ansprach, seit wir das kleine Hotel, in dem sein Bruder arbeitete, verlassen hatten. Die Sonne brannte, und mein Kopf hämmerte unangenehm. Wir waren bis zu der Ecke gelaufen, die auf die Avenue Mohammed V mündete, und näherten uns der Gare de la Ville, bevor ich antworten konnte. »Ich habe wirklich alles vermasselt«, sagte ich jämmerlich. Mir war schlecht. »Und ich weiß, dass Sie mich dafür verachten. Ich kann es Ihnen nicht verdenken, aber ich versuche, alles wiedergutzumachen, wirklich.«

Ich sah zu ihm auf, doch die Sonne stand hinter ihm, und ich konnte sein Gesicht nicht erkennen. Das Nächste, woran ich mich erinnere, war, dass sich die Welt um mich drehte, und ich am Boden lag. Vor meinen Augen tanzten schwarze Sterne.

»Julia!«

Er zerrte mich hoch und trug mich die Treppen in den Schatten der Bahnhofshalle hinauf. Kurz darauf saß ich auf einem orangefarbenen Plastikstuhl mit einem riesigen Stück Kuchen und einer Flasche Mineralwasser vor mir.

»Sie haben den ganzen Tag nichts gegessen«, sagte er streng.

»Sie auch nicht.«

»Ich bin daran gewöhnt und auch an die Sonne hier, im Gegensatz zu Ihnen. Ich glaubte, das Kopftuch würde helfen, aber die Hitze ist heute unerbittlich.«

Genau wie du, dachte ich, sprach es aber nicht aus.

Ich biss in den Kuchen, kleine Mandelflöckchen rieselten auf den Teller. Über seine Schulter hinweg konnte ich sehen, dass die Abfahrt des nächsten Zuges nach Casablanca in fünfzehn Minuten angezeigt war. Gerade genügend Zeit, um einen Fahrschein zu kaufen und wieder einmal wegzulaufen. Der Gedanke war verlockend. Ich hatte meinen Pass und das Flugticket dabei, und die Tasche bei Idriss zuhause enthielt nichts, ohne das ich nicht hätte leben können. Ich konnte die Nacht in einem anonymen Hotel in Casa verbringen und am nächsten Morgen einen Flug zurück nach London nehmen, um mich in der neuen

Wohnung zu verkriechen. Und dann was? Und dann … meine Zukunft breitete sich vor mir aus wie eine große gähnende Leere. Glückliche Catherine, dachte ich. Jemand hatte sie so sehr geliebt, dass er ein Meer für sie überquert und sein Leben aufs Spiel gesetzt hatte, um sie als seine Braut nach Hause zu holen. Statt sie quer über die Kontinente hinweg zu verfolgen, obendrein mit seiner Frau im Schlepptau, nur um ihr etwas abzujagen, das er ihr geschenkt hatte, um das Ende einer Affäre zu besiegeln.

»Ich muss mich bei Ihnen entschuldigen«, sagte Idriss plötzlich.

»Hitzeschlag.« Ich lachte kraftlos. »Nicht Ihre Schuld.«

»Das meine ich nicht. Für heute und dass ich nicht mehr mit Ihnen gesprochen habe, nachdem Sie mir Ihre Geschichte erzählt haben. Ich hätte irgendetwas sagen sollen, aber ich wusste nicht, was. Sie haben ein paar schmerzliche Erinnerungen geweckt, und Sie haben mich mit Ihrer Offenheit beschämt.«

Einen Augenblick lang dachte ich, dass vielleicht seine Englischkenntnisse nicht ausreichten und er gemeint hatte, dass er sich für mich schämte, doch als ich begriff, was er tatsächlich gesagt hatte, redete er bereits so schnell, dass ich Mühe hatte, mitzukommen.

»Als Francescas Vertrag abgelaufen war und sie das Land verließ, war ich verzweifelt. Ich wollte sterben. Eine Weile glaubte ich, genau das würde passieren, und es wäre die beste Lösung für das Chaos, in dem ich lebte. Aber irgendwie hörte ich nicht auf zu leben, zu essen und zu atmen. Zwar war ich lange Zeit nur ein Schatten meiner selbst, aber ich war immer noch ich und lebendig, und meine Familie hielt mich davon ab, völlig zu zerbrechen. Wir blieben noch eine Weile in Kontakt, nachdem sie in die Staaten zurückgekehrt war. Sie erzählte mir, dass sie sich von ihrem Mann scheiden lassen würde, und fragte, ob ich Marokko verlassen würde, um mit ihr zu leben. Ich ging sogar zu ihrem Konsulat, um ein Visum zu beantragen, aber natürlich gaben sie mir keins: Ein unverheirateter Moslem aus einem Land, das eine Reihe von gesuchten radikalen Fundamentalisten hervorgebracht hatte, wollte aus nicht näher bezeichneten Gründen kurz nach dem elften September in die Staaten einreisen? Ich hätte mir selbst kein Visum erteilt. Und natürlich konnte ich auch nichts von meiner Affäre mit Francesca erzählen: Sie war meine Dozentin an der Uni gewesen, und sie war verheiratet – unsere Beziehung war auf beiden Seiten ein Skandal. Man hätte mich deswegen ins Gefängnis bringen und ihr die Einreise verweigern können. Deshalb habe ich anschließend mein Studium aufgegeben und bin Taxifahrer geworden. Sieben Tage, rund um die Uhr habe ich geschuftet, nur um zu vergessen und meiner Familie mit Geld zurückzuzahlen, was sie mir an Unterstützung gegeben hatte. Das ist jetzt sechs Jahre her. Sie sehen also, ich verachte Sie keineswegs, Julia, denn auch ich weiß, wie es ist, wenn man sein Herz verliert, obendrein unter den ungünstigsten Umständen überhaupt.«

Ich wusste nicht, was ich dazu sagen sollte. Ich war nicht schockiert – nur überrascht, denn Idriss wirkte auf mich nicht wie ein Mann, der sich von seiner Leidenschaft mitreißen lässt. Er hatte einen ruhigen und zurückhaltenden Eindruck gemacht, ein Mann, der sich unter Kontrolle hat und mit der Welt im Reinen ist. Wie trügerisch der äußere Schein sein kann! Ich vergaß, wo ich war, beugte mich über den Tisch und legte ihm die Hand auf den Arm. Er fuhr zurück, als hätte ich ihn verbrannt.

Die Leute sahen zu uns her. Offensichtlich war es ein Unterschied, ob ein Mann eine vom Hitzschlag getroffene Frau in die Halle trägt oder ob diese Frau sich in aller Öffentlichkeit auch nur zur kleinsten körperlichen Zärtlichkeit hinreißen lässt.

»Bevor Sie ohnmächtig wurden, haben Sie gesagt: Ich werde versuchen, alles wiedergutzumachen. Was haben Sie damit gemeint?«

Ich nahm mein Handy aus der Tasche und legte es zwischen uns auf den Tisch. »Ich kann nicht immer nur weglaufen. Es gibt Dinge, denen ich mich stellen muss, die ich bereinigen muss, wenn ich kann.«

Michaels erste Nachricht lautete:

Warum hast du Hotel verlassen? Wo steckst du? Bitte ruf zurück. M.

Die zweite klang schon nervöser.

Muss dich dring. sprechen. Ruf an.

Ich löschte beide. Annas Nachricht kam als dritte. Ich hatte keine große Lust, sie zu lesen, aber es blieb mir keine andere Wahl. Ich schluckte und öffnete sie.

Julia, ich weiß alles, aber du bist trotzdem meine Freundin & ich muss mit dir reden. Es gibt etwas, was ich dir erzählen & dir zeigen will. Rufst du mich an?
Alles Liebe, Anna

Tränen stiegen mir in die Augen, und ich wischte sie mit dem Handrücken weg. *Ich weiß alles, aber du bist trotzdem meine Freundin … Alles Liebe, Anna*. Sie wusste alles. Sie wusste, dass Michael sie betrogen hatte, und zwar mit mir. Und doch hatte sie nach allem, was ich ihr angetan hatte, die Größe, etwas zu sagen, das mein Herz anrührte und mich an die Zeit erinnerte, als wir beide noch jung gewesen waren. Plötzlich begriff ich, dass ich in all den Jahren nicht Angst davor gehabt hatte, Michael zu verlieren, sondern dass Anna herausfinden könnte, was ich ihr angetan hatte. Michael und ich waren durch unser schlechtes Gewissen aneinandergekettet gewesen. Nun, nachdem alles ans Tageslicht gekommen war, sah ich plötzlich, wie schäbig es war. Es kam mir vor, als hätte man mir eine Last abgenommen. Endlich war ich frei. Trotz meiner Schwächen, das wusste ich jetzt, verdiente ich etwas Besseres als einen Mann, der seiner Frau sieben lange Jahre lang Morgen für Morgen und Abend für Abend lächelnd ins Gesicht sehen konnte und dabei nicht aufhörte, sie zu belügen.

In diesem Moment und unter den Augen von Idriss wählte ich ihre Nummer und verabredete ein Treffen.

»Anna?«

»Julia? Liebe Güte, bist du es wirklich?«

Meine Hand flog zu dem Hijab. Ich grinste. »Ja, ich bin es wirklich. Und das ist mein Freund Idriss.«

Ich sah, wie sich ihre Augen weiteten, als Idriss auf sie zuging, den Kopf senkte und ihr die Hand küsste. »*Ravi de faire votre connaissance. Bienvenue à Rabat, madame*«, sagte er, dann wandte er sich mir zu. »Ich warte in der Bar, einverstanden?« Und mit einer schwungvollen Bewegung seiner Djellaba rauschte er durch die moderne Hotellobby, wechselte ein paar freundliche Worte der Begrüßung mit dem Personal und sah ganz genauso aus, wie man sich einen Kameltreiber aus dem Mittelalter vorstellt. Ich schüttelte den Kopf und grinste. Ob es irgendwen in Rabat gab, den er nicht kannte?

Anna bestellte Tee auf ihr Zimmer. »Englischen Tee«, sagte sie dem Mann am Empfangsschalter entschieden. »*Thé anglais* – nicht dieses Minzezeug. Twinings English Breakfast, falls Sie den haben.« Dann nahm sie mich am Arm und führte mich nach oben. Ich hatte schon halbwegs damit gerechnet, dort auf Michael zu treffen, doch das Zimmer war leer, und das war eine Erleichterung.

»Dieser Bursche, der da eben bei dir war«, sagte Anna und schloss die Tür. »Sehr attraktiv. Ein unglaubliches Profil – wie eine männliche Nofretete. Wo hast du denn den aufgetan?«

»Er hat mich aufgetan«, antwortete ich ausweichend. Ein unbehagliches Schweigen breitete sich aus. Ich zwang mich, es zu brechen. »Hör zu, Anna, ich muss etwas loswerden. Es tut mir entsetzlich leid. Ich weiß, wie unangemessen es ist, so was zu sagen, nach allem, was ich getan habe, und nach all der Zeit, aber ich meine es trotzdem so.«

»Es ist nicht etwas, für das man sich einfach so entschuldigen kann, nicht?«

»Nein. Ich habe keine Entschuldigung, nicht eine einzige. Ich weiß, dass es unsere Freundschaft zerstört hat.«

»Ganz zu schweigen von meiner Ehe.«

Ich senkte den Kopf.

»Julia, ich habe das alles schon mit Michael durchgekaut, und ich will jetzt nicht noch einmal von vorn anfangen. Es ist vorbei, oder?«

Ich nickte schweigend.

»Dann hat es keinen Sinn, alte Geschichten wieder aufzuwärmen. Ich glaube, ich wusste es von Anfang an. Ehrlich gesagt, fühlte ich mich sogar auf komische Art schuldig, als ich ihn damals überredete, mich zu heiraten. Als hätte ich ihn dir weggeschnappt. Hätte man euch nicht dazwischengefunkt, wärt ihr beide vermutlich erheblich glücklicher miteinander gewesen als Michael und ich.« Sie lachte bitter. »Was nicht allzu schwierig sein dürfte. Aber letztendlich habe ich wenigstens etwas Gutes aus dem ganzen Durcheinander gewonnen.«

»Einen neuen Anfang?«

Sie nickte. »So könnte man es sagen. Ich bin nicht sicher, ob ich so weit gehen würde. Aber immerhin bin ich nach all den Jahren endlich schwanger. Mir ist zwar andauernd übel, aber ich will dieses Baby, ich habe es immer gewollt.«

Mir fiel wieder ein, wie ich sie auf dem Bahnhof von Penzance gesehen hatte, so blass und verschlossen. Schwanger. Mit Michaels Kind. Und er, ewiger Feigling, der er war, hatte natürlich nicht den Mumm gehabt, mir diesen Teil der Geschichte zu erzählen. Beinahe hätte ich losgelacht. Michael hasste Kinder – ihren Krach, ihre Unordnung, ihr endloses Bedürfnis nach

Aufmerksamkeit. Bei mir war er geradezu besessen gewesen, was das Thema Verhütung anging. Er hatte sogar die Kondome auf Defekte untersucht, und einmal war er mit mir in die Apotheke marschiert, als uns eins geplatzt war, und hatte nach der Pille danach gefragt. Eine boshafte kleine Stimme in meinem Hinterkopf flüsterte: *Geschieht dir recht*. Anna mit ihrer sprichwörtlichen Entschlossenheit hatte am Ende bekommen, was sie wollte.

»Herzlichen Glückwunsch, Anna. Das sind wunderbare Neuigkeiten.« Das meinte ich tatsächlich ernst.

»Ich gebe meinen Job auf und arbeite nur noch als Freie. Die Zeitschrift hat mir einen Einjahresvertrag gegeben und danach, wer weiß? Michael hat deswegen schon schreckliche Zustände.«

»Geld«, sagte ich nur.

Sie lachte kurz und freudlos. »Hauptsächlich, ja.«

»Deshalb wollt ihr das Buch zurückhaben. Ich nehme an, es ist ein kleines Vermögen wert, wenn man die richtigen Leute kennt.«

»Nein, nein, darum geht es nicht –« Es klopfte an der Tür, und sie stand auf, um zu öffnen. »Oh, Sie sind es.« Ihre Stimme klang überrascht. »Vielen Dank, wie nett von Ihnen …«

»Keine Ursache«, sagte Idriss und trat mit dem Teetablett ein. Er warf mir einen Blick zu. »Ich wollte nur sicher sein, dass alles in Ordnung ist.«

Ich lächelte zu ihm auf. Er wirkte so groß und ernst mit seiner Djellaba und dem Turban. Unter anderen Umständen hätte ich ihn jetzt umarmt. Wahrscheinlich war es gut, dass Anna da war. »Alles bestens.«

Er stellte das Tablett ab. »Lipton's, fürchte ich«, sagte er zu Anna. »Aber sie hätten Ihnen wahrscheinlich trotzdem erzählt, dass es Twinings ist.« Er zwinkerte mir kaum merklich zu, verbeugte sich und rauschte aus dem Zimmer.

Anna sah ihm nach. »Arbeitet er hier?«, fragte sie verwirrt.

»Nein.« Ich grinste.

»Er scheint sich Sorgen um dich zu machen.«

»Er ist ein sehr … netter Mann.«

»Sei vorsichtig, Julia. Man hört schreckliche Geschichten über Frauen, die sich mit Marokkanern einlassen. Die meisten sind bloß scharf auf einen britischen Pass und ihr Geld.«

»Es geht nicht immer nur um Geld, Anna.«

Sie warf mir ein rasches, nervöses Lächeln zu. »Ich weiß. Entschuldige. Komm, wir lassen den Tee noch ein bisschen ziehen. Ich möchte dir etwas zeigen.«

Sie stand auf und ging quer durchs Zimmer zu einer eleganten Umhängetasche von Mulberry, die auf einem Kofferstand an der Wand lag. Sie klappte sie auf, öffnete den Reißverschluss zum Innenfach und nahm ein kleines, in weißes Seidenpapier eingewickeltes Päckchen heraus, das sie aufs Bett legte.

»Als Alison uns erzählte, in dem Buch, das Michael dir geschenkt hatte, wäre ein Baum der Erkenntnis erwähnt, erinnerte ich mich an ein Familienerbstück, das mir meine Urgroßtante mit dem Haus in Suffolk hinterlassen hatte. Sie hatte gesagt, es sei für St. Michael's, die Kirche in Framlingham in Auftrag gegeben worden, allerdings nie fertig gestellt und auch nie benutzt worden. Offenbar hatte es mit der puritanischen Abneigung gegen darstellende Kunst zu tun oder gegen jede Art von Dekoration, die einen vom Beten ablenken konnte. Ich fuhr also hin, um es zu holen …«

Sie schlug das Papier auseinander und enthüllte ein langes Stück ehemals weißes Leinen, vergilbt vom Alter, hier und da mit gedämpften Herbstfarben geschmückt.

Plötzlich hatte ich einen Kloß im Hals: Ich brachte kein Wort heraus. Ich streckte den Arm danach aus, berührte es andächtig und schlug es ganz auf, bis Catherines Baum der Erkenntnis vor uns lag, uralt und völlig unvereinbar mit dem bunten Synthetikstoff des Bettüberwurfs. Nur Teile der Stickerei waren fertig – die feine Bordüre aus Blättern und Blüten, ein Hase, ein paar Tauben und der Apfel, alles wunderschön und realistisch vorgezeichnet, und darüber der Baum selbst, von Blättern umrankt, und die Schlange wand sich um den Stamm auf Eva zu, deren langes Haar ihre schlanke, weiße Nacktheit verbarg. Adam war in Umrissen auf ihrer anderen Seite erkennbar, doch seine Züge waren leer und verwischt, und alles Übrige war unvollendet geblieben. Dennoch war es prachtvoll. Überwältigt sank ich auf die Knie.

»Das Altartuch der Countess of Salisbury«, sagte ich schließlich.

»Ist es das? Bist du sicher?«

Ich wühlte in meiner Handtasche und nahm Catherines Buch heraus, blätterte bis zu der Skizze, die sie gemacht hatte, und hielt sie neben das Tuch.

Anna sah begeistert von einem zum anderen. Ihre Finger zeichneten Evas Konturen erst auf der Skizze, dann auf dem Stoff nach. »Fantastisch. Wie unglaublich! Dann ist es wirklich ihr Tuch. Das Altartuch der Countess of Salisbury. Ein echter Wandbehang aus dem siebzehnten Jahrhundert!«

»Das ist ein Altartuch, kein Wandbehang«, korrigierte ich sie. »Und ich kann es nicht fassen, dass du mit einem so wertvollen Ding im Handgepäck nach Marokko geflogen bist.«

Sie zuckte mit den Schultern. »Ich wusste, dass ich dich zu etwas überreden musste, und nur mit einem Foto in der Hand wäre es schwierig gewesen. Außerdem sind so viele abstruse Umstände daran beteiligt, dass ich glaube, das Schicksal hat seine Hand im Spiel.«

Ich sah sie an. »Wozu wolltest du mich denn überreden?«

»Du hast das Buch, und das ist der Beweis.«

»Beweis?«

»Beweis für seine Herkunft. Für das *Victoria & Albert Museum*. Das hätte sich meine Urgroßtante Sappho gewünscht. Ich habe eine Freundin, die in der Veröffentlichungsabteilung des Museums arbeitet, und sie kennt jemand aus der Textiliensammlung – sie wollen es unbedingt sehen. Ich habe gehofft, dass du mitkommen und mit ihnen darüber sprechen würdest, wenn ich es ihnen zeige.«

»Und ich habe geglaubt, ihr wolltet das Buch verkaufen«, sagte ich langsam. »Michael war ganz wild darauf, es zurückzubekommen. Er hat sogar meine Wohnung in London durchwühlt, weißt du. Dann folgte er mir nach Cornwall und erklärte, er hätte es mir aus Versehen geschenkt, anschließend kam er nach Marokko und hinterließ mir eine einschüchternde Nachricht in meinem *riad* -«

»Das wusste ich nicht. Tut mir leid, Julia.« Sie verzog die Lippen. »Wie charmant von ihm. *Aus Versehen geschenkt.* Wie er sich selbst aus Versehen verschenkt hat, zweifellos. Michael glaubt, dass wir eine Menge Geld für das Altartuch bekommen, wenn wir nachweisen können, was es ist, und ich habe ihn bisher noch nicht eines Besseren belehrt. Tatsache ist, dass ich es dem Museum als Schenkung angeboten habe, falls seine Echtheit nachgewiesen ist. Unter der einzigen Bedingung, dass sie es mit der gesamten Familiengeschichte ausstellen müssen. Michael wird toben, wenn er das hört.« Sie kicherte. Plötzlich fiel mir auf, dass sich die Balance ihrer Beziehung ganz plötzlich zu ihren Gunsten verändert hatte und sie jede Sekunde ihre neu entdeckte Macht genoss.

Dann fiel mir noch etwas ein. Ich sah sie eindringlich an. »Anna, ich habe immer gewusst, dass eure Familie wohlhabend war, aber, nun ja … das Altartuch wurde Lady William Cecil übergeben, der Countess of Salisbury …«

Sie lachte. »Lady William Cecil, eine geborene Howard. Mutter stammte von den Howards ab, verstehst du.«

Ich starrte sie mit offenem Mund an. »Du stammst aus der Howard-Familie? *Der* Howard-Familie, wie Catherine Howard und der Herzog von Norfolk und so weiter?«

»Ja, aber heute ist das alles etwas verwässert. Immer noch ziemlich stattlich, aber wir besitzen längst nicht mehr die Hälfte von East Anglia. Alles, was ich geerbt habe, war Tante Sapphos

Haus in Suffolk, ein paar Anlagen und das Cottage. Ich glaube, dass die Familie für kurze Zeit auch St. Michael's Mount besaß, es aber im Bürgerkrieg verkauft hat. Schade, ich hätte nichts dagegen, auf einer Insel zu leben.«

»Du bist also reich?«

Sie zuckte unbehaglich mit den Schultern angesichts meiner Unverblümtheit. »Nun, so weit würde ich nicht gehen. Sagen wir, begütert.«

»Warum ist Michael dann so hinter dem Geld her?«

Sie lächelte verlegen. »In meiner Familie wird über solche Dinge nicht gesprochen. Wir finden es vulgär. Michael hat keine Ahnung von meinem Vermögen.«

Er war mit einer stinkreichen Frau verheiratet und hatte sich die ganze Zeit Sorgen um Geld gemacht. Ich musste laut lachen. »Er hat gesagt, du wärst knapp bei Kasse.«

Jetzt musste Anna lachen. »Michael ist überzeugt, dass ein Baby uns ruinieren wird. Ich habe ihm gesagt, er könnte ja das Apartment in Soho verkaufen, wenn er sich solche Sorgen macht. Er war schockiert – es war ihm nicht einmal klar, dass ich davon weiß. Dabei wusste ich es seit Jahren. Ich habe euch zusammen gesehen, beim Reinkommen, beim Rauskommen, ein Dutzend Mal. Am Anfang ging es mir sehr schlecht, ich wäre fast wahnsinnig geworden. Ich bin ihm nachgegangen, habe ihn bespitzelt, wenn du so willst.«

Ich schloss entsetzt die Augen. »Und du hast ihn oder mich nie zur Rede gestellt.«

Sie schüttelte den Kopf.

»Du hättest ihn verlassen können, jemand anderen heiraten, einen, der es verdient hätte.«

Sie wurde ganz still. »Ja, er ist ein Mistkerl, nicht? Aber ich liebe ihn, Anna. Ich liebe ihn wirklich, habe es immer getan und werde es weiterhin tun. Ich kann einfach nicht anders. Er ist meine Achillesferse, und gegen die Liebe ist kein Kraut gewachsen, oder?«

»Nein«, sagte ich und lächelte.

Dann strich ich noch einmal über Catherines Arbeit. Sie war einfach schön, umso mehr, als sie unfertig war. Es blieb ein Rätsel, ein Geheimnis. Das, was fehlte, ließ einen nicht los, und war das nicht genau das, worum es auch in der Liebe ging? Aber ein Geheimnis wollte ich noch lösen. Ich hob den Blick und sah Anna an. »Ich muss unbedingt wissen, was mit Catherine passierte«, sagte ich.

Unten in der Bar bestellte Anna Drinks – jeweils ein Glas Weißwein für sie und mich. Idriss wollte zu meiner Überraschung ein Bier.

»Noch ein Gesetzesbruch«, neckte ich ihn, doch er wirkte gequält. »Sie haben Recht, es ist Freitag. Vielleicht sollte ich lieber Wasser nehmen …«

Michael wählte genau diesen Augenblick, um die Bar zu betreten. Große Schweißflecken hatten das Hemd unter den Achseln dunkel gefärbt. Er wirkte erhitzt und gereizt. Sein Blick glitt an den beiden Fremden vorbei, die vor ihm am Tisch saßen, und blieb an seiner Frau hängen. »Scotch, und zwar am besten gleich einen doppelten!«, rief er, und der Barkeeper – der offenbar glaubte, er müsste es sehr nötig haben – stellte hastig das Bier beiseite, griff nach der Whiskyflasche und schenkte ihm ein großes Glas ein. »Meine Füße bringen mich um. Ich war in jedem verdammten Hotel in Rabat und habe nach der blöden Kuh gefragt, aber sie war nirgend…«

»Hallo Michael.«

Er drehte sich so schnell um, dass die Hälfte der Flüssigkeit in dem Glas, das der Barkeeper ihm gerade gereicht hatte, auf seine Schuhe schwappte.

»Gut gegen Blasen«, sagte ich kindisch, und Anna unterdrückte ein Lachen.

Er starrte mich an, dann Idriss, und dann erschien ein hässlicher, viel sagender Ausdruck in seinem Gesicht. »Du hast nicht viel Zeit verschwendet, um dich mit den Einheimischen zu verbrüdern, wie?«, fragte er unfreundlich.

Idriss stand auf. Der Turban machte ihn noch größer, als er ohnehin war.

»Setz dich, Michael, und hör auf, so ein Theater zu machen«, sagte Anna streng. Ich konnte mir vorstellen, dass sie diesen Ton einer jüngeren Angestellten gegenüber anschlug, aber dass sie ihn auch bei Michael benutzte, war eine Überraschung. »Dieser Herr ist Idriss, Experte für die Stadt und ihre Geschichte.«

»Idriss el-Kharkouri«, ergänzte Idriss mit tiefer Stimme. »*La bes*.« Er neigte den Kopf und legte kurz die Hand auf sein Herz.

Michael musterte ihn misstrauisch und drehte ihm dann schroff den Rücken zu. »Wo ist das Buch, Julia? Ich habe eine lange Reise gemacht, um es zurückzubekommen.«

»Julia und ich haben uns geeinigt«, fiel Anna ihm sanft ins Wort. Sie reichte mir das Glas Wein und Idriss das Bier, der es mit einem »*Schukran besef*« quittierte und den Berberführer mimte.

Michael kniff die Augen zusammen und sah sie an. »Was soll das heißen – ›geeinigt‹?«

»Wo sind Robert Bolithos Briefe, Michael? Ich kann sie nicht finden.«

»Du glaubst doch wohl nicht, dass ich sie im Zimmer herumliegen lasse, damit irgendwelche arabischen Langfinger sie mitgehen lassen, oder? Sie liegen sicher im Safe des Hotels mit der Anweisung, sie niemand anderem auszuhändigen als mir.«

Das war ein anderer Michael als der, den ich zu kennen glaubte, eine unangenehmere, nervösere Version. Mich in Idriss' Begleitung zu sehen hatte ihm sicher einen Stich versetzt, und dieser Gedanke verschaffte mir eine erbärmliche kleine Genugtuung.

»Nun, dann geh und hol sie«, sagte Anna, nahm ihm sein Whiskyglas ab und wischte es mit einer Serviette ab, so wie man die Milchflasche eines kleinen Kindes abwischt. »Na los.« Sie wartete, bis er weg war, und beugte sich dann über den Tisch. »Hier mein Angebot. Ich gebe dir die Briefe, wenn du mir vorübergehend das Buch überlässt. Unser Rückflug ist morgen, aber ich glaube nicht, dass Michael ohne das Buch an Bord des Flugzeugs geht. Darüber hinaus verspreche ich – und Idriss ist mein Zeuge -, dass es dein Eigentum ist, über das du frei verfügen kannst. Wir tauschen Buch und Briefe wieder aus, wenn du zurückkommst, dafür versprichst du mir, mich zum Museum zu begleiten und das Altartuch zu authentifizieren. Abgemacht?« Sie streckte die Hand aus.

Idriss warf mir einen warnenden Blick zu, doch ich reagierte mit einem leichten Kopfschütteln. *Nein, das ist okay*. Dann ergriff ich ihre Hand. »Abgemacht.«

Ich hatte meinen Wein schon halb ausgetrunken, da fiel mir ein, was ich sie noch hatte fragen wollen. »Robert Bolithos Briefe – wo habt ihr sie eigentlich gefunden?«

»Sie lagen auf Alisons Dachboden, in dem Farmhaus von Kenegie. Irgendwer hatte sie in die Familienbibel gesteckt, wo sie vermutlich auch hingehörten.«

»Was meinst du damit?«

»Nun, Alisons Mutter ist eine Bolitho, nicht wahr? Das müsstest du eigentlich wissen, schließlich ist sie deine Cousine. Ich fand den Namen schon immer komisch. Einmal spielten wir dieses Spiel auf dem College – du weißt schon welches, mach dir deinen Pornostar-Namen, indem du den deines ersten Haustiers mit dem Geburtsnamen deiner Mutter verbindest. Meiner war Silky Pevsner und ihrer Candy Bolitho. Beide nicht übel, fanden wir. Aber Familienbande hin, Familienbande her, sie zieht aus; das Haus ist zu groß für einen allein.«

Ich war aus mehreren Gründen erschüttert. Ich erinnerte mich an die Kälte dort und an die Depression, die mich gepackt hatte. Damals hatte ich gedacht, ich wäre abergläubisch und spürte die Gegenwart von Andrews Geist, aber was, wenn da noch etwas anderes gewesen war? Ich fröstelte und verdrängte den Gedanken. »Wo wird sie hinziehen, Alison, meine ich?«

»Sie kauft das Cottage in Mousehole. Sie hat sich in das Haus verliebt, und wir haben einen Pakt geschlossen: Ich mache ihr einen guten Preis, und dafür gibt sie mir die Briefe.« Sie warf mir ein schiefes Lächeln zu. »Sie ist sogar schon eingezogen, obwohl sie noch nicht offiziell ins Grundbuch eingetragen ist und die Renovierungsarbeiten noch nicht abgeschlossen sind.«

Bevor ich die nächste Frage stellte, kam Michael mit einem Umschlag in der Hand zurück. Er wirkte noch gereizter als vorher. »Es ist wirklich zum Kotzen, diese Leute verstehen kein Wort Englisch.«

»Das liegt daran, dass hier alle Französisch sprechen, Liebling. Also, Julia hat sich einverstanden erklärt, das Buch, das wir brauchen, gegen die Briefe einzutauschen, die du gefunden hast.«

Michael sah mich verblüfft an. »Oh, gut.« Er blieb vor dem Tisch stehen, als hätte man ihn auf dem falschen Fuß erwischt, setzte sich dann hin und nahm mehrere Fotokopien aus dem Umschlag und ein Bündel stockfleckiger Kanzleipapiere, die mit einer sauberen Handschrift bedeckt waren. Selbst aus der Entfernung konnte ich sehen, dass es die von Robert Bolitho war. »Das Buch«, sagte er, trennte die Originale von den Kopien und streckte mir Letztere entgegen. »Gib es mir.«

Anna schüttelte den Kopf. Dann nahm sie ihm die Unterlagen ab, steckte das Kanzleipapier in den Umschlag, faltete die Kopien zusammen und gab sie Michael zurück. Zum Schluss reichte sie mir den Umschlag.

»Was, zum Teufel, tust du da?«, polterte Michael los.

»Fairer Handel«, sagte Anna zuckersüß. »Das Buch, bitte, Julia.«

Feierlich griff ich in meine Handtasche und nahm es heraus. Der Einband fühlte sich weich und glatt an. Liebevoll fuhr ich mit dem Daumen über die Rippen des Buchrückens und die leichte Verfärbung auf der Rückseite, wo die Cousine des Korsarenkapitäns versucht hatte, es anzuzünden. »Leb wohl, Catherine«, flüsterte ich.

»*Au revoir*«, korrigierte Anna mich sanft.

»Wir sehen uns in London«, sagte ich lächelnd. »In ein paar Tagen bin ich zurück und rufe dich an.«

Annas Finger schlossen sich um die meinen. »Tu das, meine Liebe.« Dann zog sie die Hand zurück und presste das Buch wie einen Panzer an ihre Brust.

Ich stand auf und wandte mich zum Gehen. Idriss streckte Anna die Hand entgegen, die lächelnd zu ihm aufsah. »Es war reizend, Sie kennen zu lernen, Idriss. Ich hoffe, Sie bald wiederzusehen.«

»*Enchanté, madame. À la prochaine, insha'allah*.«

Er drehte sich zu Michael um. »Ich hoffe, dass Sie Ihren kurzen Aufenthalt im Hotel meiner Cousine genossen haben und dass der Besuch in Marokko Ihren Horizont erweitert hat«, sagte er in seinem besten Englisch. »Wir sind stolz auf die Gastfreundschaft und Höflichkeit unserer Kultur. Und natürlich haben wir das Recht, jedem, der unsere Ehre oder die eines Mitglieds unserer Familie besudelt, die Zunge abschneiden zu lassen.« Die Andeutung seines Lächelns spiegelte sich nicht in den Augen wider.

Es mag am Licht gelegen haben, aber ich hatte den Eindruck, dass Michael ein ganz klein wenig blass um die Nase wurde.

Draußen im hellen Sonnenschein kniff ich die Augen zusammen und sah zu Idriss auf. »Ist das wirklich wahr? Dass man einem die Zunge abschneiden darf, meine ich? Ich weiß, dass in Saudi-Arabien, wo die Scharia Gesetz ist, Dieben die Hand abgehackt wird, dass man Leute, die Alkohol trinken, auspeitscht, Ehebrecherinnen zu Tode steinigt und ähnlich grausames Zeug, aber Marokko hätte ich für liberaler gehalten.«

Idriss zog mich in den Schatten einer Gasse, beugte den Kopf zu mir herab und küsste mich, kurz, aber leidenschaftlich.

»Und dafür riskiere ich einen Monat Gefängnis«, sagte er todernst.

Ich hatte nicht die leiseste Ahnung, ob das ein Witz war oder nicht.

ACHTUNDZWANZIG

Robert
1625

Der Wald war seltsam. In Cornwall kannte er jeden Baum, jede Pflanze, die im Unterholz und zwischen den Hecken blühte, ihre Namen, ihre Blüten, ihre Früchte und ihre Jahreszeit. Doch diese Bäume hatten eine Rinde, die rötlich und rau war, mit langen vertikalen Rissen und Schlitzen, und ihre Äste waren glatt, rund und kamen sich nicht gegenseitig ins Gehege. Das Blätterdach war dicht und dunkel, sodass das Unterholz nur spärlich wuchs. Zumindest bedeutete es, dass es weniger Stellen gab, wo die Banditen ihnen auflauern konnten.

Sie gingen hintereinander, wobei Rob vorsichtig den Fußstapfen seines Gefährten folgte. Einen halben Tag marschierten sie so, ohne dass etwas passierte. Sie aßen etwas Schiffszwieback und Trockenfleisch und tranken Wasser aus einem Fluss. Dann setzten sie ihren Marsch schweigend fort. Damit blieb Rob jede Menge Zeit zum Grübeln, und er merkte, dass seine Gedanken immer wieder zu seiner letzten Unterredung mit Sir John zurückkehrten, die einen bitteren Nachgeschmack hinterlassen hatte.

»Zwei, und damit basta! Wenn du mehr mitbringst, werde ich sie höchstpersönlich als Sklaven weiterverkaufen!«, hatte Killigrew ihm wütend erklärt, als er wieder einmal gedrängt hatte, dass sie versuchen sollten, so viele Gefangene nach Hause zu holen, wie das Schiff bergen konnte. Rob hatte schließlich so höflich wie möglich nachgegeben. Doch was würden die

Leute sagen, wenn er nur mit Cat und einer einzigen weiteren Person zurückkehrte, obwohl so viele verschleppt worden waren? Er wusste aus der Lösegeldforderung, dass Catherines Mutter Jane überlebt hatte, und sein Pflichtgefühl sagte ihm, dass sie diejenige sein müsste, die er außer seiner geliebten Cat mitnehmen würde, nur je länger er darüber nachdachte, umso schwerer lag es ihm im Magen. Rob hatte diese Frau nie besonders gemocht. Die Jungs zuhause würden ihn verspotten, weil er töricht genug gewesen war, eine zänkische Schwiegermutter freizukaufen, die ihm von morgens bis abends das Leben schwermachen würde. Doch was, wenn Cat sich weigerte, ohne sie mitzukommen? Er hatte eigentlich nicht den Eindruck gehabt, dass sie sich übermäßig nahestanden, aber hieß es nicht, Blut sei dicker als Wasser? Viel lieber würde er an ihrer Stelle Matty retten, wenn er es recht bedachte – die gute, treue, anständige Matty. Sie war noch jung, Jane Tregenna hingegen alt und vertrocknet, also war es doch gewiss logischer, Matty zu befreien, damit sie noch ein langes Leben in einem guten christlichen Land haben und all die Kinder zur Welt bringen könnte, die Gott für sie vorgesehen hatte. Im Geiste stellte er sich Jane Tregennas verkniffenes, unzufriedenes Gesicht vor und verglich es mit Mattys rosigen Grübchen. In diesem Augenblick stand seine Entscheidung fest. Er konnte nicht verhindern, dass seine Fantasie mit ihm durchbrannte: Ganz bestimmt würde Cat ihn von Herzen gern heiraten, wenn all das vorbei war, dankbar für die ungeheuren Strapazen, die er ihretwegen auf sich genommen hatte, genau wie einer jener Ritter in den Geschichten, die sie so gern las. Trotzdem nagte das schlechte Gewissen an ihm. Es war ganz sicher falsch, als Lohn Cats Liebe zu erwarten. Eine solche Reise, eine solche Aufgabe nur um einer derartigen Belohnung willen zu unternehmen, war höchst unehrenhaft, denn allein die erfolgreiche Rettung aus der Hand der Heiden müsste Belohnung genug sein. Erneut packten ihn die heldenhaften Erzählungen aus der Vergangenheit: Könnte er sich nicht als Kreuzritter verstehen, der im Namen der Christenheit gegen die Ungläubigen zu Felde zog? Ja, das war ein schöneres Bild, dem man anhängen konnte. Wer als gottesfürchtiger Mann auf dem wahren Pfad des Herrn wandelte, wurde mit dem Himmel belohnt. *Trotzdem würde ich meine Belohnung lieber schon auf der Erde haben, in meinen Armen.*

Ein Vogel löste sich geräuschvoll aus dem Blätterdach und krächzte eine Warnung, wobei er seinen langen Schwanz hinter sich herzog wie einen Wimpel.

Eine Elster: ein schlechtes Omen, hier genauso wie anderswo.

Marshall wandte sich um, packte Rob an der Schulter und zerrte ihn in den Schutz eines umgestürzten Baums. Stimmen. Durch die dünnen Stängel einer Gruppe übel riechender Pilze, die aus dem verrotteten Holz sprossen, sah Rob keine zehn Meter entfernt schemenhafte Gestalten, die sich durch den Wald bewegten. In ihren gestreiften Umhängen waren sie in dem Wechselspiel von Licht und Waldschatten kaum zu erkennen, doch die Tiere, die sie bei sich führten, besaßen keine solche Tarnung. Maultiere, die mit frischgeschlagenem Holz beladene Karren zogen.

Es war Robs erster Blick auf die Einheimischen in diesem Land. Der erste Eindruck war nicht der von Teufeln oder auch nur Banditen. Als sie näher kamen, erkannte er an ihren Gesten und dem lauten Gelächter, dass sie sich derbe Witze erzählten wie alle Arbeiter. Ihre Haut war ein paar Grade dunkler als seine eigene, aber nicht viel dunkler als die der Fischer, mit denen er unten in Market-Jew zu Abend gegessen hatte, und diese Männer erschienen ihm außerdem leichter gebaut. Er empfand so etwas wie eine vage Enttäuschung. Ehrlich gesagt, hatte er brutale, schwarze Riesen erwartet, mit exotischer Kleidung und blitzenden Krummschwertern, doch das waren nur einfache Waldarbeiter, wie man sie überall auf der Welt finden konnte, arme Männer, die sich irgendwie durchschlagen und ihre Familien ernähren mussten.

Sechs Karren rumpelten vorbei, begleitet von fünfzehn Männern. Die letzten vier trugen Schwerter und waren aufmerksamer als der Rest.

Marshall und Rob beobachteten, wie sie sich entfernten. Endlich sagte der Mann aus London mit belegter Stimme: »Das werden zwei weitere Piratenschiffe, mit denen sie nächstes Frühjahr die englischen Küsten unsicher machen. Komm, mein Junge, steh auf. Wir wollen etwas Abstand zwischen sie und uns bringen.«

Als die Nacht anbrach, gab es immer noch keinerlei Hinweis auf ein Ende des Waldes. Unter seinem improvisierten Schutzdach aus Blättern und Zweigen träumte Rob von einer grün und blau geschlagenen Cat, einer toten Cat – gestorben an einer Krankheit, Hunger, Erschöpfung oder nach einem verrückten Fluchtversuch. Cat, in einer Lache von Unrat, Cat, enthauptet von einem halb nackten Wilden, der einen bluttriefenden Krummsäbel in der Hand hielt, Cat von zwei Pferden über den Boden geschleift, bis sie nicht wiederzuerkennen war, Cat, an einer Eisenspitze in einer Mauer hängend, blutige Tränen vergießend.

Im Morgengrauen erwachte er müde und stapfte hinter Marshall her durch die nicht enden wollenden, immer gleichen Bäume. Irgendwann am Nachmittag hob der Ältere plötzlich die Hand und deutete nach links. Robs Blick folgte seinem Finger. In einer sonnigen Lichtung lagen zwei Männer und schliefen mit über den Kopf gezogenen Kapuzen. Statt sich davonzustehlen, machte Marshall ihm ein Zeichen mitzukommen. Dann wandte er sich noch einmal zu ihm um, grinste und zog einen Finger über die Kehle.

Entsetzt begriff Rob, was er vorhatte, doch noch ehe er protestieren konnte, hatte sein Gefährte bereits die Waffe in dem

Mann versenkt, sie wieder herausgezogen und dasselbe bei dem zweiten Fremden wiederholt.

»Sie machen gern ein Nickerchen am Nachmittag«, erklärte Marshall. »Faulpelze.«

Rob sank auf die Knie. Er hatte noch nie gesehen, wie jemand einen Mann tötete, ganz zu schweigen von zweien, kaltblütig und im Schlaf. Die Galle kam ihm hoch, und er musste sich abwenden, um einen heißen Schwall zu erbrechen.

Marshall wischte das Schwert am Umhang des ersten Mannes ab und steckte es zurück in die Scheide. Dann fing er an, ihm die Djellaba über den Kopf zu ziehen, wobei zwei dürre Beine und eine ergraute Behaarung um das Geschlecht sichtbar wurden.

Rob starrte ihn voller Ekel an. »Das war Mord.«

»Du hast wohl nicht genug Mumm in den Knochen, was, mein Junge? Es wird Zeit, dass du dir über bestimmte Dinge klar wirst. Diese beiden hätten nicht gezögert, dasselbe mit dir zu tun, merk dir das. Und jetzt wisch dir den Mund ab und hilf mir. Wir nehmen ihre Kleider und alles, was wir gebrauchen können, klar?« Er legte den Kopf auf die Seite und betrachtete die beiden Leichen. »Du nimmst besser den da, er ist größer. Das ist das Gute an diesen Gewändern: Sie haben so eine Art Einheitsgröße. Bloß seine Schuhe werden dir nicht passen.«

»Ich trage nicht die Kleider eines Toten«, gab Robert störrisch zurück.

»Mach, was du willst. Heute Abend haben wir den Wald hinter uns. Wenn du Glück hast, schaffst du eine Meile, bevor dich eine Horde von Dorfbewohnern zu Tode steinigt. Du hast die Wahl.«

So kam es, dass wenig später zwei mit Djellaba und Turban bekleidete Gestalten aus dem Schutz des Marmora-Walds auftauchten und die eintönige Landschaft vor sich betrachteten. Beide saßen auf einem graubraunen Maultier.

Rob hatte darauf bestanden, seine eigene Kleidung unter der Djellaba anzubehalten. Er kam beinahe um vor Hitze und merkte bereits, wie ihn Flöhe und Läuse stachen, doch er ertrug diese Unannehmlichkeit mit stoischer Gelassenheit. Er hatte daneben gestanden und nichts unternommen, als zwei Menschen das Leben geraubt wurde; nun kam er sich innerlich ebenso schmutzig vor wie äußerlich.

Er war erstaunt, dass niemand sie beachtete, denn er spürte seine eigene brennende Schuld wie ein Leuchtfeuer, doch abgesehen von einer Horde zerlumpter Kinder, die ihre Maultiere mit Olivenkernen bewarfen, als sie durch einen staubigen Hain ritten, drehte sich kaum jemand nach ihnen um.

»Verdammte kleine Schmutzfinken«, murmelte Marshall vor sich hin. »Diese Leute vermehren sich wie die Karnickel, und dann lassen sie ihre respektlose Brut nach Belieben gewähren. Kein Wunder, dass sie alle zu Nichtsnutzen und Dieben werden. Der Fisch stinkt vom Kopf her, es ist immer dasselbe. In diesem elenden Land gibt es keine zentrale Gewalt. Es ist nichts weiter als ein gottverdammter Ameisenhaufen.«

»Sir Henry Marten hat mir gesagt, es gäbe einen Sultan, einen Moulay Soundso«, sagte Rob zögernd. »Er meinte, König Karl würde ihm einen Gesandten schicken, der sich für die Freilassung der Gefangenen einsetzt.«

Marshall lachte. »Moulay Zidane: König über einen Affenkäfig und einen Haufen Probleme, die meisten davon selbst verschuldet. Sein Vater war Al-Mansur, genannt der Siegreiche, weil er die Portugiesen aus Marokko vertrieben und sechzigtausend ihrer Soldaten getötet hat. Der Sohn kann ihm nicht das Wasser reichen: Er hat keine Moral und wird nicht respektiert, nicht mal von seinen eigenen Korsaren. Sie verweigern ihm seinen Anteil an der Beute und machen sich bei jeder Gelegenheit lustig über ihn. Deshalb wickeln wir unsere Geschäfte mit dem eigentlichen Machthaber ab.«

»Dann haben die Piraten einen König?«, fragte Rob. »Jemanden, den sie an die Stelle des Sultans gesetzt haben?«

»Die Piraterie ist eine komplexe Angelegenheit«, erklärte

Marshall und schnalzte mit der Zunge. »Im moralischen Sinne kompliziert, wenn du so willst.«

»Ich verstehe nicht, was an Diebstahl und Versklavung moralisch kompliziert sein soll.«

»Die Leute hier sehen das anders. Sidi Mohammed Al-Ayyachi ist ein bemerkenswerter Mann, einer, der großes Ansehen genießt und großen Einfluss ausübt und es geschafft hat, sich viele gleichgesinnte Verbündete zu machen. Er hat aus den unterschiedlichsten Gruppierungen eine ausgezeichnete Streitmacht aufgebaut – abtrünnige Schiffskapitäne aus sämtlichen Seefahrernationen Europas, religiöse Fanatiker, reiche Hornacheros, Morisken, die König Philipp aus Andalusien und Granada vertrieben hat – kurz gesagt, so gut wie alle, die aus irgendeinem Grund einen Groll auf das Christentum haben. Er spielt ein gerissenes Spiel: Einerseits propagiert er den heiligen Krieg, andererseits ermuntert er alle, die sich daran beteiligen, sich zu bereichern. Jedes geplünderte christliche Schiff mehrt den Wohlstand des Islams und trägt zum Ruhm ihres Gottes bei. Und wenn sie dazu Christen töten oder zwingen müssen, Türken zu werden, umso besser für die Kriegsanstrengungen. Hätten wir einen solchen König in England, hätten wir schon die halbe Welt erobert, denn er besitzt tausendmal mehr Charisma als dieser Dummkopf von Jakob oder sein aufgeblasener Sohn. Die alte Queen hätte sich mit Al-Ayyachi wunderbar verstanden. In vieler Hinsicht sind sie sich sehr ähnlich: Sie verstehen sich auf die Natur des Menschen und bedienen sich seiner Schwächen, um ihn wie einen Bauern auf dem Schachbrett der Geschichte zu bewegen.«

»Was für ein Gott ist das eigentlich, der so viel Blut und Gold als Opfergaben verlangt?«

Marshall wandte sich um und warf ihm einen mitleidigen Blick zu. »Na, derselbe wie unserer, Junge, der große Allmächtige. Sie haben nur einen anderen Namen für ihn und andere Rituale, um ihn zu verehren. Ansonsten gibt es nicht viel, was unsere Religionen voneinander trennt, wenn man von tausend Jahren Blutvergießen einmal absieht.«

Das war zu viel für Rob, der mittlerweile das Gefühl hatte, als stellte man seine gesamte Welt auf den Kopf. »Aber wenn wir alle demselben Gott dienen, warum bekriegen wir uns dann?«

»Warum bekriegen sich die Menschen? Aus Machtgier und um anderen die eigene Sichtweise aufzuzwingen. Mir persönlich ist das alles einerlei: Ich würde auch dem Teufel dienen, wenn es meinen Zielen förderlich wäre. Aber eines sage ich dir: Sobald wir den Fuß in dieses Piratennest setzen, hältst du lieber den Kopf gesenkt und lässt dir weder Ärger noch Respektlosigkeit anmerken, egal, was du denkst oder wie sehr man dich provoziert, sonst verlierst du nämlich Kopf und Braut auf einen Streich, und mir wären die Hände gebunden.«

So ritten sie durch die glühend heiße Landschaft, bis ein paar willkommene Wolken am Himmel aufzogen und ein leichter Regen einsetzte. Sie durchquerten eine große gelbbraune Wüste, in der es nur Felsen und verstaubte Büsche gab. Nach einer Weile stießen sie auf eine Reihe von niedrigen schwarzen Zelten. Das Vieh war in kleinen Gruppen in der Umgebung angepflockt, darunter auch hässliche Tiere mit Höckern, langen Hälsen und knotigen Knien. Neben den Zelten saßen Frauen und hüteten die Kinder, webten bunte Stoffe oder zerstießen das Getreide zwischen den Steinen. Eine von ihnen entdeckte die beiden Reisenden und kam mit klirrenden Arm- und Fußreifen aus Silber auf sie zugelaufen. Sie entsprach Robs Vorstellung von Exotik, die er an diesem abgelegenen Ort erwartet hatte, denn sie trug unzählige bunte Tücher um Kopf und Körper, die mit großen silbernen Broschen und Nadeln festgesteckt waren. Ihre Augen waren mit einem schwarzen Puder geschminkt, der ihr einen betörenden Blick verlieh; an Kinn und Stirn trug sie Tätowierungen, Hände und Füße waren mit braunen Mustern geschmückt.

Eine dieser Hände streckte sie ihnen jetzt flehend entgegen

und sagte etwas in einer fremden Sprache. Zu Robs Überraschung vertrieb Marshall sie nicht mit bösen Worten, sondern kramte in seinem Geldbeutel und drückte ihr eine der Münzen, die er den toten Männern abgenommen hatte, in die Hand. Noch erstaunlicher aber war, dass er einige Worte in einer hart klingenden Sprache an die Frau richtete und sie darauf antwortete.

»Komm«, sagte Marshall und stieg von seinem Maultier ab. »Heute werden wir gut essen und schlafen, und morgen sind wir in Salé.«

»Wer sind diese Leute?«, fragte Rob nervös. »Woher wisst Ihr, dass sie uns nicht mitten in der Nacht die Kehle durchschneiden und den Krähen zum Fraß überlassen? Und was sind das für grässliche Tiere, die sie da angepflockt haben?«

Marshall klopfte ihm auf den Rücken. »Sie sind Reisende, genau wie wir: Nomaden aus der Wüste im Süden. Sie folgen mit ihren Kamelen und ihrem Vieh den uralten Karawanenrouten, um ihre Waren und allerlei wertlosen Plunder zu verkaufen, den sie unterwegs aufgabeln. Hast du gesehen, wie viel Silber diese Frau trug? Mach dir keine Sorgen, diese Leute sind der Inbegriff der Gastfreundschaft. Genieß es – sie sind die letzten anständigen Menschen, denen du für eine Weile begegnen wirst.«

Rob beobachtete, wie die Sonne in einem goldenen Lichtmeer versank und einen violetten Streifen hinterließ, der bis weit in den dunkelnden Himmel reichte. Gleichzeitig leuchteten die Wolken im Süden bernsteingelb und rot auf, wie von einer inneren Glut erwärmt, die zu Asche zerfiel, als die Nacht hereinbrach und die Sterne erstrahlten. Er hatte sich den Magen mit einem wohl schmeckenden Eintopf vollgeschlagen, Ziegenfleisch, vermutete er, aber so gut wie jedes Lammfleisch, das er je im Leben gegessen hatte. Dazu hatte es weiche schwarze Früchte gegeben, die erst scheußlich ungewohnt waren und dann mit jedem Bissen köstlicher wurden, und flachen Broten, auf Steinen gebacken, die vom Feuer erhitzt wurden. Als er hörte, wie die Nomaden sangen und lachten, empfand er zum ersten Mal seit dem Aufbruch in London so etwas wie Ruhe und Zuversicht. Wie es schien, waren nicht alle Fremden Teufel; das Leben konnte schön sein, und solange Cat und er am Leben waren, gab es Hoffnung, dass alles gut wurde.

Am nächsten Morgen begleiteten vier Nomaden sie zu Pferd nach Salé. Sie hatten den Ziegenböcken die Beine gefesselt und sie wie Säcke quer über den Sattel gelegt. Die anderen würden gemächlicher mit dem Rest des Viehs und ihren Waren folgen. Rob hatte den Verdacht, dass Marshall ihnen dafür etwas Geld zugesteckt hatte – eine Gruppe von Nomaden, die in die Stadt geritten kam, würde erheblich weniger Aufmerksamkeit erwecken als zwei einsame Reisende, von denen einer ungewöhnlich groß war und leuchtend blaue Augen hatte.

Innerhalb einer Stunde nahm das Treiben auf der Straße erheblich zu. Bauersfrauen zogen mit riesigen Körben voller Kräuter auf dem Rücken, die sie mit Lederschlaufen um die Stirn befestigt hatten, Richtung Stadt. Bauern schoben mit Gemüse beladene Karren, Mädchen in schwarzen Gewändern balancierten unsicher auf Eseln, nicht rittlings wie ein Mann, und auch nicht im Damensitz wie englische Frauen, sondern auf einer einfachen Decke, sodass beide Füße gegen die Flanken des Tiers schlugen. Hin und wieder stürmten ihnen bewaffnete Reiter entgegen und riefen den anderen zu, aus dem Weg zu gehen, was sie auch taten, und zwar mit einem solchen Eifer, dass ein Karren im Graben landete und Rüben und Kartoffeln in alle Himmelsrichtungen rollten. Wenn in England so etwas passierte, machten die Umstehenden sich über den Pechvogel lustig und gingen lachend weiter; hier aber bückten sich Männer, Frauen und Kinder gleichermaßen nach dem verstreuten Gemüse und gaben es lächelnd und grüßend seinem Besitzer zurück.

Je näher sie der Stadt kamen, umso mehr veränderte sich erneut die Landschaft. Aus der verbrannten Einöde – die Marshall als *bled* bezeichnete und die so aussah, als wäre alles Leben aus ihr gewichen – wurde fruchtbares, grünes Land mit Bäumen und schmalen Feldern. Neben der Straße saßen Frauen zwischen Pyramiden von Früchten, die Rob noch nie gesehen hatte.

»Granatäpfel, mein Junge«, erklärte Marshall ihm. »Die Frucht des Lebens und Persephones Ruin!« Rob konnte mit beiden Bemerkungen nichts anfangen.

Ein Nomade löste sich aus der Gruppe und kam einen Augenblick später mit einem solchen Granatapfel zurück. Marshall warf ihn Rob zu. »Da, versuch mal. Das wird dich eine Weile beschäftigen.«

Als er die Frucht mit einem Messer zerteilte und hineinbiss, füllte sich sein Mund mit schrecklich bitterem Fruchtfleisch, worauf sich die Nomaden vor Lachen kaum halten konnten, doch dann entdeckte er die Samen, die kleinen Rubinen gleich in der Sonne funkelten. Rob pickte eine Hand voll davon heraus und steckte sie in den Mund. Die Süße auf seiner Zunge war so unerwartet und sinnlich, dass er fast von seinem Maultier gefallen wäre. Ob diese Früchte auch in Cornwall wachsen würden? Falls ja, so schwor er sich, würde er sein ganzes Leben lang keinen Apfel mehr essen.

Endlich tauchten die ockergelben Festungsmauern der Stadt vor ihnen auf. Die Straße führte sie auf ein gewaltiges, bogenförmiges Tor zu, das von Männern in staubigen blauen Gewändern bewacht wurde. Sie hatten ihre Pluderhosen in die Stiefel gesteckt, und ihre Turbane waren so weiß, dass sie das Auge blendeten. »Mach es wie ich und halt den Kopf gesenkt«, mahnte Marshall noch einmal. »Aber vor allem halt den Mund, selbst wenn du angesprochen wirst.« Dann schlang er seinen Turban so ums Gesicht, dass die Augen in tiefen Schatten lagen und man nur ihr Funkeln sah. Rob folgte seinem Beispiel.

Er sah nur ein einziges Mal auf, als sie auf das Tor zuritten, um einen flüchtigen Blick auf eine Reihe von gewaltigen Bronzekanonen zu werfen, die auf der zinnenbewehrten Mauer über ihnen standen und aufs Meer gerichtet waren. Teure Kanonen europäischer Bauart. Das war es also: das Piratennest, die Stadt, in die Catherine über das weite Meer hinweg verschleppt worden war. Er kauerte sich zusammen, um seine breiten Schultern zu verbergen und starrte stur auf die struppige Mähne des Maultiers, während der Schatten des Tors über ihn fiel. Die Nomaden schwatzten eine Weile mit den Wachen und winkten sie dann plötzlich durch das Tor in das große brodelnde Durcheinander eines Platzes, wo sich alle möglichen unappetitlichen Gerüche gegenseitig zu überbieten schienen und unzählige Menschen auf die Souks zudrängten.

Hier verabschiedeten sie sich von ihrer Nomaden-Eskorte. Rob sah ihnen nach und hätte sie beinahe beneidet, als sie weiterzogen, um ihre Ziegen und Waren an den Mann zu bringen.

Sie ließen ihre Maultiere zwischen Hunderten von anderen stehen, die an Pfosten unweit der Tränken angezurrt waren, und tauchten in die Menge in den verschlungenen, mit Schilf gedeckten Gassen des Souks ein, wo die Sonne hübsche, komplexe Spinnennetze von Licht und Schatten auf den Boden warf. Unzählige Füße trampelten achtlos darüber hinweg. »Die *kissaria*«, erklärte Marshall. »Ein überdachter Markt. Ich kenne jemanden am anderen Ende. Bleib dicht bei mir: Wenn du hier abgedrängt und von mir getrennt wirst, verirrst du dich in Sekundenschnelle.«

Rob rempelte die Menschen an oder schob sie gar beiseite, so bemüht war er, mit Marshall Schritt zu halten, der sich mit gesenktem Kopf wie ein Bulle einen Weg durch die Masse bahnte. Am Ende klammerte er sich an die Djellaba seines Landsmanns, als ginge es um sein Leben, wie ein Kind an den Rockzipfel seiner Mutter. Der Markt flog in einer Folge traumartiger Bilder von schnurrbärtigen Fischen und bunten Gewürzen, Hühnerverschlägen, Eidechsen und Schlangen, Ballen von Seide, Säcken voll Wolle, Messing, Glas und Silber an ihm vorbei, und überall riefen raue Stimmen in einer Sprache, von der er kein Wort verstand. Das alles machte ihn so schwindlig, dass ihm übel wurde.

Schließlich bogen sie von der Hauptstraße nach links in eine kleine Seitengasse ab, bis der Lärm des Souks verebbte und Marshall seine Schritte verlangsamte. Rob merkte, dass er keuchte und nach Schweiß roch. Angst: Es war ein durchdringender Geruch, den er nur allzu gut kannte, und das erfüllte ihn nicht gerade mit Zuversicht. »Und jetzt?«, fragte er.

»Jetzt gehen wir zum Haus eines Mannes, der jemanden kennt, der uns zu einer Audienz bei Sidi Al-Ayyachi verhelfen kann. Dieser Mann und ich haben schon früher Geschäfte gemacht, aber er wird nicht erfreut sein, dass ich jemanden mitbringe, der so auffällt wie du. Wenn er fragt, werde ich behaupten, dass du mein jüngerer, zurückgebliebener Bruder bist. Falls du dein Gesicht entblößen musst, lass die Zunge raushängen und versuch zu schielen. Sie würden dich umbringen, wenn sie eine Gefahr in dir sähen.«

So wie du die Männer im Wald, dachte Rob, sagte aber nichts. Er nickte und übte das Schielen.

Marshall grinste. »Perfekt. Du könntest überall auf der Welt als Idiot durchgehen.«

Er klopfte an eine mit Nägeln beschlagene Tür. Nach einer Weile tat sich eine rechteckige Luke in der Tür auf, und Rob erblickte flüchtig ein verschrumpeltes braunes Gesicht im Schatten auf der anderen Seite. Marshall sagte etwas, dann öffnete sich die Tür, und er stieß Rob in den Rücken. »Na los, mach schon!« Plötzlich stand er im Innern des Hauses, und der kleine Fremde starrte zu ihm auf. Wie auf ein Stichwort wickelte Rob den Turban vom Gesicht und zog die abscheulichste Fratze, die er zu Stande brachte. Der Mann wich zurück und machte das Zeichen von Fatimas Hand, um den bösen Blick abzuwehren.

Marshall und er wechselten einen Schwall von gutturalen Lauten, dann wandte sich sein Gefährte zu ihm um. »Das reicht. Es hat geklappt. Jetzt komm mit.«

Man führte sie in ein kühles Zimmer, wo eine dunkeläugige, misstrauische Frau ihnen Tee servierte und dann wegrannte, bevor Rob sie mit seinem abstoßenden Gesicht verfluchen konnte.

Hier saßen sie so lange, dass es ihnen wie eine Ewigkeit erschien. Jedes Mal, wenn Rob etwas sagen wollte, legte Marshall den Finger auf den Mund und deutete schweigend auf die Tür. *Spione*, formten seine Lippen. Schließlich verhüllte Rob sein Gesicht, lehnte sich gegen die Wand und schlief ein.

Endlich hörte man Stimmen im Gang. Als ein Mann das Zimmer betrat, stand Marshall auf. Er war jünger und sah gefährlicher aus als der erste. Er hatte helle Haut und einen abstehenden schwarzen Bart. Rob fiel auf, dass er sowohl ein Schwert wie auch einen Dolch bei sich führte und zu wissen schien, wie man damit umging. Eine formelle Begrüßung fand nicht statt. Der jüngere Mann wirkte nervös und misstrauisch. Er stieß Rob mit dem Fuß an. »Setz dich gerade, Robert«, befahl Marshall. »Mein armer närrischer Bruder«, sagte er und wandte sich achselzuckend wieder dem Neuankömmling zu. »Es gab niemanden, in dessen Obhut ich ihn hätte zurücklassen können.«

Der Mann beugte sich vor und riss Rob mit einem Ruck den Turban ab. Der war so schockiert, dass er volle zwei Sekunden brauchte, um sich an seine Narrenrolle zu erinnern, doch da war es schon zu spät. Der Mann schlug ihm fest ins Gesicht, und Rob starrte ihn an, empört und benommen angesichts dieses unerwarteten Gewaltausbruchs. »Offenbar hat Hassan bin Ouakrim Wunderkur gewirkt«, sagte der Mann zu Marshall. »Ich glaube nicht, dass dieser Mann ist wirklich Narr.« Dann zog er seinen Dolch – im gedämpften Licht des Salons glänzte die gebogene Klinge – und richtete die Spitze auf Rob. »Wer ist er, und warum hast du ihn mitgebracht? Ist nicht dein Bruder – zu bleich, zu rosig, wie schmutziges Schwein, und die blauen Augen hat er vom Teufel. Sprich die Wahrheit, oder ich schlitze Kehle auf.«

»Er heißt Robert Bolitho. Er ist hier, um seine Frau zu befreien, die in diesem Sommer in Cornwall von Piraten entführt wurde.«

Der andere lachte. »Al-Andalusis Trophäen, ja! Christliche Frauen wurden verkauft wie Vieh im Souk el-Ghezel, und wir haben gelacht!«

Rob ballte seine Fäuste so stark, dass er Angst hatte, die Knöchel könnten unter dem Druck zerspringen. Er brauchte seine ganze Willenskraft, um nicht die Beherrschung zu verlieren. »Ich kann für mich selbst sprechen«, sagte er dann, so ruhig wie möglich. »Eine dieser gefangenen Frauen ist meine Braut, meine ... äh ... zukünftige Frau, Catherine Anne Tregenna. Sie hat langes Haar, rot, bis hier –« Er deutete auf seine Taille. »Dieselbe Farbe wie das –« Und damit näherte er die Hand einem lohfarbenen geflochtenen Gürtel, den der andere Mann trug.

Auf der Stelle sauste der Dolch herab und streifte Robs Hand. Er stieß einen Schmerzensschrei aus.

»Lass deine ungläubigen Finger von mir! Zurück, du Hund, na los!«

Innerlich vor Wut schäumend gehorchte Rob. Marshall betrachtete ihn mit geschürzten Lippen und zusammengekniffenen, zornigen Augen. »Ich bitte um Verzeihung für die Unhöflichkeit meines Gefährten, Sir. Er ist nur ein hitzköpfiger Junge, der den langen Weg über das Meer auf sich genommen hat, weil er hoffte, einen Handel mit Eurem ehrenwerten Herrn zu machen und seine Geliebte zu befreien. Ich selbst habe ein paar private Geschäfte mit dem Sidi vor, Geschäfte, die Euren Herrn sehr glücklich machen werden, wie ich Euch versichern darf. Also steckt Euren Dolch wieder ein und lasst uns über diese Dinge reden wie Brüder.«

Hassan bin Ouakrim sah ihn durchdringend an, dann steckte

er den Dolch in die Scheide. »Ihr habt Glück, Aziz hat mich gefunden – andere hätten getötet euch beide. Ich war nie Freund von ungläubigen Hunden, aber ich weiß, dass du letztes Frühjahr gute Geschäfte mit Sidi gemacht hast. Kommt.«

Sidi Mohammed Al-Ayyachi war ganz und gar nicht so, wie Rob sich einen Anführer Furcht einflößender Piraten vorgestellt hätte, und auch sein Haus war keineswegs so prachtvoll oder imposant, wie es einem Mann geziemte, dessen Anhänger die Schätze Tausender fremder Schiffe geraubt und deren Mannschaften für unglaubliche Preise weiterverkauft hatten. Im Gegenteil, es wirkte eher alt und verbraucht wie der Mann selbst, allerdings makellos sauber. Sidi Mohammed hatte sich gerade zum Mittagessen in eine kleine Kammer setzen wollen, die nur mit einem niedrigen Tisch und ein paar Schilfmatten auf dem Boden ausgestattet war. Sein Gewand war genauso weiß wie sein wallender Bart, sodass die einzige Farbe an ihm das runzlige, sonnenverbrannte Gesicht, die Hände und die funkelnden schwarzen Augen waren. Geschmeidig wie ein junger Mann erhob er sich, als sie eintraten, und verbeugte sich tief vor ihnen, wobei Marshall und er fromme Begrüßungsformeln murmelten. Der Engländer verbeugte sich ebenfalls und bedeckte die Hände des alten Mannes seltsamerweise mit Küssen. Noch merkwürdiger aber war, dass der Sidi daraufhin die Schultern des früheren Schauspielers küsste, als wäre er ein lange verloren geglaubter Freund.

»Salaam, Sidi Mohammed, mögen Eure Wege gesegnet sein.«

»Möge der Segen Allahs mit allen sein, die an seinen Propheten glauben. Dank sei ihm, denn er hat dich heil und gesund zu uns geführt, William Marshall. Und auch deinen jungen Freund hier.« Er deutete würdevoll auf Rob, der ihm steif zunickte.

»Erzähl, welche Wunder du mir diesmal mitgebracht hast«, sagte Sidi Mohammed, beugte sich vor und richtete seine neugierigen Augen auf Marshall. »Weitere Christen für unsere Bestrebungen? Mir scheint, dass dieser junge Mann das Ruder mit größter Leichtigkeit führen könnte. Bei Allah, er ist so kräftig, dass er vermutlich eine Galeere ganz allein rudern könnte! Gehört er zu der Ware, die du mir bringst, Master Marshall?«

»Leider nicht, Herr. Mein junger Begleiter ist Robert Bolitho aus dem Land Cornwall, wo Euer kühner Kapitän, Al-Andalusi Raïs zu Anfang des Jahres so viele christliche Gefangene gemacht hat.«

»Ah, unser Diener Qasem bin Hamed bin Moussa Dib, ein tapferer Gotteskrieger, möge ihm ein langes und reiches Leben beschieden sein, damit auch alle anderen von seinen rechtschaffenen Taten profitieren, *insha'allah*. Allah sei gelobt. *Alhamdulillah*.«

»*Allahu akbar*«, stimmte Marshall zu und senkte den Kopf. »Lob sei dem Allmächtigen und denen, die ihm dienen. Aber wir haben Euch gestört, Herr. Gestattet, dass wir uns zurückziehen, sodass Ihr in Ruhe essen könnt.«

Der alte Mann schüttelte ungeduldig den Kopf. »Nein, William Marshall, nein. Setz dich und iss mit mir. Und der junge Robert Bolitho auch, nehmt Platz, meine Brüder, ich bitte euch. Hassan, sag Milouda Bescheid, dass sie Brot für alle bringt und Wasser, damit unsere Brüder sich erfrischen können.«

Eine Frau kam mit einer Schüssel, einem Krug und zwei Tüchern aus Baumwolle zum Abtrocknen. Der Sidi persönlich goss ihnen das mit Rosenessenz parfümierte Wasser über die Hände. Dann wartete er, bis die Frau die Schüssel abgeräumt hatte und mit Brot, Oliven und einem schweren Tongefäß wiedergekommen war. Als er den Deckel hob, stieg ihm eine dicke Dampfwolke ins Gesicht.

»Ah, Hähnchen-Tajine mit Zitrone. Gott meint es gut mit mir.« Er schob den Brotkorb quer über den Tisch zu Marshall und Rob. »Esst, ich bitte euch. Ist deine Familie bei guter Gesundheit, Master Marshall? Deine Frau, deine Söhne, deine Mutter?«

Rob war erstaunt. So viel Zeit hatten sie miteinander verbracht, doch nicht ein einziges Mal hatte Marshall die Existenz einer Familie erwähnt. Soweit Rob wusste, hätte sein Begleiter auch Junggeselle sein können oder Witwer und obendrein Waise.

Marshall beantwortete die Fragen des Marabouts ausführlich und erkundigte sich dann nach der Gesundheit des alten Mannes.

»Ich bin nach wie vor rüstig, *hamdullah*, obgleich ich mir sicher bin, dass es viele Menschen in deinem Land gibt, die sich das Gegenteil wünschen. Ich glaube, dein Master Harrison war sehr enttäuscht von mir, als er hier war. Andererseits ...«, und er breitete entschuldigend die Arme aus, »... andererseits hat er mir nicht das gebracht, worauf ich hoffte, obgleich ich ihm einen hohen Preis geboten hatte. Doch vielleicht war die Zeit noch nicht reif, und Allah hat es anders gewollt.«

Eine Weile aßen sie schweigend, dann sagte Marshall plötzlich: »Eure Netze haben Euch dieses Jahr viele neue Gefangene eingebracht, wie ich hörte. Gefangene von nah und fern.«

Die schwarzen Augen des Sidi hoben sich von dem Hähnchenschenkel, den er in der Hand hielt. »In der Tat, Allah war sehr weitblickend, als er uns tüchtige Kapitäne, tapfere Mannschaften und gutes Wetter für unsere Schiffe schenkte. Vierhundertdreiundzwanzig christliche Seelen für unsere Sache«, antwortete er ruhig.

Marshall lächelte. »Eine gute Leistung für einen Sommer Arbeit, Sidi. Doch vielleicht wäre der Sache des Herrn mit nur vierhundertein- oder -zweiundzwanzig ebenso gedient?«

»Wie soll ihm damit ebenso gedient sein? Vierhundertein- oder -zweiundzwanzig ist nicht dasselbe wie vierhundertdreiundzwanzig. Die Waagschalen sind nicht ausgeglichen. Eine würde ihr Maß unterschreiten, und das wäre in Allahs Augen unverzeihlich.«

»Wäre es möglich, den Unterschied mit Eisen und Bronze auszugleichen?«

Sidi Mohammed zögerte. »Wie soll man eine Seele mit unedlem Metall aufwiegen können, Master Marshall? Das wäre doch so, als wollte man Federn und Steine vergleichen.«

»Vielleicht. Aber eine Tonne Federn ist dasselbe wie eine Tonne Steine.«

»Vom Gewicht her, ja, nicht aber vom Wert.«

»Was, wenn die Bronze von bester europäischer Machart wäre, und es gäbe so viel Eisen dazu, dass es für ein ganzes Jahr reichte?«

Die Lippen des Marabouts zuckten. Er griff nach dem Hähnchenschenkel und nagte den letzten Fetzen Fleisch ab. Seine Zähne waren so scharf und gelb wie die einer Ratte. »Es würde natürlich von der Qualität der Bronze und des Eisens abhängen und von dem, was man sonst noch in der Waagschale fände.«

William Marshall fuhr mit der Hand in den Kragen seines Gewandes und zog eine Pergamentrolle hervor. Die reichte er dem Marabout, der sie entgegennahm, nachdem er sich sorgfältig die Finger an einem Tuch abgewischt und Allah sein Dankgebet gesprochen hatte. Dann überflog er mit reglosem Gesicht den Inhalt. »Ich weiß, dass unsere Kultur das Verhandeln in den Mittelpunkt ihrer Geschäfte stellt, doch ich selbst finde es eher ermüdend, zu feilschen. Was ich hier sehe, ist höchst akzeptabel. Spanisches Gold haben wir reichlich, englisches auch, wenngleich es mehr sein könnte … praktisch für deinen Herrn, aber natürlich brauchen wir einen Beweis für die Funktionstüchtigkeit deiner Ware, bevor wir den Handel besiegeln.«

Marshall nickte zustimmend. »Ganz, wie Ihr wünscht, Sidi.«

»*Insha'allah*. Euer Schiff ist … wo, genau?«

»In Sehweite eines verabredeten Signals. Es wird einlaufen,

wenn ich es rufe, und Ihr könnt ein Boot mit vertrauenswürdigen Männern an Bord entsenden, um die Ladung zu überprüfen.«

Der Marabout warf Hassan bin Ouakrim quer über den Tisch einen Blick zu, und dann unterhielten sich die beiden eine Zeit lang rasch in ihrer Sprache. Zuletzt sagte Sidi Mohammed: »Hassan erzählt mir gerade, dass der Junge, den du mitgebracht hast, beabsichtigt, seine Frau zurückzukaufen?«

Rob straffte die Schultern und versuchte, sich keinerlei Hoffnung anmerken zu lassen.

Marshall zuckte mit den Schultern. »Sie ist ein wertloses Weibsstück, und bislang sind sie nicht einmal verheiratet, aber der Junge ist entschlossen, er will sie unbedingt zur Frau nehmen. Ich kann mir nicht vorstellen, dass sie Eurer Sache besonders dienlich sein wird, Sidi. Wenn Ihr es so einrichten könntet, dass das Mädchen in unseren Handel eingeschlossen wird, würdet Ihr diesem armen Jungen einen großen Gefallen tun.«

»Und Matty«, fuhr Rob schnell dazwischen. »Matty Pengelly.«

Marschall warf ihm einen giftigen Blick zu. »Halt den Mund, Rob.«

Sidi Mohammed wirkte gekränkt. »Will der Junge etwa um Seelen feilschen? Du solltest ihm sagen, dass es um Geschäfte geht, die man besser den Älteren und Weiseren unter uns überlässt, und dass ich nur mit Männern verhandele, die ich gut genug kenne, um ihnen zu vertrauen. Es schmerzt mein Herz außerordentlich, dass ich nicht im Stande bin, deinen Wunsch zu erfüllen, Master Marshall, doch Hassan hat mir erzählt, dass das Mädchen mit dem Haar wie Feuer bereits an einen Herrn verkauft wurde, der sehr viel mehr für sie bezahlt hat, als ihr ihm möglicherweise erstatten könnt.«

Rob rappelte sich von seinem Platz am Tisch hoch. Im gleichen Augenblick sprang auch Hassan auf, und seine Hand fuhr zum Griff seines Dolchs. »Ich habe Geld!«, rief Rob. Er zog den

Beutel mit dem gesammelten Gold aus der Tasche und warf ihn auf den Tisch. Beim Aufprall klirrte sein Inhalt vernehmlich.

Der Marabout starrte ihn an, als hätte Rob ihm einen toten Hund vor die Füße geworfen. Dann wandte er sich an Marshall: »Mir ist klar, dass er noch jung und unreif ist, aber du bist verantwortlich für seine Manieren, Master Marshall, und die lassen erheblich zu wünschen übrig. Er hat mich zutiefst beleidigt. Vielleicht sollte ich euch beide in Ketten legen lassen und Hassan mit Al-Andalusi losschicken, um euer Schiff und seine Mannschaft von Ungläubigen abzuholen. Wie viele Seelen würde das wohl für unsere Sache einbringen? Sechzig, achtzig oder gar einhundert? Zu meinen Lebzeiten allein haben die Korsaren und ich dem Teufel 7643 Christen übergeben, und ich würde gerne runde zehntausend daraus machen, bevor ich sterbe. *Alhamdulillah*.« Er hielt inne, fuhr sich mit beiden Händen über das Gesicht, küsste die Handflächen und legte sie auf sein Herz. »Dieses Haus verfügt über einen besonders schönen, symmetrisch angelegten Innenhof. Hier herrscht vollkommene Ruhe. Es ist ein perfekter Ort, um die Aufmerksamkeit von den komplexen Angelegenheiten der Welt auf die Schlichtheit der spirituellen Wahrheit zu lenken. Im Zentrum meines Hofes habe ich einen Brunnen aufstellen lassen, der aus den Schädeln mehrerer Nazarener besteht. Ich finde großen Gefallen daran, ihn jeden Tag nach dem Morgengebet zu betrachten, um seine subtile Beziehung zwischen Form und Funktion zu bewundern. Wasser klingt ganz besonders hübsch, wenn es durch die Augenhöhle eines toten Ungläubigen plätschert, Master Marshall. Vielleicht hast du Lust, mir bei meiner Kontemplation Gesellschaft zu leisten? Ich denke, ich könnte noch ein Plätzchen für einen weiteren Schädel in der Mitte finden.«

Marshall wurde leichenblass. »Nein, Sidi, ich bitte Euch. Vergesst die Gefangenen. Sie sind keine Voraussetzung für unseren Handel. Die vier Kanonen, über die Ihr verfügen werdet, haben so viel Kugeln und so viel Pulver, wie Ihr braucht. Überdies sind sie von höchster Qualität, wie Ihr sehen werdet – darauf gebe ich Euch mein Wort. Und ihre Herkunft ist besonders interessant. Ich glaube, dass Ihr die Ironie zu schätzen wisst, denn sie wurden auf Kosten der Krone zur Verteidigung der kornischen Küste geschmiedet, Herr. Sie waren für die Wiederbewaffnung von Pendennis Castle und St. Michael's Mount bestimmt. Sir John Killigrew empfiehlt sie Euch und lässt Euch ausrichten, dass Eure Korsaren ihnen und der verdammten Bevölkerung von Cornwall höchst willkommen seid.«

Sidi Mohammed Al-Ayyachi nickte würdevoll. »Eine Ironie des Schicksals, in der Tat. Bitte übermittle Sir John meinen Dank.« Er berührte sein Herz. Dann beugte er sich vor, ergriff den Beutel, den Rob auf den Tisch geworfen hatte, und wog ihn nachdenklich in der Hand. »Dies fühlt sich ganz so an, als könnte es dem Preis einer christlichen Seele entsprechen. Schließen wir unser Geschäft ab, Master Marshall.« Rasch und kräftig wie eine Kobra warf er dem Engländer den Beutel zu.

Überrascht versuchte Marshall ihn aufzufangen. Das Gold fiel heraus und rollte durch das ganze Zimmer, wo es im Schein der Sonne, die durch ein hochgelegenes Fenster hereinfiel, funkelte und glänzte.

»Vier Kanonen, so viele Kugeln und so viel Pulver, wie wir brauchen, und diesen tapferen jungen Mann für unsere Galeeren.«

Robert spürte, wie ihm der Schreck in die Knochen fuhr. »Was? Nein!«

Er starrte den Marshall mit vor Grauen aufgerissenen Augen an, doch der lag schon auf den Knien und sammelte die Münzen ein.

NEUNUNDZWANZIG

Robert war in den dreiundzwanzig Jahren seines Lebens keinen einzigen Tag krank gewesen. Er war den Pocken entkommen, der Pest und dem Scharlach. Die jahrelange Arbeit auf dem Land hatte seine Muskeln gestählt und aus dem schlaksigen Jungen einen kräftigen Mann gemacht. Mit knapp zwei Metern Größe überragte er die meisten anderen in seiner Umgebung, und mit seinen leuchtend blauen Augen, der hellen Haut und dem strohblonden Haar war er ein solch stattlicher Vertreter Adams, wie man sich nur vorstellen kann.

In der Sklaverei der Barbaren sollte sich dieser Vorteil bald als Fluch erweisen.

Rob wurde splitternackt ausgezogen und von Kopf bis Fuß untersucht, einschließlich der Zähne. Dann drückte man ihm ein Bündel in die Hand, mit einer Decke, einer kurzen Jacke mit Kapuze, einem kragenlosen Hemd und einer Pluderhose mit weiten Beinen. Ein Schreiber trug seinen Namen, so gut er ihn verstand, in eine Liste ein. Anschließend wurde er in einen der Sklavenkerker gebracht, *mazmorra* genannt, wo er auf hundert oder mehr Leidensgenossen stieß, die wie er in eine dunkle, stinkende und enge Zelle gesperrt waren. Männer stöhnten und wimmerten, kauerten stumm und gebrochen am Boden oder fluchten und randalierten in einem Dutzend verschiedener Sprachen.

Mitten in der Nacht weckte man ihn und die anderen neuen Gefangenen und brachte sie zu einem Schmied, der ihnen mächtige Fußschellen aus Eisen anlegte, ohne sich darum zu kümmern, ob er mit seinem schweren Hammer Eisen oder

Knochen traf. Bei dieser letzten Demütigung brach einer der Männer in heftiges Schluchzen aus: Die Fessel war die endgültige Bestätigung dafür, dass sie keine Menschen mehr waren.

Robert Bolitho war, ohne dass er davon wusste, in die Liste der zukünftigen Ruderer eingetragen worden, doch da die Saison noch nicht begonnen hatte, wurde er bis dahin als Steineklopfer eingesetzt. Diese Arbeit gehörte zu den härtesten überhaupt, die nur von den kräftigsten Gefangenen bewerkstelligt werden konnte. Seinen Wächtern fiel er schon auf, als sie ihn in das erste harte Morgenlicht stießen und er blinzelte.

»Der könnte drei Monate durchhalten«, erklärte einer der Aufseher.

»Wenn er das schafft, kriegst du von mir ein Huhn.«

Der Aufseher starrte ihn eiskalt an. »Der Koran verbietet das Glücksspiel, Ismael. Gib Acht, sonst endest du genauso wie sie.«

Mehr als vier Monate, nachdem Robert Bolitho zur Arbeit im Steinbruch verurteilt worden war, wo er mit nichts als ein paar groben Werkzeugen und roher Gewalt gewaltige Steinbrocken aus dem Fels hauen und dann mit Hilfe von Schlitten und Tauen zwei Meilen bis zur Küste schleppen musste, war er entgegen allen Voraussagen immer noch am Leben.

Rob hatte gesehen, wie Männer zu Dutzenden zusammenbrachen und starben, aus Erschöpfung und Unterernährung, blutig gepeitscht oder von der Sonne in den Wahnsinn getrieben. Einmal war ein Gefangener Amok gelaufen und hatte versucht, einen der Aufseher zu ermorden. Er war auf der Stelle exekutiert worden; man hatte ihm ohne Vorwarnung den Kopf abgeschlagen, und der Körper war grotesk und kopflos noch zwei Schritte weitergestolpert, bevor er zu Boden sank. Der Kopf war den Hügel hinabgerollt. Niemand hatte sich die Mühe gemacht, ihn zurückzuholen. Andere waren an verseuchtem Wasser, noch andere an Scham und Verzweiflung gestorben.

Und die ganze Zeit, während sich die Hanfseile in sein Fleisch schnitten und eiternde Striemen hinterließen, die Eisenschelle die infizierten Wunden an seinem Knöchel aufscheuerte, während sein Rücken von Peitschenhieben gezeichnet wurde, seine Muskeln protestierten, wenn er mit einem Hammer gegen den unerbittlichen Felsen vorging, während sich das Ungeziefer in seinem Haar einnistete und an seiner Haut gütlich tat, lebte Rob weiter. Immer wenn er dachte, er könnte nicht mehr, erinnerte er sich an Cat, wie sie auf dem uralten Thron auf Castle an Dinas saß, wie ihr fuchsrotes Haar im Wind flatterte, und zwang sich, durchzuhalten.

Es gab Tage, an denen er vergaß, wie der Ausblick von Kenegie gewesen war, den er so sehr geliebt hatte; Tage, an denen er nicht mehr wusste, wie er hieß. Aber er vergaß nie, welche Schattierung Catherine Anne Tregennas Augen hatten oder den sanften Schwung ihres Mundes, wenn sie lächelte.

DREISSIG

Anschließend wurde ich vom Haus des Sidi in einen Kercker geworfen, mazmorra genannt. Er lag unter der Erde, sodaß nur wenig Licht durch eine schmale Ritze fiel & dort sah ich ein wahres Bild von Elend & menschlichem Leit – hundert armselige Unglückliche in Lumpen & Dreck, manche abgemagert bis auf die Knochen, schwach von Kranckheit & Mangel an Ernehrung …

Entsetzt legte ich den Brief auf den Tisch und schaute zu Idriss auf. »Wurden die Gefangenen wirklich unter solch entsetzlichen Bedingungen gehalten?«

»Ich glaube schon. Es gab so viele Sklaven, dass man einen Aufstand befürchten musste, wenn man sie bei Kräften hielt und in normalen Gefängnissen unterbrachte.«

»Was für grausame Zeiten und was für barbarische Menschen!«

»Und natürlich würde heute niemand mehr Gefangene so quälen oder ihre Menschenrechte so offensichtlich mit Füßen treten, wie? Guantanamo Bay möchte ich gar nicht erst erwähnen. Oder die brutale Versklavung der Afrikaner durch Briten, Spanier, Portugiesen und Amerikaner …« Er zählte sie an den Fingern ab.

»Ich verstehe, was du meinst«, sagte ich und zwang mich zu einem Lächeln.

Wir saßen im Speisesaal eines Restaurants mit wunderschönem Innenhof, das Freunden von Idriss gehörte. Wir hatten Taubenpastete und Fisch-Brochettes gegessen und uns diskret eine Flasche des guten Rosés aus der Gegend geteilt. Entweder hatte der Wein oder der Inhalt der uralten, vergilbten Blätter uns ein wenig benebelt.

»Khaled wird absolut begeistert sein«, sagte Idriss plötzlich. »Seit Jahren recherchiert er über Sidi Al-Ayyachi, aber ich glaube nicht, dass er je eine Quelle gefunden hat, die den Mann so persönlich oder, wie ich glaube, akkurat beschrieben hat.«

»Er scheint ein echtes Ungeheuer gewesen zu sein.«

»Helden oder Schurken – in Wirklichkeit sind sie alle Ungeheuer.« Idriss lächelte. Er klopfte eine seiner allgegenwärtigen Zigaretten auf die Handfläche, betrachtete sie einen Augenblick und steckte sie in die Schachtel zurück. Dann schloss er diese und schob sie mit einer entschiedenen Geste beiseite. »Es wird Zeit, eine schlechte Angewohnheit aufzugeben«, sagte er.

»Einfach so?«

»Einfach so.«

»Du scheinst dir ja sehr sicher zu sein.«

»Es gibt einige Dinge im Leben, über die ich mir sehr sicher bin.« Dabei sah er mich so eindringlich an, dass mir schwindlig wurde.

Genau in diesem Augenblick stieß einer der vielen Kellner, die uns den ganzen Abend höflich und unaufdringlich bedient hatten, eine kleine Vase im Hof um, und es folgte ein ziemlicher Tumult, als einer die verstreuten Rosen aufsammelte, ein anderer das Wasser aufwischte und ein Dritter losrannte, um Schaufel und Besen zu holen. »Wir sollten gehen«, sagte ich und sah auf die Uhr. Kurz nach elf. In meinem erschöpften Kopf fühlte es sich an wie drei Uhr morgens.

»Willst du den Brief nicht zu Ende lesen?«

»Ich bin todmüde. Wir lesen ihn morgen weiter. Oder übermorgen, wenn du nichts dagegen hast, dass ich noch etwas länger bleibe.« Außerdem brauche ich etwas Zeit für mich, dachte ich, um über diesen ziemlich ungewöhnlichen Tag nachzudenken. In sehr kurzer Zeit war eine Menge passiert. Nicht zuletzt der Kuss, den er mir in der Gasse gegeben hatte.

Idriss strahlte. »Ich hatte gehofft, dass du das sagen würdest. Unser Haus ist dein Haus, so lange du willst.«

Wir gingen zu Fuß zurück durch die menschenleere Medina, und die Sichel des zunehmenden Mondes warf ihr silbernes Licht über uns. Hagere Katzen huschten beim Klang unserer Schritte davon. Wir störten ein Rudel halbwilder Hunde auf, die sich um den Unrat balgten, den die Marktleute hinterlassen hatten. Doch sie knurrten uns nicht an, sondern verschmolzen einfach mit der Dunkelheit, bis wir vorbei waren. Irgendwo sang ein Vogel, und sein Ruf hing klagend und traurig in der Luft. »*Andaleeb*«, sagte Idriss. »Den englischen Namen dafür weiß ich nicht. Ich glaube, es ist eine Art Lerche oder so was. Unsere Tradition besagt, dass diese Vögel mit den Stimmen von Liebenden singen, die einander verloren haben. Wenn die Sterne es gut mit ihnen meinen, kannst du gleich auch das Weibchen hören. Pass gut auf.«

So standen wir im Schatten der uralten Almohadenmauer und warteten. Die Sekunden vergingen, doch sie kamen mir wie eine Ewigkeit vor. »Sie antwortet nicht«, scherzte ich, doch Idriss legte einen Finger auf die Lippen. »Warte.«

Und tatsächlich erklang plötzlich ein zweiter Ruf von weit oben und links von uns.

»Sie sitzt auf dem Minarett«, sagte Idriss und lächelte. »Jetzt werden sie zueinanderfinden.«

Später, als ich allein in seinem Zimmer war, setzte ich mich auf die Bettkante und nahm den Umschlag aus meiner Tasche. Er enthielt die Wahrheit über ein anderes getrenntes Liebespaar. Ich hatte Idriss versprochen, dass ich die Geschichte nicht ohne ihn zu Ende lesen würde, aber nun konnte ich es mir nicht verkneifen, einen Blick auf die folgenden Seiten zu werfen.

»*Hände und Füße in Eisenschellen*«, las ich und … »*so oft und grausam ausgepeitscht, bis Blut floss.*« Mein Blick flog zum Ende der Seite und blieb an folgenden Sätzen hängen: »*Doch ach, der arme Jack Kellynch, ein braver Mann, der ein so grausames Loos nicht verdient hatte & eines gewaltsamen Todes starb.*« Arme Matty Pengelly, dachte ich und fragte mich, was wohl aus ihr geworden sein mochte. Hatte sie erfahren, was Jack zugestoßen war, oder hatte man sie bereits an einen Herrn verkauft, der sie in seiner Küche schuften ließ oder, schlimmer noch, in seinem Bett? Ich stand auf, zog die Djellaba und das Kopftuch aus und bürstete mein plattgedrücktes Haar. Dann stellte ich mich im Bad nebenan kurz unter die kalte Dusche und kletterte in mein schmales Bett. Eigentlich hatte ich die Blätter wieder in den Umschlag stecken wollen, doch, wirklich, aber als ich nach ihnen griff, fiel mein Auge auf die Worte: »*Unser Schiff legte am drei und zwanzigsten Juli anno 1626 in Plymouth an & nie war ich so froh, die Küste von England zu sehen.*« So war es also gewesen. Robert Bolitho hatte fast ein Jahr gebraucht, aber trotz seiner schrecklichen Erfahrungen letztlich triumphiert und seine Catherine heil nach Hause geführt. Ich fragte mich, wie es ihm gelungen sein mochte, aus dem Sklavengefängnis zu fliehen, mit Cat, doch das hatte Zeit. Jetzt musste ich erst einmal schlafen.

Daran war allerdings nicht zu denken. Ich wälzte mich hin und her, ohne Ruhe zu finden. Ich hätte schwören können, dass ich vor meinem Fenster eine Eule hörte, aber das war lächerlich: Ich befand mich im Zentrum einer afrikanischen Großstadt, nicht in der Wildnis von Cornwall. Trotzdem träumte ich, als ich endlich einschlief, von Catherine.

EINUNDDREISSIG

Catherine
1625

Zu Cats großer Überraschung verging die Zeit wie im Flug, und ehe sie es merkte, war ein Monat vorbei und dann auch das Ende des Jahres. Hier allerdings sprach niemand von Weihnachten: Es gab keine Schneestürme, die von Nordwesten heranzogen, keine mit Stechpalmen und Efeu geschmückten Kamine – Kamine waren überhaupt unbekannt – keinen heißen, mit Nelken und Brandy gewürzten Posset, keine Mitternachtsmette in der Kirche von Gulval, wo alle mit den Füßen stampften oder sich beim Beten verstohlen in die Hände bliesen, um sich warm zu halten. Der Januar ging über in den Februar, und die ersten Zeichen des Frühlings machten sich bemerkbar. Ob sie Kenegie vermisste? Sie versuchte, nicht an ihr früheres Leben zu denken, doch hin und wieder stahl sich eine Erinnerung in ihr Bewusstsein, wenn sie mit etwas ganz anderem beschäftigt war: Wenn die Frauen über ihre Stickrahmen gebeugt saßen und ihr Plappern genauso klang wie das der Milchmädchen in den Kuhställen, die darüber tratschten, wer mit wem zum Dorftanz ging, wenn sie mit Leila zum Gipfel des Hügels hinaufstieg, wo die Geschütze standen, und zusah, wie das Meer gegen die Felsen klatschte, genau wie in Market Jew, wenn sie eine Rübe schälte oder am Morgen verwirrt aufwachte und nicht wusste, wer sie war oder wo.

Ihr Leben war ganz anders als das, was sie an diesem fremden Ort erwartet hatte. Es war einfach, aber nicht asketisch, gelegentlich hart, doch niemals grausam. Die Menschen widmeten den täglichen Gebeten viel Zeit, mindestens ebenso viel brauchten sie für die Zubereitung des Tees, den die Frauen tranken, wenn sie ihre Arbeit unterbrachen. Dann saßen sie da und erzählten sich den neuesten Klatsch. So etwas wäre auf Kenegie undenkbar gewesen. In einem Hamam zu baden war eine Offenbarung und hatte sich von einer gefürchteten Strafe in ein Vergnügen verwandelt, auf das sie sich freute. Das Essen war niemals einfach nur notwendige Nahrungsaufnahme, sondern fantasievoll gewürzt und elegant arrangiert – eine Freude für das Auge wie für den Gaumen, wie Habiba ihr halb mit Gesten, halb mit Worten einschärfte, wenn Cat das Gemüse wieder einmal kunterbunt durcheinander in die Tajine warf. Hasna zeigte ihr, wie man sein eigenes Khol aus einem Stein machte, den sie zusammen im Souk gekauft hatten und der so metallisch blau glänzte wie ein in der Luft aufblitzender Elsternschwanz. Sie zermahlten ihn zu einem Pulver und machten daraus eine Paste. Sie zeigte ihr auch, wie man den hübschen Behälter mit dem feinen, am Stopfen befestigten Silberstäbchen damit füllte und es auftrug, ohne dass die Augen anfingen zu tränen und einem schwarze Rinnsale über die Wangen liefen.

Je besser ihre Sprachkenntnisse wurden, umso mehr lernte sie über ihre Umgebung. Der Mann, den die Frauen Sidi Qasem bin Hamed bin Moussa Dib nannten, war tatsächlich derjenige, den sie als Al-Andalusi kannte, der Kapitän des Piratenschiffs, doch die Frauen schienen ihn nicht zu fürchten, sondern empfanden Respekt und sogar Zuneigung für ihn. Er sei ein großer Wohltäter, ein Händler und ein rechtschaffener Mann, sagten sie. Dass er mit Sklaven aus fernen Ländern handelte, darunter auch Cat, hielten sie für völlig normal, so als verkaufte er Pferde oder preisgekrönte Kamele, und nach einer Weile merkte Cat, dass sich ihre eigenen Ansichten änderten. Sie fühlte sich nicht mehr wie eine Sklavin oder eine ganz gewöhnliche Dienstmagd, denn ihr Herr war nur selten anwesend, und die wenigen Pflichten, die sie, abgesehen von der Aufsicht über die Stickerinnen, hatte, waren nicht beschwerlich. Außerdem hatte sie hier mehr Zeit für sich als in Cornwall. Sie entdeckte zu ihrer Überraschung, dass es keine Last, sondern eine Freude war, in Ruhe den Innenhof zu fegen oder sich um die Pflanzen zu kümmern, obgleich niemand es ihr aufgetragen hatte. In ihrem Innern gab es einen stillen, friedlichen Mittelpunkt, den sie dort niemals vermutet hatte.

Eines Tages, als Catherine fast sieben Monate im Haus ihres neuen Herrn lebte, erschien der *raïs* unangemeldet und fand sie mit geschlossenen Augen im Innenhof sitzend, das Gesicht dem Himmel zugewandt, den Besen zu ihren Füßen.

»Du siehst aus wie eine Rose«, sagte er leise, »ihre Blütenblätter trinken die Sonne.«

Erschrocken schlug sie die Augen auf. Als sie aufsprang, stieß ihr Fuß gegen den Besen, sodass sie beinahe gestürzt wäre. Der Korsar fing sie geistesgegenwärtig auf und setzte sie wieder hin. »Danke, Sidi Qasem«, murmelte sie verlegen.

»Qasem reicht.«

»Qasem.« Es kam ihr komisch vor, ihn so zu nennen. Sie hatte auch Sir Arthur nie einfach nur Arthur genannt, allein die Vorstellung war absurd.

»Warum lächelst du?«

»Ich dachte an meinen letzten Herrn.«

»War er wie ich?«

Bei dieser Frage musste sie noch mehr lächeln. Sir Arthur mit seinem Backenbart, gelassen und englisch bis ins Mark – es war schwierig, sich zwei unterschiedlichere Männer vorzustellen. »Nicht besonders.«

Offenbar war er nicht ganz sicher, wie er dieses Urteil verstehen sollte, denn er wechselte das Thema. »Gefällt dir mein Innenhof?«

»Er ist sehr schön und sehr … traut.«

»Das Wort kenne ich nicht … traut?«

»Still, friedlich – ein Platz, an dem man gut sitzen und nachdenken kann.«

Jetzt veränderte sich sein Gesicht, die starren Züge lösten sich, die Furchen auf der Stirn verschwanden. »Ein *chahar bagh*«, erklärte er, »ein geschlossener Garten wie der himmlische Garten, das ewige Paradies. Menschliches Leben begann in dem Garten, und wir kehren zurück zu ihm, wenn wir sterben. Das stellt unsere Reise dar«, damit deutete er auf die Kanäle, die von dem Brunnen in der Mitte des Hofes abgingen, »denn wie Wasser sind wir immer in Bewegung, suchen Glück, Wissen und Glauben. Im Koran ist die Rede von vier Flüssen im Garten Eden: Sie führen Wasser, Milch, Honig und Wein. Aber wie du siehst, hier in meinem kleinen irdischen Paradies, verborgen vom Rest der Welt, muss ich mich mit Wasser begnügen. Ich sitze hier, ich bin zufrieden.«

Er streckte den Arm aus und brach eine Rose von dem Busch, der am Spalier des Bogengangs wuchs. »Was für eine Vollkommenheit! Gott ist Schönheit, und er liebt die Schönheit. Vielleicht ist heute genau der Tag, für den Gott diese Blüte bestimmt hat. Sie ist frei von Ungeziefer oder Rost, und sie hat noch nicht angefangen zu welken. Ihr Geruch ist Duft des Himmels. Aber morgen stirbt sie. Besser, ich pflücke sie heute und streue die Blätter in den Brunnen, der Quell ist für ihr Leben, damit man sich an ihre vollkommenste Form erinnert.«

Er hielt die Rose einen Augenblick an Cats Wange, sodass sie ihren Duft roch und spürte, wie die samtweiche Blüte ihre Haut streifte. Er selbst hatte sie nicht berührt, und doch zuckte etwas Lebendiges und Elektrisches durch ihre Nerven, als hätte ein Blitz sie beide für einen kurzen Moment verbunden, und sie schnappte nach Luft. Dann zerknüllte der *raïs* die Blüte in seiner Hand, bis ihr Duft die Luft erfüllte und trat zum Brunnen, um die Blätter ins Becken zu streuen.

Cat schloss die Augen. Als sie sie wieder aufschlug, war er verschwunden.

Immer wenn sie danach im Hof spazieren ging, spürte sie seinen Schatten dort, als beobachtete er sie aus einem Versteck hinter einer der Säulen des Bogengangs oder der Dunkelheit des Pavillons. Manchmal glaubte sie, eine Bewegung auf einer der Emporen zu sehen, doch nie war jemand da, wenn sie hinauflief, um nachzusehen, nur die kleinen Türkenammern, die im Jasmin zwitscherten und deren Federn sich rötlich von den weißen Blüten abhoben.

Die Frauen arbeiteten hart unter ihrer Anleitung, entzückt von ihrem wachsenden Geschick. Wenn Cat bei ihnen war und sie in ihren Mustern und Sticktechniken beriet, dachte sie an nichts anderes: Ihr Bewusstsein war nur mit Schlichtheit und Genauigkeit beschäftigt, sie zählte die Stiche und achtete auf die Ausgewogenheit der Farben. Zu viele, und die Arbeit war verdorben, zu wenige, und sie erinnerte allzu sehr an die eintönige Stickerei aus Fez oder den altmodischen Kreuzstich, mit dem sie in England so vertraut gewesen war. Jetzt trugen die Frauen an den vielen Feiertagen, die in diesem Land gefeiert wurden, immer etwas, was sie für sich selbst gemacht hatten – einen geflochtenen Gürtel, einen bestickten Schleier, Kopftücher oder hübsch verzierte Kaftane. Die Kunde verbreitete sich, und bald klopften immer mehr Frauen an ihre Tür und wollten von der fremden Stickerin unterstützt werden, um ebenfalls in schönen Kleidern zu glänzen, die sie sich sonst nicht leisten konnten.

Leila schüttelte den Kopf. »Das ist alles schön und gut, und die Kleider sind sehr hübsch, aber mit dieser Arbeit werden wir unserem Herrn oder uns keine großen Reichtümer einbringen.«

Cat warf ihr einen seltsamen Blick zu. »Was meinst du damit?«

Die Holländerin errötete. »Du kannst es ruhig wissen. Sidi Qasem hat eine Handelsgesellschaft gegründet und war so freundlich, mich aufzunehmen. Wir werden die Gewinne unter uns aufteilen und ein Fünftel davon in eine Gemeinschaftskasse für das Wohl der Gemeinde einzahlen. Du verstehst, ein Kinderkaftan hier oder ein Badetuch dort werden die Gemeindekasse nicht großartig füllen.«

Und deine eigenen Taschen auch nicht, dachte Cat böse, hielt aber den Mund. »Was sollten wir stattdessen machen?«, fragte sie.

Leila zog eine Liste aus der Tasche ihres Gewands. »Pferdeschmuck und Satteltücher, Festkleidung, Wandteppiche, alle mit reichlich Silber- und Goldfäden, Troddeln und Litzen ...«

»Kostspielige Waren für reiche Leute.«

Die Holländerin presste die Lippen aufeinander. »Wenn du so willst. Doch je mehr Geld wir den Reichen auf diese Weise abnehmen, umso mehr fließt in die Gemeinde und umso mehr werden die Leute hier dich in ihre Gebete einschließen.«

Cat starrte sie an. »Warum sollten sie für mich beten?«

»Du bist ungläubig, und schlimmer noch: *kafir*. Du kommst nach deinem Tod auf die sechste Stufe der Hölle und musst dich von den dornigen Früchten des Zakum-Baumes ernähren, was deine Qualen im ewigen Feuer noch verstärkt. Deshalb beten die Frauen darum, dass du dich zur *shahada* bekennst und an ihren Gebeten teilnimmst.«

»*Shahada?*«

»Es ist ganz einfach. Du musst nur sagen: ›Es gibt keinen Gott außer Allah, und Mohammed ist sein Prophet‹. Von diesem Moment an bist du im Islam aufgenommen.«

»Das ist alles?«

Leila beugte sich eifrig zu ihr vor und ergriff ihren Arm. »Das ist alles, und dann bist du eine von uns. Es ist ganz leicht und würde ... alle sehr glücklich machen.«

»Ich sehe nicht ein, was ich von einer so billigen Konvertierung hätte«, sagte Cat steif.

Die Holländerin lächelte schlau. »Ein Muselmane kann kein Sklave sein. Du wärst frei. Und es ist allgemein bekannt, dass ein mohammedanischer Mann nur eine mohammedanische Frau heiraten darf.« Sie zögerte, um die Wirkung ihrer Worte abzuwägen. »Ich habe gehört, dass Sidi Qasems Base Khadija einen Brautschleier in Auftrag gegeben hat.«

Cat hielt ihrem neugierigen Blick stand. »Wie schön für sie!«

»Obwohl einem Muselmanen fleischliche Beziehungen mit seinen Sklavinnen natürlich gestattet sind, auch wenn er eine Muselmanin zur Frau genommen hat.«

Cat riss ihr die Liste aus der Hand. »Ich habe eine Menge zu tun. Ich kann es mir nicht leisten, hier herumzustehen und mir dummen Tratsch anzuhören.« Ihr Gesicht brannte.

An diesem Tag machte sie einen Fehler nach dem anderen. Die Frauen schüttelten den Kopf, schnalzten mit der Zunge und beobachteten sie aus dem Augenwinkel. Ob sie krank war? Auf alle Fälle wirkte sie gereizt. Vielleicht verliebt, schlug Hasna boshaft vor, und alle lachten.

Cat stand vor dem Spiegel und dachte daran, wie Nell Chigwine sie als Jezabel beschimpft hatte. Wie jeden Tag trug sie ihr Khol auf und sah, wie verführerisch ihre blauen Augen damit wirkten. Sie hörte die silbernen Ohrringe, die bei jeder Bewegung klirrten. Die kostbare Stickerei am Hals und den Ärmeln betonte noch das ohnehin auffallende Rot ihres Kaftans. *Ein scharlachrotes Kleid für eine scharlachrote Frau …*

Dann fiel ihr wieder ein, dass Nell tot war, und wie sie gestorben war, und sie schämte sich.

Heute war ein wichtiger Tag. Sidi Qasem hatte eine Gruppe von Händlern eingeladen, um ihnen seine neuesten Geschäftspläne vorzustellen. Den ganzen gestrigen Tag hatten sie damit verbracht, den vornehmsten Salon im Haus zu reinigen, hatten die Kissen mit Rosenwasser besprenkelt, die Teppiche ausgeklopft, Messing und Holzmöbel poliert. Und was noch wichtiger war, sie hatten einem Dutzend Stickereien, die er als Muster vorführen wollte, den letzten Schliff verpasst. Die letzten beiden Monate waren damit ausgefüllt gewesen, eine Reihe von Mustern anzufertigen und sie mit Gold- und Silberfäden zu schmücken, damit er sie den Kaufleuten aus Meknes, Fez, Larache und Safi – ja sogar aus Marrakesch – vorlegen konnte und sie ihre Bestellungen aufgaben. Zu diesem Zweck hatten sie sich einen prächtigen Pferdeschmuck ausgedacht, ein Satteltuch, das mit feiner Litze und goldenen Quasten gesäumt war, ein spektakulär gearbeiteter Sattelschutz, der direkt auf das Leder gestickt werden sollte, und einen reich mit Gold verzierten Gurt und passendes Zaumzeug. Dazu kamen die üblichen festlichen Kleidungsstücke, Hochzeitsvorhänge und Schleier, Gürtel, Borten und Bettüberwürfe. Der *rais* hatte sich mehr engagiert als sonst und sie oft besucht, um ihnen Ratschläge hinsichtlich des Zuschnitts und der Qualität von Satteltuch und Zaumzeug zu geben. Immer wieder hatte Cat sich so deutlich wie in einem wahren Traum an den Nachmittag erinnert, als sie ihn auf seiner Seite des Bou Regreg gesehen hatte, reglos und schweigend, neben seinem mit feinem Gold und Scharlachrot geschmückten Pferd.

Nun nutzte sie die Gelegenheit, Wäsche auf dem Dach aufzuhängen, als Vorwand, um einen flüchtigen Blick auf ihn zu erhaschen. Sie musste nicht lange warten. Innerhalb von wenigen Minuten erschien eine Gruppe von Männern am Fuß des Hügels unter dem Haus; alle waren mit Umhängen und Turbanen gegen den Wind geschützt. Ihr Blick schweifte zielsicher zu dem größten von ihnen, dessen Schritt selbst bei diesem Aufstieg eher stolz und aggressiv als gemächlich war. Als sie näher kamen, sah er auf. Seine Augen waren wie ein Magnet, und sie zog den Kopf ein, erschrocken darüber, wie heftig ihr Herz unter den Rippen flatterte.

Später war sie diejenige, die die große Teekanne, die Teegläser und die Mandelkekse, die sie an diesem Vormittag gebacken hatten, in den Salon brachte. Hier lagerten die Männer auf Polsterkissen, rauchten und unterhielten sich geräuschvoll.

Sein Blick, sonst immer so dunkel und verstohlen, blieb an ihr hängen, und als sie sah, wie seine Augen sich weiteten, wusste sie, dass sie die gewünschte Wirkung erzielt hatte. Sie verbeugte sich und verließ sittsam den Raum, ohne nach rechts oder links zu schauen, doch an diesem Abend erwartete sie sein Klopfen an ihrer Tür und wurde nicht enttäuscht.

»Sieht so aus, als würdest du mir eine Menge Geld einbringen«, erklärte er und lehnte sich gegen den Türrahmen.

Cat legte das Buch beiseite, in dem sie gelesen hatte, und sah auf. Seine Pupillen waren erweitert von dem Kraut, das er mit seinen Gästen geraucht hatte. Er spielte mit seinen Gebetsperlen, schwang sie hoch und fing sie mit einer Hand wieder auf, sodass die kleinen polierten Steine aneinanderklickten.

»Das Satteltuch?«, fragte sie. »Oder die Hochzeitsgewänder?«

»Hossein Malouda hat mir ein kleines Vermögen angeboten.« Er lächelte. »Für dich.«

Sie wurde blass. »Für mich?«

»Er findet die Muster wunderbar, aber die Künstlerin noch mehr. Du hast dich ebenso gut verkauft wie deine Arbeit.«

In ihren Schläfen pulsierte es. Sie hatte einen dummen Fehler gemacht, in der Hoffnung, seine Gunst zu gewinnen. Sie hatte vergessen, dass sie noch immer eine Ware war, ein Ding, das man nach Belieben kaufen und verkaufen konnte. »Und was habt Ihr gesagt?«

Erneut ließ er die Perlen hin- und herbaumeln, fing sie dann auf und ließ sie in seine Tasche gleiten. »Ich habe ihm noch nicht geantwortet.«

»Warum nicht?« Es kam zu schnell, zu ängstlich. Sie spürte, wie ihr Hals rot anlief, als ihr das Blut in den Kopf stieg.

»Weil ich noch nicht entschieden habe, was ich mit dir machen will. Er ist nicht der Einzige, der einen guten Preis geboten hat für dich.«

»Gibt es noch einen Interessenten für mich?«

»Vor ein paar Monaten wollte jemand mir ein Angebot machen. Dummerweise kam er nicht direkt zu mir und landete bei Sidi Al-Ayyachi.«

»Dummerweise?«

»Der Sidi hatte eine andere Verwendung für ihn.«

»Ihr scheint alle zu denken, dass ihr mich kaufen und verkaufen könnt wie … wie ein Kamel!«

Er lachte. »Ah, Cat'rin mit dem scharlachroten Gewand und all dem Silber: So ein feines Kamel habe ich noch nie gesehen. Obwohl …« Er rieb sich das Kinn. »Eins hatte ich, mit großen dunklen Augen und einem Temperament, bei dem jedem Reiter angst und bange wurde. Es biss und spuckte bei der kleinsten Provokation. An dieses Kamel erinnerst du mich. Aber am Ende war es gezähmt.«

Cat funkelte ihn an. »Ihr werdet mich niemals zähmen. Ich bin kein Tier, das Ihr nach Belieben brechen könnt, weder Ihr noch irgendein anderer.«

Das rote Licht der untergehenden Sonne glänzte in seinen Augen, sodass er einen Augenblick genauso dämonisch aussah wie der Djinn, von dem die Frauen sprachen. Dann trat er rückwärts aus der Tür, und das rote Licht verschwand. Als er auf der Empore stand, sagte er leise: »Und deshalb liebe ich dich, Cat'rin Anne Tregenna.«

Doch ein Windstoß nahm seine Worte mit und verwehte sie am dämmernden Himmel.

Am folgenden Morgen ging sie mit Leila zum Souk, um die Litzenmacherin zu finden. Sie sollte ihnen die mit Troddeln besetzten Borten verkaufen, die sie für das Zaumzeug brauchten. Cat genoss diese Ausflüge über alle Maßen. Sie verschafften ihr Gelegenheit, einen Blick auf die Welt zu werfen, in der sie jetzt lebte, in ihren Gerüchen zu schwelgen und so zu tun, als wäre sie eine freie Frau mit Geld in der Tasche, über das sie nach eigenem Gutdünken verfügen konnte. Mit Djellaba und Schleier fiel sie nicht weiter auf, außer wenn jemand ihre blassen Hände oder blauen Augen sah. Manche nickten ihr lächelnd zu, aber es gab auch andere, die sie mit einem eisigen Blick streiften oder sich weigerten, sie zu berühren. »Nicht wenige der Älteren glauben, dass wir verdammt sind«, sagte Leila, »weil wir die Hautfarbe von Schweinen haben. Für sie sind wir des Teufels und verdorben. Doch du hast blaue Augen, das bringt Glück. Vielleicht wird das am Ende deine Rettung sein.« Was sie damit meinte, erklärte sie nicht.

Sie fanden die Litzenmacherin in ihrem kleinen Stand unweit des Zentrums der Medina vor, über ihre Klöppelarbeit gebeugt. Diese besaß jedoch keineswegs die Qualität, die Cat erwartete oder die man ihr versprochen hatte. Schließlich verließen sie die alte Frau, ohne etwas gekauft zu haben und ohne das Material, das sie brauchten. Cat war nicht gerade bester Laune. Im Innern des Stands war es heiß und stickig gewesen, jetzt hatte sie Kopfschmerzen, deshalb machten sie einen Abstecher zu einem Brunnen neben der kleinen weißen *koubba*, die einem der Ortsheiligen geweiht war. Cat setzte sich in die grelle Sonne und benetzte mit dem Ende ihres angefeuchteten Schleiers Gesicht und Hände. Gerade als sie anfing, sich wieder besser zu fühlen, hörten sie lautes Geschrei und das mehrmalige Knallen einer Peitsche. Eine Straße weiter war eine Reihe von aneinandergeketteten Gefangenen in Aufruhr geraten. Ein Mann kniete im Schmutz, während ein Aufseher außer sich vor Wut auf seinen Kopf und die Schultern einschlug.

Cat war von diesem Anblick so erschüttert, dass es mehrere Sekunden dauerte, bis sie den Gefangenen daneben bemerkte. Sie blinzelte gegen die Sonne. *Das war doch nicht möglich …*

Sie vergaß ihre Kopfschmerzen und sprang auf. Mittlerweile war eine Menschenmenge zusammengeströmt, um zuzusehen, wie der Ungläubige ausgepeitscht wurde, sodass sie sich nicht vergewissern konnte, ob sie sich geirrt hatte. Cat stürzte sich in die Menge, schubste und drängte sich rücksichtslos vor, bis jemand sie am Arm packte und zurückzog.

»Was fällt dir eigentlich ein?«

Sie hatte immer geglaubt, Leila sei ihre Übersetzerin und Führerin, doch jetzt ging ihr plötzlich auf, wie naiv sie gewesen war: Die Holländerin sollte sie bewachen.

Cat riss sich los. »Ich kenne diesen Mann, den großen, da!«

Inzwischen hatte der Aufseher den gestürzten Mann bereits wieder auf die Beine gezwungen. Die Sklavenkarawane zog weiter, und Cat bekam die Gefangenen nur noch von hinten zu sehen. Ihre Rücken waren mit Striemen bedeckt, und ihre Rippen zeichneten sich unter der Haut ab wie bei halb verhungerten Eseln. Dann waren sie verschwunden. Sie stand da und presste die Hände auf den Mund, während sich die Menge auflöste. Wahrscheinlich wurde sie langsam verrückt. Einen Augenblick lang hatte sie geglaubt, ihren Vetter zu sehen. Aber das war unmöglich, Robert Bolitho war zweitausend Meilen entfernt in Cornwall.

Doch was, meldete sich eine leise Stimme in ihrem Hinterkopf, *was, wenn die Korsaren einen neuen Beutezug unternommen hatten?* Dasselbe fragte sie Leila, die lachte jedoch nur. »Kein Schiff läuft in dieser Jahreszeit aus. Starke Winde vom Meer machen es unmöglich, wieder in den Hafen zurückzukehren. Bis Mai wird es keine neuen Überfälle geben.«

Dennoch wollte Cat das Bild des Mannes nicht aus dem Kopf, der genauso dagestanden hatte wie ihr Vetter, mit derselben Haltung und denselben breiten Schultern, und alle anderen Männer um gute zwanzig Zentimeter überragte. Obwohl sie sein Gesicht nicht genau hatte sehen können, war sie mehr und mehr davon überzeugt, dass er es gewesen war. Am Ende verfolgte sie das Bild eines gefesselten und misshandelten Robert Tag und Nacht.

Als der *raïs* eine Woche später erneut zum Haus kam, suchte Cat ihn auf. »Darf ich Euch auf ein Wort sprechen?«, bat sie mit gesenktem Kopf.

Er führte sie in den Salon, und dort erzählte sie ihm, was sie im Souk gesehen hatte. Er antwortete nicht, und plötzlich hatte sie das Gefühl, er wüsste, was sie sagen würde. Seine Lippen waren zu einem schmalen Strich zusammengepresst, und sein Blick war so hart wie Flintstein. In dem Moment erinnerte er sie wieder an den Mann, der Prediger Truran ein Kreuz auf die Fußsohlen hatte brennen lassen.

»Ich wollte nur wissen, ob Ihr etwas für mich herausbekommen könntet«, fuhr sie hastig fort, ehe ihr Mut sie verließ. »Nämlich, ob es unter den englischen Sklaven einen Gefangenen namens Robert Bolitho gibt.«

Er saß reglos da. Zuletzt fragte er langsam: »Warum sollte ich so etwas tun? Was bedeutet er für dich?«

»Er ist mein Vetter«, antwortete Cat fest.

Sidi Qasem lehnte sich an die Wand, die Augen zu schmalen Schlitzen verengt wie die einer Katze, und winkte ab. »Ich mische mich nicht in Angelegenheiten anderer.« Dann bückte er sich nach seiner Wasserpfeife und fing an, sie mit großem Getue zu reinigen, zu stopfen und anzuzünden.

»Bitte«, sagte Cat noch einmal. Ihr Herz schlug so schnell, dass sie es kaum herausbrachte.

Er würdigte sie keines Blickes, sodass sie sich schließlich umwandte und den Salon verließ.

Mehrere Tage vergingen in einem Nebel von Arbeit und Geplauder, doch der *raïs* kam nicht wieder. Er schickte einen seiner Sklaven mit den Aufträgen aus dem Haus auf der anderen Seite des Flusses. Cat hatte das Gefühl, dass er ihr aus dem Weg ging, und war sehr unhöflich zu dem Jungen, schickte ihn sogar weg, ohne ihm eine Erfrischung anzubieten. Er hatte ihr ein hübsches ärmelloses Gewand gebracht, das von oben bis unten bestickt werden sollte; einen ehemals prächtigen Bettbehang, der ausgebessert werden musste, und den Auftrag für einen Brautschleier mit der ausdrücklichen Anweisung, dafür nur feinsten Batist und kostbarste Seide zu benutzen. Ob der für seine Base Khadija ist?, fragte sich Cat und musste die Erinnerung an Leilas Worte mit aller Macht unterdrücken.

Sie setzte drei ihrer besten Schülerinnen für das Gewand ein, gab den Bettbehang Habiba, Latifa und Jasmina und übernahm den Schleier selbst.

Leila ging zum Souk und kaufte ein Stück weichen, weißen Batist, während Cat sich mit Hasna und zwei älteren Frauen zusammensetzte, um Skizzen für das Muster zu machen. »Granatäpfel«, schlug Hasna mit glänzenden Augen vor. »Denkt nur an die Wirkung von Gold und Rot auf Weiß!«

Doch die Witwe Latifa schnalzte mit der Zunge. »Granatäpfel gibt es beim ersten Kind – das weiß doch jeder! Willst du, dass die Braut mit einem Schleier der Schande heiraten muss?«

Hasna lief rot an, alle anderen prusteten los. Genau in diesem Augenblick betrat Sidi Qasem den Raum, gefolgt von einem anderen Mann. Cat saß mit dem Rücken zur Tür, sodass sie nur an dem eintretenden Schweigen und der Art, wie die Frauen sich hastig verschleierten, erkannte, dass sie Besuch bekommen hatten. Dann zog sie selbst den Schleier vor das Gesicht und wandte sich um.

Robert Bolitho betrachtete die Szene, die sich vor ihm auftat: ein Dutzend einheimische Frauen in einer Art Nähzirkel, alle verschleiert, sodass nur ihre leuchtenden dunklen Augen zu sehen waren. Und eine, deren blasse Hand sich gesenkt hatte, um ein Gesicht zu enthüllen, das er in seinen Träumen vor sich gesehen hatte. Dieses Gesicht hatte ihn zu seiner Reise über den Ozean veranlasst, und er hatte es sich immer wieder vorgestellt, um daraus die Kraft zu ziehen, sein Schicksal zu ertragen. Es war *ihr* Gesicht, und war es doch nicht. Es waren ihre Augen, dasselbe helle, auffallende Blau, aber es waren nicht die Augen des jungen Mädchens, das er vor all den Monaten vor der Kirche von Penzance hatte stehen lassen. Nicht nur die exotische Art, wie sie diese Augen geschminkt hatte, machte sie zu einer Fremden, sondern etwas Tieferes und Beunruhigenderes in ihrem Ausdruck. Und mit einem Mal erfasste ihn eine größere Angst als je zuvor.

Cat starrte auf die zerlumpte, knochige Gestalt, die Sidi Qasem überragte. Das Gesicht des Mannes war hager und von der Sonne verbrannt, hohlwangig, die Nase seltsam verkrümmt. Der blonde Haarschopf war verschwunden, und an seine Stelle waren raue Stoppeln getreten, die an ein abgeerntetes Weizenfeld erinnerten. Doch die Augen waren noch genauso kornblumenblau, wie sie immer gewesen waren, groß und unverstellt, die Augen des Jungen, um den sie in Cornwall ihre bösen Ränke gesponnen hatte.

»Rob, oh, Rob, was haben sie mit dir gemacht?« Sie stand auf. »Haben sie dich auch verschleppt?«

Er lachte bitter. »Aye, das könnte man sagen, obwohl es nicht ganz so war, wie du es dir wahrscheinlich vorstellst, denn ich wurde nicht da, sondern erst hier gefangen genommen. Ich hatte sogar ein wenig Geld für deine Befreiung dabei – Mistress Harris hatte mir welches gegeben, und die Countess hat dein Altartuch gekauft. Es tut mir leid, dass ich es ihr gegeben habe, Cat, vor allem, weil es noch gar nicht fertig war, aber etwas anderes fiel mir nicht ein – auch das haben sie mir weggenommen, und den Ring.« Dann versagte ihm die Stimme; er war es nicht mehr gewohnt, sie zu benutzen.

Der *raïs* mischte sich ein. »Er spricht wahr, Cat'rin. Er kam mit einem englischen Schiff, um das Lösegeld für dich zu bezahlen, und wurde selbst hintergangen. Die Engländer sind eine treulose Rasse.« Seine Stimme war hart, tonlos, die Stimme eines Mannes, der nur mit Mühe seine Gefühle im Zaum hält. Er zögerte und ließ den Blick zwischen den beiden hin- und herschweifen. »Ich habe ihn gefunden im Sklavenkerker, aber er ist nicht mehr Sklave. Ich habe ihm die Freiheit geschenkt, und jetzt schenke ich sie auch dir. Du bist nicht mehr Sklavin – meine Sklavin –, du bist frei. Du kannst mit ihm gehen, wenn du willst. Es ist deine Entscheidung.«

Cat spürte, wie sein Blick sie verbrannte, trotzdem konnte sie ihn nicht ansehen. Es war zu viel, zu fremd. Sie fühlte sich benommen, verloren, als wäre sie aus sich selbst herausgestiegen und blickte jetzt aus einem anderen Blickwinkel auf das Tableau im Raum – auf den großen Korsarenkapitän, so grausam und selbstbewusst, angespannt schweigend, auf den abgemagerten Engländer, der auf seine alte, vertraute Art dastand und die Hände rang, und auf das junge Mädchen, das sie einmal gewesen war, in dem eleganten Kaftan und mit Khol umrandeten Augen – alle drei durch das unsichtbare Netz des Schicksals miteinander verwoben.

Sie war nicht mehr sie selbst, nicht mehr in dieser Stickwerkstatt, im Haus dieses Händlers, in seiner wehrhaften Stadt, in diesem fremden Land.

Sie stand vor dem Baum der Erkenntnis, seine Wurzeln waren tief in der Erde vergraben, der dicke Stamm nahm ihr das Licht, seine Äste reckten sich zum Himmel, eine Mondsichel hing in den Zweigen, und die Sterne kreisten in prächtiger Harmonie am Firmament. Sie konnte sie nicht sehen, aber sie wusste, dass Adam, Eva und die Schlange Teil dieses Tableaus waren, gesichtslos, zeitlos und endlos wandelbar. Sie ahnte ihre Gegenwart, gewaltig und katastrophal, in ihrem Innern und gleichzeitig außerhalb von ihr. Blitzartig spürte sie Fleisch und Blut und Rinde, Hitze und Kälte, Leere und Dichte, Sanftheit und Kraft, und bald konnte sie nicht mehr sagen, wo sie selbst aufhörte und das andere begann. War sie Eva oder Adam, die Schlange oder der Baum? Sie spürte, dass die Erkenntnis in ihr aufstieg wie Lebenssaft, wie eine gewaltige Woge von Blut, unter der ihr Herz zu rasen und ihr Kopf zu hämmern begann, und dann stürzte sie zu Boden, und der Lärm in ihrem Innern brach unvermittelt ab.

Der Korsar reagierte als Erster. Er rief etwas auf Arabisch, einen großen Fluch oder Aufschrei, dann hob er Cats reglosen Körper auf und trug ihn fort. Habiba und Hasna trippelten hinterher und ließen Rob inmitten einer Schar von aufgeregten Frauen stehen, die ihm mit ihren fremden Augen verstohlene Blicke zuwarfen und hinter ihren Schleiern lachten. Er wandte den Blick ab. Auf dem Boden, da wo sie zusammengebrochen war, lag etwas, was er wiedererkannte. Er bückte sich und hob es auf, und dabei fiel ihm ein, wie es sich angefühlt hatte, als er es das letzte Mal in der Hand gehabt hatte: Kurz bevor er es ihr letztes Jahr zum Geburtstag geschenkt hatte.

Er blätterte um bis zum Titelblatt, und tatsächlich, da stand seine Widmung: *Für meine Base Cat, am 27. Mai 1625.* Weniger als ein Jahr. Dabei fühlte es sich an, als wäre ein ganzes Jahrhundert vergangen. Tränen brannten in seinen Augen wie glühende Nadeln. Es musste etwas bedeuten, dass sie es aufbewahrt hatte, was immer passiert war. Er blätterte weiter, erstaunt, überall Cats Handschrift zu finden, und weit sauberer und kleiner, als er es von seiner eigenwilligen, schwierigen Base je erwartet hätte. Er grübelte über den Diagrammen und Skizzen, drehte das Buch nach rechts und nach links und stolperte hin und wieder über einen Satz oder einen Namen: »*… & Rob musste ich schwören kein Sterbenswort über Piraten … gefangen für immer hier auf Kenegie.*« Er las weiter. »*… verheiratet mit meinem dummen Vetter Robert. Auf daß ich in einer armseligen Hütte hinter dem Kuhstall hause, Jahr für Jahr ein neues Kind zur Welt bringe, einen Haufen Bälger großziehe & vergessen sterbe. Ich muß fort von hier …*« Das konnte sie unmöglich ernst gemeint haben … Der Schweiß brach ihm aus. »*Meine Mutter ist krank & ich kann ihr nicht helfen. Wir haben weder Licht noch frische Luft …*« Das zumindest erschien ihm vertraut, weil es seinen eigenen Erfahrungen entsprach. Er fragte sich, ob Jane Tregenna überlebt hatte, fand jedoch keine weiteren Hinweise auf ihr Los in der unmittelbaren Nachbarschaft des Zitats. Dann stieß er auf folgenden Abschnitt: »*Ich wünschte,* *ich hätte den Rat der alten Annie Badcock beherzigt und wäre mit Rob nach Kenegie zurückgekehrt …«* Sein Atem beruhigte sich ein wenig. Am Ende würde doch noch alles gut. Doch dann blätterte er auf der Suche nach weiterer Bestätigung wieder ein wenig zurück und las: »*So liege ich hier … in der Kajüte des Piratenkapitäns…*«

Er klappte das Buch zu und versteckte es unter seinem Hemd. Niemand darf das sehen, nahm er sich vor, von Grauen erfüllt. Wenn ich sie von hier wegbringe, werden wir es verbrennen oder auf dem Schiff über Bord werfen, und wenn wir erst verheiratet sind, werden wir nie wieder davon sprechen. Er marschierte zur Tür und schob Latifa aus dem Weg, als sie versuchte, auf ihn einzureden.

»Trink das.«

Kühles Wasser benetzte ihre Lippen. Ihre Augen öffneten sich flatternd. Ganz dicht über ihr war ein Gesicht, sie sah es nur verschwommen, aber es war dunkel und die Augen so schwarz wie Kohle. Sanfte Finger strichen über ihre Stirn, klopften ihr auf die Wangen.

»Cat'rin, Cat'rin, komm zurück zu mir.«

Wo war sie gewesen? Und wohin ging sie? Seltsame Bilder wirbelten ihr durch den Kopf, Bilder von einem Schiff auf hoher See, unterwegs zu einem grünen Land, ihr Vetter Rob stand am Steuer. Er brachte sie fort …

Sie rappelte sich auf, ergriff die Hand, die ihr Gesicht berührte, und schloss ihre Finger darum. »Befehlt mir, nicht zu fahren. Ich will nicht weg von hier.« Sie hörte sich an wie eine Sechsjährige, quengelig, bettelnd, dass man ihr den Besuch bei Onkel und Tante ersparen möge. Sie mochte den Klang ihrer eigenen Stimme nicht.

Die Hand hielt sie fest. Jemand küsste ihre Finger.

»Oh.« Sie wandte ihm ihr Gesicht zu, und bevor sie den kleinsten Gedanken fassen konnte, erwiderte sie seinen Kuss mitten auf den Mund.

Dieser Kuss hatte keinerlei Ähnlichkeit mit dem, den Sir John Killigrew ihr aufgezwungen hatte: Bartstoppeln, Zunge, der Gestank nach Tabak und Bier. Dieser Kuss schmeckte nach Kräutern und Minze, und sie wollte nicht, dass er jemals aufhörte.

Am Ende löste sich der *raïs* von ihr und hielt sie auf Armeslänge von sich entfernt. »Was sagst du da, Cat'rin? Bist du bei klarem Verstand oder immer noch auf der Suche?«

Jetzt, da er wieder scharf zu sehen war, wirkte er nervös. Cat faltete die Hände im Schoß und sah eine Weile nachdenklich auf sie herab. Das Schweigen hing zwischen ihnen wie ein Schleier. Ihre Gedanken rasten. Sie hatte in ihrem ganzen Leben noch nie freiwillig einen Mann geküsst. Vor allem aber hatte sie nicht erwartet, dass es derart überwältigend sein konnte: als wäre ihre Haut – ihre *ganze* Haut – unter seiner Berührung zum Leben erwacht. Am Ende zwang sie sich zur Konzentration und fragte: »Und ich bin nicht länger Eure Sklavin?«

»Ich habe dir die Freiheit geschenkt. Du bist eine freie Frau und musst eine freie Entscheidung treffen.« Er zögerte. »In Wahrheit bin jetzt ich dein Sklave, fürchte ich«, setzte er leise hinzu.

Sie sah erneut auf ihre Hände und versuchte, ein Lächeln zu unterdrücken. Dann wurde sie still. »Wenn ich bleibe, muss ich dann zum Islam konvertieren?«

»Wenn du meine Frau wirst, ja, Cat'rin. Aber du kannst auch als freie Frau unter meinem Dach leben, deiner Arbeit nachgehen, dein eigenes Geld verdienen, und ich rühre dich nicht an, wenn dir das lieber ist.«

»Ihr würdet mich zur Frau nehmen?«

Qasem nickte. »Von ganzem Herzen.«

»Eurer einzigen Frau?«

»Eine genügt mir.«

»Wolltet Ihr nicht Eure Base Khadija heiraten?«

Er lachte. »Ich glaube, diese Geschichte hat Khadija selbst in die Welt gesetzt.« Er presste ihre Hand an seine Brust, sodass sie den tiefen, starken Herzschlag hörte, der sich darin verbarg. »Willst du mich heiraten, Cat'rin Tregenna?«

Ihre Augen weiteten sich. Wenn sie das tat, musste sie seinen Glauben annehmen und wäre in den Augen ihrer eigenen Religion in alle Ewigkeit zur Hölle verdammt. Sie wäre eine Abtrünnige, eine Ketzerin, eine Ungläubige. Die Entscheidung kam ihr unwirklich vor; sie wusste nicht einmal mehr, ob sie im Herzen noch Christin war. Auf der Reise und später im Sklavenkerker hatte sie etwas verloren. Wenn sie vernünftig war, würde sie alles nehmen, was ihr an diesem Tag geschenkt worden war – Rob, ihre Freiheit, Herz und Hand dieses fremden Mannes, eine Zukunft als Meisterstickerin – und einen langen Tag und eine ganze Nacht darüber nachdenken.

Sie wusste, dass sie genau das tun sollte, aber sie konnte nicht. Zu viel Nachdenken machte sie verrückt. Sie holte tief Luft und sagte hastig, damit die Worte sie nicht im Stich ließen: »Ich werde hierbleiben und dich heiraten, Qasem.«

In diesem Augenblick betrat Robert Bolitho den Innenhof. Er konnte Catherines Worte nicht hören, doch die Haltung der beiden Gestalten am Brunnen war unmissverständlich. Er hatte das Gefühl, in eine Zweisamkeit einzudringen, die er nicht ertrug. Der stumpfe Schmerz, der sich in seinem Innern ausbreitete, ließ ihn wie angewurzelt stehen bleiben. Und als er dann sprach, schien es, als hätte sich die ganze Welt verändert.

»Catherine!«

Er sah, wie sich seine Base von dem Korsarenkapitän löste und sich ihm zuwandte, und er sah, dass ihr Blick unverstellt und ihre Wangen erhitzt waren, sodass sie tatsächlich aussah wie die gefallene Frau, zu der sie geworden war.

»Catherine, ich möchte dich retten, komm mit mir nach Hause. Du bist nicht an ihn gebunden, was immer er sagt.«

Sie sprang auf, und der Schleier rutschte von ihrem Haar, das um sie wogte wie Feuer. »Ich brauche nicht gerettet zu werden, Robert Bolitho. Ich treffe meine Wahl aus freien Stücken. Wenn du nach Kenegie zurückkehrst, kannst du allen erzählen, dass ich mich *freiwillig* entschieden habe, hierzubleiben, und zwar aus vielen guten Gründen, die du niemals verstehen würdest.«

»Oh, ich verstehe sehr gut«, sagte er bitter und warf einen Blick auf den Piraten. Als er weitersprach, war seine Stimme so laut und hart, wie Cat sie noch nie gehört hatte. »Ich weiß nicht, ob ich Kenegie je wiedersehen werde, und wenn ja, ob ich dann noch eine Arbeit habe. Ich bin ohne Sir Arthurs Erlaubnis aufgebrochen. Ich habe die erste Überfahrt genommen, die mir angeboten wurde, obwohl ich genau wusste, dass ich mich mit Verbrechern einließ, die mich berauben und meine namenlose Leiche über Bord hätten werfen können. Genau das hätten sie lieber auch tun sollen, nach all dem, was mich das Überleben gekostet hat! Sogar den Ring meiner Großmutter hatte ich dabei. Immer wieder sagte ich mir, dass ich ihn dir an den Finger stecken würde, wenn ich dich das nächste Mal sähe, als Versprechen, dass dir nie wieder etwas zustoßen sollte, doch –« Seine Stimme erstickte. »Sie haben ihn mir geraubt, Cat, so wie sie mir das Geld und meine Freiheit geraubt haben. Ich habe dich mein ganzes Leben lang geliebt, und ich weiß, dass auch du mich liebst. Es ist mir egal, dass du gesündigt hast, ich nehme dich so, wie du bist. Ich will dich heiraten und dich weiter in Ehren halten, und wenn ein Kind kommt, und es hat dunkle Haut und dunkle Augen, dann ist es eben unser Kreuz, und wir werden es tragen. Du siehst, ich habe an alles gedacht, und ich spreche es laut aus, denn ich habe keinen Funken Stolz mehr in mir. Egal, was er dir angetan hat, egal, was passiert ist, ich vergebe dir.«

Cat ballte die Hände zu Fäusten. »Wie kannst du es wagen, mir aus Barmherzigkeit eine Ehe anzubieten, Robert Bolitho! Ich brauche deine Vergebung nicht! Ich habe nichts getan, dessen ich mich schämen müsste. Du siehst mich an, als hätte ich dich betrogen, aber ich habe dich nie geliebt, außer als meinen Vetter. Es ist schwer, dir das unter derart bitteren Umständen zu sagen, Rob, aber es ist besser, wenn du es weißt.«

Das Schweigen zwischen ihnen war erfüllt von Missverständnissen und unausgesprochenen Vorwürfen. Schließlich schrie Rob sie an: »Wie kannst du da stehen, ohne dass dir das Herz bricht, wenn du mich so siehst? Du bist genauso dreist wie die Versucherin, als die Nell dich bezeichnet hat, und jetzt hast du einen reicheren Mann umgarnt als mich, obendrein einen Heiden. Du hast den Verstand verloren, Catherine Anne Tregenna, ganz zu schweigen von deiner Seele.«

In diesem Moment sprang der Korsarenkapitän auf.

»Nein, Qasem!«

Die Art, wie sie ihm die Hand auf den Arm legte, und die Art, wie er sie ansah und dann nachgab, war zu viel für Rob. Die Wut, die ihn die ganze Zeit über Wasser gehalten hatte, verflog und ließ ihn hilflos zurück. Ein großes Schluchzen schüttelte ihn, dann stieß er einen erstickten Schrei aus.

Mit Tränen in den Augen sprach Cat sanft auf ihn ein: »Du findest mich grausam und herzlos, Rob. Trotzdem schätze ich, was du für mich getan hast, welches Risiko du auf dich genommen, welches unvorstellbare Grauen du ertragen hast. Es tut mir so leid, was dir zugestoßen ist. Ich hätte dich nie darum gebeten, mir zu folgen. Es war sehr mutig von dir …«

Er hob abwehrend die Hand: Auf ihr Mitgefühl konnte er verzichten.

»Das spielt keine Rolle, ich habe es nicht nur für dich getan, es gibt auch noch andere, die gerettet werden müssen.« Eine glatte Lüge und obendrein die erste große Unwahrheit, die er in seinem Leben ausgesprochen hatte. »Ich hoffe, dass du hier ein gutes Leben findest, Catherine«, fuhr er fort, und das war die zweite. Er sah, wie sich ihr Ausdruck veränderte. War es Überraschung, was er darin las, Erleichterung oder Enttäuschung? Sie sah vollkommen anders aus als das Mädchen, auf dessen Spuren er einen Ozean überquert hatte. Dieses Mädchen war für ihn jetzt tot. Mühsam wandte er den Blick von ihr ab und richtete ihn auf den Mann.

»Ich möchte Euch bitten, mir eine Gunst zu erweisen, Sidi Qasem.«

»Sprich.«

»Es gibt noch jemand, den ich retten möchte, wenn es sich einrichten lässt. Das Gold, das Sidi Mohammed mir abgenommen hat, würde gewiss ausreichen, um das Lösegeld für sie zu bezahlen.«

Der Pirat wirkte überrascht. »Wen soll ich suchen?«

»Sie heißt Matty Pengelly und wurde bei demselben Überfall in Penzance verschleppt wie Catherine. Sie ist ein einfaches, anständiges Mädchen und hat etwas Besseres verdient als in diesem Land als Sklavin zu enden.«

Sidi Qasem nickte. »Wenn es mir möglich ist, werde ich dir diese Gefälligkeit erweisen. Du hast mein Wort. Ich werde dir Platz auf einem Schiff nach England besorgen und dir einen Schutzbrief ausstellen, falls ihr in die Hand von anderen … Händlern fallt. Gibt es sonst noch etwas, das ich tun kann?«

Rob kam es vor, als glühte der Korsar von innen heraus, als brannte eine Sonne in ihm, ebenso greifbar wie sein Triumph. Er wandte sich ab. Der Anblick des Mannes, der seinen Lebenstraum zerstört hatte, schmerzte. »Nein«, antwortete er stumpf. »Es ist nichts mehr da, um das zu bitten es sich lohnen würde.«

ZWEIUNDDREISSIG

Und so nahm ich dich, Matty, zur Frau. Eine gute Frau warst du mir all die Jahre & eine treusorgende Mutter für unsere Jungs. Aber ich war nicht der beste Ehemann für dich. Ich war treulos & ungestüm & wütend & voller Sorgen, die ich zu oft im Alkohol zu ertränken suchte. All das tut mir leid. Vor allem aber tut es mir leid, daß ich nicht rechtzeitig gesehen habe, welchen Kurs mein Leben hätte nehmen sollen, nämlich diesen Weg allein zu gehen, statt Dich mit in den Abgrund zu reißen. Wenigstens hast Du jetzt eine Chance, dir eine neue Zukunft aufzubauen. Geh weg von Kenegie. Man erstickt an diesem Ort, er ist voll von Verzweiflung und Misserfolg. Geh weg von hier, solange Du noch kannst: Rette Dich. Suche Dir jemand anderen & belaste Dich nicht mit dem bleiernen Gewicht meines Lebens oder meines Todes.

Geh, wenn nicht mit meiner Liebe, so doch wenigstens mit meinem Mitgefühl.

Dein sündiger Ehemann
Robert Bolitho

Idriss blickte von dem Brief auf und sah mich an. »Was für ein trauriges Ende für eine so furchtlose Geschichte.«

Wir saßen mit Blick auf die breite Mündung des Bou Regreg im *Café Maure* in der Kasbah des Oudaias, wo die Sonne hell durch die feinen Holzgitter fiel und eine Brise vom Meer den Duft von Rosen mitbrachte. Ich hatte eine kleine getigerte Katze beobachtet, die zwischen den Tischbeinen einem Blatt nachjagte, während Idriss still Robs letzten Brief las. Ich brachte es nicht fertig, ihn vorzulesen. Es war, als wäre er getränkt von Unglück, und ich hatte Angst, dass irgendeine Katastrophe einen von uns oder gar uns beide ereilen könnte, wenn ich Robert Bolithos letzte Worte laut aussprechen müsste.

»Glaubst du eigentlich an Geister, Idriss?«, fragte ich plötzlich.

»Natürlich. *Afrits* und böse Geister begleiten uns ständig. Wir sprechen nicht gern über sie, denn es stachelt sie nur noch mehr an.«

Ich erzählte ihm von Andrew Hoskin, von dem Gifthauch der Verzweiflung, der sich des Hauses bemächtigt hatte, von dem Gefühl der Panik, das mich auf dem Dachboden befallen hatte, als ich die Familienbibel für Alison suchte. Die Familienbibel, in der Robert Bolithos Briefe versteckt gewesen waren.

Dann fiel mir wieder ein, wie ich sie schließlich gefunden hatte: in einer verstaubten Kiste, die eindeutig seit sehr langer Zeit nicht mehr geöffnet worden war. Wie konnte es dann sein, dass Andrews Abschiedsbrief – ausgerechnet Andrew, der nicht den geringsten Sinn für Bücher oder Altertümliches gehabt hatte – so sehr an Robert Bolithos letzte Worte erinnerte? Ich schauderte, als spürte ich die kalte Hand der Vergangenheit im Nacken.

»*Khamsa oukhmiss.*« Idriss klopfte auf das Holz des Tisches – ein bemerkenswert universeller Schutz gegen das Unglück!

»Ich bin froh, dass ich Anna das Buch mitgegeben habe. Allmählich glaube ich, dass auf dieser Geschichte ein Fluch lastet, so als würde sich die Vergangenheit fortsetzen und immer mehr Menschen ins Unglück stürzen. Tregennas, Pengellys, Bolithos – meine gesamte kornische Familie scheint darin verwickelt zu sein.«

»*Habibi*«, sagte er und nahm meine Hand, »es gibt tausendundeinen Grund, warum Menschen sich das Leben nehmen, so wie es unzählige verschiedene Menschentypen auf der Welt gibt. Die Muster mögen sich wiederholen, trotzdem sind wir nicht ausschließlich Spielbälle des Schicksals. In unserer Kultur glaubt man, dass jedem Menschen immer nur das abverlangt wird, was innerhalb seiner Möglichkeiten liegt.«

»Für den armen Robert hat das offensichtlich nicht gestimmt und für Andrew auch nicht. So viel Wut und so viel Enttäuschung!« Ich stützte den Kopf in die Hände und empfand ein unendliches Mitgefühl für beide. Nach einer Weile fragte ich: »Glaubst du, dass wir Menschen die Sünden unserer Vorfahren erben?«

Idriss drehte meine Hand um und folgte mit seinem Finger den Linien darin. »Im Islam gibt es so etwas wie die Erbsünde nicht. Jede Seele kommt hell und rein zur Welt, frei von Schuld. Es gab einen Sündenfall, aber der wurde vergeben. Als Gott Adam und Hawa vom Himmel als Wächter in das irdische Paradies Jenaa entsandte, verführte Satan sie dazu, von den verbotenen Früchten des Baumes zu kosten, doch im Koran wurden beide zusammen bestraft, und als sie ihre Verfehlung bereuten, hat Gott beiden vergeben und sie als ebenbürtige Geschöpfe in die Welt geschickt, um das Land zu bebauen. Sie haben ihre Sünde nicht an ihre Kinder vererbt: Niemand ist gestorben, um unsere Seele zu retten. Die Vergangenheit ist vorbei. Dinge geschehen, wir leiden, und dann gehen wir weiter ins Licht.«

Ich putzte mir die Nase. »Das ist eine unglaublich menschliche Sichtweise.«

»Schuld und Vorwürfe sind negative Kräfte, Julia. Sie zerstören das Leben. Ich glaube fest daran, dass es möglich ist, einen neuen Anfang zu machen und glücklich zu sein. Ich weiß es.«

An diesem Nachmittag ließen wir die Altstadt hinter uns und schlenderten die breiten, sonnigen Straßen von Rabat entlang.

Wir besuchten Buchhandlungen und Cafés und am Schluss auch ein Bekleidungsgeschäft mit vielen leuchtend bunten Kopftüchern und Kaftans.

»Du musst etwas haben, was du mit zurück nach London nehmen kannst«, sagte Idriss. »Etwas, was dich an Marokko erinnert.«

Ich berührte eins der Tücher. Es war aus Seide, in unterschiedlichen Blau-, Grün- und Goldtönen, wie das Meer im Sommer. »Sehr hübsch«, sagte ich anerkennend.

Er hielt es neben mein Gesicht. »Ja, sehr.«

Es war lächerlich billig, trotzdem feilschte Idriss so lange und wütend mit der armen Frau, der das Geschäft gehörte, bis beide erschöpft wirkten. Schließlich packte sie es ein und reichte es mir. Ich zahlte, bedankte mich und wandte mich zum Gehen.

Da ergriff Idriss mich am Arm. »Nein, nein, da ist noch etwas.« Dann lächelte er der Frau hinter der Theke zu – und in diesem Augenblick wirkten sie wie zwei hinterlistige Verschwörer.

»Was denn?«, fragte ich stirnrunzelnd.

»Imane zeigt es dir.«

Die Frau führte mich in ein durch einen Perlenvorhang abgetrenntes Hinterzimmer und ließ mich einsam und verloren vor einem großen, von Neonlampen gnadenlos beleuchteten Spiegel stehen. Ich sah ziemlich erledigt aus, wie ein Gespenst, Haut und Haare blass, die Augen in dunklen Höhlen. Es war eine Erleichterung, etwas anderes ansehen zu können, als sie einen Augenblick später mit einem türkisfarbenen Stoffbündel zurückkam.

Sie breitete es aus. Es war ein Kaftan aus Seide im traditionellen Stil, bodenlang, mit weiten langen Ärmeln. Er ließ sich vom Kragen bis zum Saum knöpfen, mit perfekt gearbeiteten türkischen Knoten und passenden, mit Kettenstich aufgebrachten Schlaufen. Die Blenden zu beiden Seiten waren von Hand mit Mondsicheln und Sternen aus Gold- und Silberfäden bestickt. Weitere Sterne und Monde verzierten die Ärmelaufschläge und den Saum.

Mir stockte der Atem. »Es ist wunderschön. *Fabuleuse*.«

Imane lächelte und half mir beim Anziehen. Dann standen wir zusammen da und bewunderten die Verwandlung im Spiegel.

»*Ça vouz vraiment convient, mademoiselle. C'est votre couleur. Va montrer votre mari!*«

»Er ist nicht –«, fing ich an. Doch warum ihr unser Verhältnis lang und breit erklären? Ich grinste. »Okay.«

Idriss stand an der Tür und sah aus, als brauchte er dringend eine Zigarette. Als er den Vorhang klicken hörte, drehte er sich um, und seine Augen weiteten sich.

Wie sich herausstellte, hatte er bereits dafür bezahlt, deshalb also die Feilscherei.

»Ich möchte, dass du an Marokko denkst, wenn du es trägst.«

»Wie könnte ich Marokko je vergessen?«

Es war eine großzügige Geste, und sie war mir unangenehm. Ich wusste nicht, was ich sagen sollte. Es gab bereits etwas Unausgesprochenes zwischen uns, einen Hauch von Anspannung, der unseren Nachmittag trübte. Am nächsten Abend würde ich nach London zurückfliegen. In mancher Hinsicht wollte ich nicht weg, aber ich brauchte meine eigene Umgebung, um mir über einiges klar zu werden und ein paar Entscheidungen zu treffen.

Wir spazierten durch einen sorgfältig angelegten Ziergarten, wo Männer bei einer Schachpartie an kleinen Tischen vor einem Café saßen und Kinder auf dem Pflaster daneben ein kompliziertes Spiel mit Steinen und Flaschenverschlüssen begonnen hatten. Ich sah, wie der Cafébesitzer herauskam und eine Schale auf den Boden stellte, worauf sich drei feingliedrige Katzen aus dem Schatten lösten, wo sie gelegen hatten, und die Schale umringten. Stumm und konzentriert verputzten sie im Nu die Reste des Huhns.

»Es heißt, eines Tages habe der Prophet in seinem Garten gesessen«, erzählte mir Idriss, während wir ihnen beim Fressen zusahen, »doch als es Zeit wurde, aufzubrechen und seine Gebete zu sprechen, merkte er, dass seine Katze Muezza auf dem Ärmel seines Gewands eingeschlafen war. Es war dieselbe Katze, die ihn einmal vor einer Schlange gerettet hatte. Statt sie im Schlaf zu stören, schnitt er den Ärmel seines Gewandes ab und ging seinen Geschäften nach.«

Ich lächelte und sah zu, wie die Katzen die Schale ausleckten und dann mit erhobenem Schwanz davonschlenderten. Es war eine zauberhafte Geschichte. Wie schön musste es sein, eine Katze zu sein und sich darauf verlassen zu können, dass die Welt immer für einen sorgen würde.

In diesem Moment klingelte Idriss' Handy. Er klappte es auf und sprach laut hinein, lachend und fröhlich. Als er fertig war, glänzten seine Augen. »Jeddah ist aus den Bergen zurück. Sie wartet darauf, dich kennen zu lernen.«

Ich weiß nicht, wie ich mir Idriss' Großmutter vorgestellt hatte, aber als ich sie zum ersten Mal im Salon stehen sah, hielt ich sie für eine Besucherin. »Das ist Lalla Mariam«, sagte Idriss stolz, und dann umarmte er sie und überschüttete sie mit einem Schwall von Berberisch, in dem ich zwei Mal meinen Namen erkannte – Julia –, isoliert wie Inseln in einem unverständlichen Klangmeer.

Das Nächste, woran ich mich erinnere, ist, dass sie mich in die Arme schloss. Nicht gerade eine zerbrechliche alte Dame, dachte ich, als ich die festen Muskeln und starken Knochen spürte, die sich an mich drückten. Sie hieß mich willkommen – *marhaban, marhaban* –, und dann folgte erneut ein Redeschwall, von dem ich kein Wort verstand. Am Ende flog sie durch das Zimmer, und ich hörte ihre Schritte auf der gekachelten Treppe klappern, rasch und sicher, wie die Hufe einer Bergziege.

Ich starrte Idriss an. »Deine Großmutter ist ja eine echte Naturgewalt! Wie alt ist sie?«

Er zuckte mit den Schultern. »Keiner weiß es. Wir sprechen nicht so oft darüber. Als sie zur Welt kam, gab es noch keine Geburtsurkunden oder sonstige Dokumente. Jeddah selbst hat keine Ahnung, wie alt sie ist. Wir zählen unser Leben nicht in Jahren, wie man es im Westen macht.«

»Wie alt ist denn deine Mutter? Jeddah ist doch die Mutter deiner Mutter, oder?«, bohrte ich.

Er nickte, musste aber auch darüber erst einmal nachdenken. Während ich wartete, fiel mir auf, wie anders diese Kultur war als meine eigene, in der jeder Zeitungsartikel Alter und Namen desjenigen verrät, von dem er handelt, ganz gleich, wie unwichtig ein solches Detail sein mag.

»Ich … glaube, dreiundsechzig.«

»Und wie viele Brüder und Schwestern hat deine Mutter?«

Er zählte sie an den Fingern ab. »Zwölf. Meine Mutter war die siebte.«

Ich überschlug die Zeiten. Ich hatte gelesen, dass Frauen in den Bergregionen häufig sehr jung heiraten, aber selbst dann und unter Berücksichtigung der möglichen Lücken zwischen den Geburten waren es … »Liebe Güte. Fünfundachtzig mindestens.«

»Sie ist erstaunlich, nicht? Komm mit nach oben, sie hat etwas mitgebracht, was du dir ansehen solltest.« Er reichte mir seine Hand, und so gingen wir zusammen die Treppe hinauf.

Im obersten Stock, gegenüber von Idriss' Zimmer stand eine Tür offen, und dahinter hörten wir jemanden singen. Ich blieb am Treppenabsatz stehen, weil ich nicht stören wollte. Einen Moment später fiel Idriss ohne jede Spur von Befangenheit ein und überraschte mich mit einer wohl klingenden Tenorstimme, die einen reizvollen Kontrapunkt zu der höheren Stimmlage der alten Frau bildete. Ich dachte an die Vögel, die wir in der Medina gehört hatten, wie sie sich über die uralten Mauern hinweg etwas zugesungen hatten.

»Übersetz mir den Text«, bat ich, als sie fertig waren.

Gott teilte die Schönheit und verlieh sie an zehn:
Henna, Seife und Seide – das sind die ersten drei.
Pflug, Vieh und Bienenstock –
Das macht sechs.
Die Sonne, wenn sie über den Bergen aufgeht –
Das macht sieben.
Die Mondsichel, schmal wie die Klinge eines Christen –
Das macht acht.
Mit Pferden und Büchern kommen wir auf zehn.

Er hob meine Hand an seine Lippen. »Du wirst mit Schönheit beladen sein, wenn du uns verlässt und in deine graue alte Stadt zurückkehrst«, versprach er und stieß die Tür auf. »Deine Seide hast du schon, Jeddah hat Arganseife aus den Bergen mitgebracht, und meine Cousine Hasna wird dir später die Hände mit Henna anmalen ...«

Ich hörte kaum, was er sagte. Das Licht aus dem nicht verdunkelten Fenster fiel auf Lalla Mariam, die kerzengerade dastand und ein Stück schimmernden Stoff inspizierte. Doch nicht das Tuch in ihrer Hand weckte meine Aufmerksamkeit, sondern ihr Gesicht, als sie mich ansah. Unten im Halbdunkel des Salons hatte ich den Eindruck einer würdevollen alten Dame mit silbernem Haar gehabt, das ein schmales Gesicht mit glatter dunkler Haut umrahmte. Jetzt fiel die Sonne direkt auf sie, und ich hielt den Atem an.

»Ja, unglaublich, nicht?«, sagte Idriss. »Ich wusste, dass es dir gefallen würde, es ist wunderschön gearbeitet. Jeddah ist sehr stolz darauf und zeigt es mit Freude herum ...«

Mühsam riss ich mich vom Gesicht der Großmutter los und sah auf das, was sie aus den Bergen mitgebracht hatte. Es war ein großes Stück brokatartige Seide, dessen Kanten über die ganze Länge von oben und von unten mit einem wunderschönen Muster bestickt waren. Hunderte von Farnen und ihren stilisierten Wedeln rollten sich einer unsichtbaren Sonne entgegen, hier und da mit winzigen rosa Blüten und goldenen Blumen verziert. Die Farne waren sauber, beinahe geometrisch exakt ausgeführt; sie bildeten einen Rahmen, durch den sich vereinzelte Wildrosen rankten. Aber es waren die kleinen goldenen Blüten mit den stachligen Stängeln, bei denen mir das Herz stockte.

»Das ist Stechginster«, sagte ich und erinnerte mich an die Krone, die Robert Bolitho für das Mädchen gemacht hatte, das er liebte. Die Knospen und Blüten waren so ungewöhnlich realistisch gestickt, dass ich beinahe ihr durchdringend süßes Aroma riechen konnte – wie warmes Marzipan –, das aus dem Tuch stieg.

»Stechginster?«

»Diese Blume hier. Sie wächst überall auf den Hügeln und Klippen von Cornwall. Es ist ein wilder und stachliger Strauch – kein besonders verbreitetes Motiv für eine Stickerei.«

Idriss übersetzte es seiner Großmutter. Sie hatte die ganze Zeit dagestanden und mich mit ihren leuchtenden Augen unverwandt angesehen. Nun sagte sie etwas, sehr schnell, woraufhin Idriss antwortete. Dann stellte er selbst eine Frage, auf die sie etwas entgegnete, und schon schnatterten sie durcheinander wie zwei Elstern.

Am Ende wandte er sich zu mir. »Jeddah behauptet dreierlei. Erstens, dass diese Pflanze – dieser Strauch – auch hier an der Küste des Atlantiks beheimatet ist. Zweitens, dass sich der Schleier – es ist ein Brautschleier – seit Generationen im Besitz der Familie befindet, doch niemand weiß, wo er herkam oder wer ihn gemacht hat, obwohl wir immer Frauen in der Familie hatten, die ein Talent für Handarbeit hatten. Drittens, dass dieser Stil *aleuj* heißt. Er ist eine Mischung aus traditioneller Berberkunst – sehr dicht, präzise und geometrisch – mit einem eher flüssigen und realistischen europäischen Stil. *Aleuj* im klassischen Arabisch bedeutet ›anders‹ oder ›fremd‹ oder sogar ›Fremder‹, aber es kann auch jemanden bezeichnen, ›der zum Islam konvertiert‹ ist. Die frühesten bekannten Beispiele stammen aus dem siebzehnten Jahrhundert.«

Dann setzte die alte Frau noch etwas hinzu, sehr eindringlich; sie wiederholte es drei Mal, damit Idriss es verstand.

»Sie sagt, dass hier in Rabat einmal eine Frau gelebt hat, die als Meisterstickerin bekannt war. Sie hieß Zahrat Chamal.«

Ich sah ihn verständnislos an.

»Das ist ein angenommener Name, kein normaler«, sagte er. »Er bedeutet Blume aus dem Norden.«

War Catherine zu Zahrat geworden, als sie zum Islam übertrat und ihren *raïs* heiratete? Bedeutete ›Chamal‹ nur aus dem Norden von Marokko, oder konnte es darüber hinausgehen? War Zahrat Chamal der moslemische Name, den sie angenommen hatte, nachdem sie ihren Glauben gegen einen anderen eingetauscht hatte, so wie Will Martin zu Ashab Ibrahim geworden war? Vielleicht hatte die Wahrsagerin auf Kenegie am Ende doch recht gehabt, als sie ihr prophezeite, dass sie ›nicht als Catherine in dieser Welt‹ heiraten würde. Ich inspizierte die Stickerei auf dem Brautschleier: elegant und präzise, ein feiner, leicht schräg stehender Plattstich, genau wie auf dem Altartuch der Countess of Salisbury. Nicht, dass es irgendwas bewiesen hätte – alle Welt verwendete Plattstich, sogar ich selbst. Ich stellte mir vor, dass Cat von Kopf bis Fuß in diesen Schleier gehüllt war, wie die Frauen auf den Bildern, die ich gesehen hatte, mit einer silbernen Berberkrone auf dem Kopf und juwelenbesetzten, tropfenförmigen Ohrringen, die blasse Haut, das feurige Haar unter einem bunten Tuch verborgen, und die blauen Augen stolz und strahlend auf den Mann gerichtet, der ganz in Rot und Gold gekleidet war. Und dann sah ich vor meinem inneren Auge, wie er sie an der Hand nahm und sie zu dem Thron hinter den wundervollen Hochzeitsvorhängen führte, die ihre

Schülerinnen aus der Stickwerkstatt als Geschenk für Sidi Qasem bin Hamed bin Moussa Dib und seine fremde Frau gearbeitet hatten.

Und als mein Blick zu Lalla Mariam zurückkehrte, sah ich, dass sie genau wie ich Tränen in den glitzernden blauen Augen hatte.

DREIUNDDREISSIG

Alison drehte meine Hände nach oben, um die Handflächen besser untersuchen zu können. »Und das?«, fragte sie.

»Eine Rose, glaube ich – irgendeine alte Sorte, eine Wildrose vielleicht, mit flachen Blütenblättern. Aber die Pflanze auf der linken Hand kenne ich nicht.«

Sie folgte mit dem Finger dem Muster der Blätter, die wie eine Kette von Herzen von der Handinnenfläche bis zur Spitze meines Zeigefingers verliefen. »Sehr hübsch. Und den da, hast du ihn auch in Rabat gekauft?« Sie berührte den antiken Ring, den ich am Mittelfinger der linken Hand trug. Idriss hatte ihn mir angesteckt, als wir uns vor dem Flughafen verabschiedeten. »Er gehört Jeddah«, hatte er mir feierlich erklärt. »Sie sagt, es ist eine Leihgabe, und ich soll ihn dir mitgeben, denn er wird dich wieder nach Marokko zurückbringen.« Dann hatte er meine Finger um ihn geschlossen und mich ernst und leidenschaftlich geküsst. Die Sonnenblenden seines Taxis hatten uns vor den neugierigen Blicken der Behörden beschützt. Mir hatten die Knie noch geschlottert, als ich die Passkontrolle erreichte. Seitdem hatten wir jeden Abend miteinander telefoniert, und der Ferienflirt verwandelte sich langsam, aber sicher in eine bezaubernde, altmodische Liebesaffäre. Wir diskutierten über alles Mögliche, angefangen bei französischer Dichtung bis zu den Niederlagen unserer jeweiligen Fußballnationalmannschaften, und mittlerweile hatte ich das Gefühl, mehr über ihn zu wissen, als ich in all den Jahren über Michael gewusst hatte.

»Wie lange wird es halten?«

Ich sah verblüfft auf. »Wie bitte?«

»Das Henna, Dummchen. Wie lange hält es?«

Schon jetzt war es nicht mehr das feurig-dunkle Orange, das mich überrascht hatte, als ich am Morgen meiner Abreise die getrocknete Paste unter der Dusche abgewaschen hatte. Mittlerweile hatte es dieselbe Farbe wie meine Sommersprossen, und ich dachte, dass es genau wie sie zu mir gehörte. Ich wollte gar nicht, dass es verblasste. »Idriss meinte, ungefähr einen Monat.«

»Ist das so etwas wie sein Brandzeichen?«, zog sie mich auf.

»So ein Quatsch! Es ist eine alte Tradition: Frauen tragen Henna als Schutz gegen böse Einflüsse«, sagte ich hitzig, und danach verstummten wir beide.

Vor zwei Wochen war ich aus Marokko zurückgekehrt, und seitdem war die Zeit in einem Wirbel hektischer Betriebsamkeit verflogen. Drei Angebote für meine Wohnung und ein neuer und potenziell lukrativer Auftrag hatten mich erwartet. Die Präzision und Schnelligkeit, mit der das alles zusammentraf, hatten mich ziemlich erstaunt – es war, als schubste mich das Schicksal in eine bestimmte Richtung. Ich hatte eine Menge Zeit mit Anna verbracht. Zusammen hatten wir ihre Freundin in der Veröffentlichungsabteilung des *Victoria & Albert Museum* besucht, eine elegante, schlagfertige Frau Ende fünfzig, die uns jemanden aus der Abteilung Englische Textilien vorstellte. Ihr unverhohlenes Entzücken beim Anblick von Cats Arbeit zu sehen und mitzuerleben, wie ihnen der Atem stockte, als sie die Skizzen betrachteten, die sie im *Stolz der Stickerin* angefertigt hatte, war beinahe Entschädigung genug. Natürlich fragten sie, ob sie mein Buch haben könnten, um es zusammen mit dem Altartuch auszustellen. Ich antwortete wahrheitsgemäß, dass ich noch nicht entschieden hätte, was ich damit machen wollte. Zuerst wirkten sie enttäuscht, doch schon bald diskutierten sie darüber, wie man die besten Faksimiles anfertigen und das Buch vielleicht doch, als zeitlich begrenzte Leihgabe, ausstellen könnte. Während wir uns verabschiedeten, waren wir alle euphorisch gewesen. Anna erschien mir strahlend schön, was ich ihr auch sagte. »Ach, ich bin einfach nur froh, dass ich das alles für die Familie tun kann, und, na ja, für die Nachwelt. Klingt ziemlich pompös, was?« Das fand ich nicht. »Und, Gott sei Dank, muss ich mich nicht mehr jeden Morgen übergeben, das kritischste Stadium ist vorbei, die Ultraschallbilder waren normal …«

»Mädchen oder Junge?«

»Ich habe nicht gefragt. Es ist besser, wenn man nicht weiß, was die Zukunft bringt, glaube ich. Ich lerne gerade, das Leben so zu nehmen, wie es kommt.«

Ich lächelte. Anna veränderte sich. Vielleicht taten wir das ja alle.

»Bist du so weit?«, fragte Alison und unterbrach meine Grübeleien.

»Ich war noch nie im Leben so fest zu etwas entschlossen.« Ich hob einen kleinen flachen Stein auf, stand auf und ließ ihn über das Wasser Richtung St. Clement's Island flitschen. Sechs Mal berührte er die Oberfläche, bevor er in den Wellen versank. »Ich wollte sieben schaffen, verdammt!«, schimpfte ich.

»Sechs für Gold«, lachte Alison. »Kommt mir gar nicht übel vor.«

»Wie in dem Abzählreim, meinst du?«

»Das haben wir doch immer so gesagt. Allerdings gibt es noch eine andere Version, die Andrew immer gern zitiert hat; sie stammte vom schottischen Zweig seiner Familie: ›Eins für Sorge, zwei für Freude, drei für eine Hochzeit, vier für eine Geburt, fünf für den Himmel, sechs für die Hölle und sieben für den Teufel in Person.‹ O je!«

»Na prima. Die Hölle«, sagte ich entmutigt. »Ist vielleicht doch keine gute Idee.«

»Also, für mich brauchst du es jedenfalls nicht zu tun«, sagte Alison fest. »Ich setze nie wieder einen Fuß in das Haus. Als ich die Briefe las, bin ich beinahe ausgerastet. Willst du das wirklich tun?«

»Ich muss. Irgendwie fühle ich mich … verantwortlich. Ich weiß, es klingt verrückt.«

Eine Viertelstunde später standen wir vor dem Farmhaus von Kenegie. Die Sonne fing gerade an, unterzugehen.

»Hast du alles?«

Hatte ich: Taschenlampe, Feuerzeug, Kerze, Brot, Salz, Wasser. Und Robert Bolithos Briefe, verschnürt mit einem feinen, bestickten Band, das Lalla Mariam mir geschenkt hatte. Die Briefe waren die Originale. Als ich Anna erklärt hatte, was ich tun wollte, hatte sie mich ausgelacht, aber dann auf diesen Teil unserer Abmachung verzichtet. »Mach mir Kopien, aber gute.« Das hatte ich ihr versprechen müssen. »Michael wird toben!« Die Stickerei stammte aus derselben Hand wie der Brautschleier und trug Catherines Thema als Markenzeichen. »Damit hat sie sich vermutlich im Hamam das Haar zusammengebunden«, hatte mir die alte Dame mit Idriss' Hilfe erklärt. Als ärmliche Gegenleistung für so viel Großzügigkeit hatte ich ihr meinen mit Pfauenfedern bestickten Schal geschenkt und versprochen, die letzte Ecke mit einem Motiv zu vervollständigen, das sie sich selbst aussuchen sollte.

So ließ ich Alison auf der Kühlerhaube sitzen und betrat das Haus. Meine Schritte hallten durch die leeren Räume. Beim Hinaufgehen schaltete ich überall die Lampen an, und blieb am Fuß der Speichertreppe stehen.

Dann biss ich die Zähne zusammen und stieg die Stufen empor.

Die Lampe auf dem Dachboden war – wie konnte es anders sein – die einzige im ganzen Haus, die nicht funktionierte. Ich zündete die Kerze an und stellte sie auf Andrews Schreibtisch. Im goldenen Schein ihrer Flamme arrangierte ich das Brot, ein Häufchen Salz und eine kleine Flasche mit Weihwasser aus dem Becken der Gulval Church. Wärme, Wasser und Nahrung: das, was die Toten am meisten vermissen, wonach sie sich am stärksten sehnen. So hatte meine Mutter es mir in ihren Gespenstergeschichten an Allerheiligen immer erzählt. Dann legte ich Robert Bolithos Briefe dazu.

Ich holte tief Luft und fing an: »Robert Bolitho, wenn du da bist, hoffe ich, dass du mich hörst. Mein Name ist Julia Lovat. Möglicherweise sind du und ich entfernte Verwandte, ich weiß es nicht. Aber das ist wahrscheinlich auch nicht wichtig. Wichtig ist nur, dass ich dir deine Briefe zurückgebracht habe. Es tut mir leid, dass wir deine Ruhe gestört und sie gelesen haben. Ich weiß, dass du in einem Postskriptum Matty gebeten hattest, sie zu verbrennen, doch sie hat es wohl versäumt, fürchte ich. Und ich kann es sogar verstehen: Frauen bewahren vieles auf, selbst Dinge, die schmerzhafte Erinnerungen bergen. Es war nicht recht von ihr zuzulassen, dass sie anderen in die Hände fielen, aber du kannst es ihr nicht wirklich vorwerfen oder uns, dass wir sie gelesen haben. Weil es so ist, Robert, weiß ich, dass du ein anständiger, tapferer Mann bist. Trotzdem hättest du Andrew Hoskin das nicht antun dürfen, und vielleicht gab es ja auch noch andere, von denen ich nichts weiß. Vielleicht bist du so verletzt, dass es dir gleichgültig war, wen du in deiner Verzweiflung mit in den Tod reißt. Doch es war mutig von dir, deinem Herzen zu folgen und dein Leben aufs Spiel zu setzen, um Catherine Tregenna zu retten –«

Aus heiterem Himmel fuhr in diesem Augenblick ein kalter Windstoß durch den Raum. Die Kerze flackerte auf und warf lange, gezackte Schatten auf Boden und Wände. Ich schlang die Arme um meinen Oberkörper, sah die Reflexe der Flamme über das Muster des silbernen Ringes huschen, den Idriss mir angesteckt hatte, und versuchte, mein hämmerndes Herz zu beruhigen.

»Nichts auf der Welt tut mehr weh als seine Liebe an jemanden zu verschwenden, der sie nicht erwidert. Doch Catherines Entscheidung, in Marokko zu bleiben, hatte nicht nur damit zu tun, dass sie dich nicht heiraten wollte oder dass sie sich in den Korsarenkapitän verliebt hatte.« Ich legte die Hand auf den Teil des Bandes, der die Briefe zusammenhielt, damit die Silberfäden darin das Licht reflektieren konnten und die Rosen, Farne und Stechginsterblüten Cats ewiges Thema widerspiegelten. »Siehst du das, Robert? Es ist eine wundervolle Arbeit. Deine Cousine hatte ein echtes und obendrein sehr seltenes Talent. Siehst du die Wildrosen, den Stechginster? Erinnerst du dich an die Krone, die du für sie gemacht hast? Sie ja. Sie hat Cornwall immer im Herzen getragen, als sie an diesem fernen Ort lebte, doch wäre sie hier in Cornwall geblieben, hätte sie ihr Talent vergeudet. In Marokko wurde sie das, was sie sich immer erträumt hatte: eine Meisterstickerin. Willst du ihr diesen Traum wirklich nicht gönnen, Rob?«

Ich zögerte. »Ich weiß auch nicht, warum ich das alles erzähle. Wahrscheinlich hat es ohnehin keinen Sinn. Entweder rede ich mit mir selbst, oder dir ist alles egal, bis auf deinen eigenen Schmerz. Trotzdem wollte ich versuchen, dir zu sagen, dass ich dich verstehe, teilweise zumindest, und dass das, was du durchgemacht hast, entsetzlich gewesen sein muss. Aber siehst du es nicht, Rob? Du hast Matty Pengelly gerettet – die liebenswerte, süße Matty –, die vermutlich glaubte, für immer in diesem fremden Land verloren zu sein. Du hast sie gerettet, und zusammen habt ihr ein neues Leben begonnen, ihr hattet Söhne. Du hast etwas ganz Außergewöhnliches getan, und ich bin sehr stolz auf dich.«

Plötzlich fehlten mir die Worte, und ich saß da im Halbdunkel, wartete auf weiß Gott was und kam mir vor wie ein Esel. Durch das Velux-Fenster konnte ich gerade noch einen Streifen rotglühenden Himmel sehen. Bald wäre es dunkel.

»Ich werde jetzt gehen. Es ist alles gesagt. Ich wollte dir nur die Briefe zurückbringen und dir meinen Respekt erweisen«, sagte ich leise und stand auf.

Ich bin sicher – ziemlich sicher –, dass ich nicht gegen den Schreibtisch gestoßen bin, als ich aufstand. Doch genau in diesem Moment fiel die Kerze um und rollte, von den Gesetzen der Schwerkraft getrieben, auf die Briefe zu, die auf der Stelle Feuer fingen und zischend in Flammen aufgingen. Ich stieß einen Schrei aus und ließ die Taschenlampe fallen. Ich sah die lodernden Flammen: erst tiefrot, dann orange und dann blassgold, fast weiß. Zwei Gedanken schossen mir durch den Kopf: dass ich Catherines besticktes Band retten musste, und dass wahrscheinlich der gesamte Dachboden, einschließlich mir, verbrennen würde. Doch genau in dieser Sekunde erlosch das Feuer ebenso rasch, wie es ausgebrochen war, und ich stand im Dunkeln.

Mit zitternden Händen tastete ich nach der Taschenlampe und erwartete jeden Augenblick die eiskalte Hand eines Gespensts im Nacken. Doch nichts geschah. Gar nichts. Die Luft war still und kam mir wärmer vor, und endlich schlossen sich meine Finger auch um die Taschenlampe. Ich knipste sie an und richtete sie auf den Schreibtisch, um zu sehen, wie groß der Schaden war.

Die Briefe waren verschwunden, bis auf den letzten Schnipsel; nur ein Häufchen kalter grauer Asche war zurückgeblieben. Mittendrin blitzte Catherines besticktes Band auf – unversehrt. Ich hob es vorsichtig auf; trotz der Metallfäden, die es durchzogen, war es nicht einmal warm. Wie war das möglich? Mein rationaler Verstand sagte mir, dass es vermutlich erheblich haltbarer war als Papier – besonders vierhundert Jahre altes Papier – aber trotzdem … Zitternd versprengte ich das Wasser und stellte die Kerze wieder auf. Dann warf ich mir im Gedenken an meine Mutter eine Prise Salz über die linke Schulter, um den Teufel auf sicherer Distanz zu halten.

Als ich wieder nach draußen kam, klapperte ich mit den Zähnen und zitterte wie Espenlaub. Alison warf mir einen Blick zu, zog ihr Jackett aus und legte es mir um die Schultern. »Alles erledigt?«, fragte sie.

»Ich glaube ja.« Ich lächelte matt. Wer wusste das schon?

So standen wir im Garten, meine Cousine hatte mir den Arm

um die Schultern gelegt, und ich sah hinaus auf das Meer in der Ferne, das vom letzten, stumpfen Glanz der untergegangenen Sonne gefärbt war. Als imposante, romantische Silhouette erhob sich St. Michael's Mount in der Bucht, genauso wie an jenem schicksalhaften Julitag des Jahres 1625, als Al-Andalusis Flotte die Flagge mit den Halbmonden und gekreuzten Knochen hisste und sich unerkannt an seinen schlecht befestigten Wachttürmen vorbeistahl.

Ich schloss die Augen vor der Erinnerung. Am Ende lächelte ich.

In weniger als drei Wochen, gerade wenn mein Henna vollkommen verblasst wäre, würde auch ich zurück nach Marokko fahren, der Insel im Westen.

Insh'allah.

ANMERKUNG DER AUTORIN

Die zehnte Gabe ist eine Fiktion, wenngleich sie auf historischen Fakten basiert.

Die Überfälle der Korsaren aus den Barbareskenstaaten auf die Südküste von England, die im 17. und 18. Jahrhundert immer wieder stattfanden, sind im Lauf der letzten Jahre zunehmend dokumentiert worden. Als ich in Cornwall aufwuchs, sprach jedoch noch niemand davon, und die meisten Leute wissen bis heute nichts von diesem besonders grausamen Kapitel der englischen Geschichte.

Die meisten Überfälle hatten Handelsschiffe oder Fischerboote zum Ziel, wobei die Piraten ihre Opfer häufig in die Irre führten, indem sie ihre wahre Identität erst preisgaben, wenn es für die unglücklichen Opfer zu spät war, zu fliehen oder sich zu verteidigen. Der gewaltsame Raub von Ladungen und Mannschaften und der damit verbundene Sklavenhandel war eine verbreitete Gefahr, der sich Seereisende ausgesetzt sahen, und beschränkte sich nicht allein auf Attacken gegen britische Schiffe durch Moslems und Renegaten: Viele Adlige in England machten ein Vermögen mit Überfällen auf Schiffe fremder Flotten. Dabei handelten sie entweder legal, also unter dem Schutz offizieller Kaperbriefe (in denen die Aufteilung der Beute mit der Admiralität auf ganz ähnliche Weise festgelegt war wie bei den Seeräubern), oder als Freibeuter, die ausschließlich in die eigene Tasche wirtschafteten. Die Barbaresken-Korsaren jedoch erwiesen sich als die kühnsten von allen, indem sie Neufundland, Island, Irland und den Süden von England ebenso heimsuchten wie Spanien, Portugal und die Küsten des Mittelmeers.

Die Piraten aus Salé, die man in England als »Sallee Rovers« bezeichnete, haben eine besonders faszinierende Geschichte. Die Freibeuterei hatte im Mittelmeer schon immer eine wichtige Rolle gespielt, insbesondere, seit der blühende Handel zwischen dem Orient und Europa reiche Ernte und leichte Beute versprach. Doch was als isolierte Beutezüge Einzelner begonnen hatte, wurde bald zu einer ideologischen Bewegung, als König Philipp III. per Dekret alle Morisken aus seinem Königreich vertrieb. Viele Familien verloren ihren gesamten Besitz und strandeten heimat- und mittellos an der nordafrikanischen Küste. Sie hegten einen tiefen Groll gegen die Spanier und als logische Folge gegen den christlichen Westen überhaupt. Schließlich baute eine Allianz aus Morisken, Hornacheros, Fanatikern und abtrünnigen Europäern die Festungen von Salé und Rabat aus und erklärte ihren Feinden den heiligen Krieg.

Von religiösem Eifer getrieben, gingen die Korsaren auf ihren Beutezügen so weit, dass sie im Frühsommer 1625 ihre Piratenflagge über der Insel Lundy im Bristolkanal hissten und unzählige Überfälle auf Segelschiffe und Küstenstädte unternahmen.

Das historische Dokument, das diesem Roman vorangestellt ist, der Brief des Bürgermeisters von Plymouth an den Staatsrat des neuen Königs aus dem Jahr 1625, mit dem der Verfasser vor den Korsaren warnt, die zu einer regelmäßigen sommerlichen Bedrohung für die Schifffahrt geworden waren, und zum ersten Mal deutlich auch von »Siedlungen an der Küste spricht«, hat offensichtlich nicht zu verstärkten Sicherheitsvorkehrungen geführt. Die Mühlen der Bürokratie mahlen langsam.

Der von mir beschriebene Überfall auf die Kirche in Penzance basiert auf einem Hinweis in den offiziellen Unterlagen auf einen Vorfall im Juli 1625, bei dem »sechzig Männer, Frauen & Kinder aus der Kirche von *Munnigesca* in Mounts Bay verschleppt« worden waren (Hervorhebung von mir). Bis zum heutigen Tag kann niemand mit Sicherheit sagen, worauf sich »Munnigesca« bezieht. Einige haben spekuliert, dass es die Kirche auf St. Michael's Mount ist, doch das erscheint mir nicht sehr plausibel. Immerhin hätte es bedeutet, dass Sir Arthur Harris, der damalige Besitzer des Mounts, sowie seine Familie unter diesen sechzig Gefangenen gewesen wären. Nur wenn sie sich dort aufgehalten hätten, wäre eine so große Versammlung mit sechzig Teilnehmern denkbar gewesen. Sie haben jedoch kein solches Schicksal erlitten. Sir Arthur starb 1628 auf Kenegie Manor, sein Testament befindet sich in den örtlichen Gemeindeunterlagen. Die einzigen beiden Siedlungen, die damals groß genug waren, um eine Gemeinde von sechzig Mitgliedern zu generieren, waren, Carew und Leland zufolge, Marazion, damals Market-Jew (eine Verballhornung von Marghasewe), oder Penzance. Ich entschied mich für die Kirche von Penzance, die da gestanden hat, wo sich heute St. Mary befindet – auf einem Felsvorsprung mit Blick auf die Bucht. Vom Meer aus muss sie gut sichtbar gewesen sein, ein klares und attraktives Ziel für einen Überfall. Es ist seltsam, dass die Wachen auf dem Mount die Korsaren nicht gesehen und unter Beschuss genommen haben (in den entsprechenden Unterlagen des britischen Nationalarchivs findet sich keine Erwähnung einer versuchten Verteidigung), aber Sir Arthur Harris hatte tatsächlich seit mehreren Jahren immer wieder Mittel für die Beschaffung neuer Waffen beantragt.

Dass Sir John Killigrew vier Kanonen, die für die Aufrüstung von Pendennis und St. Michael's Mount bestimmt waren, nach Marokko geschmuggelt und an Sidi Al-Ayyachi verkauft hat, ist meine eigene Erfindung – angesichts der Natur dieses Mannes und seiner Vorfahren nicht völlig abwegig.

Ich bin keine Expertin für Stickerei und habe die Methoden und Stile der damaligen Zeit recherchiert, so gut ich konnte. Dabei bin ich besonders dankbar für die Werke von Caroline Stone, die viel mehr über die Stickereikunst in Nordafrika und ganz besonders Marokko weiß, als ich es je könnte.

Es war eine große Enttäuschung festzustellen, dass es in Marokko selbst keinerlei Unterlagen mehr über die Gefangenen gibt, die von den Freibeutern aus Salé verschleppt worden waren. Eine Reihe von Berichten aus erster Hand über die Missgeschicke und Erfahrungen englischer Gefangener dagegen haben überlebt, wenn auch keine aus so früher Zeit und auch keine von einer Frau. Ich habe viele davon gelesen und mir hier und da Details ausgeliehen, um meine Beschreibung authentischer zu machen, allerdings mit einem gehörigen Quäntchen Skepsis, denn die Versuchung der Gefangenen, ihr Elend mit grässlichen Einzelheiten auszuschmücken, war groß. Vermutlich herrschte im siebzehnten Jahrhundert ein ebenso großer kommerzieller Druck wie im einundzwanzigsten.

Im Folgenden habe ich eine Liste von Schlüsseltexten aufgeführt, die für meine Recherche besonders wichtig waren. Aber ich muss mich auch bei einer Reihe von Personen bedanken, ohne die ich dieses Buch niemals hätte schreiben können. Zuallererst bei meiner Mutter, die mich an eine lange vergessene Familienlegende erinnerte, dann bei meinem Kletterpartner Bruce Kerry, der mich auf meiner ersten und entscheidenden Reise nach Marokko begleitete, drittens bei Emma Coode, einer Freundin und Kollegin, die den Text kapitelweise las, noch während ich ihn schrieb. Sie hat mich nicht nur bestärkt, sondern war auch ein perfektes Publikum. Ich danke meinen wunderbaren Lektorinnen Venetia Butterfield und Allison McCabe für ihre unschätzbare Unterstützung und ihre Anregungen. Schließlich und vor allem danke ich meinem Mann Abdellatif Bakrim, der mich mit unzähligen Informationen über Geschichte, Kultur und Sprache der Berber, Araber und Marokkaner versorgte. Er hat mir bei der Übersetzung fremdsprachiger Texte geholfen und war meine wichtigste Quelle für alles Material, das mit Marokko zu tun hat. Darüber hinaus hat er mich, bevor ich ihn besser kennen lernte, zu einem Bild des *raïs* inspiriert. Heute kann ich ihn mir nicht mehr als grausamen Korsarenkapitän oder religiösen Eiferer vorstellen, und auch dafür bin ich zutiefst dankbar.

QUELLEN
UND WEITERFÜHRENDES MATERIAL

Stephen Clissold: *The Barbary Slaves*, London, 1977
Michael Brett/Elizabeth Fentress: *The Berbers*, Oxford, 1996
Linda Colley: *Captives*, London, 2002
Salvatore Bono: *Corsari nel Mediterraneo*, Mailand, 1993
Roger Coindreau: *Les Corsaires de Salé*, Institut des Hautes Études Marocaines ,1948
Samuel C. Chew: *The Crescent and the Rose*, New York, 1937
Caroline Stone: *The Embroideries of North Africa*, London, 1985
Andrew Wheatcroft: *Infidels*, London, 2003
Nabil Matar: *Islam in Britain*, Cambridge, 1998
Geoffrey Furlong: *The Lands of Barbary*, London, 1966
Geraldine Brooks: *Die Töchter Allahs*, München 2002
Nabil Matar (Hg.): *Piracy, Slavery and Redemption*, New York, 2001
Peter Earle: *The Pirate Wars*, London, 2003
The Sermons of Christopher Love (Internetquellen)
John Harrison: *The Tragicall Life & Death of Muley Abdala Melek*, London, 1627
Abdal-Hakim Musad: »Ward The Pirate« (Internetartikel, 2003)
Giles Milton: *White Gold*, London, 2004